Ulf Henderson

# Vollmond
## Lupus

Fantasy-Roman

NOEL-Verlag

Originalausgabe
November 2017

NOEL-Verlag GmbH
Achstraße 28
D-82386 Oberhausen/Obb.

www.noel-verlag.de
info@noel-verlag.de

Die Deutsche Bibliothek verzeichnet diese Publikation in der Deutschen Nationalbibliografie, Frankfurt; ebenso in der Bayerischen Staatsbibliothek in München.

Der Autor übernimmt die volle Verantwortung für den Inhalt seines Werkes. Er versichert, dass sämtliche Namen frei erfunden sind.

Autor:            Ulf Henderson
Coverbild:        Wladimir Fribus
Covergestaltung:  Mark Freier

1. Auflage
Printed in Germany
ISBN 978-3-95493-241-2

# Mein Dank

gilt meiner lieben Frau, die meine größte Kritikerin ist
und mich in der Zeit der Entstehung
mit Rat und Tat unterstützt hat.
Im Besonderen, da sie mich immer ermunterte,
dieses Buch, das erst nur eine Idee war,
Wirklichkeit werden zu lassen.
Sie ist nicht nur einmal alleine ins Bett gegangen,
während ich Werwölfe ihr Unwesen treiben ließ.

Ich danke meinen Kindern,
die in dieser Zeit oft auf mich verzichten mussten,
und mit einem gedanklich abwesenden Vater Vorlieb nehmen mussten.
Ich danke meinem Sohn,
der einem Charakter in diesem Buch,
durch seine Idee Leben eingehaucht hat.
Ebenfalls meiner Tochter,
die an der einen oder anderen Stelle
für eine besondere Formulierung gesorgt hat,
außerdem ließ sie es nicht zu, dass ich in meinem Arbeitszimmer
verhungert und verdurstet bin.

Auch danke ich meinen Freunden,
die vor der Veröffentlichung Teile des Buches gelesen,
objektive Kritik geäußert haben
und mir Mut machten, weiterzuschreiben.
Ihr wisst, wer gemeint ist.

Zu guter Letzt dem Noel Verlag,
allen Lektoren, Graphikern,
Künstlern und mitwirkenden Personen,
danke ich von Herzen, denn nur so wurde dieser Roman,
wie Sie ihn jetzt in Ihren Händen halten, erst möglich.

Euer

*Ulf Henderson*

Eine Stunde vor Mitternacht,
Licht hat der Dunkelheit Platz gemacht.
Mein Geist erwacht, denn es ist meine Zeit.
Ich bin bereit.

Wieder hat mich die Nacht um den Verstand gebracht.
Der Mond strahlt mich an, lacht mich aus, er weiß,
ich komme niemals so hoch hinaus.
Er ruft mich, bittet mich zu sich, doch ich kann nicht.
Mein Herz, es schlägt so laut,
höre es pochen in sonderbarem Rhythmus,
weil ich weiß, dass ich zurückmuss.
Weg vom Monde, von seinem Licht,
da er mein zartes Menschenherz zerbricht.
So werde ich zu meiner größten Angst,
der zu sein, den du verlangst.
Du, der Mond, der mich erschuf,
an ihn gerichtet, erklingt mein Ruf.
Mein Heulen nach Erlösung, meine Bitte nach Verzeihen,
doch auch in dieser Nacht
wirst du mich nicht befreien.

Angelehnt an das Gedicht:
„Eine Stunde vor Mitternacht" von Savary Seralon

# Prolog

Detroit 13. April 1945, 2.00 Uhr morgens.

Es war stockfinstere Nacht, als ein Cadillac Sedan DeVille langsam in die Shippingstreet einbog, jeder Kieselstein knirschte unter den Weißwandreifen, die Scheinwerfer des Wagens waren ausgeschaltet, um in der Umgebung des Hafens keine Aufmerksamkeit zu erregen.

Das Wetter konnte man nur als scheußlich bezeichnen, es war nasskalt und es hörte nie wirklich auf zu regnen, die feuchte Kälte durchdrang einen förmlich bis auf die Knochen.

Sowie der Wagen zum Stehen kam, stieg ein kräftig gebauter Mann aus der Beifahrerseite, man konnte seine Muskeln unter dem teuren Anzug spielen sehen. Boxen war nur eine der Sachen, mit denen er sich für seine Aktivitäten in Form hielt.

Kaum ausgestiegen, ließ er sich seinen Mantel, der aus bester Wolle gearbeitet war, von seinem Fahrer Antonio reichen. Nachdem er diesen angezogen hatte, ging er zum Heck des Wagens.

Am Kofferraum angekommen, öffnete er die Heckklappe, nur langsam einen Spalt breit, um sich zu vergewissern, dass ihn keine Überraschung erwartete.

Er war zufrieden mit dem, was er vorfand, denn jetzt öffnete er den Kofferraum vollständig und griff mit beiden Händen zu, um mit einem Ruck eine schmächtige, gekrümmte und stöhnende Gestalt mit einem dumpfen Geräusch auf das nasse Pflaster zu befördern. Augenblicklich verbreitete sich ein unangenehmer Geruch nach Blut, Erbrochenem, Urin und Kot, die Angst des Mannes war förmlich zu riechen.

„Hat sich der Kerl doch wirklich eingeschissen, hoffentlich ruiniere ich mir nicht noch mehr die Klamotten, Blutspritzer sind schwer genug wieder rauszubekommen", dachte sich der Peiniger jenes armen Teufels.

Jedoch ohne lange auf das Wimmern zu achten, riss er den jungen Iren wieder an seiner Jacke aus kariertem Tweed und zerrte ihn zwei Gassen weiter zur Kaimauer. Dort angekommen, packte er ihm brutal in die verschwitzten und blutdurchtränkten Haare und zog den Kopf mit einem kräftigen Ruck nach hinten, um den Hals zu entblößen.

Vergeblich versuchte der Gepeinigte mit seinen halb zugeschwollenen Augen noch einmal um Gnade zu flehen, was der kräftige Italiener mit einer flüssigen Bewegung seines Messers vom linken Ohr über den Hals zum rechten Ohr beendete.

Andrea Callussi, jener brutale Mann, Killer und Schläger der Detroiter Zerano Familie, war trotz der Sauerei, die er an dem armen, irischen Schwein angerichtet hatte, mit sich sehr zufrieden, er hatte gerade einen von McMurdocks Männern mit zufriedenstellendem Ergebnis gefoltert, um an den Termin und Ort der nächsten Drogenlieferung zu kommen, die die Iren erwarteten. Durch solche oder ähnliche Aktionen wie Raub, Mord, Schutzgelderpressung und eben Folter hatte er seine Stellung in der Familie mehr als gefestigt.

Seinem Aufstieg im Gefüge der Cosa Nostra, wie sich die italienische Mafia selber nannte, stand nichts mehr im Wege. Er war mittlerweile einer der gefürchtetsten Männer der Mafia, auch außerhalb Detroits.

Dass McMurdock der Boss der irischen Mafia war, interessierte ihn nicht, da er dem Mann, dem er nach mehrmaligen Versprechen, ihn laufen zu lassen, falls er ihm den Lieferort verraten würde, gerade die Kehle durchgeschnitten hatte.

Nachdem er den gurgelnd an seinem eigenen Blut ertrinkenden Iren mit einem Tritt von der Kaimauer ins Wasser des Detroit River befördert hatte, machte er sich zu Fuß auf den Weg zu seinem Wagen, in dem sein Fahrer nur zwei Gassen weiter mit laufendem Motor wartete.

Callussi duldete keine Widerworte. Deshalb würde es Antonio niemals einfallen, sich wegen der Warterei zu beschweren, da Andrea, Andy wie ihn seine Freunde nannten, echt unangenehm werden konnte. Antonio hatte ihn mit 'Mister Callussi' anzusprechen.

Obwohl Antonio mit Rosita ein Rendezvous verabredet hatte, übte sich der junge Mann, der gerade zweiundzwanzig Jahre alt geworden war, in Geduld. Natürlich würde er sich im Geheimen mit ihr treffen, da mit ihrem Vater, einem italienischen Metzger, nicht zu spaßen war, was die Moral seiner Tochter betraf. Antonio wollte sich in der Organisation erst noch ein Stück hocharbeiten und ein paar gute Dollars verdienen, bevor er seiner Liebsten einen Antrag machen würde, um dann mit ihr eine Familie zu gründen.

Es war kalt und es nieselte leicht, als Callussi in eine Seitengasse einbog. Da er ein Mann der Gewalt war und schon viele Jahre im Geschäft, merkte er sofort, dass etwas nicht stimmte.

Ein ungutes Gefühl beschlich ihn, als er komische, schleifende, scharrende Schritte vernahm, so als würde irgendjemand beim Laufen etwas Hartes über das nasse Pflaster ziehen.

War er doch nicht vorsichtig genug gewesen und die Iren hatten Wind bekommen?

Berechnend griff er in den Mantel und den maßgeschneiderten Seidenanzug von Ernesto Tailor, ein Anzug für über 200 $, im guten Glauben, seinen 45er Magnum Revolver ziehen zu können. Es war schmerzlich für ihn, feststellen zu müssen, dass er diesen im Handschuhfach hatte liegen lassen. Der schmächtige Ire war ja schon halb tot gewesen und hatte somit keine Gefahr mehr dargestellt. Deshalb hatte er sich mit seinem rasiermesserscharfen Butterflymesser zufriedengegeben, was er nun bitterlich bereute! Er zog also stattdessen sein Messer und drehte sich mit einer schnellen, geschmeidigen Bewegung um.

Was er kurz im nebligen Nieselregen und schummrigen Licht einer Straßenlaterne sah, war der Schemen einer Gestalt, die ihm ungewöhnlich groß und kräftig vorkam. Der Augenblick, in dem er in der schlecht beleuchteten Gasse etwas zu sehen glaubte, verging jedoch so schnell, dass er sich nicht sicher war, ob er da überhaupt etwas, geschweige denn jemanden gesehen hatte.

Bekam er jetzt schon Halluzinationen oder erlaubte sich jemand mit ihm einen üblen Scherz?

Augenblicklich begannen sich seine Nackenhaare aufzustellen und er bekam am ganzen Körper Gänsehaut.

‚Mann, wirst du jetzt schon paranoid?‘, fragte er sich, ‚siehst Sachen, die nicht da sind, passt nicht zu dir, alter Junge, wegen eines komischen Gefühls gleich die Nerven zu verlieren‘, dachte er bei sich.

Entschlossen, das ungute Gefühl abzuschütteln, wendete er sich wieder in Richtung Auto, um weiterzugehen, er hatte schließlich in dieser Nacht noch andere Sachen zu erledigen.

Als er sich langsam wieder beruhigte, nahm er einen Geruch nach nassem Hund und etwas wahr, was er nur allzu gut kannte ... den Geruch des Todes.

Er blieb wie erstarrt stehen, als ihn von hinten der Gestank nach Übelkeit erregendem Atem feuchtwarm umwaberte, ein leises grollendes Knurren, das aus der Hölle zu kommen schien, ließ ihm das Mark in den Knochen gefrieren. Als er sich umdrehen wollte, hatte er das Gefühl, als bekomme er einen mächtigen Schlag in den Rücken, um in der nächsten Sekunde einen infernalen Schmerz zu verspüren, als würde ein glühendes Stück stumpfen Metalls in ihm bersten. Er wollte weglaufen, konnte aber nicht, es fühlte sich an, als sei er an Ort und Stelle festgenagelt. Er wollte schreien, aber das einzige, was ihm über die Lippen kam, war ein schmerz-verzerrtes Wimmern, denn sein Hals war wie zugeschnürt.

Im gleichen Moment wurde er trotz seines nicht minderen Gewichts um gut einen Meter in die Höhe gerissen. Er versuchte, sich noch einmal aufzubäumen, vergebens, er hing nur reglos herum, wie eine Stoffpuppe an einem Kleiderhaken, dann füllte sich sein Mund ekelerregend langsam mit schaumigem Lebenssaft. Blut und Körpersäfte tropften zähflüssig und in der Kühle der nacht dampfend von seinen teuren italienischen Lack-schuhen.

Als er in der letzten Sekunde seines Lebens an sich herabblickte, brach sein Brustkorb mit einem mächtigen Ruck auseinander und Eingeweide und gesplitterte Knochen ragten tropfend daraus hervor. Das Letzte, was er sah, bevor alles schwarz wurde, war eine groteske Klaue, die sein immer noch schlagendes Herz umfasste.

# Der Traum

Omaha Beach, 6. Juni 1944, 7.10 Uhr morgens

Meerwasser spritzte über den Bug des Landungsbootes und durchnässte Männer und Ausrüstung, bis es keinen Unterschied mehr machte, ob man von dem nächsten Schwall Meerwasser erwischt wurde oder nicht. Die Stimmung der Soldaten befand sich auf dem Tiefpunkt, die Luft schien elektrisiert und die Anspannung der Männer war zum Zerreißen, fühlbar wie das kalte Wasser. Richard versuchte den Verschluss seiner Waffe zu kontrollieren, zitterte aber zu sehr, um wirklich etwas zustande zu bringen. Tom musste sich vor Aufregung übergeben.

„Macht nichts, Tomy wird schon, wir packen das ...", versuchte sein Freund ihn aufzumuntern.

„Noch 30 Sekunden", schrie der Steuermann des Landungsbootes in das Tosen von Bootsmotor und Meer.

Als sich die Luke des Landungsbootes öffnete, wurden wir sofort mit Maschinengewehrsalven und Mörserfeuer eingedeckt.

Blut, überall Blut, abgeschossene Körperteile. „Wir müssen hier raus, Tomy, beweg deinen Arsch, sonst gehen wir hier alle drauf!"

Wir kletterten also über die Leichen unserer Kameraden, nur um aus dem verdammten Boot zu kommen. Die Luft war getränkt mit Blei.

Der Bootsführer begann die Nerven zu verlieren und ließ die Schiffsschrauben bereits rückwärtslaufen, bevor das Boot den Strand richtig erreicht hatte, um schnell wieder aus der Feuerlinie des Maschinengewehrs zu kommen, was dazu führte, dass wir in viel zu tiefem Wasser abgesetzt wurden.

Dadurch gerieten wir völlig unter Wasser und wussten im ersten Moment nicht, was oben und was unten war. Den Mund voller Sand, Tangstücke und Wasser ließ Panik vorm Ertrinken in mir aufsteigen und Erleichterung, als ich dann doch an den Strand gespült wurde.

Tomy war schon etwas schneller wieder auf den Beinen und kniete am Strand hinter einer der Panzersperren, die den gesamten Strandabschnitt säumten und verhinderten, dass schweres Gerät angelandet werden konnte. An seinem rechten Arm klaffte die Wunde eines Streifschusses. „Hier rüber, Rich. Sieh zu, dass du aus der Schusslinie kommst!"

Um mich herum nur Tod und Verderben, überall Tote und verstümmelte Kameraden, die im Kugelhagel für ihr Vaterland das Leben gelassen hatten. Ich biss die Zähne zusammen und raffte mich auf, packte ein Gewehr,

was nicht meins war, und rannte unter dröhnendem Dauerbeschuss los ...
gring ... gring ... gring.

## Tatort

Detroit 13. April 1950, 4.00 Uhr morgens.

gring ... gring ... gring.
Richard kam langsam in die Wirklichkeit zurück, öffnete mit einem Ruck seine Augen und setzte sich schweißgebadet und mit hämmernden Kopfschmerzen auf ... gring ... Er war in seinem Bett und nicht mehr im Krieg, wieder mal alleine, wie so oft!
Gring ... Er griff im Dunkeln neben sich und ertastete den Hörer des Telefons.
„Anderson", murmelte er leicht gereizt und verschlafen in den Hörer.
„Schönen guten Morgen, Inspektor."
„Tomy, was soll das ... es ist ... wart mal ...!"
„Ja, ich weiß 4.00 Uhr, aber es ist wirklich wichtig ...!"
„Das sollte es auch, bei der Unzeit deines Anrufs!", sagte Richard verschlafen und rieb sich mit der freien Hand über die schmerzenden Schläfen.
„Nun schieß schon los, was ist so wichtig, dass du mich zu dieser gotterbärmlichen Zeit aus den Federn hauen musst?", fragte Anderson nun genervt, da Tom nicht gleich auf den Punkt kam.
„Rate mal, wen wir gefunden haben?!", fragte Tom eindeutig zu fröhlich für diese Uhrzeit.
„Na, machs nicht so spannend!"
„Andrea, die Klinge Callussi!", flötete Tom in den Hörer.
„Der Mafiakiller, den versuchen wir doch schon ... warte mal ... schon ein verdammtes Jahr dingfest zu machen. Seid ja vorsichtig mit dem, der ist mit allen Wassern gewaschen und kreuzgefährlich, seht zu, dass er bleibt, wo er ist, ich bin so schnell wie möglich bei euch. Wo seid ihr eigentlich und mit wie vielen Mann, sorge für ausreichend bewa...?"
„Halt, halt, reg dich nicht so auf und atme erst mal tief durch, Rich. Callussi geht nirgendwo mehr hin. Irgendjemand hatte wohl eine Rechnung mit ihm offen, aber so etwas wie hier habe ich noch nie gesehen!", sagte Tom und hörte sich dabei ehrlich fassungslos an.
„Was meinst du denn damit, noch **niemals** gesehen?!", fragte Richard verblüfft.
„Ich glaube, das solltest du dir lieber selbst anschauen. Nur eins noch, ich würde an deiner Stelle nicht allzu viel frühstücken!"
„Is ja gut, nu, übertreib mal nicht so und gib mir lieber die Adresse des

11

Tatorts!"

„Ist unten am Hafen, sagt dir die Shippingstreet was …?"

„Ja, ist mir ein Begriff!"

„Ja, und von da noch zwei Gassen weiter Richtung Kai!"

„Aber du kannst es gar nicht verfehlen, bei dem Trubel, der hier mittlerweile herrscht, … übrigens der Boss ist auch schon unterwegs hierher!"

„Donewan persönlich an einem Tatort? Jetzt hast du wirklich meine vollste Aufmerksamkeit, ähm … ich komme so schnell als möglich … bis gleich!"

„Und vergiss das Rasieren nicht, sonst kriegt der Boss wieder einen zu viel!", sagte McKey mit freundlichem Spott.

„Ha Ha … seh zu, dass du weitermachst, sonst piss ich dir bei Gelegenheit in deinen allzu geliebten Kaffee!", konterte Anderson, der nun halbwegs wach war.

Mit einer kräftigen Armbewegung legte er so hart auf, dass der Hörer fast wieder vom Apparat gefallen wäre …

„Nicht vergessen zu rasieren … was denkt der eigentlich, wer er ist?", grummelte Richard vor sich hin und stand auf, wobei seine Knie knackten, noch so eine Sache, die er aus dem Krieg mitgebracht hatte.

Murmelnd und unglücklich ärgerte er sich über die Uhrzeit, er war vergangene Nacht ja erst um 1.00 Uhr ins Bett gekommen. 'Recherche in den Bars' wie Tomy es immer gerne auszudrücken pflegte, falls jemand Fragen stellen sollte.

Aber zuallererst steckte er sich einen Zigarillo in den rechten Mundwinkel und zündete ihn an. Genüsslich blies er den grauen Rauch Richtung Decke.

In der Küchentür angekommen, tastete er erst mal nach dem Lichtschalter … klick … halb blind geblendet machte er sich am Gasherd zu schaffen, um Kaffeewasser aufzusetzen … für Kaffee musste einfach Zeit sein!

Danach ging er in das kleine Bad. Bad war zu viel gesagt, eine Toilette mit einem kleinen Waschbecken und einem angelaufenen Spiegel. Das Gemeinschaftsbad war auf dem Flur, was ihn aber nicht weiter störte, da er sich ja hauptsächlich im Präsidium bei den Umkleiden zu duschen pflegte.

Der Blick in den Spiegel ließ ihn McKeys Worte noch mal Revue passieren. Sein Gesicht konnte man landläufig als gutaussehend bezeichnen, hier und da eine kleine Narbe, was der Krieg und der Job so mit sich brachte. Seine Nase, markant wie sei Kinn, die Nase war schon mehrmals gebrochen gewesen, saß aber trotz allem nur leicht schief in seinem Gesicht, was ihm etwas Verwegenes gab. Was sein besagtes Kinn betraf ... ‚mmm' ... ja doch besser rasieren, dachte er.

Nachdem er sich frisch gemacht hatte, zog er sich an.

Mit Schwung legte er sein Halfter mit der Beretta um, dann noch das Klappmesser in den Strumpf. Dann schmierte er sich etwas Pomade ins Haar und zog seinen maßgeschneiderten Anzug und die dazu passenden italienischen Lackschuhe an. So machte er sich frisch rasiert und mit der Kaffeetasse in der Hand auf den Weg aus seiner Wohnung, abschließen brauchte er nicht, denn jeder wusste, wer hier wohnte.

Inspektor der Mordkommission Richard Anderson, Raubein, Kriegsheld und Träger des Bronze- und Silverstars!

Richard betrat den schmuddeligen Hausflur, die Glühbirne flackerte wie immer. Er dachte bei sich, dass ein Pinsel und etwas Farbe hier wahre Wunder bewirken könnten. Anderson überlegte noch kurz, wie oft er deswegen schon mit dem Hausmeister geredet hatte und beschleunigte dann kurzerhand seine Schritte, um endlich zu seinem Wagen zu kommen. An der letzten Wohnungstür des Hauses angekommen, drang ein lauter Streit seiner Nachbarn an seine Ohren. Gerade pöbelte der Mann, ein ewiger Säufer, seine Frau an: „Du blöde Schlampe ... kannst nich ma Kaffee kochen." Dann folgten ein klatschender Schlag und ein ängstliches Gewimmer der Frau, es das nächste Mal besser machen zu wollen.

„Der ist der nächste auf meiner Liste", murmelte Richard vor sich hin, als er durch die Haustür in das schummrig, feucht dunstige Licht des an-brechenden Morgen trat.

Es hatte endlich aufgehört zu regnen.

Sein Wagen, ein Borgward Lloyd 10 PS, Sperrholzkarosserie mit dem landläufigen Spottnamen 'Leukoplast-Bomber' ein Auto, was sich auch der Ottonormalverdiener leisten konnte. Dieses Auto brachte ihm regelmäßig den Spott von Tom ein, der immer meinte: ‚Bevor ich mit der Karre irgendwo pünktlich bin, bin ich eher an Altersschwäche gestorben.' Aber er habe auch was Gutes, da man ihn zur Not als Feuerholz benutzen könne ... Tomy eben.

Geparkt ... äh ... geparkt, war der falsche Ausdruck für das, was er vorfand, halb auf der Straße und halb auf dem Bürgersteig und dazu noch schräg. ‚Mmm ... hab wohl gestern Abend doch etwas zu tief ins Glas geschaut', dachte sich Richard beim Betrachten seines Wagens.

Am Auto angekommen, stellte er die Tasse auf dem feuchten Dach ab und kramte in den Taschen seines Anzugs nach dem Autoschlüssel. „Verdammt noch mal, habe ich den etwa oben liegen lassen?", fragte er sich halblaut und wollte sich schon wieder auf den Weg in die Wohnung machen, als er den gesuchten Gegenstand in der Hand hielt.

Im Auto lag noch sein Trenchcoat, den er letzte Nacht auf dem Weg in die Wohnung, weiß der Teufel warum, nicht getragen hatte. „Scheiß Whiskey", fluchte er schlecht gelaunt vor sich hin, zog den Mantel an und stieg in den Wagen, nur um zu merken, dass er sich auf etwas Weiches gesetzt hatte.

„Das darf doch nicht wahr sein", sagte er resigniert, hob seine Kehrseite ein Stück an und sah das halbe fettige Sandwich, das an Sitz und Mantel klebte.

„Wo kommt das denn her?", fragte er gereizt, und mit einer alles sagenden Grimasse packte er mit der linken Hand unter sich und beförderte die zerquetschten Reste des Sandwiches auf die Straße.

‚Wenn das so weitergeht, erwürge ich den Nächsten, der mir dumm kommt‘, dachte er grimmig.

Mit diesem Gedanken im Kopf startete er den Motor und gab Gas, um endlich zum Tatort zu kommen.

Je weiter er Richtung Hafenviertel fuhr, umso schäbiger und runterge-kommener wirkte die Gegend. Überall blätterte der Putz von den Fassa-den, hier und da huschte eine fette Ratte in den Schutz von Mülleimern und Containern.

Ein Geruch nach verfaultem Fisch und brackigem Wasser hing hier ständig in der Luft, mal stärker mal schwächer, je nach Windrichtung.

Dann, nach einer halben Stunde Fahrt, bog er in die 'Shippingstreet' ein. „Na endlich", stöhnte er laut und fuhr näher an eine Lagerhauswand he-ran, um zu parken. Dabei rammte er einige der Mülleimer, die dort standen und jetzt scheppernd umfielen.

Aufgeschreckt, stoben zwei Ratten in unterschiedliche Richtungen davon. Richard dachte sich nur, ‚was für ein lauschiges Eckchen‘ und stieg aus.

Tom wartete schon mit einem schiefen Grinsen auf ihn. „Siehst besser aus, als ich dachte, nach den gestrigen Recherchen!"

Ohne etwas zu erwidern, ging Richard mit sauertöpfischer Miene an ihm vorbei in Richtung Parallelstraße, wo man an einer Ecke schon Absperr-band flattern sah.

„Ach Rich, ich weiß nicht, ob du es schon weißt, ... aber du hast da einen Fettfleck auf deinem Trenchcoat!"

Richard dachte sich nur ‚erwürgen … erwürgen … erwürgen' und steckte sich erst einmal einen Zigarillo an.

Kaum bogen sie um die Ecke, da sahen sie auch schon Polizisten, die am Absperrband standen, um Reporter abzuhalten, den Tatort zu betreten.
„Tomy, kannst du mir mal sagen, wie die das schon rausbekommen haben, du hast mich doch sofort informiert … oder?!", wollte Anderson von seinem Partner wissen.
„Sicher, nach Donewan warst du gleich der Nächste, den ich aus dem Bett geworfen habe!", sagte Tom.
„Na, da bin ich ja beruhigt!", sagte Richard sarkastisch.
Während sie näherkamen, wurde ein Reporter auf sie aufmerksam.
„Schönen guten Morgen, Inspektor, was können Sie meinen Lesern über die Vorfälle im Hafenviertel sagen?!"
Ted Forgison, ein dürrer Kerl und von jedem ernsthaften Ermittler gefürchteter Reporter des Detroiter Boulevard, für Richard hatte er ein Gesicht wie ein bequemer Hausschuh: Reintreten und sich wohlfühlen.
Sein Fretchengesicht und die Hornbrille mit den Glasbausteinen ließen seine Augen aussehen, als würden sie gleich herausfallen … er hatte von Natur aus einen neugierig nervigen Charakter.
„Forgison, für Sie habe ich jetzt am wenigsten Zeit", entgegnete ihm Richard barsch.
„Kommen Sie schon, nur ne kleine Information, was überhaupt passiert ist … nur ne kleine Information!", bohrte der Reporter weiter.
„Können Sie vergessen, Ted!", erwiderte Anderson.
„Ich kriege es ja so oder so raus!", beharrte Forgison hartnäckig.
Ohne weiter auf den nervenden Reporter zu achten, gingen Richard und Tom an diesem vorbei, ein Beamter hielt ihnen das Absperrband hoch, damit sie den Tatort betreten konnten.
„Mann, Sie sehen aber blass aus", meinte Tom im Vorbeigehen. „Gehts Ihnen gut?!", wollte er von dem Kollegen wissen.
„Geht schon, Sir, hier riechts nur ein bisschen komisch, bräuchte nur mal ein bisschen frische Luft!", sagte dieser gequält.
Jetzt fiel es Richard auch auf. Ein leicht süßlich metallischer Geruch nach Blut lag in der Luft, man konnte es fast schmecken, so wie in einem Schlachthaus. Er wunderte sich nur, dass es hier schon so stark roch, sie waren ja noch eine Gasse weit vom eigentlichen Tatort entfernt.
Er schaute Tom fragend an, der zuckte nur mit den Schultern und sagte:
„Du wirst schon sehen!"

Dann bogen sie um eine Hausecke nahe des Tatortes, wo ein Mann der Spurensicherung gerade in die Knie ging, sich festhielt und sich zu übergeben begann. Ein Kollege kniete sich neben ihn und reichte dem leichenblassen Mann ein Taschentuch.

„Wirds denn gehen?", meinte ein dritter Mann, der gerade dazu gekommen war.

„Ja, geht gleich wieder, Sir!", sagte der Angesprochene und wischte sich mit dem Taschentuch und zittriger Hand den Mund ab.

Der dritte Mann war Gerichtsmediziner und Pathologe der Mordkommission, Matt Olsen, um die 50 Jahre alt und durch seine langjährige Tätigkeit total abgestumpft.

„Morgen Matt, na wie siehts aus?", fragte Anderson den Pathologen.

„Guten Morgen Rich ... schöne Sauerei, aber mach dir am besten gleich selbst ein Bild!", meinte Olsen mit einem Blick auf den knienden Mann vor sich.

Als sie endlich ankamen, bot sich ihnen ein Bild des Grauens.

Überall schienen Blut, Innereien und zerrissene Körperteile zu liegen. Gedärm hing über Treppengeländern und am Aufstieg einer Feuerleiter. Der Geruch nach geronnenem Blut, Innereien und Körpersäften war schwer zu ertragen.

Der Torso des armen Schweins sah aus, als hätte ihm jemand die Rippen mit Gewalt von innen nach außen gedrückt.

Rich fiel vor Erstaunen erst mal der Zigarillo aus dem Mund.

„Mann ... Tomy, wer hat das denn bewerkstelligt?!", wollte Anderson fassungslos wissen.

„Ja, sieht fast aus wie damals in den Ardennen, als es Mike und Tody in der MG-Stellung durch Artillerieeigenbeschuss erwischt hat", entgegnete Tom. „Kannst du dich noch daran erinnern, Rich?!"

„Wie könnte ich das vergessen, sie waren schließlich unsere Freunde!", erwiderte Richard hart.

„Aber Olsen, wie kommt ihr darauf, dass das Callussi ist?!", fragte Anderson verständnislos.

„Oben auf dem Podest der Feuerleiter liegt sein Kopf, sein Gesicht hat keinen Kratzer abbekommen, sieht aus wie auf dem Fahndungsfoto ... wenn man den getrockneten Blutschaum an den Mundwinkeln nicht beachtet. Wenn du dir dann ein Bild von der ganzen Sache hier gemacht hast, würde ich den Kopf gerne eintüten, da er das Einzige ist, was wirklich zu identifizieren ist!", meinte Olsen und grinste schief.

„Übrigens, Fotos habe ich schon machen lassen, da du ja noch nicht da warst", sagte der Pathologe.

„Gut, ich mache mir ein paar Gedanken und Notizen und lasse dir dann Bescheid geben", meinte Richard beiläufig, denn er war bereits mit seinen Gedanken bei dem Fall.

Er begann, sich genauer umzuschauen, wobei er eine Gänsehaut bekam. „Was ist hier nur passiert?", murmelte er vor sich hin und steckte sich abwesend einen Zigarillo an.

Als er von hinten angesprochen wurde, drehte er sich in die Richtung des Sprechers. „Ah ... Anderson, sind Sie auch schon da, na wenigstens rasiert hat er sich!"

Tom grinste nur doof zu Richard hinüber, als Nigel Donewan, ihr Chef, auf sie zukam.

Als Chefinspektor war Donewan eigentlich nicht mehr so häufig im Außeneinsatz, er musste also aus gewichtigen Gründen hier sein.

„Können Sie sich vorstellen: Der Bürgermeister persönlich hat mich heute Nacht aus dem Bett geklingelt und darum gebeten, dass ich mir ein Bild von dem hier mache", meckerte er, dabei machte Donewan eine wedelnde Bewegung mit seinem linken Arm in Richtung des Desasters.

„Chef, warum scheinen dieses Mal alle schneller informiert zu sein, als wir? Ist doch reichlich ungewöhnlich?!", fragte McKey seinen aufgebrachten Vorgesetzten.

„Ja, da haben Sie Recht, Tom, aber dafür sind Anderson und Sie ja jetzt zuständig ... und Anderson, Sie haben einen Fettfleck auf Ihrem Trenchcoat, lassen Sie das reinigen", sagte ihr Chef ermahnend und verließ mit einem Taschentuch vor dem Mund den Tatort.

„Tomy, nimm dir die Nachtschicht der Hafenarbeiter vor, mach dir noch ein paar Notizen und seht zu, dass ihr von irgendjemandem eine Aussage oder einen Hinweis erhaltet, was hier passiert sein könnte. Irgendjemand muss doch etwas mitbekommen haben, einen Schrei oder so, und lasst euch nicht abwimmeln!"

„Ist gut, Rich", sagte Tom, nahm sich noch ein paar herumstehende Beamte zu Hilfe und machte sich mit ihnen an die Arbeit.

Kaum war McKey gegangen, da hörte Anderson einen Mann der Spurensicherung seinen Namen rufen. „Mr. Anderson, Sir ... kommen Sie doch bitte mal hier rüber zum Kai, wir haben was Interessantes entdeckt!" Seine Worte klangen recht zuversichtlich, als wenn es etwas Wichtiges sein könnte.

Also machte sich Richard auf den Weg zum Kai. Kaum vor Ort, wurde er von dem Mann auf Schleifspuren und eine nicht geringe Menge Blut hingewiesen. „Sehen Sie die Schleifspuren, Sir? Die führen vom Tatort hierher, und das Blut ist teilweise verspritzt. Was wir noch gefunden haben, sind halbe, blutige Schuhabdrücke, die zurück in Richtung der Leichenteile führen", dabei zeigte er auf die besagten Spuren, die deutlich auf dem feuchten Boden zu sehen waren.

Daraufhin begann Richard, sich noch genauer umzusehen. Als sein Blick an einem herumliegenden Lackschuh hängenblieb, rief er einem Beamten zu: „Guten Morgen, Detektiv Monsen, … der Lackschuh vor Ihnen auf dem Boden … ja, der mit dem Fuß, ist der schon aufgenommen und protokoliert?"

„Ja Sir!", sagte dieser und man sah seinem Gesicht an, was er von dem hielt, was er da sah.

„Dann ziehen Sie sich ein paar Handschuhe an und bringen ihn mir bitte rüber!", sagte Anderson und betrachtete dabei die vorhandenen Spuren noch einmal aus einem anderen Blickwinkel.

„Ist das Ihr Ernst, Sir?", fragte Monsen mit einem Gesicht, das alle Farbe verloren hatte.

„Mann, Monsen, stellen Sie sich nicht so an, als hätten Sie noch nie einen Fuß gesehen!", sagte Anderson mit einem bösen Grinsen.

„Ja Sir", Monsen und hob mit einem vor Ekel verzerrtem Gesicht den Schuh auf und brachte ihn rüber zum Kai.

„Bitte schön, Sir, darf ich jetzt wieder gehen?!"

„Ja sicher, danke, Monsen!" Richard nickte ihm freundlich zu.

Als der leichenblasse Monsen wieder gegangen war, besahen sich Anderson und der Mann von der Spurensicherung den abgetrennten Fuß und dessen Schuh.

„Sehen Sie, der Abdruck passt mit dem Schuh überein! Also war Callussi erst hier, bevor es ihn zerrissen hat, aber was hat er hier gemacht oder mit wem, und lebt die Person vielleicht noch … eigenartig!"

# Die Jagd

„Na, mein Junge, bereit für die neue Jagdsaison?!"
„Ja Pa, aber das weißt du doch", sagte Jon, der endlich sein neues Gewehr ausprobieren wollte, einen Remington Stutzen Kaliber 308 Win Mag, den er von seinen Eltern zum Geburtstag bekommen hatte.
Gregor und Tiffany Clark waren Ma und Pa, die Eltern von Jon Clark.
Jon war, wie sein Vater, begeisterter Jäger, dies machte seinen Vater unheimlich stolz.
Jon war 13 Jahre alt und durfte diese Jagdsaison zum ersten Mal seine eigene Waffe führen, was ihm unsagbar viel bedeutete.
„Das ist ein erster Schritt zum Mann", betonte sein Vater.
Fährten lesen, Anpirschen, eine Wundfährte verfolgen, all das konnte er schon, seitdem er zurückzudenken vermochte.
Auch, dass das Wort Schweiß, welches in der Jägersprache nichts mit unangenehmem Geruch zu tun hatte, sondern das Blut des Wildes bezeichnete, wusste er schon. Geschossen und eigenes Wild erlegt, hatte er unter der Aufsicht seines Vaters schon oft.
Der Unterschied in dieser Saison war jedoch, dass er außer der neuen Waffe alleine auf die Pirsch gehen durfte und zwar ganz alleine, nur er, sein Rucksack und das neue Gewehr. Seine Mutter war zwar nicht so begeistert davon, aber sein Vater war überzeugt, dass er für dieses Abenteuer bereit war.
„Mutter, ich war auch in seinem Alter, als ich von meinem Vater alleine rausgeschickt wurde", sagte er zu seiner Frau und damit war das Thema erledigt und Jon überglücklich.
Für den Trip in die Berge hatte sein Vater noch einen neuen Jeep gekauft, einen Hotchkiss M 201 mit geländegängigem Anhänger, für den Proviant und das erlegte Wild. Sie waren gestern Morgen in ihrem Jagdhaus angekommen, das sich schon Generationen im Familienbesitz befand.
Tiffany Clark blieb im Jagdhaus zurück, um es für sie drei richtig gemütlich zu machen und etwas zu kochen. Sie wusste, dass die Jäger, wenn sie erschöpft zurückkamen, immer großen Hunger hatten.
Um den ersten Jagdtag voll auszunutzen, brachen sie schon um 3.00 Uhr morgens auf, damit sie zur Morgendämmerung auf den Hügeln waren, wo das Wild sich zu dieser Uhrzeit langsam sehen ließ.

Als sie vom Jagdhaus aus losfuhren, war die Straße, die in die Berge führte, noch breit und geräumig, aber je höher sie kamen, umso holpriger und schmaler wurde diese.

Nach einiger Zeit und jeder Menge Schlaglöcher erreichten sie eine kleine Wiese am Rand des Waldes, auf der sie kampieren wollten. Voller Vorfreude sprang Jon aus dem Jeep und begann schon mit dem Abladen, noch bevor sein Vater richtig angehalten hatte.

Als sie dann den Jeep gemeinsam entluden, sagte sein Vater: „Ich baue schon mal das Zelt auf, für alle Fälle ... man kann ja nie wissen, ob wir nicht übernachten müssen. Du hast für den Notfall genug Wasser und Nahrung für zwei Tage in deinem Rucksack. Aber versuche, heut Abend wieder am Jeep zu sein. Falls das Wild zu schwer sein sollte, breche es auf und decke es mit Ästen zu, das holen wir dann morgen zusammen ... solltest du jedoch von der Dunkelheit überrascht werden, gib kurz hintereinander zwei Schüsse ab, damit ich weiß, dass es dir gut geht. Aber versuche auf keinen Fall im Dunkeln den Weg zu finden oder angeschossenes Wild zu verfolgen, du würdest dich unweigerlich verirren. Lege dich einfach mit deinem Schlafsack unter einen Baum, warte bis zum Morgen und komme dann zurück!"

„Is gut Pa, werds schon hinkriegen!", erwiderte Jon und lächelte ihn schief von der Seite an.

„Genau das wollte ich hören, mein Junge, also dann Waidmanns Heil!" Man hörte den Stolz in der Stimme des Vaters.

„Wüsch ich dir auch, Pa!", sagte Jon und strahlte dabei vor Vorfreude, wie die aufgehende Sonne.

Bei gutem Wetter und voller Hoffnung, fette Beute nach Hause zu bringen und damit seinen Vater stolz zu machen, zog er in den Wald, nichtsahnend, dass sich für ihn alles verändern würde.

Das erste Stück des Weges war noch relativ flaches Gelände, welches mit hüfthohem Gras bewachsen war. Nur hier und da gab es ein paar Bodenwellen und kleine Steine, über die man stolpern konnte, wenn man nicht genug aufpasste. Aber für Jon war das nichts Neues, und so kam er gut voran. Dann, einige Zeit später, lag ein lichter Wald vor ihm, der durch Holzfällarbeiten entstanden war, auch dieser war ihm vertraut. Zedern, Douglasien, Wachholder, Gambel-Eichen und noch andere Nadelbäume gab es hier in beträchtlicher Größe, aber diese waren nichts gegen die Sequoias auf der anderen Seite des Berges, die an die hundert Meter Höhe erreichen konnten und unter Schutz standen, da sie schon so unendlich alt waren. Auch Farne, Moos und Waldblumen waren hier und da eingestreut und ließen den Wald aussehen, als entstammte er einem Märchen. Hunderte von Vögeln schienen im Wettstreit mit ihren Artgenossen zu stehen. Auch unter den Vögeln des Waldes gab es einen ganz besonderen von Jägern sehr geschätzten Vogel, den Wildtruthahn, der als Braten vorzüglich schmeckte. Jon knurrte schon der Magen, als er auch nur daran dachte. Er hatte zwar gefrühstückt, aber nicht so viel, damit er nicht träge wurde und so verspürte er mittlerweile wieder ein wenig Hunger.

Er wollte aber nicht schon am Anfang der Jagd Rast machen, dafür war später noch genug Zeit. Deshalb ignorierte er das Grummeln in seinem Bauch und schritt noch ein bisschen forscher aus, um schneller voranzukommen.

Es roch würzig nach Walderde, feuchtem Moos und dem Harz der Bäume, hier und da gurgelten kleine Bäche vor sich hin, über denen Mückenschwärme tanzten, oft waren die klaren Gewässer voller Regenbogenforellen. Trotz des frischen Morgens und dem leichten Nebel, der an einigen Stellen schuhhoch den Boden bedeckte, war der Wald schon vom Summen hunderter Insekten erfüllt, die Luft war frisch und voller Sauerstoff. Hier fühlte sich Jon wohl und konnte die Schule und Sorgen eines Teenagers vergessen.

Nach einer Weile bog er auf einen Wildpfad ab. Sein Vater hatte ihm schon als kleinen Jungen darauf hingewiesen, dass solche Pfade die Landstraßen der Tiere seien, die durch die Wälder führten, und man durch sie oft, vorausgesetzt man beachtete die Windrichtung, zumindest in die Nähe von Wild kam.

Sich an die Worte seines Vaters erinnernd folgte er diesem Pfad in dichtere Regionen des Waldes. Als er schon gut drei Stunden unterwegs war, teils über große Steine oder unter umgefallenen Bäumen durchkletternd, sah er auf einer kleinen Lichtung die ersten Truthähne der Saison. Es waren herrliche Tiere, Althühner und Junghühner von diesem Jahr. Ein imposanter Hahn erregte Jons besondere Aufmerksamkeit. ‚Was gäbe das für einen fetten Braten, Mutter wäre begeistert!‘, dachte er bei sich.

Sich vorsichtig hinkniend, nahm er die Waffe von seiner rechten Schulter, ganz langsam um keinerlei Geräusch zu machen, denn Truthähne hatten neben guten Augen auch noch ein gutes Gehör. Im Zeitlupentempo nahm er den Stutzen in den Anschlag und zielte über Kimme und Korn auf die Flügeldecke des großen Hahns. ‚Nicht gerade ein Hirsch, aber immerhin ein guter Braten ... und wie gut der schmecken wird‘, dachte sich Jon und verlagerte sein linkes Knie weiter nach vorne, um den Schuss besser antragen zu können, und zerdrückte dabei einen trockenen Ast, den er vor lauter Aufregung nicht bemerkt hatte.

In Bruchteilen einer Sekunde gab es ein aufgeregtes 'Gubel Gubel'. Die Lichtung war leer, außer dem Gestüber, wie der Vogelkot genannt wurde, und außer ein paar wackelnden Ästen und Grashalmen war nichts mehr zu sehen.

„Jesus Christus, das kann doch nicht wahr sein", brummte er vor sich hin und hatte sofort ein schlechtes Gewissen, geflucht zu haben.

Als er daraufhin seine Waffe wieder gesichert und heruntergenommen hatte, kam ihm ein Spruch seines Großvaters in den Sinn, der lautete: ‚Man soll den Braten nicht verteilen, bevor man ihn vor sich liegen hat!'

Frustriert stellte er die Waffe an eine Douglasie und setzte sich auf den weichen und mittlerweile von der Morgensonne erwärmten Waldboden, dann lehnte Jon sich an eine alte, verknöcherte Zeder, die er als Deckung genutzt hatte. Jetzt konnte er auch gleich frühstücken, dachte Jon, da die Chance, die Truthühner zu erwischen, eh vertan war. Aber es war ja noch früh am Morgen, also war alles noch offen.

Seufzend nahm Jon seinen Rucksack ab, denn ihm ging der kapitale Truthahn immer noch nicht aus dem Kopf und breitete sein Essen vor sich aus „Mmm … was hat Ma mir denn alles eingepackt?" Da waren eine Feldflasche aus Blech mit Quellwasser, Sandwiches mit Wurst und welche mit Erdnussbutter und fünf Cookies. Dann war da noch ein Riegel Trockenfleisch. ‚Der ist nicht von meiner Mutter', dachte Jon lächelnd, ‚das war typisch Pa'. Immer noch bei dem Gedanken grinsend, entschied er sich erst mal für die Erdnussbutter.

Als er die Erdnussbuttersandwiches vertilgt hatte, schnürte er noch seine Wanderstiefel neu, damit er auch beim Weiterpirschen einen sicheren Tritt hatte und sich durch lockeres Schuhwerk keine Blasen lief. Die Stiefel waren aus stabilem Rindsleder und von guter Qualität.

Nachdem er wieder aufgestanden war, schulterte er seinen Jagdrucksack erneut und hängte sich die Waffe um.

Jetzt ging es strammen Schrittes, aber trotzdem vorsichtig und so leise wie möglich, weiter durch den dichter werdenden Wald. Je tiefer er in den Wald eindrang, umso öfter hingen ihm tiefe Äste im Weg und mancher Busch oder große Felsen musste umrundet werden.

Jon ging jedoch unbeirrt weiter, bis ihn plötzlich etwas stutzig machte und er wie angewurzelt stehen blieb. ‚War da nicht eben ein tiefes Brummen zu hören?', dachte er, verharrte reglos und lauschte ins Unterholz. Als er aber nichts Ungewöhnliches mehr vernahm, zweifelte er schon fast an seinem Gehör. 'M... muss mich wohl verhört haben'.

Doch dann blieb Jon abrupt stehen, weil er fast eine Bärin angerempelt hätte. 'Scheiße, scheiße, scheiße ... jetzt bin ich am Arsch', war das einzige, was Jon in dem Moment durch den Kopf ging.

Es war eine Grizzlybärin mit zwei Jungen, die ihrer Mutter interessiert dabei zusahen, was sie so machte.

Die Bärin war gerade darin vertieft ihren Jungen zu zeigen, wie man einen morschen Holzstamm zerlegen musste, um an die schmackhaften Holzmaden zu kommen. Sie brummte und grollte beängstigend bei der Aufgabe, ihren Jungen etwas beizubringen und ließ buchstäblich die Fetzen fliegen, ihr Nachwuchs tat sein Bestes, um es ihr gleichzutun.

‚Ok ok ... bleib ruhig, bleib ruhig, sie hat mich noch nicht gesehen, und der Wind geht in meine Richtung', ging es ihm durch den Kopf. Mittlerweile war Jon vor Angst komplett durchgeschwitzt, was die Mücken anscheinend als Einladung ansahen, ihm in Augen, Ohren und Nase zu fliegen. Dies hatte zur Folge, dass er vor lauter Blinzeln nicht mehr richtig sehen konnte. Aber trotz allem begab er sich so langsam es ging und äußerst vorsichtig auf den Rückzug, um nur nicht auf den nächsten trockenen Ast zu treten ... doch krrr..., es knackte ... er hätte sich dafür verfluchen können und schloss kurz die Augen.

Als er sie wieder einen Spalt öffnete, sah ihn eines der jungen Bären geradewegs in die Augen, die Mutter hatte anscheinend nichts mitbekommen, denn der Kleine schaute ihn immer noch an und neigte leicht den Kopf auf die Seite. Den Menschen konnte es irgendwie nicht einordnen, was er nun war ... Freund oder Feind ...

'Breee ... Breee' machte es und der Kleine drehte sich wieder zu seiner Mutter um, damit er auch noch was von den saftigen Maden abbekam.

‚Also Freund', dachte Jon erleichtert und verdrückte sich schleunigst, diesmal allerdings ohne dabei ein Geräusch zu verursachen.

Er ging noch ein ganzes Stück rückwärts, um sicherzugehen, dass ihn die Bärin aus Furcht um ihre Jungen nicht doch noch anfallen würde. Jon wusste von seinem Vater und anderen Jägern, dass Bären mit Jungen noch unberechenbarer waren als sowieso schon. Als er sich dann sicher war, dass er außer Gefahr war, rannte er erst einmal ein paar hundert Meter um Abstand zur Bärin zu bekommen.

Außer Atem und mit Seitenstechen blieb er keuchen stehen, hielt sich an einer Douglasie fest und beugte sich nach vorne, um besser Luft zu bekommen.

‚Am Trutgockel gescheitert und dann noch fast ne Bärin geknutscht und das alles vor dem Mittagessen, wenn ich das erzähle, glaubt mir das doch kein Schwein‘, dachte Jon und grinste erleichtert, wobei er sich mit zittriger Hand durch die schweißnassen Haare fuhr.

Als Jon sich dann wieder beruhigt hatte, machte er sich erneut auf die Pirsch, denn es galt ja, noch etwas zu erlegen.

Und so setzte er seinen Weg voller Hoffnung fort, um seinen Vater doch noch stolz zu machen.

Nach einer weiteren Stunde kam Jon auf eine größere Lichtung. Man sah deutlich anhand der Spuren und der 'Losung', wie der Kot des Wildes genannt wurde, dass noch vor nicht allzu langer Zeit ein Hirsch mit seinen Hirschkühen und ihren Kälbern hier geäßt hatten.

Sein Herz schlug ihm bis zum Hals und um etliches schneller ... denn das Jagdfieber hatte ihn gepackt.

„Na endlich ... mit ein bisschen Glück wird es noch was mit der Jagd“, flüsterte er vor sich hin und beruhigte sich langsam wieder.

Jon schaute sich den Boden, auf dem er stand, genauer an, und als er sicher war, wohin das Wild seine Fährte gezogen hatte, machte er sich an die Verfolgung. Damit ihm keine Details entgingen, pirschte er teils auf allen Vieren oder gebückt durch hohes Gras und Buschwerk. Immer tiefer ging es in den Wald, immer auf der Spur nach der vermeintlichen Beute.

So ging es eine ganze Weile weiter, es musste schon weit über die Mittagszeit sein, als Jon den Ruf eines Hirsches vernahm, der kurz darauf von einem Kontrahenten erwidert wurde.

‚Ich habe sie endlich gefunden, wurde aber auch Zeit ...‘, erleichtert strich er sich durchs Haar, ‚...eine neue Chance auf Jagderfolg bekommen zu haben‘.

Jon ging diesmal noch vorsichtiger vor, suchte den Boden nach Ästen ab, um ja kein auffälliges Geräusch zu verursachen. Nach einiger Zeit wurde das Gelände abschüssiger, und als er um einen Wacholderbusch kroch, sah er endlich das Rudel, das auf einer kleinen Lichtung graste.

Es waren Weißwedelhirsche, wunderschöne Tiere, die sich völlig unbeobachtet glaubten. Der Wind stimmte, und so nahm Jon sein Gewehr langsam von der Schulter, legte sich auf den Waldboden, der hier immer noch recht feucht war und positionierte die Waffe mit dem Lauf auf seinen Rucksack, den er als Unterlage für einen sicheren Schuss vor sich gelegt hatte und ging in den Anschlag.

Die Worte seines Vaters hatte er immer im Hinterkopf: ‚Kimme und Korn, immer nach vorn!‘, dachte er konzentriert.

Nach genauer Betrachtung suchte er sich ein Kalb aus der Herde aus, das ein Stück abseits stand, versuchte sein aufgeregtes Atmen unter Kontrolle zu bekommen, zielte genau auf das Blatt, zog ganz sachte den Abzug durch, um das Gewehr nicht zu verziehen und ließ die Kugel fliegen.
Das Kalb zeichnete deutlich, was zeigte, dass er getroffen hatte. Das Tier ging aber nicht zu Boden, sondern sprang mit dem Rudel davon.
Jon richtete sich ungläubig auf und starrte auf die Stelle, wo das Rudel eben noch gestanden hatte. Er verstand die Welt nicht mehr, weil er glaubte, dass der Schuss gut gewesen war. Jon wartete noch eine Weile, dann stand er auf und ging mit der Waffe in der Hand hinunter auf die Lichtung, um am Anschuss nach Pirschzeichen, worunter Schweiß und Gewebestücke sowie Schnitthaare zählten, zu suchen. Jon war den kurzen Hang hinuntergelaufen und stand jetzt am Rand der Lichtung.
Als er dann mitten auf dieser stand, ungefähr da, wo er den Anschuss vermutete, schaute er noch einmal hoch zum Wachholder, von wo aus er geschossen hatte und versuchte so den Anschuss genauer auszupeilen, was ihm nach nochmaliger Überprüfung dann auch gelang.
Am Anschuss fand er dunkelroten Schweiß, der schon fast ins Bräunliche ging. „So ein Mist ... das sieht ja schon fast aus, wie ein Lebertreffer. So weit hinterm Blatt bin ich doch gar nicht abgekommen“, schimpfte er vor sich hin.
Die Art von Blut, das er gefunden hatte, bedeutete für Jon mindestens eine halbe Stunde abzuwarten, damit sich das Wild in aller Ruhe zum Sterben ins Wundbett legen konnte und nicht noch hunderte Meter auf der Flucht war.
Frustriert holte er seine Taschenuhr aus seiner Hosentasche und klappte sie auf, dann nahm Jon die Zeit um zu bestimmen, wann er der Wundfährte folgen durfte. Dabei stellte er fest, dass es schon viel später war, als er vermutet hatte, es ging mittlerweile auf vier Uhr nachmittags zu.
„Na, das kann mit meiner Zeit ja knapp werden“, stellte er mit ein bisschen Bammel fest.
Jon hatte mit seinem Vater schon sehr oft unter freiem Himmel in der Wildnis übernachtet, aber nach der Begegnung mit der Bärin und ihren Jungen hatte er irgendwie keine richtige Lust mehr allein zu kampieren. Er würde ein Feuer machen, um das Raubwild von sich fernzuhalten, denn er wollte ja nicht vom Jäger zum Gejagten werden. So versuchte Jon sich Mut

zu machen und dachte sich: ‚Wenn ich schon warten muss, dann kann ich wenigstens in Ruhe essen.'

Gesagt getan. Er setzte sich im Schneidersitz auf den warmen Boden der Lichtung, nahm seinen Rucksack von den Schultern und legte die Waffe gesichert, aber griffbereit, neben sich. Man konnte ja nie wissen, denn nach dem heutigen Tag wollte er auf alles vorbereitet sein.

Er aß die zwei Wurstsandwiches und ein Gebäckstück, dann trank er noch einen großen Schluck Wasser. Wohlig und gesättigt streckte er sich auf der sonnenbeschienenen Lichtung aus und klemmte sich den Rucksack unter den Kopf, um sich ein bisschen von den Strapazen des bisherigen Tages auszuruhen. Er schloss schläfrig seine Augen und sagte sich ‚nur ganz kurz bis die halbe Stunde um ist' und schlief fast augenblicklich ein.

Als sich eine Fliege auf seine Nase setzte, wurde er schlagartig wieder wach. Jon schreckte hoch und wischte sich mit der Hand über die Nase, um den Störenfried loszuwerden. Im ersten Moment wusste er nicht genau wo er war, dann fiel es ihm wieder siedend heiß ein.

Er musste ja noch ein Stück Wild finden und bergen.

Nachdem Jon aufgestanden war, begriff er erst wie spät es schon war. Und als er zum Himmel schaute, merkte er, dass es nicht mehr lange dauern würde, bis die Dämmerung einsetzte.

Schnell packte er seine Sachen zusammen und stopfte sie in den Rucksack. Als er den wieder umgeschnallt hatte, nahm er sein Gewehr und ging der Blutspur nach.

Er musste sich bemühen, auf der Schweißspur zu bleiben, da es nicht sehr viel Blut gab und es schon zu dämmern anfing. Als Jon nicht mehr daran glaubte, etwas zu finden, lag das Kalb verendet unter einem Wacholderbusch. „Hätte nicht gedacht, dass es noch so weit kommen würde."

Erleichtert, es doch noch gefunden zu haben, atmete er durch, dann packte er es an den Hinterläufen und zog es unter dem Busch hervor.

Damit ihm das Fleisch des Tieres nicht verdarb, musste er das Stück Wild noch aufbrechen, das hieß, die Bauchdecke des Kalbs zu öffnen und die Organe zu entnehmen, damit es über Nacht auskühlen konnte und nicht verdarb. Nachdem das erledigt war, zog er das Kalb wieder unter den Wachholder und deckte es mit Ästen zu, so wie es sein Vater ihm beigebracht hatte. Danach suchte er einen der nahe gelegenen Bäche auf, die gab es hier zum Glück überall, und wusch sich das ganze Blut von den Händen, um den Blutgeruch zu beseitigen. Dann füllte er noch seine Wasserflasche auf und verstaute sie wieder im Rucksack.

Nun war es bereits zu spät, um sich noch auf den Rückweg zu machen, und so gab Jon die zwei Schüsse ab, die er seinem Vater versprochen hatte, damit dieser sich keine Sorgen machen musste.

Unten am Berghang hörte sein Vater die zwei Schüsse kurz hintereinander. „Der Bengel hat sich ja ganz schön Zeit gelassen", murmelte er erleichtert vor sich hin und warf noch einen Ast ins Lagerfeuer, sodass die Funken nur so in den sternenklaren Himmel stoben.

„Mal gespannt, was du geschossen hast, mein Junge", sagte er leise und starrte noch einmal in die Dämmerung hinein, in die Richtung, aus der die Schüsse zu hören waren. Er hatte sich bereits etwas Sorgen gemacht, als er den ersten Schuss so spät gehört hatte, und es dann so lange dauerte bis die Signalschüsse kamen, ... da ja nach dem ersten Schuss klar war, dass sein Sohn es an diesem Tag nicht mehr ins Lager schaffen würde. Beruhigt, dass es seinem Jungen gut ging, begab er sich ins Zelt um zu schlafen, da er morgen ja ziemlich früh aufstehen wollte, um alles für eine eventuelle Wildbergung vorzubereiten.

Kurz bevor er die Augen zumachte, dachte er noch, dass Jon es diese Nacht wohl nicht so warm und gemütlich haben würde wie er, und mit einem leichten Schmunzeln auf dem Gesicht schlief er ein.

Jon hingegen machte sich andere Gedanken, um in der Nacht nicht von Bären oder anderen Räubern überrascht zu werden. Er entfernte sich ein ganzes Stück von all dem Blut und der Beute, um einen Schlafplatz zu suchen, der nicht nach einer Einladung zum Abendessen roch und einigermaßen sicher war.

Fast zur selben Zeit wie sein Vater wickelte Jon sich in seinen Schlafsack und starrte in den Himmel, der mittlerweile völlig dunkel und voller Sterne war. Alles im Ganzen betrachtet, abgesehen von den Bären, dachte er, war der Tag doch noch gut gelaufen.

# Das Ritual

Jon hatte gar nicht bemerkt, wie er eingeschlafen war, er wurde wach, weil er seltsame Geräusche vernahm, die sich wie Trommeln und Gesang anhörten.

Es war eine kühle, klare Nacht und der Vollmond war gerade aufgegangen. Jon kramte nach seiner Taschenuhr, um die Uhrzeit zu überprüfen, was kein Problem war, da der Vollmond sehr viel Licht spendete. Es war kurz vor halb zwölf, fast schon Mitternacht. ‚Bald Geisterstunde', dachte Jon unbehaglich.

Ein Schauder lief ihm über den Körper, als er daran dachte, dass er ja ganz alleine war. In dieser Hinsicht war Jon eben nur ein dreizehnjähriger Junge. Aber Jungen in seinem Alter waren auch überaus neugierig, was ihn dazu trieb, den Geräuschen auf den Grund zu gehen. Also schälte er sich aus dem Schlafsack, um nachzusehen, was ihn geweckt hatte.

Jon ging geradewegs auf den eigenartigen Gesang und die uralten Rhythmen zu, sie schienen ihn regelrecht zu hypnotisieren. Er bewegte sich, wie von einem Magnet angezogen, durch das Unterholz, erst konnte er noch stehend laufen, musste sich aber bald schon auf die Knie begeben, um vorwärtszukommen. Gelb-Kiefernadeln stachen ihm dabei in Hände und Knie, aber er spürte es kaum.

Jon kam es vor, als krieche er eine halbe Ewigkeit durch das Unterholz, bevor er einen flackernden Lichtschein durch die Äste schimmern sah, voller Neugierde bog er sie auseinander. Sein Blick fiel auf eine Lichtung, die von mehreren Lagerfeuern erhellt war, in ihrer Mitte stand ein mindestens vier Meter hoher Totempfahl. Um den Pfahl herum saßen Indianer mit Instrumenten, einer hatte eine Handtrommel, die er mit einem mit Leder umwickelten Stock schlug, der nächste spielte auf einer hypnotisch klingenden Flöte, und da war noch einer mit einem Instrument aus Muscheln.

Ein Schamane, der sein Gesicht kunstvoll mit weißer Farbe bemalt hatte, sodass man dachte, Nebel würde über sein Gesicht ziehen, ging durch die Gruppe der Indianer hindurch. Mit einem riesigen Wolfsschädel auf seinem Kopf und mit blutroten Stoffstreifen, den Fellen und Federn verschiedener Tiere geschmückt, streute er abwechselnd Kräuter und Blätter in die Feuer, die mit einem Zischen vergingen und hunderte von Funken in den Himmel entließen. Dabei hörte Jon ihn alte Beschwörungsformeln singen.

„Jehaaha hahaeee ehaaee ohehase hohaha." Er bewegte sich dabei gebeugt vor und zurückspringend von einem Bein auf das andere und das immer und immer wieder. Die Rhythmen und die Beschwörung, es war eine Beschwörung, da war sich Jon aus irgendeinem Grund ganz sicher, wurden immer eindringlicher.

Jon kannte Totempfähle, über das ganze Jagdgebiet waren sie verteilt. Sie waren schon uralt, wie sein Vater ihm erklärt hatte.

Aber das Seltsame an diesem Totempfahl war, dass er etwas bösartig Mystisches ausstrahlte. Sein Aussehen war ebenfalls eher ungewöhnlich, denn normalerweise bestanden Totems meist aus mehreren Tiergestalten. Doch dieser schien aus Tier-Mensch-Gestalten zu bestehen, das hieß genau gesagt: Wolf-Mensch-Gestalten. Ganz oben war es ein ganz normaler Mensch und umso weiter man nach unten kam, schienen sie sich immer mehr in eine wolfsartige Gestalt zu verwandeln, die beängstigend aussah, und mit einer Klaue eine kleine Menschengestalt festzuhalten schien. Eigenartig war auch der andere ausgestreckte Arm der Kreatur, dessen Finger in Nadelspitzen-Klauen zu enden schienen.

Immer schneller bewegte sich der Schamane rhythmisch zu den Klängen der Beschwörung, bis plötzlich alle Musiker die Augen schlossen und ihre Instrumente verstummen ließen.

Auch der Schamane verharrte, aber seine Augen waren weit aufgerissen und die Arme gen Himmel erhoben. Nun begannen die sitzenden Indianer sich hin und her zu wiegen, und dabei flüsterten und murmelten sie eindringlich, aber für Jon unverständliche Dinge.

Das laute Heulen eines Wolfes ließ auch sie verstummen, Jon stellten sich die Haare zu Berge, als er noch andere Wölfe antworten hörte ... alle ganz aus der Nähe. Sein Vater hatte ihm vor ein paar Tagen erst erklärt, dass es in diesem Gebiet schon seit Jahren keine Wölfe mehr gäbe. Sie wären damals gnadenlos verfolgt und ausgerottet worden. Dies schien für diese hier nicht zu gelten.

Jon war wie erstarrt, ihm brach der kalte Schweiß aus, als er einen Schatten neben sich wahrnahm. Es war ein großer, grauer Wolf, der plötzlich neben ihm aufgetaucht war, dieser schien sich jedoch nicht an Jon zu stören.

Jon bekam angesichts des Tieres fast keine Luft mehr, dieser jedoch drehte nur kurz den Kopf in seine Richtung und mit seinen gelben Augen sah er ihm direkt in die Seele, so kam es Jon zumindest vor. Dann blickte der Wolf wieder nach vorne und trabte lautlos auf die Lichtung zu.

Nun sah er mehrere Wölfe auf die Lichtung treten. Sie legten sich in einem weiten Kreis um den Totempfahl. Auch sie schienen mit den murmelnden Indianern keine Probleme zu haben.

Gleichzeitig stieg ein leichter Nebel auf, was ungewöhnlich anmutete, da das Wetter sehr klar war, und er schien wie aus dem Nichts zu kommen. Nun ging der heilige Mann auf seine Knie und beugte in einer demütigen Geste den Kopf.

Vor dem Schamanen verdichtete sich der Nebel immer mehr, bis man etwas erahnen konnte, allmählich bildete sich die Gestalt eines riesenhaften Wolfes heraus.

Jon schloss die Augen und schüttelte den Kopf, um die vermeintlichen Trugbilder, die er gesehen hatte, loszuwerden. Als er die Augen wieder öffnete, waren die Wölfe verschwunden, bis auf das riesenhafte Tier genau vor dem Schamanen, aus dem sich immer wieder dünne, grauweiße Nebelfäden zu lösen schienen. Der Schamane hatte immer noch den Kopf gesenkt. Nun hob der Wolf seine rechte Pfote und berührte damit die Klauenhand der untersten Totemfigur. Etwas Wolfsblut schien über die scharfen Nägel der ausgestreckten Klaue zu laufen, Jon war sich aber nicht sicher.

Daraufhin setzte sich der Wolf auf die Hinterläufe und schien zu warten. „Aber auf was wartet er denn?", fragte sich Jon.

Kurz darauf kam auch schon die Antwort auf Jons Frage, in Gestalt eines Indianerjungen, der ungefähr das Alter von Jon haben musste. Er trat auf die Lichtung.

Der junge Indianer war ungewöhnlich groß und muskulös für sein Alter. Hätte Jon das Gesicht nicht gesehen, wäre er der Meinung gewesen, er sei ein Erwachsener.

Der Schamane schaute zu dem jungen Indianer. Hinter diesem sah er den Wolf in Lauerstellung stehen ... er blickte ihm direkt in seine geisterhaften Augen. Der Wolf erwiderte den Blick scheinbar eine halbe Ewigkeit, bis er plötzlich seinen Blick dem Indianerjungen zuwandte, um diesem auch in die Augen zu schauen.

Nachdem geraume Zeit vergangen war, schaute er erneut den Schamanen an und schien leicht den Kopf zu schütteln, als verneine er irgendetwas. Unerwartet wandte der Wolf den Kopf schräg nach oben und schaute in die Richtung, in der Jon sich versteckte. Seine Blicke schienen prüfend die Umgebung zu mustern. Der Schamane schaute ebenfalls in diese Richtung, konnte aber nichts als Bäume und Büsche erkennen.

Daraufhin begann der Wolf fürchterlich zu jaulen, was Jon durch Mark und Bein ging und ihm eine Gänsehaut verursachte, dann verschwand die geisterhafte Kreatur, wie sie gekommen war, sich in Nebel auflösend.

Grenzenlose Enttäuschung breitete sich auf den Gesichtern der Indianer aus. Besonders der Junge war regelrecht erschüttert, wandte sich ruckartig ab und ging zurück in den Wald, aus dem er gekommen war.

Als hätte jemand ein Zeichen gegeben, entstand eine rege Geschäftigkeit, und im Nu war die Lichtung wie leergefegt. Wären die heruntergebrannten Feuer nicht noch vorhanden gewesen, man hätte glauben können, es sei soeben niemand auf der Lichtung gewesen.
Nach geraumer Zeit und nachdem sich nichts mehr getan hatte, beschloss Jon aufzustehen. Er musste sich aber zu seiner Verblüffung an zwei rauen Ästen hochziehen, da seine Beine bereits eingeschlafen waren. Diese fühlten sich an, als würden tausende von Ameisen hindurchkriechen.
Als Jon wieder genug Gefühl in den Knochen hatte, ging er langsam den kurzen Hang hinab bis zu der Lichtung, denn er wollte sich das alles doch einmal von der Nähe ansehen, was er von oben mit ungläubigen Augen beobachtet hatte.

Vorsichtig betrat er die freie Fläche.
Er horchte und schaute sich um, aber nichts Ungewöhnliches geschah, also blieb er, wo er war und begann, sich genauer umzuschauen.
Bei der Betrachtung des Bodens konnte er genau ausmachen, wo die Musiker gesessen hatten, auch Spuren von Wolfspfoten konnte er gut im staubigen Boden erkennen.
In den Feuerstellen waren nur noch Glutbetten zu sehen, die rot vor sich hin flackerten, aber sie spendeten immer noch eine Menge Wärme. Das Rot der Glut ließ den Totempfahl noch unheimlicher erscheinen, als er auf Jon aus der Entfernung gewirkt hatte. Die Gesichtszüge der Figuren schienen ihn anzustarren und wirkten fast lebendig.
Dann zog es Jon an die Stelle, wo zuvor der große Wolf gestanden und der Schamane gesessen hatte. Von dem alten Indianer fand er jede Menge Spuren, aber keine einzige von dem riesigen Tier.
‚Das kann doch gar nicht sein, ein so großes Vieh muss eine Menge wiegen, der war doch mindestens doppelt so groß wie die anderen Wölfe', dachte er verwirrt.
Von so mächtig großen Wölfen hatte er noch nie etwas gehört, gäbe es sie, hätte sein Pa ihm doch sicher davon erzählt. Also war es doch nur ein Trugbild, das er sich eingebildet hatte?
Da fiel Jon wieder ein, dass der Wolf mit seiner Pfote ja die Klaue der Statue berührt hatte und etwas daran heruntergetropft war.
Also trat er vor den Pfahl, der mit all den komischen Figuren geschmückt

war und schaute sich die langen Fingernägel der ausgestreckten Klaue an, die daran befestigt schien. Sie sahen irgendwie so echt aus, als wären sie von einem Tier und nachträglich als Klaue eingesetzt. Außerdem sahen sie verdammt spitz und scharfkantig aus. Aber was Jon am meisten verblüffte, war die Tatsache, dass wirklich Blut daran zu haften schien.

Jon dachte, dass es einfach zu gruselig sei, um wahr zu sein, daher machte er den Fehler und fasste die Klaue genau da an, wo sie der geisterhafte Wolf auch berührt hatte.

Er tat dies, um festzustellen, ob dies nicht alles doch nur ein böser Traum war und er einfach nur in seinem Schlafsack lag und schlief. Obgleich er sie nur sehr vorsichtig mit seinem Zeigefinger an der Spitze berührt hatte, stach er sich sofort daran.

‚So ein Mist‘, dachte er bei sich, ‚ist die vielleicht scharf‘, und hielt sich den blutenden Finger.

Mit einem Mal ging ein Brennen von dem Einstich durch den Finger, in den Arm und dann in den ganzen Körper, es fühlte sich an, als wäre er plötzlich in Feuer gehüllt. Ihm wurde immer heißer, bis er vor Schmerzen auf seine Knie sank und zu schreien begann.

Eine gute Stunde Fußmarsch entfernt hörten die Indianer einen lauten Schrei, worauf sich der Schamane umdrehte und seinen Blick den Berg hinaufwandte, dorthin, wo sich die Lichtung befand.

„Brüder … Vater Wolf hat anscheinend seine Wahl getroffen und die Verschmelzung hat begonnen, wir sollten dieses Gebiet die nächsten Mondphasen meiden, denn wir wissen nicht, ob ein guter oder ein schlechter Geist erwählt wurde. Hier zu bleiben wäre zu gefährlich für uns. Möge Manitou ihm beistehen, wer immer er auch ist!“, sagte der alte Indianer zu seinen Leuten.

Und so machten sich die Indianer auf den Weg zu ihren Familien, um diese in Sicherheit zu bringen.

Der Schmerz hörte genauso abrupt auf wie er angefangen hatte. Daraufhin war es Jon es irgendwie total komisch, wie letzten Silvester, als er sein erstes Glas Bier trinken durfte.

Bevor es ihm immer komischer ging, hatte er das Gefühl, die Statue würde ihn mit stechenden Augen durchbohren.

Dann überkam Jon eine Gänsehaut und ein Übelkeit erregender Schwindel erfasste ihn. Er fing an, am ganzen Körper zu zittern, und ihm wurde so schlecht, dass er sich auf allen Vieren kauernd übergeben musste.

Er erbrach sich so lange, bis nur noch Galle kam, dann verfiel er in einen heftigen Ganzkörperkrampf, sodass er das Gefühl hatte, ihm würden die Zähne platzen und sämtliche Knochen brechen.

Doch dann, wie auf einen Schlag, war auch dies vorbei. Jon hörte nur noch ein leises Wimmern, das von ihm selber ausging und dann wurde er ohnmächtig.

## Leichenschau

Detroit 14. April 1950, 2.00 Uhr nachmittags.

„Also Matt, was haben wir denn hier? Sagt uns Callussi etwas, auch wenn es nur 'stückchenweise' ist?", meinte Richard mit todernster Miene.

Tom konnte sich ein Schmunzeln aufgrund Andersons Pietätlosigkeit nicht verkneifen.

Selbst Olsen versuchte erst gar nicht, ein Grinsen zu unterdrücken, sagte aber dann ohne weitere Verzögerung: „Also Sprengstoffe jeglicher Art können wir ausschließen. Darüber hinaus muss eine Menge Kraft eingesetzt worden sein, geschnitten wurde nämlich auch nicht!"

Richard verschränkte die Arme vor der Brust und fuhr sich mit der rechten Hand übers Kinn, das schon wieder nicht rasiert war.

„Mmh, aber irgendwie muss es ihn doch zerlegt haben, gibt es denn nichts Ungewöhnliches?", sinnierte Richard vor sich hin.

„Du meinst, außer der Tatsache, dass Callussi ein Puzzle ist ...", konnte sich Tom nicht verkneifen.

„Nein, nein, Rich hat schon Recht, ich habe noch etwas Ungewöhnlicheres festgestellt. Als ich alle, wirklich alle Teile vor mir liegen hatte, anfing die Organe zu bestimmen und zu wiegen, fiel mir auf, dass das Herz fehlt", sagte Olsen.

„Hast du wirklich sämtliche Leichensäcke und Tüten durchsucht?", fragte Richard.

„Sogar zweimal und es ist nicht da", antwortete Olsen.

„Gut Matt, das Herz fehlt also definitiv, hmm ... hat der oder die Mörder es also mitgenommen, aber warum oder für was?!", fragte Anderson.

Der Pathologe dachte kurz nach. „Das kann ich dir leider auch nicht beantworten, Rich, aber was mich an deiner Stelle mehr interessieren würde, ist die Tatsache, wie wir Callussi gefunden haben!"

„Ja Matt, hast Recht, haben wir wenigstens eine Ahnung, wie das bewerkstelligt wurde?", wollte McKey wissen.

„Es muss sich um ein spitzes, aber ansonsten relativ stumpfes Werkzeug gehandelt haben, mit dem der oder sehr wahrscheinlich die Täter in das Opfer hineinstachen, um dann ruckartig in die entgegengesetzte Richtung zu ziehen. Aber selbst das ist nur eine Hypothese, ich war nämlich mit Dorsen, meinem Assistenten, im städtischen Schlachthaus, und wir haben es mit Fleischerhaken ausprobiert!", sagte Olsen vielsagend.

„Das bedeutet was?", fragte Tom skeptisch.

„Das bedeutet, dass wir kräftige Haken, die wir an Taue gebunden haben, in ein frisch getötetes Schwein gehackt und dann versucht haben, es auseinanderzureißen", sagte Olsen und deutet mit seinen Händen an, wie sie es probiert hatten.

„Und hat es geklappt!?", fragte Richard, denn er war neugierig auf das Ergebnis.

„Ja, hat es, doch wir hatten erst einiges probiert." Olsen musste beinahe lachen.

„Was ist denn so komisch?", wollte Richard wissen.

„Na ja ... Dorsen, der gut Junge, hat sich voll ins Zeug und sich ebenso aufs Maul gelegt, er ist einfach auf einer Blutlache ausgerutscht und hat sich die Klamotten eingesaut. Ich habe ihn erst mal nach Hause geschickt, damit er nicht aussieht wie ein gestörter Massenmörder, wenn er hier rumläuft", lachte Olsen.

Nun lachten sie alle. Bei der Vorstellung, wie Dorsen ausrutschte und sich kopfüber in die Blutlache legte, konnten sie einfach nicht anders.

„Genug gelacht", meinte Richard, „wie ist dein Test ausgegangen?"

„Also, alleine ging gar nichts, mit mehreren Arbeitern auch nicht, erst mit Hilfe zweier Winden hat es dann geklappt. Aber wir mussten die Haken mehrmals neu positionieren, um ungefähr auf das Callussi-Ergebnis zu kommen. Übrigens, die Rechnung über die Sau musst du noch bei Donewan einreichen!", meinte Olsen grinsend.

„Das kannst du nachher gleich erledigen Tomy", sagte Anderson und klopfte McKey mitleidig auf die Schulter.

„Vielen Dank auch, Rich, vielen Dank!", beschwerte sich McKey mit einer Grimasse, die Richard und Matt auflachen ließen.

„Also gut, was heißt ungefähr?", wollte Anderson wissen.

„Das bedeutet, dass wir nicht schnell genug waren und wir durch unsere Methode nur relativ kleine Stücke herausreißen konnten", antwortete Matt.

„Jetzt sind wir also wieder am Anfang", konstatierte Tom.

„Nicht ganz, Tomy", meinte Olsen. „Wir wissen zweierlei. Erstens, es müssen mehrere gewesen sein, und zweitens, sie müssen irgendein großes Raubtier dabeigehabt haben!"

„Raubtier?!", fragten Richard und Tom fast wie aus einem Mund.

„Ja, Raubtier, hatte ich das eingangs nicht erwähnt!" Olsen wies mit einem Zeigestock auf Risse, Kratzer und Spuren von einem großen Biss hin.

„Und hier, seht ihr das ...", Olsen hob das linke Bein von Callussi an, um auf einen zertrümmerten Knochen hinzuweisen. „Hier ... das wurde mit einem starken Kiefer zertrümmert!"

Richard schüttelte langsam den Kopf. „Nein, das mit dem Raubtier hattest du nicht erwähnt, aber da wir das jetzt wissen … Tomy, häng du dich doch mal ans Telefon und versuch rauszufinden, ob irgendwo so große Raubtiere gehalten werden, oder ob im Zoo eins vermisst wird!"

Während Tom sich ein reichlich schmuddelig anmutendes Telefonbuch vornahm, das in einem Hängeregal stand, um nachher zu telefonieren, holte Olsen ein anderes Buch aus dem Regal und legte es vor Richard auf die fleckige Ablage, die vor dem Seziertisch angebracht war und schlug es an einer markierten Stelle auf. Richard bemerkte, dass einige Lesezeichen in dem Buch steckten.

Olsen blätterte durch das Buch, mit dem Titel **TIERE UNSERER ERDE – für Kinder**.

„Also … der Bär käme in Frage oder ein Löwe … vielleicht noch ein großer Wolf oder Hund", murmelte Olsen, während er in dem Buch blätterte.

„Matt, damit kann ich nichts anfangen, hast du sonst noch was für mich, irgendeinen Hinweis, den ich noch nicht kenne?!", fragte Richard mit hochgezogenen Augenbrauen und hob in gespielter Verzweiflung die Arme in die Höhe.

„Gut, dass du noch mal gefragt hast … komm mal mit zur letzten Bahre hier hinten." Als sie alle vor der Bahre standen, zog Olsen das Leichentuch zurück, darunter kam ein schmächtiger Junge zum Vorschein, der nicht älter als neunzehn oder zwanzig Jahre alt sein konnte und übel zugerichtet war.

„Den haben sie heute Morgen aus dem Detroit-River gefischt. Ungefähr drei Kilometer flussabwärts von deinem Tatort entfernt, ist noch nicht lange tot, ein höchstens zwei Tage. Wenn man über die üblen Verstümmelungen wie die rausgerissenen Fingernägel, die abgebrochenen Schneidezähne, diverse Schnitte und Prellungen oder gebrochene Rippen mal absieht, ist er offensichtlich daran gestorben." Olsen wies auf einen nicht zu übersehenden Schnitt hin, der von einem Ohr zum anderen ging und ziemlich tief war.

„Eine hässliche Wunde, aber interessant oder …?!", sagte Olsen und zog den Schnitt mit seinen behandschuhten Fingern auseinander, sodass man bis zur Speiseröhre sehen konnte.

„Aber was noch mehr über ihn aussagt, sind seine Schuhe und seine Kleidung", Olsen hielt ihnen gute Lackschuhe hin, die vorne und an den Seiten massive Abschürfungen hatten.

Richard nahm die Schuhe entgegen und betrachtete sie von allen Seiten und kam zu dem Schluss, dass sie genau in das Bild seines Tatortes passten. Denn dort waren Schleifspuren gefunden worden, die durchaus zu den Abschürfungen der Schuhe passen könnten.

„Die Schuhe könnten zu den Schleifspuren am Tatort passen und die aufgeschlitzte Kehle zu den Blutspuren am Kai!", sprach Richard nun seine Gedanken aus.

„Haben wir denn schon eine Ahnung, wer der arme Teufel hier ist?", fragte Tom, der wieder zu ihnen getreten war.

„Ich hätte nichts dazu sagen können", meinte Olsen, „aber Leute von der Spurensicherung konnten uns anhand der Kleidung sagen, wo wir ihn ungefähr hinstecken können", Matt wies auf einen fleckigen Haufen Wäsche, und Richard nahm auch diese in die Hände und rieb den Stoff zwischen den Fingern.

„Guter Tweet", konstatierte Anderson. „War nicht billig und die teuren Lackschuhe, das lässt welchen Schluss zu ...?" Er schaute fragend über die Bahre zu Matt.

Olsen, der erst jetzt begriff, dass er nicht zu Ende gesprochen hatte, was die vermeintliche Identität betraf, antwortete: „Oh ähm ... ja natürlich ... ähm ... Loyd meinte, dass die Klamotten, die wir hier haben, zu den Iren passen, die den Italienern zurzeit das Leben schwermachen, und mit Italienern meine ich ... die Mafia!"

„Das wird ja immer interessanter", meinte Richard, wie zu sich selbst, „jetzt haben wir sehr wahrscheinlich ein Motiv, was Callussi betrifft, er hat den Iren irgendwo abgegriffen, ihn gefoltert, um sehr wahrscheinlich Informationen aus ihm rauszuprügeln, und als er nicht mehr von Wert für ihn war, hat er den armen Jungen fertig gemacht ... ja genau so könnte es gewesen sein!"

Olsen seinerseits schaute zu Richard und begann zu nicken.

„Haben wir schon jemanden, der den Jungen identifizieren kann?!", fragte Richard.

„Ja, es wurde schon ein Telegramm in das mutmaßliche Hauptquartier der Iren geschickt", meinte Olsen und man sah an seinem Gesicht, was er davon hielt.

„Also in die schwarze Harfe, das Irishpub an der Madison Ecke Randolph ... na, da können wir uns auf was gefasst machen!", sagte McKey und pfiff leise durch die Zähne.

„Hätten wir nicht ein bisschen vorsichtiger bei der Ermittlung der Identität sein sollen. Immerhin handelt es sich um die Irische Mafia. Wenn die die richtigen Schlüsse ziehen, und das werden sie, gibt es einen offenen

Krieg mit den Italienern", meinte Richard.

„Ja, da hast du zweifellos Recht, Rich, aber bei der Leiche des Iren fanden wir keine Papiere, und außerdem kam das von ganz oben!", sagte Olsen und deutete mit seinem Daumen, Richtung Decke.

„Du meinst, Donewan hat das angeordnet?" Ungläubig schüttelte Richard den Kopf, worauf Olsen erklärte: „Nigel hat wohl mächtigen Druck vom Bürgermeister bekommen, den Fall so bald wie möglich abzuschließen, und daher hat er uns einfach die Abkürzung über jene irische Organisation nehmen lassen!"

„Woher hatte der Bürgermeister das eigentlich so schnell?", fragte Richard.

„Wie die Italiener, Iren, wir, die Polizei, und wohl auch unser guter Bürgermeister ... hat wohl auch er seine Informanten!"

„Anscheinend lässt sich einer von unserem Revier von ihm schmieren, da bewahrheitet sich das Sprichwort wieder, das lautet ‚Geld stinkt nicht'", sagte McKey bitter.

„Ja, da hast du wohl Recht, also, wenn du sonst nichts mehr für mich hast, mache ich mich auf den Weg!", erwiderte Richard.

Olsen hatte nichts mehr für den Inspektor, daraufhin versuchten die beiden Ermittler über das Telefon mehr zu erreichen.

Auf dem Weg aus der Leichenhalle steckte sich Richard erst mal einen Zigarillo an. Sie nahmen die Treppe, die ins Präsidium führte, um dem restlichen Team bei den Ermittlungen zu helfen. Kaum waren sie jedoch auf halbem Weg, da kamen ihnen drei Männer in feinen Tweed-Anzügen entgegen.

„Das ist doch Ian McMurdock der Boss der Iren-Mafia, was macht der denn persönlich hier?", fragte sich Richard und ging mit Tom an ihnen vorbei in sein Büro.

McMurdock, der als Markenzeichen ein goldenes Kleeblatt an einer Goldkette um den Hals trug, ließ sich von einem seiner Männer die Tür der Leichenhalle öffnen und trat ein.

Olsen arbeitete gerade an den Überresten von Callussi als die Iren eintraten. Einer von McMurdocks Männern bekam ungewollt einen Blick auf die zerfetzten Körperteile des Italieners präsentiert, bevor Olsen sie abdecken konnte und wurde aschfahl. „Bei Maria und allen Heiligen, was war das denn?!", wollte der Mann fassungslos wissen.

„Nichts was Sie angehen würde!", entgegnete Olsen.

McMurdock, der nicht gesehen hatte, was seinen Mann so aus der Fassung gebracht hatte, sagte nur: „Was gibts denn da so Besonderes, Dougman, dass du die Heiligen anrufen musst?", fragte er und wollte das Leichentuch wegziehen, um zu sehen, was unter der Abdeckung lag. Aber Olsen war schneller und hielt das Tuch fest.

McMurdock ließ das Tuch aber nicht los, sondern schaute den Chefpathologen nur prüfend mit seinen stechend grünen Augen an. Das reichte aus, um Olsen nonverbal verstehen zu geben, dass er gefälligst seine Griffel von dem Tuch zu nehmen hatte. Olsen bekam bei dem Blick, der keine Widerworte duldete, eine Gänsehaut, und er begriff, dass es für ihn besser wäre, genau jetzt loszulassen.

„Auf Ihre eigene Verantwortung", sagte Olsen, um auch nur einen Hauch von Autorität zu bewahren.

Dann ließ er los, und der Ire zog das Tuch weg. Der Mann, den McMurdock mit Dougman angesprochen hatte, drehte sich weg, dem anderen traten regelrecht die Augen aus den Höhlen, als er den unsortierten Mr. Callussi sah und übergab sich über die Schuhe von Matt Olsen.

„Tut mir leid, Sir", sagte der Ire nuschelnd, mit einem Mund, halb voll mit Erbrochenem, um Olsen prompt die Reste seines Mageninhaltes über die Hose und den Arbeitskittel zu verteilen.

Der Mann spuckte noch ein paar Bröckchen aus, dieses Mal aber in das große Waschbecken an der Wand. Danach wendete er sich zu seinem Chef um. „Boss, ich muss hier raus!", sagte der Mann mit grünlicher Gesichtsfarbe und McMurdock nickte ihm mit eisiger Miene zu.

„Soll das etwa unser Mann sein?", fragte McMurdock und wies mit ausdruckslosem Gesicht auf die Leichenteile.

„Nein, der liegt rechts hinten in der Ecke!", antwortete Olsen mit angesäuertem Gesicht. Er hatte bereits seinen Kittel gegen einen neuen ausgetauscht und rieb Hose und Schuhe notdürftig mit einem feuchten Lappen ab, den er jetzt in das Waschbecken warf. Der ganze Raum roch mittlerweile süßlich-sauer nach vollgekotzem Leichnam.

Olsen ging voran und winkte die zwei übrigen Iren zu sich in die Ecke. Dougman hatte sich wieder unter Kontrolle und die Farbe kehrte in sein Gesicht zurück, McMurdock hatte bis dahin kaum eine Gefühlsregung gezeigt, was auf einen kaltblütigen Mann schließen ließ.

In dem Moment betrat Dorsens Assistent den Raum und rümpfte die Nase. „Was ist denn hier passiert?!", wollte er mit Blick auf das Erbrochene wissen.

„Ah Dorsen, gut, dass Sie wieder da sind, nachdem Sie Callussi wieder abgedeckt haben, machen Sie die Schweinerei doch bitte weg … danke", sagte Olsen und mit vor Ekel verzogenem Gesicht machte Dorsen sich an die ihm zugewiesene Arbeit.

Als Olsen begriffen hatte, dass er den Namen der Leichenteile preisgegeben hatte, hätte er sich in den Arsch beißen können. Es sollte ja so wenig wie möglich an die Öffentlichkeit geraten, um keine Panik der einfachen Leute zu verursachen, die auf jeden Fall ausbrechen würde, aufgrund des grausigen Fundes.

„Boss, hast du das gehört, das soll Callussi sein, der Topkiller der Itaker?", flüsterte Dougman seinem Boss zu. Der schaute Olsen nur kurz an und antwortete: „Das können wir später noch ergründen, nicht wahr, Mister … ?!"

„Olsen, mein Name ist Olsen ...", stotterte er, „... der Chefpathologe und Gerichtsmediziner von Detroit!", antwortete er und ärgerte sich über sein Stottern.

„Wir wissen, in welcher Stadt wir uns befinden, Mr. Olsen, aber nun wünsche ich endlich das zu sehen, wozu ich hergekommen bin!", erwiderte McMurdock in einem Tonfall, der keine Widerworte duldete.

Dorsen, der mit den Reinigungsarbeiten bereits fertig und zu der Gruppe hinzugetreten war, zog auf einen Wink seines Chefs das Leichentuch von dem Gesicht des jungen Iren.

„Scheiße ... Boss, das is ja Matti, hätte ihn fast nich erkannt, so wie der aussieht", sagte Dougman. Ohne Vorwarnung oder auch nur ohne sein Gesicht zu verziehen rammte McMurdock die Faust in Dougmans Magengrube, sodass der pfeifend die Luft ausblies und auf die Knie fiel.

„Halts Maul, Dougman, halt einfach dein vorlautes Maul und seh zu, dass du mir aus den Augen gehst und am Wagen bei der anderen Flasche wartest!", drohte McMurdock unheilvoll und sah zu dem Gesicht des zerschundenen Jungen.

Als Dougman sich wieder hochgerappelt hatte, sagte er nur: „Tut mir leid, Boss, ehrlich", und wankte zur Tür hinaus.

Olsen und Dorsen sahen sich nur verständnislos an, ob der Unberechenbarkeit und Brutalität des Mafioso.

„Also kennen Sie den Jungen?", stellte Olsen die Frage, mit flauem Gefühl im Magen, in Richtung des Iren.

„Ja … das ist Matthew McHiggins, mein Neffe, ein guter Junge und einziger Sohn meiner Schwester, er wäre nächste Woche neunzehn Jahre alt geworden." Während er das sagte, floss ihm eine einzelne Träne das stoppelige, kantige Gesicht herab, um im nächsten Moment im Hemdskragen zu verschwinden, als sei sie nie da gewesen. Er nahm das Tuch in die Hand und zog den Rest des Stoffes von Matthew McHiggins Körper.

Was er zu sehen bekam, ließ ihn das Gesicht verziehen und wie zu sich selber sagen: „Mein Junge, wer auch immer dir das angetan hat, wird dafür mit seinem Leben bezahlen!"

„Ich glaube, das wird schwerlich möglich sein, Mr. McMurdock", traute Dorsen sich zu sagen, worauf er sich einen bösen Blick von seinem Chef einfing.

Der Ire schaute wie aus einer Trance erwacht zu Dorsen. Bösartig und kalt wie Eis sagte er: „Das müssen Sie mir erklären, denn ich wüsste nicht, wer mich davon abhalten sollte!"

Olsen beeilte sich zu erklären, dass nach ihren Ermittlungen bis jetzt nur Callussi infrage komme, und der war ja schon tot.

„Die Itacker also", sagte er mit knirschenden Zähnen und voller Hass in der Stimme, sodass es den beiden Gerichtsmedizinern ganz flau im Magen wurde.

Nachdem er den Jungen wieder abgedeckt hatte, wendete sich McMurdock von seinem Neffen ab und ging Richtung Tür. Bevor er jedoch hinausging, drehte er sich noch einmal um und sagte mit schneidender Stimme: „Geben Sie mir Bescheid, wann wir den Jungen holen dürfen, sodass er ein christliches Begräbnis bekommt, wie es sich gehört, und falls Sie noch mehr herausfinden sollten als Sie mir schon mitgeteilt haben, so lassen Sie es mich wissen, es soll Ihr Schaden nicht sein!" Mit diesen Worten verließ er den Raum.

„Scheiße bin ich froh, dass der endlich weg ist", stöhnte Dorsen und Matt gab ihm im Geiste Recht, auf noch eine Begegnung dieser Art konnte er verzichten.

## Forensik

Detroit 21. April 1950, 6.00 Uhr abends.

Richard und Tom saßen schon die ganzen letzten Tage von morgens bis abends im Revier und versuchten, Gemeinsamkeiten zwischen dem Mord an Callussi und dem Iren zu finden. Der Zoo hatte keine Verluste ihrer Raubtiere zu beklagen, und die Haltung anderer Raubtiere in privater Hand war nicht bekannt.

Da flatterte ein Zettel mit Fingerabdrücken über Toms Schulter und genau vor Richards Nase. „Das sind die Fingerabdrücke des Butterflys vom Callussi-Tatort!" Richard schaute neben sich, dort stand ein neuer Mann der Forensik, Mike Conner.

Mittelgroß, recht stabile Figur, braune Haare, blaue Augen, sympathisch, aber eher zurückhaltender Natur, das war Conner. Und anscheinend verstand er was von seinem Job, denn er war auch derjenige gewesen, der Richard am Tatort zum Kai gerufen und die Schleif- und Blutspuren gezeigt und gesichert hatte.

Tom schaute über seine Schulter. „Ah, Conner, schön Sie zu sehen!"

„Wissen wir schon, zu wem die Abdrücke gehören?", fragte Richard.

„Ja, die passen mit denen des Italieners zusammen", meinte Conner, der seit ein paar Tagen den Posten des Chefs der Forensik übernommen hatte, Perkins, der ehemalige Chef, war in Pension gegangen.

„Und ich habe noch etwas Interessantes herausgefunden, als ich die Leiche von dem Iren und Callussi auf Gemeinsamkeiten untersuchte." Mit diesen Worten gesellte sich auch Olsen zu ihnen, der sich eine kurze Pause zu gönnen schien und eine dampfende Tasse Kaffee in den Händen hielt.

„Die Stimme aus den Katakomben", witzelte Tom.

„Neue Beweise, dann nur mal raus mit der Sprache, was ist denn so interessant?", meinte McKey.

„Produktiv, wie immer was?", sagte Olsen verstimmt, er hatte anscheinend keine gute Laune. Eigentlich schon seit über einer Woche nicht mehr, seitdem McMurdock seinen Obduktionssaal verlassen hatte.

„Nun machen Sie nicht so ein Gesicht, Matt, und erhellen unseren Horizont mit Ihren Neuigkeiten", sagte Richard zu Olsen, um endlich auf den neusten Stand gebracht zu werden.

„Gut, ich habe mir das Gesicht von Matthew McHiggins noch einmal

genauer angesehen und immer wieder kleine runde Quetschungen gefunden. Die sahen mir sehr nach dem Abdruck eines Ringes aus. Da wir
schon in den vergangenen Tagen darüber sinniert haben, dass sehr wahrscheinlich Callussi der Mörder des Jungen ist, habe ich unter den
Wertgegenständen, die wir von dem Italiener sichergestellt haben, nach-
geschaut und siehe da: Ein Ring mit einem runden Halbedelstein. Laut
eines Buches, das ein Freund mir geliehen hat, ist es ein Citrin, der kann
eine entgiftende Wirkung erzielen. Er ist der Stein der Hoffnung und
Erneuerung. Er stärkt sensible Menschen und unterstützt die Entschlossenheit, so die Beschreibung aus dem Buch", schwadronierte Olsen, als
würde er vor Studenten eine Rede halten.
„Sehr tiefsinnig für nen Killer, oder? Hat ihm ja offensichtlich nichts
genutzt", frotzelte Tom, was nicht gerade zur besseren Laune von Olsen
führte, da der gerne sein Fachwissen an den Mann brachte, ob nun immer
passend oder nicht.
„Also ein Ring mit einem Stein ... und?", meinte Richard.
„Jener Ring passt genau zu den Quetschungen des Jungen!", entgegnete
Olsen.
„Also dann haben wir wenigstens die Mordwaffe und den Mörder des
Iren", sagte Richard.
Olsen nickte.
„Aber was Callussi zugestoßen ist, da tappen wir immer noch komplett im
Dunkeln", ärgerte sich Richard und steckte sich einen Zigarillo an.
„So meine Herren, da wir heute nichts Elementares mehr in Erfahrung
bringen können, sollten wir mal Schluss machen", meinte er dann in die
Runde. „Olsen und Conner, kommen Sie noch auf 'nen Drink mit in die
Bar um die Ecke, Tomy und ich gehen noch einen heben, um mal was
anderes zu sehen als Tod und Verderben", sagte er mit einem schiefen
Grinsen
„Ich bin Tod und er Verderben!", witzelte Tom, worauf jetzt alle lachen
mussten.
„Tut mir leid, meine Herren, ein andermal gerne." Mit diesen Worten
verabschiedete sich Olsen aus der Runde und ging zurück in den Keller.
„Also gut, warum nicht", meinte hingegen Conner. „Aber eins sag ich
Ihnen, vertragen tu ich nicht viel!", sagte er entschuldigend.
„Wir auch nicht", meinte Tom, was Richard nur ein müdes Grinsen abver-
langte.

# Die Bar

Als sie in die Bar kamen, war schon einiges los, aber Richard und seine Freunde mussten nicht lange warten, da der Barbesitzer immer einen Platz für besondere Gäste reserviert hatte.

Die Bar gehörte einem gewissen Simon Woodman, ebenfalls ein Kriegsveteran wie Richard und Tom. Er war beim Minenräumkommando gewesen und bei einem Einsatz fast ums Leben gekommen, als sie auf einem Minenfeld in einen Hinterhalt der Deutschen geraten waren und eine Mine, die schon entschärft sein sollte, explodiert war.

Woodman hatte Glück im Unglück gehabt und 'nur ein paar Finger verloren', etliche Splitter abbekommen, von denen einige noch immer in ihm steckten. Er war wirklich ein zäher Knochen, da er trotz dieser Verletzungen noch eine ganze Zeit weitergekämpft hatte, bis eine andere Einheit zur Hilfe kam.

Das war dann seine Fahrkarte nach Hause, und mit seiner Invalidenrente und einigen Ersparnissen hatte er diese Bar eröffnet.

Woodmans Bar & Grill, wie die Lokalität genannt wurde, war urgemütlich, neben der Bar mit ihrem ausgestopften Schwertfisch, denn Simon, der Besitzer, war ein begeisterter Hochseeangler, waren Tische in unterschiedlichen Größen und Formen zu finden.

Für sein gutbürgerliches Essen war er bekannt und beliebt, welches seine Frau und eine Mexikanerin kochten. Dann gab es noch einen Bereich mit gemütlichen Ledersesseln für einen oder mehrere Drinks, und eine große Auswahl an Tabakwaren war auch vorhanden.

Die drei waren kaum eingetreten, da wurden sie auch schon herzlich begrüßt. „Hallo Richard. Tommy, wir haben euch schon vermisst, meine Frau hatte schon Angst, euch würde es bei uns nicht mehr schmecken und Sie … Sie kenne ich noch gar nicht, herzlich willkommen, mein Name ist Simon Woodman, aber Sie können ruhig Simon zu mir sagen, denn Richs Freunde sind auch meine Freunde!"

„Darf ich vorstellen, das ist unser neuer Kollege, Mike Conner", meinte Richard, und Mike bekam kräftig die Hand geschüttelt, was sich ein bisschen komisch anfühlte … mit nur drei Fingern.

„Hast du noch ein Plätzchen frei für uns?", fragte Richard.

„Wollt ihr was essen oder nur ein paar Drinks nehmen? Falls ihr was essen wollt, es gibt meine berühmten Rippchen!", sagte Woodman vielsagend.

Alle hatten an diesem Tag noch nicht viel gegessen, und so willigten sie gerne ein und bekamen einen Platz im Restaurant, später, nach dem Essen, würden sie sich in die Sessel der sogenannten Veteranenecke begeben, um genüsslich ein paar Drinks zu sich zu nehmen.

„Mike, wo wir jetzt schon mal hier zusammensitzen, wo kommst du eigentlich her, wenn man mal fragen darf?!", fragte McKey neugierig.

Mike musste kurz grinsen, setzte aber sofort zu einer Antwort an: „Denver entdecken ... Willkommen in der Metropole Denver, der Hauptstadt Colorados. Erkunden Sie diese facettenreiche Stadt, die aus einer Mischung von lebhaftem kosmopolitischen Flair und Pioniergeist des Westens besteht. Die Innenstadt lädt mit ihren tollen Geschäften und zahlreichen Cafés zum gemütlichen Bummeln ein!", rezitierte Conner.

Richard und Tom sahen Mike verdutzt an, dann mussten alle herzhaft lachen.

„Mann, das kam ja wie aus der Pistole geschossen", meinte Tom noch immer schmunzelnd.

„Tut mir leid, aber ich konnte nicht anders, meine Mutter ließ mich diesen Satz als kleinen Jungen auswendig lernen. Sie war an der Ausarbeitung des Reiseführers beteiligt und fand, ich sollte die Vorzüge meiner Heimatstadt kennen. Aber ihr könnt beruhigt sein, den Rest habe ich vergessen!", sagte er lächelnd.

„Denver also ... ganz schönes Stück bis Detroit, was hat dich dazu bewogen, hierher in dieses Gefüge aus Industrie, Gewalt und Dreck zu kommen?!", fragte Richard.

„Genau aus den Gründen, die du gerade genannt hast Rich, die Arbeit ist einfach hier, wie wir ja die letzten Tage erst zur Genüge gesehen haben!"

Richard und Tom konnten ihm nur Recht geben, wenn man die letzten Jahre den Anstieg der Kriminalität beobachtete ... ruhig war anders.

Bevor sie jedoch etwas erwidern konnten, kamen die köstlich duftenden Rippchen und dazu ein kühles Bier, alle drei ließen es sich schmecken, und es schmeckte wirklich göttlich.

Mike bestellte sich gleich noch eine Portion. Das Fleisch war einfach zu köstlich, er hatte Hunger wie ein Wolf.

„Hätte ich dir gar nicht zugetraut, dass du so viel Fleisch verdrücken kannst, Conner", kommentierte Tom den Appetit von Mike, der sich nur lächelnd mit einer Serviette über seinen Mund wischte.

„Mike, lassen Sie sich nur nicht den Appetit verderben, Tomy ist nur eifersüchtig, weil er immer gleich eine Wampe vor sich herschiebt, wenn er so reinhauen würde wie Sie!", frotzelte Anderson freundschaftlich. Tom brummte nur etwas vor sich hin und zerteilte ein paar Rippchen.

Als sie fertig gegessen hatten, begaben sie sich in den gemütlichen Teil der Bar und setzten sich in ein paar bequeme Sessel, die in einem Kreis mit einem Tischchen in der Mitte standen.
Richard holte sein Silber-Etui mit den Zigarillos aus seiner Anzugsjacke und bot Tom und Mike auch etwas zum Rauchen an. Nachdem sich jeder einen Zigarillo angesteckt hatte, fragte Tom Mike nach seiner bisherigen Laufbahn.
„Na ja, nach dem College bin ich zur Polizei, ganz normal wie jeder An-wärter auch, habe genau ein Jahr Streife geschoben, bis ich von der Zentrale zu einem Tatort gerufen wurde. Ich kam vor den Kollegen zum Ort des Geschehens, nur um festzustellen, dass durch das Aufziehen eines Unwetters etliche Beweise vernichtet würden, wenn ich nichts unternahm. Und so sicherte ich, so gut es eben ging, Spuren, von denen ich ausging, dass sie für die Ermittlungen wichtig wären. Zu meinem Glück war ich damals schon ein begeisterter Hobbyfotograf, somit hatte ich wie immer meine Fotokamera dabei, eine Kodak Retina Typ 117, die ich 1934 von meinen Großeltern geschenkt bekommen hatte, und die bis heute meine treuste Begleiterin ist, man weiß ja nie, was so kommt!"
McKey wollte gerade noch etwas fragen, da kam auch schon Woodman mit dem Whiskey. „Der erste geht aufs Haus!", sagte er zu den Dreien.
„Danke Simon", sagte Richard und bestellte gleich noch eine Runde.
„Sie haben also Fotos gemacht, und wie hatte sich das nun auf Ihre Kar-riere ausgewirkt?", wollte Tom wissen.
„Tom, ungeduldig wie immer, lass den Mann doch mal nen Schluck Whis-key nehmen, also dafür muss einfach Zeit sein!" sagte Anderson kopf-schüttelnd.
„Macht nichts, Tom, geht gleich weiter", meinte Mike und prostete ihnen zu.
„Also erst mal Prost, Kollegen, auf die Truppe!", sagte Richard und schaute dabei in die Runde.
Als sie angestoßen und einen guten Schluck genommen hatten, erzählte Conner weiter. „Es war eine regelrechte Hinrichtung gewesen, mehrere Kugeln in den Rücken und eine in den Kopf. Ich machte also Fotos, und am Ende hatte ich zwei Filme voll geknipst. Als ich fertig war, und es schon anfing zu regnen und zu stürmen, kamen die Kollegen. Der leitende

Ermittler fluchte nicht schlecht, als er den fast wegschwimmenden Tatort sah. Sie machten selber noch Fotos, und obwohl ich gesagt hatte, dass ich Aufnahmen habe, wurde ich von den hochnäsigen Kerlen von der Spurensicherung überhaupt nicht beachtet!"

„Und wie hast du auf diese ignorante Art reagiert", wollte Richard wissen.

„Habe sie erst mal schmoren lassen, und als ich erfuhr, dass sie wegen der schlechten Aufnahmen nicht weiterkamen, da ja viele Spuren nicht mehr dagewesen waren, als sie kamen, legte ich meine Fotos morgens unbemerkt auf den Schreibtisch des Chefermittlers!", sagte Mike grinsend.

„Hat bestimmt nicht schlecht gestaunt, als er die gesehen hatte", meinte Tom.

„Ja, es gab ein mittleres Erdbeben, als er fragte, wo diese Aufnahmen plötzlich her seien, die er ja schon seit Tagen gebraucht hätte und ob ihn jemand verarschen wolle. Als keiner seiner Leute eine Antwort wusste, gab ich zu verstehen, dass niemand meine Aufnahmen wollte und ich mich doch besser um meinen Kram kümmern solle, wie zum Beispiel Streifendienst oder den Verkehr zu regeln. Daraufhin gab es noch ein Donnerwetter und zwar für die lieben Kollegen, seit dem Tag war ich dann bei der Spurensicherung!" Mit diesen Worten beendete Mike seine Erinnerung.

„Bist du nach deinem Kriegsdienst gleich wieder eingestiegen", wollte Richard wissen.

„Kam leider nicht dazu den Wehrdienst anzutreten!", sagte Mike bedauernd.

„Warum das?!", fragte Tom skeptisch.

„Ganz einfach, als ich meinem Chef sagte, ich müsse meine Pflicht tun, flippte der total aus, andere waren schon vor mir gegangen, und dadurch hatten wir in der Spurensicherung schon zu wenige Fachkräfte. Dann bekam ich mit der nächsten Abrechnung ein Unabkömmlichkeitsschreiben und eine Lohnerhöhung. Nach einem kurzen Gespräch mit dem Chefinspektor, das ungefähr beinhaltete, dass er seine Beziehungen spielen lassen würde und ich mit 'fünf' gemustert würde, selbst wenn ich zur Olympiamannschaft gehöre, da habe ich dann schweren Herzens eingelenkt!"

Richard und Tom gaben sich damit zufrieden und nachdem sich jeder erneut einen Zigarillo angesteckt hatte, tranken sie noch einen Whiskey.

„Jetzt habt ihr mich ausgefragt, was ist zum Beispiel mit dir, Tom?!", fragte Conner.

„Ja, was soll ich sagen, bin seit 10 Jahren mit Mandy, meiner Frau, verheiratet, habe zwei Kinder. Jason, mein Sohn, ist acht und Belinda, meine Tochter, sechs", erzählte Tom stolz.

„Habe nach dem Krieg mit Richard da weitergemacht, wo wir aufgehört hatten. Einer mit mehr Erfolg als der andere. Richard ist ja mittlerweile mein Chef, was gut ist, weil er ja notorischer Single ist, und daher viel mehr Zeit hat als ich!", gab Tom grinsend zum Besten.

„Deine Gehaltserhöhung hat sich gerade in Luft aufgelöst Tomy", meinte Richard daraufhin trocken.

Nachdem sich Tom beinahe an seinem Whiskey verschluckt hatte, mussten alle lachen.

Sie scherzten noch eine Weile, bis die Sprache auf den neuesten Vorfall zu sprechen kam, die die Kollegen von der Sitte beschäftigte, einer Vergewaltigung, die, wenn man den Kollegen glauben durfte, bis in höchste Kreise reichte.

Es wurde noch viel über Willkür und Vetternwirtschaft diskutiert, über Leute, die sich aufgrund ihres Reichtums anscheinend alles rausnehmen durften.

Als sich der Abend dann langsam dem Ende näherte, waren alle einer Meinung, dass das nicht toleriert werden durfte, aber keiner hatte wirklich eine Idee, wie dem Einhalt geboten werden könnte.

„So, meine Herren, es ist schon sehr spät geworden", meinte Conner in die Runde, „ich ruf mir dann mal ein Taxi!", und stand auf.

„Mike, warten Sie mal, wo wohnen Sie denn, ich fahre Tom nach Hause, vielleicht passt die Richtung ungefähr und ich kann Sie zu Hause absetzen!", sagte Richard.

„Waveney Street Nummer 124!", antwortete Conner.

„Das ist ja ganz in der Nähe von Tomys Wohnung, der wohnt nämlich in der Voight Street, Mike, da kann ich Sie gerne mitnehmen, wenn Sie wollen!", sagte Richard und er und McKey standen ebenfalls auf, was Tom nicht mehr ganz so gut gelang.

„Ok … danke, dann fahre ich mit Ihnen!", meinte er lächelnd und sie gingen zum Eingang, verabschiedenden sich von Woodman und als sie gezahlt hatten, machten sie sich auf den Weg.

Es hatte schon wieder angefangen zu regnen.

„Es regnet so stark, dass man der Meinung sein kann, Fische könnten jederzeit am Wagen vorbeischwimmen", sagte Tom leicht lallend.

Angeheitert vom Whiskey fuhren sie Richtung Voight-Street.

„Was haben eigentlich Ihre Eltern dazu gesagt, dass Sie so weit weggezogen sind?", lallte McKey jetzt stärker, denn der letzte Whiskey schien anzukommen.

„Tomy ... verschone Mike doch mal mit deiner Neugier, du musst doch nicht alles wissen oder?!", maßregelte Richard seinen angetrunkenen Freund, ließ dabei aber die regennasse Fahrbahn nicht aus den Augen.

„Warum denn, is doch ... ne ganz normale ... Frage, meine Eltern ... hä ... hätten nen Riesenaufstand ... gemacht, wenn wir soweit ... weggezogen wären, schon alleine ... we... wegen der Kinder!", sagte Tom und versuchte deutlich zu sprechen, was ihm nur mäßig gelang.

„Meine Eltern sind beide schon lange tot, bei einem Verkehrsunfall ums Leben gekommen. Ich hatte Glück und wurde rausgeschleudert, meine Eltern jedoch waren eingeklemmt und sind dann jämmerlich verbrannt. Als das Auto Feuer fing, waren sie schon tot, das sagte mir damals jedenfalls der Priester, der sich um mich kümmerte, bis mich meine Großeltern zu sich nahmen. Aber ich kann mich noch erinnern, dass zumindest meine Mutter noch gelebt hatte, als das Feuer ausbrach!", sagte Mike mit belegter Stimme, was den anderen trotz des Alkohols, nicht entging.

Als McKey gemerkt hatte, was er durch seine Neugier bei Mike an Erinnerungen heraufbeschworen hatte, blickte er in Conners Richtung, und ihre Blicke trafen sich. Tom hatte das Gefühl als sähe er in diesem Moment etwas Unheilvolles in Mikes Augen aufblitzen.

Tom bekam ein flaues Gefühl in der Magengrube, was nichts mit dem Whiskey zu tun hatte. Am ganzen Körper eine Gänsehaut, verwarf er dieses Gefühl der Hilflosigkeit jedoch gleich wieder, da im nächsten Augenblick nichts mehr zu sehen war, als tiefe Trauer.

„Verdammt ... Mike, das tut mir leid ... für sie, was muss ich auch immer ... mein Maul so weit aufreißen. Wollte Ihnen n... nicht den Abend verderben", sagte er entschuldigend und konnte sein Lallen einigermaßen unterdrücken.

„Schon gut, konnten Sie ja nicht wissen, ist schon eine Ewigkeit her!", wiegelte Conner ab.

Nachdem Tom sich nochmals entschuldigt und Mike nur lächelnd abgewunken hatte, verlief die restliche Fahrt bis zu McKeys Wohnung in einer schon fast unheimlichen Stille.

Dann, als sie schließlich vor dem Haus, in dem Tom wohnte, anhielten, sahen sie eine Frau in der Eingangstür stehen.

Bevor Tom ausstieg, kam ihm ein leiser Fluch über die Lippen, „verdammt ... das gibt Ärger! Jungs ... machts gut und Rich ..., nimmst du mich morgen wieder mit, ... mein Wagen steht ja noch ... vorm Revier!"

„Ja klar, Tomy, bin morgen um neun bei dir und jetzt, viel Glück", sagte Richard und grinste dabei in Mikes Richtung, der konnte ein Schmunzeln nicht unterdrücken.

Als Tom die Wagentür öffnete, konnten sie die Frau schon hören: „Mister McKey, ich stehe hier schon seit Stunden und mache mir Sorgen, am liebsten würde ich ..."

Tom warf die Wagentür zu und lächelte schuldbewusst zu seiner Frau, die sich entrüstet umdrehte und im Haus verschwand. Tom zuckte nur mit den Schultern in Richtung seiner Kollegen und ging dann leicht schwankend seiner Frau nach.

„Armer Tomy", sagte Richard, als sie anfuhren, und beide mussten wieder lachen.

Nachdem sie schon ein Stück gefahren waren, sagte Richard zu Conner: „Mike, Sie dürfen Tomy nicht böse sein, er ist ein spitzen Kerl, auf den man sich in jeder Hinsicht und Situation verlassen kann, nur manchmal ist er ein bisschen zu neugierig!"

„Richard, Sie brauchen sich wegen mir keine Sorgen machen, ich habe schon gemerkt, dass Tom immer geradeaus sagt, was er denkt!", meinte Connor lächelnd.

„Ja genau, das hat ihm schon so manche Beförderung gekostet, aber so ist er halt, da kann man nichts machen, glauben Sie mir, ich habs schon mit Engelszungen probiert!", sagte Richard schulterzuckend und wieder mussten beide grinsen.

„Ich will ja nicht so anfangen wie Tomy, aber was wollen Sie denn noch so erreichen in Ihrem beruflichen Leben?", fragte Anderson vorsichtig.

Conner überlegte kurz und sagte dann: „Das organisierte Verbrechen zu bekämpfen, wo immer ich kann. Da es ja so wenige versuchen, sollten wir uns bemühen so viel wie möglich zu bewirken!"

„Ja, da haben Sie recht, Mike, viele unserer Kollegen lassen sich bestechen, gerade die, die auf der Straße für Ordnung sorgen sollten. Auch Olsen hatte mir berichtet, dass McMurdock, der Boss der irischen Mafia, ganz offen versucht hatte, ihn zu bestechen, so nach dem Motto, es wäre nicht zu seinem Schaden. Olsen war außer sich, als er mir berichtete, was McMurdock sich sonst noch im Obduktionssaal alles rausgenommen hatte!"

„Ja, die denken, die dürfen sich alles erlauben, Richard, aber man kann ohne Beweise oder Unterstützung von oben nicht viel ausrichten!", erklärte Mike bitter.

„Sie denken Donewan lässt sich auch schmieren? ... Mike, das zu sagen, ist aber gewagt und sollte besser unter uns bleiben!", meinte Anderson mahnend.

„Nein, so direkt wollte ich es gar nicht ausdrücken, aber es ist schon komisch ... als mir Tom am Tatort gesagt hatte, dass der Bürgermeister anscheinend schneller Bescheid wusste, was an den Docks geschehen ist, als wir, die Polizei, da fand ich das schon merkwürdig!", äußerte sich Conner, und Richard nickte nur nachdenklich.

Mit diesen Worten bogen sie auch schon in die Waveney Street ein. Die Gegend, in der Mike wohnte, war nicht gerade das, was man vertrauenserweckend nennen würde. Im Gegensatz zu Toms Wohnung, die in einer recht ordentlichen Gegend mit guten Nachbarn lag, war hier alles ein bisschen anders, irgendwie schmuddelig und nicht sehr gepflegt.

„Na, da haben Sie sich ja ne reizende Ecke ausgesucht, was hat Sie denn dazu bewogen hier zu wohnen? Obwohl ich zugeben muss, auch nicht gerade in einer Luxusgegend zu wohnen, aber das ist noch zwei Stufen drunter!", meinte Richard und sah sich das Viertel in dem Conner wohnte, kritisch an.

„Ja, ich weiß, aber der Preis stimmt und ich habe meine Ruhe, keinen interessiert es, wann ich nach Hause komme oder ob überhaupt!", antwortete Mike lächelnd.

„Verstehe, aber wenn Sie was anderes suchen sollten, sagen Sie mir Bescheid, ich habe gute Kontakte zu mehreren Vermietern!", bot Richard an.

„Danke, gut zu wissen, aber im Moment bin ich recht zufrieden wie es ist", sagte Mike und mit diesen Worten stieg Conner aus, sobald der Wagen zum Stehen kam.

„Soll ich Sie morgen mit aufs Revier nehmen, liegt auf meinem Weg!", fragte Richard.

„Ja danke, wenn es für Sie keine Umstände macht, wann wären Sie da?"

„So gegen kurz nach neun, wenn ich Tomy aufgelesen habe!"

„Ok, dann bis morgen früh, und noch mal danke fürs nach Hause bringen!", bedankte sich Conner.

Richard wartete noch kurz bis Mike die vergitterte Haustür aufgeschlossen hatte und darin verschwunden war, dann machte auch er sich auf den Weg nach Hause.

# Schwarze Harfe

Detroit, 23. April 1950, später Nachmittag, Irish-Pub 'Zur Schwarzen Harfe' an der Madison Ecke Randolph, Hauptquartier der Irischen Mafia.

Das Irishpub war in einem neu sanierten Eckgebäude eingerichtet worden. Die irische Flagge hing immer gehisst auf Höhe des ersten Stocks. Über der Eingangstür war eine schwarzlackierte Harfe angebracht, die dem Pup den Namen gab.
Links und rechts der Tür standen zwei große, grobschlächtige Männer mit Schiebermützen, gutsitzenden Tweet-Anzügen und teuer aussehenden Schuhen. Darüber trugen sie wegen des schlechten Wetters schwarze, knielange Ledermäntel. War der Anblick der Türsteher nicht schon genug, konnte man darauf wetten, dass mindestens einer der Männer eine Schrotflinte unter dem Mantel trug, dazu kamen noch Revolver, Pistolen, Schlagringe und diverse Messer.

Die Eingangstür war aus Eichenholz gearbeitet, zweiflüglig und im oberen Teil mit einer Bleiverglasung verziert, die ein grünes Kleeblatt zeigte. Ging man durch den Eingangsbereich, vorausgesetzt, man wurde eingelassen, roch es malzig nach Guinness, Whiskey und dem Rauch von Zigarren und Zigaretten. Passend zu den Bleiverglasungsornamenten der Tür waren im Pub dunkelgrüne Platten gefliest worden, die im gedämpften Licht matt glänzten. Rechts, am ersten Tisch des Raumes saßen zwei bewaffnete Männer, die die Hemdsärmel hochgekrempelt hatten und bei einem Kartenspiel gemütlich Zigaretten rauchten. Damit jedem gleich klar wurde, dass hier Ordnung zu herrschen hatte, waren in Halftern steckende Pistolen deutlich zu erkennen.
Die Theke, die wie die Eingangstüre ebenfalls aus Eiche war, die McMurdock extra aus Irland hatte einschiffen lassen, spiegelte mit ihren Kleeblattverzierungen die Eingangstüren wider. Auf der Theke wischte der Barmann, der so groß und kräftig war, dass man zwei normale Männer daraus hätte machen können, die Bierpfützen mit einem Lappen weg, er war an den Unterarmen mit Tätowierungen übersät und auf seinem, von einem Stiernacken umgebenen Hals saß ein blanker Schädel mit dem grimmigen Gesicht eines brutalen Mannes. Auch er hatte ein Halfter umgelegt, in dem eine großkalibrige Pistole steckte. Unter der Bar lagen außerdem eine geladene Querflinte und eine Packung mit passender Munition.

An einem Tisch in der Mitte des Saals saß ein Mann mit einem bild-schönen, irischen Mädchen auf dem Schoß, die Haare des jungen Mannes waren modisch mit Pomade nach hinten gekämmt, und der silberne Kamm steckte in der Brusttasche seines Hemdes. Die beiden hatten ihren Spaß miteinander, ganz im Gegensatz zu der anderen jungen Frau, die neben ihnen saß und sich gelangweilt die roten Fingernägel feilte, Kau-gummi kaute und dazu, die perfekt roten Lippen missmutig verzog. Ihre nach der neusten Mode ondulierten, rötlich schimmernden Haare und die feinen Gesichtszüge ließen sie aussehen wie ein Model, da sie aber die Freundin von McMurdock dem Boss der Iren, war, traute sich keiner der Männer, sie auch nur anzusehen, geschweige denn unnötig mit ihr zu reden oder gar zu flirten.

In einer Ecke stand ein Billardtisch, an dem ebenfalls zwei Männer mit hochgekrempelten Ärmeln standen, sich auf ihre Kös abstützten und diskutierten, wie man die weiße Kugel am besten anspielen müsse, um die Zwölf einzulochen. Links neben der Theke ging es zu den Toiletten und auf den Innenhof.

Ging man jedoch gerade an der Bar vorbei, kam man parallel zum Eingang zu einer weiteren Tür, die aus Stahl gefertigt war und eine Schiebeöffnung hatte. Sie war jedoch mit Holz verkleidet, sodass man glaubte, man hätte nur eine einfache Zimmertür vor sich.
Hinter dieser Tür befand sich in einem Saal mit Wand- und Decken-leuchten aus Messing die durch ihr grünes Glas eine warme Atmosphäre schufen, ein illegales Spielkasino. Dieses war den Italienern ein Dorn im Auge, da auch sie eines laufen hatten. Das irische Casino war mit einem Roulettetisch, Black Jack, Spielautomaten und natürlich einem Pokertisch ausgestattet, wer aber gerne würfelte, hatte die Möglichkeit bei Craps sein Glück zu versuchen. In einem kleineren Saal neben dem Casino konnte man auf Pferderennen wetten, genauso wie auf Windhunderennen. Auch konnte zweimal die Woche an einer Lotterie teilgenommen werden. Im Casino gab es ebenso eine Bar, aber mit erleseneren Alkoholika als im Pub, ebenso hübschen Damen als Bedienung, die für das Wohl der Gäste sorgten. Diese hatten immer Tabakwaren in einem kleinen Bauchladen dabei, um jederzeit das Passende parat zu haben.
Das Geschäft mit dem Glücksspiel ging gut, da anders als bei den Ita-lienern auch der einfache Arbeiter seine Wette platzieren durfte, genau wie ein wohlhabender Gentleman.

Ganz besonders die Lotterie, die nicht nur im Casino, sondern verteilt in der ganzen Stadt, durch mobile sogenannte Lotteriewagen, die zum Beispiel als Bäcker oder Eisverkäufer getarnt waren, hatten es dem einfachen Volk angetan, da McMurdock dafür bekannt war, dass er die Gewinne immer zuverlässig ausbezahlen ließ. Das hatte so manche Arbeiterfamilie schon zu wohlhabenden Leuten gemacht. Denn sogar aus den italienischen Vierteln kamen die einfachen Leute in die Teile der Stadt, in denen diese Wagen unterwegs waren, und das schmeckte den Italienern gar nicht. Gab es eine bessere Werbung?

Denn in den Stadtteilen, in denen die italienische Mafia das Sagen hatte, wurde dieses ziemlich offene Geschäft nicht betrieben, da es sonst zu unnötigen Auseinandersetzungen gekommen wäre.

Um die Polizei mussten sich die Iren deswegen keine allzu großen Sorgen machen, denn die Polizisten, die Dienst taten wo diese besonderen Autos standen, waren gut geschmiert, sodass es aus dieser Richtung wenig Probleme gab, denn selbst sie versuchten ihr Glück.

Aber was keiner wusste, war, dass, wenn schon eine gewisse Zeit niemand mehr einen Gewinn gemacht hatte und die Anzahl der Lottospieler nachzulassen begann, McMurdock die Ziehung so manipulieren ließ, dass ein bestimmtes Los gewann, das er vorher aus den Losen ausgewählt hatte. Damit nicht genug, er hatte ein System eingeführt, das erlaubte zu wissen, ob der Spieler aus eher bescheidenen Verhältnissen stammte oder nicht. Denn genau für eine eher arme Familie die Glücksfee zu spielen hatte den Vorteil, dass aus der Masse der Bevölkerung immer mehr ihr Glück versuchen wollten.

Dadurch war McMurdock so etwas wie der Held der einfachen Leute geworden. Was zur Folge hatte, dass die Iren mit diesem System mehr Geld verdienten, als es die Italiener mit ihrem Casino-Palast vermochten.

An der linken Wand des Casinosaals gab es wiederum eine Stahltür, identisch mit der ersten, die in das Casino führte. Vor dieser standen links und rechts ebenfalls eine Wache, diese behielten den Saal im Auge.

Der kleinere Saal, der hinter dieser Tür lag, war das sogenannte Allerheiligste, er war mit erlesenem, importiertem Eichenparkett ausgelegt und roch nach Bienenwachs, das zur Pflege des Bodens benutzt wurde. Wenn man hinter der Tür von innen nach außen in das Casino schaute, konnte man alles überblicken. Innen neben der Tür lehnte ein Baseballschläger, und darüber hing eine abgesägte Schrotflinte, die mit ihrem Lauf genau durch den Kontrollschieber passte.

Gegenüber an der Wand stand ein Waffenständer mit vier Thompson Sub

Maschinenpistolen, einigen Militärkarabinern und mehreren Schrotflinten, zwei Kisten mit Munition, eine Kiste mit sechs Granaten, zwei Feuerlöscher und zwei Stabtaschenlampen, man war auf alles vorbereitet. Ein Konferenztisch aus Eichenholz und dazugehörige Stühle, die mit grünem Samt bespannt waren, standen in der Mitte, an der Wand dahinter befand sich ein großer Tresor und daneben ein wuchtiger Eichenschreibtisch, auf dem sich ein Wimpel mit der irischen Flagge befand. Daneben lag ein Brieföffner aus purem Gold und ein hochwertiger Fülfederhalter, der ebenfalls vergoldet war. Ebenso eine dunkelgrüne Schreibunterlage, auf der sich außer Unterlagen auch ein besonderer Revolver von Smith & Wesson befand, den der Boss von seinem besten Freund zum dreißigsten Geburtstag geschenkt bekommen hatte. Er gehörte einmal einem Mann, den diese Waffe zu Berühmtheit gebracht hatte, Jessy James. Ja, der Jessy James, der Gangster und Revolverheld, der genau diese Waffe bevorzugte, und mit diesem, seinem eigenen Revolver, einem S & W Nr. 4, soll Bob Ford ihn erschossen haben – oder doch jemanden, den Bob Ford für Jessy James hielt, aber das ist eine Geschichte für sich. Dahinter stand ein komfortabler Ledersessel, der wiederum mit dunkelgrünem Leder bespannt und mit goldenen Ziernägeln beschlagen war.

Hier saß Ian McMurdock in besten Tweed gekleidet, der sich gerade eine Zigarre angezündet hatte und seinem Buchhalter zuhörte, der ihm die Bilanzen vorlegte. Im Saal herrschte ein einziges Stimmengewirr, das von den Mitgliedern der Iren-Mafia kam, die der Boss heute Abend zusammengerufen hatte; Männer, denen McMurdock vertraute, und die wiederum das Sagen über die sogenannten Soldaten hatten, also den einfachen Mitgliedern der Organisation.
Als McMurdock mit seinem Buchhalter zu Ende gekommen war, trat er vor den Schreibtisch, lehnte sich leicht an und nahm die Zigarre aus dem Mund, dann eröffnete er die Zusammenkunft mit seiner tiefen, wispernden Stimme. „Männer!"
Kaum hatte er angefangen zu reden, verstummten auf der Stelle alle übrigen Gespräche. „Männer, wir sind heute hier zusammengekommen, um uns Gedanken über die Itaker zu machen. Wie ihr ja wisst, ist Matthew McHiggins, mein Neffe, von den Spagettis ermordet worden, ein nicht mal volljähriger Junge. Er wurde übel zugerichtet und gefoltert. Der Kleine hatte nicht einen einzigen heilen Knochen mehr im Leib, die Zähne waren ausgeschlagen, und er hatte nicht einen Fingernagel mehr!", sagte McMurdock mit unterdrücktem Zorn.

Auf einen Schlag wurde es ohrenbetäubend laut, der Saal kochte vor zornigen Stimmen, die nach Blutrache schrien.

McMurdock hörte sich die wütenden Ausrufe seiner Männer eine Weile an, hob dann eine Hand, worauf es wieder leise im Saal wurde und fuhr fort: „Außerdem erwarten wir in der nächsten Zeit eine Lieferung, die nicht wieder abgefangen werden darf, sollte es wider Erwarten doch der Fall sein, werde ich intern andere Seiten aufziehen und wohl ein paar Machtstellungen neu überdenken!", sagte der Boss, zustimmendes Gemurmel war zu hören.

„Kommen wir auf diese italienischen Schweine zurück, angeblich ist der Mörder meines Neffen schon tot, von irgendjemand zerlegt worden!", sagte er abfällig.

Dylan, du musst das doch ganz genau wissen, fandest die Sache ja ziemlich zum Kotzen oder?!" Dylan Dougman war der Mann gewesen, der sich in der Leichenhalle übergeben musste. Gelächter ging durch den Saal, und hier und da kamen Kommentare, um Dylan weiter aufzuziehen.

Dylan war jedoch ebenfalls im Krieg gewesen, er war jederzeit zu allem bereit, was sein Boss auch von ihm verlangte, wirklich alles. Er war also nicht gerade das, was man ein Weichei nennen würde, dementsprechend gereizt reagierte er auf diese Sticheleien: „Killian, halt bloß dein Maul, du warst doch gar nicht dabei, also kannst du dazu wohl kaum ein Urteil abgeben."

Killian O'Connell hatte über einen Informanten, den die Iren für Neuigkeiten der Polizei bezahlten, erfahren, was vorgefallen war. Da Olsen, der Pathologe der Gerichtsmedizin, keine Mördergrube aus seinem Unmut gemacht hatte, als er von oben bis unten mit Erbrochenem beschmutzt wurde, wussten es bald alle auf dem Revier und somit auch der Informant, deshalb war es schon kurz darauf kein Geheimnis mehr.

McMurdock hatte den beiden Männern, die mit ihm zur Polizei gingen, Stillschweigen befohlen, da seiner Ansicht nach solche Vorfälle für den Respekt untereinander nicht förderlich seien, wie sich ja gerade zeigte. Sie brauchten jetzt keinen Streit, schon gar nicht wegen so etwas.

„Männer, Ruhe jetzt!" McMurdock erhob nur kurz seine Stimme, er war nicht oft unbeherrscht, aber aufgrund des Verhaltens einiger seiner Männer war er kurz davor, ebendiese zu verlieren.

‚Das ginge für einige im Raum nicht gut aus', dachte sich einer der Männer, der neben McMurdock stand. Es war ein Mann, dem man seine Kaltschnäuzigkeit regelrecht ansah, und der den Respekt des Bosses und der Männer hatte. Er rettete die Situation, indem er sagte: „Männer, benehmt euch gefälligst wie Profis!"

Auf einen Schlag war die unangebrachte Heiterkeit aus dem Saal verschwunden. Mit einem Nicken in Richtung des Bosses trat er wieder hinter diesen, damit McMurdock seine Ausführungen fortsetzen konnte.

„Da wir es nicht waren, die diesen Mörder Callussi umgebracht haben", fuhr McMurdock fort, „ist es mir egal, dass er schon tot ist. Wir werden uns aus den Reihen der Zeranofamilie schon die passenden Kandidaten heraussuchen. Am besten auch einen Neffen von Luigi Cabone, dieser miesen Kanallie ... Dogel, hast du einen zuverlässigen Mann bei den Italienern, der uns zu den Aktivitäten der Neffen von Cabone was in Erfahrung bringen kann?", fragte McMurdock seinen Schwager.

„Ja, Ian, lass mich nur machen, ich weiß schon, wen ich darauf ansetzen kann!", antwortete dieser.

Dogel McCormeg war der Mann, der hinter dem Iren-Chef gestanden hatte und nun den Auftrag übernommen hatte, die Cabone-Familie um einen Neffen ärmer zu machen. Er war die rechte Hand von Ian, war mit diesem aufgewachsen, und sie hatten sich schon immer den Rücken gegenseitig freigehalten, ob in der Jugend, als sie gemeinsam eine Bande führten, oder im Krieg. Jetzt, da es so aussah, als gäbe es einen Krieg mit den Italienern, mussten sie wieder gemeinsam kämpfen. Aber nicht nur die Freundschaft verband sie, McCormeg hatte die Schwester von Ian geheiratet, was sie zu Blutsverwandten machte, und es gab nichts Bindenderes als die Familie.

Als noch einige wichtige Fragen geklärt waren, entließ McMurdock seine Männer, damit sie ein wenig feiern konnten. „Also das wars erst mal, Getränke gehen aufs Haus, aber geht in den Pub und lasst die Leute im Casino in Ruhe ihr Geld ausgeben!"

Mit einem Hochruf auf ihren Boss und die irische Flagge verließen die Männer das Allerheiligste.

„Fitzpatrick, O'Mahony, ihr beiden bleibt bitte noch mal kurz hier!", sagte McMurdock „Für euch haben wir noch einen Spezialauftrag. Dogel und ich sind einer Meinung, dass wir gegenüber den Italienern Härte zeigen müssen. Denen muss Hören und Sehen vergehen, wenn sie unsere Namen hören, habt ihr mich verstanden?", fragte McMurdock die beiden Männer, die aussahen, als würden sie Granaten zum Frühstück verspeisen.

„Ja Boss, haben wir!", antworteten sie gleichzeitig und militärisch knapp.

„Also, wenn ihr heute Abend nach Hause geht, nehmt ihr jeder einen Gitarrenkoffer mit, darin sind je eine Tommy Gun, Ersatzmagazine und genug Munition, um in einen Krieg zu ziehen, plus zwei Granaten. Ich glaube, das dürfte reichen, um einen nachhaltigen Eindruck zu hinter-lassen!", sagte McCormeg und wies auf zwei Koffer, die an der gegen-überliegenden Wand standen.

McMurdock sagte noch etwas zu einigen Einzelheiten ihres Auftrags, und als er fertig geredet hatte, trat McCormeg wieder hinzu und gab jedem der Männer einen dicken Umschlag in die Hand. „Das ist ein Bonus für euch beide. Damit könnt ihr eure Kinder aufs College schicken, also macht eure Sache gut und kommt nach Abschluss eurer Mission wieder hierher, dann sehen wir weiter, ob ihr für einige Zeit aus der Stadt verschwinden müsst oder nicht. Je sauberer ihr arbeitet, umso besser für euch, also am besten keine Zeugen … ich meine wirklich keine!", sagte die rechte Hand des Iren-Bosses.

Die beiden Männer nickten nur ernst und wollten sich schon umdrehen, als Ian ihnen noch einen Zettel mit einer Adresse gab, die im Herr-schaftsgebiet der Italiener lag. „Ihr solltet diese Adresse bevorzugt in die engere Auswahl nehmen, denn das ist ein kleines Quartier, was den Itakern als Umschlagsplatz für etliche Geschäfte dient, und da solltet ihr mit einem Schlag genug Schaden anrichten können!"

Fitzpatrick nahm den Zettel aus Dogels Hand und nickte noch einmal, bevor er und O'Mahony die beiden Gitarrenkoffer nahmen und den Raum verließen, ohne sich den anderen beim Feiern anzuschließen.

Nachdem sie alleine waren, ging McMurdock an den Schreibtisch, nahm eine der drei Flaschen, die darauf standen, es war ein vierzig Jahre alter Whiskey, dann noch zwei Gläser, und schenkte Dogel und sich einen Drink ein. McCormeg nahm sein Glas entgegen und stieß mit Ian an, dann hob Ian seinen rechten Arm und legte seinem Freund die Hand auf die Schulter und sagte: „Dogel, ab jetzt befinden wir uns definitiv im Krieg … schon wieder, aber wir haben nicht angefangen, genau wie damals bei den Nazis!"

„Auf die Zukunft", Dogel nickte nur und trank mit einem Schluck aus, ungewiss, was alles auf sie zukommen würde.

# Der Schnösel

Detroit, 24. April, gegen 23.00 Uhr,
in der Rouge-Lounge eines Jazzclubs

Reginald saß wie jeden Samstagabend in der Rouge-Lounge, einer Kombination aus Jazzclub und Bowlingbahn. Die Luft war rauchgeschwängert von Zigaretten und der einen oder anderen Zigarre.
Er griff in die Innentasche seiner Lederjacke und holte eine Schachtel Zigaretten hervor, nahm eine heraus, klopfte sie zweimal auf den Tisch und steckte sie sich in den Mundwinkel. „Hey John, hast du mal Feuer?"
„Klar, Reggie!"
Reginald Jonsen war ein Sohn aus reichem Hause, sein Vater, ein unerbittlicher Charakter, war Bundesrichter und auf dem politischen Sprung zum Gouverneur. Die Mutter, ein Ausbund an Höflichkeit und eine Übermutter für ihr einziges Kind.
Reginald wurde von ihr und dem Hauspersonal von frühester Kindheit an verwöhnt, verhätschelt und vertätschelt.
Sein Vater war fast nie zu Hause, und wenn, dann wollte er nur hören, dass sein Sohn funktionierte und der Familie alle Ehre machte, denn er hatte ihn nicht umsonst auf eine Militärakademie geschickt.
Reginald war ein intelligentes Kind und deshalb fiel es ihm nicht sonderlich schwer, seinen Vater durch seine Leistungen zufriedenzustellen, aber Liebe wurde ihm von seinem Erzeuger dafür nicht entgegengebracht, höchstens Respekt, man wollte sein Kind ja nicht zu sehr verzärteln.
Also führte Reginald schon von frühester Kindheit an ein Doppelleben. Seinem Vater spielte er den eifrigen Rekruten vor und der Mutter den schutzbedürftigen Sohn, was darin fußte, dass er von seinem Vater in Ruhe gelassen wurde und von seiner Mutter alles in den Hintern gesteckt bekam.
So entstand in Reginald der irrige Glaube, dass er sich alles rausnehmen könne und alles bekommen würde, was er wollte.
Da er dazu auch noch gut aussah, mit ebenmäßigen Gesichtszügen, einer stattlichen Figur und einem Sinn für Mode, glaubte er alle Welt müsse ihm zu Füßen liegen. Er umgab sich gerne mit Menschen, die ihm alles recht machten, denn erst in dieser Konstellation fühlte er sich so richtig wohl.
Wo wir wieder bei John wären, einem glühenden Verehrer von Reginald und nicht gerade der Hellste auf Gottes Erden.
Nachdem John ihm die Zigarette angezündet hatte, nahm Reginald einen tiefen Zug.

John war nichts Besonderes, einfach nur ein Kerl, der gern so sein wollte wie er, wer will das nicht' dachte sich Reginald.

„Sag mal, John, wie siehts bei dir eigentlich mit den Mädchen aus?"
„Naja Reggie, du weißt ja, ich tu mich schwer bei sowas!"
„Ach so, ich dachte nur, es würde dich interessieren, dass dich die süße Brünette da hinten im Blick hat!", sagte Reginald und wies auf eine gut-aussehende junge Frau an der Bar.
„Wirklich?", fragte John erstaunt.
„Klar, würde ich dich anlügen, John?", erwiderte Jonsen im Brustton der Ehrlichkeit.
„Nein, natürlich nicht, Reggie!", sagte dieser und hatte Angst, seinen Freund verärgert zu haben.
„Na, siehst du, sprich sie doch mal an!", meinte Reginald freundlich lächelnd.
„Ach ich weiß nicht … meinst du wirklich?", fragte John unsicher.
„Ja klar, geh schon rüber und sprich sie an!", riet ihm sein vermeintlicher Freund aufmunternd.
„Na gut", sagte dieser und ging, sich immer wieder unsicher zu Reginald umschauend, auf die Frau zu.

„Das wird ein Spaß", dachte sich Reginald erheitert.
Natürlich hatte die hübsche, junge Frau John nicht angesehen und außer-dem war ihre Begleitung eben nur kurz zu den Toiletten gegangen. Er beobachtete von seinem Tisch aus, wie John langsam auf sie zuging und sie ansprach. In diesem Augenblick sah er schon wieder die Tür von der Toilette aufgehen.
Ihm fiel mit Genugtuung auf, dass der junge Mann, der die Kleine offen-sichtlich ausführte, ganz schön groß und kräftig war.
„Das wird besser als ich dachte", schmunzelte Reginald und genoss einen Schluck Whiskey und den Fortgang der Situation, die sich zu einem Schau-spiel zu entwickeln schien.
John ahnte ja nicht im Geringsten, was auf ihn zukam. Selbiger hatte gerade einen Scherz gemacht und die Kleine musste tatsächlich lachen.
Als ihm der große Typ auf die Schulter tippte, drehte sich John zu ihm um und fing zu seinem Pech auch noch zu Stammeln an.

Bevor er ausreden konnte, um sich zu erklären, war wohl das Letzte, was er sah, bevor er zu Boden ging, die Faust des unbeherrschten Begleiters.

Reginald kriegte sich kaum ein, vor Lachen. „Das war doch wieder mal perfekt in die Hose gegangen, selber schuld, wenn man so blauäugig durchs Leben geht", dachte sich Reginald.

Als er sich wieder einigermaßen beruhigt hatte, ging er rüber zu John, um ihm seine Hilfsbereitschaft zu heucheln.

Der Rest seines Whiskeys diente als Wecker.

„Hey John, gehts dir gut?", fragte Reginald scheinheilig.

„Hmm ... was, was ist passiert?", ächzte John.

Reginald half ihm wieder auf die Beine, um ihn dann nach draußen an die frische Luft zu bringen.

„Tja, die Kleine hatte wohl einen Freund, und der hat dir die Lichter ausgeknipst, naja ... ist dumm gelaufen, du solltest in Zukunft besser aufpassen wie du Frauen ansprichst, die du noch nicht kennst ... soll ich dich heimbringen?", fragte Reginald mit aufgesetztem Lächeln.

„Ja, das wäre gut!", sagte Jon noch benommen.

Was Reginald eigentlich mit seiner hinterhältigen Art erreichen wollte, war, dass das Pärchen, das sich schon den ganzen Abend gestritten hatte, endgültig miteinander Schluss machte. Reginald gefiel die Kleine recht gut, und er hatte für diesen Abend noch keine passende Begleitung gefunden.

Sein Plan schien aufzugehen, denn nachdem John zu Boden gegangen war, war die junge Frau aufgesprungen und hatte sich neben John und Reginald gekniet, um sich für das Verhalten ihrer Begleitung zu entschuldigen.

Nachdem er seinem Freund wieder auf die Beine geholfen hatte, brachte Reginald John hinaus und stützte ihn dabei.

Dieser Anblick reichte aus, um den Zorn der jungen Frau noch einmal anzufachen und so hörte Reginald hinter sich die Worte der Frau: „Brian, das war das letzte Mal, ich kann deine unkontrollierten Eifersuchtsanfälle nicht mehr ertragen, ich mache Schluss mit dir ... und jetzt geh mir aus den Augen!" Sie drehte sich um und wendete sich von ihm ab.

Der angeschriene Mann stand da wie ein begossener Pudel und schaute sich betreten in der Bar um.

Er verstand die Welt nicht mehr, da er schließlich Baseballprofi war und die Mädchen Schlange standen, wenn seine Mannschaft ein Spiel machte.

„Du regst dich wegen dem schmächtigen Penner auf, der hätte dich halt nicht anmachen sollen!", sagte der gemaßregelte Mann mit einem Schulterzucken.

Nun drehte sie sich wieder um und funkelte ihn an: „Reden, verstehst du das, ... er hat mit mir nur ganz normal und anständig geredet und du musstest ihn gleich schlagen, es ist endgültig aus, ich hoffe du hast das verstanden und nun mach, dass du mir nun aus den Augen gehst!"

Mit diesen Worten drehte sich die Frau um und setzte sich zurück an die Bar, zündete sich eine Zigarette an und bestellte sich einen Drink.

Ihre Begleitung konnte es immer noch nicht richtig fassen, dass eine Frau ihn freiwillig verließ, erst recht nicht, wie er meinte, wegen so einer Bagatelle.

Er murmelte so etwas wie „das wirst du noch bereuen" und verließ wutentbrannt den Club.

Darauf hatte Reginald nur gewartet, er brachte John zur Straße vor den Club, winkte eines der wartenden Taxis mit einer Handbewegung zu sich und setzte seinen 'Freund', dem mittlerweile ein stattliches Veilchen gewachsen war, auf den Rücksitz.

Mit einer perfekt betroffen gespielten Miene sagte er zu John: „Na, mein Freund, wirds denn gehen, mir ist nämlich gerade eingefallen, dass ich noch einen Termin habe!"

Als John nickte, gab Reginald dem Fahrer des Taxis die Adresse, an welcher er diesen absetzen solle, und damit es keinerlei Diskussionen mehr gab, bezahlte er die Fahrt im Voraus, denn John war immer abgebrannt und somit Reginald ausgeliefert, was dieser genoss.

Er ließ John immer ein paar Sachen erledigen, die ihm nicht passten, oder er missbrauchte ihn für solche Sachen wie an diesem Abend, natürlich immer so, dass dieser nicht merkte, wie ihm geschah, oder wie er ausgenutzt wurde.

Als das Taxi abgefahren war, ging Reginald wieder in den Club, um sich den Preis des Schauspiels zu holen, wie er sich immer auszudrücken pflegte.

Er ging gerade wieder durch die Eingangstüre, als er mit Befriedigung feststellte, dass das süße Ding, wie er gehofft hatte, immer noch an der Bar saß. Von dem Grobian von vorhin war keine Spur mehr zu sehen.

Reginald ging zu dem Platz, an dem er und John gesessen hatten, nahm seinen Mantel, der über der Lehne eines Stuhles lag und machte sich daran, dem Opfer seine Aufwartung zu machen.

„Einen guten Abend, meine Schöne!", säuselte er von hinten in das Ohr der jungen Frau, diese erschrak im ersten Moment, musste dann aber lachen.

„Entschuldigen Sie, ich wollte Sie nicht erschrecken ... darf ich mich vorstellen, mein Name ist Reginald, Reginald Jonsen!"

Sie musterte ihn von oben bis unten, und ihr gefiel offensichtlich, was sie sah.

Er hatte auf solch eine Reaktion gewartet und fragte mit einem Lächeln, das zwei sympathische Grübchen in seine Mundwinkel zauberte: „Darf ich mich zu Ihnen an die Bar setzen?"

Sie erwiderte sein Lächeln und wies mit einer einladenden Geste auf den Barhocker neben sich.

„Was möchten Sie trinken, schöne Frau?!", fragte er galant.

Sie schaute ihn immer noch lächelnd und leicht verklärt an und meinte dann: „Einen Tequila, ohne Eis bitte!"

„Ein Tequila ohne Eis für die Lady und einen mit Eis für meine Wenigkeit!", bestellte Reginald und ließ dabei die junge Frau nicht aus den Augen.

„Kommt sofort Sir!", sagte der Barmann und schenkte die Drinks aus.

Als beide ein Glas vor sich stehen hatten, nahm Reginald seines in die Hand und prostete der jungen Frau zu: „Auf Sie und die Liebe!"

Sie stieß mit ihm an und meinte dabei nur halblaut: „Auf die Liebe, wers glaubt" und leerte den Tequila auf Ex.

Als sie das Glas wieder abgestellt hatte, schaute sie vor sich auf die Theke und drehte das Glas mit den Fingern und meinte zu Reginald: „Es tut mir leid, was ihrem Freund passiert ist, wie geht es ihm denn?"

„Ach, war nicht ganz so schlimm, wie es aussah", beruhigte er sie, „er wollte nur nach Hause, und da habe ich ihn kurz nach draußen begleitet und ihm ein Taxi gerufen!", sagte er, ganz der 'perfekte Freund'.

„Da bin ich beruhigt!", meinte sie, musste wieder lächeln und dachte sich: ‚Verdammt, was für ein süßer Kerl und so charmant, Kathy, jetzt mach ja keinen Fehler, dann hast du doch noch einen schönen Abend.'

Sie streckte die Hand aus. „Ich habe mich noch gar nicht vorgestellt, mein Name ist Kathy, Kathy Adams!"

„Freut mich, Sie kennenzulernen, Kathy!", und gab ihr lächelnd einen Handkuss.

Sie kamen sich im Laufe des Abends immer näher. Nach viel Lachen, weiteren Drinks und etliche Zeit später fragte Reginald: „Kathy?!"

„Ja, mein Prinz!", antwortete sie, sie war schon ziemlich angetrunken und zu jeder Schandtat bereit.

„Darf ich dich nach Hause begleiten?", fragte er.

„Alles was du willst, Schätzchen!", lallte Kathy, sie hatte schon mehr getrunken, als sie wollte.

‚Das läuft ja besser als ich dachte, eigentlich schade, ich hätte sie mir auch anders gefügig gemacht', dachte sich Reginald bedauernd und half Kathy in ihren Mantel.

# Die Italiener

Zwei Männer standen in einem düsteren Kellerraum vor einer zusammen-gekauerten Gestalt, die auf einem Stuhl saß und versuchte, den Schlägen auszuweichen, was ihr aber nicht gelang.
Alle drei Männer waren mehr oder weniger Mitglieder der italienischen Mafia.
Einer der Peiniger hatte die Hemdsärmel hochgewickelt und war ge-schwitzt, ihm kam es zu, den Mann auf dem Stuhl zu malträtieren. Der andere hatte einen guten Seidenanzug an und war für die Befragung zuständig. Immer, wenn er eine Frage stellte und seiner Ansicht nach nicht die richtige Antwort bekam, gab er ein Zeichen, und der andere landete den nächsten Schlag.
Die beiden verstanden ihr Handwerk, denn sie brachen dem Delinquenten nicht die Knochen. Noch nicht jedenfalls, denn der Befehl lautete lediglich nur, ihm die Wahrheit über Andrea Callussis Ableben herauszukitzeln. Dies hatten sie ihm zumindest gesagt.
„Ihr solltet mich nicht mehr schlagen", nuschelte der junge Mann, der auf dem Stuhl festgebunden war.
„Warum nicht, willst du dich sonst an uns rächen!", fragte einer der beiden Schläger gehässig und schlug noch einmal zu.
Der Geschlagene schaute sie nur mit allem Trotz an, den er noch auf-bringen konnte und sagte: „Ihr wisst doch schon alles von mir!"
Der mit den hochgewickelten Hemdsärmeln trat ganz nahe an den gefesselten Mann heran, beugte sich zu ihm runter und sagte ihm ins Ohr; „So ... alles ... sag uns lieber die Wahrheit, denn den Scheißdreck, den du uns auf die Nase binden willst, klingt reichlich unglaubwürdig!"
Speichel tropfte aus dem Mundwinkel des geschundenen Gesichts, die Lippe war auf der linken Seite aufgeplatzt und das rechte Auge hatte eine beträchtliche Schwellung. Dazu kamen noch die Magenschmerzen, die durch einen brutalen Schlag hervorgerufen worden waren.
Er war kurz davor, seine Peiniger einfach nur anzuschreien, um zu erfahren, was hier eigentlich gespielt wurde. Denn er war sich keiner wirklichen Schuld bewusst. Er wusste selber nicht, warum er nicht gleich Meldung gemacht hatte.

Antonio hatte in Callussis Auto gewartet, bis ihm das Ausbleiben seines Chefs verdächtig vorkam. Dann schlich er die Shippingstreet entlang, um zu sehen was Andrea aufgehalten hatte. Als er sich dem Kai immer mehr näherte, wehte ihm ein durchdringend metallischer Geruch in die Nase. Als er dann in die nächste Gasse einbog, wurde der Geruch noch schlimmer, irgendwie übelerregend streng.

Da die Gasse nur spärlich durch eine diffuse Straßenlaterne beleuchtet wurde, sah er erst so gut wie nichts. Daher nahm Antonio die Taschenlampe, die er vorsorglich mitgenommen hatte zur Hand und versuchte sie einzuschalten.

Sie flackerte nur einmal kurz auf, wollte aber nicht richtig angehen, deshalb begann er mit der Hand auf sie einzuschlagen.

Er hatte sie dabei ungeschickt gehalten, sodass sie, als sie wieder funktionierte, ihm direkt in die Augen leuchtete. Im ersten Moment war er komplett geblendet.

Er blinzelte und hielt sie schräg von sich weg, sodass sie eine Feuerleiter anleuchtete. Als er wieder richtig sehen konnte, packte ihn das kalte Grauen.

Denn das, was im Lichtkegel seiner Taschenlampe zu sehen war, verschlug ihm den Atem, ließ ihn eine Gänsehaut bekommen und die Nackenhaare aufstellen.

Er war, wahrlich kein Kind von Traurigkeit, und hatte schon allerhand gesehen, da er seit Jahren mit einem Killer unterwegs war. Aber trotzdem wollte sein Verstand nicht begreifen, was er sah.

Callussi schien ihn direkt anzuschauen, nur dass sein Körper fehlte und der Kopf auf einem Gitterrost der Feuerleiter lag, von der noch dampfendes Blut tropfte, als hätte ihn jemand extra so drapiert.

Völlig konfus begann er mit der Lampe umher zu leuchten. Was er dabei zu Gesicht bekam, ließ ihn schockiert aufstöhnen.

Antonio wollte so schnell wie möglich weg von hier, drehte sich, um in Richtung Wagen zu laufen. Er hatte sich aber zu schnell gedreht, sodass er in dem Blut seines Chefs ausrutschte, wobei er mit dem Gesicht in einen Haufen noch dampfender Gedärme landete.

Er rappelte sich auf und begann wieder und wieder vor sich her zu sagen: „Das ist alles nur ein böser Traum, ein verdammter Albtraum!" Dabei begann er sich fahrig mit den Händen das Gesicht abzuwischen, damit er sehen konnte, wohin er lief. Er stolperte noch ein paar Mal, bis er sein Ziel endlich erreichte.

Am Auto angekommen stieg er ein, nestelte den Autoschlüssel, den er sicherheitshalber abgezogen hatte, aus seiner Hosentasche, versuchte den passenden Schlüssel aus dem Bund zu finden, wobei er ihn mehrmals fallen ließ. Als der Schlüssel endlich im Zündschloss steckte und der

Motor aufheulte, weil Antonio zu viel Gas gab, fuhr er mit quietschenden Reifen davon.

Immer wieder rutschte er mit seinen glitschigen Schuhsohlen, um die sich undefinierbare Gewebereste vom Schauplatz des Grauens gewickelt hatten, von der Kupplung des Wagens.

Die Fahrt glich für Antonio einem Albtraum, von seinem Gesicht tropften in zähen Fäden immer noch Callussis Körpersäfte, die anfingen zu gerinnen und anzutrocknen. Auch seine Hände waren noch damit beschmiert, obwohl er sie an seinen Hosenbeinen abgewischt hatte. Als er sich seinem Zuhause näherte, fuhr er viel zu schnell in den Hinterhof, stieg zitternd aus und steuerte schwankend die hinterste Hofecke an, wo es einen Wasserhahn gab. Dort wusch er sich im Halbdunkel erst einmal notdürftig und mit fahrigen Bewegungen Gesicht und Kleider ab.

Dann ging er traumwandlerisch und tropfnass den Eingangsflur entlang, um zur Treppe zu gelangen. Es war eine alte, dunkle Holztreppe, deren Stufen durch die Jahre rundgelaufen und schon mit trockenen Schuhen ziemlich glatt waren.

Als Antonio die erste Stufe nehmen wollte, rutschte er prompt mit seinen nassen Schuhen aus und schlug der Länge nach hin, was einen heftigen Schmerz durch seinen Körper zucken ließ.

Einen kurzen Moment blieb er dort ächzend liegen und wartete, bis der Schmerz ein wenig abebbte, dann stand er langsam auf. Wieder aufgerappelt ging er, dieses Mal langsamer und feuchte Spuren hinterlassend, in den dritten Stock zu seiner kleinen Wohnung, um sich seiner verschmutzten Kleidung zu entledigen. Als er dies vollbracht hatte, ging er in das Gemeinschaftsbad einen Stock tiefer, da er in seinem spärlichen Einzimmerappartement keine Dusche hatte und duschte sich lange, um den ekelerregenden Geruch des Todes von sich abzubekommen.

Als sich das Blut und der Dreck von ihm lösten und in rotbräunlichen Rinnsalen von seinem Körper liefen, fing er an, sich zu beruhigen und mit dem Zittern aufzuhören. Zweimal hatte er sich eingeseift, bevor er wieder aus der Duschwanne trat und sich abtrocknete. Dann ging er, in sein Handtuch gewickelt, in seine Wohnung und zog sich saubere Sachen an. Die verschmutzten Kleider wollte er, wenn sie einigermaßen getrocknet waren, verbrennen.

Nachdem er wieder annähernd vorzeigbar war und sich im Spiegel ansah, kam ihm das Erlebte surreal vor, und er sagte sich immer wieder, dass das alles gar nicht sein konnte.

Irgendwann, nachdem er sich einen Narren geschimpft hatte, machte es in seinem Verstand einfach 'Klick' und ihm fiel ein, dass er ja noch eine Verabredung hatte.

Als hätte es die Nacht nicht für ihn gegeben, ging er wie in Trance an dem blutigen Wäschehaufen vorbei, um zu seiner Rosita zu fahren.

Da fanden ihn dann am nächsten Morgen auch die zwei Schläger.

Es waren die Männer, mit denen Callussi in der Nacht den nächsten Termin gehabt hätte, und da Callussi als sehr zuverlässig galt, begannen sie in der Gegend nach ihm und seinem Fahrer zu suchen.

Sie erfuhren über einen Spitzel bei der Polizei was mit Callussi geschehen war und von den Leuten im Viertel, wo der Vater von Rosita seine Metzgerei hatte. Sie glaubten, dort Antonio zu finden.

Bis zu dem Zeitpunkt, an dem sie ihn mitnahmen, hatte sein Verstand das Erlebte komplett verdrängt, selbst als Rosita ihn fragte, warum er nicht pünktlich sei, sagte er nur, dass er noch zu arbeiten gehabt hatte, und mit dieser Antwort war auch sie zufriedengestellt.

Er war jetzt seit fast zwei Wochen hier im Keller.

Alle zwei Tage bekam er ein Sandwich und eine Flasche Wasser, eine Kloschüssel gab es zwar, aber da es kaum etwas zu essen gab, brauchte er sie so gut wie gar nicht. Außerdem starrte sie vor Dreck, was wohl ein weiterer Aspekt der Folter darstellte. Sie sah aus, als hätte ganz Detroit schon mal reingeschissen, das machte ihn schon ganz verrückt. Vor ein paar Stunden hatten sie ihn auf den Stuhl gefesselt und die gleichen Fragen gestellt wie die Tage zuvor, schienen sich aber nicht überzeugen zu lassen, dass er die Wahrheit sagte, denn sie hatten angefangen ihn zu schlagen.

„Antonio, Antonio, Antonio, was sollen wir nur mit dir machen?"

Luigi Cabone, der Chef der Cosa Nostra von Detroit, kam persönlich, um sich zu vergewissern, wie es voranging.

Der Mafiaboss winkte den Mann im Seidenanzug zu sich und fragte ihn mit gedämpfter Stimme: „Nun Angelo, was denkst du, verarscht er uns oder sagt er die Wahrheit?"

„Ich denke, er sagt die Wahrheit, auch wenn es sich noch so unglaublich anhört, denn er hat die Hosen gestrichen voll, das können Sie mir glauben, mein Pate. Außerdem habe ich zwei Männer, Bosko und Arnaldo in seine Wohnung geschickt, und sie haben tatsächlich die besagten Klamotten gefunden, die zum Himmel nach Scheiße und getrocknetem Blut gestunken haben. Die Scheiße war wohl seine, das sagt mir, dass er wirklich gesehen hat, was er uns immer wieder von Neuem erzählt!"

„Und warum ist er dann nicht sofort zu uns gekommen", fragte Cabone. „So was habe ich im Krieg schon des Öfteren gesehen, der Lazarettarzt sagte damals, das hinge mit den grausamen Erlebnissen zusammen, also einem Schock, der den Verstand benebelt!"

„Also ist er unschuldig?", fragte der Mafiaboss.

„Ja, das würde ich sagen. Und was machen wir nun mit ihm, Boss?", wollte Angelo wissen.

„Ich mach das selbst", mit diesen Worten drehte sich Cabone zu Antonio um und nahm ein Messer von dem kleinen Tisch und trat auf den Gefesselten zu.

Als Antonio das Messer in der Hand seines Paten sah, riss er panikhaft seine Augen auf. Mit zittriger Stimme sagte er: „Mein Pate, ich sage die Wahrheit, bitte glaubt mir doch!"

Mit einer fließenden Bewegung schnitt der Mafiaboss die Fesseln durch und sagte mit einem Augenzwinkern in Richtung seiner Männer fürs Grobe: „Ja, ich glaube dir, das alles ist ein Missverständnis gewesen, man hatte meine Befehle falsch verstanden!"

„Jetzt seh zu, dass du dich wäschst, Angelo wird dir neue Klamotten geben, und dann kommt ihr in den Speisesaal, denn die Familie trifft sich heute Abend um das weitere Vorgehen zu besprechen!", sagte Cabone mit einem gewinnenden Lächeln und wendete sich zum Ausgang des Raumes.

Als der Pate den Raum verlassen hatte, stand Antonio auf und war total verdattert wie sich alles so schnell endwickelt hatte. Er sah zu den beiden Männern, die ihn einen Lügner genannt hatten, und dann blickte er auf den Mann, der ihn geschlagen hatte und sich gerade die Ärmel wieder runterwickelte und lässig zu ihm sagte als wäre kaum etwas vorgefallen: „Nichts für ungut, mein Junge, war ein Versehen, hast ja kaum was abbekommen. Wir sehen uns dann nachher oben beim Essen!" Schelmisch grinsend ging er an Antonio vorbei, tätschelte ihm die Wange und verließ den Raum.

Antonio schwor sich, nie mehr wieder einen Fehler zu machen.

Der Speisesaal war riesig, fünfzig Mann fanden Platz an der langen Tafel, die darin aufgebaut war, und sie war fast voll besetzt. Zigarren und Zigaretten edler Hersteller standen zur freien Bedienung bereit. Alle waren der Aufforderung nachgekommen, sich zu beraten und zusammen zu speisen.

Antonio hatte einen Seidenanzug bekommen, was ihn ziemlich verwirrte, da er eben noch um sein Leben gebangt hatte und jetzt diese teuren

Kleidungstücke bekam. Der Anzug passte wie angegossen, als sei er extra für ihn gemacht worden. Auch die teuren Lederschuhe, die schwarzmatt glänzten, passten Antonio haargenau. Er fühlte sich irgendwie komisch, da er solche teuren Kleider nicht gewohnt war. Er betrat den Saal fast als Letzter und zog daher einige Blicke auf sich, die ihm ziemlich peinlich waren, weil man ihm sicher ansah, dass er verprügelt worden war. Aber was noch schlimmer für ihn wog, war die Tatsache, dass er nicht wusste, wer von den Männern den Grund kannte, warum er so aussah.

Er setzte sich nach ganz hinten, wo normalerweise die Soldati, also die Soldaten der Familie, saßen. Sie bildeten die untere Stufe der Hierarchie, und Antonio wunderte sich, dass er überhaupt hier sein durfte, weil er bisher nur ein Laufbursche war und nichts mit der inneren Struktur zu tun gehabt hatte.

Die Mafia war in Form von Familien strukturiert, die nach dem Territorialprinzip fest eingeteilte Gebiete kontrollierte. Der Aufbau der Familien war streng hierarchisch. An der Spitze stand der Capo (Oberhaupt, Chef), der von einem Vice-Capo (Vizechef) und verschiedenen Consigliere (Beratern) unterstützt wurde. Auf der untersten Hierarchiestufe standen die Soldati (Soldaten), die von einem Capodecina (Zehnerchef) geführt wurden. Die Mafia zeichnete sich durch strenge Aufnahmerituale zum Uomo dónore (Mann der Ehre), die Schweigepflicht (Ómerta) und das konsequente Vorgehen gegen Verräter in den eigenen Reihen und gegen staatliche Gegner aus. So töteten Mitglieder der Mafia auch Mitglieder, die sich des Verrates gegen die Familie schuldig gemacht hatten. Genauso wie Feinde, das konnten auch andere Verbrecher sein, wie zum Beispiel die Iren-Mafia oder Reporter, die zu viel wussten und das unbedingt der Öffentlichkeit mitteilen wollten, oder ... was aber nur in Ausnahmefällen geschah, Senatoren, Bürgermeister, etc.

Da normalerweise nur vereidigte Mitglieder bei solchen Versammlungen anwesend waren, wurde es Antonio etwas mulmig aufgrund der illustren Gesellschaft. Aber bevor er sich noch weitere Gedanken machen konnte, betrat Luigi Cabone, der Capo der Familie, den Saal, dicht gefolgt von seinem Consigliere, Lorenzo Viti, und dem Vice-Capo Nico Verara, die Capodecina hatten bereits Platz genommen.

Als alle saßen, stand Lorenzo Viti auf und nahm ein Glas vom Tisch und schlug mit einem Löffel daran, um sich Gehör zu verschaffen, augenblicklich kehrte Ruhe ein.

Als er sich sicher war, dass er von jedem Anwesenden die volle Aufmerksamkeit hatte, eröffnete er die Versammlung. „Wir sind heute hier zusammengekommen, um eine ganz bestimmte Sache zu besprechen, die eine sofortige Lösung verlangt!"

Einvernehmliches Gemurmel war zu hören. Als es dann wieder ruhig war, sagte Viti: „Und dazu übergebe ich das Wort unserem geschätzten Paten, Luigi Cabone." Dann setzte er sich wieder hin.

„Danke Lorenzo." Cabone lehnte sich bei diesen Worten in seinem Thron ähnlichen Ledersessel zurück, nahm einen Zug aus seiner kubanischen Zigarre und fuhr dann mit seiner rauchigen Stimme in einer gedämpften Lautstärke fort, sodass es im Saal mucksmäuschenstill sein musste, damit man ihn bis ganz hinten verstand. Und das war es auch, man hätte eine Stecknadel fallen hören können.

„Ich glaube, ich muss niemandem hier mehr erklären was mit Andrea Callussi passiert ist ..." Es folgte zustimmendes Gemurmel. „Derjenige, der das war, wird meinen ganzen Zorn zu spüren bekommen, das verspreche ich euch, aber bis jetzt haben wir leider trotz der Zeit, die vergangen ist, keinen Verdächtigen. Zu allem Überfluss ist mir aus sicheren Quellen bekanntgeworden, dass die Iren zu der Überzeugung gekommen sind, dass ihr Mann, der aus dem Fluss gefischt wurde, auf unsere Kappe geht!"

„Also, wie wollen wir vermeiden, dass es einen offenen Krieg mit den Iren gibt, denn das würde fast alle unsere Geschäfte behindern oder schlimmstenfalls zum Erliegen bringen?", fragte Cabone in die große Runde.

Betroffenes Schweigen breitete sich aus, bis einer der Capodecina, Roberto Cavalli, sich zu Wort meldete: „Wie wäre es, wenn wir durch einen Präventivschlag ... das heißt, mit aller Macht zuschlagen? Damit könnten wir den Iren zuvorkommen und ihnen einen erheblichen Verlust an Männern und Material zuzufügen?" Bevor jemand etwas dazu sagen konnte, brachte ein anderer Capodecina, Frederico Sorza, der für seine Brutalität, aber auch für seine Loyalität gegenüber seinem Paten bekannt und berüchtigt war, mit seiner tiefen Bassstimme seine Idee vor: „Wieso so viel Aufwand betreiben, wenn wir der Schlange einfach den Kopf abschlagen können!"

„Das heißt?", wollte Lorenzo Viti wissen, der Consigliere war gereizt in Anbetracht Cavallis unüberlegter Worte.

Luigi Cabone legte seine Hand nur leicht auf den Arm seines Consglieres und besten Freundes, dieser verstummte sofort und schaute seinen Paten an, um zu ergründen, was er wolle.

„Lass Frederico ausreden, denn er ist ein Mann, der nicht einfach Worte gebraucht, nur der Worte wegen." Mit diesem Satz schaute er Cavalli direkt in die Augen. Der ja, ohne groß zu überlegen, ein regelrechtes Massaker vorgeschlagen hatte, welches die Öffentlichkeit auf jeden Fall auf die Organisation aufmerksam gemacht hätte und so auch jegliches Geschäft bedrohen würde.

Cavalli schaute betreten auf seine Hände, die vor ihm auf dem Tisch lagen und entschied sich, heute Abend doch besser nichts mehr zu sagen.

Sorza schaute in Cabones Richtung und als der nickte, fuhr er mit seinen Ausführungen fort: „Mit 'dem Kopf der Schlange' meinte ich Ian McMurdock und seinen Berater und Freund, Dogel McCormeg. Wenn wir diese zwei zeitgleich ausschalten würden, wären die Iren erst einmal führerlos und wir könnten uns mit einigem Geschick etliche ihrer Geschäftszweige einverleiben!", versuchte er überzeugend rüberzubringen.

Anerkennendes Gemurmel wurde laut.

„Gut", sagte Cabone und schaute in die Runde, „sonst noch irgendwelche nützlichen Vorschläge?"

Ganz hinten am Tisch erhob sich ein Arm, es war der von Antonio.

Der Mann neben ihm schaute Antonio entgeistert an: „Mann, Junge, mach dich nicht unglücklich und nimm den Arm runter, bevor der Don auf dich aufmerksam wird. Du hattest doch schon genug Ärger, oder?", ermahnte ihn Angelo, der vorhin noch die peinliche Befragung mit Antonio durchgeführt hatte und nun zu seiner Rechten saß.

Antonio, der von seinem Wesen her immer geradeheraus war, so gut wie nie mit seiner Meinung hinter dem Berg hielt, wusste, dass er besser den Mund halten sollte, aber er hatte so eine Eingebung, dass das, was er zu sagen hatte, wichtig wäre. Schon in der Zeit, in der er mit Callussi unterwegs gewesen war, hatte er immer versucht, diesem mit respektvollen Worten in heiklen Situationen mit seinen Einfällen zu helfen und zu beweisen, dass er was im Kopf hatte. Es hatte Antonio nicht immer ein Lob eingebracht, sondern vielmals eine verachtende Kopfnuss von Andrea Callussi, dem Killer, der sein Vorbild gewesen war.

In letzter Zeit, so kam es Antonio vor, schien er in der Achtung Callussis jedoch gestiegen zu sein. Er war verschwiegen, zuverlässig und clever. Andrea müsste allerdings erst ein gutes Wort für ihn einlegen, wenn er auf eine Aufnahme hoffen konnte, denn es musste sich immer ein Familienmitglied dafür verbürgen, dass man in Ordnung war und es wert sei, in die engere Auswahl zu kommen. Nur durch Vitis Einwilligung über eine

Aufnahme zum Uomo dónore, also einem Mann der Ehre, wurde man auch dem Don vorgestellt. Doch der schien ihn ja jetzt zu kennen, ob das gut für ihn war …, er wusste es nicht.

All das ging Antonio durch den Kopf, als er einen Ellenbogen in die Rippen bekam und sich verwundert in die Richtung drehte, aus der man ihn angestoßen hatte.

„Was is?", wollte Antonio leise wissen, ihm war gar nicht aufgefallen, dass alle Augen auf ihn gerichtet waren.

„Der Don hat dich angesprochen und gefragt, was du zu sagen hast, da du Idiot dich ja gemeldet hast, schläfst du mit offenen Augen oder was? Wenn ja, solltest du jetzt besser aufwachen!", sagte sein Nachbar mit einem mitleidigen Grinsen.

Mit etwas Verspätung stand er auf und wandte sich in Don Cabones Richtung. „Entschuldigung, mein Pate, dass ich nicht gleich reagiert habe, soll ich jetzt erläutern, was ich sagen wollte?", fragte Antonio mit belegter Stimme, die seine Unsicherheit unterstrich.

„Wenn du gerade nichts anderes vorhast!", meinte der Consigliere sarkastisch, der anstelle seines Bosses geantwortet hatte.

Der ganze Saal brach in verhaltenes Gelächter aus, Antonio wurde es heiß und kalt, er schaute trotzdem unverwandt in Cabones Richtung.

Der saß immer noch zurückgelehnt in seinem Sessel und betrachtete den Jungen mit erwachtem Interesse ganz genau, dieses Mal aber mit einer Andeutung eines Lächelns, was Antonio nicht richtig einordnen konnte. Als dann die allgemeine Heiterkeit nachgelassen hatte und der Don noch einen Zug aus seiner Havanna genommen hatte, sagte er in die Runde: „Junge, wenn es was Produktives ist, was du beizutragen hast, dann sag es!"

Auf einen Schlag war es ruhig im Saal und alle Augen waren wieder auf Antonio gerichtet. Der schluckte und antwortete vorsichtig und zog leicht den Kopf ein, denn er wusste nicht wie der Parte seine Worte aufnehmen würde: „Da ich weiß, wer Matthew McHiggins war, solltet ihr, Don Cabone, besondere Vorsicht für eure Verwandtschaft walten lassen!"

Alle schauten ihn verständnislos an, und Viti, der Mafiaberater, war der erste, der aussprach, was alle dachten: „Wer um Gottes Willen ist Matthew McHiggins, und warum sollte er uns kümmern, habe noch nie was von ihm gehört!"

Antonio räusperte sich. „Er ist die Leiche, die man aus dem Detroit-River gefischt hat und dessen Tod uns die Iren zurechnen, außerdem war er der Neffe von McMurdock!"

Das verschlug selbst Lorenzo Viti, der als Consigliere fast auf alles eine Antwort hatte, erst einmal die Sprache.

Antonio fuhr mit seinen Ausführungen fort, da anscheinend keiner der Anwesenden etwas Passendes zu sagen hatte. „Don Cabone, wenn der irische Familiensinn auch nur annähernd so ist wie bei uns Italienern, dann solltet ihr euch Sorgen um eure Neffen oder sogar eure eigene Familie machen!" Dann setzte er sich wieder hin und harrte der Dinge, die seine Erörterung der Situation auslösen würde.

Von einem Moment auf den nächsten war der Saal in heller Aufregung, und alle diskutierten durcheinander.

Der Einzige, der nichts sagte, war der Don selbst, er hatte seine Ellenbogen auf den Tisch gestützt und seine Hände nachdenklich vor seinem Gesicht gefaltet. So starrte er vor sich auf den Tisch.

Nach einiger Zeit steckten Cabone, Viti und der Vice-Capo Nico Verara ihre Köpfe zusammen, sie schienen sich nicht an der Lautstärke des Saales zu stören. Als sie scheinbar zu einem Konsens gekommen waren, winkte der Consigliere einen seiner Männer, die an der Tür zum Saal standen, zu sich und sagte etwas zu ihm.

Der Mann war Sergio Volta, ein Zehnerchef, der das volle Vertrauen der Führung besaß. Er nickte ein paar Mal zu dem, was zu ihm gesagt wurde, danach winkte er einige seiner Männer zu sich, die ihm als Capodecina unterstellt waren und verließ mit ihnen den Saal.

Als die Tür sich wieder geschlossen hatte, nahm Viti wiederum das Glas und den Löffel in die Hand, um sich Gehör zu verschaffen. Als dies geschehen war, sagte er: „Silenzio per favore." Nun hatte er die volle Aufmerksamkeit.

„In Anbetracht der Tragweite des eben Gehörten wird das weitere Vorgehen in einem engeren Kreis fortgesetzt, ihr erfahrt dann alles Weitere von eurem Capodecina. Das soll uns aber nicht das Zusammenkommen verderben, egal aus welchem Grund wir uns hier treffen, also lasst uns gemeinsam essen und trinken." Mit diesen Worten nahm er sein Champagnerglas und sagte: „Auf unseren Don und die Familie!"

Alle erhoben sich und wiederholten dies wie aus einem Mund: „Auf unseren Don und die Familie!"

„Eines noch ganz kurz, bevor aufgetragen wird, alle anwesenden Capodecina treffen sich morgen früh um sieben Uhr wieder, genau hier … und Antonio, du bist auch da, sei pünktlich!", sagte er, wobei er den verblüfften Antonio ansah, als suche er etwas Bestimmtes.

Antonio wurde es heiß und kalt. ‚Was hat das jetzt schon wieder zu bedeuten?', dachte er unbehaglich, sagte aber besser nichts, sondern nickte nur.

Dann öffnete sich auch schon die zweiflüglige Tür und unter lautem Applaus wurden die Köstlichkeiten aufgetragen, es gab Hummer, Garnelen, Muscheln, Fischplatten und diverse Fleischgerichte, dazu die erlesensten Beilagen.

Links und rechts von Antonio wurde kräftig zugelangt, aber ihm war trotz seiner dürftigen Verköstigung im Keller der Hunger vergangen, außerdem taten ihm noch die Lippen und Zähne weh, von seinem Magen ganz zu schweigen.

„Stell dich nich so an, Junge, und iss, so was Gutes bekommst du so schnell nicht wieder!", sagte Angelo zu ihm und grinste. „Wird morgen schon nichts Schlimmes werden, sonst säßest du wohl kaum hier!" Während dem er dies sagte, zertrümmerte er mit einem kleinen Hammer eine Hummerschere. Bei diesem Anblick verkrampfte sich Antonios Magen erneut, aber Angelo nickte nur und fing langsam an zu essen, er hatte dann doch mehr Hunger, als er gedacht hatte.

## Aufnahme

Detroit, 26. April 1950, morgens, Hauptquartier (Casino Calipso), der Italiener.

Eines sollte sich ein Mitglied der Cosa Nostra einprägen ... die zehn Gebote.
Diese hatten nichts mit den zehn Geboten des Alten Testamentes der Bibel zu tun, zumal ein Vergehen gegen die Regeln der Familie sofortige drakonische Strafen nach sich zog, die von einer strengen Rüge bis zur Exekution alles beinhalten konnte, je nach Schwere des Verstoßes.
Antonio bekam sie gerade vorgelesen.
„Der Mafioso ist seiner Ehefrau treu!"
„Er darf sich in keine Beziehungen mit Frauen anderer Mafia-Mitgliedern einlassen!"
„Er betrinkt sich nicht und besucht keine Lokale oder Clubs!"
„Kontakte zu Polizisten sind strengstens verboten!"
„Der gute Mafioso muss in jedem Moment der Cosa Nostra zur Verfügung stehen, auch wenn die Ehefrau kurz vor der Entbindung steht!"
„Termine müssen strikt eingehalten werden!"
„Der gute Mafioso ist gegenüber den anderen Mitgliedern der Cosa Nostra stets zur Wahrheit verpflichtet!"
„Es ist streng verboten, sich Geld anderer Mafiosi oder anderer Clans anzueignen!"
„Wer einen Polizisten als Familienangehörigen hat, darf nicht in die Cosa Nostra aufgenommen werden!"

Die Aufnahme geschah immer in Gegenwart anderer Mitglieder. Durch einen speziellen Initiationsritus trat das neue Mitglied der Organisation bei. Dem Novizen wurde in einen Finger oder Daumen gestochen, man ließ das Blut auf ein Heiligenbild tropfen, sodass dann der Novice den Eid auf die Familie und die Normen und Gesetze der Cosa Nostra ablegen konnte. Anschließend wurde das Heiligenbild verbrannt.
Die Mitgliedschaft war ausschließlich Männern vorbehalten.
Frauen spielten jedoch im Umfeld eine wichtige Rolle, da sie das Wertesystem der Cosa Nostra an ihre Kinder weitergaben. Zwei Mitglieder durften sich untereinander nicht zu erkennen geben, es bedurfte immer eines dritten Mitglieds, der beide als 'cosa nostra' (unsere Sache) oder 'la stessa cosa' (dieselbe Sache wie wir) einander vorstellt. Diese Form der

Verschwiegenheit war bereits ein Bestandteil der sogenannten 'Omertà', die damit auch eine Schweigepflicht nach innen verlangte und nicht nur gegen außenstehende Personen. Auch wer sich nicht an 'moralische Werte' hielt, konnte der Organisation nicht beitreten.

Aber gehen wir zum besseren Verständnis einige Stunden zurück. Pünktlich um 7.00 Uhr saß Antonio in der Eingangshalle des Casinos, in einer dessen Säle gestern die Versammlung stattgefunden hatte. Er hatte auf einem der bequemen Ledersessel, die überall im Eingangsbereich standen, Platz genommen. Der Portier hatte ihn mit einem freundlichen 'Guten Morgen, der Herr!' eingelassen. Das Calipso war so gut wie durchgehend geöffnet. Der Eingangsbereich, so groß wie ein zweistöckiger Saal, war dem eines viktorianischen Herrenhauses nachempfunden. Links und rechts der großen, mehrflügeligen Tür, die den Eingangsbereich von dem des Casinos trennte, führten rote Marmortreppen in einem weiten Bogen in den zweiten Stock, wo es zu den Luxus-Appartements ging. An der stuckverzierten Decke hing ein Kronleuchter, der vermutlich die Ausmaße des Zimmers hatte, das Antonio bewohnte. Auf dem Boden, der mit weißem Carrara-Marmor ausgelegt war, standen den Treppenaufgang besäumend jeweils zwei große ausladende Palmen, die ihr Licht von der Glaskuppel bekamen, die die Halle überspannten. Antonio wusste, dass selbst die Türgriffe vergoldet waren. Er wusste auch von Callussi, dass Luigi Cabone, der auch manchmal nur 'der Pate' genannt wurde, sein Bürofenster in Richtung Spielsaal hatte, um alles auf einen Blick erfassen zu können, was im Casino vor sich ging. Bei all dem Prunk konnte man schon mal die gut gekleideten Männer übersehen, die fast in jeder Ecke standen und stoisch geradeaus zu schauen schienen, denen aber nichts von dem entging, was sich im Casino abspielte. Auch konnte man als Gast nicht sehen, dass alle schwer bewaffnet waren. Zu den Gästen zählten vor allem die Schönen und Reichen aus Politik und Wirtschaft, sowie etliche Schauspieler und Schauspielerinnen, die zum Teil in den berühmten Shows auftraten. Aber heute Morgen war es ruhig, die Putzfrauen waren schon wieder abgezogen und nur ein paar Unermüdliche waren noch oder wieder unterwegs. Antonio hatte nicht geschlafen, er war einfach zu aufgeregt, ein wenig neugierig und auch besorgt, er konnte sich nicht vorstellen, was nach den letzten Ereignissen so auf ihn zukommen würde.

‚Meine Garderobe ist makellos, ich sehe beinahe aus wie ein Banker‘, dachte er bei sich, als er in den Spiegel sah.

Punkt 7.00 Uhr waren die Zehnerchefs da und wurden auch gleich von zwei Vertrauensmännern der Familie zu Lorenzo Vitis Büro eskortiert. Antonio schienen sie gar nicht zu bemerken.

Die Capodecine betraten das geräumige Büro des Consigliere, der nicht nur der Berater der Familie war, sondern auch das familien-eigene Casino führte. Viti saß schon am Konferenztisch und blätterte in Unterlagen, die er dann nach kurzem Durchschauen seiner Sekretärin zurückgab und sie mit einem Nicken entließ. Sie ging freundlich grüßend an den eingetretenen Männern vorbei. „Gentlemen", sagte sie nur kurz und zog die Tür hinter sich zu.

„Buongiorno il mi Uomini, da wir augenscheinlich vollzählig sind, sollten wir anfangen. Nur vorab, wenn im Laufe des Tages alles so läuft, wie es von mir geplant ist, wird sich morgen früh noch jemand dieser ... unserer Sache annehmen. Aber jetzt erst einmal dazu: Mir ist klar, dass ihr eure Familien beschützen müsst, also bringt jeder von euch seine Angehörigen noch heute aus der Stadt, aber ohne Hektik, sodass es nicht auffällt. Außerdem schlägt mir jeder bis morgen früh um 8.00 Uhr einen Mann vor, den er für geeignet hält, einen gezielten Schlag gegen die Iren professionell durchzuführen. Die endgültige Auswahl behalten allerdings Don Cabone und ich uns vor, da Nico Verara in Familienangelegenheiten außerhalb der Stadt zu tun hat und so bald nicht zu uns stoßen kann. Und nun meine Herren: Viel Glück und morgen früh 8.00 Uhr."

Viti wartete noch einen Augenblick bis alle gegangen waren und trat dann vor sein Büro, wo seine Leibwache stand. „Jetzt bringt mir den jungen Catalano!", befahl der Consigliere. „Und behandelt ihn mit Respekt!"
Franky, der einer der beiden Männer war, nickte nur mit stoischem Gesichtsausdruck eines Mannes, der niemals einen Befehl seines Vorgesetzten in Frage stellte, und machte sich auf den Weg, gefolgt von seinem Partner, der genauso viele Emotionen zeigte.
Antonio wartete geduldig, und nach einiger Zeit kamen die Capodecine wieder, diesmal mit noch grimmigeren Mienen. Sie wirkten sehr entschlossen, so kam es Antonio vor.
Er schaute ihnen bis zum Ausgang nach, als ihn jemand ansprach.
Er fuhr leicht zusammen, da er in Gedanken gewesen war und nicht gemerkt hatte, dass die zwei Männer Vitis vor ihm standen.

„Antonio Catalano?", fragte einer der Männer und Antonio nickte.
„Bitte folge uns!" Mit diesen Worten drehten sie sich um und waren schon auf dem Weg zu Vitis Büro. Antonio stand schleunigst auf, um ihnen zu folgen.

Der Consigliere wartete schon, dieses Mal jedoch vor seinem Büro und ohne Sekretärin. „Buongiorno, Antonio!", sagte er freundlich, aber nicht zu freundlich und mit sparsamem Lächeln, was Antonio eine Gänsehaut bescherte. „Bitte folge mir!"

Er schaute sich noch einmal um, während er Viti nacheilte, aber niemand schien ihnen zu folgen.

Sie gingen einen langen Flur entlang und kamen schließlich an eine mit Samt verkleidete Stahltür, die von zwei finsteren Typen bewacht wurde. ‚Das flaue Gefühl wird einfach nicht besser', dachte Antonio bei sich, und als sie die Tür passiert hatten, sah er sich unsicher um und erkannte mit Schrecken, dass es gerade aus zum Hinterhof ging. Weshalb er das wusste? Weil er schon vor mehr als zwei Wochen einmal hier gewesen war und zwar mit einem Sack über dem Kopf, nur dass er damals vom Hinterhof aus hereingezerrt wurde.

Gesehen hatte er das alles, aber erst, als er von unten wieder hoch durfte ... und zwar ziemlich zerschunden. Ihm tat immer noch alles weh und bei dem Gedanken, diese Treppe noch einmal nach unten zu gehen, fingen die Schwellungen im Gesicht, die gerade zu heilen begonnen hatten, wieder an zu pochen.

Antonio ließ sich seine innere Panik nicht ansehen, denn von seinem verstorbenen Chef hatte er gelernt, seine Gefühle zu verbergen, wann immer es vonnöten war. Dies war oft wichtig, um ein heikles Geschäft ohne Zwischenfälle über die Bühne zu bekommen.

Also ging er einfach weiter hinter Viti her, immer tiefer in den Keller des Casinos.

Als sie im untersten Stock der Hölle, so kam es Antonio vor, angekommen waren, ging es durch eine weitere Stahltür, die diesmal nicht mit Stoff bezogen war, aber auch von zwei finster dreinblickenden Männern bewacht wurde. Trat man durch diese Tür, kam man in einen weiteren Korridor, von dem aus einige Türen abgingen.

Die erste Tür kannte Antonio nur zu genau, und als sie an ihr vorbeigingen, drangen dumpfe Laute zu ihnen nach außen, die er auch zu gut kannte.

Als er diese Geräusche vernahm, bekam er augenblicklich wieder eine Gänsehaut, und als sich plötzlich die Tür öffnete und ein Bär von einem

Mann herauskam, der die Ärmel seines Hemdes hochgekrempelt hatte und sich gerade die blutigen Hände an einem Handtuch abwischte, zuckte er zu seinem Ärger doch zusammen, weil er diesen Mann bereits sehr gut kennengelernt hatte. Der grinste nur in Antonios Richtung, und dieser sah, dass auch auf dessen Gesicht Blutspritzer waren.

Im nächsten Moment verschwand der Mann jedoch aus der Eingangstür, und diese fiel wieder laut klackend ins Schloss.

Als sie noch ein Stück weitergingen, kamen beide an der hinteren Tür an, neben der eine Wandleuchte in kurzen Abständen flackerte, was die ganze Atmosphäre nur noch düsterer erscheinen ließ.

Der Consigliere klopfte kurz, ein Schiebefenster ging auf und ein Augenpaar erschien. Als man Viti gesehen hatte, wurde die Tür geöffnet und Antonio fiel auf, dass außen kein Griff zu sehen war. ‚Na spitze, das wird ja immer besser', dachte sich Antonio und ging trotzdem hinter Viti in den Raum, der in einem Halbdunkel lag. Antonio war die Atmosphäre keineswegs geheuer.

Als sich seine Augen an das Halbdunkel gewöhnt hatten, erkannte er noch zwei weitere Personen auf seiner Seite des Raumes. Den einen kannte er nicht, er war bestimmt fast zehn Jahre älter als er und hatte eine fiese Visage. Der andere war Luca Amico, sechsundzwanzig Jahre, ein besonnener Charakter, nicht zu unterschätzen, aber immer zuverlässig.

Er war schon länger als Antonio dabei, also mehr als zehn Jahre. Antonio hatte schon mit zwölf Jahren angefangen für die Familie als Laufbursche kleine Kurierdienste zu erledigen und hatte sich immer höher gearbeitet, bis er eines Tages durch Empfehlung zu Callussi kam.

Alles war still in dem Raum, bis ein Mann aus dem Dunkel des Raumes trat. Es war der Capodecina Frederico Sorza, der für seine unverrückbare Loyalität gegenüber Cabone bekannt war. „Ihr seid hier auf Empfehlung von Vollmitgliedern, ich habe die Aufgabe euch zu sagen, dass ihr die Aufnahmeprüfungen und Erkundigungen, die wir über euch eingezogen haben, bestanden habt!"

Jetzt trat auch Viti wieder ins Licht und führte das Wort weiter, was Sorza begonnen hatte „Für Benedikto Mosaro verbürgt sich Roberto Cavalli!" Der Genannte trat ebenfalls vor und stellte sich neben seinen Kandidaten. „Für Luca Amico verbürgt sich Jacopo Sforza!", auch dieser trat vor und stellte sich zu Luca.

Antonio begann sich langsam zu fragen, wer sich für ihn verbürgen würde, da er wusste, dass es hier verdammt ernst wurde, da es hier um einen der inneren Kreise ging, in den man anscheinend aufgenommen werden sollte. Der Bürge würde zur Rechenschaft gezogen werden, wenn sie, die Kandidaten sich nicht als vertrauenswürdig erweisen würden.

Da sein Mentor ja nicht mehr unter den Lebenden verweilte, konnte er sich nicht vorstellen, wer das Risiko tragen wolle, da er ja mit keinem von den hier Anwesenden richtig vertraut war.

„Für Antonio Catalano verbürgt sich ...", und bei diesen Worten schaute Sorza ihm prüfend in die Augen, „... für Antonio Catalano verbürgt sich Lorenzo Viti." Bei diesen Worten stellte sich Viti neben ihn.

Antonio war wie versteinert, er fragte sich, wie Viti dazu kam, so etwas für ihn zu tun.

Aber er bekam keine Verschnaufpause zum Überlegen, denn Sorza fuhr bereits mit den Worten fort: „Sind sich die Bürgen ihrer Verantwortung der Familie gegenüber bewusst, was die Kandidaten betrifft, dann antwortet mit Ja!"

„Ja, das sind wir!", antworteten alle drei wie aus einem Mund

„Dann frage ich dich, Benedikto Mosaro, nimmst du die Ehre an, von nun an nur noch für die Familie zu leben?"

Mosaro sagte mit ein wenig belegter Stimme: „Ja, ich nehme die Ehre an!"

„So empfange den Bruderkuss!" Sorza trat zu Mosaro und küsste ihn links und rechts auf die Wange.

„Dann frage ich dich, Luca Amico, nimmst du die Ehre an, von nun an nur noch für die Familie zu leben?"

„Ja, ich nehme die Ehre an!", sagte dieser feierlich.

„So empfange den Bruderkuss!", und auch zu Luca trat Sorza und gab ihm den zeremoniellen Kuss.

Dann war Antonio an der Reihe und ihm wurde bewusst, dass er kurz davorstand, dass sein Traum, in die Familie aufgenommen zu werden, wirklich wahr werden sollte.

Andrea hatte nie etwas angedeutet, was darauf schließen ließ, dass er in die engere Auswahl kam, da Callussi eher selten ein gutes Wort gegenüber Antonio verlauten ließ, was ja vielleicht auf diesen Tag hingedeutet hätte. Bis jetzt war er komplett unwissend gewesen.

„Dann frage ich dich, Antonio Catalano, nimmst du die Ehre an, von nun an nur noch für die Familie zu leben?"

Antonio besann sich rechtzeitig und kehrte von seinen Gedanken in die Gegenwart zurück. „Ja, ich bin mir der Ehre bewusst und nehme sie an!", sagte er mit erstaunlich fester Stimme.

„So empfange auch du den Bruderkuss." Und so wurde auch Antonio der rituelle Kuss zuteil.

„Jetzt bekommt jeder von euch die zehn Gebote, die ihr auswendig lernen müsst!", sagte Sorza.

Die zehn Gebote wurden verlesen und jeder bekam ein Exemplar ausgehändigt, das er geheimhalten und bei Beherrschen der zehn Gebote verbrennen sollte.

„Nun schreiten wir zur Vereidigung!", ordnete Sorza an. „Den Auserwählten wünsche ich einen geheiligten Tag, und nun also sprecht mir nach!"

„Genau heute an diesem geheiligten Tag, Schweigen des Tages und der Nacht und beim Sternenhimmel werde ich diesen Heiligen Ring im Namen Luigi Cabones tragen. Ich schwöre, alles zu verleugnen bis zur siebenten Generation, die ganze kriminelle Gesellschaft, die ich bis heute anerkannt habe und die Ehre meiner allwissenden Brüder zu bewahren. Diese Pistole soll mir gute Dienste leisten, und sei es vonnöten für die Familie zu sterben, so sei die letzte Kugel für mich!"

Und sie schworen ihren Eid, dann wurde jeder mit einer Rasierklinge in den Daumen geritzt und das Blut eines jeden Novizen tropfte auf ein Heiligenbild, das sie in der anderen Hand hielten. Dann wurden die Bilder mit den Worten angesteckt: „Solltest du die Familie verraten, wirst du genauso in der Hölle brennen!"

Als die Heiligenbilder bis zur Unkenntlichkeit verbrannt waren, bekam jeder den Erkennungsring, eine nicht registrierte Pistole und eine gute Uhr zum Zeichen ewigwährender Pünktlichkeit.

Dann beglückwünschten sich alle Kandidaten gegenseitig.

Als sie dann alle gingen, um zu feiern, wurde Antonio noch einmal von Viti zurückgehalten, und nachdem sie alleine waren, sagte er zu Antonio:

„Andrea war einer meiner besten Freunde, wir kannten uns schon als Kinder, und er hatte mir fünf Tage vor seinem Tod gesagt, dass du es wert seist, aufgenommen zu werden, also enttäusche ihn nicht!"

„Das werde ich nicht, Consigliere!", sagte Antonio mit fester Stimme.

„Noch eines wollte ich dir sagen, das mit dem Verhör war eine letzte Prüfung gewesen, um zu sehen, was wirklich in dir steckt und wie du unter Druck reagierst. Du solltest die Sache genau als das sehen, 'eine Prüfung' und darüber Stillschweigen bewahren.

„Ja, das ist mir klar und war mir schon bewusst, als ich begriff, dass wir drei aufgenommen werden sollten.

„Gut, dann hätte ich nur noch eine Frage an dich. Willst du in Callussis Fußstapfen treten, falls ja ... würde ich dich zusammen mit meinen besten

Männern ausbilden!", sagte Viti fragend und fixierte Antonio mit seinem Blick.

Antonio überlegte nicht lange und willigte ein, da ja schon Callussi angefangen hatte, ihn auszubilden.

„Gut, dann gibt es nur noch eine Sache zu erledigen, um es zu besiegeln! Bitte folge mir", sagte er und ging voran.

Sie betraten gemeinsam den Flur. Nur dieses Mal mit einem besseren Gefühl, dachte sich Antonio.

Vor dem Verhörraum blieben sie stehen. Viti klopfte an und sofort wurde ihnen geöffnet. Noch ehe Antonio hinter dem Consigliere richtig den Raum betreten konnte, bekam er von den beiden Männern, die ihn erst vor wenigen Tagen verhört hatten, beglückwünschend die Hand geschüttelt. Für einen Außenstehenden musste dies aussehen, als seien sie alle schon langjährige Freunde.

Antonio war von der Tatsache, jetzt dazuzugehören, etwas überrumpelt. Erst als er die Glückwünsche entgegengenommen hatte, fiel ihm auf, dass auf dem Stuhl, auf dem auch er gesessen hatte, ein Mann mit einem Sack über dem Kopf saß und gefesselt war.

„Hast du deine Pistole Antonio?", fragte Viti und schaute ihm dabei in die Augen, um zu sehen, wie er reagieren würde.

„Ja, hier ist sie!", sagte er und nahm sie aus der Tasche.

„Sie ist geladen, du musst den Schlitten nur zurückziehen und sie ist scharf!", sagte Viti und ließ ihn dabei nicht aus dem Blick.

Antonio zog den Ladeschlitten der halbautomatischen Barretta neun Millimeter zurück, und mit einem Klacken schob sich eine Patrone in das Patronenlager.

„Jetzt erschieß diesen Deckskerl!", sagte Viti mit Ekel in der Stimme.

Antonio hatte schon geahnt, was von ihm erwartet wurde, als er die Waffe durchgeladen hatte, fragte aber trotzdem: „Was hat er verkehrt gemacht?" Derweil hob er bereits die Waffe auf Kopfhöhe des Gefangenen.

Viti schaute ihn nur kurz an, sagte dann aber bereitwillig: „Er hat die Familie verraten, wegen ihm sitzen zwei unserer besten Männer im Knast und werden voraussichtlich ihre Kinder erst als Erwachsene wiedersehen … oder wenn es nicht so gut läuft, gar nicht mehr … gestern ist er uns dann durch Zufall in die Hände gefallen!"

Antonio nickte, ging auf den Gefesselten zu und nahm ihm den Sack vom Kopf und sah ein zerschlagenes Gesicht, das ihn flehentlich anschaute. Er war geknebelt und konnte nur unartikulierte Laute von sich geben, dann fing er an mit weit aufgerissenen Augen den Kopf zu schütteln, um ihm anzudeuten, er solle ihn verschonen.

Antonio dachte nur kurz daran, dass genau das ihm, beinahe geblüht hatte.

Er sagte sich nur 'besser du, als ich' und drückte ab.

Die Kugel hatte auf diese kurze Distanz so viel Kraft, dass der Mann, der jetzt eine Leiche war, mitsamt dem Stuhl umkippte und mit stumpfen Klatschen aufschlug. Sein Gehirn und Stücke seines Schädels klebten an der gefliesten Wand gegenüber, und der Rest hatte sich beim Aufschlagen auf den Fliesen verteilt.

Antonio schaute genau auf den Mann, der jetzt tot war, es war sein erster Mord, den er persönlich zu verantworten hatte. Dieser Anblick brannte sich in sein Gedächtnis.

„Alle Achtung, mein Junge", sagte Angelo, „so viel Mumm hätte ich dir gar nicht zugetraut!" Er trat an die Leiche und zerrte sie weg, sie hinterließ dabei eine rote Schleifspur. Dann zog er sie samt Stuhl durch eine Schwingtür im Hintergrund, Antonio konnte so etwas Ähnliches wie ein Schlachthaus erkennen.

Bevor er sich jedoch näher darum Gedanken machen konnte, sagte der Consigliere zu ihm: „Gut gemacht, du hast deine Feuertaufe bestanden und dir den ersten Respekt verdient, nun lass uns Feiern gehen, ich habe einen tierischen Hunger!" Dabei sah er Antonio mit einem seltenen Lächeln an.

Antonio steckte die Berretta wieder ein und folgte Viti nach oben in das Restaurant, wo die anderen bereits feierten.

## Gegen die Iren

Detroit, 27. April 1950, 8.00 Uhr morgens,
Hauptquartier (Casino Calipso) der Italiener

Antonio war pünktlich erschienen, so wie alle anderen.
Er hatte seinen Anzug an, die Schuhe waren auf Hochglanz poliert, seinen
Ring und die Uhr trug er mit Stolz, genauso wie seine Barretta, die er links
unter dem Arm in einem Halfter untergebracht hatte, um sie falls nötig,
schnell ziehen zu können. Außerdem hatte er sich noch zwei Ersatzmagazine geben lassen, sicher war sicher. Sollte es in der nächsten Zeit zu
einer Schießerei mit den Iren kommen, war man so besser gut vorbereitet.
Als sie im Foyer warteten, hatten alle noch mal die Gelegenheit genutzt,
um Antonio ihre Glückwünsche auszusprechen, man konnte spüren, dass
was sich gestern im Verhörzimmer abgespielt hatte, intern hier und da
durchgesickert war. Antonio konnte den entgegengebrachten Respekt
deutlich wahrnehmen.
Sie mussten jedoch nicht lange warten, da stand Franky, einer von Vitis
Männern, vor ihnen und deutete an, ihm zu folgen.
Antonio dachte, sie würden sich im Büro mit dem Consigliere treffen, aber
Franky führte sie weiter in Richtung Kellertreppe. Sie passierten wieder
die zwei Stahltüren, die eine oben, die andere im Kellergeschoss.
Als sie sich wieder in dem Korridor befanden, in dem etliche Türen zu
sehen waren, gingen sie auf die vorletzte Tür auf der rechten Seite zu.
Antonio ging als letzter der Gruppe, und als er die rechte Tür passierte,
wusste er genau, dass sie in das Verhörzimmer führte, und was darin vor
sich ging, auch dies wusste er noch nur zu genau. Bei dem Gedanken stellte
sich bei ihm immer noch ein flaues Gefühl ein.
Als er kurz die Augen schloss, um die Erinnerung an das Erlebte abzuschütteln, erschien das zerschlagene Gesicht des Mannes, den er exekutiert
hatte, vor seinem inneren Auge.
Schnell blickte er auf, um das Bild, was sein Unterbewusstsein reflektiert
hatte, nicht mehr sehen zu müssen. Keinen Augenblick zu früh, er wäre
glatt aufgelaufen, die Gruppe war zum Stehen gekommen und begann in
den Raum einzutreten, der sich als kleiner Konferenzraum entpuppte, in
dem Viti schon auf sie wartete.
„Meine Herren, nehmen Sie bitte Platz!", sagte Viti ruhig.
Alle nahmen sich einen Stuhl und setzten sich, um zu hören, was von
ihnen erwartet wurde.

„Ich hätte gerne die Namen der Männer, die ihr für geeignet haltet, gegen die Iren vorzugehen!", sagte Viti und deutete mit dem Finger vor sich auf den Tisch.

„Scusate Consigliere, aber sollten wir nicht besser unter uns sein, um Weiteres zu besprechen?", mit diesen Worten ruckte Peppo Sankti, einer der Zehnerchefs, mit seinem Kinn in Richtung Antonio.

„Peppo, gut, dass du mich daran erinnerst, euch Antonio Catalano vorzustellen!"

Antonio stand auf und nickte den Anwesenden zu, dann setzte er sich wieder.

„Antonio arbeitet schon über zehn Jahre für die Familie und war die letzten drei Jahre mit Andrea Callussi für unsere Sache tätig! Er hat den Aufnahmeritus durchlaufen und wurde unseren härtesten Kriterien unterzogen, damit wir uns sicher sein konnten, dass er unseren Erwartungen entspricht!", sagte Viti bestimmt.

„Und was soll der Junge bei dieser Sache?", wollte Tommaso Pisan, ein weiterer der Anwesenden, wissen.

„Er wird sich seine ersten Lorbeeren als Callussis Nachfolger verdienen und glaub mir, du solltest den 'Jungen' nicht unterschätzen, denn er hat schon bewiesen, dass er Eier in der Hose hat!", erwiderte Viti mit einem leichten, aber bösen Grinsen, was den Mann verstummen ließ.

Jetzt war zustimmendes Gemurmel zu hören und kein Weiterer gab seinen Kommentar zum Besten. Die Listen wurden durchgegangen, was einige Stunden benötigte, Referenzen wurden angeführt, sodass man sicher sein konnte, dass die Qualifikationen der empfohlenen Männer der Wirklichkeit entsprachen. Und so bekam Antonio zum ersten Mal einen richtigen Einblick und Ahnung, wie die Familie zusammenarbeitete, um Feinde in die Schranken zu verweisen.

„Wann können die Männer hier sein?", wollte Viti von Sorza wissen, da er bei der Planung mitwirkte.

„Die meisten sind schon da, und die anderen treffen bis heute Mittag ein!"

„Gut, dann setze ich den Don hierüber in Kenntnis.

Wir sind hier fertig ... wer die Zeit erübrigen kann, oben, im kleinen Konferenzsaal, ist ein Büfett aufgebaut, ich lasse euch wissen, wenn Don Cabone eintrifft!", sagte er und verließ den Raum.

Sie gingen gemeinsam zum Essen, denn keinem wäre eingefallen, die Einladung auszuschlagen. Wie auch bei der großen Zusammenkunft waren die Speisen vorzüglich, und alle griffen ordentlich zu, das ewige

Diskutieren machte hungrig.

Antonio aß maßvoll. Er wollte vermeiden, dass ihm beim Eintreffen des Bosses nachher vor Müdigkeit die Augen zufielen. Er bemerkte, dass sich die meisten beim Essen eher zurückhielten, außer einigen wenigen, die sich regelrecht vollstopften. Darunter auch Roberto Cavalli, der sich bei der großen Zusammenkunft wegen seines unbedachten Redens schon den Ärger des Dons zugezogen hatte.

Als Antonio fast fertig gegessen hatte, trat Sorza zu ihm und sagte mit gedämpfter Stimme: „Schau sie dir genau an und lerne. Von einigen kannst du erfahren, wie man es machen sollte, und von anderen, dass sie besser überlegen sollten, warum wir uns heute hier treffen!" Dabei schaute er Antonio mit neuem Interesse an und sagte dann weiter: „Aber ich sehe, dass du zumindest beim Essen dein Maß kennst, für nachher rate ich dir … zu schweigen, solange du nichts zu der Besprechung beizutragen hast … bis du von Viti oder dem Don angesprochen wirst, denn der Boss sagt nicht gleich etwas, sondern sieht immer erst genau hin. Also falle besser durch Bescheidenheit auf!" Die anderen beobachtend verließ er Antonio, um mit einem der Männer, den er eben offensichtlich mit Geringschätzung betrachtet hatte, zu plaudern und Scherze zu machen, worauf der andere ahnungslos einging.

Antonio dachte nur bei sich, dass Sorza wohl einer der gefährlichsten von Cabones Männern sei und bekam wieder einmal den Eindruck, dass er sich in einem Haifischbecken befand und aufpassen musste, dass er sich, als noch kleiner Hai, besser nicht verkehrt bewegte, um die Möglichkeit nicht zu verspielen, selber zu einem großen Fisch heranzuwachsen.

Es verging noch ungefähr eine Stunde bis sich die Tür öffnete und der Don mit seinem Consigliere eintraten. Im selben Moment verstummten alle Gespräche.

„Uomini, gut, dass ihr so viele gute Soldaten zusammengebracht habt, ich denke, dass wir zehn davon hier zu uns bitten können!", sagte Don Cabone erfreut.

Viti nickte einem seiner beiden Männer, die ebenfalls den Raum betreten hatten, zu. Als dieser zu ihm getreten war, gab der Consigliere ihm eine Liste mit Namen, mit der er sich auf den Weg in ein nahegelegenes Zimmer machte, um die Namen der Auserwählten zu nennen und den Rest der wartenden Männer wieder nach Hause zu schicken.

Nachdem dies geschen war, betraten die Ausgewählten, zusammen mit Vitis Mann, den kleinen Konferenzsaal. Der Don wies sie an, Platz zu nehmen, um dann zu ihnen zu sprechen. „Ihr habt mit eurem Hiersein alleine schon bewiesen, dass ihr in der Vergangenheit zuverlässig und sehr nützlich für die Familie wart! Darum haben wir euch dazu auserwählt, eine heikle Aufgabe zu übernehmen. Ich glaube, wenn ich mich hier umsehe, wird es ein voller Erfolg! Denn ich sehe Loyalität und Entschlossenheit, beides Eigenschaften, die die Familie braucht und in der Vergangenheit stark gemacht hat!" Alle sahen erwartungsvoll zu ihrem Don.

„Wie ihr ja alle wisst, sind uns in der Vergangenheit und auch in der Gegenwart die Iren immer wieder in die Quere gekommen, und das hat uns viel Geld gekostet! Ganz zu schweigen von unserem Imageverlust unter der italienischen Bevölkerung, durch die Aktivitäten der soge-nannten Lotteriewagen, durch die eine Menge Geld in die Kassen der Schafficker fliest! Andrea Callussi war es kurz vor seinem Ableben ge-lungen, wichtige Informationen aus einem von McMurdocks Männern, der uns verraten hat, wo ihre nächste Lieferung Drogen ankommen soll, zu pressen. Aber dafür ist noch Zeit, kümmern wir uns erst einmal um die Führung der Iren ... und hier kommt ihr ins Spiel! Frederico Sorza wird in dieser unserer Sache euer General sein und die Aktion leiten, da die wesentliche Idee von ihm stammt und er mein uneingeschränktes Ver-trauen besitzt!", sagte er und wies auf Sorza.

Mit diesen Worten setzte Don Luigi sich und Sorza erhob sich, um zu den Männern zu sprechen: „Danke Don ... Männer, wir haben aus sicherer Quelle erfahren, dass die Iren in nächster Zeit eine Aktion gegen die Familie planen, und der werden wir zuvorkommen, indem wir Ian McMurdock und seinen Berater und Freund, Dogel McCormeg, exe-kutieren und zwar zeitgleich, wenn irgend möglich.

Geraune war zu hören und einer der Anwesenden, ein altgedienter Soldat meinte: „Dann haben wir einen Krieg!"

Zustimmendes Gemurmel war zu hören.

Sorza schaute mit einem gefährlichen Grinsen in seine Richtung und sagte zu ihm: „Miguel, genau aus dem Grund bist du mit von der Partie, denn es soll nicht so aussehen als wären wir es, die den Anschlag verüben. Es soll so aussehen, als seien die Iren untereinander in Machtkämpfe ver-wickelt!"


Die Aktion bekam den Codename 'Nero', da sie einen Flächenbrand unter den Iren auslösen sollte.

Es wurden noch viele Einzelheiten besprochen und zum Schluss bekamen sie eine Adresse genannt, wo alles Weitere vorbereitet werden sollte, und wo die Männer und auch Antonio bis auf Weiteres wohnen würden, bis alles durchgeführt war.

Die Männer nannten das 'auf die Matratzen gehen', und dass es schon mindestens siebzehn Jahre her sei, dass dies das letzte Mal der Fall war.

Antonio hingegen war gespannt, was die Zukunft diesmal für ihn bereithielt. Jedenfalls war er der Meinung, bereit dafür zu sein.

## Anders als geplant

Detroit, 29. April 1950, 10.00 Uhr abends
Jeffersenstreet 132, Italienisches Nebenquartier,
Ausgangspunkt der Aktion 'Nero', zwei Tage nach der Besprechung

Schwer atmend, wie durch einen roten Schleier nahm er seine Umgebung
wahr. Den Nieselregen bemerkte er nicht, denn er hatte einen dichten Pelz
und war voller Adrenalin, es wurde Zeit, dass er wieder zu jagen begann,
mit glühenden Augen musterte er seine Umgebung. Dann legte er seinen
Kopf in den Nacken und begann zu wittern ... war da etwas von Interesse?

Ein Lieferwagen bog in die Jeffersenstreet ein und parkte genau vor der
Hausnummer 132.
Der Fahrer stieg aus, schloss die Fahrertür ab und ging dann die Straße
entlang, um in die nächste Seitengasse einzubiegen. Dem Mann, der als
Wache unauffällig von den Italienern vor der Hintertür postiert war und
die Straße im Auge behalten sollte, kam dies nicht unnormal vor, und so
schnitzte er weiter an einem Stück Holz, das er von einer Kiste abgebrochen hatte.
Er bemerkte jedoch nicht, dass da unter der Plane des Lieferwagens zwei
Männer saßen, mit Schiebermützen und in schwarze lange Mäntel gekleidet. Jeder von ihnen hatte einen Gitarrenkoffer vor seinen Füßen.
Beide Männer öffneten gleichzeitig klackend die Verschlüsse der Koffer
und holten die Maschinenpistolen heraus, steckten ein Magazin in den
Ladeschacht und zogen den Verschlusshebel nach hinten, sodass die Waffe
geladen war. Dann steckte sich jeder noch zwei Ersatzmagazine ein,
hängte sich noch zwei Granaten an den Mantelgürtel, schauten sich an,
nickten sich zu, öffneten die Plane am Heck des Lieferwagens und ließen
sich auf die Straße gleiten. Fitzpatrick, einer der beiden, schaute vorsichtig
um die Ecke des Wagens, um zu sehen, was der Italiener tat, der Wache
stand.
Als dieser sich Richtung Gasse drehte, weg von der Straße, und an seinem
Regenmantel zu nesteln begann, wusste Fitzpatrick, dass er nicht viel Zeit
hatte, um zu handeln. Er sicherte seine Tommy Gun, reichte sie
O'Mahony, seinem Partner, und holte dann eine Klaviersaite, die an beiden
Enden mit einem Holzgriff versehen war, aus seiner Manteltasche und
machte sich geräuschlos und geduckt auf den Weg.
Francesco war es leid, hier draußen Wache zu stehen, er wurde trotz des

Regenmantels nass, ihm zog das feuchtkalte Wetter regelrecht in die Knochen. Er wäre lieber bei seiner Frau und seiner neugeborenen Tochter im warmen Bett geblieben und nicht hier draußen bei diesem Sauwetter. Musste er auch immer Pech haben, alle hatten Strohhalme gezogen, aber er hatte zwei Mal den Kürzeren gezogen und war so immer für die verhasste Spätwache eingeteilt worden.

Jetzt musste er auch noch pissen, und er bekam doch dieses verdammte Ding nicht auf, weil seine Hände eiskalt waren und der geölte Regenmantel sich nur schwer aufknöpfen ließ. Als er es endlich geschafft hatte seinen Schwanz zu befreien, seufzte er erleichtert auf und ließ laufen, als sich plötzlich etwas brennend wie heißes Eisen um seinen Hals legte.

Fitzpatrick hatte sich hinter den Italiener geschlichen und gewartet, bis der mit einer Hand seinen Latz offenhielt und mit der anderen seinen Schwanz. Als er dann anfing sich zu erleichtern, trat er genau hinter ihn und schwang die Klaviersaite, die er zu einer Schlaufe gelegt hatte, mit einer geübten Bewegung über den Kopf seines Opfers.

Der Italiener griff aus Reflex an seinen Hals und bekam noch zwei Finger seiner rechten Hand unter die Klaviersaite, bevor der Ire sie so fest zusammenzog, dass ihm schwarz vor Augen wurde und er keine Luft mehr bekam. Er konnte nur noch leise gurgelnde Geräusche von sich geben und begann mit seinen Beinen zu strampeln.

Fitzpatrick wusste, wie viel Kraft ein sterbender Mann aufbringen konnte, hatte er es doch im Krieg viele Male erlebt, so nahm er seine ganze Kraft zusammen. Da er ganze eineinhalb Köpfe größer war als der schmächtige Italiener, wurde dieser von seinen Füßen gerissen und hing ein Stück in der Luft.

Die scharfe Klaviersaite und der Druck, der dabei entstand, ließen diese so in Hals und Finger schneiden, dass die Finger des Italieners abgetrennt wurden. Diese fielen auf den nassen Boden und zuckten noch, als das dünne Drahtseil sich tief in den Kehlkopf schnitt. Hätte der Ire nicht lockergelassen, als Francesco zu zappeln aufgehört hatte, wäre dieser wohl fast enthauptet worden.

Als der Italiener erschlaffte, schaute Fitzpatrick sich um, um zu sehen ob sie durch diese Aktion aufgeflogen waren. Alles war jedoch ruhig geblieben, die Italiener schienen nichts zu befürchten, so hob er den Toten auf und warf ihn sich über die Schulter. Nachdem ihm O'Mahony durch ein Zeichen zu verstehen gegeben hatte, dass die Luft rein sei, brachte er die Leiche zum Lieferwagen und legte sie auf die Ladefläche. Dann zog er das Mordwerkzeug wieder aus dem Hals der Leiche, steckte es ein und schloss die Plane, sodass keiner sehen konnte, was auf der Ladefläche lag. Nachdem ihm O'Mahony die Maschinenpistole zurückgegeben hatte, schauten sie sich noch einmal um, aber die Straße schien wie ausgestorben, nur hier und da war noch Licht in den Fenstern, die meisten Leute in dem Viertel arbeiteten Schicht oder mussten sehr früh raus, daher schliefen fast alle schon.

Also schlichen sie zusammen zur Eingangstür des Gebäudes. Fitzpatrick nahm einen Holzkeil, der in der Ecke der Eingangsstufe lag und wohl zum Offenhalten der Tür diente und klemmte ihn mit einem Ruck zwischen Türklinke und Tür, sodass man nicht ohne Weiteres herauskommen konnte. Dann ging es weiter in Richtung Hintertür.

An der Einmündung zur Gasse angekommen, spähten sie vorsichtig um die Hausecke, aber es hatte sich noch niemand blicken lassen.

In der Zwischenzeit hatte es wieder stärker angefangen zu regnen, der Boden war nahe der Hauswand voller Abfall und daher recht rutschig. Diesmal ging O'Mahony voran und machte seinen Partner darauf aufmerksam, dass es glitschig war.

Der Ire griff an die Klinke der Hintertüre, drückte sie runter, und die Tür schwang unter leichtem Knarren auf.

„Na, Francesco, is es dir zu nass draußen, komm in die Küche und trink erst mal nen Kaffee. Die Jungs sind oben und ich sag ihnen schon nicht, dass du mal kurz deinen Posten verlassen hast ... was soll schon passieren!", sagte eine Stimme, die wohl zu einem älteren Mann gehörte.

Die beiden Iren erstarrten regelrecht bei den Worten, die offensichtlich aus der Küche kamen, sammelten sich aber augenblicklich wieder.

O'Mahony hängte sich seine Waffe quer über den Rücken, sodass sie nicht herunterrutschen konnte, zog ein Rasiermesser aus seinem Stiefel und machte sich auf den Weg in Richtung Küche.

„Francesco ... ich schwöre dir, wenn du meinst mich erschrecken zu können, musst du früher aufstehen, ich habe dich schon gehört, als du die Klinke runtergedrückt hattest. Nun mach kein Scheiß und komm endlich her, kannst auch ein Sandwich haben ... Francesco?... du Penner, wenn du mich verarschen willst, kommen wir hintereinander!", sagte der Mann ärgerlich.

Bei den letzten Worten trat O'Mahony in die Küche, sein Mantel tropfte, und er hatte seine Rechte mit dem Rasiermesser leicht erhoben.

Vor ihm saß ein Mann, mit dem Rücken zur Tür, und machte gerade Sandwiches, auf dem Tisch lag ein geladener Revolver.

„Nun setz dich endlich und zieh den nassen Mantel aus, du stinkst ja wie 'n nasser Ire!" Mit diesen letzten Worten drehte er den Kopf und schaute lächelnd über seine Schulter in Richtung Francesco, wie er meinte, und erstarrte beim Anblick des Iren. Aber nur kurz, denn schon griff er mit den Worten 'verdammte Scheiße' nach der Pistole, um sich zur Wehr zu setzen.

O'Mahony wollte gerade von hinten an den Italiener herantreten, um ihm die Kehle durchzuschneiden, da drehte sich dieser um und griff unter heftigem Fluchen zu seiner Waffe.

Der Mann war schon halb aufgestanden und hatte die Waffe auch schon fast auf seinen Angreifer gerichtet, da griff der Ire mit seiner Linken die Hand mit der Waffe und zog das Rasiermesser über den Hals des Italieners.

Augenblicklich schoss eine Fontäne von Blut aus dessen Halsschlagader und besudelte O'Mahony von oben bis unten. Erst spritzte das Blut unter großem Druck hervor, der Schwall wurde jedoch schnell immer kleiner und kleiner, sodass die Gegenwehr des Italieners immer schwächer wurde. Als dieser in die Knie zu sinken begann, versuchte der Ire ihm die Pistole zu entreißen, wobei sich ein Schuss löste.

Nun brach die Hölle los.

Von oben wurden Schreie und Fluchen laut, und der erste Italiener kam mit einer abgesägten Schrotflinte im Anschlag und in Socken die Treppe runtergerannt. Einer seiner Hosenträger rutschte ihm gerade über die Schulter, als ihn eine Gewehrsalve aus Fitzpatricks Tommy Gun traf.

Die Iren hatten zwei unterschiedliche Patronen geladen, die immer abwechselnd im Magazin eingeschoben waren. Vollmantelgeschosse, die selbst durch Türen und dünne Wände gingen, aber nur relativ kleine Wunden rissen, und Kugeln, die vorher an der Spitze eingekerbt wurden, damit sie auseinanderbrachen, wenn sie auf Knochen und Fleisch trafen und somit zu verheerenden Wunden führten.

Die erste Kugel, die den Unglücklichen traf, war eine gekerbte Kugel, die ihn aber nur streifte, dabei aber Stofffetzen von seinem Unterhemd riss. Haut und Fleisch vom Teil seines rechten Rippenbogens verteilten sich an der Wand. Die zweite Kugel war ein Vollmantelgeschoss und durchdrang seinen rechten Lungenflügel, was dazu führte, dass dieser in sich zusammenfiel. Aber die tödliche Kugel war nochmals eine gekerbte, sie schlug im Brustbein ein und zerlegte sich, somit durchschlugen den Mann nicht nur Kugelsplitter nein ganze Knochenteile frästen sich durch seinen

Oberkörper und rissen ihm das Herz und ein Stück seiner Wirbelsäule in Stücke. Dabei wurden Stofffetzen, Blut, Fleisch und Knochenfragmente über die Treppe verteilt.

Der Italiener war sofort tot, löste aber im Fallen noch eine Ladung Schrot aus, die Fitzpatrick am linken Oberarm streiften und das Schulterpolster seiner Tweed-Jacke, die er unter dem Mantel trug, in dutzende Stücke zerriss. Der Rest der Schrotgarbe hinterließ ein Loch in der Wand. Der Ire fasste sich kurz an die Schulter und besah seine blutigen Finger.

„Verdammt", stieß er hervor, als auch schon ein weiterer Mann von oben mit einer halbautomatischen Pistole zu feuern begann und Fitzpatrick die Schiebermütze vom Kopf schoss. Der versuchte zurückzuschießen, hatte aber eine Ladehemmung, O'Mahony, der seine Maschinenpistole vom Rücken genommen hatte, erfasste die Situation und begann in dem Moment zu feuern, als er aus der Küche trat, und so konnte sich Fitzpatrick neben der Treppe in Sicherheit bringen und seine Waffe überprüfen.

Den Italiener schien die Maschinenpistole überhaupt nicht zu beeindrucken und schoss breitbeinig stehend weiter auf O'Mahony, dessen erste Salve links neben den Italiener in die Wand ging. Doch O'Mahony legte gleich nach, obwohl ihm die Kugeln um die Ohren pfiffen, und traf mit der nächsten Salve.

Dem Pistolenschützen drang ein Vollmantelgeschoss in die rechte Schulter und durchschlug die Gelenkkapsel, was den Arm unbrauchbar machte, doch dies war nicht mehr wichtig, denn das zweite Geschoss war ein gekerbtes Projektil, das auf den Oberkiefer traf. Was bewirkte, dass vom Unterkiefer aufwärts alles in Stücke gerissen wurde und sich im Flur dahinter in einem Regen aus Haaren, Knochen, Zähnen und Hirnmasse verteilte. Obwohl der Kopf weggeschossen war, ging der Italiener ein paar Schritte auf die Treppe zu und schoss dabei noch zweimal, jedoch unkontrolliert, bevor er die Treppe hinabstürzte um die Leiche eines Kameraden, der auf der Treppe gefallen war, mit sich nach ganz unten zu reissen, wo beide vor den Iren liegen blieben.

Weitere Rufe auf Italienisch waren zu hören.

Die beiden Iren begannen über die Leichen zu steigen und mit feuerbereiten Waffen im Anschlag die Treppe hochzugehen, mussten sich aber bemühen, nicht auszurutschen wegen des vielen Blutes, das von den Stufen tropfte, und dem Fleisch und der Stofffetzen, die überall klebten.

Kaum konnte Fitzpatrick über die letzte Stufe in den Flur sehen, traf ihn auch schon eine Kugel am linken Ohr, was dieses zur Hälfte zerfetzte und den Iren das Gleichgewicht verlieren ließ, sodass er sich nur durch viel Glück am Geländer festhalten konnte. O'Mahony, der in Deckung gegangen war, packte seinen Freund, dem nun Blut über die getroffene Gesichtshälfte lief, unter die linke Achsel und half ihm wieder auf die Beine. Dieser nahm mit schmerzverzerrtem Gesicht eine Granate vom Gürtel, zog den Splint, ließ die Sicherung wegfliegen und wartete eine Sekunde bevor er sie in den Flur warf. Den Verteidigern blieb keine Möglichkeit mehr zu reagieren, ihr Schicksal war besiegelt.

Michael Cotti stand schwer atmend im Türrahmen, die doppelläufige Jagdflinte an sich gepresst. Er schaute ins Zimmer gegenüber, wo noch zwei Männer knieten, einer mit Revolver, der andere mit Karabiner im Anschlag. Ein weiterer Mann kniete im Flur links an der Wand. Er war kreidebleich, denn er hatte die Überreste von Alonsos Kopf über Gesicht und Oberkörper verteilt abbekommen, war jedoch an seiner Position kniend geblieben und hatte sich lediglich mit einer Hand über das Gesicht gewischt, um wieder sehen zu können. Solche Situationen hatte er schon im Krieg erlebt. Nachdem Alonso ohne Kopf und mit einer Blutfontäne aus seinem Hals, noch immer schießend, auf die Treppe zulief und dann einfach nach vorne über die Treppenkante fiel, wurde es grabesstill. Plötzlich war der Kopf eines Angreifers zu sehen, und Domenico, der noch immer kniete, schoss sofort. Er musste getroffen haben, denn Blut spritzte und der Kopf ruckte heftig zurück. Dann war noch ein Poltern zu hören, was vermuten ließ, dass der Getroffene auf die Treppe gefallen war. Michael wollte schon anfangen Hoffnung zu schöpfen, da flog im hohen Bogen eine Granate in den Flur und kullerte genau vor Domenico. Dieser reagierte sofort und tat das, was er auch im Krieg mit den Stielhandgranaten der Deutschen gemacht hatte, er nahm die Granate in die Hand, um sie zurückzuwerfen, was ihm auch geglückt wäre, hätte man die Granate vor dem Werfen nicht noch zurückgehalten. So explodierte sie jedoch direkt in Domenicos Hand. Von dieser und seinem Brustkorb blieb nur noch Matsch übrig, was ihn jedoch nicht sofort tötete, und so lag er halb zerfetzt im Flur und rief röchelnd und blutigen Schaum hustend nach seiner Mutter. Als Cotti das sah, fluchte er „Porco dio!", und sein Blick richtete sich dabei auf den Türrahmen gegenüber, in dem ein Stück Hand von Domenico Viti, dem Neffen des Consigliores, steckte. Zwei der Finger bewegten sich noch und schienen ihm zuzuwinken. Mittlerweile hatte Vitis Neffe aufgehört zu wimmern, und nachdem er gurgelnd Blut gehustet hatte, war nichts mehr von ihm zu hören.

„Was wollt ihr überhaupt von uns?", rief Cotti in Richtung Treppe, „hier gibt es weder Geld noch Drogen!"

„Es gibt euch ... und wir werden euch Spaghetti-Fressern eine Lehre erteilen, die ihr nicht so schnell vergesst!", schrie einer der Angreifer zurück.

‚Also waren es mehrere', dachte Cotti, und so machte er seinen Kameraden im gegenüberliegenden Zimmer ein Zeichen, sich über die Feuertreppe nach unten zu schleichen und von hinten anzugreifen, er würde Feuerschutz geben.

Als einer der Italiener das Fenster öffnete und den Kopf durchsteckte, um durchzusteigen, gab Michael zwei Schuss in Richtung Treppe ab, um ihr Vorgehen zu verschleiern und lud die Flinte gleich wieder nach.

Was jedoch geschah, war etwas, womit sie nicht gerechnet hätten.

Der Italiener, der dabei war, durch das Fenster zu klettern, ruckte nur einmal kurz nach oben, als hätte er sich den Kopf gestoßen, kippte dann aber ohne ein Laut von sich zu geben zurück ins Zimmer.

Er konnte auch nichts mehr sagen, denn, wo sein Kopf gesessen hatte, ragte nur noch ein Stück Wirbelsäule aus dem Hals, und Blut spritzte in Fontänen in alle Richtungen.

Dann schien das Fenster in einem Hagel aus Glas und Holz zu explodieren, und etwas Großes sprang in den Raum und genau auf Pepone zu, der immer noch kniete und den Karabiner im Anschlag hielt, um ihnen den Rücken zu decken. Nun saß dieses Riesenetwas auf seinem Rücken, biss in seine Wirbelsäule und riss diese unter einem lauten, schmatzenden Reißen aus seinem Körper.

Pepone hatte nicht mal Zeit zum Schreien gehabt, so schnell war alles geschehen. Michael war wie erstarrt und konnte nicht glauben, was er sah, als das Monster die Wirbelsäule aus seinen Fängen fallen ließ. Blut topfte dem Vieh aus dem Maul und mit glühend roten Augen sah es Michael an, dieser fing mit Panik verzerrter Stimme an zu schreien und ging in den Flur, um die Flinte auf das Ding, das seine Freunde zerrissen hatte, abzufeuern.

Fitzpatrick schaute O'Mahony fragend an, als sie die Schüsse hörten.

Bevor sie jedoch entscheiden konnten was sie als nächstes tun sollten, hörten sie Holz und Glas zersplittern. Kurz darauf hörten sie ein komisches Geräusch, was sie nicht zuordnen konnten und dann einen der Italiener, der voller Panik zu schreien anfing, was den Iren durch Mark und Bein ging und irgendwie nichts Menschliches mehr zu haben schien. Dann folgten noch zwei Schüsse aus einer Schrotflinte.

„Wir machen jetzt Schluss", sagte Fitzpatrick leise zu seinem Partner. „Du hältst deine Tommy Gun nur gerade so über die Kante der Treppe, dass du sie abfeuern kannst, und ich gehe dann unter deinem Feuerschutz aus der Deckung und lege den Rest um, der sich noch im Flur befindet!", sagte er entschlossen.

Michael Cotti hatte seine Flinte leer geschossen und auch getroffen. Was allerdings einen erwachsenen Mann auf diese Distanz in Stücke gerissen hätte, schien bei dieser Kreatur wirkungslos zu verpuffen.

Cotti versuchte krampfhaft nachzuladen, mit zittrigen Händen nahm er die Schrotpatronen aus seiner Tasche, aber eine fiel aus seinen Fingern ... die ganze Zeit starrte das Höllending ihn mit But geiferndem Maul an. Dass von der Treppe aus wieder gefeuert wurde, drang nicht mehr zu Cotti durch ...

Wärend O'Mahony feuerte, ging Fitzpatrick in den Anschlag und die Treppe hoch. Er sah den Italiener mit der Schrotflinte, die er gerade wieder beladen wollte, sein Blick war jedoch nicht ihm zugewandt, sondern in Richtung eines Zimmers.

Fitzpatrick zögerte nicht lange und entlud sein ganzes Magazin auf den Italiener, was zur Folge hatte, dass dieser regelrecht zerfetzt wurde. Eingeweide, Knochensplitter, Stofffetzen und Blut verteilten sich in den hinteren Bereich des Flures. Der Getroffene klappte quasi in zwei Hälften, denn die Körpermitte gab es nicht mehr.

Beide Iren hatten ihr Magazin leer geschossen und die Mündungen rauchten noch, als sie nachluden.

Auch O'Mahony kam nun die restliche Treppe hoch und nahm seine Maschinenpistole ebenfalls in den Anschlag.

Beide horchten angespannt in die Stille, doch als sie nichts hörten, gab O'Mahony ein Zeichen und Fitzpatrick wechselte nochmals das Magazin, dieses war farblich markiert und hatte nur Vollmantelgeschosse geladen.

Nachdem das Magazin ausgetauscht war, ging Fitzpatrick zwei Schritte vor O'Mahony auf die Knie und feuerte in einem Halbkreis beschreibend auf die Wände der angrenzenden Zimmer. Dies sollte genügen, um zumindest alle in den Zimmern zu verwunden.

Fitzpatrick lud sofort wieder nach, und sie gingen den Flur entlang und sicherten jedes Zimmer. In einem Zimmer hatten sie eine Frau erwischt, die höchsten zwanzig Jahre alt gewesen war und wohl Schutz neben der Zimmertür gesucht hatte. Von den Vollmantelgeschossen, die durch die Wand gedrungen waren, war sie tödlich getroffen worden.

„Verdammt noch mal, was hatte denn die hier verloren, ich dachte es wären nur Männer hier" ärgerte sich Fitzpatrick, der eigentlich vermied, Frauen und Kindern Leid anzutun.

O'Mahony bedeutete seinem Partner still zu sein und sich wieder auf ihre Mission zu konzentrieren.

Also gingen sie weiter bis zu den beiden hinteren Zimmern, wo der letzte der Italiener ins Gras gebissen hatte. O'Mahony überprüfte das linke Zimmer und stellte fest, dass es leer war. Fitzpatrick übernahm das rechte und bekam zwei grotesk entstellte Leichen zu Gesicht, die in einem Haufen aus Holz und Glas lagen.

O'Mahony folgte ihm in das Zimmer, und nachdem er sich umgeschaut hatte, sagte er: „Das gefällt mir gar nicht, was ich hier sehe, das waren nicht wir, und von einer Waffe, die ich kenne, rühren diese Verletzungen auch nicht her!" Ihm stellten sich die Nackenhaare auf.

„Du hast Recht, der Italiener, den ich zum Schluss erwischt habe, versuchte gerade nachzuladen und stierte dabei in das Zimmer hier. Was ist hier nur passiert, dass der Itaker im Flur uns ignoriert hat, und was ist passiert, dass es dem armen Schwein die Wirbelsäule herausgerissen hat?", fragte Fitzpatrick benommen.

O'Mahony sah sich noch einmal im Zimmer um und sagte dann zu seinem Kameraden: „Komm … lass uns lieber verschwinden, die Itaker haben genug!"

Zur selben Zeit:

Antonio saß in einem Kellerzimmer mit noch zwei seiner Mitverschwörer. Sie gingen noch einmal den ausgearbeiteten Einsatzplan durch, denn hier hatte man Ruhe zu planen, man hätte oben eine Party feiern können und trotzdem seine Ruhe gehabt. Die Räumlichkeiten im Keller waren nur durch eine Treppe neben der Hintertür zu erreichen.

Frederico Sorza, Michele, der Spezialist fürs Lautlose und Antonio waren schon seit Stunden hier unten und langsam drückte Antonio die Blase, „mi scusi prega, ich muss erst mal was von meinem Wasser wegbringen, ich bin gleich wieder da. Soll ich euch auch was zum Essen mitbringen, der gute Luca scheint uns ja vergessen zu haben, sollte er uns doch schon vor einer Stunde ein paar Sandwiches gebracht haben!"

„Nein, brauchst du nicht", meinte Sorza, immer noch die Pläne betrachtend, „wir sind eh gleich fertig und kommen dann nach!"

Also ging Antonio die Treppe hoch. Es wurde höchste Zeit, dass er seine

Blase entleerte, schon seit Stunden musste er, deshalb konnte es gar nicht schnell genug gehen, und so realisierte er gar nicht, dass niemand an der Hintertür stand, um Wache zu halten.

Als er sich endlich ein Stück in der Gasse hinter einem Kistenstapel zu erleichtern begann und sich dabei umschaute, bemerkte er Holz und Glassplitter auf dem Boden. Er bekam ein mulmiges Gefühl und sah zu, dass er fertig wurde.

Nun drehte er sich um und sah, dass die Tür sperrangelweit offenstand, und dass But auf dem Boden zu sehen war. Sofort zog Antonio seine Beretta unter der Jacke hervor und zog den Verschluss nach hinten, um die Waffe zu laden.

In diesem Moment kamen Fitzpatrick, dicht gefolgt von O'Mahony, aus der Tür getreten und schauten sich flüchtig um. In der Ferne waren schon Polizeisirenen zu hören, das Feuergefecht war wohl doch ein bisschen zu laut für die Nachbarschaft gewesen und man hatte die Polizei benachrichtigt.

„Jetzt aber schnell, sonst kriegen uns die Bullen!", meinte O'Mahony zu seinem Partner, aber bevor er loslaufen konnte, wurde er von den Füßen gerissen und ein dumpfer Schmerz begann sich in seiner Schulter zu manifestieren.

Antonio hatte die Situation mit einem Blick erfasst, das Feuer eröffnet und einen der Angreifer an der Schulter erwischt.

Er schoss ohne Unterlass weiter, auch als der noch stehende Ire – ‚Es müssen Iren sein', dachte Antonio sich -, anfing das Feuer mit seiner Maschinenpistole zu erwidern. Holzsplitter regneten auf Antonio nieder, als die Geschosse der Tomy Gun in die Kistenstapel, die neben ihm aufgestapelt waren, einschlugen. Daraufhin ging Antonio auf ein Knie, um es dem gegnerischen Schützen schwerer zu machen, ihn zu treffen.

In dem Moment erschienen Sorza und Michele auf der Bildfläche und begannen ebenfalls das Feuer auf die beiden Iren zu eröffnen.

O'Mahony, der sich wieder aufgerappelt hatte und an dem Verschlusshebel seiner Tomy Gun rumfummelte, denn bei seinem Sturz hatte die Waffe sich verklemmt, bekam er eine weitere Kugel in den linken Oberschenkel und ging wieder zu Boden.

Durch den erneuten Sturz löste sich der Verschluss seiner Waffe und er begann schwerverletzt ebenfalls das Feuer zu erwidern und traf Michele zwei Mal in die Brust, was diesen die Treppe herunterstürzen ließ, wobei er sich das Genick brach und starb.

Sorza ging wieder ein paar Stufen die Treppe runter, um in Deckung zu gehen und rutschte dabei auf feuchtem Dreck und Blut, das sich auf der Treppe befand, aus und verlor ebenfalls das Gleichgewicht und fiel auf Michele. Dabei stieß er mit dem Kopf an die Mauer, was ihm die Sinne raubte und er ohnmächtig wurde.

O'Mahony hatte seine Waffe aus der Hand gelegt und versuchte, sich mit seinem Gürtel das Bein abzubinden. Fitzpatrick, der sein letztes Magazin geladen hatte, gab nun nur noch Salven ab, um Munition zu sparen und ging auf Antonio zu, um ihn zu erledigen. Dieser war wie durch ein Wunder in dem Hagel aus Holz und Blei bis jetzt unverletzt geblieben und gerade dabei, seine Beretta nachzuladen, als von oben etwas Riesiges auf den noch immer schießenden Iren sprang und ihn unter sich begrub.

Antonio traute seinen Augen kaum, was er da sah.

Das Tier oder was auch immer es war, stank unerträglich nach Raubtierkäfig, musste einiges über zwei Meter haben und hatte ein zottelig rötliches Fell. Darunter schienen die Muskelstränge nur so hervorzuquellen. Seine langen Vordergliedmaßen, mit großen, grotesk verlängerten Händen, die mit langen Klauen versehen waren, und mit denen er gerade einen Mantelärmel samt Arm aus dem Schultergelenk gerissen hatte, hörten nicht auf immer mehr seines Opfers zu zerfleischen. Überall spritzten Blut und Körperfetzen durch die Luft, begleitet von grauenvollem Knurren der Bestie und den unmenschlichen Schreien des Iren. Der Ire schrie so lange, bis ihm das Wesen, mit einem lauten bis ins Mark gehende Knurren, in den Kopf biss und diesen abtrennte.

O'Mahony hatte das Gefühl in einem fürchterlichen Albtraum festzustecken. Was er gerade sah, konnte doch nicht echt sein. Er war jedoch zu sehr verletzt, um noch etwas ausrichten zu können. Fitzpatrick war nicht mehr zu helfen, und die Polizeisirenen waren auch schon ganz nahe. Und so stellte er auf Überlebensmodus um und ließ alles fallen, was ihn behinderte, schleppte sich, eine Blutspur hinter sich lassend, zum Lieferwagen, den er mit seinen zitternden und blutverschmierten Fingern nach einigem Gefummel, mit dem Zweitschlüssel aufbekam.

So verließ er schwerverletzt und ohne seinen Freund das Schlachtfeld.

Unterdessen fing Antonio an, auf die rückwertig auf dem Iren-Kadaver kauernde Höllengestalt zu feuern. Diese stieß ein noch tieferes Knurren aus und schaute blutbesudelt über seine Schulter zu Antonio.

Als dieser im Halbdunkel zu erahnen begann, was ihn ansah, erschrak er, trat dabei einen Schritt zurück, sodass er über einen Kistenstapel, der hinter ihn gekippt war, fiel. Dabei schlug er mit dem Hinterkopf an die angrenzende Hauswand, was ihm das Bewusstsein raubte. Zu allem Überfluss verlor er dabei seine Waffe und lag, genau wie Sorza, wehrlos auf dem dreckig feuchten Boden.

Gerade wollte das Wesen auch Antonio erledigen, da bogen zwei Polizeiwagen mit quietschenden Reifen um die Ecke und in die Hauptstraße ein, in der, der Lieferwagen gestanden hatte. Als abzusehen war, dass sie die Gasse mit ihren Scheinwerfern erleuchten würden, verließ auch die Kreatur widerwillig seine Opfer. Sie sprang links und dann rechts immer höher die parallel liegenden Hauswände der Gassen hoch und verschwand mit einem markerschütternden Heulen über die Dächer.

Einige Sekunden später traf die Polizei ein, und so wurde die Gasse fast taghell erleuchtet. Der Anblick, der sich den Beamten bot, als sie mit gezogener Waffe die Autos verließen, machten sie sprachlos und einer musste sich sogar übergeben, als er sich mit gezogener Waffe den Überresten von Fitzpatrick näherte.

„Bei Himmel und Hölle, was is hier nur passiert?", stammelte einer der Polizisten. Unterdessen nahm sein Kollege das Funkgerät in die Hand, um Verstärkung zu ordern.

# Jons Erwachen

Rocky Mountains, 27.10.1933, 4.24 Uhr morgens

Jon fühlte sich wie zerschlagen, als er auf der Lichtung erwachte. Die Vögel hatten mittlerweile angefangen zaghaft zu zwitschern, als er die Augen aufschlug. Er war wegen der klaren, kühlen Nacht ziemlich steifgefroren, denn die Nächte in den Rocky Mountains waren im Oktober schon kühl und frisch, auch wenn die Tage noch warm waren. Feucht vom Morgentau erhob sich Jon, erst einmal nur auf die Knie. Tannennadeln, die ihm im Gesicht geklebt hatten, fielen auf die Erde, sein Flanellhemd roch säuerlich und klebte ihm voller Erbrochenem feucht am Körper. Seine Zunge sowie der Mund waren irgendwie trocken geworden, er hatte wohl mit offenem Mund geschlafen. Er war eine einzige Wüste, sogar mit authentischem Sand den er versuchte auszuspucken, was jedoch mehr staubte als dass es etwas mit Spucken zu tun hatte.

Er drehte den Kopf und ihm wurde klar, dass er das besser nicht so schnell tun sollte, denn er hatte mörderische Kopfschmerzen, die er vorher so noch nie gehabt hatte. Als noch ein paar Minuten vergangen waren, versuchte er langsam aufzustehen. Ihm wurde dabei aber so schwindelig, dass er sich am Totempfahl festhalten musste, um nicht wieder hinzufallen.

Blitzartig fiel ihm wieder ein, was in der vergangenen Nacht passiert war, und er machte panikartig einen Schritt weg von dem Totempfahl, um prompt die Quittung zu erhalten, nämlich ... das Gleichgewicht zu verlieren und auf dem Hosenboden zu landen.

Jon starrte den Pfahl an, und ihm kam irgendetwas komisch vor, als wenn etwas mit dem Totem nicht stimmte. So betrachtete er ganz genau was er sah, und da fiel es ihm wie Schuppen von den Augen und er sagte zu sich: ‚Wo is der Arm mit der Klaue hin, der muss doch genau hier sein!‘ Jon war aufgestanden und befand sich da, wo seiner Meinung nach der Arm des Totem sein sollte, aber er war an der Stelle glatt geschnitzt, und die Farbe war auch schon ziemlich verwittert ... keine Spur davon, dass irgendetwas daran festgemacht war oder abgebrochen wurde.

Nun war Jon vollkommen verwirrt und schaute den Finger an, den er sich in der Nacht an der vermeintlichen Klaue verletzt hatte. Er stellte fest, dass nur noch eine ganz feine, blassweiße Linie, wie von einer Mini-Verletzung davon geblieben war, die auch von einem Schnitt mit Ma's Küchenmessern hätte herrühren können.

Daraufhin begann er wieder zu zweifeln ob das, an was er sich zu erinnern glaubte, überhaupt der Wirklichkeit entsprach. Er schaute sich noch einmal genau auf der Lichtung um. Da waren die runtergebrannten und mittlerweile vollkommen erloschenen Lagerfeuer, da die glatten Stellen, wo die Musiker gesessen hatten und hier waren überall Wolfsspur...

„Wolfsspuren, wo sind die Wolfsspuren? Hier war doch in der Nacht noch alles voll davon gewesen!", sagte er schon an sich selbst zweifelnd.

Jon war nun noch mehr verwirrt als sowieso schon und musste sich erst einmal setzen, um das alles zu verdauen.

Er machte sich Gedanken, ob das nicht doch alles nur ein Albtraum gewesen war und er lediglich gestolpert und hingefallen sei, als er aus Neugierde auf die Lichtung getreten war. Er musste sich dabei den Kopf gestoßen und eine leichte Gehirnerschütterung davongetragen haben, daher auch das Erbrechen und diese mörderischen Kopfschmerzen.

Die Indianer waren da gewesen, da bestand kein Zweifel. Aber das war in dieser Gegend ja nichts Ungewöhnliches, da der ganze Berg von ihren heiligen Städten regelrecht übersät war.

Also beschloss er, dass das wohl alles nicht so schlimm war und er das nächste Mal seine Nase besser nicht in fremder Leute Angelegenheiten stecken sollte.

Dann fiel ihm siedend heiß ein, dass er ja noch ein Stück Wild ins Tal bringen musste oder zumindest dorthin bringen, wo man es mit dem Vater leicht abtransportieren konnte.

Er schaute sich nochmals um, um zu sehen, wo er den kurzen Hang hochklettern musste, um wieder zu seinen Sachen zu gelangen. Dort wollte er erst einmal etwas essen, denn er hatte schlagartig einen Bärenhunger.

Jon hatte plötzlich das Gefühl, als könne er die Erdnusssandwiches in seinem Rucksack von der Lichtung aus riechen, was natürlich nicht möglich war. Jon machte sich daran den Hang hochzukraxeln, um endlich etwas zwischen die Zähne zu bekommen.

Als er dann bei seinem Schlafsack angekommen und fertig gegessen hatte, packte er seine Sachen zusammen, rollte den Schlafsack auf, den er ja kaum benutzt hatte und schnürte ihn auf den Rucksack. Dann kontrollierte er seine Waffe, und als er sie wieder gesichert hatte, hängte er sie sich um.

Jetzt ging Jon zu der Stelle, an der er das Hirschkalb zugedeckt hatte und befreite es von den Ästen, mit denen es abgedeckt war. Zu seiner Erleichterung war es keinem Tier aufgefallen, und so zerrte er es hervor und versuchte ihm mit einem Lederband die Läufe zusammenzubinden, um es besser tragen zu können.

Dies war jedoch nicht so einfach, da die Leichenstarre das Tier versteift hatte. „So'n Mist, ich hätte das gleich machen sollen, so wie es Pa mir immer gezeigt hatte!", schimpfte Jon vor sich hin und nahm seine ganze Kraft zusammen, um es bewerkstelligt zu kriegen.

Aber es ging einfacher als er es erwartet hatte.

„Vergangenes Jahr hätte ich das noch nicht so leicht geschafft, aber ich bin wohl im letzten Jahr um einiges stärker geworden!", sagte er sich und musste grinsen, weil seine Mutter erst vor ein paar Tagen zu Pa gesagt hatte, dass er noch nicht kräftig genug sei, um alleine auf die Jagd zu gehen.

Als er mit dem Verschnüren fertig war, besah er sich das Stück noch einmal, bevor er es sich um die andere Schulter hängte. „Mann, sieht das lecker aus und wie gut das jetzt schon riecht, das gibt bestimmt ein paar gute Braten!", redete er weiter mit sich selbst und dachte noch, dass er auch jetzt schon ein rohes Stück Fleisch verdrücken könnte, solchen Hunger hatte er bei dessen Geruch bekommen.

Mit einem leisen Pfeifen auf den Lippen nahm er das Wild auf die freie Schulter und machte sich auf den Weg seinem Vater entgegen.

Jon war trotz der Nacht, die hinter ihm lag, gut gelaunt, und so schritt er mit neuer Energie aus. Er war noch nicht lange unterwegs, die wärmenden Sonnenstrahlen begannen gerade durch das Laubwerk zu dringen, und die Morgenluft roch einfach fantastisch, er hatte das Gefühl er rieche den Wald heute das erste Mal, so intensiv nahm er seine Umgebung wahr. Da knackte es vor ihm laut im Unterholz und vor Jon stand eine 'alte Bekannte' mit ihren Jungen. Der Wind stand so, dass die Grizzlybärin ihn im Vorhinein nicht hatte riechen können, deshalb war sie ziemlich sauer, als sie Jon auf ihrem Weg auftauchen sah. Sie begann abgrundtief zu grollen, drängte ihre Jungen hinter sich und schlug mit ihrer rechten Tatze nach Jon, schleuderte dabei Tannennadeln, Walderde und kleine Steine in seine Richtung. Auch sein Gesicht bekam etwas ab, sodass er im ersten Moment nicht mehr richtig sah. Dann richtete sie sich auf die Hinterbeine zu ihrer vollen Größe von über zwei Meter auf, und bei einem Gewicht jenseits der zweihundert Kilo brauchte man keine besondere Fantasie zu haben, was einem bevorstand, sollte die Bärin bis zum Letzten gehen wollen und Jon angreifen.

Jon brach der kalte Schweiß aus.

Er taumelte rückwärts, was den Grizzly noch mehr verstimmte, falls das überhaupt noch möglich war. Doch als sich plötzlich der Wind drehte und

Jons Geruch direkt auf die Bärin zu wehte, begann diese laut schnüffelnd zu wittern, verstummte dann jedoch abrupt und drehte sich noch auf den Hinterbeinen stehend in die entgegengesetzte Richtung, ließ sich auf alle vier Tatzen fallen und brach, dicht gefolgt von ihren Jungen, durch das Unterholz, weg von dem Ort, an dem Jon stand.

Jon, der immer noch versuchte seine Augen vom Dreck zu befreien, was ihm dann glücklicherweise auch gelang, war ganz verdattert, dass der Bär nicht mehr da war. Er hatte mit allem gerechnet ... nur nicht damit.

Wenn es nicht noch so intensive nach 'Ursus arctos' gerochen hätte, wie der Braunbär wissenschaftlich genannt wird, und das Unterholz, wo der Bär sich seinen Weg gebahnt hatte, nicht komplett verwüstet worden wäre, so hätte Jon geschworen, dass das alles nicht sein konnte. Was die Bärin abgehalten hatte, ihm den Garaus zu machen, verstand er nicht, da er so viele Fehler im Verhalten gegenüber einem Bären gemacht hatte, dass er eigentlich schon tot und mit gebrochenen Knochen in den Sträuchern liegen sollte, statt immer noch unverletzt in der Morgensonne zu stehen.

Da war alleine schon der Blutgeruch seiner Beute, die die Bärin mehr als nervös gemacht haben musste, und eigentlich hätte Jon stillstehen müssen, keinen Mucks abgeben sollen, anstatt rückwärts zu gehen und mit seinen Armen vor dem Gesicht rumzufuhrwerken, was die Aggressivität der Bärin nur noch gesteigert hatte.

Umso unglaublicher war es, dass er ohne einen Kratzer hier stand und auch noch alle seine Sachen hatte.

Jon musste sich auf den Schreck erst einmal hinsetzen. Also nahm er das Weißwedelhirschkalb von seiner Schulter, stellte das Gewehr, was er in seiner Panik komplett vergessen hatte, an einen nahen Baum und lehnte sich dann an selbigen, um zittrig tief Luft zu holen.

„Puh, das war knapp. So verrückte Sachen gibts doch gar nicht. Ich sollte am besten mit all dem Erlebten nicht hausieren gehen, ich wäre in Kürze entweder als jagender Trottel oder als jagender Lügner verschrien. Beides würde meinen Eltern und unserem Familiennamen keinerlei Ehre einbringen, und Vater würde sich gut überlegen, mich ein zweites Mal in dieser Saison alleine jagen zu lassen!", murmelte Jon vor sich hin.

Nach kurzer Zeit hatte er sich soweit gesammelt und unter Kontrolle, dass er seine Sachen wieder schulterte und den Weg Richtung Tal fortsetzte.

Er war vielleicht eine weitere Stunde unterwegs und hatte sich durch Geäst und Farnsträucher gekämpft, als er auf den Wildpfad traf, auf dem er hierhergekommen war.

Jon fiel innerlich ein Stein vom Herzen, hatte er doch unterwegs das Gefühl gehabt, sich verirrt zu haben.

Nun ging es zügiger voran, und er konnte es kaum erwarten bis er auf seinen Vater treffen würde.

Der war selber beim ersten Büchsenlicht aufgebrochen und strebte dem Gebiet zu, das er schon seit Jahren mit seinem Sohn bejagt hatte und wo sie sich treffen wollten, um gemeinsam zum Lager zurückzugelangen.

Im Laufe des Vormittags wurde es zusehends wärmer und Jon wehte der Wind von vorne ins Gesicht, als er plötzlich stehenblieb, zu stutzen begann und dachte: Riecht es hier nach Pa? Doch als er merkte, was für irrsinnige Gedanken in ihm aufkamen, schalt er sich einen Trottel, denn er war ja kein Hund, aber ein klein wenig blieb das Gefühl, sein Vater sei ganz in seiner Nähe.

Und tatsächlich, nach kurzem Marsch hörte er jemanden durch das Unterholz laufen, dessen Schritte sicher und routiniert klangen und gut zu seinem Vater passen würden, da der sehr fit und gestählt war und sich hier bestens auskannte.

Tatsächlich standen sie sich plötzlich gegenüber, sein Vater erschrak leicht, weil er seinen Sohn nicht erwartet, geschweige denn gehört hatte. Aber sofort breitete sich ein erleichtertes Grinsen auf seinem Gesicht aus, und er sagte anerkennend: „Du bewegst dich ja wie eine Katze, man hört dich gar nicht kommen!", dann nahm er seinen Sohn in die Arme und klopfte ihm väterlich auf den Rücken.

„Siehst ziemlich zerrupft aus, alles OK bei dir?", fragte Jons Vater und klang ein bisschen besorgt.

„Und was sehe ich da, ein Hirschkalb? Waidmannsheil, mein Junge!", sagte er und hielt seinem Sohn die Hand hin.

Der schlug freudig ein: „Ja, mir gehts gut, Pa, und Waidmannsdank, hatte das Kalb erst ziemlich spät vor mir, deshalb wurde es mit dem Abstieg gestern nichts mehr."

Sein Vater winkte ab: „Du hast doch alles richtiggemacht, mein Junge, die zwei Erkennungsschüsse, auch wenn sie relativ spät kamen ... und wie ich sehe ... ist das Stück gut versorgt! Komm, ich nehme dir das Kalb ab, musst ja nicht alles alleine tragen, wo ich jetzt da bin!"

Jon übergab ihm das Kalb.

Was er nicht registrierte, war, dass er das Kalb mit einer Hand zu seinem Vater reichte, was dieser mit einem Augenbrauen hochziehen und folgenden Worten kommentierte: „Ha, da brat mir doch einer nen Storch, du bist kräftiger als du aussiehst, mein Junge! Da soll Mutter noch mal sagen, du seist zu schmächtig, um alleine auf die Jagd zu gehen!" Er schlug sich dabei belustigt auf die Schenkel.

Jon war es gar nicht gewohnt, so viel Lob von seinem Vater zu erhalten, nicht dass der Vater mit Jon ruppig oder gar unfair umging, doch er war der Meinung, dass zwischen Vater und Sohn der nötige Respekt nicht fehlen durfte. So sagte er zu seinem Vater entweder 'Sir' oder 'Pa'. Deshalb wurde er von Pa auch nicht verzärtelt, das war schließlich Frauensache.

Und so sagte er nur: „Nicht so wild, ich habs dir ja nur schnell rübergereicht, und du hast es mir gleich abgenommen!"

„Ja, du mit einer und ich mit zwei Händen!", sagte Jons Vater, und nachdem er sich das Wild umgehängt hatte, fuhr er seinem Sohn grinsend mit der Hand durchs Haar und wuschelte es, sodass jetzt auch Jon zu grinsen begann.

„Mache ja jeden Morgen Liegestützen und Klimmzüge, so wie du es mir gesagt hast!", entgegnete Jon seinem Vater lächelnd.

„Und das scheint ja zu klappen, also machen wir uns auf den Weg zum Lagerplatz!"

So ging sein Vater vor, Jon folgte ihm, und so kamen sie, da sie ja nicht dem Wild hinterherpirschen mussten, relativ zügig voran und waren gegen Mittag im Lager angekommen.

Sein Vater hatte das Zelt schon wieder abgebaut und auf dem Jeep verstaut. Auch war die Feuerstelle mit feuchtem Sand bedeckt, der aus einem nahen Bach stammte, sodass sich kein Waldbrand daraus entwickeln konnte. Viele solcher wichtigen Dinge hatte Jon von seinem Vater beigebracht bekommen.

Als sie alles andere verladen hatten, zurrten sie das Hirschkalb auf der Motorhaube fest, und dann ging es Richtung Jagdhütte. Da wollten sie etwas essen und dann in die Stadt fahren, die sich an den Berg schmiegte wie schmelzende Butter in der Sonne. Dort gab es einen Lebensmittelladen mit Kühlhaus, das außer von den Bewohnern auch die umliegenden Jäger für einen geringen Betrag anmieten und anschließend als Schlachthaus benutzen konnten.

Außerdem war der Ort mit einigem Abstand die einzige Möglichkeit, sich mit Neuigkeiten und Proviant einzudecken.

Sie kamen so gegen 2.00 Uhr nachmittags zur Auffahrt der Hütte.

Da man den Jeep schon von Weitem hörte, stand Jons Mutter bereits vor dem Haus, um sie zu begrüßen.

Kaum hatten sie gestoppt und wollten aussteigen, begann Sie zu schimpfen: „Jon, wie siehst du denn aus, hast du in Walderde gebadet, und überhaupt ... dachtet ihr gar nicht an mich? Ich bin vor Sorge fast verrückt geworden!"

Noch während sie redete, schloss sie Jon in die Arme und wollte ihn gar nicht mehr loslassen. Jon sah hilfesuchend zu seinem Vater, der sich ein Schmunzeln nicht verkneifen konnte.

„Ma, ich bin doch kein kleiner Junge mehr!", sagte Jon halb erstickt von Mutters Busen. Als sie ihn immer noch nicht losließ, griff sein Vater ein und befreite ihn mit den Worten: „Mutter, jetzt ist es aber gut, wir sind ja wieder da, und du wusstest, dass es auch zwei oder drei Tage dauern würde. So wie in den vergangenen Jahren auch, du tust ja so, als wüsstest du es nicht!", sagte er mit leichtem Tadel in der Stimme.

„Ja, ich weiß schon", sagte seine Frau mit einer Bittermiene zu ihm, „aber da war er auch nicht alleine mit einer Waffe unterwegs ... ihn hätte ein Bär fressen können!"

Als Jon dies hörte, zuckte er unweigerlich ein klein wenig zusammen, denn seine Mutter war gar nicht so weit von der Wirklichkeit entfernt, mit dem, was sie sagte.

Aber er hütete sich, irgendetwas zu erzählen, und sagte deshalb zu seiner Mutter: „So schlimm ist es auch nicht, da draußen!"

Und nachdem Vater seine Mutter kurz in den Arm genommen und zu ihr gesagt hatte: „Mutter, du wirst es nicht aufhalten können!", sah ihn seine Frau verständnislos an und fragte: „Was werde ich nicht aufhalten können?"

„Ja ... was wohl?" Jons Vater schaute seine Frau liebevoll an und sagte weiter: „Jon wird langsam zu einem Mann und das kannst du nicht ändern, auch wenn du ihn am liebsten wie eine Glucke unter die Flügel nehmen willst, wird er langsam erwachsen, so ist der Lauf der Dinge!" Während dem er dies sagte, streichelte er seiner Frau liebevoll über die Wange.

Dann schaute Jons Mutter zu ihrem Sohn, der ein klein wenig peinlich berührt war, weil seine Eltern so redeten, als sei er überhaupt nicht anwesend.

Und tatsächlich schien Sie ihn zum ersten Mal seit Langem intensiv zu betrachten. Ja, er sah ziemlich mitgenommen aus, das stimmte schon, so dreckig wie er war, aber er hatte auffallend an Größe und Schulterbreite zugelegt, sodass die Hosen bereits leicht Hochwasser hatten, und die Ärmel waren auch schon grenzwertig kurz.

‚Wie konnte ich nur so nachlässig sein?', dachte Jons Mutter bei sich, ‚und nicht genau hinsehen, ob ihm seine Sachen noch passen. Was haben die Leute nur von uns gedacht, wenn er aussah, als sei er in die Kleidung geschossen worden.'

Sie überlegte noch kurz und sagte dann zu ihrem Mann: „Gregor, ihr fahrt doch nach dem Essen in die Stadt, ich denke, ich komme mit und dann kaufen wir ihm ein paar neue Hosen und Hemden, auch ein paar gute beschlagene Stiefel für die Jagd könnten nicht schaden!" Sie stemmte bei diesen Worten energisch die Arme in die Hüften.

Sein Vater schaute Jon nun auch genauer an und bemerkte ebenfalls, dass dessen Kleidung mehr als fragwürdig an ihm aussahen. „Mutter, du hast Recht, der Junge hat einen ziemlichen Schuss gemacht, einverstanden ... so machen wir das!", sagte er lachend.

Sie gingen in die Jagdhütte und setzten sich an den stabilen Tisch, an dem die gesamte Verwandtschaft Platz finden konnte. Wenn Familienfeiern hierher verlegt wurden, brauchte man jede Menge Platz, denn die Clark-männer waren alle begeisterte Jäger.

Jons Mutter trug das Essen auf, und als Jon ihr helfen wollte, wie sonst auch, sagte sie nur mit einem Lächeln: „Du bleibst schön sitzen, Clark Junjor, und ruhst dich aus, ich krieg das schon alleine hin!"

Als sie dann beim Essen waren, es gab Schinken, Salami, Käse aus der Region, auf den sein Vater total versessen war, und der stank, als wenn man Käsefüße vor sich hatte. Brot, das die Mutter heute Morgen frisch gebacken hatte, und saure Gurken, die nicht fehlen durften bei einem deftigen Essen wie diesem. So fragte seine Mutter wie es denn gewesen war und Jon antwortete: „Recht gut Ma, das Wetter ist schön geblieben, und ich hatte guten Anblick, was Wild betrifft!"

„Was hattest du denn so vor der Büchse?", wollte nun auch sein Vater wissen, und so erzählte er, dass ihm der Truthahn davongekommen war ... und weshalb ... und alle mussten lachen.

Eines wusste Jon jedoch, auch wenn er einiges für sich behalten würde, er musste seinem Vater sagen, was er noch gesehen hatte. So verpackte er seine Worte, damit seine Eltern kein Verdacht schöpfen konnten, was wirklich geschehen war. Jon fiel es nicht leicht seine Eltern zu belügen, denn er war wahrheitsliebend erzogen worden, aber es ging nicht anders. So sagte Jon: „Pa, eines solltest du allerdings noch wissen!"

„Was sollte ich wissen?", fragte sein Vater erstaunt über Jons besorgten Tonfall.

„Ich habe am Kamm Wolfsspuren gesehen!", sagte er so beiläufig wie möglich, um seine Mutter nicht zu ängstigen.

„Wolfsspuren", fuhr seine Mutter hysterisch auf, „ich wusste doch, dass es zu gefährlich ist, den Jungen alleine loszulassen!"

Doch Vater und Sohn schienen die Mutter und ihre Aufregung gar nicht zu registrieren, und die verließ demonstrativ mit den Worten: „darüber reden wir noch Gregor Clark!" den Tisch und begann in der Küche laut das Geschirr zu spülen.

„Wolfsspuren, mein Junge, bist du dir da ganz sicher?", fragte sein Vater nicht ohne Zweifel.

„Ja, ich denke schon Pa, du hast mir doch das Fährtenlesen beigebracht!" Jon betonte seine Worte mit Nachdruck, was seinen Vater schmunzeln ließ. So selbstbewusst kannte er seinen Sohn gar nicht, der Jagdausflug schien ihm besser bekommen zu sein als er gedacht hatte.

„Warte, ich hole schnell das alte Fährtenbuch deines Urgroßvaters und du zeigst mir darin, wie die Fährte aussah!", sagte Jons Vater beschwichtigend. Und so ging Gregor an das Regal an der Wand, in dem viele Bücher über die Jagd, sowie alle möglichen Utensilien, die man jagdlich gebrauchen konnte lagerten. Sogar Tellereisen für die Pelztierjagd gab es, und von oberhalb der Eisen holte sein Vater einen großen Folianten hervor, der leicht eingestaubt und so groß war, dass eine Bärenfärte darin in Originalgröße abgebildet werden konnte.

„Also schauen wir mal", sagte Jons Vater nachdenklich und blätterte den Wälzer durch und ließ dabei die Seiten durch seine Finger gleiten.

„Hier haben wir den Vielfraß, und da ist er ja ... der graue, böse Wolf oder Grau-Hund, sieh hier ... sah die Fährte, die du gesehen hast ... so aus!", fragte er seinen Sohn.

Jon besah sich das Trittsiegel, das in Originalgröße abgebildet war, und fuhr mit seinem Zeigefinger darüber und war dabei so in Gedanken versunken, dass er seinen Vater gar nicht registrierte, als dieser ihn ansprach: „He, Junge träumst du!", fragte der erheitert.

Jon fuhr zusammen und sagte dann blinzelnd, als sei er gerade erst aus einem Traum zu sich gekommen: „Tschuldigung Dad, war in Gedanken ... hmm ... ja, so sahen die Spuren aus, nur etwas größer!", sagte er und fuhr die Zeichnung noch mal mit seinem Finger nach.

„Größer, bist du dir ganz sicher?", fragte sein Vater erstaunt.

„Ja, bin ich, und da ist noch was, was ich dir sagen muss. Wollte aber nichts sagen solange Mutter uns hört!"

„Nu machs nicht so spannend, Junge!", meinte sein Vater und klang dabei leicht nervös.

Jon blätterte noch einmal zurück und schlug die Seite auf, auf der die Überschrift 'Ursus arctos' der Grizzlybär stand und reichte sie seinem Vater rüber. Der schaute nur einmal kurz auf die Seite und dann seinen Son mit hochgezogenen Augenbrauen an und fragte fassungslos: „Vom Grizzlybär hast du auch Spuren gefunden, und du hast es nicht für nötig befunden mir das zu sagen, als wir noch am Berg waren?"

Jon sah seinem Vater kurz in die Augen und entschied sich dann, seine Geschichte etwas zu ändern, um sie zu entschärfen. „Nicht nur die Spuren. Pa, die Bärin mit zwei Jungen hatte mich nicht im Wind und war nur kurz in einem Abschnitt in einer Senke zu sehen, bevor sie wieder verschwand. Ich habe gewartet, und als ich sie nicht mehr hörte, bin ich weitergepirscht, und kurz drauf, nach vielleicht zwei Kilometern bin ich dann auf die Hirschfährte gestoßen … und den Rest kennst du ja!"

„Hast dich richtig verhalten, was den Bären betrifft, genauso wie ichs dir beigebracht habe, aber lass dir ja nicht einfallen, deiner Mutter die Geschichte zu erzählen, sonst dürfen wir diese Saison nicht mehr auf die Jagd … und du erst recht nicht!", sagte sein Vater erleichtert und klopfte seinem Sohn anerkennend auf die Schulter.

Dann überlegte er noch kurz und sagte zu seinem Sohn: „Aber wir sollten es in der Forst- & Jagdbehörde melden, sodass sie an andere Jäger und Waldarbeiter eine entsprechende Empfehlung oder gar Warnung rausgeben können, denn mit Grizzlys ist nicht zu spaßen, schon gar nicht, wenn sie Junge haben. Also lass uns aufbrechen, damit wir das Fleisch in die Kühlung bekommen!" Mit diesen Worten schlug er den Folianten so kräftig zu, dass es nur so staubte, stand dann auf und stellte ihn wieder an seinen Platz auf dem Regal.

„Auf … Jon, hol deine Mutter, wir fahren in die Stadt!", sagte er dann, und sie verließen gemeinsam den Raum.

# Die Stadt

Sie fuhren ungefähr eine halbe Stunde die schmale Straße entlang, da sahen sie bereits die ersten Häuser.

Als 'Stadt' würde man sie in Denver, wo die Clarks außerhalb der Jagdsaison wohnten, nicht bezeichnen, dafür war dieses Städtchen hier viel zu beschaulich. Es mutete in manchen Teilen gar dörflich an und machte es somit zu einem relativ ruhigen und gemütlichen Ort, an dem fast jeder jeden kannte. Die Häuser waren im Stadtkern meist aus roten Ziegelsteinen im viktorianischen Stil erbaut worden und gaben der Innenstadt einen besonderen Touch.

Sie hatten die Stadtgrenze noch nicht lange überschritten, da fuhren sie vor den Lebensmittelladen, und Jon und sein Vater gingen hinein, während die Mutter im Jeep wartete und zu stricken begann.

Und da ja jeder jeden kannte, war es nicht verwunderlich, dass der Besitzer des Ladens mit angebautem Kühlhaus Jon und seinen Vater mit Namen ansprach: „Gregor, Jon ... die Clarks in voller Lebensgröße, schön euch zu sehen!" Er schien wirklich erfreut zu sein, sie zu sehen.

Erni, wie der Ladenbesitzer hieß, war etwa 1,70 m, und man sah, dass er gerne aß, denn sein rot kariertes Flanellhemd spannte ihm so am Bauch, das man meinte, dessen Knöpfe müssten gleich wegfliegen, wie eine Garbe Schrot.

Aber er war von allen gemocht, da er eine Seele von Mensch war und immer hilfsbereit, auch ließ er bei sich anschreiben, wenn jemand, den er gut kannte, mal knapp bei Kasse war.

Und so kam er hinter seinem Tresen hervorgewatschelt, was Jon immer an eine Ente am Ufer erinnerte und begrüßte beide mit Handschlag. Als er vor Jon stand und ihm die Hand schüttelte, machte er große Augen und sah anerkennend grinsend zu dessen Vater. „Mann, was hast du dem Jungen denn zu essen gegeben, der zertrümmert einem ja fast die Hand, und groß ist er geworden, hat dich ja bald, Gregor!", sagte Erni zwinkernd zu Jons Vater.

„Ja ja, die Zeit vergeht!", meinte dieser mit gespieltem Seufzen, und alle drei mussten bei Gregors Gesichtsausdruck lachen, den er bei dem Seufzer gemacht hatte.

„Also was kann ich für euch tun?", fragte Erni immer noch schmunzelnd.

„Wir haben draußen ein Hirschkalb, das in die Kühlung muss und ganz wichtig, es war Jons erster Solo-Jagdgang!", sagte Vater vielsagend und klopfte seinem Sohn stolz auf die Schulter.

„Ja, dann Waidmannsheil, mein Junge!", sagte Erni und schüttelte Jon nochmal herzhaft die Hand.

„Dann hol es mal rein, ich mach euch die Tür vom Kühlhaus auf!", sagte Erni und wartschelte in die genannte Richtung.

„Feiner Kerl, der Erni was Junge?", sagte Gregor zu seinem Sohn.

Während sie zum Auto gingen, machten sie das Kalb los und trugen es zusammen in die Kühlung.

Als sie wieder am Tresen standen, regelte Jons Vater gerade das Finanzielle, als ein weiterer Jäger den Laden betrat, dicht gefolgt von seinem Hund, einem weißen Dogo Argentino, der mindestens 68 cm Stockmaß hatte und gut 45 kg wog. Diese Jagdhunde wurden gerne zur Bärenjagd mitgenommen, da sie furchtlos, aber auch so schlau waren sich nicht zu nah an gefährliches Wild zu wagen, was sonst bei vielen Hunden zum vorzeitigen Tod führte.

Jons Vater drehte sich um und sofort breitete sich ein Lächeln auf seinem Gesicht aus. „Pieterson, Karl Pieterson ... lange nicht gesehen!"

Der lächelte nur und schlug ein, als Gregor ihm die Hand hinhielt. Dann schaute er zu Jon, der neben seinem Vater stand und sagte: „Grüß dich Jon, hab dich fast nicht erkannt, bist nicht mehr ganz so mickrig wie früher, was!"

„Ja, hab gut gegessen, und wie geht es Wiego, deinem Hund?", fragte Jon. Und während Jon noch mit Karl redete, beugte er sich zu Wiego runter, um ihn zu streicheln, denn er kannte ihn schon als Welpen.

Wiego jedoch wich abrupt von Jons Hand zurück, nachdem er daran gerochen hatte und fing leise an zu knurren, was Jon ein Stück zurückweichen ließ.

„Wiego, mein Junge was is'n los mit dir, das is doch Jon, den kennst du doch!" Mit diesen Worten wollte Karl seinen Hund in Richtung Jon schieben, damit sie sich noch mal begrüßen konnten, aber Wiego schien dies gar nicht zu gefallen. Er schaute Jon in die Augen und zog dabei die Lefzen hoch, sodass man seine furchterregenden Zähne zu Gesicht bekam.

„Sag mal Wiego, kennst du mich nicht mehr!", meinte Jon und ging einen kleinen Schritt nach vorne, was den massigen Hund dazu brachte, den Schwanz einzuziehen und hinter seinen Herrn zu treten, wo er wieder zu knurren begann.

„Ich versteh dich nicht, Hund, glaube, du musst mal wieder in nen Arsch getreten bekommen!", sagte Karl, trat seinen Hund in den selbigen, sodass dieser aufjaulte. Dann zerrte er ihn nach draußen und sperrte ihn in seinen

Truck.

Nachdem er wieder reingekommen war, entschuldigte er sich bei Erni und den Clarks und beteuerte, dass dies das erste Mal gewesen sei, dass sein Hund so reagierte, es verwunderte ihn komplett, denn sonst war seine aggressive Art nur wehrhaftem Wild vorbehalten geblieben.

Jons Vater meinte nur beschwichtigend: „Nicht schlimm, Karl, solltest ihn vielleicht mal wieder an nen Bären lassen. Jon hat einen mit zwei Jungen gesehen und Wolfsspuren gab es auch!"

„So, das gabs ja schon seit über zwanzig Jahren nicht mehr, dass sich Wölfe hier blicken lassen. Bären immer wieder mal, aber Wölfe nicht, das wüsste ich, geh die Tage lieber mal mit nen Paar Kumpels und ihren Hunden in die Berge, vielleicht erwischen wir was. Aber erst gehe ich in die Jagdbehörde und sage da Bescheid, dass die Leute, die in die Wälder wollen, gewarnt sind. Oder habt ihr das schon erledigt?"

„Nein, das wollten wir gleich anschließend tun!", meinte Jons Vater.

„Brauchste nicht, Greg, muss sowieso noch hin wegen ner Lizenz!"

„Ok, dann mach das, wir müssen weiter!", und so verabschiedeten sie sich mit Handschlag und gingen zum Auto, wo Mutter schon fast einen Socken gestrickt hatte, dann fuhren sie zum nächsten Laden, um Jon neu einzukleiden.

Nach einer Ewigkeit, so kam es Jon vor, waren sie fertig und er um ein Paar guter, stabiler Stiefel, drei Flanellhemden und zwei Cordhosen reicher.

Als sie dann später wieder in der Jagdhütte waren, aß Jon nur noch eine Kleinigkeit, verabschiedete sich von seinen Eltern und ging dann früh schlafen, was seine Eltern ein bischen verwunderte, da er sonst immer darauf bestand, schon so erwachsen zu sein, um länger aufbleiben zu dürfen. Sobald Jon die Augen geschlossen hatte, fiel er in einen tiefen Schlaf.

Als er am nächsten Morgen aufwachte, merkte er, dass er nackt unter der Decke lag. Er war sich aber sicher, dass er mit seinem Schlafanzug bekleidet ins Bett gegangen war. Jon fühlte sich aber trotzdem gut erholt und richtete sich auf, schwang seine Beine aus dem Bett und bemerkte, dass seine Füße und Hände total schmutzig und verkrustet waren.

Auch stand sein Fenster sperrangelweit offen.

Jon ging zur Kommode, über der ein Spiegel angebracht war und auf der eine Schüssel mit Wasser stand. Er wollte sich erst einmal vom größten Schmutz befreien, auch wenn er ums Verrecken nicht wusste wie oder wo er sich so eingesaut hatte.

Er stand vor der Kommode und steckte erst einmal seine Hände in die Schüssel, um den Dreck an seinen Händen einzuweichen. Dann sah er in den Spiegel und Jon erschrak, er sah aus als hätte er in einer Kohlemine gearbeitet. Seine Augen schienen regelrecht zu leuchten, und seine Haare standen ihm ab wie bei einem Stachelschwein.

Als er wieder auf seine Hände schaute, die noch in die Schüssel getaucht waren, sah er, dass sich nicht nur Erde, sondern auch rötliche Schlieren im Wasser bildeten.

War das Blut?

Er roch an dem Wasser und musste fast würgen, denn er roch tatsächlich Blut mit jeder Menge Dreck. Wo kam das ganze Blut nur her und wie kam es an seine Hände, Füße und sein Gesicht?

Jon merkte bald, dass er mit dem bisschen Wasser, das in der Schüssel war, nicht weit kommen würde und beschloss an den Bach zu gehen, der nicht weit hinten an der Hütte vorbeifloss. Er überlegte fieberhaft wie er durch das Haus käme, ohne dass seine Eltern es bemerkten, denn er wollte gerade seiner Mutter so nicht begegnen. Bis jetzt war noch nichts zu hören, was darauf schließen ließe, dass seine Eltern schon wach waren. Als er sich weiter im Zimmer umschaute, blieb sein Blick an seiner Taschenuhr hängen, die er auf die Fensterbank gelegt hatte. Er nahm sie in die Hand und ließ den Deckel durch Druck auf den Stellknopf aufklappen ... fünf Uhr morgens. Jon klappte den Deckel wieder zu und schaute sich erneut um.

„Komisch, es ist doch normal in dieser Jahreszeit und zu dieser Uhrzeit noch immer ziemlich dunkel!", sagte er bei sich. Aber Jon konnte recht gut sehen, zwar nicht wie am Tag, sondern irgendwie anders, konturierter ... so als hätte jemand mit dem Bleistift eine Linie um Gegenstände, sein Bett oder Bäume gezogen. Auch schien die Dunkelheit einen rötlichen Stich zu haben.

Er schüttelte seinen Kopf, um etwas Klarheit hineinzubekommen, dabei lösten sich Dreckklumpen, und Staub rieselte zu Boden.

„Erst einmal muss ich zum Bach!", sagte er leise zu sich, um sich auf etwas zu fokussieren, damit er nicht anfing durchzudrehen, denn langsam gingen ihm die Muffen bei alldem, was ihm die letzten Tage alles zugestoßen war.

„Durch das Haus brauche ich gar nicht zu gehen, da hinterlasse ich viel zu viel Dreck, also durchs Fenster!", sagte er sich.

Jons Glück war, dass die Fenster sehr weit nach unten gezogen waren, denn nur ein großer Schritt reichte schon aus, um nach draußen zu kommen. Dort angelangt ging er geduckt an der Hauswand entlang, er hatte sich eine Hose und ein Hemd unter den rechten Arm geklemmt und mit der linken hielt er ein nicht allzu großes Handtuch vor seine Blöße.

Er hatte Glück, seine Eltern schienen noch nicht wach zu sein. Als er jedoch gerade weg von der Hütte, Richtung Bach, gehen wollte, ging knarrend die Verandatüre auf und sein Vater ging noch ziemlich verschlafen, wie es aussah, rüber zum Abort, der wegen des Geruches, der immer um ihn rum zu wabern schien, ein gutes Stück entfernt vom Haus stand.

Jon konnte gerade wieder im Hausschatten verschwinden, als ihm bewusst wurde, dass sein Vater mit einer Laterne in der Hand in die morgendliche Düsternis getreten war, um den Weg zu finden.

Jon schaute sich erneut die Umgebung an, und es hatte sich nichts geändert. Noch immer konnte er sehr konturenreich, aber auch ziemlich gut sehen, außer dass es vielleicht schon ein wenig heller geworden war, war alles wie im Zimmer, als es ihm das erste Mal aufgefallen war.

Sein Vater erreichte den Abort, und nachdem er darin verschwunden war und sich die Tür geschlossen hatte, beeilte sich Jon zum Bach zu kommen.

Dort angekommen, ging er vorsichtig die kurze Böschung hinunter, ging langsam in die Mitte des Baches und kniete sich in das steinige Bachbett. Mit beiden Händen schaufelte er das kristallklare, eiskalte Wasser über sich und begann sich langsam aber stetig vom Schmutz zu befreien.

Am ganzen Körper tropfend, frierend und feuerrot vom kalten Wasser watete Jon zurück ans Ufer, wo er sich mit dem Handtuch abrubbelte. Halbwegs trocken und sauber zog er seine Kleider an und machte sich auf den Weg zurück zum Haus.

Als er sich ziemlich sicher war, dass nicht gleich jemand aus der Hütte kommen würde, denn er hörte aus dem gekippten Fenster der Küche seine Mutter, die etwas zu seinem Vater sagte, schlich er sich zurück in sein Zimmer.

Dabei kam er unter dem Küchenfenster vorbei und hörte im Vorbeischleichen wie seine Mutter zu Pa sagte: „Greg, lass den Jungen noch ein bisschen schlafen, die letzten Tage waren für ihn doch sicher anstrengend genug!"

„Ok, Ms. Clark, dann haben wir ja noch ein bischen Zeit für ...!"

„Huuu ... Greg, du Ferkel, stell dir vor, der Junge kommt jetzt rein was soll ...!"

Und mehr verstand Jon nicht mehr, denn er war schon vorbeigeschlichen, und außerdem wollte er auch gar nicht wissen, was seine Eltern gerade miteinander taten. So etwas war wirklich das letzte, was Jon jetzt brauchte und er verzog ein wenig angeekelt sein Gesicht, als er sich vorbeistahl. Wieder in seinem Zimmer, zog er sich an und schlüpfte in seine Hausschuhe, dann begann er sich die Haare noch einmal mit einem trockenen Handtuch abzurubbeln, bis sie fast komplett trocken waren. Jetzt noch rasch gekämmt und er war fertig für den Frühstückstisch, denn so gut wie es roch, musste Ma jede Menge Schinken und Eier gebraten haben, er hatte das Gefühl sie bereits zu schmecken.

Seine Eltern wollten sich gerade setzen, als Jon die Küche betrat. „Guten Morgen Ma, guten Morgen Pa!", sagte Jon gespielt verschlafen.

„Guten Morgen, mein Junge!", kam es wie aus einem Mund, als seine Eltern ihn begrüßten. Und beide mussten lachen, aber seine Mutter fragte noch: „Hast du gut geschlafen, Jon?"

„Ja, wie ein Toter!", sagte dieser wahrheitsgemäß.

„Ja, dann setz dich rasch, wir wollten gerade beten!", sagte sein Vater. Jon setzte sich und sein Vater betete: „Herr Jesus, wir danken dir für die Gaben, die wir von deinem Vater erhalten haben und dafür, dass du unseren Jungen geschützt hast ... Amen!"

„Amen!", sagten Jon und seine Mutter zur Bestätigung, und dann fingen sie an zu essen. Mutter hatte wirklich jede Menge Eier gekocht und Schinken gebraten, und Jon war im siebten Himmel. Als er sich jedoch den ersten Bissen in den Mund schieben wollte, klopfte es an der Tür, und Jon schaute zu seinem Vater, der ihm mit einem Nicken andeutete, zu schauen wer denn so früh zu ihnen gekommen war.

Mit einem bedauernden Seufzen ließ Jon die Gabel wieder sinken und stand auf, um zur Tür zu laufen. Er schob die Gardine zurück, die das Fenster neben der Tür zierte und schaute erst einmal, wer da überhaupt geklopft hatte.

Es war Bernard Smith, ihr weitläufiger Nachbar, und Jon machte ihm auf. Jon sah sofort, dass Bernard etwas auf der Seele brannte.

„Morgen Jon, Tschuldigung, dass ich euch so früh störe, aber ist dein Vater vielleicht zu sprechen?", fragte er und klang irgendwie besorgt, außerdem roch er leicht nach Blut, was Jon komisch fand, da Bernard völlig sauber aussah.

„Ja, warten Sie, ich gehe Pa holen!", sagte Jon und beeilte sich, seinem Vater Bescheid zu sagen.

„Pa, es ist Bernard Smith, und er sieht besorgt aus!", meinte er zu seinem Vater.

„Ok, mein Junge, setz dich wieder und iss erst mal etwas, ich gehe derweil zu ihm!", beeilte sich sein Vater zu sagen und ging zur Eingangstür, um in

Erfahrung zu bringen was Bernard auf dem Herzen hatte.

Jon machte sich mit Heißhunger über sein Frühstück her, und er hatte das Gefühl, dass er noch nie so gute Eier mit Schinkenspeck gegessen hatte wie an diesem Morgen.

Im Hintergrund hörte er seinen Vater und Smith eindringlich miteinander reden, dann verabschiedete Bernard sich mit Handschlag von seinem Vater, stieg in seinen Pickup und fuhr ziemlich zackig an, sodass er einiges an Staub aufwirbelte.

Gregor kam mit besorgter Miene zurück an den Tisch und seine Frau fragte: „Nun sag schon was ist passiert, dass du so ein Gesicht ziehst, Greg!"

„Bernard wurde letzte Nacht ein Pferd gerissen!", sagte er und fing wieder an zu essen.

„Wie kann das sein Pa, ich dachte er hat seine Pferde nachts immer im Stall!", fragte Jon besorgt.

„Ja genau, das ist ja das Komische, der Stall war von außen verschlossen. Aber als Bernard heute Morgen aus dem Fenster auf seine Weide blickte, standen seine Pferde draußen. Und als er nachsah warum das so ist, fand er laut seiner Aussage ein zerrissenes Pferd im Stall, aber ich glaube, dass er sich versprochen hat und ... 'gerissenes' Pferd meinte, aber das komischste an der Sache soll der Torriegel sein. Er hat uns gebeten, zu ihm zu kommen, um ihm zu helfen und zu besprechen, was zu tun ist ... wegen der Raubtiere, falls es welche waren!", sagte er und schob sich die letzten Stücke Eier mit Schinken in den Mund.

„Kann ich mitkommen, Pa!", fragte Jon hoffnungsvoll.

„Sicher, kannst bestimmt noch was lernen. Also, wenn du aufgegessen hast, zieh festes Schuhwerk an, und dann können wir rüberfahren!"

„Seid aber ja vorsichtig!", bat Mutter mit besorgter Miene.

„Reg dich nicht auf, Frau, was soll schon passieren!", sagte ihr Mann beschwichtigend.

Aber wie als wollte er sich Lügen strafen, griff er über den Kamin und holte seinen Jagdkarabiner vom Haken und begann ihn zu Unterladen.

Kurz darauf kam Jon wieder in die Küche, fertig angezogen, so als gehe es für Tage in den Wald auf Jagd, und als er sah, dass sein Vater sein Gewehr fertigmachte, fragte er: „Soll ich meinen Stutzen auch mitnehmen, Pa?!"

„Ja, mein Junge, das kann nicht schaden, aber lade ihn noch nicht, sondern nimm eine Packung Munition mit. Dann lass uns mal auf den Weg machen, ich bin gespannt was uns erwartet, vielleicht war es ja ein Grizzly, was meinst du, Jon?"

„Bin auch gespannt, was wir zu sehen bekommen!", sagte Jon und war gespannt auf das, was sie vorfinden würden.

Nachdem sie sich von der besorgten Ehefrau und Mutter verabschiedet hatten, stiegen sie in den Jeep, stellten die Waffen in die dafür vorgesehenen Halterungen und fuhren in Richtung Smiths.

# Die Scheune

Das Grundstück der Smiths war gut eine Viertelstunde von ihnen entfernt und lag genau wie ihre Jagdhütte an einem idyllischen Fleckchen Erde, etwas unterhalb des Berges. Der Weg, den sie fuhren, war eine Verbindungsstraße zwischen den Grundstücken, die alle am Bergfuß lagen, und dieser Teil der Straße wurde anscheinend nicht sehr häufig befahren, überall ragten dornige Brombeersträucher und Äste verschiedenster Bäume und Büsche in die Fahrbahn und schlugen während der Fahrt gegen die Seiten und Frontscheibe des Jeeps.

„Jon, wir sollten uns mal mit unseren Nachbarn kurzschließen und den Weg schleunigst wieder freischneiden, sogar auf der Straße wachsen ja langsam kleine Bäume und Büsche!", meinte Jons Vater und gab dabei noch mal ein bisschen mehr Gas, sodass die Äste teilweise abgerissen wurden als sie mit dem Auto kollidierten.

Nach zirka zehn Minuten bogen sie auf eine Straße ein, die offensichtlich mehr befahren wurde, denn sie war gut befestigt und alle Büsche und Bäume waren beschnitten.

„Jetzt sind wir gleich da!", meinte Gregor zu seinem Sohn und wirklich nach weiteren fünf Minuten fuhren sie auf den Hof der Smiths.

Bernard und seine Frau traten aus dem Haus und begrüßten die Clarks, die gerade aus dem Jeep stiegen. „Danke Gregor, dass ihr gleich gekommen seid!", sagte Bernards Frau, Mandy.

„Keine Ursache Mandy, dafür sind Nachbarn doch da. Ich hoffe euren beiden Töchtern gehts gut, ich muss fragen, denn sonst sind sie die ersten, die zur Begrüßung rausgestürmt kommen!", meinte Gregor und klang leicht besorgt.

„Ja, alles gut, sie sind seit einer halben Woche bei meiner Schwester in der Stadt und machen diese ziemlich unsicher!", antwortete Bernard lächelnd.

„Ok, dann zeig uns mal das Desaster!", meinte Jons Vater dann und wies mit dem Daumen über seine Schulter Richtung Scheune.

„Ja, geht ihr Männer nur, ich mache uns derweilen einen starken Kaffee, und Kuchen ist auch noch da!", sagte Ms. Smith und ging wieder ins Haus. Die drei Männer machten sich auf den Weg Richtung Scheune, in der die Pferdeställe untergebracht waren.

Als sie in Blickweite der Stallungen kamen, sah man sofort was mit der Verriegelung nicht stimmte. Sie war von innen nach außen gebogen, was vermuten ließ, dass das Tor noch verriegelt war, als es von innen aufgedrückt wurde.

Aber was am meisten auffiel, war der intensive Geruch nach Blut und Panseninhalt, der ihnen schon vor dem Stall entgegenschlug. Gregor und Bernard hielten sich ihre Taschentücher vor die Nase, aber für Jon war es irgendwie gar nicht so schlimm, ihm wurde nur kurz schwindelig als er das roch, aber nicht vor Ekel, sondern von einem Gedankenfetzen von Blut und ausrastenden Pferden, doch das alles war so schnell vorbei, dass Jon nicht genau sagen konnte, ob es überhaupt seine Gedanken waren, oder ob er sich einfach nur vorgestellt hatte, was hier vielleicht geschehen war.

Ganz im Gegenteil, er schien schon wieder Hunger zu bekommen und war froh, dass Ms. Smiths etwas von Kuchen erwähnt hatte, aber er hätte auch ein Steak essen können. ‚Das muss das Wachstum sein, dass ich in der letzten Zeit so einen Bärenhunger habe!', dachte Jon bei sich.

„Jon, sag mal, riecht das für dich nicht so schlimm oder hast du dein Stofftaschentuch vergessen?", wollte sein Vater wissen.

„Auch nicht schlimmer als im letzten Jahr, wo ich den Hirsch aus Versehen beim Aufbrechen den Pansen aufgeschlitzt habe, und der Inhalt sich über meine Hände ergossen hatte", sagte Jon achselzuckend.

„Ja, du hast Recht, wenn man es eine Weile gerochen hat, ist es gar nicht mehr so schlimm!", sagte Gregor und nahm das Taschentuch von seinem Gesicht, um nicht hinter seinem Sohn wie ein Weichei da zu stehen, bereute dies aber beim nächsten Atemzug durch die Nase und versuchte ab da nur noch durch den Mund zu atmen.

Smith schaute nur irritiert von einem zum anderen und behielt sein Taschentuch schön vor seiner Nase.

Sie gingen in die Stallungen, und was sie dort vorfanden, spottete jeder Beschreibung. Bernard hatte sich keinesfalls versprochen als er sagte, dass sein Pferd 'zerrissen' worden war, denn es sah so aus, als hätte jemand in das Pferd Handgranaten gefüllt oder es an den Läufen genommen und auseinandergerissen.

Überal im Stall hingen Fäden von verspritztem Blut und anderen Körpersäften. Da die Nacht und der Morgen ziemlich kühl gewesen waren, tropften diese noch immer zähflüssig. Die rechte Pferdekeule lag halb auf dem Heuboden und drohte herunterzufallen, die linke Keule war fast bis auf den Knochen abgefressen. Was den Torso betraf, waren Teile der Rippen herausgebrochen, was darauf schließen ließ, dass sehr wahrscheinlich ein Bär mit seiner Tatze zugeschlagen hatte.

Was allerdings nicht passte, war, dass ein paar der Rippen in der Holzverkleidung steckten, als hätte sie jemand als Wurfmesser benutzt. Der Pferdekopf sah aus, als wenn er vom Hals abgedreht worden wäre, so wie es manche Taubenzüchter mit ihren Vögeln beim Schlachten taten, und dann durch den halben Stall geworfen wurde. Von den Innereien brauchte man gar nicht erst zu sprechen, denn diese waren im gesamten Stall bis rauf zur Dachkonstruktion verteilt worden. Das Rückgrat sowie fast alle Extremitäten waren teils mehrfach gebrochen, sie sahen aus, als hätte sie jemand mit einem Vorschlaghammer bearbeitet.

„Verdammt Bernard, was is denn hier passiert?", wollte Jons Vater wissen und sah sich mit großen Augen um.

„Mich würde erst mal interessieren, wie das oder die Raubtiere überhaupt hier reingekommen sind. Seht euch bitte mal das Tor von innen an, total durch Hufe zertrampelt, wahrscheinlich als die Pferde versuchten auszubrechen, um von diesem Ort des Grauens zu entfliehen!", meinte Smith.

„Du hast Recht, der Riegel ist von innen nach außen gebogen, was bedeutet, dass er verriegelt war, als das Tor aufgedrückt wurde, sehr seltsam ...!", sagte Jons Vater nachdenklich und war vor der Verriegelung auf die Knie gegangen, um sie genauer anzusehen.

„Was ist mit dem Fenster über dem Tor, könnte von da nicht jemand oder vielmehr etwas in die Stallungen gelangen?", fragte Jon und wies auf die Öffnung, die in beträchtlicher Höhe lag.

Beide Männer schauten Jon fragend an und blickten dann zu der Fensteröffnung. Konnte es wirklich möglich sein, dass von da oben jemand hereingekommen war, ohne jegliche Hilfsmittel?

„Junge, das sind mindestens ... mmh ... siebeneinhalb Meter und noch dazu nur glattgehobelte Bretter. Welches Tier soll denn da hochkommen?", meinte Bernard nicht überzeugt von Jons Theorie.

„Selbst für einen Puma wäre das zu steil, und ein Bär bräuchte schon Flügel, um da hinzukommen. Aber was mich noch stutziger macht, ist die Kraft, die ein Geschöpf aufbringen muss, um das hier zu bewerkstelligen!", sagte Jons Vater und deutete hinter sich auf das Fleischchaos.

„Also, wenn ich du wäre, würde ich den Sheriff einbinden, alleine kommen wir nicht weiter ... denke ich!" Doch noch während Jons Vater dies zu Bernard sagte, fiel Jon ein Abdruck im blutverschmierten Boden des Stalles auf, den er nicht zuordnen konnte.

„Kommt schnell her, ich glaube, ich habe ein Trittsiegel des Tieres gefunden, das hier gewütet hat!", sagte Jon aufgeregt und winkte die beiden Erwachsenen zu sich in den hinteren Teil des Stalls.

Die beiden Männer kamen zu Jon geeilt und gingen, wie er in die Knie, um zu sehen, was er gefunden hatte. Und tatsächlich war da ein Pfotenabdruck zu sehen, ungefähr halb so groß wie die Fußspur eines Menschen, aber fast doppelt so breit und er schien hauptsächlich die vorderen Krallen zu zeigen, was die enorme Größe des Tieres erahnen ließ.

„Warum haben wir das vorhin nicht gesehen?", fragte sich Smith laut.

„Da lag ein Stückchen von einem gesplitterten Brett drauf, über das ich gestolpert bin, und als ich sehen wollte was da lag, konnte man schon einen Teil des Abdruckes erkennen, da hab ich das Stück Holz angehoben und euch gerufen!"

„Gut gemacht, Junge", sagte sein Vater, „... Bernard, hast du zufällig noch ein bisschen Gips im Haus, womit wir einen Abguss der Pfote machen können?"

„Ja, da müsste wirklich noch was im Haus sein, denn Mandy hat erst vor kurzem Gipsbilder mit den Mädchen gegossen. Jon kannst du zum Haus gehen und meiner Frau sagen, sie soll dir den Rest Gips und eine Schüssel zum Anrühren geben!", bat ihn Smith.

„Klar, mach ich. Bin gleich wieder da!", sagte Jon und machte sich eilig auf den Weg, um den Gips zu holen.

„Prächtigen Jungen hast du da, Greg, hat sich gut gemacht, seit dem letzten Jahr, ist fast schon ein Mann, hat jetzt schon breite Schultern, könnte später was für meine Mädels sein!", meinte der Farmer zu Jons Vater.

Gregor schaute seinem Sohn nach und meinte: „Du hast Recht, toller Junge, und was die Mädchen betrifft. Man wird sehen, was die Zukunft bringt, ich hätte bestimmt nichts dagegen!" Die beiden sahen sich noch einmal genau den Boden an, ob hier nicht noch mehr zu finden war.

Doch als Jon mit dem Gips und der Schüssel wiederkam, hatten sie nichts weiter finden können, denn das Stroh lag ziemlich dick und hatte sehr wahrscheinlich dadurch weitere Abdrücke verhindert.

Sie schütteten den staubenden Gips in die Schüssel, nahmen dann Wasser aus einer der Pferdeboxen und rührten den Gips zu einer sehr flüssigen Masse an, damit er wirklich den ganzen Abdruck ausfüllte und so ein exaktes Duplikat entstehen konnte. Als Rahmen, damit der Gips am Rand nicht wegfließen konnte, nahmen sie einen Holzeimer, dem der Boden fehlte, und der genau auf den Abdruck passte.

„So, das wäre geschafft, Männer", sagte Bernard und stand auf, „was haltet ihr davon, wenn wir, solange das hier aushärtet, Kaffee trinken und ein Stückchen Kuchen essen?"

Als sie zum Haupthaus kamen, hatte Mrs. Smith auf der Veranda eingedeckt, da die Morgensonne genau dort alles schön aufwärmte. Sie setzten
sich, und Bernards Frau kam mit dem Kaffee aus dem Haus und schenkte
jedem ein.

„Aaah ... Mandy, du kochst einfach den besten Kaffee!", sagte Jons Vater
und schlürfte den ersten Schluck vorsichtig, um sich nicht zu verbrennen.

„Ja, Schatz, ich muss Gregor recht geben, sehr gut!", fügte Bernard hinzu
und zog seine Frau an der Hüfte zu sich und gab ihr einen schnellen Kuss,
als die beiden nicht hinsahen.

„Also Männer, was wollt ihr wegen der Sache unternehmen!", fragte
Mandy leicht verlegen von dem öffentlichen Kuss ihres Mannes.

„Jon hat zum Glück eine Spur von dem Mistvieh, das Bella erledigt hat,
gefunden, mit dem Gips haben Gregor und ich einen Abdruck gegossen,
der härtet gerade aus. Greg meint, wir sollten den Sheriff dazuholen, um
das weitere Vorgehen zu besprechen. Es gibt ja noch mehrere Nachbarn,
denen es die nächste Zeit ähnlich ergehen könnte wie uns!", sagte Bernard
erklärend.

„Und ich versuche Karl Pieterson zu erreichen, der sollte vielleicht mal
mit seinem Hund hier hochkommen!", beschloss Jons Vater.

„Wenn du willst, kannst du es von uns aus versuchen, das Funkgerät
funktioniert wieder!", meinte Mandy, dann schaute sie links neben sich wo
Jon dabei war, den angebotenen Kuchen zu vertilgen. „Und eines finde
ich beruhigend, dass wenigstens einem von uns die ganze Sache nicht so
auf den Magen geschlagen ist!", bemerkte sie lächelnd und berührte Jon
leicht an der Schulter.

„Jon ... also wirklich, wir hatten doch erst gefrühstückt, halt dich doch mal
ein bisschen zurück. So kenn ich dich gar nicht!", sagte Jons Vater, als er
sah, wie sein Sohn sich mit Kuchen vollstopfte.

„Tschuldigung, Mrs. Smith, war wohl in Gedanken und hab gar nicht
gemerkt, dass ich schon so viel gegessen habe, glaube ... ich wachse wohl
wieder. Aber der Kuchen is einfach zu lecker!", sagte Jon mit noch halb
vollen Backen und Krümeln am Mund.

„Schon gut Greg, das war nicht als Rüge gemeint, ich freu mich wirklich,
dass es deinem Jungen schmeckt!", sagte Mandy und musste wieder
lächeln. Bei ihren Worten wurde Jon rot und machte wohl so ein be-
lämmertes Gesicht, dass alle am Tisch lachen mussten, außer ihm selbst,
der noch eine Stufe roter wurde.

Nachdem sich jeder der Erwachsenen noch schnell ein Stück Kuchen
gesichert hatte, bevor Jon den ganzen Kuchen aufessen konnte, mussten

sie der Situation wegen schon wieder lachen ... und diesmal lachte auch Jon.

Dann standen sie auf und besprachen das weitere Vorgehen.

„Greg, geh du doch bitte mit Mandy ans Funkgerät und versuch den Sheriff und Karl hier hoch zu bekommen, ich und Jon gehen noch mal in die Stallungen und sehen nach dem Abguss!", meinte Bernard.

Gregor nickte. „Gut, so machen wir das, ich komme dann zu euch, wenn ich was erreicht habe!"

Jons Vater ging mit Mandy zum Funkgerät und stellte die richtige Frequenz ein, um den Sheriff zu erreichen. Es dauerte nicht lange, da meldete sich die Zentrale 'Büro des Sheriffs, was kann ich für sie tun?'

„Guten Morgen, Rosella, hier spricht Gregor Clark, ich bin hier auf der Farm von Bernard und Mandy Smith, ... ist Hektor zu sprechen?"

„Morgen, Greg, warte ich versuche dich zu verbinden!", erwiderte Rosella.

Es verging einige Zeit, in der nur Rauschen und Knacken aus dem Äther zu hören war, bis sich plötzlich die Stimme von Sheriff Hektor McDuck meldete: „Morgen Gregor, was kann ich für euch tun?"

„Morgen, Hektor, solltest wirklich so schnell wie möglich hier hochkommen, irgendetwas hat ein Pferd von den Smiths gerissen, und wir haben einen Abdruck gefunden, wissen aber beim besten Willen nicht, was das für ein Raubtier gewesen sein soll!", meinte Gregor zu McDuck.

„Ok, bin in ca. einer Stunde bei den Smiths!", sagte er.

„Halt, bevor du gehst, Hektor, wäre vielleicht nicht schlecht, wenn du Karl Pieterson benachrichtigen könntest, soll seinen Hund mitbringen!"

„Da haben wir ja Glück", sagte der Sheriff sarkastisch. „Der sitzt noch mit seinem Hund in der Ausnüchterungszelle, hatte sich wohl gestern wegen des Bären und der Wolfsspuren mit seinen Jagdkumpanen getroffen, und ... du kennst ja Karl ... Ich bring ihn einfach mit, vielleicht is er ja wach, bis wir bei euch sind!", sagte er lachend.

„Ok, danke, Sheriff, over und out!"

Zur gleichen Zeit auf dem Weg zu den Stallungen.

„Na, Jon, ward ihr schon auf Jagd?", fragte Bernard Jon.

„Ja, sind gestern Morgen zurückgekommen, hatte meinen ersten Solojagdgang und konnte sogar ein Hirschkalb strecken!", antwortete Jon stolz.

„Ja, dann Waidmannsheil, Jon, so vergeht die Zeit. Wie alt bist du noch gleich!"

„Waidmannsdank, Mr. Smith äh ... bin dreizehn, werde vierzehn im September!"

„Ah, ja genau, warst ja ein Jahr älter wie Berta, unsere Älteste ...", aber ich hätte dich von deiner Statur eher auf sechzehn oder siebzehn geschätzt, hast seit letztem Jahr einen unheimlichen Schuss getan!", bemerkte Bernard anerkennend.

„Ma kocht halt gut", meinte Jon und beide mussten grinsen.

Sie standen mittlerweile vor dem Stall, als es Jon wieder schwindelig wurde, und er das Gefühl hatte, als höre er längst vergangenes Wiehern ver-ängstigter Pferde. Er musste sich an dem Tor der Stallung festhalten und schloss kurz die Augen, bis es wieder verging.

„Alles in Ordnung, Junge, ist es dir doch zu viel, kannst ruhig zu Mandy ins Haus!", meinte Bernard mit besorgtem Unterton.

„Nein, nein ... alles gut mir, is nur kurz schwindlig geworden, hat wohl mit dem Wachsen zu tun!" Jon stand wieder ohne sich festzuhalten, um zu beweisen, dass alles wieder normal war.

„Gut, Junge, dann schauen wir mal nach, was der Gips macht!", sagte Smith und ging in die Scheune.

Jon fühlte sich ziemlich verspannt nach dem Schwindelanfall, streckte sich deshalb erst einmal um das Spannungsgefühl loszuwerden, und da er noch vor dem Tor stand, sah er automatisch nach oben und bemerkte lange Riefen im Holz, genau unterhalb des Fensters.

„Ist uns das da vorhin schon aufgefallen?", fragte Jon und zeigte nach oben, als Bernard fragend zu ihm hinschaute.

„Was gibts denn, Junge!", wollte er wissen.

Als er dann neben Jon stand und ebenfalls nach oben schaute, in die Richtung von Jons Zeigefinger, machte er große Augen.

„Gibts doch gar nicht, dass uns das nicht vorhin schon aufgefallen ist, das sind ja Kratzspuren wie von einer Katze ... vielleicht nem Puma oder so!", sagte er erstaunt über das, was er sah.

Als beide noch eine kurze Zeit die Kratzspuren im Holz begutachtet hatten, gingen sie diesmal zusammen zu dem Eimer ohne Deckel, um zu sehen, ob der Gips schon ausgehärtet war.

Kurz darauf kam auch Jons Vater zu ihnen und setzte sie auf den neusten Stand der Dinge. „Ich glaube, der braucht noch ne Stunde, was meinst du, Greg?", fragte Bernard, mit Blick auf den Abguss.

Gregor drückte mit seinem Zeigefinger leicht auf die Gipsoberfläche, und sie begann sich leicht einzudrücken.

„Ja, du hast Recht, wir sollten den Gips noch 'ne Weile in Ruhe lassen, sonst bricht er uns kaputt, und der Abdruck würde verfälscht!"

Also gingen sie wieder zum Haus und setzten sich in die Sonne, um auf den Sheriff und seine Leute zu warten.

Jon bekam mit einem Lächeln von Ms. Smith noch ein Stückchen Kuchen.

## Sheriff und Konsorten

Als der Sheriff nach einiger Zeit dann endlich eintrudelte, – er hatte sich keinen Stress gemacht und war gemächlich den Weg, der zu den Smiths führte, hochgefahren – warteten sie bereits über zwei Stunden auf ihn.
‚Ist ja schließlich kein Mensch zu Schaden gekommen‘, dachte sich der Sheriff und verstand die Aufregung gar nicht. Gut, es war ärgerlich und finanziell ein herber Schlag, wenn ein so wertvolles Tier wie ein Pferd gerissen wurde, aber so etwas war in der Vergangenheit immer schon mal passiert, dafür gab es hier nun mal Berglöwen, Bären und ... wenn man den Gerüchten glauben sollte, seit kurzem auch wieder Wölfe.

Er und seine Leute, plus Karl und dessen Hund, trafen ca. zwei Stunden nach dem Funkspruch ein, sie waren mit zwei Autos gefahren, denn keiner von seinen Männern wollte mit Karls 'Hundchen' zusammen freiwillig auf der Rückbank sitzen. Als sie ausstiegen, wurden sie von den Smiths, Gregor und Jon Clark begrüßt.
Nachdem sich alle die Hände geschüttelt hatten und erneut Kaffee in Aussicht gestellt wurde, ging die Gruppe zur Stallung.
„Verdammt noch mal, was is denn hier passiert?", war das Erste, was dem Sheriff über die Lippen kam, als er den Stall betrat. Auch seine Gehilfen samt Karl machten große Augen und bekamen den Mund nicht mehr zu.
„Ja, das haben wir uns auch gefragt, aber noch keine zufriedenstellende Antwort gefunden!", meinte Jons Vater.
„Wir haben den Abdruck einer Pfote gefunden und einen Abguss ange-fertigt, der mittlerweile ausgehärtet sein sollte!", sagte Bernard zum Sheriff.
„Bernard, zeig mir den Abdruck ... und der Rest von meinen Leuten ... Spurensicherung!", sagte der Sheriff im gewohnten Befehlston.

Sie gingen zu dem Eimer und lösten ihn vorsichtig von dem Stallboden. Der Abdruck war gut gelungen, und man konnte die vorderen Zehen-ballen gut erkennen, genau wie die Krallen, die daraus hervorgingen.
„Was ist das!", wollte Karl wissen, der dem Sheriff über die Schulter geschaut hatte.
„So riesige Krallen an einer Hinterpfote habe ich noch nie gesehen, die sind ja noch größer als beim Grizzly und 'ne Katze is das auch nicht, fehlt der Mittelballen!", meinte Karl erstaunt und glotzte auf den Abdruck in der Hand des Sheriffs.

Alle schauten Pieterson nur verständnislos an, bis Jons Vater etwas sagte: „Karl hat Recht, so etwas habe ich auch noch nie gesehen, könnte noch mal in dem Nachschlagewerk meines Großvaters über Fährten und Spuren des Wildes nachschauen. Aber dieser Abdruck ist von einem Tier, das mindestens so groß wie ein kapitaler Grizzlybär ist, und wenn man die Tiefe des Abdrucks beachtet, mindestens 250 bis 300 kg wiegen muss, wenn nicht mehr, da der Boden hier ja ziemlich trocken ist, im Gegensatz zu dem blutgetränkten Rest!" Dabei wies er auf den strohbelegten Stallboden.

„Da bin ich mit Greg einer Meinung!", meinte Karl, der immer noch hinter dem Sheriff stand und seine fasziniert dreinschauenden Augen nicht von dem Abdruck nehmen konnte.

Dann fielen Jon noch einmal die Kratzspuren ein, die Bernard und ihm an der Fassade unterhalb des Fensters aufgefallen waren. Aber er wollte unter all den Erwachsenen nicht vorlaut erscheinen, und so trat er neben Mr. Smith und flüsterte ihm etwas, das anscheinend übersehen worden war, ins Ohr: „Und das Raubtier musste sehr gut klettern und springen können, wenn man die Kratzspuren an den Brettern unterhalb des Lüftungsfensters betrachtet!", erläuterte Bernhard daraufhin noch, bevor er sich bei Jon für den Hinweis bedankte.

Alle sahen sich fragend an, bis der Sheriff das Wort ergriff: „Also meine Herren, ich schlage vor, wir lassen meine Männer in aller Ruhe ihre Arbeit machen, und der Rest geht bei Mrs. Smith einen Kaffee trinken. Außer du, Karl, du holst deine Höllenbrut von einem Hund hierher und wir versuchen rauszufinden, wo das Vieh hergekommen oder wohin es verschwunden ist!"

Alle waren einverstanden und gingen Richtung Wohnhaus.

Jon wollte jedoch nichts von Kaffeetrinken wissen, deshalb fragte er seinen Vater: „Pa, könnte ich mit dem Sheriff und Karl nach den Spuren schauen?"

„Wenn der Sheriff nichts dagegen hat!", meinte Jons Vater lächelnd.

Der Sheriff überlegte kurz und sagte dann: „Ok, Junge, aber du bleibst hinter mir, damit du die Spuren nicht verfälschst!"

Und so gingen der Sheriff und Jon zu dem Auto, in dem Karls Hund auf seinen Einsatz wartete. Dort angekommen sahen sie, dass Karl dem Hund schon die lange Leine, die für die Spurensuche vorgesehen war und die ca. sechs Meter Länge hatte, angelegt hatte. Dadurch war es dem Hundeführer möglich, den Hund relativ frei suchen zu lassen, aber notfalls noch die Leine erreichen zu können, um einzugreifen.

Jon hatte nicht vergessen wie Wiego vor einem Tag auf ihn reagiert hatte und hielt sich so weit wie möglich, fern von ihm.

Aber der hatte alle Nase voll zu tun. Als er die Spur dann fand, die anscheinend rechts neben der Scheune verlief, hörte und sah Wiego nichts mehr vor lauter geruchlicher Eindrücke.

Die Spur führte quer über den Besitz der Smiths und dann auf eine ungemähte Wiese. Man konnte trotz des Windes, der das hohe Gras ständig bewegte, sehen, dass sich etwas Großes seinen Weg durch das Gras gebahnt hatte. Nur hin und wieder konnte der Hund andeuten, wo es langging, bis man wieder das runtergedrückte Gras zu sehen bekam. Hier reihte sich Weide an Weide, und als sie schon mindestens einen halben Kilometer dem Hund hinterher durch hohes Gras gefolgt waren, blieb dieser plötzlich an einer Stelle stehen und schnüffelte aufgeregt in einem Kreis aus niedergedrücktem Gras.

„Hier muss es gelegen haben, oder besser gesagt, sieht es eher so aus, als hätte es sich hin- und hergewälzt!", meinte Karl in Richtung Sheriff, der einigen Abstand zu dem Hundeführer und seinem Hund gehalten hatte.

Nun kam der Sheriff ebenfalls in den Kreis aus niedergedrücktem Gras, wies aber Jon an, sich bitte noch zu gedulden und zu warten, da sie versuchen wollten noch mehr Spuren zu sichern, was sich aber nicht so einfach gestaltete, da es schon eine geraume Zeit nicht geregnet hatte, und der Boden ziemlich hart war.

„Nu, Karl, was is mit deinem Hund los, gehts bald weiter?", wollte der Sheriff wissen, worauf Karl, der sich hingekniet hatte und etwas in der Hand hielt, zweifelnd antwortete: „Ich habe hier etwas Tierhaar gefunden, sieht fast wie Hundehaar aus. Könnte von einem Wolf oder so stammen, aber von nem Wolf mit so langem Haar und rötlichem Fell habe ich noch nie was gehört!"

Der Sheriff ging zu Karl und ließ sich die Haare aushändigen. Er schaute sie sich einmal kurz an und schlug sie dann in ein Stück Tuch ein, das er aus seiner Hosentasche genommen hatte. Dann fragte er Karl, der beinahe so wie sein Hund weiter auf dem Boden rumkroch: „Was gibts denn noch, warum gehts nicht weiter?" Er schien dabei leicht genervt zu sein.

„Das is ja das Komische, Sheriff, hier gehts und gibts nichts weiter. Das Vieh scheint genau hier aus den Wolken, direkt auf diese Stelle, gefallen zu sein, denn es gehen keine weiteren Spuren dieser Größe von hier weg", dabei zeigte Karl auf die Spur, auf der sie hierhergekommen waren. Alle anderen Spuren, die man sah, waren ganz normale Wechsel von höchstens Hirschgröße.

„Gut!", meinte der Sheriff, „da wir hier anscheinend nicht weiter kommen, sollten wir besser zurück zum Smiths Anwesen gehen, vielleicht hatten die anderen in dem Stall noch was sicherstellen können, was uns weiterhilft!", meinte er und wandte sich zum Gehen.

Also gingen sie gemeinsam die Strecke wieder zurück und bei alldem hatte Jon das komische Gefühl, hier schon mal gewesen zu sein. Er schimpfte sich innerlich einen Narren, da er seines Wissens ja noch nie hier auf diesen Weiden gewesen war.

Wieder beim Anwesen angekommen erfuhren sie, dass außer den Kratzern im Holz und dem Abdruck im oberen Teil des Stalles noch rötliche Haare an einem vorstehenden Nagel gefunden worden waren.

Daraufhin nahm der Sheriff das Tuch aus seiner Hosentasche, in das er die Haare von der Weide eingeschlagen hatte und verglich sie mit denen von dem Nagel aus der Stallung. Sie sahen identisch aus und so kamen auch diese Haare zu denen von der Weide und wieder zurück in die Hosentasche des Sheriffs.

Später als alle zusammen den Smiths geholfen hatten, den Stall wieder auf Vordermann zu bringen, saßen sie gemeinsam auf der Veranda bei einem heißen Kaffee, um zu besprechen, was als nächstes gemacht werden sollte.

Nach langem Hin und Her war man sich einig, dass es nicht anders ging als eine groß angelegte Treibjagd in den umliegenden Bergen zu veranstalten, damit das zu Schaden gehende Raubtier erlegt werden, und alle, die an dem Berg lebten, wieder ruhiger schlafen konnten.

Alles war besprochen und so machten sich die Männer wieder auf den Weg, die einen in die Stadt, wo sie noch eine Menge an Vorbereitung und Planung vor sich hatten, um genug Jäger und Hunde zu organisieren, und die Clarks, die noch zu anderen Nachbarn fahren wollten, um ebenfalls Unterstützung zu organisieren.

# Verstärkung

Detroit, 30. April 1950, 0.45 Uhr morgens,
Jeffersenstreet 132 - Italienisches Nebenquartier

Richard war nach einem langen Tag im Büro gerade erst in seiner Wohnung angekommen, sie versuchten immer noch, Licht in den Fall 'Callussi' zu bringen, waren aber bis jetzt nicht wirklich weitergekommen. Nigel Donewan, ihr Chef, hing ihnen im Nacken, weil ihm der Bürgermeister im selbigen hing und wegen der Sache unnötigen Druck machte, was das Arbeiten an diesem vertrackten Fall nicht gerade vereinfachte. Richard ging ins Wohnzimmer, wo sein bevorzugter Sessel zum Entspannen stand und ließ sich hineinfallen.

„Aaaaah... das tut gut!", sagte er. Mit hörbarer Erleichterung in der Stimme legte er seine Füße auf einen gepolsterten Hocker, der genau dafür dastand, und streckte sich erst einmal einen Zigarillo an. Er hatte erst einmal genüsslich daran gezogen, da klingelte sein Telefon, das neben seinem Bett stand.

Also raffte er sich erneut auf, um ans Telefon zu gehen und das quälende Geräusch zu beseitigen.

Richard schlurfte in sein Schlafzimmer, die aufgeschnürten Schuhe hatte er noch nicht ausgezogen, und nahm den Hörer in die Hand.

„Anderson!", sagte er gereizt.

Am anderen Ende der Leitung meldete sich Polly, die Nachtbesetzung in der Polizeischaltzentrale. „Entschuldigen Sie Sir, dass ich Sie schon wieder störe, ich weiß, Sie sind hier gerade erst aus der Tür gegangen, aber es hat gerade mindestens einen Mord in der Jeffersenstreet 132 gegeben, und Sie und Tom sind angefordert worden!"

„Warum wir, Polly? Hackman und Sosinsky sind doch auch noch da, die können so was ruhig mal übernehmen!"

„Ja Sir, verstehe, aber genau die haben sie doch angefordert, sie haben auch genau das vorausgesagt, was Sie gerade gesagt haben, aber Hackman lässt Ihnen ausrichten, dass die krassen Sachen doch eher in Ihre und Toms Zuständigkeit fallen würden!", meinte sie kleinlaut.

Der letzte Satz machte Richard stutzig. „Was meint Hackman denn mit krassen Sachen?", fragte Anderson argwöhnisch.

„Das kann ich Ihnen auch nicht beantworten, aber Sie sollen sich doch bitte beeilen ... und bevor ichs vergesse, Sie sollen noch bei Mr. Conner vorbeifahren und ihn zum Tatort mitnehmen!"

Richard war todmüde und aufs Äußerste gereizt, daher antwortete er: „Sonst noch was, soll ich noch schnell die Löwen im Tierpark füttern oder wars das jetzt!"

„Wie schon gesagt, es tut mir leid!"

„Entschuldigung Mädchen, du kannst ja auch nichts dafür ... gut sagen Sie den anderen beiden, dass ich auf dem Weg bin!" Mit diesen Worten legte er auf.

„Verdammt, verdammt ..., es ist doch immer das Gleiche mit dieser verkorksten Stadt!", meinte Richard, während er sich auf die Bettkante setzte. Dann schnürte er sich also die Schuhe wieder zu, obwohl seine Füße nach frischer Luft zu schreien schienen. Er ging in die Küche und nahm sich noch schnell eine Tasse von dem Kaffee, den er heute Morgen gekocht hatte. Er war so müde, dass er gar nicht bemerkte wie beschissen der mittlerweile schmeckte.

Den Mantel zuknöpfend ging er in den schummrig erleuchteten Flur, der immer etwas abgestanden roch, egal ob mal gelüftet wurde oder nicht. Die Glühbirne flackerte immer noch.

Trotz des Gesprächs mit der Hausverwaltung vor ein paar Wochen hatte sich renovierungstechnisch natürlich noch nichts getan.

Und so ging Richard die ausgetretene Treppe hinunter, sein Blick streifte dabei die versüfft anmutende Wand des Treppenhauses, was seiner Laune nicht gerade zuträglich war.

Er war schon fast an der Haustür angelangt, da drang, wie so oft die letzten Wochen, Streit aus der Wohnung im Erdgeschoss, und wieder schien sich der Mistkerl an seiner Frau zu vergreifen.

Kurz entschlossen drehte Richard sich um und ging das kurze Stück zurück zu besagter Wohnung, wo der besoffene Ehemann offenbar voll in seinem Element war.

Richard fing an kräftig an die Tür zu klopfen, bis er endlich Gehör fand.

„Was is... wa... was... gibs?", lallte der Mann aus dem Inneren der Wohnung.

„Polizei ... machen Sie bitte die Türe auf, sonst trete ich sie ein!"

„Hab keine Polypen gerufen, also verpiss dich Freun...dchen, bevor ich dir hinkomme!"

„Zum letzten Mal, machen Sie auf, uns wurde mehrfach gemeldet, dass Sie das Haus mit ihrem Lärm terrorisieren und Ihre Frau misshandeln!", log Richard.

Es war kurz ruhig, dann hörte man den Mann wieder zornig lallen: „Du verdammtes Mist...stück, hetzt mir ... also die Bullen aufn Hals, deinem eigenen Ehemann?"

Und wieder war eine schallende Ohrfeige zu hören, und die Frau jammerte: „Schatz, das würde ich doch nie tu..." Und wieder gingen ihre Beteuerungen in einem schallenden Schlag unter.

Jetzt war für Richard endgültig das Maß voll, er warf sich mit einem kräftigen Ruck an die Tür, was diese nicht aushielt und mit samt der abgerissenen Türkette nach innen aufsprang. Was er zu sehen bekam, war eine Frau, deren Gesicht blitzeblau geschlagen worden war. Das war zu viel für ihn, der die Todesangst in dem Gesicht der zierlichen Frau sehen konnte.

Der Ehemann glotzte ihn nur aus seinen alkoholisierten Augen an, und bevor er etwas sagen konnte, war Richard bei ihm und brach ihm mit einem Schlag die Nase, sodass dessen Blut nur so spritzte. Aber damit nicht genug, als der Trunkenbold sich an die Nase fasste und schrie: „Du Bullensau ... hast mir die Nase gebrochen!", war Richard schon wieder bei ihm und hieb ihm mit der rechten Faust und mit voller Wucht in den Unterleib, was den Säufer endgültig zusammenklappen ließ.

Der lag nun stöhnend auf dem Fußboden.

Richard ging in die Knie und nahm ihn mit beiden Händen am Schlafittchen und zog ihn zu sich hoch.

„So, Freundchen, das war ein kleiner Vorgeschmack auf das, was dich erwartet, solltest du deine Frau noch einmal anpacken. Ist das klar?", sagte Richard mit vor Zorn gepresster Stimme und schüttelte den Säufer durch.

„Jaaa... ja... Schon klar ...!", stöhnte der blutende Mann und versuchte Richards stechendem Blick auszuweichen.

„Dann is ja gut!", sagte Richard und ließ ihn wieder los, sodass er zurück auf den Boden fiel.

„Und Sie ziehen sich was an, ich bringe Sie aufs Revier, da ist für die Nachtschicht immer ein Medizinstudent, der Sie erst mal versorgen wird.

Die Frau, die in einer Ecke zusammengesunken war, kam mit Richards Hilfe wieder auf die Beine und holte sich eine Jacke von der Garderobe und folgte Richard nach draußen, raus aus der Hölle ihrer Peinigung.

„Ich weiß gar nicht, wie ich Ihnen danken soll, ich hatte solche Angst, dass er mich diesmal erschlägt!", nuschelte die Frau dankbar, ihr Mann hatte sie schlimm zugerichtet und ihr Gesicht war total angeschwollen.

„Kein Thema, gnädige Frau, mich ärgert nur, wie lange ich mir das angehört habe, bis ich endlich eingegriffen habe, dafür entschuldige ich mich!"

Als sie an seinem Auto angekommen waren, schloss er erst die Beifahrertür auf und sagte zu ihr: „Würden Sie so freundlich sein und hinten Platz nehmen, wir müssen auf dem Weg ins Präsidium noch einen Kollegen von zu Hause abholen!"

Seine Nachbarin nahm auf der Rückbank Platz und war froh, dass sie endlich losfuhren, bevor ihr Mann vielleicht doch noch nach draußen kam. Sie traute ihm so ziemlich alles zu.

Bevor Richard jedoch einstieg, nahm er aus dem Augenwinkel noch eine Frau wahr, die an einer Straßenlaterne zu warten schien und zu ihm rüberschaute.

Als Richard ihren Blick traf, wurde ihm bewusst, wie gut sie aussah. Sie hatte rotes, gewelltes Haar, einen blassen Teint, die Augen schienen von einem abgrundtiefen Braunschwarz zu sein, und als sie dann auch noch mit ihrem roten Mund lächelte, bereute Richard, dass er keine Zeit hatte, sie anzusprechen und für die nächsten Tage zum Abendessen einzuladen.

Richard ließ sich der vertanen Chance wegen mit einem Stöhnen in den Fahrersitz fallen, schaute noch einmal sehnsüchtig zu der Frau rüber, aber diese war verschwunden.

Verwundert darüber, wo diese so schnell hin verschwunden war, fuhr er in Richtung Waveney Street Nummer 124, um Mike abzuholen.

Die Straßen waren um diese Uhrzeit und vor allem mitten in der Woche, wie leergefegt. In der Innenstadt war das natürlich anders, dort pulsierte das Leben Tag und Nacht, aber in den Vierteln, wo die Arbeiter wohnten, war es ruhig, man bereitete sich durch Schlafen auf den nächsten Arbeitstag vor oder war bereits auf der Arbeit.

Die Fahrt verlief schweigend, seine Nachbarin war vor Erschöpfung eingeschlafen, und das kam Richard ganz gelegen, machte er sich doch schon darüber Gedanken, was wohl wieder passiert war. Nach ungefähr zwanzig Minuten fuhr er bei Mike Conners Wohnung vor.

Er stieg aus und ging an die vergitterte Tür und suchte vergebens nach einer Klingel, die es natürlich nicht gab.

Richard begann an die vergitterte Tür zu pochen, dass es nur so schepperte. „Warum zum Teufel hat der Kerl denn keine Klingel ... Conner", polterte er in Richtung Wohnungsfenster, „mach schon auf, wir müssen dringend zu einem Tatort!"

Nachdem Richard noch einige Male gegen die Tür geprügelt hatte, erschien ein Gesicht am Fenster, das entfernt an das von Mike erinnerte. Kurz darauf wurde die Tür von innen aufgeschlossen und Conner stand im Morgenmantel vor ihm.

„Was ist denn passiert, dass du mich um die Zeit aus den Federn holst?",
maulte Mike verschlafen.

„Hat wohl wieder einen Mord gegeben, Hackman und Sosinsky sind
anscheinend nicht in der Lage das alleine zu schaffen, also sollte ich dich
abholen und mit zum Tatort nehmen, Tom ist auch schon unterwegs
dorthin!"

„Gut komm rein, muss mich wenigstens noch waschen, bin doch heute
Abend nach dem Jogging auf dem Sofa eingeschlafen!"

„Und dabei wird man so dreckig!", fragte Richard und deutete auf
Conners Gesicht.

„Bin bei dem feuchten Wetter ausgerutscht und habe mit der Nase im
Schlamm gebremst!", meinte Mike mit einem schiefen Lächeln und verschwand im Badezimmer.

Richard hatte nun ein bisschen Zeit um sich umzuschauen, und ihm fiel
auf, dass das Äußere des Hauses anscheinend das krasse Gegenteil vom
Innenleben darstellte. Conners Wohnung war echt gemütlich, aber auch
sehr hochwertig eingerichtet, was Richard ihm gar nicht zugetraut hätte.
Es roch nach Zimt und Nelken und auch noch nach etwas anderem,
vielleicht einem Hund? Bestimmt hatte der Vorbesitzer dieser Wohnung
einen gehalten, und man erahnte nur noch, dass er mal hier mit seinem
Herrchen gelebt hatte.

Kurze Zeit später war Mike wieder vorzeigbar, und sie konnten endlich
gehen. Am Auto angekommen bemerkte Conner die zerschundene und
schlafende Frau auf der Rückbank, und Richard erzählte ihm mit kurzen
Worten, was sich zugetragen hatte, „… deshalb müssen wir auch noch mal
aufs Revier, und du brauchst ja auch noch deine Utensilien!", meinte
Anderson zu Conner.

Also machten sie sich auf den Weg zum Revier. Dort angekommen
begleitete Richard seine Nachbarin zur medizinischen Versorgung und
stellte ihr in Aussicht, dass falls sie eine Anzeige gegen ihren Mann machen
wolle, er als Zeuge aussagen würde. Sie bedankte sich nochmals mit
Tränen in den Augen bei ihm und ging dann mit dem Medizinstudenten
in das Verbandszimmer.

Während Richard mit der Nachbarin unterwegs war, holte Mike seine
Sachen aus dem Labor. Seine Fotokamera, die Kodak Retina Typ 117, eine
Tasche für das Sichern von Fingerabdrücken und kleinen Beweisstücken,
sowie ein Rahmensortiment in verschiedenen Größen und feinen Gips,
dazu noch ein Gefäß zum Anrühren für eventuelle Abdrücke, Pinsel und

was sonst noch nötig war, um ordentliche Arbeit zu machen.

Dazu kam noch ein Anzug mit Überzugsschuhen, und als er alles zusammen hatte, zog er ein kleines Labor hinter sich her.

Richard machte große Augen, als er das sah, und hatte so seine Zweifel, ob das alles in sein Auto passen würde. Er packte aber sofort mit an, um das ganze Zeug zu verstauen.

„Normalerweise ist alles in unserem Auto, aber ich weiß nicht was die Kollegen vor Ort dabeihaben, also habe ich das Wichtigste zusammengepackt!", sagte Conner mit einem entschuldigenden Lächeln.

„Solange du noch was im Labor gelassen hast, is ja gut!", frotzelte Richard und machte den Kofferraum zu, was gerade noch so ging.

Nachdem sie beide eingestiegen waren, steckte sich Richard erst mal einen Zigarillo an und bot auch Mike einen an, der dankend annahm.

Kurz das Fenster ein Stückchen auf, damit der Rauch abziehen konnte, und dann fuhren sie los Richtung Tatort.

Sie fuhren eine ganze Weile, denn der Tatort lag genau in der Gegenrichtung, aus der sie gerade gekommen waren.

„Rich, hast du schon 'ne Ahnung, was wir vorfinden werden?", fragte Conner.

„Ich weiß auch nicht viel mehr als du, nur, dass es anscheinend die Kompetenzen unserer Kollegen überschreitet, also sollten wir auf alles gefasst sein!", meinte Richard.

Als sie sich dem Tatort näherten, sahen sie, dass es einen beachtlichen Auflauf an Menschen gab, trotz der unmenschlichen Uhrzeit.

Sie fuhren langsam auf die Menschenansammlung zu und hupten, damit sie durchgelassen wurden. Doch sie kamen nur schrittweise voran und mussten immer wieder anhalten, um niemanden zu überfahren.

An der ersten Absperrung kam ein Beamter auf die Fahrerseite, um zu fragen, was sie mit dem Auto vorhätten.

„Gentlemen, was kann ich für Sie tun? Ah ... du bist das. Rich, hab dich gar nicht erkannt ... und Conner, genau Sie werden hier gebraucht! Ich mach euch die Absperrung auf, damit ihr durchfahren könnt!"

„Danke, Nick!" Mit diesen Worten tippte sich Richard an seinen Hut, den er bei solch einem Wetter immer trug, und fuhr durch die Absperrung, die Nick und seine Kollegen auf einen Wink von ihm beiseite geräumt hatten.

Sie kamen dem Tatort immer näher, und als sie die Scheinwerfer sehen konnten, die bereits aufgebaut waren, parkte Anderson den Wagen auf der gegenüberliegenden Straßenseite, genau hinter Toms Auto.

Sie stiegen aus, und Richard steckte sich erst einmal einen Zigarillo an und schlug den Kragen seines Mantels hoch, denn es hatte schon wieder angefangen zu nieseln. Bevor er jedoch zu Tomy ging, der sich bereits mit Sosinsky zu unterhalten schien, zog er noch einmal genüsslich an seinem Zigarillo und warf ihn dann in einen Gully.

Tom hatte Richard und Mike schon bemerkt und brach sein Gespräch, das er mit Sosinsky geführt hatte ab und kam auf seine Freunde zugelaufen.

„Grüß dich Rich..., Mike", er schüttelte beiden die Hand, während er weitersprach. „Riecht ihr das, kommt euch das irgendwie bekannt vor?", fragte er und verzog dabei vielsagend das Gesicht.

Als Richard die Luft durch die Nase zog, wusste er, was Tom meinte, ein süßlich metallischer Geruch, den man schon fast schmecken konnte, lag in der Luft, und schlagartig war er im Geiste wieder am Callussi Tatort.

„Wen hat es dieses Mal zerrissen?", wollte Richard wissen, bevor er bestätigt bekam, was er vermutete.

„Das wissen wir noch nicht genau, wir haben auf euch gewartet, damit nichts am Tatort verändert wird, bevor ihr euch das angesehen habt!", meinte Hackman, der gerade aus der Richtung des Scheinwerfer gefluteten Hofes auf sie zugetreten war.

„Na, dann wollen wir mal, Tomy, Mike ... bitte folgt mir!", ordnete Richard an und so ließen sie Hackman und Sosinsky, die sich irritiert ansahen, einfach stehen und betraten dann den Tatort.

Mike, der sich bereits seinen Anzug für die Spurensicherung angezogen hatte, machte erst einmal Fotos, bevor sie weitergingen.

Dann traten Richard und Tom an seine Seite und versuchten zu verstehen, was sie da sahen.

Eine zerrissene Leiche lag da, die sehr stark an Callussis Leiche erinnerte.

„Muss ziemlich schnell gegangen sein, hatte wohl noch vor seinem Tod aus allen Rohren gefeuert, wenn man die Maschinenpistole und die Patronenhülsen, die hier überall rumliegen, betrachtet!", meinte Richard, der sich zu der zerfetzten Leiche runtergekniet hatte.

„Ja, und scheint sehr wahrscheinlich Ire gewesen zu sein, wenn man den Stofffetzen an dem abgetrennten Arm beachtet, guter Tweet!", sage Conner und hielt besagtes Beweisstück in den Händen.

„Muss das sein?", fragte Tom, der leicht grün wurde, und zeigte auf den abgetrennten Arm, den Mike vor sich hielt, um ihn besser untersuchen zu können.

„Schon gut!", sagte Mike und legte den Arm wieder zurück, von wo er ihn genommen hatte.

Richard schien das alles recht kalt zu lassen, er sah sich ziemlich konzentriert am Tatort um, bis er leise anfing zu sich selber zu sprechen. „Er hat gefeuert, aber auf wen? Die ganzen Holzkisten sind in Holzspäne aufgegangen, aber an der Wand dahinter ist kein Blut zu sehen, was darauf schließen ließe, dass jemand durchsiebt worden wäre!", sagte Richard und rieb sich nachdenklich das Kinn.

Tom ging an Richard vorbei, weil ihm etwas komisch vorkam und tatsächlich ... unter einem umgefallenen Kistenstapel schien etwas zu liegen. „Rich, Mike, bitte kommt mal schnell hier rüber, ich glaube, ich habe was gefunden!"

Als sie bei ihm waren, begannen alle drei die Kisten wegzuräumen, und darunter kam ein junger Mann zum Vorschein, der am Hinterkopf blutete und in der rechten Hand noch eine Pistole hielt, deren Ladeschlitten jedoch nach hinten stand, was anzeigte, dass sie leergeschossen war.

Tom kniete sich über den Verletzten und fühlte an der Halsschlagader, ob er noch lebte oder ob sie eine weitere Leiche gefunden hatten.

„Verdammt Rich, der hat noch Puls, nur leichten, aber der Glückspilz lebt!", sagte Tom und nahm dem Mann im selben Moment die Waffe aus der Hand, um sie sicherzustellen.

Schnell war nach den Sanitätern gerufen, die ebenfalls am Tatort angekommen waren, und sie legten den Bewusstlosen auf eine Bahre und fuhren ihn in Begleitung eines Polizisten ins nahe Krankenhaus.

Bevor sie jedoch losfuhren, orderte Richard per Funk noch einen Krankenwagen an, man wusste ja nicht, was man noch finden würde.

Nun hörten sie von einem Treppenaufgang ein leises Stöhnen, Richard und Tom zogen diesmal ihre Waffen und gingen langsam auf die Treppe zu, die in den Keller des Hauses zu führen schien.

Richard näherte sich in Begleitung von Tom langsam den Stufen und hielt dabei die Waffe schussbereit vor sich. Was sie zu sehen bekamen, war ein Mann, der unbewaffnet schien, und mit ebenfalls blutendem Kopf auf allen Vieren auf einem anderen Mann zu kauern schien.

„Sir, hier ist die Polizei, wenn es Ihnen möglich ist, stehen Sie bitte auf und nehmen Sie Ihre Hände langsam hoch, damit wir Sie sehen können!", sagte Tom und ließ den Mann nicht aus den Augen.

Der Mann reagierte jedoch nur langsam, setzte sich erst einmal auf eine Treppenstufe und sagte schleppend: „Komme gleich, muss nur noch den Schwindel unter Kontrolle bekommen. Ach übrigens, der andere Mann hier unten ist tot, von den Irenschweinen in den Kopf geschossen!"

„Das überprüfen wir gleich selber und jetzt kommen Sie bitte hoch!", beharrte Tom auf seiner Aufforderung.

Der Mann richtete sich langsam auf und ging schwankend, sich am Geländer festhaltend, die Treppe rauf.

Oben angekommen bekam er seine Rechte vorgelesen und wurde vorläufig festgenommen, da auch die Treppe voller Hülsen lag, und nach Überprüfen des anderen Mannes, der wirklich durch einen Kopfschuss getötet worden war, stellte sich heraus, dass zwei Waffen am Treppenende lagen und keiner wusste, wie gefährlich der Überlebende wirklich war.

Als außen alles so weit aufgenommen war, ließ Richard Mikes Kollegen an den Tatort im Hof, um Beweise zu sichern, und wies an, dass mit dem Aufräumen begonnen werden konnte. Nun betraten sie das Haus.

## Schlachthaus

Sie waren noch nicht richtig drinnen, da kam ihnen ein intensiver Geruch entgegen. Diesmal roch es jedoch nicht nur nach Blut, Exkrementen und Urin, sondern auch nach Pulverrauch, wie nach einem Gefecht im Krieg. Geradeaus schien es in die Küche zu gehen, aus der ihnen ein Rinnsal aus Blut entgegenkam, das sich zu einem regelrechten See entwickelte, je näher sie der Küche kamen.

Dort lag ein weiterer Mann in seinem Blut. Was nicht auf den Fußboden geflossen war, hing im ganzen Raum verteilt von der Wand bis zur Decke, wo es in langen, zähen Fäden heruntertropfte. Die Leiche war barfuß, um die Mitte Fünfzig, und hatte nur eine Cordhose mit Hosenträgern an, der Oberkörper war nackt und vollkommen besudelt. In seiner rechten Hand hielt er noch einen Revolver, sein Gesicht glich einer wutverzerrten Fratze. Am Hals konnte man einen langen, tiefen Schnitt erkennen, der kurz oberhalb des Schlüsselbeins anfing und sich schräg nach oben weiterzog, wo er die Hauptschlagader durchtrennt hatte.

„Dem wurde offensichtlich die Kehle durchgeschnitten!", kommentierte Sosinsky, der ungefragt dazugetreten war.

„Sosinsky, wollten Sie nicht draußen bei Ihrem Partner sein und für Ordnung sorgen, anstatt hier unsere Ermittlungen zu stören?", wollte Richard mit bissigem Tonfall von dem Kollegen wissen.

„Ist alles unter Kontrolle Anderson, keine Angst ...!", versuchte Sosinsky zu antworten.

„Das wollten Sie mir sagen, deshalb laufen Sie hier mit Ihren Quadratlatschen durch Blut und Beweismittel?", fragte Richard fassungslos.

„Nein, natürlich nicht ... ähm ... in dem Keller, den man über die Außentreppe erreichen kann, haben wir Pläne für einen Anschlag gefunden. Wem genau der gelten sollte, hat sich uns noch nicht erschlossen, dachte, das sollten Sie wissen, wenn Sie weiter ermitteln!" Nachdem er das losgeworden war, ging er peinlich berührt wegen Richards Rüge wieder nach draußen.

„Mann, Rich, was bist du denn so ätzend zu Sosinsky, der macht doch auch nur seinen Job!", tadelte Tom seinen Chef und Freund ein wenig.

Ein grimmiges 'mmmm', war das einzige, was Tom auf seinen Kommentar zu hören bekam. Richard hatte einfach zu wenig geschlafen, um bessere Laune zu haben, halt ... er hatte noch gar nicht geschlafen.

Auch hier machte Mike die ersten Fotos, damit später nichts undokumentiert blieb, es wurden vom Forensik-Team zwar noch viele Fotos vom

Tatort gemacht, aber jeder fotografierte schließlich aus einem anderen Blickwinkel.

Als Conner sich noch einmal in der Küche umschaute, bemerkte er ein Einschussloch links oben neben der Tür.

Er zeigte Richard und Tom den Einschuss, worauf Tom sagte: „Scheint noch versucht zu haben, sich zur Wehr zu setzen, aber der Angreifer war offensichtlich schneller!"

Nachdem sie sich den Raum nochmals genauer angesehen hatten und sich sicher waren, nichts Wichtiges mehr übersehen zu haben, gaben sie die Küche den Kollegen vom Forensik-Team frei.

Gemeinsam gingen sie weiter.

Als sie in den Treppenflur kamen, standen sie in einem regelrechten Haufen von Patronenhülsen, auf dem eine zerschossene Schiebermütze und eine abgesägte Schrotflinte lagen ... und wieder jede Menge Blut.

Vor ihnen, genau an der ersten Treppenstufe, lagen zwei Leichen, die eine hatte oberhalb des Unterkiefers keinen Kopf mehr, was auf Schrot oder eine gekerbte Kugel schließen ließ. Die andere Leiche hatte noch einen Kopf, aber man hätte durch ihren Brustkorb Zeitung lesen können, so ein riesiges Loch gähnte in der Brust des Opfers. Da, wo das Herz und die Wirbelsäule hätten sein sollen, war nichts mehr da, aber in der linken Hand hielt der Mann, der immer noch ein erstauntes Gesicht zu machen schien, eine Pistole.

Die Treppe und die anschließende Wand waren übersät von Blutspritzern, Stoff- und Körperfetzen.

„Mann ... wer oder was hier gewütet hat, hat ganze Arbeit geleistet", sagte Tom, der sich in den Krieg zurückversetzt sah und Szenen eines längst vergangenen Häuserkampfes vor sich zu sehen glaubte.

„Ja, du hast Recht, Tomy, das waren keine Amateure, sondern eiskalte Killer. Aber lasst uns erst einmal weitergehen, bevor wir Thesen über den Hergang aufstellen!", sagte Richard.

„Scheinen der oder die Gleichen gewesen zu sein wie draußen bei der zerstückelten Leiche, denn hier, neben der Treppe, liegen zwei leergeschossene Magazine einer Tommy Gun!", stellte Conner fest und machte Fotos von alldem, was er sah.

Als sie auf die Treppe zugingen, knirschten die Patronenhülsen unter ihren Schuhen. Sie hielten sich an dem Treppengeländer fest und gingen dann in das obere Stockwerk.

Dort sah es nicht besser aus als unten, einer Leiche fehlte der rechte Arm, und die Brust sah zermatscht aus. Wenn man dazu den schwarzen Fleck und die vielen Löcher betrachtete, die ringsum in den Wänden zu sehen waren, konnte man eine Granate nicht ausschließen, aber genaueres musste Olsen rausfinden.

Eine in zwei Teile geschossene Leiche lag im hinteren Teil des Flures, die Körpermitte war an der Wand am Flurende verteilt. Neben der Leiche lag eine Schrotflinte, die schon zum Nachladen geöffnet war, und die dazu passenden Schrotpatronen lagen überall verstreut umher.

Conner, der ein Stück weit zurückgeblieben war, um zu fotografieren, wurde stutzig: „War da eben ein Wimmern gewesen?"

„Rich, Tom, kommt mal schnell hier her, ich glaube, ich habe etwas hinter der Tür gehört!"

Tom und Richard kamen schnell angelaufen und standen dann mit ihren Pistolen im Anschlag vor der Tür.

Wand und Tür waren regelrecht durchsiebt worden, die Tür war nur angelehnt, und so wollte Tom sie vollständig aufstoßen, um in das Zimmer zu kommen, aber irgendetwas schien sie zu blockieren.

„Hier ist die Polizei, wenn Sie können, kommen Sie mit erhobenen Händen raus, dann wird Ihnen nichts geschehen!", rief Tom.

Aber nichts rührte sich.

„Gut Tom, du gibst mir Deckung und ich gehe rein, um zu sehen, was hier nicht stimmt!", sagte Richard, und nachdem sie sich durch Nicken verständigt hatten, drückte Anderson die Tür auf und schlüpfte ins Zimmer, dicht gefolgt von Tom.

Richard sah sofort, dass Eile geboten war, als er sich über eine blutüberströmte junge Frau beugte, die mit dem Oberkörper an der Tür lehnte, und er bei ihr kaum noch den Puls fühlte.

„Tomy, sieh zu, dass der Sani sofort hier hochkommt, die Kleine lebt noch!"

Tom ging nicht runter, sondern zum Fenster und rief nach unten. Sofort kam Leben in die Menschenansammlung, und kurze Zeit später war der Arzt bei dem Mädchen und legte eine Infusion.

Als die Sanitäter die Frau auf die Bahre gelegt hatten, trat Richard noch mal hinzu und sagte zu der Schwerverletzten: „Halt durch Mädchen, das wird schon wieder, nur nicht aufgeben!"

So schnell sie konnten, trugen sie die junge Frau zum Krankenwagen, der schon den Motor laufen hatte, und mit Hupen und Sirenen ging es mit Vollgas ins nahe Krankenhaus.

„Ich hoffe, die Kleine hat Glück und kommt durch, ich hasse Opfer unter Zivilisten!", meinte Tom.

„Ja, ich auch", fügte Richard hinzu. „Aber wir können nur hoffen und unsere Arbeit machen!"

Also gingen sie wieder in den Flur, um zu schauen, ob es noch mehr Tote gegeben hatte.

Kurz bevor der Flur zu Ende war, gab es noch zwei Türen, die offenstanden, und Richard und Tom verständigten sich darauf, dass jeder ein Zimmer überprüfen sollte. Gesagt getan, beide gingen mit erhobenen Waffen in die jeweiligen Zimmer, Richard rechts und Tom links.

McKey schaute sich schnell in dem kleinen Zimmer um, und nachdem er auch hinter der Tür nachgesehen hatte, sagte er über die Schulter: „Sicher!"

Anderson antwortete mit resignierter Stimme: „Hier auch, alles tot und zerlegt!"

Tom sicherte seine Waffe und steckte sie wieder in sein Holster, dann kamen er und Conner in das Zimmer, das Richard gesichert hatte und machten große Augen.

Was sie sahen, war schon reichlich grotesk, sogar verglichen mit dem, was draußen im Hof lag.

Im Türrahmen zum Zimmer steckten Teile einer Hand, der ganze Raum war voller Holz und Glassplitter, die offensichtlich vom zerstörten Fenster herrührten, der Boden war klebrig von Blut.

Genau unter dem herausgebrochenen Fenster, das ringsum voller Blutspritzer war, lag eine Leiche ohne Kopf, nur ein Stück Wirbelsäule ragte noch zwischen den Schultern hervor.

Aber die wirklich eigenartig zugerichtete Leiche lag in der Mitte des Raums.

Schräg unter der Leiche lag ein Karabiner, es sah so aus, als sei der Mann darauf gefallen. Seine Wirbelsäule war ihm aus dem Rücken gerissen worden, wobei sich der Schädel halb aus der Kopfhaut gelöst hatte.

„Verdammt ... das gibts doch gar nicht, wer oder was hat denn so viel Kraft?", wollte McKey wissen. „Das sieht ja aus, als hätte einer versucht, nen Fisch zu entgräten!", meinte er und verzog sein Gesicht vor Fassungslosigkeit.

Conner, der währenddessen Fotos machte, kniete sich neben die Leiche und betrachtete sie genauer. „Hier ist jemand in den Körper des Opfers eingedrungen und hat die Wirbelsäule nach vorne zum Kopf hin herausgerissen!"

Mike hatte dabei auf das größere Loch am unteren Teil des Rückens gedeutet. Richard versuchte sich indessen einen Reim auf das zu machen, was sie hier vorfanden, und schaute dabei aus dem zerstörten Fenster. Da fiel ihm auf, dass etwas auf dem Podest der Feuerleiter lag, das vor dem Fenster angebracht war. „Habe gerade den Kopf der enthaupteten Leiche gefunden, der liegt hier auf der Feuerleiter und sieht irgendwie abgekaut aus!"

Anderson schaute sich noch einmal um und sagte dann „Ok, Jungs ... ich glaube fürs Erste wars das! Tom, du kannst das Haus ebenfalls freigeben. Mike, du hast alles, was du wichtig findest, fotografiert!?", fragte Richard.

„Ja, habe alles soweit!", sagte Conner und schaute sich ebenfalls noch einmal um, sodass ihm nichts entging.

„Dann Abflug, ich muss unbedingt mal schlafen!", sagte Anderson und musste ungewollt gähnen.

Als die drei das Haus verlassen hatten, das mittlerweile einem Ameisenhaufen von Beamten, Ermittlern und Forensikern glich, kam ihnen Olsen, der Chefpathologe, mit einem sauertöpfischen Gesicht entgegen.

„Na Matt, haben sie dich auch aus dem Bett geholt?", wollte Tom mit einem schiefen Grinsen wissen.

„Nein, haben sie nicht ... war noch gar nicht im Bett!", sagte dieser schroff.

„Willkommen im Club ... Hast jede Menge Arbeit vor dir, bitte gib mir Bescheid, wenn du einen Überblick hast, was die Leichen und Leichenteile betrifft. Wir sind nämlich fürs Erste fertig!", sagte Richard und ging mit Tom und Mike zu ihren Autos.

Olsen hatte sich auch schon auf den Weg zum Tatort gemacht, im Schlepptau seinen Assistenten, der irgendwie noch zu schlafen schien, was seinen Chef nicht gerade in bessere Laune versetzte.

Tom verabschiedete sich als erster, stieg in sein Auto und fuhr nach Hause, um wenigstens etwas Schlaf abzubekommen.

Auch Anderson und Conner wollten gerade ins Auto steigen, da wurden sie von einer unangenehm sonoren Stimme angesprochen: „Schön Sie noch anzutreffen, Inspektor Anderson, können Sie mir und den Lesern vom Detroiter Boulevard kurz erörtern was hier vorgefallen ist?"

Anderson drehte sich mit entnervtem Gesicht um, nur um in die Fretchenfresse des ihm so verhassten Reporters zu schauen. Dieses Mal war er nicht alleine, er hatte einen Assistenten dabei, der versuchte, Fotos von ihnen und dem Tatort zu schießen. Kaum hatte Richard sich umgedreht, war er schon halb blind von dem Blitzlichtgewitter, das der Assistent losließ.

„Ferguson ... was fällt Ihnen ein, und wie zum Teufel sind Sie beide durch die Absperrung gekommen?", fragte Richard entnervt.

„Das spielt jetzt wohl kaum noch eine Rolle, nachdem ... was ich hier gesehen und fotografiert habe. Die Leser haben ein Recht auf das, was in ihrer Stadt los ist, meinen Sie nicht auch?", fragte Ferguson scheinheilig.

„Nein, finde ich nicht und Sie ...!" Richard konnte gar nicht ausreden, da überfiel ihn Ferguson schon wieder mit einem Redeschwall.

„Kommen Sie schon Inspektor, mir können Sie es schon sagen, was war es diesmal ... ein verrückter Serienkiller, die Mafia, oder gibt es noch etwas, was ich vergessen haben könnte?"

„Nein, gibt es nicht ... und jetzt ... Sergeant Fitzallen entfernen Sie die beiden Zivilisten vom Tatort", sagte Richard zu einem Polizisten, der in der Nähe stand.

Anderson hatte zu einem Beamten hinübergerufen, der normalerweise dafür sorgen sollte, dass niemand hierherkommen konnte. Er war jedoch in eine heftige Diskussion mit einem anderen Reporter vertieft, den Ferguson anscheinend als Lockvogel und Ablenkung der Beamten abgestellt hatte, um selber ungestört die Absperrung passieren zu können.

Der Sergeant rief noch einige seiner Kollegen zu Hilfe, um die Absperrung zu sichern und kam dann im Laufschritt zu Richard.

„Wie sind sie denn hier reingekommen", wollte Fitzallen von den beiden Reporten wissen, „... und Entschuldigung, Inspektor, ich begleite die Herrschaften natürlich sofort wieder auf die richtige Seite der Absperrung!", sagte er und hatte bereits Fergusons Assistenten am Arm gepackt, um ihm den Weg zu zeigen.

Anderson schaute ihn nur kurz scharf an und sagte dann: „Gute Idee, Mann und sehen Sie zu, dass der oder die belichteten Fotospulen vernichtet werden, bevor dieser Abschaum von Reporter Bilder auf die Öffentlichkeit loslässt, die nicht abgesegnet sind!"

„Das können Sie nicht machen, wir haben schließlich Pressefreiheit!", protestierten der Assistent und Ferguson wie aus einem Mund.

Das war allerdings das Letzte, was Ted Ferguson noch sagen konnte, da hatten ihn schon zwei Beamte links und rechts untergehakt und führten ihn nicht ganz sanft in Richtung Absperrung. Conner, der die Gunst der Verwirrung genutzt hatte und dem verblüfften Assistenten die Kamera kurzerhand abgenommen und den Film herausgenommen hatte, gab sie ihm wieder, nachdem ein weiterer Beamter sich durch Abtasten der beiden versichert hatte, dass dies der einzige belichtete Film war, den es vom Tatort gab.

Schimpfend und mit sämtlichen Gliedmaßen rudernd, ging es für Ted

Ferguson in Richtung Absperrung, und man konnte nur noch so etwas wie ... „Das werden Sie bereuen ...!", verstehen, bevor Conner und Anderson sich endlich ins Auto setzen konnten, um ihren wohlverdienten Feierabend zu bekommen.

Richard wollte sich gerade mit dem Wagen einen Weg durch die Absperrung und die Menschenmenge, die sich hier versammelt hatte, um ihre Neugierde zu befriedigen, bahnen, als ihm aus dem Augenwinkel heraus wieder etwas auffiel. Er schaute zur Seite, und direkt in der Menschenmenge sah er das schöne Gesicht der Frau, die ihm schon vor seiner Wohnung aufgefallen war. Er verlor sich in ihren Augen und hatte das Gefühl, in diesem Blick zu versinken, da holte ihn der Ruf von Mike wieder in die Realität zurück: „Aufpassen Anderson, sonst gibt es noch Tote!"

„Scheiße!", meinte der, und mit einem Ausruf der Verwunderung trat Richard auf die Bremse, um nicht einige der Passanten umzufahren, die sich einen Dreck darum zu scheren schienen, dass er mit dem Auto durchfahren wollte.

Als er stand, schaute er über die Schulter, ob er vielleicht die Frau noch einmal zu Gesicht bekommen würde, aber diese schien sich in Luft aufgelöst zu haben.

Richard dachte verwirrt: ‚Sag mal, habe ich mir das eben eingebildet oder was, glaube ... ich sollte mal besser ins Bett, damit ich nicht noch mehr Halluzinationen bekomme.'

„Richard, alles in Ordnung, du siehst aus, als hättest du einen Geist gesehen!", meinte Mike.

„Ja, ja alles in Ordnung, hatte nur gedacht, ich hätte jemand Bestimmtes gesehen, hab mich wohl geirrt!", sagte er, und dann kamen sie endlich durch die Menschenmenge auf die Straße, auf der Anderson Gas gab, damit er und seine Kollegen endlich in Richtung Zuhause kamen.

## Verhör

Detroit, 01. Mai 1950, gegen Mittag im Henry Ford Hospital,
2799 West Grand Boulevard

Anderson und McKey gingen gerade durch den Haupteingang des Henry Ford Hospitals. Auf der rechten Seite war die Anmeldung in einem Alkoven untergebracht, den die beiden nun ansteuerten.
Eine hübsche Blondine hatte Dienst an der Rezeption und lächelte sie an.
„Schönen guten Tag, was kann ich für Sie tun, Gentlemen!", fragte sie freundlich.
„Guten Tag Miss ...?" McKey schaute erst einmal auf das Namenschild, das zu Informationszwecken auf der Rezeption stand. „Ah ... Miss Maiers, wir würden gerne wissen, wo der ohnmächtige Gefangene untergebracht worden ist, der heute Nacht mit Polizeischutz hier eingeliefert wurde."
„Erst einmal brauche ich Ihre Ausweise, meine Herren, und dann rufe ich einen Beamten, der sie hinführen wird!", antwortete das Blondchen streng.
„Aber natürlich, wo sind nur unsere Manieren geblieben!", sagte McKey mit einem Augenzwinkern zu der Schwester, was diese wiederum lächeln ließ.
Richard und Tom holten fast synchron ihre Dienstausweise heraus und zeigten sie vor.
„Danke, Inspektor Anderson, Sergeant McKey, ich rufe Ihnen Ihren Kollegen!", sagte sie freundlich und zog einen kleinen Kasten mit einem Mikrofon zu sich und drückte einen Knopf, worauf ein lautes Knacken aus den Lautsprechern erklang, ehe sie hineinsprach: „Mr. Robinson ... bitte an die Rezeption ... Mr. Robinson, bitte!"
Robinson war ein Polizist, kurz vor der Rente, und wurde nur noch für leichten Dienst eingeteilt, wie zum Beispiel hier im Krankenhaus. Seines Alters und seiner massiven Leibesfülle entsprechend schlurfte er um die Ecke, aus der Cafeteria, wie Richard vermutete.
„Ah ... Inspektor ... McKey, was kann ich für euch tun!", fragte er schwer atmend, als hätte er einen Marathon hinter sich.
Anderson schaute den Mann nur kurz abschätzig an, er konnte ihn aufs Verrecken nicht ausstehen, denn schon in seiner gesamten Laufbahn als Polizist hatte er nie mehr getan als unbedingt nötig war. Ob das einen Dienst für einen Kollegen zu übernehmen war oder in einer brenzligen Situation. Kurz gesagt, alle auf dem Revier waren froh, wenn er endlich in Pension ging, deshalb sagte Richard in einem scharfen Ton: „Tja ...

Robinson, da Sie nur aus einem Grund hier sind, erübrigt sich wohl die Frage, meinen Sie nicht auch!"

„Äääh ... ja natürlich, dumm von mir, bitte folgen Sie mir!", sagte Robinson verdattert und ging voraus.

Gemeinsam gingen sie zum Treppenhaus und in den fünften Stock.

Als sie im besagten Stockwerk angekommen waren, hörte sich Kollege Robinson an wie eine Dampflokomotive beim Einfahren in den Bahnhof, man konnte meinen, er bekäme gleich einen Herzinfarkt. Schon auf halbem Wege hatte er angefangen unkontrolliert zu schwitzen, was ihn nicht gerade gut riechen ließ, vor allem, wenn man ihm auf dem Fuße folgen musste. Er blieb kurz stehen, riss sich dann aber sichtlich zusammen und öffnete laut schnaufend die Verbindungstür vom Treppenhaus zur Station Nummer fünf.

Sie waren gerade auf dem Stationsflur getreten, als ein Arzt auf sie zugelaufen kam und mit einer Patientenakte in seiner Hand in ihre Richtung wedelte. „Mr. Robinson, Ihr Gefangener ist aufgewacht!", sagte er erfreut.

„Dr. Brady darf ich vorstellen, das sind Inspektor Anderson und Sergeant McKey, die in diesem Fall ermitteln, ... Inspektor, wenn Sie mich nicht mehr brauchen, gehe ich wieder zurück auf meinen Posten!", sagte Robinson, womit er wohl die Cafeteria meinte, und wandte sich zum Gehen.

„Nein, wir brauchen Sie hier nicht mehr!", meinte Richard und entließ den sichtlich überanstrengten Mann wieder nach unten.

Richard hatte seinen peinlichen Kollegen schon fast vergessen, da drehte er sich noch einmal zu Robinson um, der gerade in das Treppenhaus treten wollte. „Robinson, einen Gefallen können Sie mir und McKey noch tun!"

„Welchen Sir?", fragte Robinson skeptisch.

„Ich hätte gerne einen frischen Kaffee aus der Cafeteria und du, Tom!?"

„Ich nehme gerne auch einen Kaffee, aber mit Milch und drei Stückchen Zucker!", meinte Tom und musste sich beherrschen, nicht laut loszuprusten bei dem Gedanken, dass Robinson mit jeweils einem Kaffee in jeder Hand die Treppe wieder hoch musste, ohne sich am Geländer hochziehen zu können.

Robinson presste nur die Lippen zusammen, sagte dann aber beflissentlich: „Aber gerne!" und verschwand im Treppenhaus.

„Nun zu uns, Dr. Brady, ist der Patient vernehmungsfähig?", fragte Richard.

„Bedingt, würde ich sagen, denn er klagt über sehr starke Kopfschmerzen und Übelkeit, die schon zu Erbrechen geführt hat, dazu reagiert er sehr auf helles Licht. Was alles von einer schweren Gehirnerschütterung herrührt, die er sich durch seinen offensichtlichen Sturz zugezogen hat!'", sagte der Arzt mit Blick in die Akte.

Während des Gespräches waren sie den Gang entlanggelaufen und standen jetzt vor besagtem Krankenzimmer, das von einem Beamten vor der Tür und einem weiteren im Zimmer bewacht wurde.

„Inspektor!", mit diesen Worten öffnete der wachhabende Polizist die Tür zum Zimmer und ließ sie ein. Dies veranlasste den anderen Beamten, der im Zimmer saß, aus seiner sitzenden Position hochzuschrecken und die Pumpgun, die auf den Knien gelegen hatte, halb in den Anschlag zu nehmen.

„Schon gut Thomsen, wir sinds nur!", sagte Tom mit einem Grinsen zu dem übereifrigen, jungen Polizisten, der gerade erst von der Akademie zu ihrem Revier versetzt worden war.

„Puh ... Sergeant, Sie haben mir vielleicht einen Schrecken eingejagt!", sagte der Jungspund erleichtert, und als dann noch Anderson, gefolgt von dem Doktor das Zimmer betraten, nahm er zackig Haltung an.

‚Typisch Frischling', dachte Richard bei sich und musste unweigerlich grinsen ..., ‚was der zu viel hat, hat Robinson eindeutig zu wenig'. Dann schaute er schon zu dem Gitterbett, wo der Patient mit einer Hand an das Bett gekettet war.

Der junge Mann, er musste so um die zwanzig Jahre alt sein, schaute sie aus zu Schlitzen zusammengekniffenen Augen an, was den Doktor veranlasste die Vorhänge zusammenzuziehen. Somit herrschte ein diffuses Licht im Raum, was den Mann im Bett sichtlich entspannte und seine Augen weiter öffnen ließ.

„Guten Tag Mister, ja wir wissen immer noch nicht, wie Sie heißen, Sie hatten ja keine Papiere bei sich, dafür aber eine unregistrierte Handfeuerwaffe. Was können Sie uns darüber sagen und um Gottes willen sagen Sie nicht, Sie könnten sich an nichts erinnern!", sagte Richard und sah den Mann eindringlich an.

Der junge Mann schaute ihm nur in die Augen und flüsterte dann nach einer Zeit: „Sie sind doch Inspektor Anderson, habe schon viel von Ihnen gehört!"

„Ja, das bin ich, und das ist mein Partner, Sergeant McKey!"

„Könnten wir unter vier Augen sprechen, Inspektor Anderson!", kam es leise vom Krankenbett.

„Ok ... Gentleman sie habens gehört", sagte Richard und bat auch Tom das Zimmer zu verlassen, zuvor gab er ihm jedoch den Auftrag nach dem schwerverletzten Mädchen zu fragen, was ebenfalls in der Nacht vom Tatort hier eingeliefert worden war.

McKey schaute Richard noch einmal an und der sagte ihm dann leise ins Ohr: „Ich denke, es ist erst mal besser, nur einer vernimmt ihn, nachdem du über die Kleine Bescheid weißt und wieder hier bist, warte bitte vor der Tür, bis ich dir Bescheid gebe!"

„Ok Boss!", sagte McKey zu seinem Freund, tippte sich an seinen Hut und ging, gefolgt von dem jungen Polizisten und Dr. Brady, aus dem Zimmer.

„So ..., jetzt sind wir alleine!", sagte Richard und holte sich einen der Stühle, die an der Wand standen. Er schob ihn laut schabend über den Boden, was den Patienten das Gesicht verziehen ließ, neben das Bett und setzte sich zu dem Gefangenen, um zu hören, was der zu sagen hatte.

„Erst einmal, die Waffe ist nicht meine, die hatte auf der Erde gelegen. Weiß auch nicht, wer die da verloren hatte!", sagte der Mann, ohne mit der Wimper zu zucken und erzählte dann weiter, wobei er Richard direkt in die Augen sah.

„Eines will ich noch klarstellen ... ich bin nicht verrückt, glaube ich jedenfalls, egal, was ich Ihnen jetzt erzähle. Ist das klar?", sagte der Mann und klang dabei ziemlich aufgebracht.

„Ist klar, dann erzählen Sie mal!", sagte Richard, nahm ein kleines Notizbuch und einen Bleistift aus seiner Manteltasche und war wirklich gespannt, was er zu hören bekommen würde.

„Ich rede nicht um den heißen Brei herum und sage Ihnen wie es war. Ich kam in die Gasse zwischen den Häusern und ich stellte mich gerade zum Pinkeln neben so nen Kistenstapel. Da lag dann die Pistole, und aus Neugierde hob ich sie auf, augenblicklich wurde ich von so nem Typ mit ner Maschinenpistole beschossen. Ich war komplett erschrocken und muss wohl aus Reflex zurückgeschossen haben!", sagte der Patient, ohne nennenswerte Regung und vor allem ohne rot zu werden.

„Und das soll ich Ihnen glauben?", fragte Richard schmunzelnd, wegen der offensichtlichen Dreistigkeit seines Gegenübers.

„Ja, so können Sie es aufschreiben, aber jetzt kommt das, warum ich gesagt habe, ich sei nicht verrückt. Denn der Mann mit der Maschinenpistole hätte mich bestimmt erschossen, wenn nicht ...!"

„Ja was, wenn nicht ...!", wollte Richard mit hochgezogenen Augenbrauen wissen.

„Ja ... ich weiß nicht, wie ich es beschreiben soll ...", der Mann fing an zu zittern, trotzdem erzählte er weiter. „Irgendetwas ist von der Feuertreppe aus auf den Mann gesprungen, der auf mich geschosssen hatte, das Ding oder Vieh wie auch immer man es nennen soll, war viel größer als ein normaler Mann. Hatte sowas wie ein rotes Fell, sah irgendwie aus wie ne Mischung aus nem Bären und nem Wolf ... vielleicht. Hatte aber viel längere Arme und hat gestunken wie ein Raubtierkäfig. Dann hat es angefangen den Mann zu zerreißen, so als wäre er aus Pappe, sowas habe ich noch nie gesehen oder gehört. Jedenfalls habe ich dann auf das Vieh geschossen und bin dabei wohl rückwärts gestolpert und hier aufgewacht!", sagte der Mann und zuckte mit den Schultern, was ihn schmerzhaft das Gesicht verziehen ließ.

Richard schaute den Mann nur belustigt in die Augen, bei dem was er hier aufgetischt bekam, bis der noch sagte: „Ganz ehrlich, ich bin mir nicht mehr so sicher, ob das wirklich passiert ist oder ob ich es mir nur eingebildet habe, ... Inspektor, verstehen Sie, was ich meine?"

„Und das soll ich Ihnen glauben, ... jetzt wirklich, ha ha ... denken Sie, ich ziehe mir die Hose mit der Kneifzange an oder hast du Drogen genommen Junge, vielleicht LSD, Coca oder Marihuana?", fragte Richard lachend, dass ihm schon fast die Tränen kamen.

Der junge Mann sah Anderson böse an und sagte leicht gereizt: „Nein, ich nehme keine Drogen, habe ich noch nie!"

„Hört sich für mich aber schwer danach an, Junge, habe von so was Ähnlichem schon mal im Krieg gehört, haben angeblich Elitesoldaten zur Leistungssteigerung bekommen!", sagte Richard, der sich beherrschen musste, dass er nicht wieder anfing zu lachen.

„Ist mir egal, was Sie schon gehört haben, aber ich bin ganz normal unterwegs gewesen und habe mich offensichtlich am falschen Ort aufgehalten!", sagte der junge Mann nachdrücklich.

„He, Junge ... nicht frech werden ja, sonst ziehe ich hier mal andere Seiten auf!", wies Anderson den jungen Mann zurecht.

„Ja, is ja gut, entschuldigen Sie, Inspektor, aber ich bleibe bei meiner Aussage!", sagte er trotzig.

„Junge, wenn Sie mich verscheißern ... dann ...!"

„Wenn ich es Ihnen doch sage, so habe ich das erlebt, Sir!"

„Das will ich dir gar nicht in Abrede stellen, wenn du das richtige genommen hast, siehst du alles!"

„Mein Gott, was soll ich Ihnen denn sagen, dass Sie mir endlich glauben!", sagte der Gefangene verzweifelt und hob dabei die Hände, wobei eine nicht sehr weit angehoben werden konnte, da die Handschellen dies nicht zuließen.

Richard schaute den Mann eine kurze Zeit mitleidig an. „Ok, Junge, ich habe mir aufgeschrieben, was Sie gesagt haben ...!"

„Also glauben Sie mir?", fragte der Gefangene hoffnungsvoll.

„Das weiß ich noch nicht, hört sich ziemlich verrückt an, finden Sie nicht auch? Aber Junge, was ganz wichtig ist, ist, dass Sie mit niemanden darüber reden ... Sie haben doch mit niemanden darüber geredet oder!?", fragte Anderson.

„Nein, mit niemandem!", sagte dieser.

„So sollte es auch bleiben, oder wollen Sie, dass man Sie in die Klapse einweist?"

Der junge Mann schüttelte nur den Kopf.

„Gut, dann lasse ich Sie wieder alleine!", sagte Richard und begab sich zur Tür.

„Und was is damit", der junge Mann hob seine linke Hand hoch, wobei die Handschellen rasselten.

„Bevor wir keinen Namen zu Ihrer Person haben, kann sich das sehr lange hinziehen!", sagte Anderson mit gespieltem Bedauern in der Stimme.

„Ok, ok, Antonio Catalano. Ich wohne mal hier mal da, also habe ich keine richtige Adresse!", sagte er resigniert.

Richard schrieb sich den Namen auf und sagte dann: „Bevor ich nichts Genaueres über den eben genannten Namen herausgefunden habe, bleibt alles so wie es ist, vielleicht fällt Ihnen ja noch etwas ein, was uns weiterhelfen könnte!" Mit diesen Worten verließ er das Zimmer.

„Verdammte Scheiße, ich muss hier raus und die anderen warnen", dachte sich Antonio, als der Bulle gegangen war. „Nennt mich einen Jungen, was denkt der eigentlich, wer er ist?", ärgerte er sich.

„Die Geschichte, die ich dem aufgetischt habe, sollte ihn doch wirklich zum Nachdenken gebracht haben", dachte Antonio bei sich.

Ganz besonders auch wegen des Höllenviehs musste er hier raus, dagegen mussten sie etwas unternehmen, da es ja keinen Unterschied zu machen schien, ob Ire oder Italiener."

Er machte sich noch ein paar Gedanken, wie er aus dem Krankenhaus türmen könnte, aber im Moment ging es noch nicht, denn ihm wurde bereits wieder schlecht und schwindelig war es ihm auch schon wieder.

Aber eines wusste er jetzt jedenfalls: Nämlich wer Callussi auf dem Gewissen hatte.

Richard schloss die Tür hinter sich, blieb erst einmal stehen und atmete tief durch.

Bevor jedoch einer der beiden Beamten etwas sagen konnte, bemerkte Anderson: „Es kommt außer dem Arzt oder den Schwestern niemand sonst hier rein. Schon gar keine Reporter ... ist das klar?", sagte Richard im Befehlston, der seinem Rang entsprach.

„Klar Sir!", kam es von den beiden Beamten, wie aus der Pistole geschossen.

Und zu dem immer noch bei den Polizisten stehenden Arzt sagte er: „Doktor, ich will, dass der junge Mann auf sämtliche Drogen getestet wird, die man testen kann, besonders auf LSD, würde ich sagen, und die Ergebnisse bitte so schnell wie möglich zu meinen Händen ins Präsidium schicken!"

„Ok Inspektor, ich veranlasse alles Nötige", sagte der Doktor. „Haben Sie sonst noch Fragen bezüglich des Patienten, wenn nicht ... ich habe viel zu tun!"

„Nein, keine weiteren Fragen, aber wir haben einen Namen, Antonio Catalano heißt der Patient angeblich nach eigener Aussage, muss aber erst überprüft werden!"

Dr. Brady nickte, nahm einen Zettel aus seiner Brusttasche, die vor lauter Zetteln schier überzuquellen schien und notierte sich den Namen, dann verabschiedete er sich von Richard und den beiden Beamten und ging.

Richard schaute von einem Polizisten zum anderen. „Gut, ich bin dann sehr wahrscheinlich bis heute Abend im Revier zu erreichen, ihr könnt euch jeder Zeit durchstellen lassen. Falls sich was ergeben sollte, sprich ... der Gefangene noch etwas zu berichten hat!" Mit diesen letzten Worten an die Wachmannschaft machte Richard sich auf den Weg, seinen Partner zu finden, der ja anscheinend noch nicht wieder da war.

Er wollte gerade die Tür zum Treppenhaus aufmachen, da kam ihm total fertig und laut schnaufend Robinson entgegen. Der erschrak sich dermaßen, dass er sich den halben Kaffee über das Hemd schüttete.

Anderson nahm ihm einen Becher aus der Hand, konnte sich aber nicht beherrschen und sagte: „Ich hatte eigentlich nen ganzen Kaffee bestellt und keinen halben Becher!"

„Tut mir leid, Sir!", sagte Robinson und schaute verzweifelt auf sein dampfendes Hemd.

„Na ja, ist nicht so schlimm, ist ja wenigstens noch heiß!", meinte Richard beiläufig. Mit einem Grinsen nahm er den anderen Kaffee, der für McKey gedacht war aus der Hand des Fast-Verbrennungsopfers und schüttete ihn noch in seinen Becher, sodass dieser wieder voll war.

„Ach übrigens, wissen Sie wo McKey ist!", wollte Richard noch von dem völlig aus der Puste geratenen Mann wissen.

Doch bevor Robinson etwas sagen konnte, bekam er schon eine Antwort, die aus dem Treppenhaus kam. „Bin schon da ... ah Kaffee", sagte Tom, als er den dampfenden Becher in Richards Hand sah und schaute Robinson fragend an.

„Deinen hat er leider verschüttet!", kam die Antwort von Richard, grinste seinen Freund nur schelmisch an und fing an die Treppe nach unten zu gehen.

Robinson, der total verdattert dastand, ob der Unverfrorenheit seiner Amtskollegen, wusste nichts zu antworten, als Tom ihn nur mit einem Kopfschütteln bedachte und dann hinter Anderson her die Treppe nach unten nahm.

Draußen auf der Straße holte McKey seinen Vorgesetzten dann ein, der sich gerade einen Zigarillo anzündete und nachdem er genüsslich daran gezogen hatte, zu ihm sagte: „Und? Was über die junge Frau rausgefunden?!"

„Ja, hab ich, sie wird sehr wahrscheinlich wieder. Aber sie haben mehrere Stunden operiert und die Kleine wird sehr lange brauchen bis sie wieder auf den Beinen ist. Der Chirurg meinte nur, dass sie Glück hatte, noch so jung zu sein, mit einem starken Herzen gesegnet, ansonsten hätte sie es nicht überlebt!"

„Gut, dann lass uns aufs Revier fahren und sehen was die Kollegen und Conner herausgefunden haben, und dann hätten wir ja noch den anderen Gefangenen, den wir ausquetschen können.

„Ach so ... was hatte der Junge denn zu erzählen?", wollte Tom neugierig wissen.

„Ach nicht viel, aber da stimmt mir einiges noch nicht so genau!", antwortete Richard nur vage.

Das war alles, was er sagte, und McKey wusste genau, dass es keinen Zweck hatte nachzufragen, bevor Rich nicht für sich die richtigen Antworten hatte. Und so machten sie sich schweigend, jeder für sich, in Gedanken gehüllt auf den Weg zum Revier.

## Indizien

Detroit, 01. Mai 1950, gegen 16.00 Uhr auf dem Polizeirevier

Als sie auf dem Revier ankamen herrschte Hochbetrieb. Es sah so aus als hätten alle Nutten, Trickbetrüger, Diebe und Konsorten den Weg zur Polizei gefunden. Aber wer das dachte, lag falsch, denn alle waren hier, um Hinweise abzugeben.

„Dorson ... Mann was geht hier vor!?", wollte Anderson von dem erstbesten Beamten wissen, der an ihm vorbeikam.

„Ahh ... guten Tag, Sir, Sie scheinen heute das erste Mal hier zu sein, denn das geht schon seit heute am Morgen so!", sagte dieser gequält mit einem schiefen Lächeln.

„Ja, um Himmels willen warum ...!?", fragte Tom, der sich verdutzt umsah.

„Ach, den Zeitungsartikel im Detroiter Boulevard haben Sie noch nicht gelesen, auf Ihrem Schreibtisch wurde ein Exemplar deponiert. Lesen Sie den Leitartikel und dann haben Sie keine Fragen mehr!", sagte der Kollege und nahm seinen Weg wieder auf und wurde kurz darauf von aufgeregten Bürgern umringt.

„Tom komm raus aus diesem Irrenhaus und mit in mein Büro!", rief Richard ihm zu und bahnte sich zusammen mit McKey einen Weg durch den Menschenauflauf.

Als sie im Büro ankamen, lag tatsächlich ein Exemplar der besagten Zeitung auf dem Schreibtisch.

Während Tom sich erst einmal den Hut und seinen Mantel auszog, ging Richard sofort zum Schreibtisch und schlug die Zeitung auf.

„Ferguson … verdammt ... dieses Arschloch ...!" Richard hatte vor Zorn die halbe Zeitung in seinen Händen zerknüllt.

„Mensch, Rich, was ist denn los?", wollte McKey wissen und sah dabei irritiert auf die zerknitterte Zeitung.

Anderson stierte nur weiter auf seinen Schreibtisch und hielt Tom das Knäuel Zeitung mit einer Hand entgegen. „Hier ließ selber, was dieses Arschloch angerichtet hat!", sagte er mit zusammengebissenen Zähnen.

McKey nahm die lädierte Zeitung aus Richards Hand und legte sie auf den Schreibtisch, um sie wieder glatt zu streichen.

Als er sah was dort stand konnte er nur den Kopf schütteln.

Der Schlächter von nebenan!

Ein Wahnsinniger scheint unsere Stadt zu tyrannisieren, Menschen werden wie Schlachtvieh zerstückelt. Es könnte jeder sein, die Polizei tappt völlig

im Dunkeln.
Wenn Sie sachdienliche Hinweise haben, bitten wir Sie, diese an die zuständige Polizei weiterzuleiten.

„Hier steht nicht, dass Ferguson der Verfasser des Artikels war!", sagte McKey und las noch ein Stückchen weiter.
„Wer soll es denn sonst gewesen sein, hat doch in der Nacht am Tatort gebrüllt, dass ich das bereuen würde, ihn vom Tatort zu entfernen!", Richard hätte ihn erwürgen können.
„Tja ... Rich, der Schaden ist angerichtet, was sollen wir deiner Meinung nach tun!?", fragte Tom seinen Freund.
„Am besten, wir machen uns an die Arbeit und nehmen uns den anderen Gefangenen vor, der hinten in der Arrestzelle sitzt!", antwortete Richard grimmig.
Doch bevor sie sich auf den Weg machen konnten, klopfte es an die Bürotür und als Richard 'herein' rief, trat Kramer, der Sekretär des Polizeichefs ein und ließ sie wissen, dass der Chef sie sehen wolle ... sofort.
So gingen sie also zu Nigel Donewan, ihrem Chef, um zu erfahren, was so wichtig war, dass er sie 'sofort' sehen wollte.
Eigentlich konnte Anderson sich schon denken, was er wollte. Es hatte sicher etwas mit dem verdammten Zeitungsartikel zu tun.
Es ging also wieder durch den überfüllten Eingangsbereich und dann durchs Treppenhaus in den dritten Stock, in dem Donewan seinen Sitz hatte.
Als sie zum Büro kamen, mussten sie noch warten bis der Chef Zeit hatte, sie zu empfangen, und so setzten sie sich auf die Stühle, die für die Wartenden bereitgestellt worden waren. Richard und Tom schauten sich nur an, und beide wussten, dass die Warterei nur Schikane war, damit sie sich im Klaren waren, wer hier das Sagen hatte.
Sie saßen gegenüber der Bürotür, und so waren sie schon fast genötigt die Belobigungsurkunden und Auszeichnungen ihres Chefs zu betrachten.
Es war vielleicht eine Viertelstunde vergangen, da kam der Sekretär zu ihnen und geleitete sie zu Donewan.
Der saß mit dem Rücken zu ihnen an seinem Schreibtisch und schnitt sich gerade eine Zigarre, als er, ohne sich umzudrehen, mit aufgesetzter Liebenswürdigkeit zu ihnen sagte: „Inspektor Anderson, können Sie sich vorstellen, warum ich Sie und McKey hierher gerufen habe?"
Nun drehte er sich um und steckte sich die Zigarre an, und nachdem er einen genüsslichen Zug genommen hatte, setzte er ein süffisantes Lächeln

auf und fragte immer noch gespielt liebenswürdig: „Wissen Sie, wer mich heute Morgen schon beim Frühstück angerufen hat, haben Sie eine Ahnung? … Nein bitte, sagen Sie nichts, ich sags Ihnen!"

Und dann schlug die Farbe seines Gesichts in Puterrot um und die Halsschlagader trat sichtbar hervor. „Der beschissene Bürgermeister hat mich angerufen, weil Sie zu blöd sind, einen Tatort sichern zu lassen! Jede Schmeißfliege, von einem Reporter bis hin zu Passanten, hatte Zugang zu brisanten Informationen!", brüllte er, wobei Richard und Tom Speicheltropfen entgegenkamen.

„Sir!", bemühte sich Richard, den Wutanfall seines Chefs zu stoppen," er musste sich beherrschen, nicht mit der Hand über sein Gesicht zu wischen.

„Was?", wollte Donewan wissen.

„Sie irren sich! Ted Ferguson steckt hinter dem Artikel. Es war ein Racheakt, weil ich ihm die Fotos vom Tatort abgenommen hatte. Sie hätten ihn sehen müssen, wie er da vor seiner leeren Kamera stand ... Ihm fehlten nun handfeste Beweise, also reimte er sich was zusammen und schrieb diesen unrealistischen Reißer."

„So? ... Das ist mir scheiß egal, sehen Sie zu, dass die Leute wieder zur Ruhe kommen und statten Sie dem Verlag des Detroit Boulevard einen Besuch ab. Ich erwarte, dass so etwas in Zukunft nicht mehr vorkommt ... guten Tag meine Herren!" Mit diesen Worten waren sie entlassen.

„Puuuh ... ging ja noch mal gut!", sagte McKey mit einem schiefen Grinsen, als sie sich vom Büro des Chefs entfernt hatten.

Richard schaute ihn nur an und schüttelte den Kopf. „Lass uns lieber zu unserem nächsten Zeugen gehen, bin gespannt, ob wir bei dem mehr rauskriegen als im Krankenhaus."

Wenige Minuten später befanden sie sich wieder auf dem Weg ins Erdgeschoss zu den Zellen, im hinteren Bereich des Reviers.

Dort angekommen, trugen sie sich in das Besucherbuch ein und der wachhabende Beamte zeichnete gegen, sodass man jederzeit nachprüfen konnte, wer beim Verhör zugegen gewesen war.

Der Mann, der in der Arrestzelle saß, hatte einen deutlich südländischen Touch, und auch bei ihm hatte man keinerlei Papiere gefunden.

Der wachhabende Polizist war mit ihnen gegangen, um sie zu dem Inhaftierten in den Käfig zu lassen, wie die Zelle genannt wurde, da sie nur aus Gitterstäben bestand, an denen man deutlich den Zahn der Zeit erkennen konnte, denn an vielen Stellen war der Lack abgeplatzt.

„So, der Herr, Besuch für Sie und ja anständig bleiben, sonst komm ich zu dir rein, und das willst du bestimmt nicht!", sagte der Polizist und klopfte leicht mit seinem Schlagstock an die Gitter.

Der Inhaftierte verzog nur spöttisch die Mundwinkel, sagte aber nichts. Inspektor Anderson hatte sich schon ein Bild gemacht, als er und McKey den Raum betreten hatten. Vor ihnen saß ein Mann, um die vierzig Jahre, wahrscheinlich Italiener. Er hatte einen Verband am Kopf, um die Platzwunde abzudecken, die er sich beim Sturz zugezogen hatte. Dazu war er gut angezogen, auch wenn die Sauberkeit der Kleidung im Moment zu wünschen übrigließ, so konnte man doch den teuren Stoff erkennen.

Richard ging näher an die Gitter und sagte bemüht freundlich: „Guten Tag, ich bin Inspektor Anderson und das ist mein Partner Sergeant Mc Key. Wir sind hier, um von Ihnen zu erfahren, was sich in der Nacht Ihres Unfalls abgespielt hat!"

„Warum bin ich eingesperrt?", wollte der Mann wissen, ohne auf Richards Worte zu hören. McKey wartete nicht auf Richards Reaktion, sondern gab die Antwort: „Weil bei Ihnen eine Waffe gefunden worden ist, die keine Seriennummer hat!"

„Das kann gar nicht meine Waffe sein, ich besitze nämlich keine!", sagte der Gefangene mit einem leichten Grinsen, das aber seine eiskalten Augen nicht erreichte.

„Sir!" Mit diesen Worten gab der Wachoffizier Anderson eine Akte.

„Danke, Olli!", sagte Richard und fing an, das erste Datenblatt zu lesen. „Ah ... sehr interessant, Sie haben Handschuhe getragen und auf der Waffe waren keine Fingerabdrücke zu erkennen, das kommt Ihnen sicher sehr gelegen ... was?"

„Warum soll mir das gelegen kommen, die Waffe muss wohl dem Toten gehört haben, der bei mir lag, als ich aufwachte", sagte der Mann, wobei das Lächeln sein Gesicht nicht verließ.

„So so, dem Toten also. Wer war denn der Tote, wenn ich fragen darf, wissen Sie das zufälligerweise?", wollte Anderson wissen.

„Dürfen Sie, aber genau wissen, tu ich es nicht. Ich befand mich gerade in meinem Keller, um mir eine Flasche Wein zu holen, als der Mann vor mir auf der Treppe anfing wild um sich zu schießen, wohl getroffen wurde und mich mit sich die Kellertreppe hinabriss. Dann weiß ich nichts mehr, nur, dass Sie mich dann gefunden hatten!" Immer noch grinste er scheinheilig.

Anderson blätterte weiter in den Unterlagen und sagte nebenbei: „Ja, eine Flasche lag wirklich zerbrochen am Tatort, aber hier steht noch, dass sie gesagt haben, dass die Iren den Mann erschossen hätten. Wie erklären Sie sich das?", wollte er wiesen und erwiderte das gespielte Lächeln.

Der Angesprochene legte seinen Kopf leicht schief, hörte aber immer noch nicht auf zu grinsen, was McKey langsam auf die Nerven ging. Dann stand der Mann auf und trat an die Gitterstäbe heran: „Da müssen Sie sich verhört haben, ich habe gar nichts gesagt. So wie ich mich erinnern kann, haben Ihre Kollegen nicht aufgehört, mich voll zu plappern!"

„Sie nehmen sich ganz schön was raus ... Freundchen!", sagte McKey leicht gereizt, was den Gefangenen nur noch breiter grinsen ließ und Tom noch eine Spur gereizter machte. Daraufhin sagte McKey Richard ins Ohr: „Wenn der nicht gleich aufhört zu grinsen, schlag ich ihm die Fröhlichkeit aus dem Gesicht!"

„Ganz ruhig, Tomy ...", raunte Richard seinem Freund zu.

„Das will der doch nur, merkst du das nicht?", flüsterte Richard zurück und tat so, als bespreche er was mit Tom, bevor er sich wieder dem unverschämten Indiviuum zuwandte.

„Gut, dann hätten wir jetzt gerne mal Ihren Namen gewusst, sonst wird das hier eine längere Sache für Sie!", sagte Richard und grinste zurück, was den Angesprochenen jedoch nicht zu berühren schien. Der sagte nur übertrieben freundlich, „das erfahren Sie alles von meinem Anwalt, meine Herren!"

Und wie, als wäre der Satz ein Zeichen gewesen, betrat ein zweiter Wachoffizier, zusammen mit einem gelackt aussehenden Typen, den Raum. Der Mann trug einen maßgeschneiderten, grauen Seidenanzug zu italienischen Lackschuhen, eine Hornbrille zierte seinen beachtlichen Zinken, was ihn ein bisschen wie einen Nasenbären aussehen ließ. Er hatte eine rindslederne Aktentasche dabei und in der anderen Hand hielt er ein Schriftstück.

„Guten Tag, Gentlemen, mein Name ist Daby, Gorden Daby, Rechtsanwalt von Daby & Daby. Hier habe ich die Entlassungspapiere gegen Kaution, die mein Mandant heute Morgen schon hat anweisen lassen!", sagte er und klang dabei, als sei er sehr von sich überzeugt.

„Halt halt, erst mal langsam mit den wilden Pferden, hier geht keiner. Um eine Kaution stellen zu können, muss das alles dem Richter vorgetragen werden plus Staatsanwalt!", erklärte Richard, und langsam wurde auch seine Laune schlechter.

„Ja, meine Herren das stimmt, ist alles schon erledigt worden und unterschrieben von Ihrem Chef persönlich!", folgte die Antwort des Anwalts prompt.

„Das kann nicht möglich sein, … der Mann ist heute Nacht erst verhaftet worden und Sie wollen uns weismachen, das, was normalerweise mindestens Tage dauert, in ein paar Stunden erledigt zu haben?" McKey war außer sich und riss dem Anwalt regelrecht das entgegengehaltene Schriftstück aus der Hand und reichte es an Anderson weiter, der einen ebenso verblüfften Blick darauf warf.

„Frederico Sorza, also … ja!?", sagte Richard resigniert und schaute Sorza fragend an, der nickte nur und blickte Richard dabei direkt in die Augen.

„Scheint alles seine Richtigkeit zu haben, hier steht ja, dass bis jetzt noch keine handfesten Indizien gegen Sie vorliegen und Sie auf Kaution freikommen. Sie haben in der Stadt zu verbleiben und sich einmal am Tag hier zu melden, ansonsten sind sie frei … bis auf Weiteres!", sagte Anderson resigniert. Er hätte kotzen können!

„Das kann doch nicht stimmen", meinte McKey und las sich das Schriftstück ebenfalls durch, welches Richard ihm hinhielt.

„Olli, mach die Zelle auf, Mr. Sorza ist bis auf Widerruf auf freiem Fuß!", und zu Sorza sagte er noch leise, als dieser sich anschickte, die Zelle zu verlassen, „Sie müssen mächtige Freunde haben, um so etwas zu bewerkstelligen."

Dieser grinste nur und ging an ihnen vorbei, gefolgt von seinem Anwalt.

McKey schaute den beiden nur fassungslos nach und meinte dann zu seinem Freund und Vorgesetzten: „Wie sollen wir bei so was ordentlich ermitteln oder auch nur ein Stückchen vorrankommen?"

„Tja … Tomy, so ist das, sagt dir der Name Sorza denn gar nichts!", fragte Richard Tom.

„Warte mal … du meinst, das war der berüchtigte Mafioso, den wir hier hatten … und den lassen wir einfach so gehen!"

„Sieht ganz so aus, komm lass uns zu Conner und dann zu Olsen gehen, vielleicht haben wir da mehr Glück!", meinte Anderson und ging aus dem Raum in Richtung, in der Mikes Labor lag.

# Forensisches Labor

Die Forensik ist wichtig für Gerichtsgutachten und ein Sammelbegriff für wissenschaftliche und technische Arbeitsgebiete, in denen z. B. kriminelle Handlungen systematisch untersucht werden. Der Begriff stammt vom lateinischen Forum 'Forum oder Marktplatz', da Gerichtsverfahren, Untersuchungen, Urteilsverkündungen sowie der Strafvollzug im antiken Rom öffentlich und meist auf dem Marktplatz durchgeführt wurden.

Im Bereich der forensischen Toxikologie, bei der es um den Nachweis von Giften geht, und der forensischen Serologie, in der man sich mit der Auswertung von Blutspuren, Sekreten und Stoffen beschäftigt, überschneiden sich die Aufgabenstellungen mit den Aufgaben der Rechtsmedizin, also Olsens Fachrichtung, was eine Zusammenarbeit von ihm und Conner unerlässlich machte.

Die forensische Ballistik wiederum befasst sich mit der Aufklärung von Delikten, die mit Schusswaffen begangen werden. Dabei werden Geschosse verglichen (zum Beispiel mit einem Vergleichsmikroskop) und Geschosswirkungen beurteilt.

Dann war da noch der Bereich, in der technische Formspuren und alle Arten von Abdrücken untersucht wurden, wie beispielsweise eine Schuhspur bzw. das Profil einer Schuhsohle.

Die forensische Daktyloskopie wiederum wertet Fingerabdrücke aus.

Da so viele Bereiche unter Conners Arbeitsfeld fielen, war das Labor mit allem Pipapo ausgestattet, was ein Forensiker so brauchte. Auf einem Arbeitstisch an der Wand standen zwei Mikroskope, für Analysen von Fundproben. Daneben stand ein Regal, voll mit Reagenzgläsern, Fläschchen mit Indikatoren, Säuren und Laugen sowie reinem Alkohol, dadurch war die Laborluft regelrecht angereichert von verschiedenen chemischen Gerüchen.

An einem anderen Tisch in der rechten Ecke stand eine Zentrifuge, um Stoffe oder Flüssigkeiten voneinander zu trennen.

Darüber hingen ballistische Tabellen, die daneben befindlichen Kästchen, die ein weiteres Regal füllten, enthielten Geschosssplitter verschiedenster Munitionstypen, um Vergleiche anstellen zu können.

An der gegenüberliegenden Wand war ein weiterer Arbeitstisch angebracht, auf dem eine Glasvitrine mit einer doppelfügeligen Tür und zwei mit Gummihandschuhen versehene Öffnungen stand. Diese Vitrine war für chemische Versuche gedacht und hatte eine Absaugung, die giftige Dämpfe nach außen leitete. Neben der Tür stand der Koffer für die

Abnahme von Fingerabdrücken.

Conner saß vor einem der beiden Mikroskope. Als Anderson und McKey eintraten, schaute er auf.

Von draußen hörte man das geschäftige Treiben eines Großraumbüros, das durch die vielen Leute noch verstärkt, jedoch zum Glück gedämpft wurde, als die Tür hinter den beiden ins Schloss fiel.

„Ahhh … diese Ruhe tut gut, was Rich!", sagte Tom als er seinen Mantel an die Hakenleiste hing, die neben der Tür angebracht war.

„Du sagst es!" Anderson steckte sich einen Zigarillo an und fragte dann seine Kollegen. „Noch jemand ne Kippe!?"

McKey nahm sich eine, aber Mike lehnte ab. „Nein danke, im Moment nicht, aber was macht ihr eigentlich für Gesichter?", wollte er wissen.

„Das willst du gar nicht wissen, glaubs mir!", sagte McKey.

„Los raus mit der Sprache, sag es Onkel Conner, meinte Mike grinsend.

„Sehr witzig, Conner, aber Tom hat Recht, es ist zum Kotzen … wir hatten Frederico Sorza in der Zelle sitzen, er war der Typ, den wir am Ende der Kellertreppe gefunden haben!", sagte Richard in einem bitteren Tonfall, seine Laune war auf dem Tiefpunkt.

„Du meinst den berüchtigten Frederico Sorza, die Mafiagröße?", fragte Conner verblüfft.

„Genau der … war schneller wieder draußen als er drin war, und uns waren komplett die Hände gebunden. Kannst du dir vorstellen, wie es uns gerade zumute ist!" McKey hätte ebenfalls heulen können … es war zum Verzweifeln. Wann hatte man schon mal einen solch dicken Fisch an der Angel?

Er schnippte einen Krümel von Mikes Arbeitstisch, was den Forensiker eine Augenbraue heben ließ, weil der vermeintliche Krümel ein Beweisstück in einem anderen Fall war. Conner hob ihn wieder auf, um ihn diesmal sicherer zu verwahren.

„Hast du etwas für uns, Mike, irgendwas … das uns weiterhilft in diesem vertrackten Fall? Um wenigstens ein kleines Stückchen weiterzukommen?", wollte Richard von Conner wissen.

„Habe vorhin einen Teil der Bilder bekommen, die schon entwickelt sind, die restlichen Bilder bekommen wir sehr wahrscheinlich im Laufe des späten Nachmittags!"

Sie setzten sich also alle an einen Tisch, der für solche Arbeiten mit großen, beleuchteten Lupen ausgestattet war und fingen an, die Fotos durchzusehen.

Sie waren schon eine ganze Weile beschäftigt als ein Beamter das Labor betrat, die restlichen Bilder auf den Tisch legte und wieder ging.

„Mann, das sind aber eine ganze Menge Bilder!" meinte McKey resigniert.

„Hier ... das wollte ich euch zeigen." Conner nahm ein vergrößertes Foto von einem extra Stapel, der rechts neben ihm lag.

„Was soll das sein Mike, sieht aus, als hätte jemand mit der Spitzhacke auf die Ziegelwand eingeschlagen und wäre mehrmals dabei abgerutscht!" Richard betrachtete die Bilder skeptisch.

„Das sind die angeblichen Kratzspuren von einem Mann oder einer Gestalt, die den Tatort wohl laut meiner Mitarbeiter über die Dächer verlassen haben soll!", antwortete Conner.

„Wie kommst du denn darauf ... ein Mann oder ne Gestalt, sehr vage!", meinte McKey.

„Hier, das ist die Zeugenaussage von einem Nachbarn, der durch das Feuergefecht aufmerksam geworden war", sagte Conner und reichte Anderson den Zettel, der halblaut vorlas: „... konnte leider nur den Anfang der Seitengasse einsehen und dann das höhere Gebäude, an dem die Spuren gesichert wurden. Sagt noch aus, dass die 'Person' ziemlich schnell die Wand hochgeklettert sei!" Conner fügte noch hinzu: „Meine Leute haben versucht Abdrücke von dem Besagten zu finden, aber der starke Regen, der nach unserem Weggehen eingesetzt hatte, hat den Dreck der Gasse ziemlich verflüssigt und jegliche Abdrücke verwaschen. Man konnte nur sagen, dass die Person ziemlich große Füße gehabt haben muss, nach dem, was wir noch sicherstellen konnten, mindestens eine zwölf oder zwölfeinhalb, wenn nicht größer!"

„Dann muss unser Phantom sehr wahrscheinlich über eins neunzig gewesen sein und somit nicht gerade unauffällig, meint ihr nicht auch!?", überlegte Anderson.

„Und keinem der anderen Anwohner ist irgendetwas eingefallen oder aufgefallen!?", wollte Tom wissen.

„Nein, die hatten laut Hackman und Sosinsky, die die Befragungen durchgeführt haben, viel zu viel Angst etwas zu sagen, es sollen aber Worte wie 'Mafia' und 'Bandenkrieg' gefallen sein!", sagte Conner vielsagend.

„Scheiße, dann können wir trotz dem Tam-Tam, das die mit der Schießerei veranstaltet haben, keine Hilfe der Anwohner erwarten!", ärgerte sich McKey.

„Ok, haben wir von draußen noch eine Spur, die uns weiterhelfen könnte!?", fragte Anderson Conner.

„Ja, eine verwaschene Blutspur ging vom Tatort weg auf die andere Straßenseite, da muss einer heftig geblutet haben. Ist anscheinend in ein

Auto gestiegen, denn die Spur riss abrupt ab!", gab Mike zur Antwort. „Aber eins können wir mit ziemlicher Sicherheit sagen: Es müssen mindestens zwei feindliche Schützen gewesen sein, da wir zwei Tomy Guns am Tatort gefunden haben. Und diese sind ja wohl kaum von nur einem Schützen geführt worden!", sagte Mike noch ergänzend.

„Sonst noch was!?", wollte Conner wissen.

Plötzlich kam Anderson noch eine Idee: „Eines würde mich noch interessieren, wem gehört eigentlich das Gebäude von unserem Tatort, vielleicht kriegen wir ja dadurch etwas heraus!?"

„Heute ist euer Glückstag, Jungs, vorhin hat mir Alin noch eine Akte reingereicht, weil sie euch nicht erreicht hatte und meinte, ihr kämt früher oder später eh hier vorbei!", sagte Conner und reichte Tom die Akte.

„Scheint sich angeblich um eine Detektei gehandelt zu haben!", sagte McKey wie zu sich selber, während er noch las: „Ansonsten ist hier nichts Außergewöhnliches, scheint alles normal als Firmensitz eingetragen zu sein!"

„Also haben wir wieder nichts, wo wir im Moment nachhaken könnten!", Anderson schien etwas gereizt und schlug dabei mit der flachen Hand auf den Tisch, sodass einige Fotos davon herunterfielen.

„Nein, für weitere Details sollten wir runter zu Olsen gehen!", sagte Mike und nahm schon seine Jacke vom Haken. Anderson und McKey taten es ihm gleich, dann ging es Richtung Katakomben.

## Obduktion 'Schlachthausopfer'

Der Obduktionssaal war VOLL!! Fast überfüllt mit den Leichen des Tatorts. In einer Ecke im hinteren Bereich des Obduktionsaals hing noch eine schon langsam angegammelt riechende Schweinehälfte, die von Olsen zu Versuchszwecken benutzt worden war.

Olsen und Dorsen, sein Assistent, standen sich am Obduktionstisch gegenüber, der Assistent hatte eine Säge in der einen Hand, um sie bei Bedarf seinem Chef zu reichen, und eine Schüssel in der anderen, in der schon Gewebestücke lagen, die sein Chef der Leiche entnommen hatte. Der hatte gerade einen Spreizer am Brustbein der vor ihnen liegenden Leiche eines Mannes angebracht.

Dann ließ Olsen sich die Knochensäge reichen und durchtrennte mit knirschenden Sägegeräuschen das Brustbein. Danach folgten noch ein paar geübte Schnitte, und Olsen klappte den Brustkorb auseinander wie zwei Vitrinen-Türen. Nun konnten die Organe entnommen werden, um sie zu wiegen.

Der Pathologe nahm erst das Herz heraus und legte es in die Schüssel, die sein Assistent ihm hinhielt, dann war die Lunge dran, danach der Magen, und als sie daran waren den meterlangen Darm zu entnehmen, kamen Anderson, McKey und Conner zur Tür rein.

Tom, der mit solcher Art Arbeit seine Schwierigkeiten hatte, wurde ein wenig grün um die Nase. „Ach Scheiße ... Mann, Olsen, das stinkt hier vielleicht ... lüftet hier denn keiner!?", sagte er, um sein sichtliches Unbehagen zu überspielen.

„Tomy, stell dich nicht so an, am Tatort hast du doch auch Leichenteile gesehen und nicht so ein Trara gemacht?", meinte Richard böse grinsend zu ihm.

Conner wiederum schien das alles gar nicht zu berühren, ganz im Gegenteil, er war näher herangetreten, um sich den Leichnam besser ansehen zu können. „Dem wurden die Organe ja regelrecht zerfetzt, was ist das für eine Leiche, ich meine wo wurde sie im Haus vorgefunden?", fragte er interessiert.

Olsen, der noch immer mit den Darmschlingen zu tun hatte, die er in der Hand hielt, und an denen zähflüssig Körpersäfte runtertropften, hielt inne, ließ den Darm wieder in die aufgeklappte Leibesmitte der Leiche fallen und antwortete mit einem Lächeln, da sich jemand für seine Arbeit interessierte: „Ja Mike, das hast du richtig erkannt, der war einer der Leichen, die unterhalb der Treppe im Haus lagen. Seht ihr wie ausgefranst die Wundränder teilweise sind?" Mit diesen Worten hielt er McKey das zerrissene Herz unter die Nase, was diesen veranlasste zu fragen: „Ja Matt ... kann ich sehen ... ich geh dann mal Kaffee holen ... will sonst noch jemand einen!?", fragte er und hatte die Farbe eines unbeschriebenen Blattes angenommen.

Conner und Anderson sahen sich nur an und grinsten, sagten aber, dass sie keinen Kaffee wollten, doch Olsen und Dorsen waren erfreut, einen frischen Kaffee zu bekommen, und so beeilte sich Tom, die Bestellung zu besorgen.

Als sich die Tür hinter ihm geschlossen hatte, konnte sich Olsen einen Kommentar nicht verkneifen: „Das konnte Tomy noch nie, scheint hier etwas anderes für ihn zu sein als am Tatort, ich glaube, das ist der Geruch, der ihm zu schaffen macht, denn bei Callussis Leiche, die schon erheblich runtergekühlt war, hatte er ja auch keine Probleme!", meinte Olsen nachdenklich.

„Das kommt bei ihm immer nur dann, wenn eine Leiche so aussieht wie die gerade. Denn als im Krieg unsere beiden Freunde Mike und Tody von einer Mörsergranate getroffen wurden, sah das ungefähr genauso aus ... Scheiß Krieg!", sagte Richard mit ernster Miene, was zur Folge hatte, dass alle, als Richard das sagte, zu grinsen aufhörten.

„Ok, wenn er mit dem Kaffee kommt, decken wir ihn ab Dorsen!", sagte Olsen zu seinem Assistenten, der nur nickte und schon mal ein Leichentuch aus dem Regal an der Wand nahm.

Conner, der sich während des Gesprächs noch andere Leichen angesehen hatte, die jedoch noch nicht geöffnet worden waren, sagte er über die Schulter zu den anderen: „Das muss ne bitterböse Munition gewesen sein, die die Angreifer benutzt haben!" Er stocherte mit einem Spachtel, den er sich von einem der Seziertische genommen hatte, in der Austrittswunde einer Schussverletzung, in der das halbe Schlüsselbein zerfetzt war.

„Sehen mir schon fast wie Teilzerlegungsgeschosse aus, wie sie bei Jagdmunition benutzt werden!", sinnierte Conner beim Betrachten vor sich hin.

Richard war zu ihm getreten und ließ sich zeigen was Mike meinte, und Olsen gab ihm Recht. „Da liegst du verdammt richtig, die haben keine halben Sachen gemacht. Haben sogar zwei verschiedene Projektile benutzt. Vollmantel und Teilzerlegungsgeschosse!" Mit der Erwähnung der Geschosstypen hielt er ihnen ein Schüsselchen mit entnommenen Geschossresten entgegen, und Conner, der sich mit Ballistik und Geschossen bestens auskannte, zeigte Anderson, was Olsen meinte.

Dorsen kam nun auch dazu, nachdem er den ersten Leichnam abgedeckt hatte, denn McKey konnte jetzt jeden Moment mit dem Kaffee um die Ecke biegen. Er fragte: „Warum zwei Geschosse?"

Conner erörterte ihm die Eigenschaften der einzelnen Geschossarten.

„Die eigentlich einfachen Teilmantelgeschosse wie Rund-, Flach- oder Spitzkopf, die eigentlich nur als Jagdmunition benutzt werden, da die Haager Landkriegsordnung diese Art von Geschossen, z.B. in Kriegshandlungen verbietet. Bis auf den freien Kopf umgibt der Mantel gleichmäßig den Bleikern. Beim Eindringen in den Wildkörper, oder wie hier einen menschlichen, deformiert sich der Bleikopf zunächst pilzförmig. Die weitere Deformation des Bleikerns wird durch den Mantel gebremst. Je nach Auftreffwucht, die aber abhängig von Geschwindigkeit bzw. Schussentfernung ist und natürlich dem Zielwiderstand, zerlegt sich der Kern mehr oder weniger in mehrere Splitter. Auch der Mantel reißt auf und zersplittert, sein Boden hält einen mehr oder weniger umfangreichen Geschossrest zusammen, der möglichst einen Ausschuss ergeben soll. Diese einfache Konstruktion erreicht im Allgemeinen zufriedenstellende Wirkung, wenn das Kaliber und die Laborierung der Stärke des Zieles zum Beispiel Wild angemessen sind. Die Geschosse bewähren sich vor allem in den gängigen 'Universalpatronen' im unteren und mittleren Geschwindigkeitsbereich!", endete Conner seine Erklärung über Geschosstypen.

„Diese genannten Eigenschaften hinterlassen solche Wunden!", sagte er und zeigte Dorsen das zerfetzte Schlüsselbein.

„Nun zum Vollmantelgeschoss was Sie hier sehen!", und wieder wies er Dorsen auf ein Projektil hin, was sich kaum verformt hatte.

„Ein Vollmantelgeschoss wiederum ist eine Projektil-Art, für Waffen bis 20 mm Geschossdurchmesser mit einem Kupfer-, Messing- oder Stahlmantel um einen Hartbleikern. Der Mantel schützt den Lauf von Büchsen vor dem Abrieb des weichen Bleies und verhindert außerdem eine Verformung oder gar ein Zersplittern des Bleikerns beim Auftreffen auf ein weiches Ziel, wie einen Menschen- oder Tierkörper. Da wiederum die Haager Landkriegsordnung die Verwendung von Geschossen verbietet, die unnötiges Leid verursachen, wie zum Beispiel Dum-Dum-Geschosse und Vollmantelgeschosse auch eine bessere Durchschlagskraft gegen Deckung wie Wände oder Türen haben, werden sie fast ausschließlich für den militärischen Gebrauch bevorzugt!", sagte Conner und bat Olsen, Dorsen eine entsprechende Wunde zu zeigen, was dieser auch bereitwillig tat.

Als Olsen noch am Erklären war, kam McKey mit dem Kaffee durch die

Tür und schaute sichtlich entspannter drein, als er den obduzierten Leichnam abgedeckt vorfand.

„Aah ... Kaffee", meinte Olsen. „Mein Lebenselixier, ... habt ihr eigentlich schon was gegessen?", fragte er in die Runde. „Ich habe hier noch einen ganzen Berg mit Sandwiches." Mit der Frage zeigte er auf einen Teller, der direkt neben dem Obduktionstisch stand und dessen Sandwiches schon mal bessere Tage gesehen hatten, der Salat war schon angewelkt und ansonsten sahen sie auch eher aus, als wären sie schon länger verblichen. Auch der Geruch im Saal schien Olsen und Dorsen nicht zu stören, denn beide langten kräftig zu.

Als Olsen noch einmal auf den Teller zeigte, als Zeichen, dass sie sich ruhig bedienen sollten, verneinten alle drei wie auf ein Kommando. „Nein danke, ich habe schon gegessen!", sagten sie, sahen sich an und mussten grinsen.

Nachdem Olsen fertig gegessen hatte und nur noch an seinem Kaffee nippte, sagte Richard: „Ja, sieht für mich immer mehr aus wie eine Mafia-Auseinandersetzung, aber Matt, wie passen die entstellten und teilweise zerstückelten Leichen ins Bild!?"

„Ja Rich ... da tappe ich auch noch voll im Dunkeln, aber was ich zu 90 % sagen kann, ist, dass es sich zumindest bei den übel zugerichteten Leichen, und damit meine ich die zerrissenen, um den gleichen Täter handeln muss wie bei dem Callussi-Fall!", sagte er überzeugt.

„Ja, und er scheint auch keine Unterschiede zu machen, wen er tötet, außer, dass es bis jetzt nur Kriminelle erwischt hat, soweit man es nach unserer Gaunerkartei sagen kann!", meinte Tom und wies auf die abgedeckten Leichen.

Denn sobald die Fotos vom Tatort entwickelt worden waren, wurden die Bilder, auf denen die Gesichter der Toten zu sehen waren, von Beamten mit den Verbrecherkarteien verglichen. Dies hatte zutage gefördert, dass es sich bei dem Zerrissenen im Hof um einen berüchtigten Killer im Dienste von McMurdock handelte, dem Boss der Iren-Mafia.

Der Rest war bis auf Antonio Catalano, der Polizei von Detroit, wohl bekannt, als Angehörige der italienischen Mafia.

„Gut ... durch die Fotos wissen wir also ziemlich sicher, dass die Italiener von den Iren besucht worden sind ... ist uns vielleicht noch ein Detail entgangen?", fragte Anderson in die Runde.

Alle überlegten eine Weile, bis Olsen einen Gedankenblitz zu haben schien: „Das hätte ich ja fast vergessen, wie bei Callussi hat auch bei den zerrissenen Leichen das Herz gefehlt, vielleicht hilft euch das weiter!", sagte er gut gelaunt, doch noch eine Gemeinsamkeit mit dem Callussifall hergestellt zu haben.

„Das hört sich für mich schon fast wie eine Trophäe an oder eine rituelle Handlung, sagt man doch vom Herzen, dass es der Platz der Gefühle oder Beweggründe ist. In diesem Fall hatten wohl alle ein mehr oder weniger eher schwarzes Herz, wenn man den Vorbestrafungen glauben kann!", meinte Conner nachdenklich.

Anderson ließ die Worte kurz auf sich wirken und erwiderte dann: „Mike, du willst mir damit sagen, dass du glaubst, da macht einer auf eigene Faust Jagd auf die Detroiter Unterwelt?"

„Wie siehts denn deiner Meinung nach aus?", meinte Conner.

Doch bevor jemand antworten konnte, flog die Tür zur Gerichtsmedizin auf und drei Männer kamen herein, schauten sich kurz um und kamen dann auf Olsen und die anderen zu. Einer der drei war vielen in Detroit ein Begriff, vor ihnen stand ein schlanker, elegant gekleideter Mann in einem Maßanzug, der deutlich italienische Züge trug.

Der Mann hieß Lorenzo Viti und war der Consigliere der Detroiter Zerano Familie.

„Gentlemen ... mein Name ist Lorenzo Viti, ich bin kontaktiert worden, um ein paar meiner Mitarbeiter, die für meine Detektei gearbeitet haben und wohl ein Opfer eines Anschlags geworden sind, zu identifizieren.

„So so ... Schrotflinten und Karabiner für Detektive!", sagte Anderson und schaute Viti in die Augen.

Viti ließ sich davon nicht irritieren und antwortete lediglich: „Sie glauben nicht, was man so alles in diesem Gewerbe erlebt, genannte Waffen waren lediglich zu Verteidigungszwecken im Haus, was sich ja leider als unzureichend herausgestellt hat ... oder sehen Sie das anders?", sagte er und schaute fragend und freundlich in die Runde.

Richard war erst einmal sprachlos, ob der aalglatten Art seines Gegenübers.

„Sind Sie der Pathologe?", fragte Viti Dorsen.

„Nein, der bin ich, mein Name ist Olsen, und ich bin der Chef-Pathologe, ... wenn Sie etwas wissen wollen oder jemanden identifizieren sollen, brauche ich das schriftlich. Ansonsten sollten Sie sich hier unten, ohne entsprechende Begleitung eines ermittelnden Beamten, nicht aufhalten, Sir!", sagte Olsen in rechthaberisch bestimmendem Tonfall.

Viti richtete auf diese Worte Olsens seine Hand über seine Schulter und bekam von einem seiner Begleiter einen Umschlag gereicht, den Viti Olsen mit einem freundlichen „Ja, natürlich, hier bitte sehr!", reichte.

Dieser öffnete den Umschlag und alle nötigen Papiere lagen vor ihm. Nun konnte er nicht anders, als dem Mann die Leichen zur Identifizierung zu zeigen.

Wieder waren Anderson, McKey und Conner erstaunt, wie schnell diese Leute alle nötigen Unterlagen hatten, um zu ihrem gesetzlichen Recht zu kommen.

Die drei wollten sich schon wieder auf den Weg in Conners Labor begeben, da sie hier offensichtlich erst mal nichts mehr erfahren würden.

Sie wollten gerade durch die Tür ins Treppenhaus, da wurde erneut die Tür aufgerissen und Anderson, der sich gerade einen Zigarillo anzünden wollte, wurde fast umgestoßen, wobei ihm der Klimmstängel im hohen Bogen aus der Hand flog.

„Mal ein bisschen langsam, meine Herren!", sagte Richard ärgerlich zu den Männern, die so plötzlich vor ihnen standen. „Hier gehts ja zu, wie auf nem Bahnhof!", ergänzte er ärgerlich und trat den Zigarillo bedauernd aus.

„Entschuldigen Sie, Sir!", sagte einer der Männer mit irischem Akzent in der Stimme.

„Können Sie sich ausweisen!?", wollte McKey wissen und bekam von einem der Männer einen identischen Umschlag, wie Viti ihn vorgezeigt hatte, in die Hand gedrückt.

Tom reichte den Umschlag weiter an Richard, wobei er die Männer nicht aus den Augen ließ, da sie sehr bedrohlich auf ihn wirkten, in ihren schwarzen Ledermänteln und den teils echt miesen Visagen.

„Mmm ... scheint alles seine Richtigkeit zu haben!", stellte Anderson fest, als er den Umschlag geöffnet hatte.

„Sie müssen sich aber noch einen Moment gedulden, es sind schon andere vor Ihnen da gewesen, die ebenfalls zum Identifizieren gekommen sind!", sagte Richard und gab die Unterlagen zurück.

„So ... wer ist denn vor uns gekommen!?", wollte einer der Männer wissen, der unter seinem Mantel einen gut geschnittenen Tweedanzug trug.

„Das liegt nicht in unserem Ermessen, Ihnen das zu sagen, Sir! Wer sind Sie überhaupt?", fragte McKey gereizt.

„Mein Name ist Dogel McCormeg, und hier soll angeblich ein Verwandter meines Freundes liegen!" Er wirkte bei den Worten ziemlich angespannt und deutete auf den Mann links von ihm, der nur mit grimmigem Gesichtsausdruck nickte.

„Kann ich den Herrschaften weiterhelfen, Dorsen mein Name Gerichts-medizinischer Assistent?" Dorsen war zu ihnen getreten und wies auf den

171

ersten Seziertisch, der abgedeckt war.

„Sie sind Ire, nehme ich an, ich hatte Ihren Namen nicht richtig gehört!", sagte Dorsen, ohne aufzublicken.

„Ja, McCormeg mein Name ... jemand ist letzte Nacht hier eingeliefert worden, der vielleicht der Verwandte meines Freundes hier sein könnte", sagte er und wies wieder auf den grimmig schauenden Mann.

Da sie nur einen Leichnam hatten, der sich anhand des Gesichtes als der Ire, mit Namen Fitzpatrick, herausstellte, ging Dorsen zu dem Tisch und zog das Tuch nur so weit zurück, sodass nur das Gesicht und nicht der zerfetzte Körper zu sehen war.

„Ja verdammt ... das is er, mein Cousin ist gestern Abend nicht heim-gekommen, hatte einen Auftrag als Detektiv!", sagte der Ire, der sich als Verwandter der Toten ausgegeben hatte.

Anderson war nun auch hinzugetreten und meinte: „Aha ... noch ein Detektiv, scheint ja in der Ecke von Detroit nur so zu wimmeln von denen, und Maschinenpistolen scheinen jetzt auch ganz neu zu sein bei Detektiveinsätzen!" Er ließ den angeblichen Verwandten dabei nicht aus den Augen.

„Maschinenpistolen, wie kommen Sie denn darauf, waren denn auf irgendwelchen Waffen Fingerabdrücke von seinem Cousin?", wollte McCormeg mit einem hintergründigen Lächeln, das irgendwie nicht in eine Leichenhalle passte, von Richard wissen.

Man hatte natürlich keine Fingerabdrücke gefunden, denn der Ire hatte vorsorglich ebenfalls Lederhandschuhe getragen, und so sah die Tomy Gun so aus, als hätte sie sich eigenständig abgefeuert, sozusagen von Geisterhand.

Wieder hatten sie nichts in der Hand, auch wenn Anderson sehr wohl bewusst war, wer hier vor ihm stand, nämlich die rechte Hand von McMurdock, dem Boss der Iren-Mafia.

Die Italiener wurden durch das Gespräch zwischen McCormeg und Anderson auf die Iren aufmerksam.

McCormeg sah, als sich Viti zu ihnen umdrehte, wer noch in der Leichen-halle anwesend war.

Und bevor irgendjemand etwas sagen konnte, war ein Handgemenge zwischen den Begleitern der Mafiagrößen im Gange. Dieses gipfelte darin, dass ein Ire einem der Italiener einen Kinnhaken versetzte, was diesen gegen den Seziertisch prallen ließ und die anfänglich erwähnte zu sezierende Leiche vom Tisch warf. Der noch verbliebene Darm verteilte sich auf dem Fußboden.

Der Italiener, der sich versuchte wieder aufzurichten, rutschte in dem Gekröse aus und landete mit dem Gesicht voran in den schleimigen Gedärmen. Dies wiederum führte dazu, dass dieser sich übergeben musste. Olsen und sein Assistent waren an die Wand getreten und sahen der Schlägerei nur mit offenen Mündern zu.

McCormeg und auch Viti versuchten mit allen Mitteln, zu vermeiden, dass es nicht noch schlimmer wurde, aber alles schien nichts zu nutzen, denn zu Anfang hatte einer der Italiener eine abfällige Bemerkung über die irische Nation gemacht, was irgendetwas mit Schafen zu tun hatte und dann waren die zwei irischen Begleiter nicht mehr zu halten gewesen, was den Italienern nur recht war.

Anderson, der sich das Ganze eine Zeit lang angesehen hatte, zog seine Beretta aus dem Halfter und gab einen Schuss auf die Schweinehälfte ab, die genau aus diesem Grund da hing.

Augenblicklich kehrte Ruhe ein, und Richard sagte laut genug, sodass alle ihn verstehen konnten: „So meine Herren, das reicht jetzt, ich ersuche sie, die Pathologie umgehend zu verlassen, ansonsten lasse ich Verhaftungen vornehmen ... ist das klar?", sagte er so laut, dass alle es hörten.

Im gleichen Moment verließen die Iren den Saal, und auch die Italiener halfen ihrem gestürzten Mann auf die Beine und begaben sich ebenfalls auf den Weg, die Pathologie zu verlassen. Viti drehte sich noch einmal um und sagte freundlich zu Olsen, der sich wieder gesammelt hatte und zu Anderson getreten war: „Scusi, bitte lassen Sie die Rechnung für etwaige Kosten hierfür ...", und Viti deutete auf die Unordnung und den auf dem Boden verteilten Leichnam, „... an das Calypso schicken, guten Tag, die Herren!" Dann verließ er ebenfalls den Raum.

„Das ist eine Ungeheuerlichkeit ...!", setzte Olsen an, ließ es aber dann auf sich beruhen.

„Ols, wir machen uns dann mal wieder an die Arbeit!", meinte Richard, nachdem Viti gegangen war, und verließ mit Tom und Mike die Pathologie, während Olsen und sein Assistent versuchten, die Leiche wieder auf den Tisch zu bugsieren.

# Reginalds Ego

Detroit, 01.Mai 1950, gegen 19.00 Uhr
in einer Straße voller Cafés - der erste laue Abend des Jahres

Reginald war wieder einmal auf der Jagd nach einem Rendezvous nach seinem Geschmack.
Also schlenderte er die Straße entlang und sah sich interessiert um. Da fiel ihm eine junge Frau auf, die seinem Beuteschema entsprach, er wollte sie gerade ansprechen, da setzte sich ein Mann zu der Frau und küsste sie mit den Worten: „Tut mir leid, mein Schatz, dass ich so spät gekommen bin!", auf die Wange.
„So ein verdammter Mist", dachte Reginald, der sich im Geiste schon ausgemalt hatte, was er mit dem Früchtchen alles anstellen wollte.
Also ging er weiter.

Nach einiger Zeit und etlichen Cafés weiter, fiel ihm ein anderes Mädchen auf, das ein rot-weiß geblümtes Kleid trug.
Da es ein schöner, sonniger Maitag gewesen war, hatte sie sich nur einen leichten Wollponcho umgehängt. Sie trug rote, hochhackige Pumps und hautfarbene Strumpfhosen, ihre dunklen, fast schon schwarzen Haare waren zu einem Dutt zusammengebunden.
Ihre Lippen hatte sie rot geschminkt und sie sah dennoch sehr jung aus.
,Eigentlich sollte ein so junges Ding nicht ohne Begleitung eines Voll-jährigen unterwegs sein', dachte sich Reginald.
Aber das hielt Reginald nicht auf und er steuerte auf die junge Frau zu und sprach sie galant an: „Schönen Guten Abend, mein Name ist Reginald ... Reginald Jonson, ... ist der Platz neben Ihnen noch frei?"
„Ja, der ist noch frei!", sagte die Frau und schaute ihn dabei mit einem Lächeln in die Augen an und Reginald sah zu seinem Bedauern, dass sie schon mindestens Mitte zwanzig war, aber immerhin jünger wirkte.
,Wäre ja auch zu schön gewesen', dachte er sich, sagte aber zu der Frau: „Hat die wunderschöne Frau heute Abend schon einen Kavalier?"
„Nein, hat sie nicht ... braucht sie sehr wahrscheinlich auch nicht unbe-dingt!", sagte die Frau schnippisch.
,So so', dachte Reginald, ,wird vielleicht doch noch ein schöner Abend.'
„Würden Sie mir trotz meiner Dreistigkeit ein gemeinsames Essen in einem Restaurant Ihrer Wahl ... bitte nicht abschlagen?", sagte er und ließ sich nicht von ihrer vorgeschobenen Kratzbürstigkeit abschrecken.

Daraufhin sah sie ihn mit neuem Interesse an und musste schmunzeln, dann reichte sie ihm die Hand und sagte: „Mein Name ist Matilda ... Matilda Baker!"

„Wohin also darf ich Sie entführen?", fragte Reginald erneut und lächelte sie weiterhin gewinnend an.

„Also gut, dann würde ich gerne ins Grom gehen!", sagte sie herausfordernd, denn das Grom war eines der exklusivsten Restaurants von Detroit und etwa zwei Blocks entfernt.

Reginald jedoch nahm die Herausforderung an und willigte mit einem Lächeln ein.

Er hatte seinen Wagen, einen 40er Mercury Roadster Cabrio, am Straßenende stehen, und so reichte er Matilda den Arm und ging mit ihr zum Wagen, den sie anerkennend betrachtete und sich beim Einsteigen von Reginald helfen ließ.

Nach kurzer Fahrt kamen sie vor dem Grom an und ein Page machte Matilda die Beifahrertür auf und half ihr aus dem Auto.

Reginald übergab dem Parkboy den Schlüssel seines Wagens, dann gingen sie gemeinsam, Matilda bei ihm eingehakt, zur Eingangstür, die ihnen von einem jungen Pagen aufgehalten wurde.

Bevor man das Restaurant jedoch betrat, musste man an dem Concierge vorbei, der die Vorbestellungen vorliegen hatte und daher genau wusste, ob noch Plätze frei waren.

„Guten Abend, Segch, haben Sie noch einen Tisch für zwei?", fragte Reginald, in einem Tonfall, den man schon fast nebensächlich nennen konnte.

„Für Sie doch immer, Mr. Jonson, wenn Sie mir bitte folgen würden!", sagte der Concierge freundlich und ging voran.

Sie wurden in einen Alkoven geführt, der sehr gemütlich aussah und mit nur einem Tisch mit zwei Stühlen ausgestattet war. Dies sorgte für genügend Privatsphäre, sodass man sich ungestört kennenlernen konnte.

Eine Jazz Band spielte leise im Hintergrund und das Licht war gedimmt, auf ein Zeichen des Concierge kam ein Kellner und nahm ihre Bestellungen entgegen.

Das Essen war vorzüglich und der Wein ebenfalls.

Reginald erfuhr einiges von Matilda, was ihn eigentlich nicht interessierte. Aber auch er führte hervorragende Konversation. Da er sich gut ausdrücken konnte und den ganzen Abend sehr galant und zuvorkommend war, fasste Matilda immer mehr Vertrauen zu ihm.

Es ging mittlerweile schon auf Mitternacht zu, als sie das Restaurant verließen.

Als das Auto vorgefahren wurde, half dieses Mal Reginald, der schon ziemlich betrunkenen Matilda beim Einsteigen.

„Bring mich nach Hause Regi, bin schon ziemlich müde!", bat sie schon leicht lallend.

„Ok ... meine Dame, wo darf ich Sie absetzen!?"

„In die Fosterstreet bitte!", sagte sie schläfrig, und Reginald fuhr los, kurze Zeit später war Matilda eingeschlafen.

Sie wurde erst wieder wach, als ihr Reginald in die Bluse griff und versuchte, sie dabei zu küssen.

Sie begann sich gegen ihn zu wehren. „Was soll das, fass mich nicht an, und warum haben wir nicht vor meiner Wohnung gehalten?", fragte sie irritiert und immer noch ziemlich benebelt.

„Komm schon, du willst es doch auch ... das habe ich dir den ganzen Abend schon angesehen!", sagte Reginald leicht verärgert und steigerte eher noch seine Versuche, ihr an die Wäsche zu gehen.

Daraufhin fing sie an zu schreien, er solle sie gefälligst loslassen, aber Reginald war von der Gegenwehr wie in einem Rausch, und als sie nicht aufhörte sich zu wehren, schlug er ihr mit der Faust auf die Schläfe, woraufhin sie bewusstlos wurde. Von dem, was dann geschah, bekam sie erst einmal nichts mehr mit.


Um 3.00 Uhr morgens, es war noch immer tiefste Nacht, wurde sie wieder wach. Sie lag im Dreck, in der Gasse, in die Jonson eingebogen war, als sie schlief, sie fühlte sich wie zerschlagen.

Alles tat ihr weh, ihr Schlüpfer hing ihr nur noch um ein Bein, dieser war ebenso zerrissen wie die teure Strumpfhose, sowie ihr Kleid, das sie von ihrer Mutter genäht bekommen hatte.

Matilda versuchte sich zu bewegen, dabei krampfte ihr Unterleib und als sie nach ihrer Scham sah, war alles voller Blut, was aber nicht nur auf die Vergewaltigung zurückzuführen war, denn Matilda war bis zu dieser Nacht noch Jungfrau gewesen.

Sie versuchte aufzustehen, fiel aber wieder auf die Knie, weil ihr schwarz vor Augen wurde.

Zu ihrem Glück kam ein Ehepaar vorbeigelaufen, das von ihren Nachtschwärmer-Aktivitäten auf dem Weg nach Hause war und mitbekam, wie Matilda versuchte, wieder aufzustehen.

Der Mann trat auf sie zu, um zu fragen, ob sie Hilfe brauche. Im ersten

Moment zuckte sie zusammen, als sie den Mann bemerkte, entspannte sich aber wieder, als sie sah, dass es nicht Reginald war.

„Oh ... Miss, Sie sehen fürchterlich aus, Ihr ganzes Gesicht ist ja grün und blau. Was ist Ihnen den passiert ... sind Sie überfallen worden!?", fragte die Frau sie.

„Nein!", nuschelte Matilda mit Tränen in den Augen, da ihre Lippen auch angeschwollen waren. „Ich bin vergewaltigt worden!"

Noch als sie die Worte an das Pärchen richtete, schwanden ihr erneut die Sinne und sie wurde wieder ohnmächtig. Zu ihrem Glück war dieses Mal der hilfsbereite Mann schneller und verhinderte, dass sie mit ihrem zerschundenen Gesicht erneut in den Dreck fiel.

# Treibjagd

Rocky Mountains, 29.10.1933, 5.00 Uhr morgens

Jon hatte die Nacht ohne Albträume oder Zwischenfälle geschlafen, er war vollständig bekleidet aufgewacht, und wieder kamen ihm die vergangenen Tage wie ein Albtraum vor.

Er war gestern noch bis spät abends mit seinem Vater unterwegs gewesen, um für die heutige Treibjagd genug Hunde und Jäger zusammenzubekommen. Der Sheriff hatte ebenfalls alle Hebel in Bewegung gesetzt, und nun sammelten sich über vierzig Männer mit Waffen, Zelten zum Übernachten, Proviant für mehrere Tage und ca. zwanzig Hunden in der Einfahrt zum Clark Anwesen.

Jon hatte seine Waffe noch einmal richtig gereinigt und einen Probeschuss auf eine Zielscheibe abgegeben, damit er sicher sein konnte, dass sie genau dahin schoss, wo er hinzielte.

Als sein Vater ins Haus kam, um zu sagen, dass es in ein paar Minuten losging, hatte Jon sich schon auf die Flurtreppe gesetzt und war dabei, seine neuen Jagdstiefel zu schnüren. Diese hatte er ebenfalls heute Morgen erstmals mit Wachs imprägniert, sodass sie Feuchtigkeit widerstanden, denn es gab nichts Schlimmeres, als nasskalte Füße auf der Jagd zu bekommen.

Clark Senior setzte sich neben seinen Sohn auf die Treppenstufe und legte seinen Arm um dessen Schulter. „Na, mein Junge, bist du bereit, die Bestie zu jagen, oder soll ich dich lieber bei Ma lassen, denn, wenn es nach ihr ginge, dürftest du am besten dein Zimmer die nächsten Jahre nicht mehr verlassen!?", sagte er mit einem Verschwörungsgrinsen, was so ansteckend was, dass Jon ebenfalls grinsen musste.

„Bitte Pa, tu mir das nicht an!", sagte er deshalb leise, sodass seine Mutter ihre Unterhaltung nicht mitbekam, und musste dann lachen, was wiederum seinen Vater animierte, ebenfalls zu lachen.

„Na, dann auf, die anderen warten schon, der Proviant ist auch schon auf dem Jeep. Aber Jon, geh bitte noch schnell in das Jagdzimmer und nimm noch mal von der 30-06 Munition mit, davon hatte ich kaum noch was im Auto, ach ... und 12er Postenschrot für die Pump Gun brauchen wir auch noch!", sagte sein Vater und wuschelte ihm liebevoll über seine Haare.

„Ok, Pa, mach ich!", sagte Jon, glücklich von seinem Vater neuerdings so viel Beachtung geschenkt zu bekommen und ging in das Jagdzimmer, um die Munition zu holen.

Sein Vater ging noch einmal in die Küche, wo Jons Mutter gerade damit fertig geworden war, einen Wasserkanister für sie zu füllen.

Als ihr Mann in die Küche kam, drehte sie sich mit ernster Miene zu ihm um: „Gregor Clark ... dass du mir ja auf den Jungen achtgibst!", sagte sie besorgt und strich ihrem Mann zärtlich über die stoppelige Wange.

„Mach dir keine Gedanken, Honey, wir sind über vierzig erfahrene Jäger, was soll schon passieren?", antwortete Gregor seiner Frau mit einem liebevollen Lächeln.

Jon, der eine kleine Ledertasche umgehängt hatte, in der die Munition verstaut war, kam auch noch mal zu seiner Mutter, um sich von ihr zu verabschieden. „Also, ich habe jetzt alles, von mir aus kanns losgehen", sagte er mit Vorfreude auf die Jagd.

Die Vorfreude auf die Jagd konnte man in seinen Augen lesen.

Seine Mutter nahm ihn in den Arm und, nachdem sie ihn wieder freigegeben hatte, sagte sie: „Dass du mir ja aufpasst mit der Waffe, und hör auf deinen Vater, hast du verstanden!?" Sie hielt dabei sein Gesicht in ihren Händen.

Jon befreite sich aus den Händen seiner Mutter und sagte: „Ma, ich bin doch kein kleines Kind mehr!"

Sie sah ihn wehmütig an. „Für mich wirst du immer mein Kind sein, und nun macht euch auf den Weg!" Bevor sie ihn endgültig gehen ließ, zerzauste auch sie nochmal seine Haare, was er nur mit einem Lächeln quittierte. Nachdem sie ihrem Mann noch einen Kuss gegeben hatte, waren Vater und Sohn entlassen, und so gingen sie mit Munition und Wasserkanister auf den Hof und verstauten alles im Jeep.

Nun versammelten sich alle auf diesem und Sheriff Hektor McDuck stellte sich auf einen Baumstumpf, der von einem Walnussbaum stammte. Dieser war vor Jahren von einem Sturm abgebrochen worden und nicht mehr zu retten gewesen, der Sumpf stand genau in der Mitte des Hofes und eignete sich hervorragend als Rednerbühne.

„Männer!", sagte er mit tragender Stimme. „Wir sind heute Morgen hier zusammengekommen, um ein Raubtier zu stellen, das bei den Smiths ein Pferd gerissen hat, und zwar im wahrsten Sinne des Wortes zerrissen, ihr habts ja bestimmt alle schon erzählt bekommen!"

Zustimmendes Gemurmel war zu hören, denn jeder wusste mittlerweile ausführlich, was geschehen war.

Der Sheriff war mit dem Gipsabdruck der Pfote, den sie in der Scheune gemacht hatten, nochmal zu dem in der Stadt ansässigen Biologen und den Wildhütern gegangen, aber keiner konnte genau sagen, zu welchem Tier der Abdruck gehören könnte, außer, dass es sich um ein eher hundeähnliches Raubtier handeln könnte.

„Also, seid vorsichtig, denn wir wissen nicht, um welches Tier es sich genau handelt, oder ob es verletzt ist und somit vielleicht angriffslustiger reagiert. Keiner spielt heute den Helden, ist das klar?", sagte der Sheriff und wartete auf eine entsprechende Antwort.

„Ja, ist schon klar!", murmelte die Gruppe.

„Gut, dann aufsitzen, Karl Pieterson hat das Kommando, er kennt sich hier oben am besten von uns aus. Er wird euch einteilen und sagen wo und in welche Richtung es mit dem Treiben geht. Ich kann euch nur raten, in Zweiergruppen zu gehen, zu eurem eigenen Schutz ... na, dann Waidmannsheil, Männer!", sagte er und stieg von seinem Baumstumpf-Podest.

„Waidmannsheil!", kam es im Chor zurück, und dann gingen alle zu ihren Autos.

Pieterson setzte sich an die Spitze des Konvois, und so fuhren sie die Schotterstraße in Richtung Wald.

Es war ein wunderschöner Oktobermorgen, die Vögel hatten angefangen zu zwitschern und das Wetter schien gut zu werden, Nebel stieg aus den Wiesen und dem Wald auf, aber würde sich nicht halten.

Jeder zweite hatte einen Hund zugeteilt bekommen, Gregor und Jon hatten eine Bracke von Artur Blacksmith ausgeliehen bekommen, da er zwei Hunde besaß. Jon wollte ihn gerne führen. Aber Romeo, wie das Tier genannt wurde, wollte sich nicht von ihm anfassen lassen. So nahm Jons Vater ihn an eine lange Leine, die Romeo ermöglichte, ein paar Meter Abstand zum Führer zu haben, sodass keine Fremdgerüche seine Nase stören und ihn ablenken konnte.

Nachdem alle Männer und Hunde am Berghang verteilt worden waren, wurde ein Signalhorn geblasen, und das Treiben konnte endlich beginnen. Jon und sein Vater gingen ungefähr zehn Meter auseinander, dann gingen sie gleichzeitig in den Wald. Am Anfang war der Wald noch durchlässig, aber an manchen Stellen musste man die Waffe nach ganz unten halten, um durchzukommen.

Überall war jetzt Hundegeläut zu hören, wie das Bellen der Hunde jagdlich genannt wurde. Hier und da sah man kleineres Wild aufspringen und flüchten.

Aber da man es ja nur auf großes Raubwild abgesehen hatte, wurde das andere Wild geschont.

Sie waren ungefähr erst eineinhalb Stunden durch das Unterholz gelaufen, da wurde die erste Jagdetappe mit einem weiteren Signal abgeblasen, denn man hatte den einen Bereich, den sie sich vorgenommen hatten, durchgedrückt und alle Mann sammelten sich, um den nächsten Abschnitt des Berghanges in Angriff zu nehmen.

Bis zum Mittag hatten sie schon viele Hektar Wald durchkämmt. Aber bis jetzt war noch nichts Nennenswertes dabei herausgekommen, und man beschloss, nachdem man etwas gegessen hatte, im nächsten Treiben, falls es sich ergab, etwas fürs Abendessen zu schießen.

Bis zum Abend wurden dann zwei Hirschkühe und drei Truthühner geschossen, die Stimmung war deshalb trotz des wenigen Erfolges, was Raubtiere betraf, ausgesprochen gut, und man schlug das Lager auf einer Lichtung auf und machte Feuer.

Sie waren eine ausgelassene Gesellschaft, erst recht, als einige den Selbstgebrannten rumgehen ließen.

„Na, Junge, auch mal nen Schluck Männlichkeit?", fragte Warren Jon und hielt ihm die Flasche mit der klaren Flüssigkeit hin.

„Pa?", fragte Jon seinen Vater, der nickte nur mit einem Grinsen, und so nahm Jon die Flasche aus der Hand des Mannes, der mit seinem zerzausten Bart und den langen fettigen Haaren aussah wie ein Waldschrat.

Jon griff also die Flasche und zog den Korken heraus. „Danke Sir!", sagte er zu Warren und nahm einen kräftigen Schluck, als sei es Wasser. Das war es ja aber nicht, und so hatte er das Gefühl, dass ihm der Hals auseinanderflöge, und sein Schlund fühlte sich an, als sei flüssige Lava hindurchgeflossen. Erst wurde Jon hochrot, was man zu seinem Glück in der Dunkelheit, die mittlerweile herrschte, selbst durch das Lagerfeuer nicht sehen konnte.

Aber den Hustenanfall, der darauf folgte, konnte er nicht kaschieren, und so fielen alle, die um ihn rumsaßen, in ein ohrenbetäubendes Gegröle ein. Warren klopfte ihm freundschaftlich auf den Rücken und sagte etwas lauter in die Runde, sodass es auch jeder hören konnte: „Na ... Söhnchen, geht doch nichts über 60 %!"

Und dieses Mal konnte auch Jon mitlachen, da er endlich wieder Luft bekam.

„Junge, jetzt erst erst bist du ein richtiger Mann, denn ein Stück Wild hast du ja schon im Alleingang erlegt, habe ich gehört!", sagte Elijah O'Brian, ebenfalls ein Raubein und ein Freund der Familie, der mit seinem Vater schon in ihren Jugendjahren auf Jagd gegangen war.

„Prächtigen Jungen hat Greg da, schau nur seine Schultern an, hat sich seit letztem Jahr total verändert!", meinte der Sheriff zu einem seiner Leute, die auf der anderen Seite des Lagerfeuers saßen.

„Ja, wird mal ein heiß begehrter Schwiegersohn, falls Greg ihn nicht in die Stadt verheiraten will!", meinte der Hilfssheriff und nahm ebenfalls einen kräftigen Schluck von dem Schnaps, der jetzt rumgereicht wurde.

Und so ging es noch eine ganze Weile lustig zu. Als dann das Wild endlich durchgebraten war, wurde noch formidabel gespeist, und danach legten sich alle zur Ruhe, bis auf die zwei Männer, die die erste Hälfte der Nachtwache hatten.

Denn sicher war sicher.

Am nächsten Morgen wurde eine andere Seite des Berges bejagt, wieder ging es durch Dickicht und über Stock und Stein.

Das Bergaufgehen zerrte allen an den Kräften, außer Jon, der mit seiner Kondition den anderen den Schneid abkaufte. Er schien gar nicht müde zu werden, hatte aber auch Hunger für vier Leute, wie einer der Treiber zu seinem Vater sagte, als sie sich mittags zu einer Rast auf einer Lichtung trafen.

Kurz nachdem sie Mittag gemacht hatten und wieder begannen, den Wald auf großer Fläche zu durchstöbern, kamen sie in ein Holzfällerlager, das laut Bishop einem Forstdienstleiter, der sich der Jagd ebenfalls angeschlossen hatte, nicht auf seiner Karte verzeichnet war, und somit die Frage aufwarf, ob die Fällarbeiten überhaupt genehmigt waren.

Jons Vater sagte daraufhin zu Bishop: „Dann lasst uns das mal in Erfahrung bringen, denn wo kämen wir denn da hin, wenn jeder machen kann, was er will!"

So gingen sie auf die zwei Männer zu, die offensichtlich lauthals stritten. Jon kam es so vor, als könne er das Testosteron regelrecht riechen, was dabei freigesetzt wurde.

Als Jon, sein Vater, Bishop und dessen Begleiter den beiden Männern näherkamen, gelang es ihnen, ein paar Gesprächsfetzen zu verstehen.

„... Billy, das kannste vergessen, das is ausgewiesenes Indianergebiet mit vielen Totems, also heiliges Land für die Rothäute, der alte Schamane hat dich gestern nicht ohne Grund gewarnt!"

Der angebrüllte Mann verzog nur verächtlich den Mund und schrie zurück: „Harper, du verblödeter, abergläubischer Moralapostel, was glaubst du, was mich die roten Ratten interessieren, ich habe diesen Sektor freigegeben bekommen, und damit basta!"

„Billy, verarsch mich nicht, ich weiß, dass die an die hundert Meter hohen Sequoias deine Gier geweckt haben, aber die stehen unter Schutz, sind doch mindestens tausend Jahre alt. Schon aus dem Grund, weißt du doch, dass die im Forstamt einen Fehler gemacht haben müssen, als sie dir die Papiere gaben. Zählen für dich denn nur noch Kubikmeter!?", schrie Harper empört zurück.

„Genehmigt ist genehmigt, und jetzt machst du dich gefälligst wieder an die Arbeit, Harper, sonst suche ich mir einen anderen Vorarbeiter. Und übrigens ... Hobbs bereitet gerade schon die Sprengung des Rothaut-scheißes vor, also brauchst du mit deinen Jungs nicht mehr zu warten, denn die Rückeschneiße ist gleich fertig!", grollte Billy zurück.

„Mann, Billy, das kannste doch nich machen, das gibt nur Ärger mit den Indianern, und wenn du mich fragst, zu recht, also überleg dir lieber noch mal, ob du das wirklich machen willst!", sagte Harper jetzt leise, aber eindringlicher.

„Harper, meine Geduld mit dir ist gleich am Ende, wenn Alin, deine Frau nicht meine Schwester wäre, dann ...!"

„Hk hk!", räusperte sich Jons Vater lautstark. „Entschuldigen Sie, meine Herren!", sagte Gregor Clark, worauf die beiden angesprochenen Männer leicht zusammenzuckten, weil sie gedacht hatten, alleine im Camp zu sein.

„Wer, verdammt, sind Sie, und was haben Sie in meinem Camp verloren?", schnauzte der Mann, den Harper als Billy bezeichnet hatte, die Fremden an.

„Mein Name ist Gregor Clark von Trans of Montaigne, das ist mein Sohn Jon, Mr. Edison, und der für Sie eher Unangenehme, was uns vier betrifft, dürfte Mr. Samuel Bishop von der Forst & Jagdbehörde in Boulder sein!"

„Sam, bitte, dein Ding!", sagte Clark zu Bishop und überließ ihm ab jetzt das Reden.

„Mr. Bill Norris nehme ich an, von Norris Wood & Stone Holding!?", fragte Bishop.

„Wenn Sie wissen, wer ich bin, warum fragen Sie mich dann so blöde, und aus welchem Grund zum Teufel, sind Sie hier im Camp bewaffnet!", schnauzte Norris, Bishop an.

„Das sage ich Ihnen gleich Mr. Norris, aber wenn ich Sie und Ihren Vorarbeiter richtig verstanden habe, hatten Sie gerade vor, geschütztes Gebiet forstlich zu nutzen. Ich glaube kaum, dass Sie, obwohl Sie sehr reich und einflussreich sind, mit der Augen-zu-und-durch-Taktik in diesem Fall durchkommen, denn ...!"

Doch Bishop konnte nicht weiterreden, weil in diesem Moment ein Hornsignal ertönte, und kurz darauf erschütterte eine gewaltige Reihe von Explosionen den Berg.

„Ja, Gentlemen … bin wohl schon damit durchgekommen und wenn Sie mich jetzt entschuldigen würden, ich muss nachsehen, ob die Schneise auch breit genug geworden ist, damit schweres Gerät durchpasst!", sagte Norris mit einem breiten, bösartigen Grinsen. „Ach, Harper, zeig den Herren doch meine Genehmigungen!" Dann ging er ohne ein weiteres Wort in Richtung Wald.

„Guten Tag, mein Name is Harper, ich bin bis eben noch Vorarbeiter von meinem Arschloch von Schwager gewesen, das Letzte, was ich für diesen Idiot mache, ist … Ihnen die verdammten Papiere zu zeigen, dann kann er mich mal …!", sagte Harper sauer.

Daraufhin ging er in eine nahe Baracke, die ein Stückchen kleiner war als der Rest. Die Tür stand offen, und man konnte einen Schreibtisch mit Schreibmaschine erkennen, dazu hingen noch jede Menge Geländekarten, auf denen Gebiete abgesteckt waren, an der Barackenwand.

Der Noch-Vorarbeiter kramte eine Weile in dem Unterlagenstapel, der auf dem Schreibtisch lag und förderte nach einiger Zeit eine Aktenmappe zutage, mit der er zu der Jägertruppe zurückkam.

„Hier, Sir, leider sind alle Stempel, die er braucht, auf diesen verfluchten Unterlagen!", sagte Harper und gab die Mappe Bishop, der sie entgegennahm und durchzublättern begann.

„Ja, die Genehmigung kenne ich, ist aber für den danebenliegenden Quadranten gedacht, da muss Ms. White beim Einzeichnen der Koordinaten ein Fehler unterlaufen sein. Ich hoffe für die gute Peggy, dass es ein Versehen war, denn das wird Konsequenzen haben, erst recht, wenn Norris wirklich gerade ein Heiligtum und einen Friedhof der Indianer hat sprengen lassen und dazu noch versucht, einen antiken, geschützten Baumbestand des Nationalparks zu fällen!", sagte Bishop gefährlich ruhig.

„Das mit den Bäumen geht nich so schnell, wie Billy sich das vorstellt, da müssen erst noch ungefähr vierzig Hemlocktannen gefällt werden, bevor er zu den Sequoias durchkommt. Also haben Sie noch genügend Zeit, um sich den nötigen Papierkram zu besorgen, um dem Wahnsinn Einhalt zu gebieten. Aber was den Indianerfriedhof und die Totems betrifft, sehe ich schwarz!", meinte Harper mit Bittermiene zu Bishop.

Bishop überlegte eine Weile und sagte dann zu Clark: „Gregor, ich muss unbedingt in die Stadt und das wieder gradebiegen, soweit es noch geht!"

„Können mit mir fahren, ich such mir nen anderen Job!", sagte Harper und holte eine Tasche aus einer anderen Baracke, die als Kantine diente und setzte sich in einen Jeep und wartete.

„Greg, kannst du meine Sachen in deinem Jeep mit verstauen? Würde wieder, nachdem ich diesen Wahnsinn beendet habe, zu euch stoßen!", sagte Bishop zu Gregor. Der nickte verständnisvoll und wünschte ihm viel Glück.

„Ach, bevor wir es vergessen, wir waren und sind mit über vierzig Männern auf der Jagd nach einem unbekannten Raubtier, was bei den Smiths ein Pferd getötet hat und dabei übel zugerichtet wurde. Ich kann Ihrem Chef nur raten, vorsichtig zu sein!", sagte Gregor noch zu Harper.

Der nickte nur. „Weiß Billy schon, die Forst & Jagdbehörde in Boulder hat uns gestern darüber in Kenntnis gesetzt, aber Billy hat wieder mal alle Warnungen in den Wind geschrieben. Hat immer Angst, er könnte nen paar Dollar verlieren, wenn er auf die Warnung einginge, ... also wir fahren dann in die Stadt, Ihnen noch viel Glück bei der Jagd auf das Mistvieh!"

Mit den letzten Wünschen zum Erfolg der Treibjagd fuhren Harper und Bishop aus dem Camp.

„Mein Junge, das ist eine schlimme Sache, was dieser Noris da angerichtet hat, wir müssen die anderen warnen, nicht dass eventuell noch weitere Sprengungen erfolgen und unsere Männer dadurch in Lebensgefahr gebracht werden. Kommen Sie Edison, wir gehen zurück zum Lager, da werden sich nach den Explosionen alle wieder einfinden!", sagte Clark, und so gingen Gregor, Jon und Edison, der die ganze Zeit nur zugehört hatte, zurück in Richtung Lager.

# Besuch

Als sie im Lager ankamen, waren ungefähr schon die Hälfte der Männer wieder zurück, der Rest trudelte nach und nach ein.

Es wurden, wie zuvor auch, mehrere Lagerfeuer gemacht, und der Sheriff gab per Funk eine Nachricht an die Zentrale durch, damit die Angehörigen der Jagdgruppe unbesorgt sein konnten und wussten, dass alle wohlauf waren.

Doch einen Verlust mussten sie vermelden.

Charlie Chaplin, ja ... er hieß wirklich so, seine Eltern ahnten wohl nicht, was sie ihm damit antaten. Um ehrlich zu sein, hieß er Charlie Ethan Jacob Chaplin, was die meisten auch nicht weniger witzig fanden.

Charlie Ethan Jacob Chaplin war in der Regel ein ausgeglichener Mann, aber an diesem Abend traute sich keiner über seinen Namen zu frotzeln, denn ihm wurde sein geliebter Jagdhund Bold genommen.

Wie das geschah, erzählte er, als sich alle um die Lagerfeuer versammelten und die drei Truthähne, die heute von den Gebrüdern Harkfielt geschossen worden waren und den Rest des Hirschfleisches vom Vortag verspeisten.

Gregor, der ein langjähriger Freund von Charlie war, denn es waren immer Gregor, Elijah und Charlie gewesen, wenn in ihrer Jugend in dieser Gegend Unfug getrieben wurde, alle drei setzten sich zu ihrem trauernden Freund.

O'Brian saß schon von Anfang an bei ihm und versuchte Charlie aufzumuntern, Clark setzte sich auf die andere Seite von seinem Freund und hörte zu, was Elijah zu ihm sagte.

Jon setzte sich ebenfalls dazu, und als Charlie nur noch vor sich ins Feuer starrte, kam Warren von hinten, legte ihm eine Flasche Selbstgebrannten auf die Schulter und sagte mitfühlend: „Chaplin ... verdammt ... ich weiß genau wie du dich fühlst, habe meine Packy vor zwei Jahren an einen Puma verloren, hier nimm nen Schluck aus der Heimat, un dann erzähl uns wies geschehen is!"

Charlie nahm den Mondschein dankbar nickend an, zog den Korken mit einem satten 'Plopp' aus der Flasche, nahm einen kräftigen Schluck, dann begann er zu erzählen: „Danke Warren, genau das hab ich jetzt gebraucht, ... also ich bin mit Samy Kuper den Kamm entlanggegangen und Bold, der gute Junge, hatte Spur bekommen." Dabei kamen ihm die Tränen, aber er erzählte tapfer weiter. „Dann kamen wir in die Gegend, von der ich wusste, dass es heiliger Boden für die Indianer war, und Samy und ich hatten dabei kein gutes Gefühl und wollten gerade kehrtmachen, da hörten wir das Sprenghornsignal. Ehe wir richtig wussten, was los war, ging eine Ladung ungefähr fünfzig Meter vor uns hoch und dann immer mehr, aber zu unserem Glück weiter vorne. Nur mein Bold war wegen der Spur, die er aufgenommen hatte, weiter vorne und ein Holzsplitter nagelte ihn an die nächste Hemlocktanne. Hat noch kurz gelebt und nach mir gejault. Als ich dann zu ihm kam, hat er noch einmal meine Hand geleckt und is dann gestorben!" Mit diesen Worten und Tränen in den Augen nahm er noch einen großen Schluck vom Klaren.

„Das wird dir Bill Norris teuer bezahlen, dafür werde ich sorgen!", sagte Gregor zu seinem Freund, und Chaplin sagte darauf: „Danke, Greg, aber das bringt mir meinen Bold auch nicht zurück!"

„Aber Clark hat Recht, das muss geahndet werden, sonst macht hier bei uns bald jeder Fremde, was er will!", sagte der Scheriff, der hinzugetreten war.

Es wurde an diesem Abend noch viel diskutiert und noch mehr getrunken, und als es darum ging, jemanden für die erste Wache zu finden, taten alle so, als hätten sie nichts gehört.

Als sich niemand zu melden schien, nahm Jon den Mut zusammen, um sich selber vorzuschlagen: „Vater, deine Erlaubnis vorausgesetzt, würde ich mich gerne für die Nachtwache melden!", sagte er sicherer, als er sich dabei fühlte.

Völlige Stille war entstanden, als auch Charlie Chaplin seine Stimme hören ließ: „Greg, falls du nichts dagegen hast, würde ich deinem Jungen dabei gerne Gesellschaft leisten, kann wegen Bold eh kein Auge zumachen!", sagte er traurig.

Clark schaute seinen Sohn stolz an und meinte: „Also gut, Junge, dann viel Erfolg dabei, die Augen offenzuhalten!"

Alle beglückwünschten Jon ob der Verantwortung, die er übertragen bekam, aber im Geheimen waren alle anderen froh, die Augen zumachen zu können, denn der Tag war anstrengend gewesen.

Die Jagdgesellschaft begann sich aufzulösen und jeder ging in sein Zelt, um sich aufs Ohr zu hauen.

Charlie saß Jon am Lagerfeuer gegenüber, sie hatten ihre Waffen geladen und gesichert neben sich liegen.

Eine ganze Weile unterhielten sich die beiden noch, aber im Laufe der Nacht kehrte auch zwischen den beiden Ruhe ein und jeder hing seinen

Gedanken nach.

Chaplin starrte vor sich in die Flammen des Lagerfeuers, in das er erneut Holz von einem beachtlichen Haufen nachgelegt hatte, denn das Feuer sollte ja die ganze Nacht brennen.

Jon verfolgte die aufstiebenden Funken, die immer entstanden, wenn im Holz eine Harzgalle in Flammen aufging.

Der Nachthimmel war sternenklar, und es versprach eine kühle Nacht zu werden, aber wenn man den Weisheiten der alten Jäger glauben durfte, auch ein sonniger nächster Tag.

Jon schaute so lange in den Sternenhimmel, bis ihm die Nackenmuskulatur wehtat, und er begann langsam, seine Augen wieder auf das Feuer zu richten, als ihm die Lichtung, auf der sie kampierten, irgendwie unwirklich vorzukommen schien.

Dieses Gefühl wurde dadurch noch verstärkt, dass aus dem Wald Nebel-fäden zogen und zwar unabhängig von der Windrichtung, wie Jon durch Prüfen mit einer Hand voll Staub, die er in den leichten Wind rieseln ließ, feststellte.

„Komisch!", murmelte Jon vor sich hin.

„Was is komisch?", wollte Charlie mit einem Lächeln wissen.

„Ach, gar nichts, habe nur laut gedacht!", sagte er, denn er wollte sich vor dem erfahrenen Jäger nicht lächerlich machen.

„Ach so, dann is ja gut!", sagte sein Wachkamerad und verfiel wieder in Gedanken, sehr wahrscheinlich über Bold.

Aber trotzdem er gesagt hatte, dass nichts sei, wurde das Gefühl, dass hier was nicht stimmte, immer stärker in ihm, und er bekam am ganzen Körper eine Gänsehaut.

Charlie schien davon völlig unberührt zu sein, denn er sagte nichts, was erkennen ließe, dass er das gleiche Empfinden hatte wie Jon.

Es verging noch eine Weile, die Nebelfäden bildeten mittlerweile eine durchscheinende Mauer um das Lager.

Auch um Chaplin begannen dünne Nebelschleier aus dem Boden zu kriechen, sie schoben sich seine Beine hoch und umwaberten schließlich seinen Kopf, was ihn aber ebenso nicht zu stören schien.

Jon konnte alles nur mit offenem Mund beobachten, denn, hätte er was gesagt, und Charlie würde es abtun, wäre es mit seiner Karriere als angehender Erwachsener wegen Ängstlichkeit im Dienst vorbei gewesen, und der Respekt, der ihm in den letzten Tagen entgegengebracht wurde, würde sich wieder in Luft auflösen, und das wollte Jon auf gar keinen Fall riskieren. Deshalb sagte er nichts.

Nach einer kurzen Weile sah es so aus, als würden sich die Nebelfäden um Charlies Kopf wieder auflösen, aber dann bildeten sich erneut noch dünnere Nebelfäden, die in die Ohren seines Gegenübers zu kriechen schienen.

In dem Moment, in dem dies geschah, schaute Charlie Jon direkt in die Augen, schien ihn aber nicht wahrzunehmen.

Als Jon fassungslos zurückstarrte, sah er, dass sich der Nebel in Chaplins Augen zu sammeln schien, was Jon leise aufstöhnen ließ.

Im selben Moment fielen Charlie die Augen zu und er begann laut zu schnarchen.

Kaum waren seine Augen zugefallen, da hörte Jon einen Wolf heulen, erst ganz weit weg, und dann hörte er immer mehr Wölfe, die immer näherzukommen schienen.

Nun kam Bewegung in die Nebelmauer und Wolfsgestalten lösten sich aus ihr und begannen sich im Lager zu verteilen.

Jon hatte das Gefühl ein Déjà-vu zu erleben, hatte es aber in das Land seiner Albträume verbannt ... nun schien es wieder zu passieren.

Er griff neben sich und hob seine Waffe, um sie in Anschlag zu nehmen, was alleine anhand der Anzahl der Wölfe, die sich im Moment schon auf der Lichtung aufhielten, lächerlich erschien ... und es wurden immer noch mehr.

Jon wollte seine Waffen gerade entsichern, da kam ein Wolf dicht an ihm vorbei, und auch diese Situation schien ihm vertraut.

Als er jedoch seinen Finger nicht von der Sicherung der Waffe nahm, verharrte der Wolf neben ihm und schaute Jon direkt in die Augen.

Jon hatte das Gefühl, als hörte er den Wolf irgendwie in seinem Kopf, der schien sagen zu wollen, ob es wirklich sein Ernst mit der Waffe sei, und ob er sich nicht lächerlich vorkommen würde.

Er war verwundert wegen der Worte in seinem Kopf und auch ein bisschen beschämt, ob der Worte des Wolfes. Doch irgendwie wusste er, dass er und seine Begleiter nichts zu befürchten hatten. So nahm er seine Finger von der Sicherung der Waffe und legte diese wieder neben sich, ins mittlerweile taufeuchte Gras.

Dies gefiel dem Wolf offensichtlich, er schien Jon zuzunicken, ließ sich dann ein kleines Stück entfernt von ihm im Gras nieder und legte seinen Kopf auf seine Pfoten.

Es mussten schon mehr Wölfe auf der Lichtung sein, als Jäger in den

Zelten. Jon stellte verwundert fest, dass keiner der Jagdhunde, ob in oder außerhalb der Zelte, die Wölfe wahrnahmen, alle schliefen, genau wie Chaplin.

Nun begannen alle Wölfe, die noch nicht Platz genommen hatten, sich hinzulegen. Als das geschehen war, fingen alle Wölfe auf einmal an zu jaulen, was einem das Mark in den Knochen gefrieren ließ.

Jon war sich sicher, dass jetzt auf jeden Fall alle wach würden, denn das Jaulen war ohrenbetäubend laut und bestimmt bis zu den Höfen rings um den Berg zu hören.

Aber nichts tat sich.

Dann wurde es wieder ganz still auf der Lichtung, und Jon hatte das Gefühl, dass sich seine Sinne zu schärfen begannen. Er roch nun jeden auf der Lichtung und meinte auch alle unterscheiden zu können, angefangen von Warren, der wohl gerade einen Furz gelassen hatte, bis zum Sheriff, der sich unbedingt mal unter den Achseln waschen sollte.

Auch seinen Vater nahm er genau wahr und auch seinen ruhigen Schlaf sowie sein gleichmäßiges Atmen. Selbst die Hunde schien er des Geruches wegen mit Namen nennen zu können.

Seine Augen konnten besser in der Dunkelheit sehen, irgendwie konturierter, so, als hätte jemand mit dem Bleistift eine Linie um Charlie oder die Zelte und Bäume gezogen. Auch dies kam ihm schmerzlich vertraut vor.

Dann schien der Wald zum Leben zu erwachen, denn er bekam jedes Lebewesen mit, das sich in der Umgebung aufhielt. Da war zum Beispiel ein Fuchs, der gerade eine Maus erbeutet hatte, und ein Uhu, der gerne zuerst die Maus gehabt hätte.

Auch das Flüstern des Windes, das eine Botschaft zu erzählen schien, wenn er durch die Baumwipfel strich, hörte Jon überdeutlich.

Doch dann kam es ihm vor, als wenn eine Stimme aus den Flammen spräche: „Wolfsblut ... Wolfsblut!" Mit einem Mal traten erneut Nebelfäden aus der Erde ... ungefähr einen Meter vor Jon.

Sie wurden immer dichter und nach einiger Zeit erschienen Konturen in ihnen, die sich zu einem großen Wolf verfestigten, aus dem sich immer wieder einige Nebelschleier lösten. Jetzt war Jon sich sicher, dass es sich um den Geisterwolf von der Lichtung, auf der das Indianerritual stattgefunden hatte, handelte, ihm stellten sich alle Haare zu Berge, aber Angst empfand er keine.

Der Wolf kam auf ihn zu und sah ihm direkt in die Augen.

Jon hatte erneut das Gefühl, als schaue ihm dieser direkt in die Seele, was wohl auch so war, denn Jon begann eine uralte Stimme in seinem Kopf zu hören. Er konnte sie aber nicht verstehen, da sie indianischen Ursprungs schien.

Der Wolf redete noch eine Zeit lang in dieser alten Sprache zu ihm, als er plötzlich verstummte, nur um ihn noch aufmerksamer zu betrachten.

Jon fühlte, dass noch eine Verbindung zwischen ihnen zu bestehen schien, und so unternahm er seinerseits einen Versuch, sich zu verständigen: ,Ich grüße dich, Vater Wolf, und entschuldige mich, dass ich die reine Sprache der Vorväter nicht spreche!' Woher er wusste, wer der Wolf war ... und was die reine Sprache der Vorväter war ... und ob er es richtig gemacht hatte den Wolf 'anzusprechen', wusste er nicht und so wartete er auf eine Reaktion seines Gegenübers.

Und die kam überraschend schnell: ,Ich vergaß, dass dein Rudel nicht von reinem Blut ist!', sagte die Stimme in seinem Kopf. ,Also höre, was ich zu sagen habe! Seit den Zeiten, als nur Sonne und Mond uns Licht gaben, kannte ich dich. Aus den riesigen und undurchdringlichen Wäldern heraus beobachtete ich dich. Ich war Zeuge, als du das Feuer bändigtest und fremdartige, neue Werkzeuge machtest. Von den Kämmen der Hügel und Berge aus sah ich dich jagen und beneidete dich um deine Jagderfolge. Ich fraß deine Beutereste und du fraßt meine Beutereste. Ich lauschte deinen Gesängen und sah deinen Schatten um die hellen Feuer tanzen. In einer Zeit, so weit zurück, dass ich mich kaum mehr erinnern kann, schlossen sich einige von uns dir an, um mit dir am Feuer zu sitzen. Sie wurden Mitglieder deines Rudels, jagten mit dir, beschützten deine Welpen, halfen dir, fürchteten dich, liebten dich! Und für sehr lange Zeit lebten wir so zusammen, denn unsere Wesen waren sich sehr ähnlich. Deshalb hast du die zahmen von uns adoptiert. Ich weiß, einige von euch respektieren auch mich, den wilden. Ich sah dich oft gemeinsam mit den Zahmen Beute erlegen. In jenen Zeiten gab es alles im Überfluss. Es gab nur wenige von euch. Die Wälder waren groß. Wir heulten zusammen mit den Zahmen in der Nacht. Einige von ihnen kehrten zu uns zurück, um mit uns zu jagen. Einige von ihnen fraßen wir, denn sie waren uns fremd geworden. So lebten wir zusammen in langen, langen Zeiten. Es war ein gutes Leben!', der Nebelwolf schien zufrieden zu lächeln, dachte dann aber weiter: ,Manchmal stahl ich von deiner Beute und du stahlst von meiner Beute. Erinnerst du dich, wie dein Rudel hungerte, als der Schnee hoch lag? Du fraßest die Beute, die wir erlegt haben. Das war unser Spiel. Das was unsere gegenseitige Schuld. Manche nannten es ein Versprechen. Wie viele der Zahmen aber wurdest auch du uns immer fremder. Wir waren uns einst sehr ähnlich, aber jetzt erkenne ich die meisten der Zahmen nicht mehr und ich erkenne auch einige von euch nicht mehr. Du machtest auch die Beute zahm. Als ich begann deine zahme Beute zu jagen, es waren nur noch dumme Kreaturen, auf die die Jagd keine Herausforderung war, aber die wilde Beute war verschwunden, jagtest du mich und ich verstand nicht, warum! Als deine Rudel immer größer wurden und begannen gegeneinander zu kämpfen, sah ich eure großen Kriege. Ich fraß jene, die du erschlagen hattest. Du jagtest mich noch mehr, denn für mich waren sie Nahrung, aber du hattest sie getötet. Wir Wilden sind nur noch wenige. Du zerstörtest unsere Wälder und brachtest viele von uns um. Aber ich jage immer noch und füttere meine versteckten Welpen, wie ich es immer getan habe! Ich fragte mich, ob die Zahmen eine weise Wahl trafen, als sie sich euch anschlossen. Sie haben den Geist der Wildnis vergessen. Es gibt viele, viele von ihnen, aber sie sind mir sehr fremd. Wir sind nur noch wenige, und ich beobachte dich immer noch, muss dir ausweichen! Nur ich bin dem alten Volk noch geblieben, und nur weil es noch ein klein wenig Hoffnung zu geben scheint, lassen mich meine Geistbrüder hier noch immer nach dem Rechten sehen!' Nach diesen Worten kam der Wolf näher an Jon heran.

,Nun erhalte meinen Segen!

Möge Vollkommenheit in allem, was hinter dir liegt,
sein und entstanden sein!
Möge Vollkommenheit in allem, was noch vor dir liegt,
sein und entstehen!
Möge Vollkommenheit in allem, was unter dir lebt und kriecht,
sein und weiter entstehen!
Möge Vollkommenheit in allem, was über dir lebt und fliegt,
sein und weiter entstehen!
Möge alles um dich herum in Vollkommenheit sein und entstehen,
dich mitziehen in Liebe und dem Verstand des Lebens!
Alles was einmal war, ist immer noch,
nur in einer anderen Form, so wie du jetzt.

Es ist für mich nicht wichtig, wie alt du bist, Sohn eines fremden Rudels, nur die Reinheit deiner Seele ist wichtig, ich kann nicht mehr so wählerisch sein wie einst, deshalb habe ich dich gewählt und nicht den Hochmütigen des alten Volkes.

Aber du hast das Ritual nicht durchlaufen, deshalb kann ich die Segnung, die du erhalten hast, nicht mehr von dir nehmen, aber ich werde dir Hilfe schicken!

Ich möchte wissen, ob du jemanden enttäuschen kannst, um dir selber treu zu sein. Ob du den Vorwurf des Verrats ertragen kannst und nicht deine eigene Seele verrätst.

Ich möchte wissen, ob du vertrauensvoll sein kannst und von daher vertrauenswürdig.

Ich hoffe, du wirst aufstehen können nach einer Nacht der Trauer und der Verzweiflung, erschöpft und bis auf die Knochen zerschlagen, und tust, was für die Kinder der Menschheit getan werden muss.

Ich hoffe, du wirst mit mir in der Mitte des Feuers stehen und nicht zurückschrecken.

Ich möchte wissen, ob du allein sein kannst und in den leeren Momenten wirklich gern mit dir zusammen bist.'

Jon musste sich nach all diesen Fragen erst einmal sammeln, ihm schwirrte regelrecht der Kopf, aber dann antwortete er seinem Herzen entsprechend verblüfft und dieses Mal mit normalen Worten: „Ich will es versuchen, Vater Wolf, aber was ist genau das, was du von mir erwartest und welche Segnung meinst du, habe ich erhalten?"

‚Das, junger Freund, wirst du alles bald erfahren, aber jetzt ist es an der Zeit, das alte Volk und seine Ahnen zu verteidigen, folge mir!', dachte Vater Wolf zu ihm und ging auf den Lichtungsrand zu.

Jon stand, ohne noch nachzufragen, auf und folgte dem riesigen Geisterwolf in den Wald hinein, immer tiefer, bis er plötzlich die Stimme ein letztes Mal vernahm: ‚Dein Weg fängt gerade erst an, und eine große Verantwortung wird über Hunderte von Monden auf dir lasten, viel Glück!' Mit diesen gedachten Worten löste sich die Gestalt des Geisterwolfes auf, und Jon schien wie aus einer Trance zu erwachen und sein Kopf fühlte sich an, als wäre er vollkommen leer gepustet.

„So ein Mist, was war denn das, und was mache ich hier mitten im Wald, war das eben real oder bin ich eingeschlafen und schlafgewandelt!?", fragte er sich verwirrt, als es ihm unerklärlich warm wurde, obwohl es eine kühle Nacht war.

Jon wurde es immer wärmer und wärmer, und dann konnte man es nur noch als heiß bezeichnen.

Und es wurde ihm immer heißer bis er glaubte sein Blut müsse jeden Moment kochen.

Er begann, sich die Jacke auszuziehen, dann riss er sich die Kleider vom Leib, um sich Kühlung zu verschaffen.

Aber als er schließlich ganz nackt war, verhalf ihm das jedoch auch nicht zu der erhofften Abkühlung. Stattdessen hatte er plötzlich das Gefühl, als würden ihm die Kieferknochen auseinanderplatzen.

Seine Zähne begannen sich schmerzhaft zu bewegen und lösten sich aus dem Kiefer, sie wurden von unten nach außen gedrückt.

Irgendwann rissen dann die Nerven von den Wurzeln der Zähne, dieser unerträgliche Schmerz zwang Jon in die Knie.

Er hatte das qualvolle Gefühl, als werde sein Mund immer voller, bis er schließlich seine Zähne mit einem Schwall Blut ausspuckte. Dann begannen die Kieferknochen in die Länge und Breite zu wachsen, und aus den Löchern, in denen seine Zähne gesessen hatten, schoben sich stilettlange, spitze Reißzähne.

Das ging so lange, bis sich ein mächtiges Scherengebiss herausgebildet hatte, ähnlich dem eines Wolfes, nur hatte dieses Gebiss fünfzehn Zentimeter lange Reißzähne.

Mit dem Verformen des Kiefers begann sich eine wolfsartige Schnauze herauszubilden.

Während sich der Schädel weiter verformte und ausdehnte, wuchsen auch Jons Ohren, bis sie der Form von kopierten Ohren eines Dobermannes glichen, nur um ein Vielfaches größer.

Im selben Moment fing auch der Brustkorb an zu wachsen, was Jon veranlasste ohrenbetäubend zu schreien, vorher war ihm vor Schmerzen schier die Luft weggeblieben.

Die Rippen lösten sich aus dem Rippenfell und wuchsen zu doppelter Stärke heran, um für die Ausdehnung des Brustkorbs, der ebenfalls zu wachsen begann, jede Menge Platz für zusätzliche Muskelstränge zu bieten.

Die Wirbelsäule nahm die Ausmaße eines jungen Baumes an, und der Rücken wuchs sich zu der Breite eines zweitürigen Kleiderschranks aus.

Gleichzeitig lösten sich die Fingernägel aus den Nagelbetten, fielen auf den Waldboden, und wie Schnecken, die auf heißem, trockenem Untergrund krochen, schoben sich nadelspitze Klauen aus dem Fleisch der Fingerspitzen, die sich ebenfalls zu verformen begannen.

Die Mittelhandknochen wurden auch immer länger und stärker, Jon hatte das Gefühl, als müsse die Haut seiner Hände jeden Moment reißen.

Seine Hände wuchsen so lange weiter, bis sie furchterregende Klauenhände ergaben, die sich öffneten und schlossen, so als wüsste sein Besitzer nicht genau, ob sie richtig funktionierten.

Nachdem die Klauen fertig gewachsen waren, hörten die Schmerzen plötzlich auf, und Jon, dem noch das Blut aus dem Maul tropfte, starrte seine Hände an und erschrak, wie schrecklich sie aussahen.

Er konnte es gar nicht fassen, was da mit ihm passierte. Jon begann ungläubig seine furchterregenden Hände zu bewegen, um zu begreifen, was er sah.

Unvermittelt setzten die Höllenschmerzen wieder ein und seine Oberarmknochen schienen aus den Gelenkpfannen zu springen, denn jetzt wuchsen auch die Armknochen, wurden immer länger, bis sie das Dreifache an Stärke und Länge erreicht hatten.

Parallel dazu wuchsen die überdimensionalen Muskeln, die jeden Kraftathleten zu einem mickrigen Wesen verblassen ließen.

Dann beruhigten sich die Schmerzen wieder und Jon, der schon ganz heiser von den qualvollen Schmerzensschreien war, begann schnaubend und knurrend aufzuatmen, sodass er seinen heißen Atem in der kühlen Nacht zu sehen bekam.

‚Oh mein Gott, das muss ein schrecklicher Albtraum sein‘, dachte Jon, als er erneut qualvolle Schmerzen spürte, diesmal jedoch in seinem Unterleib, in dem sich stahlharte Bauchmuskeln entwickelten, und seine Beine fühlten sich an, als seien sie in Säure getaucht.

Er musste mit ansehen, wie sich das Sprunggelenk in jedem seiner Füße verlängerte, woran dann von höllischen Schmerzen begleitet, klauenbewehrte Füße wuchsen, auf deren Ballen er nun zu stehen begann, wie ein Hund, jedoch viel mächtiger ausgebildet.

Seine Beine waren wenig kürzer, aber vielfach stärker als seine Arme und muskulöser, er schien fast vor Kraft zu platzen.

Wiederum schienen die Schmerzen abzuflachen, als es ihm am ganzen Körper zu kitzeln und jucken begann, was irgendwann unerträglicher wurde, als es die Wachstumsschmerzen waren.

Dann mit einem Mal begann ihm ein zotteliger, rötlicher Pelz zu wachsen. Es begann auf den Klauenfingern mit ganz kurzen Haaren und setzte sich von dort aus mit viel längeren auf dem ganzen Körper fort.

Und als alles vorbei schien und Jon voller panischer Angst aufzustehen begann, er hatte inzwischen eine Größe von über 2,70 m erreicht, hatte er auf einmal das Empfinden, das seine Augen zu drücken und jucken begannen.

Und das Empfinden täuschte ihn nicht, denn seine Augen veränderten sich zu denen ähnlicher einer Katze, geschlitzt, um in der Nacht besser sehen zu können, und alles um ihn herum hüllte sich in einen rötlichen Schleier. Als nun auch die Metamorphose der Augen abgeschlossen war, hörte auch das Bewusstsein, wie Jon es kannte, auf zu existieren, und man konnte noch Meilen weit ein markerschütterndes Heulen vernehmen.

## Aus Habgier entstanden

Rocky Mountains, 31.10.1933, 2.37 Uhr, nachts Holzfällerkamp

Jon richtete sich zu seiner vollen Größe auf und stieß sich dabei den Kopf an einem zehn Zentimeter dicken Ast, unbeherrscht schlug er danach und, ohne dass es ihn viel Kraft kostete, brach der Ast ab, als wäre er ein Grashalm.

Er schnaubte verächtlich und man konnte seinen Atem sehen, nun begann Jon sich zu strecken, denn er hatte noch nicht das richtige Gefühl für seinen neuen Körper entwickelt.

Was er jedoch hatte, war unbändiger Hunger, gepaart mit übermäßigem Zorn, den er so vorher nicht gekannt hatte.

Er hob seinen mächtigen Kopf, richtete seine spitzen Ohren in alle Richtungen, um zu hören, was um ihn herum vor sich ging, und dann schnüffelte er in die Nachtluft, um Witterung aufnehmen zu können. Es roch bereits nach Schnee und nach noch etwas anderem.

Er sog nochmals tief Luft durch seine Schnauze ein, und dann wusste er mit einem Mal, wo er was zu fressen herbekam.

Jon legte seinen Kopf in den muskulösen Nacken und stieß ein schauerliches Heulen aus, das in naher Ferne von einem Wolf erwidert wurde.

Nun spannte er seinen gewaltigen Körper an und fing an loszulaufen, erst langsam und dann immer schneller, bis er regelrecht durch den Wald sprintete, um seinen Hunger nach Fleisch und Gewalt zu stillen.

Äste und junge Bäume wurden abgerissen oder knickten einfach um, als die Bestie, zu der Jon geworden war, sich den Weg durch den Wald bahnte.

Doch plötzlich wurde er langsamer und begann wieder zu schnüffeln, vorsichtig, so wie sich ein Berglöwe an ein Hirschrudel heranpirscht, er bewegte sich auf die Lichtung zu, auf der die Holzfäller ihre Baracken stehen hatten.

Da erspähte die Bestie einen Mann, um den seine Körperwärme zu pulsieren schien und der sich am Waldrand erleichterte, nur ein paar Meter entfernt von seinem Schicksal.

Emerson, einer der Waldarbeiter von Norris, war an den Waldrand getreten, um das Bier loszuwerden, das er gerade in nicht bescheidenen Mengen getrunken hatte.

Er ließ den vergangenen Tag noch einmal Revue passieren.

Mr. Norris war komplett ausgeflippt, als er erfuhr, dass sein Schwager den Job hingeschmissen hatte. Denn es gab für Norris nichts Schlimmeres, als wenn er nicht seinen Willen bekam.

Aber bevor er seinem Schwager hinterhergefahren war, musste er erst noch ein bisschen Dampf ablassen, damit er, wenn er Harper gegenüberstand, nicht die Beherrschung verlor, denn ohne Harper lief alles nur halb so gut, und wenn was nicht richtig funktionierte, dann kostete ihn das jede Menge Dollar – und das konnte er nicht akzeptieren.

Und so hatte er seinen Zorn an den Männern der Sprengtruppe ausgelassen, und Emerson, der gerade am Waldrand stand, um sich zu erleichtern, hatte eine Lohnkürzung hinnehmen müssen, ohne dass es dafür einen wirklichen Grund gab.

Er war aber nicht sauer, schrieb er doch im Monat vorsorglich immer ein paar Stunden mehr auf. Das machten fast alle so, und der Vorarbeiter hatte es bisher immer gedeckt, weil er seinen Schwager und dessen Willkür kannte.

Er hatte gerade abgeschüttelt und ihn wieder in die Hose gesteckt, da knackte es vor ihm im Unterholz.

Emerson stellten sich die Nackenhaare auf, war da vorhin nicht Wolfsgeheul zu hören gewesen?

Von Furcht erfasst zog er sein Messer, das andere bereits als Machete bezeichnen würden, und ging rückwärts, den Waldrand im Auge behaltend. Leicht nach vorne gebückt und das Messer in Position gehalten, ging er weiter und stieß mit seinem Hintern an etwas Weiches und drehte sich erschrocken um.

Was er zu sehen bekam, musste aus einem Albtraum entsprungen sein.

„Raraa... ra..., du bist tot ..., Mann!"

„Randel, du dummes Schwein, hast mich zu Tode erschreckt, ich hätte dich mit dem Messer verletzen können!", schrie Emerson ihn aufgebracht an, trotzdem war er froh, dass es nur sein Kumpel war.

Randel schüttete sich aus vor Lachen, er hatte sich Bart und Haare zerzaust und war hinter seinem Kumpel so lange stehengeblieben, bis der an ihn gestoßen war, und hatte dann das Gesicht zu einer Grimasse verzogen und ihn wie ein Hund angeknurrt, um sein Opfer zu erschrecken.

„Mensch, hab doch nur einen Scherz gemacht!", versuchte Randel, Emerson zu beschwichtigen.

Im Laufe des Geblödels seitens des witzigen Kollegen stand dieser nun mit dem Rücken zum Wald.

Emerson, der sich gerade das Hemd wieder in die Hose stecken wollte, schaute auf und wollte gerade sagen, dass er sich ja schon wieder beruhigt habe.

Plötzlich baute sich hinter seinem Kumpel ein riesiger Schatten auf, Emerson stand wie angewurzelt da, konnte sich vor Angst nicht rühren und schaute wie gebannt über Randels Kopf hinweg in rötlich glühende Augen.

„Mann, Greg, glotz mich nich so an, ich habs ja kapiert, dass es nicht lustig für dich war ... Mensch, hör auf damit, steht etwa auch einer von den anderen Idioten hinter mir ... nun hör endlich auf mit dem Scheiß, da bekommt man ja Ang..."

„Grchchgst aaaahhhh!" war das Letzte, was er sagen konnte, denn ihm wurde von hinten mit einem Hieb die Wirbelsäule mit einem schmatzenden Geräusch herausgerissen. Blut, Fleisch und Stofffetzen verteilten sich rechts und links neben Emerson.

Nun löste sich dessen Starre, und er begann laut zu schreien, als die obere Körperhälfte des Freundes, der immer noch ein erstauntes Gesicht zu machen schien, in seine Richtung kippte.

Doch er musste sich das nicht lange ansehen, denn mit dem nächsten Prankenhieb wurde ihm der Kopf von den Schultern gerissen, und eine Fontäne von warmem, dunklem Blut ergoss sich über die Erde und die schattenhafte Bestie.

Der Hieb hatte solch eine Wucht, dass der übrige Körper noch aufrecht stand und begann umherzulaufen, bevor auch er nach vorne überkippte.

Der Kopf jedoch, der im hohen Bogen durch die Luft geflogen war, dotzte an eine der nahen Barackentüren an.

Aus dem Inneren meldete sich eine Stimme: „Erst rumschreien wie die bekloppten Kinder und dann mitten in der Nacht anklopfen, also gut herein ... na, was ist, wollt ihr mich verarschen? Wenn ich rauskommen muss, wegen nichts und wieder nichts, dann trete ich euch in den Arsch, das könnt ihr mir glauben!"

Brody, der neben Haper der stellvertretende Vorarbeiter war, schwang sich von seiner Pritsche und ging zur Tür. „Diese Kindsköpfe immer, ich weiß nicht ...!", und öffnete sie.

Als niemand vor der Tür stand, wollte er schon wieder schimpfend zurück in sein Bett, da hörte er reißende und schmatzende Geräusche.

Irritiert, da er dieses Geräusch nicht zuordnen konnte, holte er seine Taschenlampe und leuchtete in die Richtung, aus der die Geräusche kamen.

Circa zehn Meter entfernt saß etwas Riesiges auf einem Menschen und riss etwas aus dessen Körper. Es war klar, dass es ein Mensch war, denn die Beine schauten darunter heraus und bewegten sich zuckend.

„Was zur Hölle!", schrie der Mann und griff neben sich, wo ein Gewehr stand, nahm es in Anschlag und schoss auf das Tier – es musste ein Tier sein, denn es hatte einen zotteligen Pelz.

Der Schuss saß und traf das Vieh in den Rücken. Es zuckte zusammen, doch der Treffer schien nicht viel zu bewirken, denn das Tier schüttelte sich nur kurz, fing dann abgrundtief an zu knurren und drehte sich um, um zu sehen, wer ihm da Schmerzen zugefügt hatte.

Brody, der nicht recht zuordnen konnte, was ihn da mit glühenden Augen anstarrte, repetierte sein Gewehr und schoss erneut auf die Kreatur.

Die Kugel traf diesmal die Schulter des noch immer auf dem Menschen kauernden Geschöpfs, diesmal jaulte es vor Schmerzen auf, sodass einem das Mark in den Knochen gefror, und verschwand auf allen Vieren mit zwei riesigen Sätzen von der Lichtung.

Als er das Aufheulen hörte, stellten sich sämtliche Haare an Brodys Körper auf, er repetierte aber von neuem und schickte dem riesigen fliehenden Schatten noch eine Kugel nach.

Durch die Schüsse nun endgültig aus ihren Betten gerissen, liefen die Arbeiter bei Brodys Baracke zusammen.

„Was is'n los Kodi, auf was schießte denn!", wollte einer wissen.

Kodi Brody, dem langsam die Beine einknickten, als das Adrenalin nachließ, setzte sich auf die Eingangsstufen der Baracke und stotterte „Da ... da ... da drüben wars!"

„Was war da drüben ... sach ma, hast du vielleicht zu viel gesoffen oder was?", wollte ein anderer von ihm wissen.

Zwei der Herbeigeeilten hatten ebenfalls Taschenlampen bei sich und gingen in die Richtung, in die Kodi gedeutet hatte.

„Scheiße, was is'n das, was für'ne kranke Scheiße geht'n hier ab, kommt schnell her, ich glaub, das war mal Greg, hat jedenfalls noch sein langes Messer in der Hand!"

„Und wer ist der andere, dem fehlt nämlich der Kopf!", sagte sein Begleiter wie in Trance, drehte sich um und sackte in die Knie, dann erbrach er sich.

Als die anderen dazugekommen waren und sahen, was vor ihnen lag, herrschte eisige Stille, viele mussten wegsehen, um nicht auch zu erbrechen, zwei jüngere bekamen einen Kreislaufkollaps und kippten aus den Latschen.

„So'n Mist, hätte nicht geglaubt, dass das wahr ist ... was mir meine Alte gestern per Funk gesagt hatte. Dachte, die macht nur wieder Panik wegen nichts!", meinte ein anderer Arbeiter, der so um die fünfzig Jahre alt war und eine Halbglatze hatte.

„Was hat deine Alte dir gesagt ... spann uns nich auf die Folter und spucks endlich aus!", sagte ein Bärtiger, der zur Sprengtruppe gehörte.

„Nu ja, sie hat gesacht, dass hier im Wald en tollwütiges Raubtier sein Unwesen treibt und der Sheriff und ungefähr vierzig Jäger hinter dem her is!", sagte die Halbglatze.

„Und warum hat uns keiner gewarnt? Und damit meine ich auch dich, Ralf, du Idiot!", ein anderer aus der Gruppe hatte das zur Halbglatze gesagt und dabei mit dem Finger auf ihn gezeigt.

Da kam aus einer der hinteren Baracken ein verschlafen aussehender Mann angeschlurft, der als Sprengmeister eingestellt war und fragte: „Was ist denn das für'n Auflauf mitten in der Nacht ... verdammt noch mal, wer hat denn den Holzklotz hier ins Lager geschmissen?", sagte er verärgert, da er gestolpert war. Was er aber in der Dunkelheit nicht sehen konnte, war, dass er über Emersons Kopf gestolpert war.

Der Sprengmeister stand gerade wieder auf und wollte das vermeintliche Stück Holz aufheben, da erfasste ihn der Leuchtkegel einer Taschenlampe, und da sah er, was er gerade aufheben wollte. „Scheiße, das is ja Emerson!", sagte er mit Entsetzen in den Augen und musste sich ebenfalls erbrechen.

„Mensch, Dutch, gehts dir gut ... du bist ja käseweiß im Gesicht, dass du erst jetzt auftauchst, war doch laut wie auf'm Rummel!", sagte Gideon, der zu den Gehilfen des Meisters zählte.

„Was is, sprech doch bitte ein bisschen lauter. Du weißt doch, dass ich durch die ganze Knallerei nicht mehr so gut hör!"

Und Gideon fasste zusammen, was Schreckliches geschehen war, und dass sich alle in der Frühstücksbaracke versammelt hatten, um das Geschehene zu besprechen.

Daraufhin half Gideon seinem Meister wieder auf die Beine.

Den Kopf aber ließen sie aus Angst, sie könnten was falsch machen, dort liegen und gingen Richtung Frühstücksbaracke.

Eine knappe halbe Stunde zuvor:

Jon hatte die beiden Männer jetzt schon einige Zeit beobachtet, seine Sinne waren bis zur Überreizung geschärft. Er konnte das Blut durch die Adern der Männer pulsieren hören.

Deren Gespräche hallten in seinen überempfindlichen Ohren wider und als der eine sich in einem regelrechten Anfall von Heiterkeit in seine

Richtung bewegte und mit dem Rücken zu ihm stand, wollte er einfach nur fressen.

Mit einem Hieb hatte er die Wirbelsäule zerfetzt und damit die Seele des Mannes befreit. Der hörte endlich auf zu reden, dafür fing der andere Mann so laut zu schreien an, dass es Jon in den Ohren schmerzte.

Mit einem weiteren Schlag seiner klauenbestückten Pranke war auch dieses Problem gelöst.

Der Geruch von frischem Blut, und die Tatsache, dass Jon dadurch noch mehr in Raserei versetzt wurde, ließ ihn seine Umgebung im Fressrausch vergessen, und er stürzte sich auf den noch zuckenden Körper, um seinen übermächtigen Hunger zu stillen.

Aus dem Blutrausch wurde er erst wieder gerissen, als ihn ein Schmerz im Rücken aufknurren ließ. Hatte da jemand auf ihn geschossen?

Jon drehte sich blutbesudelt seinem Angreifer zu und sah ihm direkt in die Augen, was ihm kurz darauf die nächste Kugel einbrachte.

Nun funktionierten seine Sinne wieder auf Hochtouren und er begriff, dass er hier weg musste, wollte er sich nicht noch mehr Kugeln einfangen. So spannte er seinen Körper an und verließ mit zwei mächtigen Sätzen die Lichtung.

Noch kein bisschen gesättigt – im Gegenteil … das frische Fleisch hatte seinen Hunger nur noch verschlimmert – machte er einen kurzen Sprint durch die Vegetation und stand plötzlich vor einem riesigen Mammutbaum, der in der Fachsprache 'Sequoia' genannt wurde.

Mit Schmerzen in den Einschussbereichen von Rücken und Schulter stützte Jon sich mit dem gesunden Arm an den riesigen Baumstamm, für den mehrere Menschen nötig gewesen wären, um ihn zu umfassen.

Plötzlich verspürte er an den Stellen, wo ihn die Projektile getroffen hatten, ein heftiges Druckgefühl, und da sah er, dass sich eine zersplitterte Kugel aus dem Wundkanal schob.

Nachdem diese und diverse Splitter auf den weichen Waldboden gefallen waren, begann das Fleisch an dieser Stelle wieder zusammenzuwachsen, und zum Schluss wuchs sogar der Pelz wieder so dicht wie am Anfang über die verheilte Wunde. Das Gleiche spürte Jon an seinem Rücken.

Nun, als die Schmerzen wieder weg waren, kamen der Hunger und der Zorn zurück, und er spürte instinktiv, dass er noch eine Menge Fleisch brauchen würde, um seinen Hunger zu stillen.

Die Männer hatten sich alle in der Baracke eingefunden.

Brody saß immer noch wie betäubt da und starrte vor sich hin, bis ihn einer der Männer direkt ansprach: „Kodi, was hast du denn nun gesehen, wer hat das Emerson und Randel angetan?"

„Kann ich nich genau sagen ... haltet mich jetzt bitte nicht für nen Spinner, aber vielleicht wars ein Sasquatch!", meinte Brody unsicher.

„Ein Sasquatch, du meinst wie aus den Gruselmärchen von Oma, das kann ich nicht glauben!", reagierte einer der Männer auf Kodis Antwort.

„Ein Bär wars auf jeden Fall nicht, hatte viel zu lange Arme und Beine, und da war auch noch das Knurren, das hat sich eher wie ein Wolf angehört. Außerdem hat das Vieh mir genau in die Augen gesehen und ich wusste gleich, dass das kein normales Tier ist!", sagte er zu seiner Verteidigung

„Du sagst, du hast es mit dem Gewehr getroffen?", wollte Dutch wissen, der die ganze Zeit nachdenklich zugehört hatte.

„Ja, auf jeden Fall, einmal in den Rücken, und als er mich angeglotzt hatte, habe ich ihm noch eine in die linke Schulter verpasst. Beim dritten Schuss bin ich mir nicht so sicher, ob ich ihn getroffen habe, der war verdammt schnell, so was habe ich von noch keinem Tier gesehen, und ich gehe schon mein ganzes Leben hier in den Wäldern auf Jagd!"

„Ok ... Männer, was machen wir? Sollen wir den Sheriff holen oder dem Vieh nachgehen und sehen, ob es vielleicht schon verblutet ist?", wollte ein junger Mann, namens Fred, wissen, der seine erste Saison als Waldarbeiter angefangen hatte und schon jetzt als unbeherrscht und waghalsig galt. Das brachte ihm bei einigen der Arbeiter Respekt ein und bei anderen, meist den erfahrenen Männern, eher Kopfschütteln und Unverständnis.

„Ja, genau Fred hat Recht, is scheissegal, was das für'n Vieh is, lasst uns ihm die Hölle heißmachen, genug Gewehre und Munition haben wir alle mal!", sagte ein weiterer eher unerfahrener Mann, für den Fred aber so etwas wie ein mutiges Vorbild war.

„Halt halt ... so etwas muss reichlich überlegt sein. Ich gebe zu, dass, wenn Kodi das Ding wirklich mindestens zwei Mal so massiv getroffen hat, müsste es sehr wahrscheinlich schon hinüber sein. Aber wenn nicht ... Kodi hat auch gesagt, dass es ein großes Vieh ist, und wir alle haben schon mal von einem angeschossenen Bären gehört, Warren hat seinen Packy durch so was verloren ... und das war wirklich ein Hund zum Fürchten!", sagte Dutch eindringlich.

Und so diskutierten sie noch eine ganze Weile, die Emotionen begannen immer höher zu kochen, bis sich die Ungeduldigen nichts mehr sagen ließen und sich die Gewehre schnappten, um dem Vieh den Rest zu geben. Als die vier Männer, die den Morgen nicht mehr abwarten konnten, ihre

Waffen luden, trat Brody, der sich wieder beruhigt hatte, noch einmal an sie heran, um sie vielleicht doch noch umzustimmen.

Doch die Fronten waren so verhärtet, dass Fred gehässig zu Brody sagte: „Hättste mal richtig getroffen, müssten wir jetzt nicht deinen Fehler beheben!"

„Gut, wenn du meinst ... dann geh, wir anderen bleiben in der großen Baracke und warten auf den Morgen. Wir sagen dann dem Sheriff Bescheid, der hat für so was Spezialisten!"

Fred schaute ihn nur hämisch an und sagte dann: „Wusste gleich, dass du en Feigling bist!", und ging dann mit seinen Befürwortern zu den beiden Leichen, um die nahe Umgebung nach Blutspuren zu abzusuchen.

Jeder der Vier hatte eine große Taschenlampe, die, falls nötig, einige Stunden leuchten würden.


Am Ort des Geschehens war nicht zu unterscheiden, welches Blut zu wem gehörte, und so erinnerte sich einer von ihnen, dass Kodi gesagt hatte, das Vieh sei nach rechts in den Wald gesprungen.

Und wirklich, an einem Baumstamm in ungefähr zwei Metern Höhe entdeckte einer, nach verzweifeltem Rumleuchten, die Schweißspur. „Kommt ma her, ich habe was gefunden!"

Auf den Ruf hin kamen die anderen angelaufen und sahen sich an, was er meinte.

„Verdammt, das muss aber ein verflucht großes Vieh sein, Blut in der Höhe ... und es sieht nicht aus, als wäre es da hingespritzt. Vielmehr sieht es aus, als sei es beim Vorbeirennen abgestreift worden ... sollten wir nicht doch lieber zu der Baracke zurückgehen?", fragte einer der anderen.

„Bist du jetzt auch ein Feigling, siehst du nicht, wie viel Blut das alleine schon hier an einem Fleck ist, das Vieh kann nicht mehr viel in sich haben!", meinte Fred wieder abfällig, was den anderen veranlasste, den Kopf einzuziehen und weiterzumachen.

Also ging es weiter. Jason, einer der vier, ging vor, um seinen Mut zu beweisen.

Sie gingen leicht gefächert um eine größere Fläche absuchen zu können, da hörten sie ein Knacken von rechts aus dem Dickicht. Jason, dem bereits die Nerven flatterten, schoss sofort in die Richtung, aus der das Geräusch gekommen war.

Als sie gemeinsam nachsahen, was da im Busch gewesen war, kam ihnen ein Schatten entgegen, was alle aufschreien ließ, aber als der Schatten an ihnen vorbeisprang, sahen sie, dass es nur eine Hirschkuh gewesen war.

Alle atmeten erleichtert auf und gingen wieder der Schweißspur nach, der sie schon mindestens dreihundert Meter gefolgt waren.

David ging an letzter Stelle, und als sie schon wieder ca. hundert Meter zurückgelegt hatten, drehte sich Fred um, um sich zu vergewissern, dass alle bei seinem Tempo mitkamen. Da bemerkte er, dass David nicht mehr hinter ihnen lief, er war einfach weg, ohne dass sie etwas gemerkt hatten.

Jetzt befiel sie doch Angst, und sogar Fred wirkte unsicher, ob sie weitergehen sollten oder nicht. Da hörten sie ein Jammern aus der Richtung, aus der sie gekommen waren, und steuerten darauf zu, immer wieder stolpernd, da es ja stockdunkel war.

Man hatte das Gefühl als sauge die Finsternis das Licht aus den Taschenlampen.

Das Jammern hatte sich verändert und war eher zu einem Schluchzen geworden. Als die drei an die Stelle kamen, von der die Laute zu hören waren, wussten sie nicht, was sie im ersten Moment tun sollten, denn das was sie sahen, wollte nicht zu ihrem Verstand durchdringen.

David saß am Boden an eine Hemlocktanne gelehnt und hielt sich mit beiden Händen den zuckenden Oberschenkel seines linken Beins, um die Blutung zu stoppen, denn wo sein Knie hätte sein sollen, ragte nur noch der bleiche Oberschenkelknochen aus dem zerfetzten Fleisch. „Helft mir doch ... bitte helft mir doch!", jammerte David kläglich.

Erst durch Davids Flehen löste sich die Starre, die seine Freunde befallen hatte, und sie begannen ihm zu helfen, den stetig pulsierenden Blutfluss zu stoppen.

Einer zog seinen Gürtel aus und reichte ihn Fred, damit der das Bein seines Freundes abbinden konnte.

„Verdammte Scheiße ... David, was ist denn mit dir passiert?", wollte Fred mit Tränen der Angst wissen.

„Weiß nich ... weiß nicht ... war riesig, hat mich mit rot glühenden Augen angestarrt und dann hat ...!" David war ohnmächtig geworden und sein Kopf sackte auf sein Brustbein.

Fred schlug ihm panikartig ins Gesicht, und wirklich er kam wieder zu sich.

„Was is dann passiert?", wollte sein Freund wissen und hatte den Verwundeten am Kragen gepackt und geschüttelt.

„Mensch ... Fred, hör auf damit, willst du ihn umbringen, oder was!", kreischte Eugen, der neben ihm gestanden hatte und ihn nun von David wegzerrte.

Dem schwerverletzten David rannen bereits dünne Blutfäden aus dem

Mundwinkel und seine Augen hatten mittlerweile einen leeren Blick angenommen, als er wie ein Schlafwandler stockend weitersprach: „Hatte das Gefühl ... als laufe einer hinter mir ... dann plötzlich, als hätte mich ein Baum getroffen ... bin ich durch die Luft geflogen ... und gegen die Tanne geknallt. Ich konnte gar nicht nach euch rufen ... hatte keine Luft mehr gekriegt. Dann kam ein riesiger ... Schatten auf mich zu und hat mir einfach ... das verdammte Bein abgerissen ... und sich dann neben mich gesetzt und es gefressen ...!"

Das war das letzte, was sie von ihm hörten, denn keiner hatte mitgekriegt, dass er auf einen Ast gespießt war, der nicht ganz durch ihn durchgestoßen war und so war er an inneren Blutungen gestorben.

„D... d... das darf doch alles nicht wahr sein, was geht hier nur vor sich, ich geh jetzt wieder zurück, egal was du sagst, Fred!", stotterte Ned, der älteste von den ehemals vier Männern.

Fred, der noch neben seinem toten Freund kniete, schaute zu Ned hoch und nickte mit Tränen in den Augen, dann stand er auf und reichte Eugen sein Gewehr und zog David nach vorne, sodass der Aststumpf mit einem grässlich schmatzenden Geräusch aus seinem Körper gezogen wurde.

Dann wuchtete er sich seinen verblichenen Kameraden über die Schulter und sagte: „Lasst uns diesen verdammten Wald verlassen, wenn wir im Lager angekommen sind, schnappen wir uns den Jeep und machen uns aus dem Staub, sollen doch die anderen sehen, wo sie bleiben!"

Den Kopf voller Angst und Grauen was mit ihrem Freund geschehen war, gingen sie stumm, jeder in seine Gedanken vertieft, und voller Furcht weiter. Ned und Eugen hatten je ein Gewehr halb im Anschlag, um bei geringster Gefahr reagieren zu können. Die Taschenlampe hatten sie sich zwischen die Zähne geklemmt, was nicht so ohne Weiteres ging, da sie nicht gerade klein waren.

Dadurch, dass Fred seinen toten Freund trug, ging es nur langsam voran, und nachdem sie ein Stück Weg hinter sich gebracht hatten, meinte Eugen nuschelnd, behindert durch die Taschenlampe in seinem Mund: „Verdammt, sollten wir denn nicht schon längst im Lager sein?"

„Ich glaube, wir haben uns verlaufen, ist heute Nacht auch schwarz wie in nem Bärenarsch!", sagte Ned.

Fred kam gar nicht dazu, etwas zu erwidern, da hörten sie ein lautes Knurren, das mal von hier und mal von da zu kommen schien.

Fred legte Davids Leiche ab und ließ sich sein Gewehr zurückgeben, dann stellten sie sich Rücken an Rücken und versuchten in der Dunkelheit irgendetwas ins Ziel zu bekommen.

Keiner wusste mehr, wo sie waren, der 'Sasquatch' oder 'Bigfoot', wie das vermeintliche Fabelwesen auch genannt wurde, schien sie zu umkreisen. Plötzlich begann es im Unterholz vor Eugen laut zu knacken, und man konnte genau hören, wie etwas schweres Großes mit immer schneller werdenden Schritten auf sie zukam.

Wie eine dunkle Wand kam Jon über sie, verbiss sich mit seinen Kiefern in der Schulter dessen, den sie Eugen nannten, und riss ihn einfach mit sich. Der Unglücksrabe hatte nicht mal Zeit, seine Waffe abzufeuern. Eugen versuchte sich zu wehren und schlug mit dem unverletzten Arm laut schreiend nach seinem Angreifer. Der hielt irgendwann abrupt an, packte ihn mit seinen Klauen um die Hüfte und riss ihm mit einem Ruck seines Schädels den Arm samt Schulter und Schlüsselbein heraus.

Es folgte nur noch ein gurgelnder Schmerzensschrei, dies war das letzte, was seine Freunde von ihm hörten.

Davids Leiche war auf einmal nicht mehr wichtig, sie wurde einfach zurückgelassen, als die zwei verbliebenen Männer kopflos durch den rabenschwarzen Wald flüchteten.

Fred hatte sein Gewehr geschultert und lief hinter Ned her, der seine Taschenlampe gegen sein Gewehr getauscht hatte.

Plötzlich hörten sie, dass sie schon wieder verfolgt wurden, denn es schienen Bäume regelrecht zu zersplittern.

Der Waldboden wurde immer steiniger, und als Ned nicht richtig aufpasste, trat er zwischen zwei Felsen und blieb mit dem rechten Fuß hängen, was bewirkte, dass das Bein oberhalb des Fußes brach und Ned auf voller Länge hinschlug.

Fred konnte gerade noch einen Satz über seinen vor Schmerzen schreienden Freund machen, bevor auch er das Gleichgewicht verlor und gegen einen Baum prallte.

Fred hatte seine Taschenlampe krampfhaft festgehalten und leuchtete damit zu seinem Freund, der mit schmerzverzerrtem Gesicht versuchte, aufzustehen.

Dazu kam er aber nicht mehr, denn ihr Verfolger brach in diesem Moment mit brachialer Gewalt aus dem Dickicht und trampelte Ned einfach in den Boden, wobei er mit seinem monströsen, klauenbewährten Fuß den Kopf des Freundes traf, der darunter wie eine reife Melone platzte, sodass sein Hirn über den Waldboden spritzte.

Jetzt sah Fred im Lampenlicht, was sie verfolgte. Es sah so aus, als wären einem überdimensionalen Wolf Arme und Beine gewachsen.

Mit rotglühenden Augen und von oben bis unten mit Blut und Körperresten besudelt kam Jon auf den Mann zu, der an dem Mammutbaum lehnte und ihn mit vor Entsetzen geweiteten Augen anstarrte.

Kurz vor Fred kam Jon zum Stehen und baute sich knurrend vor seinem Opfer auf, das sich bei dem Anblick eingepisst hatte und am ganzen Körper zitterte.

Jon war es auf einmal so, als höre er Vater Wolf in seinem Kopf, der fortwährend 'Entweihung' zu sagen schien, und ohne, dass er etwas dagegen machen konnte oder wollte, knurrte er dieses Wort Fred entgegen, bevor er ihn in Stücke riss.

## Zurück zum Menschsein

Jon kam langsam zu sich, er fühlte sich eigenartig, als erwache er aus einem tiefen erholsamen Schlaf.

Er setzte sich auf und merkte, dass er nicht im Lager war, sondern neben einem schmalen Bach gelegen hatte. Außerdem war er wieder nackt, was ihn erschrocken zusammenzucken ließ, denn er sah trotz der Dunkelheit, die ihn umgab, recht gut und konnte sehen und riechen, dass er schon wieder total verdreckt, mit Blut verschmiert und verklebt war.

Dieses Mal überlegte er nicht lange, ging gleich an den Bach und wusch sich den Schmutz im fließenden Wasser ab. Er bekam alles sauber, bis auf den Rücken, den er mit seinen Händen nur unzureichend erreichte. Also legte er sich an einer tieferen Stelle, an der sich mehr Wasser sammelte, ins eiskalte, klare Wasser und ließ sich den Dreck vom Rücken waschen. Dann versuchte er sich notdürftig trocken zu reiben und schüttelte sich wie ein Hund, um das überschüssige Wasser aus seinen Haaren zu bekommen.

Seine Kleider lagen ein wenig verstreut umher, waren aber alle da und so zog er sich mit einiger Mühe an, denn er war ja noch am ganzen Körper feucht.

Während des Waschens und auch beim Anziehen durchzuckten ihn immer wieder Erinnerungsfetzen, die er aber nicht richtig zuordnen konnte und die eher einem Albtraum zu entspringen schienen.

Als er fertig angezogen war, lief er in Richtung Jagdlager, er wusste nicht warum er den Weg fand, das schien einfach automatisch zu gehen, denn nach kurzer Zeit stand er am Lichtungsrand.

Er schaute sich um, aber es schien sich seit seiner Abwesenheit nichts verändert zu haben, selbst Chaplin schlief noch genau so, nur das Feuer war bis auf einen kläglichen Rest glühender Holzkohlen heruntergebrannt.

Deshalb ging Jon vorsichtig wieder zu seinem Platz und legte von dem Holzstapel ein paar dünne Ästchen auf die Glut, und schon nach kurzer Zeit loderten ein paar kleine Flammen auf, und Jon legte nach, sodass das Feuer wieder lichterloh brannte.

Es vergingen etwa noch zwei Stunden, Jons Haare waren beinahe wieder ganz trocken, da wachte Charlie auf, sah verschlafen zu Jon rüber und sagte: „Tschuldigung Junge, dass ich eingeschlafen bin, so was ist mir auf Wache noch nie passiert, aber du hast die Stellung gehalten, was Junge!"

Jon lächelt auf Charlies Worte nur, denn er war immer noch verwirrt und wusste nicht, was schon wieder mit ihm passiert war. Er konnte sich nur noch schleierhaft an jede Menge Wölfe erinnern, und ab da wurden seine Erinnerungen immer schwammiger.

Aber er ließ sich seine Verwirrung nicht anmerken und antwortete dann doch noch: „Ja Sir, das habe ich wohl, ich konnte vor lauter Aufregung eh nicht schlafen, aber jetzt könnte ich mich schon einmal hinlegen!"

„Verstehe … unsere Wache ist ja vielleicht nicht mehr so lange, sag wie viel Uhr haben wir denn?", fragte Chaplin schon wieder etwas wacher.

Jon kramte seine Taschenuhr heraus, die er einst von seinem Großvater bekommen hatte und klappte den Deckel auf. Erstaunt sah er auf die Uhr. „Schon 3.00 Uhr, hatte gar nicht gemerkt, dass es schon so spät ist. Entschuldigung, da hätten Sie sich ja schon zwei Stunden hinlegen können, tut mir leid, Sir!", sagte Jon und lief wegen seinem offensichtlichen Versäumnis rot an.

Sie weckten also ihre Ablösung und legten sich dann in ihre Zelte.

Am Morgen gegen 6.00 Uhr wurden sie schon wieder geweckt, schlaftrunken stolperten die Männer durch das Lager. Die zweite Wache hatte bereits Kaffee gekocht, und so wurden alle so langsam wach.

Als jeder mehr oder weniger gefrühstückt hatte, stellten sich der Sheriff und Jons Vater in die Mitte und sagten zu den Männern: „Gregor und ich gehen noch mal zum Holzfällerkamp, um in Erfahrung zu bringen, ob heute hier am Berg noch Sprengungen vorgenommen werden und falls ja, wann!" Dann übergab er Clark das Wort: „Alle, außer meiner Wenigkeit, dem Sheriff und meinem Sohn, werdet schon mal von Karl über das nächste Gelände aufgeklärt, also Männer viel Glück und Waidmannsheil!"

Während sich die Männer daran machten, die Zelte abzubrechen, gingen Jon, sein Vater und der Sheriff zum Jeep der Clarks, stiegen ein und fuhren Richtung Holzfällerlager.

Sie erreichten den Rand der Lichtung und den Rest vom Weg gingen sie zu Fuß.

Jon fiel es zuerst auf. „Findet ihr nicht auch, dass es hier komisch riecht und ziemlich still ist?", sagte er und hielt den Kopf leicht schräg, um genauer zu horchen, ob er etwas von der Tätigkeit der Holzfäller hören konnte.

Der Sheriff war ebenfalls stehen geblieben.

„Greg, dein Junge hat Recht, müssten wir nicht schon längst Motorsägen oder zumindest Stimmen hören … hab plötzlich ein verdammt beschissenes Gefühl", sagte McDuck und verzog vielsagend das Gesicht.

Und da sahen sie auch schon die erste Leiche, auf der Krähen Platz genommen hatten und sich die Mägen vollschlugen.

McDuck zog seinen Revolver und schoss einmal in die Luft, was die Rabenvögel auffliegen ließ, einer der Vögel nahm sich jedoch noch ein Auge als Mahlzeit mit und flog seinen Artgenossen nach.

„Jon ... das musst du dir nicht antun!", meinte sein Vater zu ihm und stellte sich dabei in sein Blickfeld, um ihm den Anblick zu ersparen.

„Ach … Vater, wenn es nicht gehen sollte, sag ich es schon. Vielleicht braucht noch jemand unsere Hilfe!", antwortete Jon.

„Der Junge hat Recht, wir sollten keine Zeit verlieren, also lasst uns herausfinden, was hier passiert ist. Aber Jon, was du zuerst machen könntest, ist den anderen per Funk Bescheid zu geben, das heißt auch in der Zentrale, kriegst du das hin?", sagte der Sheriff zu Jon.

„Ja, mach ich und dann komme ich zu euch!", antwortete er.

„Ok ... Junge, so machen wir das!", rief sein Vater hinter ihm her.

Aber sie brauchten sich keine Gedanken mehr um die Waldarbeiter zu machen, denn alle waren bereits tot und über den ganzen Platz verteilt. 'Verteilt' war das richtige Wort, denn es gab keinen Leichnam, der an einem Stück war. Arme, Beine, zerstückelte Körper, die überall verstreut lagen. Sogar auf den Barackendächern hingen Gedärme und auf einem sogar ein halber Körper.

„Conner, verdammt noch mal, was geht hier vor? So etwas habe ich nicht mal im Krieg erlebt, und das will einiges heißen!", sagte McDuck geschockt von dem, was er hier zu sehen bekam.

Jons Vater war wie versteinert stehengeblieben und starrte nur fassungslos von einem Leichenstück zum anderen.

Meinst du, sie sind alle draufgegangen, so wie Bishop sich ausdrückte ... müssen hier oben über dreißig Mann arbeiten. Die können doch nicht alle tot sein, welches Tier schafft denn so etwas? Hier gehts doch nicht mit rechten Dingen zu, wenn du mich fragst!", sagte Conner zum Sheriff.

Jon war zum Jeep gegangen. Als er jedoch außer Sichtweite war, überfiel ihn eine Vision voller Schrecken und Grauen. Er verlor für einen Augenblick sein Gleichgewicht und fiel auf seine Knie.

Augenblicklich jedoch klärte sich sein Sichtfeld wieder und er schüttelte den Kopf, um wieder vollkommen klar zu sein.

Was geschah nur mit ihm, er beschloss ... wenn das alles vorbei wäre, mit seinem Vater zu sprechen, aber jetzt musste er erst mal Meldung machen.

Als Jon das erledigt hatte, ging er zurück zu seinem Vater. „Oh ... Dad, was ist denn hier passiert!?", fragte er, obwohl irgendetwas in ihm zu sagen schien, dass er sehr genau wisse, was hier geschehen war. Aber Jon verdrängte diese Gedankenfetzen wieder.

„Junge, das ist wirklich kein Anblick für dich, mein Sohn, bitte geh zum Jeep und überwache den Funkverkehr", sagte sein Vater besorgt um das psychische Wohl seines Sohnes.

Jon war ein bisschen enttäuscht, dass er hiervon ausgeschlossen werden sollte, sagte aber zu seinem Vater: „Gut, Pa, wie du meinst, muss eh mal ein Geschäft erledigen, gehe da rüber in den Wald."

Sein Vater war damit einverstanden, mahnte ihn aber, er solle nicht so weit in den Wald gehen und sich dann so schnell wie möglich wieder zum Auto begeben.

Eine innere Stimme ließ ihn nicht los und er begann auch schon wieder, etwas in die Nase zu bekommen ... ja da war doch was, ihm lief bei dem Geruch, der ihm so vertraut vorkam, das Wasser im Mund zusammen. Den Wind tief in die Nase ziehend, schickte er sich an, der Duftspur zu folgen.

Es dauerte nicht lange, da stand er vor der Quelle, die seinen Appetit angeregt hatte, es war ein toter, junger Mann, dem der linke Unterschenkel fehlte und der immer noch einen entsetzten und von Qual verzerrten Gesichtsaustruck hatte.

Jon wurde es augenblicklich schlecht, und er musste sich übergeben. Was er jedoch erbrach, hatte wenig mit dem zu tun, was er heute Morgen gegessen hatte.

Vor ihm lag ein halb verdautes Stück rohes Fleisch, und Jon konnte sich darauf keinen Reim machen, wann genau er Fleisch gegessen haben sollte ... und dann auch noch roh?

Und wieder versuchte sich eine Erinnerung an die Oberfläche seiner Gedanken zu bahnen, aber aus purem Selbstschutz erstickte Jons Geist auch diese Erinnerung im Keim.

Als sich Jon dann wieder gesammelt hatte, formte er seine Hände zu einem Trichter und begann nach seinem Vater und Sheriff McDuck zu rufen, die nach kurzer Zeit bei ihm waren, aus Angst ihm könnte auch etwas Schreckliches widerfahren sein.

Noch bevor die zwei in Sichtweite kamen, wusste Jon woher sie kommen würden, auch hatte er schon aus der Ferne das Gespräch von seinem Vater und McDuck mitverfolgt und wusste daher, dass sein Vater ein Hühnchen mit ihm rupfen wollte, da er sich ja nicht an seine Anweisungen gehalten hatte.

Als sie aber bei Jon ankamen und sahen, dass ihm nichts geschehen war, vergaß sein Vater, dass er sauer auf seinen Sohn sein wollte und nahm ihn in den Arm, zur Verwunderung von Jon, denn das hatte er am wenigsten erwartet.

„Jon, mein Junge, mach das bitte nicht noch mal mit mir, sonst trifft mich noch der Schlag!", sagte sein Vater erleichtert zu ihm.

„Tut mir leid, aber ich habe noch jemanden gefunden!" Und dabei zeigte er hinter sich.

Und aus irgendeinem Grund wusste er, dass noch zwei Leichen hier oben liegen mussten, aber das verschwieg er lieber, bevor noch Fragen aufkamen, die er selbst noch nicht beantworten konnte.


Der ganze Berghang wurde großflächig abgesperrt. Die Jäger wurden nach Hause geschickt, denn Sheriff McDuck wurde bewusst, dass dieser Fall seine Ressourcen und Möglichkeiten überschritten.

Das FBI wurde hinzugezogen, als deren Ermittler mit dem Sheriff und Jons Vater geredet hatten und auch noch von der Scheune in Kenntnis gesetzt wurden, ließ das FBI die Nationalgarde anrücken, um der Sache schnell ein Ende zu machen.

Mehrere Tage durchkämmten sie den gesamten Berg, fanden aber außer einer Bärin mit zwei Jungen, die sicherheitshalber erschossen wurden nichts, was auch nur im Entferntesten ein solches Massaker hätte anrichten können. Keiner der ansässigen Beamten oder Jäger wurde in den Fall involviert, und so gingen alle mehr oder weniger wieder ihrer normalen Arbeit nach.

Als die Leichen freigegeben worden waren, gab es einen Trauergottesdienst für die insgesamt dreiunddreißig Opfer, von denen neun aus der nahen Umgebung stammten.

Am Tag der Beerdigung war so gut wie die ganze Stadt anwesend, und Jon wurde den Verdacht nicht los, dass das noch nicht zu Ende war. Norris, der zum Zeitpunkt der schrecklichen Ereignisse in seinem Haus gewesen war, hatte wenig Verständnis dafür, dass sein Betrieb lahmgelegt worden war; er hatte ja auch keine Arbeiter mehr.


Außerdem konnte das Forstamt den Irrtum rückgängig machen, der Schaden an dem kulturellen Gut der Indianer war jedoch nicht wiedergutzumachen.

Auch weigerte Norris sich, die Sache wenigstens finanziell wieder in Ordnung zu bringen, da er anführte, die Schuld läge beim Amt, da von dort die fehlerhafte Genehmigung erteilt worden wäre. Dann hatte er darauf gedrängt, dass endlich die 'Kadaver' aus seinem Kamp beseitigt werden sollten, da er bereits neue Arbeiter aus einer anderen Stadt angeheuert hatte. Dies alles sorgte für Empörung seitens der Bevölkerung, und sogar das FBI wies den Unternehmer scharf zurecht, mit seinen Äußerungen vorsichtig zu sein, ansonsten käme noch einiges auf ihn zu.

Jons Eltern beschlossen, die Jagdsaison abzubrechen und zurück nach Denver zu fahren, um dort darauf zu warten, dass der Fall gelöst wurde. Jon hatte also noch eine Nacht in den Bergen, bevor es für unbestimmte Zeit nach Hause ging.
Der Vorfall jedoch ging als 'Mount Eldert Massacker' in die Annalen der Stadt ein.

# Besprechung

Detroit, 04. Mai 1950 gegen 19.00 Uhr in Woodmans Bar & Grill

Die vergangenen Tage waren arbeitsreich gewesen. Richard und Tom waren jeder Menge Hinweise aus der Bevölkerung nachgegangen. Aber, wie Richard schon befürchtet hatte, führten sie zu wenig Brauchbarem. Ein sogenannter Zeugenbericht war aber der fantasievollste und hatte Tom und ihn zu einem regelrechten Heiterkeitsanfall hingerissen. Eine Zeugin, die alles noch einmal erzählt hatte und dies nicht sehr lustig fand, hatte sie doch von einer unheimlichen Gestalt berichtet, die über die Dächer ihrer Nachbarschaft gelaufen sei, als könne sie sich nicht entscheiden auf zwei Beinen oder auf allen Vieren zu laufen. Und als sie dann noch behauptete, dass die Gestalt angefangen hätte zu heulen wie ein Wolf, hatten sich erst Tom und dann auch Richard vor Lachen nicht mehr eingekriegt. Das ging so lange, bis die Frau sie zwei unverschämte Kindsköpfe nannte und mit erhobenem Haupt zur Tür hinausspazierte.

Dann war da noch eine alte Frau, so um die 90 Jahre, deren Augen vor Schreck so sehr vergrößert waren, dass selbst Conner, der zufällig reingekommen war, um einige Unterlagen zu bringen, sich sichtlich beherrschen musste, um nicht loszuprusten. Ihr Alter machte die Frau jedoch mit ihrer Resolutheit wett, denn während sie ihnen glaubhaft vermitteln wollte, sie habe den Teufel gesehen, und es könne nicht mehr lange dauern bis Detroit untergehen würde, unterstrich sie jedes ihrer Worte mit ihrem Gehstock, den sie mit Elan auf McKeys Schreibtisch schlug. Immer und immer wieder, bis Anderson mit einem Schmunzeln den Stock festhielt und der Frau versprach, der Sache nachzugehen.

Andere sogenannte Zeugen hatten auch Fantasie, was zum Beispiel ihre Nachbarn betraf. So sagte eine Frau im verschwörerischen Ton, dass es bei ihren Nachbarn immer so streng rieche, wenn sie kochen würden, und Schreie hätte sie auch gehört. Da könne doch nicht alles mit rechten Dingen zu gehen.

So ging das tagelang und Tom war so weit, sich vom Dach zu stürzen, wenn das nicht bald ein Ende hätte. Dies sagte er mit glaubhaftem Tonfall zu seinem Vorgesetzten.

Richard musste ihm Recht geben, selbst sein Konsum von Zigarillos hatte bedenkliche Ausmaße angenommen.

An diesem Abend war der einzige Lichtblick, dass sie gleich Feierabend hatten und mit ihren Kollegen zum Essen verabredet waren.

Abends saßen dann Conner, Olsen, Tom und Richard in ihrer Lieblings-kneipe und aßen Woodmans berühmte Rippchen mit Krautsalat und Brat-kartoffeln.

Natürlich durfte ein kühles Blondes nicht fehlen und genau das brachte Simon, der Besitzer, persönlich an den Tisch.

„Aaah, so lasse ich mir das gefallen!", sagte Olsen, als er sich das Bierglas an die Lippen hielt und einen kräftigen Schluck nahm.

Seine Kollegen konnten ihm nur Recht geben, nachdem auch sie getrun-ken hatten.

Als alle fertig gegessen hatten, der Abend leicht fortgeschritten und der eine oder andere Whiskey zusammen mit einer guten Zigarre genossen worden war, kam man unweigerlich auf die Arbeit zu sprechen.

„Ach ... Mike, ich habe jetzt auch das Ergebnis auf das Sie so lange gewartet haben, war kein Wunder, dass es so lange gedauert hat, der Abdruck war dir wohl aus Versehen in Ablage 'P' verrutscht. Dorsen hatte ihn zum Glück gefunden, als ihm auch was Wichtiges in die Tonne gerutscht ist. Mike, Sie brauchen nicht so ein Gesicht zu ziehen, so etwas ist mir auch schon passiert, habs für Sie zum Zoo geschickt, heute bekam ich die Antwort!", sagte Olsen bierselig.

„Was für ein Abdruck, habe ich irgendetwas verpasst?", wollte Richard wissen.

„Hatte nicht viel Hoffnung, dass der Abdruck für eine Bestimmung ausreichen würde, deshalb wollte ich warten bis ich Gewissheit hatte!", sagte Mike entschuldigend.

Tom schaute von einem zum anderen. „Und was ... gibts denn jetzt ... was zum Erzählen oder was!?"

„Ja klar ... entschuldigt, natürlich gibt es ein Ergebnis, sonst hätte ich es ja nicht erwähnt!", meinte Olsen wieder einmal leicht beleidigt.

„Und?", fragte Richard, dem wegen der Sache einfach zu viel drum herumgeredet wurde.

„Ja natürlich, entschuldigt noch mal ... der Abdruck wurde aus dem Rücken der Leiche genommen, der die Wirbelsäule herausgerissen worden ist. Ich hatte Mike von meiner Entdeckung berichtet, und er hat einen Abguss erstellt, was sich als nicht so einfach erwies, da ja die Stabilität im Rückenbereich fehlte. Aber ich bin unserem Forensiker trotz seiner Proteste nicht von der Seite gewichen, bis es geklappt hatte!", sagte Olsen grinsend.

Tom, der mittlerweile ziemlich belämmert von Olsen zu Mike guckte, sagte: „Sagt mal, bin ich bescheuert oder habe ich eben was verpasst, wir wissen immer noch nicht das Ergebnis ... oder?"

Nun sah ihn Olsen etwas beleidigt an, weil er sich ertappt fühlte, wieder zu viele Worte gemacht zu haben und sagte: „Tom, dass Sie immer so ungeduldig sein müssen. Also ... der Abdruck war laut Zoo hundeartig, was die Anordnung der Zähne betrifft, aber der Hund hätte dann ungefähr die Größe eines Kleinwagens. Was natürlich nicht sein kann. Und ich bin auch nicht der einzige, der das so sieht, denn der Biologe vom Zoo hatte noch etwas dazu geschrieben ... ich zitiere: ‚Toller Gag, den ihr da gemacht habt, habe schon Angst bekommen. Sagt dem Kerl, der den Abdruck so gut gefälscht hat ... alle Achtung!'

Nun waren alle still, nur Richard sagte nach einiger Zeit: „Aber ihr zwei habt doch zusammen den Abdruck gemacht ... oder?"

Mike seufzte und erwiderte dann: „Ja, das haben wir, aber wir haben wohl nicht darauf geachtet, dass sich die Wunde auseinandergezogen haben muss, da die Wirbelsäule ja gefehlt hatte. Jedenfalls steht eines fest: Der oder die Mistkerle hatten auf jeden Fall einen oder mehrere große Hunde dabei!"

„Hilft uns das denn nun weiter? Ich glaube kaum. Tom, du tust dich morgen trotzdem mal erkundigen – und zwar bei all unseren Kontakten – ob sich jemand Respekt mit großen Kampfhunden oder so verschafft!", ordnete Richard an.

Tom nickte nur und trank noch einen Schluck Bier.

Olsen, der ebenfalls einen Schluck gemacht hatte, erzählte: „Wisst ihr eigentlich das Neueste über Richter Jonsons Sohn?"

Alle verneinten und so erzählte Olsen: „Wie ihr ja in den vergangenen Wochen mitbekommen habt, ist das Söhnchen des Richters wegen Frauengeschichten schon mehrfach negativ aufgefallen, aber noch nie hatte sich einer der Frauen getraut, etwas gegen ihn zu unternehmen. Nun hat er es anscheinend zu weit getrieben, man munkelt hinter vorgehaltener Hand, dass er eine Jungfrau vergewaltigt haben soll, als diese nicht so wollte wie er. Und damit nicht genug, hat er sie auch noch zusammen-geschlagen!"

„Haben sie dieses verdammte Muttersöhnchen endlich! Wurde auch Zeit!", sagte Tom zornig.

Olsen schüttelte jedoch bedauernd den Kopf. „Leider nicht, denn der Anwalt der Familie hat ihn wegen Mangel an Beweisen wieder rausge-paukt!"

„Was heißt ... wegen Mangel an Beweisen?", wollten Richard und Mike gleichzeitig wissen.

„Ja ..., zwar hat ein Ehepaar die Kleine in ihrem desolaten Zustand gefunden, für die eigentliche Tat jedoch gab es wohl keine Zeugen und da stand Aussage gegen Aussage. Der Kleinen wurde noch Alkoholkonsum nachgewiesen und damit die Aussage als unglaubwürdig erachtet. Wenn ihr mich fragt, hat Richter Jonson da einiges interveniert, aber beweisen kann man das nicht!", sagte Olsen bedauernd.

Tom war jetzt ziemlich sauer, als er das hörte. „Dieses Schwein, es ist immer dasselbe ... mit Geld und Macht geht alles!"

Mike stimmte ihm zu. „Da hast du Recht, denkt doch einmal daran, was ihr mir über die Italiener gesagt habt. Geld und Macht scheinen diese Stadt zu regieren!"

„Ja, da fällt mir auch noch was ein. Bevor ich von dem Callussi-Mord erfahren hatte, wusste es schon unser Boss, und der wiederum wurde vom Bürgermeister angerufen, alle schienen besser Bescheid zu wissen als die Polizei!", sagte Richard und lehnte sich im Sessel zurück und zog an seinem Zigarillo.

„Olsen ... die haben wirklich nicht das Geringste gegen Jonson Junior?", hinterfragte Mike noch einmal.

Olsen schüttelte nochmals bedauernd den Kopf.

Tom, der schon etliches getrunken hatte und bei dem Thema der Vergewaltigung immer an seine Tochter Belinda dachte, fuhr hörbar auf und sagte: „Manchmal bereue ich, dass ich en Bulle bin. Wär ichs nicht, könnte sich der reiche Schnösel warm anziehen, das dürft ihr mir glauben!", sagte er zornig.

„Mann, Tomy, nicht so laut, sonst fällt dir dein Gerede wieder auf die eigenen Füße. Da braucht sich nur jemand den Richters Sohn vorzunehmen und dann erinnert sich jemand an dein Gerede!", sagte Richard im begütigendem Tonfall zu ihm.

„Aber Recht hab ich ...!", beharrte Tom noch mit einer ausladenden Geste auf seine Meinung, was Betrunkenen so eigen ist.

Conner senkte seine Stimme, lehnte sich in seinem Sessel nach vorne und sagte in die Runde: „Eigentlich hat Tom doch Recht, da können wir so gute Polizeiarbeit leisten wie wir wollen, am Ende herrscht doch wieder Korruption, und wir kriegen, wenn überhaupt, nur die kleinen Fische!"

Olsen nickte nachdenklich und sagte dazu: „Eigentlich macht es unser anonymer Killer ja ganz richtig ... versteht mich nicht falsch Freunde ... klar macht der immer eine tierische Sauerei, aber es sind bis jetzt nur

Verbrecher zu Tode gekommen. Das Mädchen wurde ja von Kugeln verletzt und davon scheint der Killer ja nichts zu halten!", sagte er in einem verschwörerischen Ton.

Alle starrten den Pathologen entgeistert an, weil sie ihm das nicht zugetraut hätten, mussten dann aber lachen, als Olsen sich anscheinend nicht ganz wohl in seiner Haut fühlte und unsicher lächelte.

„Matt ... Mann, so kenn ich dich gar nicht, das muss ich erst einmal verdauen!", witzelte Richard amüsiert.

„Ja ja ... mach dich nur lustig über mich, Rich, aber sagt doch mal ehrlich ... Tom, wie lange wart ihr hinter Callussi her ... oder besser gesagt, wegen wie vielen Morden, die ihr ihm aber nicht nachweisen konntet, weil er einfach zu clever für das Gesetz war? Zwanzig oder dreißig? Und wie viele Morde hat er für die Mafia begangen, wovon ihr gar nichts wisst?", sagte Olsen, der mittlerweile recht aufgebracht klang.

McKey und Anderson mussten ihm wohl oder übel Recht geben. Callussi hätte sehr wahrscheinlich noch dutzende Morde begangen, wenn er nicht auf so brutale Art und Weise gestoppt worden wäre.

„Wenn wir aber schon einmal bei dem Thema sind, warum zerlegt er alle seine Opfer dermaßen, wäre es nicht leichter, ihnen eine Kugel in den Kopf zu schießen? Aber was ich gar nicht verstehe, ist, dass er auch noch das Herz als Souvenir mitzunehmen scheint. Und dafür habe ich nun wirklich kein Verständnis, das sieht mir stark nach einem drogensüchtigen Psychopaten-Junky aus!", meinte Anderson mit Vehemenz.

„Dafür arbeitet er zu sauber!", sagte Conner und alle sahen ihn an, als hätte er sie nicht mehr alle am Christbaum.

Als Mike begriffen hatte, wie er seine Feststellung formuliert hatte, musste er grinsen und sagte dann schnell: „Mit 'sauber' meine ich, dass derjenige, der dafür verantwortlich ist, bis jetzt keine verwertbaren Spuren hinterlassen hat ... oder irre ich mich!?"

Alle schüttelten gleichmäßig die Köpfe, was Conner wieder grinsen ließ.

Es wurde noch viel diskutiert und als es bereits nach 11.00 Uhr war, öffnete sich die Restauranttür. Eine Frau mit einer ungewöhnlich roten Lockenpracht, gehüllt in einen langen, schwarzen Mantel, kam herein und schaute zu den Freunden herüber.

Conner bemerkte sie zuerst, aber nicht, weil sie so hübsch war, nein, er hatte stattdessen das Gefühl, als würde er von ihren nachtschwarzen Augen durchleuchtet.

Dann bemerkte auch Richard die junge Frau, und als sie auch ihn ansah und lächelte, hatte er das Gefühl, als hätte er noch nie etwas Begehrenswerteres gesehen. Ihm fiel regelrecht der Zigarillo aus dem Mund.

Tom sah von seinem Freund zu der Frau und wieder zurück. „Rich, alles in Ordnung oder hast du nen Geist gesehen? Ist doch nur ne Frau. Hübsch zwar, aber nur ne Frau, also reiß dich mal zusammen, du siehst nämlich gerade ziemlich bescheuert aus, mit offenstehendem Mund, fehlt nur noch, dass du sabberst!"

Anderson, der wie aus einem Traum zu erwachen schien, klappte seinen Mund zu und sah seinen Freund böse an. „Mann ... hast du keine Augen im Kopf? Die Frau ist der Hammer, und ich werde sie jetzt ansprechen!", sagte er und stand auf.

Dann schien er nichts mehr zu hören, als seine Kollegen noch etwas zu ihm sagten. Er war bereits auf dem direkten Weg zur Bar, an der die geheimnisvolle Frau Platz genommen hatte.

Als er von der Seite an die Frau herantrat, war diese gerade dabei, sich eine Zigarette in den feuerroten Mund zu stecken. Dann schien sie nach etwas in ihrer zierlichen Handtasche zu suchen.

„Feuer?", fragte Richard. Er hatte bereits sein Armyfeuerzeug gezückt und hielt es brennend vor die Frau.

Sie beugte sich leicht nach vorne und zündete sich so ihre Zigarette an.

Als sie einen Zug genommen hatte, sah sie Richard lächelnd an. „Ah ... ein Gentleman. Danke, Mister ...?", fragte sie mit leicht italienischem Akzent.

Richard steckte sich ebenfalls einen Zigarillo an. Nachdem auch er einen Zug genommen hatte, sagte er mit einem gewinnenden Lächeln, „Anderson ... Richard Anderson, aber für Sie, bezaubernde Lady, einfach Richard!"

Sie lächelte und sah Richard mit ihren schwarzen Augen genau in seine grünen Augen. Er schien regelrecht in ihren zu versinken, so nahm sie ihn in ihren Bann.

„Darf ich Ihnen etwas zu trinken bestellen ... einen Wodka-Tonic vielleicht!?", fragte Richard.

Diesmal sah die Frau ziemlich erstaunt drein, hatte sich aber sofort wieder unter Kontrolle und strahlte eine starke Unabhängigkeit aus. „Woher wissen Sie, dass genau das mein Lieblingsdrink ist, Mister Richard Anderson?", sagte sie mit einem herausfordernden Lächeln.

„Sie sehen genauso aus, wenn ich das sagen darf ... stark, scharf und geschmackvoll, wenn Sie mir meine kühnen Worte vergeben wollen!", sagte Richard und war näher an sie herangetreten.

Augenblicklich umfing ihn ein zarter Geruch nach Weihrauch, der rauchige Duft, der eine Mischung von Verführung, Heiligtum, Vergänglichkeit und Zeitlosigkeit in sich zu vereinen schien, machte Richard schon fast willenlos, und er hatte das Gefühl, als würde er schweben.

In einem regelrechten Sinnesrausch bestellte er zwei Wodka-Tonic.

Die Frau sah ihn von der Seite an: „Sagen Sie das zu jeder Frau, die Sie interessiert, oder haben Sie diesen Satz brav für mich vor dem Spiegel geübt?", fragte sie und wartete auf seine Reaktion ... daraufhin trat eine kurze Stille ein.

Richard war erst einmal perplex aufgrund von so viel Schlagfertigkeit, denn so etwas war ihm bei einer Frau noch nie passiert.

Simon erlöste Richard mit dem Servieren des Wodka-Tonic und dies verschaffte ihm Zeit, eine passende Antwort zu finden, die der Lady gerecht würde.

Nach reichlicher Überlegung sagte er: „Ich übe diesen Spruch wirklich schon mein ganzes Leben lang", sagte er lächelnd. „Falls ich meine Traumfrau treffen sollte. Und bis heute hatte ich noch nicht die Gelegenheit, ihn vorzutragen!"

Das wiederum ließ die geheimnisvolle Frau schmunzeln und sie schaute ihn mit einem verführerischen Blick an. „Richard, wollen Sie sich zu mir setzen? Sie haben die Kunst gemeistert, mein Interesse zu wecken!"

Richard setzte sich neben sie und prostete ihr zu, worauf sie ebenfalls ihr Glas erhob und mit ihm anstieß.

Nachdem sie getrunken hatte, fragte er sie vorsichtig und lächelte dabei ein bisschen unsicher: „Darf ich Sie nach Ihrem Namen fragen?"

Seine Traumfrau sah ihn schelmisch an und antwortete: „Ja, dürfen Sie ... aber im Moment belassen wir es erst einmal dabei, dass ich Ihren Namen kenne!", erwiderte sie und lächelte zurück.

„Was verschlägt eine solche Frau, wie Sie es sind, in eine solche Stadt wie Detroit? Sie scheinen eher aus dem Mittelmeerbereich zu stammen ... Italien vielleicht?", fragte er und gab sich somit nicht geschlagen, was die Konversation betraf.

„Sie erstaunen mich erneut, Mr. Anderson ... ja, Italien ist richtig!", sagte sie, wobei ihr Interesse an Richard zu steigen schien.

„Gut, ich habe schon zu viel gefragt, jetzt sind Sie dran, Miss Italia ... fragen Sie und ich versuche zu Ihrer Zufriedenheit zu antworten!", sagte Richard selbstsicher, immer noch lächelnd.

Die Dame begann ihn zu analysieren, und Richard kam sich auf einmal vor, als sei er ein interessantes Insekt in einem Schaukasten.

„Ok, was haben wir hier ... lassen Sie mich nachdenken ... Sie sind ungefähr so etwas um die 30 Jahre alt ... Single ... manchmal schwer zu ertragen ... Recht gutaussehend, dem Selbstbewusstsein nach entweder ein Gangster oder ein Beamter im gehobenem Staatsdienst und ...", dabei nahm sie seine Hand und, bevor er reagieren konnte, ritzte sie sein Handgelenk ein wenig mit dem spitzen Fingernagel ihres Zeigefingers, sodass ein winziger Tropfen Blut austrat, den sie mit ihrem Finger aufnahm und sich in den Mund steckte, „... ein ganz Süßer!"

Richard war auf so etwas wirklich nicht vorbereitet und ziemlich perplex, sagte aber: „Ist das, was Sie gesagt haben, jetzt gut oder schlecht für unser weiteres Kennenlernen? ... zu schmecken scheine ich Ihnen ja!"

Dabei lächelte er etwas verlegen und rieb sich mit der anderen Hand über sein Handgelenk, an dem aber außer einem kleinen Kratzer nichts mehr zu sehen war.

Die südländische Schönheit legte leicht den Kopf schräg und schaute ihn noch einmal eindringlich an, dann gab sie dem verblüfften Richard einen Kuss. „Sie dürfen mich demnächst wieder einladen ... mein Süßer!", sagte sie geheimnisvoll lächelnd.

Richard, der es nicht fassen konnte wie sich dieser Abend für ihn entwickelt hatte, sah zu seinen Freunden hinüber, um seine Verlegenheit zu überspielen, die er so von sich gar nicht kannte. Als er sich jedoch wieder umdrehte, um die Dame um einen Termin zu fragen, wann sie sich das nächste Mal treffen könnten, lag vor ihm nur eine Serviette mit einem Kussmund aus Lippenstift. Von der Frau jedoch war nichts mehr zu sehen. Richard war mehr als verwirrt. Hatte er was nicht mitbekommen, wo war sie so schnell hin?

Richard fragte Woodman, der nicht weit von ihm hinter der Bar stand und ein paar Gläser polierte. „Sag mal Simon, hast du gesehen, wo die Frau hin ist, mit der ich mich gerade unterhalten habe?"

„Hab ich leider nicht drauf geachtet, Rich, tut mir leid ... hat es Ärger mit der Lady gegeben oder warum schaust du so belämmert drein? So kenn ich dich gar nicht!", sagte der Restaurantbesitzer zu seinem Freund.

„Ganz im Gegenteil! Wir haben uns aufs Vortrefflichste unterhalten und ich sage es nur selten, aber so eine Frau ist mir noch nie untergekommen ... und jetzt ist sie einfach verschwunden ... das darf doch nicht wahr sein!", sagte Richard. Es hörte sich schon fast verzweifelt an und hätte da nicht das halb ausgetrunkene Glas Wodka-Tonic gestanden, wäre er der Überzeugung gewesen, alles nur geträumt zu haben.

Noch immer leicht konfus ging er mit seinem Glas zurück zu seinen Freunden und bevor er etwas sagen konnte, fragte Tom: „Na ... Romeo abgeblitzt?"

„Eigentlich nicht, aber ihr habt sie doch auch gesehen ... oder!?", fragte Anderson in die Runde. Zu seiner Erleichterung sagten alle, dass sie die Frau natürlich gesehen hatten, aber wie sie gegangen war und wohin, das wusste keiner.

Mike schaute Richard einen Moment an und sagte dann: „Wenn du mich fragst, die Frau hatte was Eigenartiges, aber das ist nur meine Meinung!"

„Mmh!", war das Einzige was Richard dazu sagte.

Es ging an diesem Abend noch eine ganze Weile lustig zu. Simon hatte sich, nachdem die meisten Gäste gegangen waren, zu ihnen gesetzt und noch ein paar Runden ausgegeben, was dazu führte, dass alle ziemlich 'stramm' waren und gerade noch so aufrecht das Lokal verlassen konnten. Nur Conner schien nur leicht angetrunken zu sein. So kam es ihm zu, die Mannschaft mit Andersons Auto nach Hause zu fahren und morgens wieder zu holen.

# Friedhof

Detroit, 11. Mai 1950, 20.00 Uhr, Downtown Synagoge,
1457 St Detroit

Milli Ruth Lwowiec war eine vorbildliche junge Frau in der jüdischen
Gemeinde der Downtown Synagoge. Vor einigen Tagen wurde das
'Schawuot' gefeiert, was auch Wochenfest genannt wurde.
So erinnerten sich die Juden an den Empfang der zweiten Zehn Gebote
am Berg Sinai. Die ersten 'Zehn Gebote' hatte Moses laut jüdischer und
christlicher Überlieferung zerschmettert, weil das jüdische Volk das Gol-
dene Kalb angebetet hatte.
Daraufhin ging Moses wieder auf die Spitze des Berges Sinai, um die
neuen Zehn Gebote zu erbitten. Dieses Mal jedoch musste Moses sie
selber in den Stein meißeln, die ersten Zehn Gebote wurden ihnen von
Gottes Finger geschrieben.
Schawuot ist außerdem ein Erntedankfest, da zu dieser Zeit in Israel der
erste Weizen geerntet wird.
Da die Salbung der Jünger Jesu mit heiligem Geist, laut der christlich-
biblischen Apostelgeschichte, am jüdischen Wochenfest geschehen war,
wurde im Christentum Schawuot zum Pfingstfest.
Es wurde viel gebetet und getanzt, auch das Essen wurde nicht vernach-
lässigt und so musste wohl oder übel danach noch aufgeräumt und geputzt
werden.
Milli war bei solchen Arbeiten immer vorbildlich und ihr Vater ein
gerechter Mann, sagte das auch immer zu allen, die es wissen wollten, die
es nicht wollten, bekamen es ebenfalls gesagt, das war Milli immer unangenehm, da sie eher bescheiden war.
Und so kam es, dass sie trotz ihres sanften Wesens nicht nur Freunde hatte,
denn Neid war kein guter Ratgeber, doch verfielen einige der Frauen in
ihrer Gemeinde diesem Laster.
Normalerweise waren immer alle zusammen an der Reinigung beteiligt,
aber um der vorbildlichen Milli eines auszuwischen, hatten sie ihr einen
späteren Termin genannt.
Als sie dann in der Synagoge ankam – sie wurde von ihrem Vater gefahren,
weil er meinte, die Gegend sei nicht sicher, schon gar nicht für eine
keusche jüdische Jungfrau – waren alle schon gegangen, hatten Milli aber
einen großen Teil Arbeit zurückgelassen.

Aron Lwowiec, ihr Vater, ging davon aus, dass Milli mit einer ihrer Glaubensschwestern nach Hause komme, deshalb hatte er mit seiner Tochter keinen Abholtermin vereinbart.

Da Milli eine verantwortungsvolle Frau war, dachte sie nicht lange über die gemeine Aktion ihrer Gemeindeschwestern nach und fing an, ihre Arbeit zu erledigen.

Da sie alleine putzte, verging viel mehr Zeit, als sie gedacht hatte, und so war es bereits eine längere Zeit dunkel, als sie dann endlich fertig wurde.

Da sie einen Schlüssel von ihrem Vater hatte, schloss sie die Synagoge nach getaner Arbeit ab.

Nun stand sie vor einem Dilemma, wollte sie schnell nach Hause kommen, musste sie den Weg über den Judenfriedhof nehmen, der aber nicht beleuchtet war, und schon zu Lebzeiten hatte ihre Mutter sie gewarnt, diesen Weg bei Dunkelheit zu nehmen.

Der andere Weg, den sie nehmen konnte, war um ein Vielfaches länger, und da es schon spät war und Milli müde, wählte sie den Weg über den Friedhof ihrer Ahnen.

Der Friedhof war durch eine rote Backsteinmauer eingefriedet, die alle fünf Meter einen gemauerten Pfosten hatte, zwischen denen ein geschmiedeter Eisenzaun mit vielen Verzierungen angebracht war. Einige der Verzierungen, vor allem die Enden der aufrechten Zaunstangen, waren meisterlich geschmiedet und glichen kleinen Lanzen, sie ragten fast einen halben Meter in die Höhe und sollten eigentlich Eindringlinge abschrecken.

Es gab drei Eingänge, die wiederum eiserne, geschmiedete Türen hatten, seit einiger Zeit jedoch wurden diese nicht mehr abgeschlossen, da egal, ob zu oder auf, Sachen beschädigt wurden, wie z.B. Grabsteine, die man umgestoßen hatte, oder Blumenbeete, die verwüstet worden waren.

Milli atmete also einmal tief durch und stieß dann die schmiedeeiserne Tür auf, mit einem schaurigen Quietschen schwang diese nach innen auf.

Bei dem Geräusch bekam sie eine Gänsehaut und musste schlucken, trat aber trotzdem entschlossen durch den Einlass.

Ängstlich um sich blickend ging sie strammen Schrittes den Weg entlang, der feine Kies unter ihren Schuhen, der den Weg bedeckte, knirschte ohrenbetäubend, so kam es Milli vor, und als sie erneut das Tor hinter sich quietschen hörte, geriet sie fast ins Stolpern.

Milli bekam Angst und sie beschleunigte erneut ihre Schritte.

Sie hatte den Weg schon zur Hälfte gemeistert, da hatte sie das Gefühl, als werde sie beobachtet.

Um sich selber Mut zu machen und sich zu beruhigen, sagte sie leise vor sich hin: „Milli ... Milli du bist schon fast volljährig und machst dir fast in die Hose, weil noch jemand die Abkürzung über dem Friedhof macht ... nimm dich ein bisschen zusammen!"

Sie hatte die ganze Zeit vor sich auf den Weg geblickt, nun schaute sie kurz auf, um zu sehen, wo genau sie denn jetzt war, als vor ihr eine dunkle Gestalt aus einem Heckenstreifen trat.

„Na ... was haben wir denn da!", wollte die Gestalt wissen.

Milli blieb stehen und versuchte, sich zu orientieren und zu überlegen, wie sie dem Mann, der sie angesprochen hatte, ausweichen könnte.

Sie wollte schon wieder den Rückweg einschlagen, da hörte sie mehrere Schritte, die sich ihr knirschend näherten.

Auch der Mann vor ihr hatte sich in Bewegung gesetzt und kam direkt auf sie zu, nicht schnell, sondern ganz langsam, er sagte dabei: „Du bist aber ein ungezogenes Mädchen ... um diese Zeit und ganz alleine über den Friedhof laufen ... z z z ... das könnte für dich ja gar nicht gut ausgehen, Schätzchen!", sagte er und lachte dreckig.

Milli verfiel in Panik und rannte in die entgegengesetzte Richtung, weg von dem unheimlichen Unbekannten und hinein in die Arme seiner Kumpels. Die stießen sie zurück und Milli stolperte rückwärts und fiel auf ihren Hintern, was bewirkte, dass sich ihr züchtiges Kleid nach oben schob und den Blick auf ihre Unterwäsche freigab.

Vier junge Männer, die ungefähr in ihrem Alter sein mussten, umringten sie nun.

Milli starrte entsetzt von einem zum anderen und schrie sie panikhaft an: „Was wollt ihr von mir ... lasst mich gefälligst in Ruhe!" Dabei schossen ihr die Tränen in die Augen.

„Was wir von dir wollen, du kleine Judenhure, na, du hast uns ja dein Röckchen schon hochgeschoben ... was meint ihr, Jungs ... ich glaub die brauchts mal richtig besorgt, was meint ihr!"

Voller Schrecken erkannte Milli, was sie mit ihr vorhatten und strich ihr Kleid, so gut es in ihrer Situation ging, wieder glatt, um ihre Blöße zu bedecken.

Da sagte ein anderer neben ihr: „Nö, Mädchen, das brauchste nich, sonst müssen wir das ja wieder hochschieben!" und schob ihr Kleid wieder nach oben, was die anderen zu wahren Begeisterungstürmen hinriss.

Als sie sich zu wehren begann, schlug ihr einer der Peiniger ins Gesicht und sagte: „Wenn du dich wehrst, dann dauerts nur länger, also halt lieber still, ... eigentlich freust du dich doch schon, oder ... gibs ruhig zu, wir erzählen es auch keinem!" Alle Männer lachten, einer grabschte ihr an die Bluse, wobei etliche Knöpfe abrissen, sodass ihre rechte Brust entblößt wurde.

Als wäre das ein vereinbartes Zeichen gewesen, hielten drei Mann sie fest und der vierte begann, sich die Lederhosen aufzuknöpfen.

„So, du Schlampe, jetzt bekommst du von Onkel Ole ne schöne Füllung!", sagte er schon fast hysterisch voller Vorfreude.

Milli begann sich mit all ihrer Kraft zur Wehr zu setzen und bekam ihr linkes Bein frei. Diesen kurzen Moment nutzte sie aus, um kräftig zuzutreten und traf den Mann, der sich gerade auf sie stürzen wollte, voll in die Hoden.

Der Typ schnappte nur laut nach Luft und klappte dann stöhnend auf die rechte Seite und hielt sich dabei seinen Schritt, was die anderen veranlasste zu lachen und die junge Frau wieder und nun fester zu halten.

„Na, Onkel Ole, bist der Judenhure wohl nicht gewachsen!", spöttelte sein Kumpel, der Millis Arme festhielt.

Der Verhöhnte hatte sich mittlerweile wieder auf seine Knie hochgestemmt und sah Milli mit boshaft glitzernden Augen an. „Denkst du, du hast mir wehgetan, das glaub mal besser nicht ... hast mich höchstens geiler gemacht ... so, Jungs, jetzt haltet sie mal fest, damit ichs der Schlampe endlich besorgen kann, und dann seid ihr dran!", sagte er und ließ seine Hose fallen und entblößte sein erigiertes Glied.

Daraufhin ließ er sich schon fast auf die gepeinigte Milli fallen, deren Handgelenke und der mittlerweile nackte Po durch ihr Wehren auf dem Kies wundgescheuert worden waren.

Mit einem Ruck riss er ihr den Schlüpfer endgültig vom Leib und zwängte ihre Beine auseinander, um mit seinem steifen Glied ihre Scham zu entweihen.

Er wollte gerade genüsslich in sein Opfer stoßen, da riss ihm eine Klauenhand, deren Mittelkralle in sein Rektum eingedrungen war, diesen von hinten nach vorne auseinander, wobei seine Beckenknochen und ein Teil seiner Wirbelsäule aus ihm herausgerissen wurden, und sich über die nahen Grabsteine verteilten. Das Herz pumpte noch einen kurzen Moment Blut aus Dutzenden von abgerissenen Blutgefäßen, bevor es aufhörte zu schlagen, weil es nichts mehr zu pumpen gab.

Die Peiniger, die Milli festgehalten hatten, konnten gar nicht schnell genug reagieren. Sie hatten Onkel Oles Körpersäfte abbekommen und prusteten, um diese aus ihrem Mund zu bekommen und blinzelten, damit sie wieder etwas sehen konnten.

Alles ging so schnell, dass sie die mittlerweile hysterisch schreiende Milli immer noch festhielten, auf der die Reste ihres Vergewaltigers lagen, und so bekam der linke ihrer Peiniger mit dem nächsten Schlag den Brustkorb in Fetzen gerissen, sodass sich seine Lunge um seines Kumpels Kopf wickelte.

Jetzt hatte Panik die zwei Verbliebenen ergriffen, und zum ersten Mal konnten sie sehen, was ihre Kumpane erledigt hatte.

Vor ihnen stand ein Geschöpf, das nicht mal in eine Geisterbahn passte, weil sonst keiner mehr reingehen würde. Dessen Maul stand ein Stück offen und zäher Geifer tropfte aus einem vor spitzen Zähnen starrenden Gebiss hervor. Ein unmenschliches Grollen war zu hören. Der Blick der geschlitzten, rotglühenden Augen schien direkt aus einer Folterkammer des Satans zu kommen.

Das Monstrum, das sich nun den schreckensstarren Vergewaltigern bis auf Hautkontakt näherte, war rötlich bepelzt, riesengroß und stank erbärmlich nach Raubtierkäfig.

Einer der Verbrecher kam halbwegs zu sich und ergriff schreiend die Flucht, quer über den Friedhof. Der andere musste mit schreckensgeweiteten Augen in die der Bestie schauen, weil diese ihn mit der Klauenhand am Hals in die Höhe gehoben hatte, sodass er mindestens einen Meter über der Erde mit seinen Beinen strampelte und dabei Kot und Urin verteilte, die ihm vor Panik die Beine herabliefen. In den letzten Sekunden seines erbärmlichen Lebens bekam er die Stimme der Hölle zu hören: „Rrrrrache!", grollte die Bestie während sie den Hals ihres Opfers mit ihrer klauenbesetzten Hand zu zerdrücken begann, bis nur noch ein röchelndes Gurgelgeräusch aus seinem Mund kam, bevor seine Halswirbelsäule zusammen mit seinem Hals zu Mus zerquetscht wurden.

Als der Kopf nicht mehr von den Wirbeln gehalten wurde und die Augen regelrecht aus den Höhlen gepresst waren, schloss das Biest seine Kiefer darum und riss den Kopf vollends ab, dann ließ ihn dann neben Millis angstgeweitetes Gesicht fallen.

Milli war starr vor Angst und konnte sich nicht rühren. Der Dämon, wie Milli das Geschöpf empfand, das über ihr stand, blickte nun mit geschlossenem Fang direkt in ihre Augen und schien sie interessiert zu mustern.

Dann wurde ihr Blickkontakt durch ein Blinzeln seinerseits unterbrochen und mit einem riesigen Satz war der Dämon aus ihrem Blickfeld verschwunden.

Kurze Zeit später hörte sie noch einen schmerzverzerrten Schrei und dann herrschte vollkommene Ruhe.

Nachdem einige Zeit vergangen war, begann Milli sich auf ihre Knie zu rollen und stemmte sich dann in eine sitzende Position, in dieser sackte sie in sich zusammen und begann zu weinen.

Als sie wieder einigermaßen zu sich gekommen war, stand sie schwankend auf, ihr ganzer Körper war zerschunden, aber sie hatte wie durch ein Wunder ihre Jungfräulichkeit behalten, ein Wunder voller nadelspitzer Zähne, das ihr anscheinend ihr Schöpfer geschickt hatte, um sie vor dem Schlimmsten zu bewahren.

Milli beschloss, dass sie nichts Schlechtes über diese Kreatur verlauten lassen würde, auch wenn jemand etwas Gegenteiliges behaupten sollte.

Und so ging sie mit zerrissener Bluse, die sie sich notdürftig zusammenhielt, wieder Richtung Synagoge, um den sicheren, aber längeren Weg zu gehen.

Als sie die schmiedeeiserne Tür mit einem Quietschen öffnete, erschrak sich ein Mann, der gerade aus der Synagoge gekommen war und ein besorgtes Gesicht machte.

Es war Aron Lwowiec, der mit entsetztem Gesicht auf Milli zugerannt kam, als seine Tochter vor seinen Augen zusammenzubrechen drohte. Er war rechtzeitig bei ihr und hielt sie fest umschlungen und sagte besorgt: „Milli, oh Milli ... wir haben uns solche Sorgen gemacht, was ist nur geschehen?"

Milli schaute ihren Vater an und sagte dann mit schluchzender, zittriger Stimme: „Man hat versucht mich zu vergewaltigen, aber der Herr hat seinen Racheengel geschickt, um mir beizustehen."

# Tatort Judenfriedhof

Detroit, 12. Mai 1950, 6.00 Uhr, Judenfriedhof, Downtown Synagoge

Als Richard aus seiner Wohnungstür trat, konnte er es immer noch nicht fassen, der Vermieter hatte tatsächlich die flackernde Birne austauschen lassen, und gestern hatten Handwerker begonnen, die Holztreppe abzudecken, damit die Wände und Decke gestrichen werden konnten. Es geschahen anscheinend doch noch Wunder. Das und der gute Kaffee, den er gerade hatte, ließen Andersons Laune steigen.

Während er die Treppe runterging, steckte er sich einen Zigarillo an und nahm einen kräftigen Zug.

Als er auf der Höhe der letzten Wohnung angekommen war, in der der Alkoholiker mit seiner Frau lebte, ging die Tür auf und seine Nachbarin kam heraus.

„Guten Morgen, Mr. Anderson, geht es Ihnen gut ... hier ... ich habe gestern gebacken, bitte für Sie!", sagte sie mit einem schüchternen Lächeln und reichte ihm einen halben Marmorkuchen, den sie vorsorglich in Papier eingeschlagen hatte.

„Frau Armarno, Sie sollen das doch nicht immer machen, ich werde noch schneckenfett, wenn das so weitergeht!", sagte er mit einem Lächeln.

„A... a..., da gibt es keine Widerrede, irgendjemand muss sich doch um Sie kümmern, und was Sie für mich getan haben, kann ich eh nie wieder gutmachen!", sagte sie mit Nachdruck.

„Das ist doch Blödsinn, das war einfach meine Pflicht ... lässt er Sie denn jetzt wenigstens in Ruhe!?"

„Ja, das lässt er, und trinken tut er auch nicht mehr ganz so viel, hat neue Arbeit gefunden!", sagte sie und man konnte ihr die Erleichterung anhören, die sie bei ihren Worten empfand.

Als Anderson gehen wollte, kam der besagte Ehemann aus dem Nebenzimmer und wollte gerade etwas zu seiner Frau sagen, als er Richard zu Gesicht bekam. „Ach verdammt!", war das Einzige, was er sagte, während er zurück in das Zimmer ging und die Tür zuknallte.

Richard musste unweigerlich grinsen, und seine Nachbarin erwiderte es mit einem Lächeln ihrerseits. „Sie sind mein Held!", sagte sie leise und schloss dann die Tür, nachdem sie Richard noch einen schönen Tag gewünscht hatte.

Richards Laune war dadurch noch einmal gestiegen.

Er dachte, ‚das ist ja schon fast nicht mehr auszuhalten, frage mich was heute noch so kommt', und ging aus der Haustür.

Kaum war er aus der Tür, stieß er mit jemandem zusammen, beide entschuldigten sich, bevor sie sahen, wen sie angerempelt hatten.

„Tom, du, was hast du um diese Zeit hier verloren, hat Mandy dich endlich rausgeschmissen!?", fragte Richard freundschaftlich stichelnd.

„Ha ha ... sehr witzig ... wir haben einen Tatort, scheint nach der Beschreibung, die ich bis jetzt habe, unser spezieller Freund zu sein.

„Und ich Arschloch habe mich gerade gefragt, was heute noch so alles passieren könnte, weil, bevor du hier aufgetaucht bist, alles bestens lief!", erwiderte Anderson etwas angesäuert.

Tom hatte den Kommentar anscheinend komplett überhört und schielte auf das Kuchenpaket. „Willst du das etwa alleine essen?", fragte er und sah aus wie ein verhungernder Bär, dem man einen Honigtopf vorsetzte.

„Da nimm und werde fett, dann triffts mich wenigstens nicht!", sagte Richard leicht genervt und warf Tom den Kuchen zu.

„Danke, Mann ... weißt doch, dass mich Mandy schon seit Wochen auf Diät gesetzt hat, es gibt nichts Schlimmeres als Frauenabende, denn an so einem wurde einfach entschieden, dass die Männer eh alle zu viel Gewicht zugelegt haben, und der Gesundheit wegen werden wir gequält!"

„Du armer Ehemann, siehst schon richtig verhungert aus!", meinte Richard sarkastisch und knuffte Tom in den Bauch.

„Genau!", sagte McKey mit einem Lächeln und biss in den Kuchen.

„Also, wo genau befindet sich unser Tatort denn?", fragte Anderson seinen Kuchen vernichtenden Freund.

„Judenfriedhof, neben der Downtown Synagoge, ungefähr ne viertel Stunde von hier!", antwortete Tom mit vollem Mund.

„Dann lass deinen Wagen hier stehen und fahr mit mir, Tom!", sagte Anderson und schloss seinen Wagen auf.

„Der Tag verspricht warm zu werden, wenn es nur annähernd so aussieht wie bei den anderen Tatorten, dann sollten wir uns ein bisschen ranhalten, bevor alles zu stinken beginnt. Gibt es denn diesmal wenigstens einen Überlebenden, weißt du schon was?", fragte Anderson und hatte wenig Hoffnung, dass sie auch mal Glück haben sollten.

„Ja, wirst es nicht glauben, die gibt es, und zwar eine junge Frau, die nachdem sie aus der Synagoge gekommen war, eine Abkürzung über den Friedhof nehmen wollte und von vier Männern bedroht wurde. Alles Weitere können wir sie zu Hause fragen, nachdem wir am Tatort fertig sind. Die Familie ist den ganzen Tag da, hat mir die Zentrale durchgegeben", berichtete McKey.

„Na endlich mal jemand, der nicht erst aus dem Koma erwachen muss und dann nur dummes Zeug von sich gibt!", meinte Richard erfreut und ein klein wenig kam seine gute Laune wieder. Gespannt auf das, was sie zu sehen bekommen sollten, fuhren sie in Richtung Synagoge.

Als sie in die Nähe des Friedhofs kamen, war bereits alles weiträumig abgesperrt, Beamte leiteten den Verkehr um und natürlich hatten sich schon einige Schaulustige eingefunden, darunter auch, wie sollte es auch anders sein … die Presse.

Kaum waren Anderson und McKey ausgestiegen, kamen die Reporter schon angerannt, wie ein Schwarm Schmeißfliegen, wie Richard es immer ausdrückte.

Unter ihnen war natürlich auch sein Lieblingsreporter, Mr. Ted Ferguson, der keine Gelegenheit ausließ, um ihm auf die Nerven zu gehen, und als er diesen katastrophalen Artikel verfasste, der die komplette Polizei ganze drei Tage lang lahmgelegt hatte, war er für Richard endgültig gestorben.

Als hätten sie seinen Namen gerufen, drehte der verhasste Reporter sich zu ihnen um, lächelte sie an und kam auf sie zu.

„Guten Morgen, Inspektor, wunderschön dieser Morgen was, … könnte es sein, dass wir heute Nacht wieder einen verrückten Killer in Aktion hatten?", fragte der Reporter dreist.

„Ferguson, Sie können meinen, was sie wollen, aber gehen Sie mir nicht auf die Nerven, und vor allem behindern Sie uns nicht bei unserer Arbeit!"

Mit diesen Worten ließ Anderson den Reporter stehen und zwängte sich mit Tom durch die Schaulustigen und unter der Absperrung durch.

Mike war auch schon da und machte gerade einen Gipsabdruck von einer Spur. Als er seine Freunde und Arbeitskollegen sah, stand er auf und kam auf sie zu. „Guten Morgen, haben hier drei Leichen und da drüben am Zaun noch eine!", berichtete er und wischte sich den überschüssigen Gips von den Handschuhen.

Anderson drehte sich einmal um sich selbst und versuchte so den Tatort auf sich wirken zu lassen. Er sah die Leiche eines Mannes, dem der Hüftknochen bis zur Brustwirbelsäule herausgerissen worden war. Unter der Leiche war der Kies komplett verwischt und tiefrot vor lauter Blut, als hätte jemand etwas Schweres hin- und hergeschoben. Daneben lag ein abgerissener Kopf, aus dessen Augenhöhlen die Augen und die Zunge regelrecht herausgetreten waren, so wie man es häufig bei Erhängten zu sehen bekam, wenn nicht gleich das Genick gebrochen war und sie kläglich erstickten.

Auf Richards Anweisung zog sich Tom ein paar Handschuhe an, und mit Mikes Hilfe hoben sie die Leiche ein Stück weit an, sodass Anderson darunter schauen konnte. Währenddessen machte ein Mitarbeiter Conners eifrig Fotos.

„Hier musste das Opfer der versuchten Vergewaltigung gelegen haben, was für eine Sauerei und stellt man sich vor, dass der zerfetzte Typ sehr wahrscheinlich auf sie draufgeklatscht ist, nachdem ihm die Knochen aus dem Leib gerissen worden waren ... unglaublich. Tom, du sagst die Frau sei hiernach noch vernehmungsfähig?", fragte Anderson ungläubig und zeigte auf den schleimigen, stinkenden, von Schmeißfliegen umflogenen, Fleischhaufen vor sich.

Tom konnte nur mit seinen Schultern zucken und nicken.

Links daneben lag eine weitere Leiche, die aussah, als hätte man einen Fisch versucht mit einem Schlag zu entgräten.

Anscheinend war es dem Täter egal, ob sein Opfer eine stabile Lederjacke getragen hatte, denn der vordere Teil der Jacke war mit einem Teil des Brustkorbes weggerissen worden, sodass man die inneren Organe sehen konnte, die schon leicht angetrocknet wirkten. Nur seine Lunge fehlte, sie befand sich offensichtlich um die Schulter von der kopflosen Leiche gewickelt, die am Kopfende des Vergewaltigers lag. Sein Hals sah aus, als wäre ein Panzer darüber gefahren.

Tom sah Richard und Mike fassungslos an und sagte: „Jungs, habt ihr euch auch schon gefragt, wie man so was bewerkstelligen könnte?"

Anderson schaute sich nochmals um und blickte Tom an. „Wenn man bedenkt, dass man nicht nur gewaltige Kraft, Größe und Schnelligkeit braucht, um alle so auf einem Fleck zu erwischen, für so was bräuchte man normalerweise eine Granate oder eine Maschinenpistole oder vielleicht eine Mine, aber das ... das ist Wahnsinn!"

Richard überlegte noch und sagte dann zu einem nahestehenden Beamten, der kaum noch Farbe im Gesicht hatte: „Joni, sagtet ihr nicht an einem Zaun gebe es noch eine Leiche?"

„Ja Inspektor ... kommen Sie!"

„Mike, Tom und Sie, mit dem Fotoapparat, kommen mit!", rief Anderson seinen Kollegen zu und folgte dem blassen Beamten.

Als sie zu besagtem Zaun kamen, sahen sie eine weitere Leiche, die mit dem Rücken zuerst auf dem Zaun, wie auf mehreren Lanzen, aufgespießt war. Auch dieser Tote hatte Ledersachen an, wie es gerne Motorradgangs tragen. Aus diesen waren dünne Butfäden über die Eisenkonstruktion gelaufen, die zu trocknen angefangen hatten und sich bereits schwärzlich zu verfärben begannen.

Gleich daneben befand sich ein Durchgang und Richard benutzte diesen, um sich die Leiche von der anderen Seite genauer anzusehen.

Jetzt sah er, dass es sich dabei ebenfalls um einen Mann handelte, dessen Kopf jedoch nach unten weggerissen worden war und nur noch an einem Streifen Haut baumelte, als hätte ihn jemand einfach abgebrochen.

Anderson blieb vor dem Leichnam stehen und steckte sich erst einmal einen Zigarillo an. Nachdem er die Zigarillo-Schachtel wieder in die Manteltasche gesteckt und zwei kräftige Züge genommen hatte, ging er näher an den Zaun heran, um sich die Sache noch genauer anzusehen.

„Mike, haben Sie zufällig etwas einstecken, mit dem man die an dem Brustkorb aufgerissene Lederjacke ein Stück aufklappen kann!?", fragte Anderson und Conner reichte ihm ein Paar Handschuhe.

Richard zog die Handschuhe an, klappte die Lederjackenfetzen im Brustkorbbereich auseinander und enthüllte dabei ein klaffendes Loch auf Herzhöhe, aus dem ihnen ebenfalls Fliegen entgegengeflogen kamen.

Anderson schaute über seine Schultern zu seinen Kollegen: „Ich wette mit euch um ein Jahresgehalt, dass auch dem das Herz fehlt!"

Richard ging ein Stück zurück und wies den Fotografen an, genau die aufgeklappte Stelle zu fotografieren.

Richard hatte sich gerade zu Tom gestellt, und der fing an zu notieren was der Inspektor ihm diktierte, als sie einen Tumult an der Vergewaltigungsstelle ausbrechen hörten.

Alle, die am Zaun gestanden hatten, beeilten sich in Richtung des Lärms zu gelangen, als ihnen eine vertraute Gestalt mit einem Fotoapparat entgegengelaufen kam.

Es war Ferguson.

Als dieser sah, wer ihm entgegenkam, änderte er seine Laufrichtung und hielt auf den dritten Ausgang, den der Friedhof noch hatte, zu. Dabei lief er querfeldein und sprang über einige Grabsteine. Zwei Mal fiel er hin, rappelte sich aber schnell wieder auf und verschwand im Endeffekt aus ihrem Blickfeld, und kurz danach hörte man eine Eisentür ins Schloss fallen. Daraufhin hörte man die Reifen eines Autos quietschen, welches Fergusons Assistent vorfuhr, als er seinen Chef hatte rennen sehen … und weg war er.

Richard und seine Begleiter trafen sich mit zwei weiteren schwer atmenden Beamten an einer Wegabzweigung. Er fragte sie, was denn mit Ferguson los sei, obwohl er es sich schon denken konnte.

„Der verdammte Mistkerl ist … irgendwie an … der Absperrung vorbei gekommen ... und hat Fotos gemacht ... aber so, als sei er ein Mann von der Forensik ... als es dann Jo aufgefallen war, wer er war, ist der bereits stiften gegangen!", sagte einer der Beamten, die sie getroffen hatten, schwer atmend.

„Sie wollen mir gerade allen Ernstes sagen, das einer der skrupellosesten Reporter Detroits Aufnahmen von der Sauerei dort hinten hat ... wollen Sie mir das damit sagen, Mann!?", schrie Anderson den vor Verlegenheit rot angelaufenen Beamten an, der nickte nur mit zusammengebissenen Zähnen, als erwartete er gleich einen Schlag.

Tom, dem gerade bewusst wurde, was dies bedeuten könnte, schüttelte nur den Kopf.

„Jetzt haben wir wirklich ein Problem!", meinte Richard in die Runde und hörte sich dabei ebenso resigniert an, wie Tom aussah.

„Tom ... mach dich bitte auf den Weg und versuche für diese Ratte einen Haftbefehl zu bekommen oder wenigstens ein Druckverbot und bestehe auf die Herausgabe der Aufnahmen!", sagte Richard knapp.

McKey nickte nur ernst und machte sich eilig auf den Weg zum Präsidium, um bei dem Staatsanwalt einen Termin zu bekommen.

Anderson, dem bei der ganzen Rennerei der Zigarillo abhandengekommen war, steckte sich erst einmal einen neuen an. Dann ging er noch einmal zurück zu den Leichen und machte sich selbst noch ein paar Notizen.

Als er den Tatort verlassen hatte und vor der Synagoge stand, kam ein Beamter auf ihn zu. „Sir ..., von Sergeant McKey für Sie ... soll ich Ihnen persönlich geben, bevor Sie den Tatort verlassen!" Etwas linkisch gab Richard die Adresse der jungen Frau, die das Gemetzel unverletzt überstanden hatte.

Richard nahm noch einen jungen Beamten mit, der für ihn bei der Befragung Protokoll führen sollte, und dann fuhren sie los, mussten sich ein paar Mal durchfragen, bis sie in einem Stadtteil ankamen, in dem zum größten Teil jüdische Mitbürger wohnten.

Sie mussten zur Hausnummer 243 und fanden diese nach einiger Suche dann auch. Anderson parkte direkt vor dem Haus der Lwowiecs.

Es war ein Backsteinbau aus den 1920er Jahren, der Vorgarten war mit einem Jägerzaun eingezäunt und akkurat gepflegt, die Büsche und Bäume waren wie mit dem Lineal geschnitten worden.

Anderson fühlte sich auf Anhieb unwohl, da er mehr der 'Chaot' war und ihm überkorrekte Menschen suspekt waren.

„Na, dann wollen wir mal", sagte Richard zu seinem Begleiter, „und

vergessen Sie den Notizblock nicht ... ach, wie heißen Sie eigentlich!?"
„Potter ... Sir, Frank Potter!", sagte der junge Beamte zackig.
„Na schön, Potter, mal sehen, was wir zu hören bekommen!"

Sie wollten gerade anklopfen, da wurde ihnen schon die Tür geöffnet und
ein Mann, Ende vierzig, stand vor ihnen. Er hatte die Haare kurz
geschnitten, nur über den Schläfen hing ihm eine Locke herunter, ein weiß
melierter Bart bedeckte fast die komplette untere Gesichtshälfte und ließ
den Mund fast verschwinden. Daher konnte Anderson nicht erkennen,
was der Mann vor ihm für ein Gesicht zog, ob freundlich oder nicht.
Erst als sie von ihm freundlich begrüßt wurden, wusste Richard woran er
war.
„Seien Sie willkommen, Sir, Sie sind bestimmt von der Polizei, mein Name
ist Aaron Lwowiec, der Vater der geschundenen Seele, die meine Tochter
jetzt ist!", sagte er bedauernd.
„Guten Tag Sir, ... mein Name ist Anderson, Inspektor Anderson. Bei mir
ist Mr. Potter, der für mich die Fakten, die Sie mir geben, aufschreiben
wird!", sagte Richard und wies mit seiner linken Hand auf Potter, der
bestätigend nickte.
Sie wollten gerade eintreten, da sagte Lwowiec: „Bitte ziehen Sie die
Schuhe aus, Sie bekommen von meiner Frau Pantoffeln", und, wie aus
dem Nichts, so schien es, stand Lwowiecs Frau mit zwei Paar Pantoffeln
bereit, die sie ihnen mit einem Lächeln übergab.
„Vielen Dank, Frau Lwowiec!", sagten die zwei Beamten, und Richard
wurde beim Ausziehen seiner Schuhe bewusst, dass er seine Strümpfe
schon den dritten Tag anhatte, ohne sie gewechselt zu haben. Also beeilte
er sich den Wechsel von Schuh zu Pantoffel so schnell wie möglich hinter
sich zu bringen.
Als sie fertig waren, wurden sie in das Wohnzimmer geführt.
Lwowiec wies Anderson einen Sessel zu, seinem Begleiter ließ er am nahen
Esstisch Platz nehmen ... wegen der Notizen, die er ja machen musste.
Lwowiec setzte sich auf eine Dreisitzercoach Richard gegenüber, dann
kam seine Frau und fragte, ob sie einen Kaffee haben wollten, was sie sehr
gerne annahmen.
Die ganze Zeit als sie auf den Kaffee warteten, wurde nicht gesprochen.
Erst als der Kaffee dann vor ihnen stand, und sie den ersten Schluck
gemacht hatten, bat Lwowiec seine Frau ihre Tochter zu holen, was diese
mit einem Nicken machte.
Nach kurzer Zeit kam Frau Lwowiec in Begleitung ihrer Tochter die

Treppe herunter.

Richard hatte ein vor Schrecken aufgelöstes Mädchen erwartet, aber was er sah, erstaunte ihn. Sie war vielleicht 1,60 m groß, schlank, aber mit einer schönen weiblichen Figur, rötliches, leicht gelocktes, schulterlanges Haar. Eine ordentliche, weiße Bluse mit halblangen Ärmeln, die bis oben zugeknöpft war und ein Bleistiftrock, der ein ganzes Stück über die Knie ging, ließ sie eher aussehen wie eine strenge Lehrerin.

Wären die Schürfwunden auf den Armen und im Gesicht, sowie das blaue Auge, nicht gewesen, man hätte nicht gedacht, dass sie beinahe von vier Männern vergewaltigt worden war.

Sie kam zusammen mit ihrer Mutter ins Wohnzimmer und setzte sich dann neben ihren Vater.

„Milli, das sind Inspektor Anderson und das am Tisch ist sein Mitarbeiter!", sagte Millis Vater.

„Guten Tag, wie kann ich Ihnen behilflich sein?"

„Guten Tag Ms. Lwowiec, geht es Ihnen denn wieder besser?", fragte Anderson.

Milli Lwowiec schaute zu ihrem Vater, und erst als der mit einem Lächeln nickte, begann sie mit Richard zu reden.

„Ja, den Umständen entsprechend geht es mir gut, danke der Nachfrage!", sagte sie und klang jetzt doch ein bisschen erschöpft.

Richard schaute ihr genau in die Augen und lehnte sich dann ein Stückchen in Millis Richtung. „Mises Lwowiec, wie genau hat sich denn der Vorfall nun abgespielt!"

Milli wollte gerade antworten, da tat es ihr Vater für sie, was ihr anscheinend nicht passte, aber sie sagte nichts dazu.

Richard unterbrach Lwowiec mit einer eindeutigen Geste und fragte: „Waren Sie dabei, als Ihrer Tochter diese Sachen zugestoßen sind ... ich glaube kaum!" Lwowiec sah in dem Moment aus wie ein Karpfen, der nach Luft schnappte. Bevor er etwas erwidern konnte, setzte Richard sein Gespräch mit der Tochter fort. „Milli ... ich darf Sie doch Milli nennen?", fragte er, worauf sie nickte. „Also Milli, bitte lassen Sie sich von Ihrem Vater nicht irritieren, nichts für ungut, Mr. Lwowiec, aber ich brauche die Erzählung so, wie Ihre Tochter es erlebt hat, um mir ein genaues Bild machen zu können.

Lwowiec, der ein Patriarch alter Schule war, und sich wie ein Schutzschild vor seine Familie zu stellen pflegte, war perplex, wie in seinem eigenen Haus mit ihm gesprochen wurde, sagte aber beherrscht, obwohl es ihm nicht leichtfiel: „Gut ... dann werde ich das Wohnzimmer verlassen. Milli, ich bin mit deiner Mutter in der Küche, wenn du also nichts mehr sagen willst, sag Bescheid und ich komme wieder ... du weißt, was wir besprochen haben."

Milli nickte nur, ihr Vater schien zufrieden und ging mit einem knappen säuerlichen Nicken hinaus.

„Also noch einmal, was haben Sie erlebt ... und bitte nichts auslassen!", sagte Richard mit einem gewinnenden Lächeln zu ihr.

Milli schaute erst zu Potter, der zu schreiben begonnen hatte, und dann zurück zu Richard und fing an zu erzählen: „Also, ich war mit saubermachen in der Synagoge so um acht halb neun Uhr abends fertig, dann habe ich abgeschlossen und wollte schnell nach Hause. Also habe ich die Abkürzung über den Friedhof genommen. Auf halbem Weg trat auf einmal ein Mann aus dem Gebüsch in meinen Weg und fing an mit mir zu reden, aber nicht nett ... das können Sie mir glauben!"

„Und dann ...was geschah dann!?", wollte Anderson wissen.

„Dann ... dann habe ich Angst bekommen und wollte zurück, da waren dann aber schon die anderen, die mich in die Richtung des ersten Mannes schubsten, wobei ich hingefallen bin. Das hat denen gefallen, und sie haben mich festgehalten und geschlagen, ich konnte einmal zutreten, aber dann hatte ich keine Chance mehr. Sie verstehen, was ich Ihnen damit sagen will?", fragte sie beklommen, nun doch mit bebender Stimme, weil sie für die Beamten alles noch einmal im Geiste durchlitt.

Richard sah ihr Dilemma, dass sie nicht in alle Einzelheiten gehen wollte und sagte beruhigend: „Ich verstehe ... aber zu einer wirklichen Vergewaltigung ist es dann ja zum Glück nicht gekommen ..."

Milli nickt nur mit gesenktem Blick.

„Und wie genau konnten Sie sich aus dieser Lage befreien, wer hat Ihnen geholfen und haben Sie ihn genau gesehen?", fragte Richard nun doch mit ein bisschen mehr Nachdruck.

„Ich hatte in der Tat Hilfe ... er richtete meine Peiniger, und dann war er verschwunden ... das ist alles!", sagte sie schnell, und man musste nicht Einstein sein, um zu verstehen, dass sie versuchte, nicht alles zu erzählen.

Richard versuchte, wieder Blickkontakt mit Milli aufzubauen, was nicht einfach war, da sie die ganze Zeit nicht hochgeschaut hatte. So forderte Anderson sie freundlich auf, ihn anzusehen.

Als sie schüchtern nach oben schaute, sagte er schon fast beschwörend: „Milli ich weiß, es ist nicht leicht für Sie, aber bitte sagen Sie uns alles ... ich bitte Sie!"

„Ich kann nicht ... Sie würden mir nicht glauben ... genau wie mein Vater, der gesagt hat, Sie würden mich in eine Irrenanstalt einweisen lassen, wenn ich nicht meinen Mund halte über das, was ich mir angeblich eingebildet habe!", sagte Milli, nun ein bisschen heftiger als sie vielleicht wollte. Sofort kam die Stimme ihres Vaters aus der Küche und fragte, ob alles in Ordnung sei, und als sie bejahte, blieb er zum Glück wo er war.

Nun war Richards Interesse mehr als geweckt.

„Ok, Milli, wie wäre es, wenn mein Kollege sich in den Flur begeben würde und Sie mir dann alleine sagen, wovor Sie so große Angst haben. Ich verspreche Ihnen, dass ich Sie nicht auslachen oder Sie gar einweisen lasse ... wäre das Ok für Sie!?"

Milli überlegte einen Moment und willigte dann ein. Potter ließ, nach einem Nicken von Richard, seinen Block und den Stift liegen und verließ für eine Weile den Raum.

„So Milli, wir sind ungestört, bitte keine falsche Scheu, das bleibt alles zwischen uns beiden ... versprochen!", sagte Richard aufmunternd und nahm dabei ihre Hände in seine, um ihr zu zeigen, dass er es ehrlich mit ihr meinte. Milli zog ihre Hände nicht zurück, denn die Berührung des Inspektors war irgendwie beruhigend.

„Also gut ... ich konnte mich also nicht mehr wehren, da stürzte sich einer der Männer auf mich und entblößte erst mich und dann sich!", sagte sie. Bei diesen Worten wurde sie feuerrot im Gesicht und nahm ihre Hände aus seinen zurück.

„Dann, wie auf einen Schlag, lag der Mann auf mir drauf und ich hatte mit einem Mal überall Blut an mir, der Mann war ziemlich schwer, als er auf mich fiel. Und gestunken hat das, nach Blut und noch was ... so wie ... damals, als ich mit meinem Vater im Zoo war und wir uns die Löwen angeschaut hatten. Ja genau, aber das war sicherlich das viele Blut ... ich kann mich auch nicht mehr an alles erinnern ... fühlt sich eher an wie ein böser Albtraum. Aber an eines kann ich mich genau erinnern ... der, der mir geholfen hatte, musste ein Racheengel des Herrn gewesen sein, denn als er den einen mit einer Hand in die Höhe gerissen hatte, sagte er genau das Wort „Rache", dann fiel dessen Kopf neben mich und der Rest von ihm fiel irgendwo anders hin. Ich sah zu ihm, der turmhoch über mir zu stehen schien und ... und er schaute mich mit seinen rot glühenden Augen an, dann verschwand er mit einem riesigen Satz und war weg!" Irgendwie war Milli jetzt etwas erleichtert und ließ laut die angehaltene Luft aus ihren Lungen entweichen.

Richard hatte eine Gänsehaut, hatte er so etwas Ähnliches doch schon einmal gehört, nämlich von dem Italiener im Krankenhaus.

„Haben Sie den Kerl genau sehen können, wie sieht er aus!?", fragte Anderson aufgeregt.

„Tut mir leid, aber es war ziemlich dunkel, aber er hatte eine Fellhose an und einen Pelzmantel, denn als ich ihn am Bein berührte und seine Silhouette gegen den mondhellen Nachthimmel sah, sah es danach aus!", sagte Milli im Brustton der Überzeugung.

Nun war Richard noch konfuser zumute, das konnte doch nicht stimmen, aber er hatte bereits zwei Aussagen, die sich in prägnanten Dingen ähnelten.

„Ok ... Miss Milli, ich glaube Ihnen, aber bitte sagen Sie sonst niemandem, was Sie gesehen haben, in der Hinsicht hatte ihr Vater Recht und Sie würden eher als Lügnerin und Spinnerin hingestellt werden, und das wollen Sie doch nicht ... oder?", fragte Richard eindringlich. Als sie zustimmend genickt hatte, rief er Potter und dann Millis Vater zurück ins Wohnzimmer.

„Haben Sie jetzt alles, Inspektor ... hat meine Tochter jetzt wieder Ruhe!?", fragte Lwowiec mit Herablassung in seiner Stimme, denn er trug Anderson immer noch nach, dass er ihn im eigenen Haus zurechtgewiesen hatte.

„Ja, wir haben so weit alles, falls es dennoch Rückfragen geben sollte, werden sie kontaktiert, also verlassen sie die nächsten Tage Detroit nicht ohne Rücksprache mit dem Department.

Da alles Wichtige erörtert war, verließen sie das Haus der Lwowiecs, und Richard musste erst einmal ein paar Sachen in seinem Kopf ordnen, auch wenn es sich für ihn als schwierig erweisen sollte.

Er musste sich noch einmal mit dem Italiener im Krankenhaus unterhalten, aber zuerst musste dieser Spinner von Reporter gestoppt werden.

# Und tschüss

Detroit, 15. Mai 1950, früh morgens im Henry Ford Hospital,
2799 West Grand Boulevard

Antonio war es mittlerweile leid, an sein Bett gefesselt zu sein, er war anscheinend vergessen worden. Weder einer seiner Leute, noch jemand von der Polizei, war noch mal bei ihm gewesen, außer seinen beiden Bewachern, die auch keine Lust mehr zu haben schienen, ihm alles vor den Hintern zu machen, da er ja angekettet war.

Auf seine Fragen, ob er denn bald mal ohne Handschellen im Bett liegen dürfte, hatte er keine Antwort bekommen, weil die zwei Bewacher es anscheinend selber nicht wussten.

Antonio grübelte schon seit Tagen, wie er hier rauskommen könnte, und so langsam formte sich ein Plan in seinem Kopf.

Er wusste mittlerweile, wann die Wachablösung stattfand, wann seine Aufpasser besonders müde waren und dadurch unaufmerksam wurden.

An diesem Morgen, also, sollte es so weit sein.

Es war noch vor 5.00 Uhr morgens und sein Wachposten war gerade mal wieder auf seinem Stuhl eingenickt, als Antonio ihn weckte.

„He ... he aufwachen, ich muss mal dringend aufs Scheißhaus, Mann ... he!", sagte er zu der Schlafmütze, die vor seinem Bett saß und pennte.

„Was willst du denn schon wieder!?", wollte der junge Beamte schlaftrunken wissen und blinzelte ihn an.

„Ich halts nicht mehr aus, kacke mir gleich in die Hose!", sagte Antonio nachdrücklich.

„Ok, ok, ich komm ja schon, nur keine Aufregung!", sagte der Polizist verschlafen und kam zu Antonio ans Bett.

Antonio hatte seine Hand runterhängen lassen, sodass sich der Beamte ein Stück nach unten beugen musste, um an die Handschellen zu kommen, und als er seinen Kopf so schön auf Höhe der Matratze hatte, zog Antonio, nachdem die Handschelle aufgesprungen war, dem gutgläubigen Bewacher mit einer Wasserflasche einen über, was den Mann auf der Stelle zusammenbrechen ließ.

Antonio hatte dessen Sturz aufgefangen, damit es kein verdächtiges Geräusch gab und ließ den Dummbeutel auf den Boden sinken.

Dann zerrte er ihn hinter den Toilettenvorhang, wobei er wieder heftige Kopfschmerzen bekam, da er sich eigentlich ja noch nicht so anstrengen sollte, und begann ihn auszuziehen, um sich als Polizist zu verkleiden.

Er hatte extra gewartet bis der junge Polizist Wache auf seinem Zimmer hatte, denn sie hatten ungefähr dieselbe Statur.

Alles passte ausgezeichnet, als wäre es seine Uniform, nur die Schuhe waren ein bisschen zu groß, sodass er aufpassen musste, nicht zu stolpern.

Er nahm die Schrotflinte, die an dem Stuhl lehnte, an sich, nachdem er den jungen Mann mit dem Bettüberzug gefesselt und geknebelt hatte.

Nun ging er auf leisen Sohlen zur Tür, öffnete diese nur einen Spalt breit und sah nach draußen, was die andere Wache machte.

Antonio hatte Glück, auch er schlummerte selig und als die Nachtschwester schmunzelnd wegen des Schnarchens an ihm vorbeiging und dann in einem anderen Zimmer verschwand, kam Antonio heraus.

Der Beamte schien was gehört zu haben und öffnete die Augen, nur um von Antonio wieder 'schlafen' geschickt zu werden, indem er ihm den Gewehrschaft in den Nacken hieb.

Nachdem er auch diesen in sein Zimmer geschleift hatte, seine Kopfschmerzen waren mittlerweile unerträglich geworden, fesselte und knebelte er auch ihn.

Da er nicht in noch größere Schwierigkeiten kommen wollte, falls er bei seiner Flucht geschnappt werden würde, ließ er auch die Waffen im Zimmer zurück und machte sich auf den Weg zum Treppenhaus. Dort kam er auch an, denn es war nur ein kurzer Weg vom Zimmer dorthin.

Als er dann durch die Treppenhaustür gegangen war, musste er sich erst einmal am Treppengeländer festhalten, denn ihm wurde es immer wieder mal schwindelig.

Der Schwindel verging, die Kopfschmerzen blieben, und so machte er sich vorsichtig auf den Weg zum Eingangsbereich.

An der Tür im Erdgeschoss angekommen schaute er durch das kleine vergitterte Glasfenster in die Lobby und sah zu seinem Entsetzen, dass es anscheinend noch einen Beamten im Krankenhaus gab.

Dieser saß mit seinem fetten Arsch auf einem Stuhl, der sich bedenklich unter der Last zu verbiegen schien. Er war wach, aber las anscheinend etwas Interessantes, denn er wirkte leicht abwesend.

Antonio setzte alles auf eine Karte und spazierte einfach an ihm vorbei.

Als Antonio schon ein Stück an ihm vorbei war, schaute der übergewichtige Beamte auf und fragte etwas irritiert: „Thomsen, wo wollen Sie denn schon hin, sind noch fast zwei Stunden!"

Antonio verlangsamte seinen Schritt nicht und sagte in leicht näselndem Tonfall, der dem des jungen Beamten glich: „Nur ein bisschen frische Luft schnappen, bin gleich wieder auf Posten!"

„Gut, Junge, mach aber nicht zu lange, sonst muss ich Meldung machen!",
sagte der Fette wichtigtuerisch.

Antonio hob nur kurz seine Hand als Zeichen, dass er es verstanden habe
und spazierte aus dem Haupteingang hinaus und hinein in seine Freiheit.

# Die Redaktion

Detroit, 15. Mai 1950, 9.30 Uhr, auf dem Revier

Tom hatte alles ihm Mögliche versucht, aber erst für heute einen Termin beim Staatsanwalt bekommen. Zu alledem war auch noch der Italiener aus dem Krankenhaus verschwunden, was er Richard auch noch beibringen musste, wenn dieser gleich hier eintrudelte.

Keinem war das Verschwinden des Italieners aufgefallen, erst als die Wachablösung kam, wurden die geknebelten Kollegen gefunden.

Natürlich ging sofort eine Fahndung raus, aber weil der Gefangene ohnmächtig eingeliefert worden war, hatte man noch kein Foto von ihm gemacht.

Auch das würde Richard in Rage versetzen, befürchtete McKey.

Tom wartete schon über eine Stunde darauf, dass er in das Büro des Staatsanwaltes eingelassen wurde. Als es dann endlich so weit war, gab sich der Staatsdiener kurz angebunden, und im Endeffekt gab er McKey zu verstehen, dass zu wenig Beweise und keine Schwere der Tat vorlägen, um einen Haftbefehl auszustellen.

‚Was war hier die letzte Zeit los‘, dachte McKey nicht zum ersten Mal, hatten sich denn alle gegen sie verschworen. Sonst hatten sie für weniger wichtige Sachen schneller einen Haftbefehl erhalten. Tom konnte sich der Frage nicht erwehren, ob sich selbst der Staatsanwalt schmieren ließ.

Fluchend verließ er das Büro, um sich dem nächsten Shitstorm zu stellen, nämlich seinem Vorgesetzten.

Der kam eben von Olsen aus dem Keller, wo gerade die Leichen des Tatorts vom Judenfriedhof obduziert wurden.

Tom, der ein paar Unterlagen von Conner bekommen hatte, schaute diese gerade durch, als Anderson durch die Tür in ihr Büro spaziert kam.

Tom dachte sich ‚Angriff ist die beste Verteidigung‘ und sagte: „Guten Morgen, Rich, wir müssen uns für den schmierigen Schreiberling was anderes einfallen lassen, der Staatsanwalt sieht keinen Grund für unser Anliegen, und bevor du jetzt schon ausflippen willst, dann warte noch kurz … der Italiener aus dem Krankenhaus ist nämlich auch verschwunden, hat die zwei Wachen heute Morgen zwei Stunden vor der Wachablösung überwältigt!“

Richard starrte Tom an, als wären ihm Hörner gewachsen, setzte sich auf seinen Stuhl und sagte immer noch nichts … aber seine Miene begann sich zunehmend zu verfinstern.

McKey, dem das Verhalten seines Freundes langsam unheimlich wurde, sagte vorsichtig: „Mann ... Rich, sag doch was dazu!"

Anderson sah ihn nur mit diesem undefinierbaren Blick an, um nach einer Weile dann doch etwas zu sagen. „Wie ist dem verdammten Italiener die Flucht aus dem Krankenhaus gelungen? Als wir da waren, war er meines Wissens noch ans Bett gefesselt ... oder irre ich mich!?", meinte Richard gefährlich leise.

Tom gab ihm Recht und erklärte, was er auch nur aus dem Bericht von Robinson entnehmen konnte, der sich nämlich überhaupt nicht erklären konnte, wie der Gefangene abhandengekommen war.

Er hatte ihnen nämlich verschwiegen, dass der Gefangene einfach an ihm vorbeimarschiert war.

Anderson stützte seine Ellenbogen auf den Schreibtisch und ließ sein Gesicht in seine Hände fallen, dann hörte man ein durch die Hände unterdrücktes Fluchen, worauf sich Richard die Haare raufte. Dabei fiel ihm sein Hut vom Kopf, ohne dass es ihn zu stören schien.

McKey stand auf und hob den jetzt leicht verbeulten Hut vom Fußboden auf und legte ihn neben seinen Freund auf den Schreibtisch.

Nach einer kurzen Zeit setzte sich Anderson wieder aufrecht in den Bürostuhl, seine Haare waren immer noch komplett zerzaust, als er Tom mit einem schiefen Grinsen anschaute, sich einen Zigarillo ansteckte, dann seinen Kamm aus der Jackett-Innentasche nahm und sich die Haare wieder in Form kämmte.

Jetzt wusste Tom gar nicht mehr, woran er war, hatte er doch mit einem Wutanfall seines Freundes gerechnet, also fragte er zögernd: „Rich ... alles in Ordnung ... was sollen wir als nächstes tun?"

Richard zog noch einmal an seinem Zigarillo und antwortete dann: „Ich glaube, wir sollten dem Detroiter Boulevard mal einen Besuch abstatten, mal sehen, ob wir da mehr Erfolg haben!" Mit diesen Worten stand er auf, nahm seinen Hut vom Schreitisch, setzte ihn auf und deutete McKey, mit einem Nicken Richtung Tür, an, ihn zu begleiten.

Auf dem Weg zu seinem Wagen fragte er Tom noch einmal wegen dem Staatsanwalt und warum der sich so zierte, diesen Haftbefehl auszustellen. Als McKey ihm von seiner Vermutung erzählte, dass wohl außer ihnen alle bestochen zu sein schienen, musste ihm Richard schweren Herzens Recht geben, da er sich das alles sonst schwerlich erklären konnte. Es war jetzt nur die Frage, wer dem Reporter den Rücken freihielt. Warum das so war, konnte er sich nicht erklären.

Hatte er doch schon vor zwei Tagen versucht, mit dessen Boss einen Termin zu bekommen, der hatte sich aber dauernd von seiner Sekretärin entschuldigen lassen.

Hier schien einiges zu stinken.

Sie mussten fast eine dreiviertel Stunde fahren, um zum Detroiter Boulevard zu kommen. Als sie in die Washington Street einbogen, in der die Redaktion und Druckerei der Zeitung ihren Sitz hatte, sahen sie schon von weitem das Haupthaus mit seinem turmähnlichen Aufbau.

Gegenüber dem Gebäude fanden sie einen Parkplatz. Als sie geparkt hatten, gingen sie über die Straße. Jetzt konnte man die Fassade genau sehen, sie war mit Stuckarbeiten verziert, und der Haupteingang war eine massive doppelflügelige Eichentür mit Glasapplikationen, die von weitem betrachtet das Papiermacherwappen zeigte.

Als sie eintraten, kamen sie in einen kleinen Saal, der Fußboden war mit roten Kacheln gefliest, und genau in dessen Mitte war ebenfalls das Wappen als Mosaik zu sehen.

Leise, wie als würde jemand im Hintergrund flüstern, hörte man die Druckerpressen in der angrenzenden Druckerei arbeiten.

Gegenüber dem Eingang befand sich die Rezeption mit einer streng wirkenden Empfangsdame.

Als sie schon fast vor dem Empfang standen, begrüßte die Dame sie mit nüchterner Höflichkeit. „Guten Morgen, die Herren, was kann ich für Sie tun?"

Anderson setzte ebenfalls sein steinernes Höflichkeitslächeln auf und zeigte ihr seinen Dienstausweis, bevor er sagte: „Ich bin Inspektor Anderson, und das ist Sergeant McKey, wir kommen, um mit Ihrem Chef, Mr. Mason Thick, zu sprechen!"

Die Empfangsdame sah sie, so kam es Richard vor, herausfordernd an, bevor sie auf eine Taste drückte, neben der eine Lautsprecheranlage stand.

„Mr. Thick, hier sind ein paar Herren von der Polizei, können Sie jetzt zu ihnen kommen oder soll ich einen Termin mit ihnen ausmachen!?", fragte die Dame ihren Chef.

Als die Empfangsdame den Finger von der Taste nahm, hörte man erst eine Weile lang nur ein leises Rauschen, bevor eine ölige Stimme sich meldete: „Sollen hochkommen!"

Mit einem immer noch frostig wirkenden Lächeln wurde ihnen der Weg zum linken Treppenhaus gewiesen. „Bitte in den fünften Stock, ganz die hinterste Tür, Sie können es gar nicht verfehlen!", sagte sie und kehrte zu ihrem Arbeitsplatz zurück.

Also gingen sie durch die Tür und standen im Treppenhaus, wo McKey nur gequält auf die Treppe mit ihren vielen Stufen starrte.

Richard sah das und meinte grinsend: „Na, hat deine Frau doch Recht mit deiner Kondition ... willst du es versuchen oder lieber hier unten auf mich warten?", stichelte Anderson mit einem Grinsen auf dem Gesicht.

McKey sah ihn nur an und zog eine Grimasse, bevor er vor Richard die Treppe hinaufstieg.

Richard folgte ihm, noch immer grinsend.

Als sie endlich oben im fünften Stock ankamen, versuchte Tom sich nicht anmerken zu lassen, wie sehr er außer Puste war. Richard ging an ihm vorbei und klopfte Tom dabei mitleidig auf die Schulter.

Sie konnten die Tür zum Büro des Chefs vom Detroiter Boulevard wirklich nicht verfehlen, denn sie war zweiflügelig und glich schon fast einem Burgtor in Miniaturausgabe.

Im Gang davor gingen links und rechts jeweils noch eine Tür ab, und man stand praktisch nach dem Verlassen des Treppenhauses fast schon davor. Tom ging näher an die Tür ran und klopfte an.

Eine Weile hörten sie nichts, und als McKey schon Anlauf nahm, um noch einmal, diesmal fester, anzuklopfen, ertönte eine durch die Tür gedämpfte Stimme: „Herein!"

Nun ging Richard an McKey vorbei, öffnete die Tür und sie betraten hintereinander das Zimmer.

'Zimmer' war wohl ein bisschen untertrieben, da sie in einem Raum standen, der mit seinen getäfelten Wänden und dem dunklen Mobiliar eher einem Burgsaal glich, in dem man schon fast ein Echo erwartete, wenn man sprach. An den Wänden waren Bilder aufgehängt, die man auch in einem Museum erwarten würde, da waren an einer Wand Porträts von etlichen Herren, die wohl die Vorfahren des jetzigen Eigentümers darstellten.

Hinter einem monströs wirkenden Schreibtisch saß ein ebenso monströser Mann, der so fett war, dass man Angst um den massiven Sessel haben konnte, auf dem er mit seiner Masse thronte.

Daneben reichte seine Sekretärin, die eine warhaft grazile Gestalt war, ihrem Chef gerade einige Papiere. Dieser hatte einen feuchten Zigarrenstummel im Mund, was ihn jedoch nicht davon abhielt, mit ihr zu reden, ohne diesen herauszunehmen. Mit seinem nach hinten über die Halbglatze gekämmten, schütteren Haar, sah er eher wie ein heruntergekommener

Barbesitzer aus.

Wiederum ließ sich Thick Zeit, bevor er die beiden Polizeibeamten mit seinen blutunterlaufenen Augen ansah, die so wirkten, als ob er schon längere Zeit zu wenig Schlaf abbekommen hätte.

„Was kann ich für die Herren tun?", fragte er leicht nuschelnd, mit wackelnden Wangen und Doppelkinn, durch die Zigarre, die er anscheinend nie aus seinem Mund zu nehmen schien.

Da sie keinen der antiken Stühle zugewiesen bekommen hatten, blieben sie davor stehen und Anderson sagte in scharfem Tonfall: „Da Sie wissen wer wir sind, komme ich gleich auf den Punkt. Das mit Ferguson muss aufhören, sonst geschieht noch ein Unglück bei der Panikmache, die Sie durch seinen Artikel hervorgerufen haben!"

Thick fixierte sie eine Weile mit seinen Schweinsäuglein und schickte dann seine Sekretärin weg, bevor er mit verächtlich verzogenem Mund sagte: „So ... muss ich das?" Er lehnte sich bei diesen Worten in seinem Sessel zurück, wobei dieser bedenklich knarrte.

Tom hatte die ganze Zeit nur neben Richard gestanden und nichts gesagt. Beim Anblick des unverschämt grinsenden, fetten Gesichts hätte er am liebsten seine Faust darin geparkt, sagte aber mühsam beherrscht: „Sollten Sie, denn nicht nur Sie können Ärger machen ... wir auch!"

Richard musste bei McKeys Worten grinsen, denn das Spiel 'guter Bulle böser Bulle' beherrschten sie aus dem 'ff', und da Mr. Thick anscheinend nicht erwartet hatte, dass er gedroht bekam, entgleisten ihm im ersten Moment seine Gesichtszüge.

Anderson nutzte die kleine Pause und sagte beschwichtigend: „Tom ... ich glaube kaum, dass Mr. Thick es soweit kommen lässt, ich denke, er ist vernünftiger als wir denken!"

Thicks Augen verengten sich zu Schlitzen und seine ganze Haltung drückte Ablehnung aus.

„Was denken Sie eigentlich, wer sie sind ... kommen hier in mein Haus ohne Termin, drohen mir und werden dann auch noch unverschämt. Das hier ist ...", dabei breitete er seine Arme aus, „... der Detroiter Boulevard, ein Wirtschaftsunternehmen und kein Kindergarten. Hier arbeiten mehr Leute als bei der Detroiter Polizei, und Sie wollen mir sagen, was ich zu machen habe, da wir ja auch noch so etwas wie Pressefreiheit haben!" Dabei redete er sich in Rage, wurde immer lauter und rot im Gesicht, sodass er mit einer Tomate hätte verwandt sein können.

Anderson hatte nicht mit so viel Gegenwehr gerechnet und setzte alles auf eine Karte, da er vermutete, dass hinter Thicks Verhalten mehr stecken musste als nur die Sorge um den Umsatz der Zeitung.

Deshalb sagte er mit extra leiser Stimme, sodass der Zeitungschef genau zuhören und den Mund halten musste, um etwas zu verstehen: „Wenn Sie nicht kooperieren, werden wir Ihre uns bekannten Machenschaften aufdecken und zwar für alle nachzulesen in den Detroit News ... als Titelseite!", sagte Richard ausgesucht höflich.

Dies schien zu wirken, denn das eben noch feuerrote Gesicht wurde schlagartig blass.

Thick räusperte sich und entgegnete dann betont liebenswürdig: „Meine Herren ... warum gleich so aggressiv, ... ich bin sicher, wir werden eine Lösung finden, die für beide Seiten zufriedenstellend sein wird!"

„Und was schwebt Ihnen da so vor?", wollte Anderson wissen.

„Nun ja ... Sie könnten Ferguson ein paar kleine Infos den Fall betreffend zukommen lassen, und wenn es zum finalen Abschluss des Falls kommen sollte, haben wir die alleinigen Rechte an der Story ... was sagen Sie?", meinte Thick, wobei er seine fetten Finger auf seinem voluminösen Leib verschränkte und recht zufrieden mit seinem Vorschlag schien.

Richard schaute dem ihm gegenübersitzenden Unsympath ins Gesicht und sagte dann schon fast in einem Befehlston: „Gut ... Ferguson soll sich in Zukunft hinter dem Absperrband aufhalten, wo er hingehört. Informationen, was die Entwicklung des Falls betrifft, wird er von meinem Partner Mr. McKey erhalten!"

Mit einem Nicken in Thicks Richtung drehten sie sich um und verließen den Raum, ohne ein weiteres Wort.


Als Anderson und McKey 'Thicks Büro' verlassen hatten, lockerte der Zeitungschef erst einmal seinen Kragen, um besser Luft zu bekommen. Seine Sekretärin betrat wieder den Raum und zog die Vorhänge zu. Thick brach der Schweiß aus.

Als es nur noch dämmrig im Zimmer war, ging eine Nebentür auf und eine Frau mit rotem, lockigen Haar, in einem figurbetonten schwarzen Abendkleid, kam auf ihn zu, setzte sich vor ihm auf den Schreibtisch, lehnte sich leicht nach vorne ... ganz nah vor Thick hin ... und sah ihn mit ihren schwarzen Augen an.

Thick versuchte ihr nach hinten auszuweichen, stieß aber bald an die nahe vertäfelte Wand, wobei sich Dellen abzeichneten, wo er mit der Lehne das Holz berührte.

Thick ... Thick ..., du kleines, fettes Schweinchen, was musste ich denn da gerade hören ... arbeiten wir jetzt mit der Polizei zusammen?", fragte die Frau zuckersüß, wobei sie mit dem spitzen Fingernagel ihres rechten Zeigefingers vom Kehlkopf aus bis zum Kinn fuhr und dabei eine dünne Blutspur hinterließ.

Sie steckte sich den Finger in den Mund, verzog danach den süßen Mund zu einem vor Ekel verzogenem Gesicht und spuckte dann vor Thick auf den Boden. „Mir war entfallen, wie ekelhaft du schmeckst ... also es bleibt dabei, der Artikel wird gedruckt!", sagte sie, sodass es keine Widerrede gab.

Thick, dem die Augen bei ihrem Anblick aus den Höhlen zu treten schienen, nickte nur heftig, wobei sein ganzer Körper zu wackeln begann und sagte unterwürfig: „W... w... w...wie Sie wünschen!"

„Gut!", war das Einzige, was er von der Frau zu hören bekam, bevor sie sich vor seinen Augen aufzulösen schien und dann doch nicht, und als sie das Zimmer wieder verlassen hatte, wuchtete Thick sich aus dem Sessel, watschelte an die Bar und entkorkte eine Flasche Whiskey. Er setzte die Flasche an den Mund und machte einen tiefen Schluck.

Der Artikel wurde gedruckt und zwar mit schockierenden Bildern, die zum Glück recht unscharf geworden waren, was aber das Ausmaß seines Erscheinens nicht minderte. Und wieder wurde die Polizei regelrecht von aufgebrachten Bürgern gestürmt.

Zudem wurde das Opfer 'Milli Lwowiec' auch noch namentlich genannt, was zur Folge hatte, dass die Polizei eine Streife abstellen musste, damit die Lwowiecs nicht überrannt wurden.

Richard war einer der ersten gewesen, die den reißerischen Artikel zu lesen bekam, denn irgendjemand hatte ihm ein Exemplar unter seiner Wohnungstür durchgeschoben.

Ihm war regelrecht der Zigarillo aus dem Mund gefallen, und der Kaffee wurde kalt, als er sah, was da gedruckt stand.

Als Tom dann im Büro eintraf, knallte Richard die Zeitung vor seinem Freund auf den Schreibtisch und rastete beinahe aus: „Dieses fette Dreckschwein hat uns komplett verarscht, aber warte nur ab, jetzt gehe ich persönlich zum Chef, ob er nun Zeit hat oder nicht!" Schon war er aus dem Bürozimmer bestürmt, bevor ihm Tom sagen konnte, dass es im Moment nicht ratsam sei, den Chef gerade jetzt zu stören, denn der hatte unangenehmen Besuch.

Richard war außer sich vor Wut, und sein Zorn hatte sich auf dem Weg zu seinem Chef nur noch gesteigert, so war er unangemeldet und ohne anzuklopfen ins Büro seines Chefs gestürmt.

Dieser hatte Besuch vom Anwalt des Detroiter Boulevard, und so bekam Richard vor dem Anwalt eine Ansage, die sich gewaschen hatte. Ihm droht, denn Thick hatte sich zur Wehr gesetzt, um sich Anderson und seinen Kollegen vom Hals zu halten.

Richard kam sich vor wie ein zu Unrecht geprügelter Hund, was seine Laune nicht verbessert hatte, als er wieder in sein Büro zurückkam.

Und das Schlimmste war, er konnte im Moment nichts mehr gegen Thick oder Ferguson machen, bis die Unterlassungsklage, die der Anwalt der Zeitung erwirkt hatte, nicht abgewiesen wurde … und das konnte Wochen dauern.

Er nahm die Zeitung, die er auf den Schreibtisch geworfen hatte, in die Hände, knäulte sie zusammen und warf sie gegen die Wand, dann verschwand er mit den Worten „brauche frische Luft", aus dem Büro.

# Blut geleckt

Detroit, 03. Juni 1950, auf einer Party

Monica war schon seit Tagen aufgeregt, war doch heute Abend der Abschlussball, jahrelanges Lernen war erst einmal vorbei.

Nach der Feier wollte sie eine mehrmonatige Reise durch alle Bundesstaaten machen ... natürlich mit ihrer besten Freundin Sandy.

Nur ein Problem hatte sie da noch, zwar hatte sie all die Jahre gejobbt, um das Geld für ihren Traum zusammenzubekommen, aber so einfach wie ihre Freundin Sandy es hatte, hatte sie es nicht. Sandys Eltern waren sehr wohlhabend.

Zwar hatten Sandys Eltern sie zu der Reise einladen wollen, Monica wollte es aber alleine schaffen, schon aus dem Grund, weil ihr Vater sie von Anfang an ausgelacht und ihr zu verstehen gegeben hatte, dass solche Träume eben nur was für Reiche seien.

In den letzten Monaten, und vor allem in den letzten Wochen, schienen sich jedoch die Worte ihres Vaters zu bewahrheiten, denn es fehlte immer noch eine beträchtliche Summe, und so hatte sie angefangen sich mit wohlhabenden Gentlemen zu treffen und sich das Ganze bezahlen lassen. Monica hasste sich selber dafür, aber noch schlimmer wäre es für sie gewesen, die verächtlichen Spitzen ihres Vaters ertragen zu müssen.

Seitdem ihre Mutter gestorben war, ging es mit ihrem Vater immer weiter bergab. Monica war damals noch ein kleines Kind gewesen und konnte die ganze Tragweite noch nicht begreifen, was es bedeutete, dass ihre Mutter gestorben war.

Als dann ihr Vater noch mit dem Trinken begonnen hatte und alle Hilfe ausschlug, die ihm die Christliche Gemeinde von Detroit zukommen lassen wollte, war Monica immer wieder komplett auf sich gestellt, da der Vater in ein regelrechtes Alkoholkoma verfiel, um sich der Realität nicht stellen zu müssen.

Und da hatte sie Sandy kennengelernt, verwöhnt bis ins Letzte und zutiefst gelangweilt vom Leben, und sie, die nicht wusste, wie sie sich was zu essen besorgen sollte, ohne zu stehlen.

Trotz ihrer gesellschaftlichen Unterschiede hatten sie sich all die Jahre gegenseitig den Rücken freigehalten.

Sandys Eltern war aufgefallen, wie gut es ihrer Tochter tat, wenn sie mit Monica zusammen war, und so hatten sie in der Nachbarschaft und der Gemeinde nachgefragt, was für ein Mädchen die Freundin ihrer Tochter denn so ist.

So erfuhren sie von den schweren Schicksalsschlägen, die Monica bereits ertragen musste und beschlossen, sie zu unterstützen, wo immer sie konnten.

Nach einer Weile zog sie bei ihrer Freundin ein und Sandys Eltern hätten sie auch adoptiert, wäre nicht noch der leibliche Vater da gewesen.

Monica wusste, dass sie so viel Freundlichkeit nie mehr hätte zurückzahlen können, und so war in ihr der Wunsch gereift, wenigstens dieses eine Mal alleine für die Reise aufzukommen, um zu beweisen, dass sie es auch alleine schaffte … wenn sie es nur genug wollte.

All die Sachen gingen ihr durch den Kopf, als sie sich dezent schminkte und sich die Abschlussrobe anzog. Darunter trug sie allerdings ein aufreizendes Kleid, denn nach der High-School-Abschlussfeier hatte sie noch vor, in einem Nachtklub nach einem betuchten Herrn Ausschau zu halten … es waren ja nur noch wenige Tage bis zum Beginn ihrer Reise.


Reginald war seit dem Spaß mit der kleinen Jungfrau nicht mehr aus gewesen, um keine Aufmerksamkeit auf sich zu ziehen, jetzt aber konnte er nicht mehr warten, denn er hatte schon länger kein Mädchen mehr gehabt.

Ein neuer Nachtklub hatte Finch-Ecke Barthrust aufgemacht und Reginald war schon ganz gespannt, was man dort so geboten bekam. War ihm doch von einem Bekannten unter der Hand glaubhaft versichert worden, dass es die Besitzer dieses Etablissements nicht so eng sahen, wenn sich gerade nach dem Gesetz noch minderjährige Mädchen auf der Tanzfläche und vor der Bar aufhielten.

Zwei, drei Wochen hatte er von der Erfahrung, eine Frau auch gewaltsam zu nehmen, gezehrt, selbst in seinen besten Träumen war er nicht auf so etwas Einzigartiges gefasst gewesen, was ihm dieses Gefühl von Macht und Sex gegeben hatte.

Er hatte sich schon seit Tagen ausgemalt wie es wäre, wenn er sich ein noch jüngeres Mädchen gefügig machen würde, wäre er dann noch erregter als bei der ersten Vergewaltigung?

Im Grunde genommen sollte seine nächste Eroberung wenigstens so tun, als wenn sie ihn nicht bekommen könnte, das würde ihm bestimmt schon einen gewissen Kick geben, denn noch einmal konnte er nicht mehr einfach behaupten, das Mädchen nicht gekannt zu haben. Außerdem würde ihn bei einer weiteren Anzeige sein Vater wohl nicht mehr decken, egal wie unschuldig er tat, und wie sehr seine Mutter für ihn in die Bresche springen würde.

Bevor Reginald zu dem Club fuhr, holte er noch seinen 'Kofferträger und Freund' John ab, der immer sofort zur Stelle war, wenn Reginald auch nur mit dem Finger schnipste.
Über so einen Trottel kam man selbst an eine relativ zugeknöpfte Frau heran, denn es machte bei den Ladys immer Eindruck, wenn ein Mann wie er, betucht und gutaussehend, einem Kerl wie John anscheinend half, ein Mädchen kennenzulernen.
Meist ging John leer aus und Reginald konnte auf seine Kosten ein Mädchen abschleppen, nur, wenn John unwillig zu werden schien, sorgte Reginald meist mit Geld für ein Mädchen, das sich mit John einließ, und so hielt er sich seinen Bediensteten bei Laune, auch wenn der nicht wusste, dass sein vermeintlicher Freund für ihn und seinen Spaß bezahlte, dachte er doch, dass er selbst für seine Rendezvous verantwortlich wäre.
Sobald Reginald eine Flamme für die Nacht aufgerissen hätte, wollte er auch für seinen Speichellecker ein wenig Spaß organisieren.
Für diesen Fall hatte er bei besagtem Bekannten schon ein Mädchen vorbestellt, der es nichts ausmachte, wenn ihr Begleiter ein bisschen 'begriffsstutzig' war, vorausgesetzt ... die Börse stimmte.


Monica hatte sich nach einer Weile auf der Abschlussfeier wegen einer angeblichen Migräne verabschiedet, um rechtzeitig zum Nachtclub Cliff Pearl zu gelangen, in dessen Location sie schon so manchen netten Herrn kennengelernt hatte.
Als sie ihrer Freundin sagte, sie wolle nach Hause, da es ihr nicht gut gehe, wollte Sandy ihre Freundin begleiten.
Monica hatte nur lächelnd abgewunken und ihr gesagt, dass sie das schon alleine schaffe und sie lieber zu ihrem Freund Jake zurückgehen solle, der am Ausgang der Festhalle zurückgeblieben war und sehnsüchtig auf seine Freundin zu warten schien.
Nach einigem Hin und Her war Sandy dann doch bereit, ihre Freundin gehen zu lassen, ohne dass sie mitging, aber sie begleitete sie noch zum Taxi, um sicherzugehen, dass Monica wirklich wohlbehalten nach Hause kam.
Als das Taxi jedoch außer Sichtweite war, bekam der Fahrer eine andere Adresse genannt, und Monica streifte die Robe ab und begann, sich die

roten Lippen intensiver nachzuschminken.

Beim Bezahlen fielen dem Taxifahrer beinahe die Augen aus den Höhlen, als er sah, was aus dem unscheinbaren Mädchen geworden war.

Doch bevor Monica zum Eingang des Clubs ging, zog sie noch einmal ihr enganliegendes, schwarzes Cocktailkleid mit dem Mega Ausschnitt zurecht und schlüpfte in ihre für diesen Auftritt gedachten roten High-Heels.

Noch einmal die Füße zurechtrücken und dann ging sie elegant aufreizend auf den Eingang zu, wo ihr schon vom Portier die Tür aufgehalten wurde.

Reginald und John hatten sich an die Bar gesetzt, die in einer U-Form gebaut worden war, sodass man von diesem Platz des Clubs aus den Eingang im Blick hatte.

Wanda Jackson hatte man für diesen Abend engagiert, und so sollte es ein amüsanter Abend werden, mit viel Rock & Roll und dem dazu ausgelassenen Tanzen, welchen die jungen Leute so liebten, sowie schöne Schmusesongs zum Träumen.

Die Band machte noch die letzten Checks, als die Eingangstür erneut aufgehalten wurde und ein schwarzgelockter Engel den Club betrat.

John hatte sich bei dem Anblick fast verschluckt, und Reginald, der den Musikern zugesehen hatte, da Wanda Jackson auch schon auf der Bühne stand, klopfte seinem Begleiter hilfreich auf den Rücken, als dieser sah, weshalb sein Freund fast keine Luft mehr bekam.

Auf einen Schlag hatten Reginalds Fantasien ein Gesicht, und er stand auf und ging auf die junge Frau zu, der man trotz ihrer sexy Figur und ihrem Auftreten ansah wie jung sie eigentlich noch war, garantiert noch nicht volljährig.

Die junge Frau trat gerade ein Stück weiter in den Club, da stand auch schon Reginald mit seinem gewinnenden Lächeln vor ihr und sprach sie galant an.

Monica war kaum durch die Tür getreten und ein Stückchen Richtung Bar unterwegs, da kam ihr ein gutaussehender, junger Mann mit einem charmanten Lächeln entgegen.

Sie wollte schon mit einem frostigen Nicken in seine Richtung an ihm vorbeigehen, als ihr sein maßgeschneiderter Anzug auffiel, und als er ihre Hand nahm, um ihr einen Handkuss darauf zu geben, bemerkte sie seine manikürten Hände und den Millenary Chronograph, eine Uhr für die ein normaler Mann sich einen Oberklassewagen leisten konnte.

Zu seinem männlich, herben Geruch nach einem erlesenen Parfüm passten noch die handgearbeiteten Krokodillederschuhe, und als er sich noch gewählt auszudrücken begann, beschloss Monica heute Abend ihr Glück mit ihm zu probieren. Es war einfach mal einmal was anderes, mal ... nicht wie sonst ... ein alter Sack, sondern ein hübscher, junger Mann. Ein wirkungsvoller Kontrast!

„Mir ist es heute Abend wohl vergönnt, die schönste Dame des Abends begleiten zu dürfen!", sagte Reginald aalglatt, als er sich vorgestellt hatte, und von der jungen Frau mit einem verheißungsvollen Lächeln und einem Nicken ermutigt wurde.

Nachdem Reginald die Frau, die sich als Monica vorgestellt hatte, an einen Tisch führte, und er sich ziemlich sicher war, dass er das Mädchen für diesen Abend gefunden hatte, gab er dem Mann hinter der Bar ein verabredetes Zeichen, und eine hübsche Frau, Anfang dreißig, gesellte sich zu John, bevor der auch nur auf die Idee kommen konnte, sich zu ihnen setzen zu wollen.

Reginald bestellte Champagner und ein paar Snacks, und als Wanda Jackson mit einem röhrigen Rock-&-Roll-Lied den musikalischen Teil des Abends eröffnete, forderte Reginald seine Tischdame zum Tanzen auf.

Monica war eine geübte Rock-&-Roll-Tänzerin, und so konnte auch Reginald alles zeigen, was er konnte. Somit waren Überschläge und hemmungsloses Rumschleudern nur einiges der Tanzakrobatik, die sie zum Besten gaben.

Als sie nach dem zweiten Lied selbst von der Band und ihrer berühmten Sängerin Beifall bekamen, setzten sie sich wieder hin, um etwas zu trinken.

Der Abend verlief zu Reginalds Zufriedenheit, und als die Kuschelsongs gespielt wurden und die zwei Arm in Arm tanzten, sagte zu Reginalds Überraschung Monica in sein Ohr: „Hey Süßer, würdest du mich heute Nacht in ein Hotelzimmer mitnehmen?"

Worauf er ihr mit einem gelachten „Ja gerne" antwortete, und so gingen sie dann auch recht bald in Richtung Ausgang und Reginald ließ seinen Sportwagen vorfahren.

John war schon vorher von seiner bezahlten Begleitung abgeschleppt worden, und Reginald dachte nur bei sich, dass er Bezahlung ja nicht nötig hätte bei seinem Aussehen und Charme, den er zu versprühen vermochte.

Sie fuhren zu einem bekannten Stundenhotel, was aber trotz seines Zweckes keinesfalls eine Absteige war, sondern eher ein Rückzugsort für betuchte Liebende. Und so wurde auch hier Reginalds Sportwagen vom

Parkboy übernommen.

Monica kannte das Hotel schon von einigen ihrer betuchtesten Erobe-rungen. So lächelte sie dem Concierge flüchtig zu, der das Lächeln er-widerte, aber ohne, dass es ihr Begleiter mitbekam.

Im Zimmer angelangt, küsste Monica Reginald ausgiebig und verab-schiedete sich dann für kurze Zeit ins Badezimmer, um sich frisch zu machen, wie sie sich ausdrückte.

Reginald hatte sich bereits das Hemd aufgeknöpft, als Monica wieder aus dem Bad kam. Es verschlug ihm beinahe die Sprache, so etwas hatte er nicht erwartet. Vor ihm stand Monica in einem schwarzen Tüll-Negligé, das nichts mehr versteckte, die Heels hatte sie noch an, was das Gesamt-bild noch verschärfte.

Reginald bekam auf der Stelle einen Ständer und hatte schon Angst, er würde seine Hose nicht mehr aufbekommen, so ein Druck hatte sich unten aufgebaut.

Er kam schon fast auf die 'Sünde gewordene Frau' zugerannt, als sie ihm nun, da er vor ihr stand den Zeigefinger auf den Mund legte und zuckersüß sagte: „Mein Süßer, bevor wir weitermachen müssen wir erst noch das Finanzielle abklären!".

Reginald hatte das Gefühl, als hätte ihm jemand einen Kübel Eis über-geschüttet. Das war bestimmt ein Scherz von der Kleinen, und so wollte er einfach weitermachen, als Monica ihm deutlich machte, dass sie es durchaus ernst meinte.

Jetzt wurde Reginald sauer und auf seinem Gesicht zeichnete sich ein fieses Lächeln ab: „So ist das also, du kleine Schlampe. Machst mich den ganzen Abend scharf auf dich, ohne mir zu sagen, dass du eine Hure bist, und ich habe dich den ganzen Abend ausgehalten und auch noch das Hotel bezahlt!"

Nun wurde auch Monica pampig, sah sie doch ihren Verdienst schwinden, bei allen vorher hatte es geklappt, denn alle konnten bei dem Anblick ihres makellosen Körpers nicht mehr zurück und hatten großzügig gezahlt, meist mehr als sie verlangt hatte.

Jetzt sah es so aus, als wollte dieser Reginald nicht zahlen, obwohl sie alleine seine Uhr für mehrere Jahre ernährt hätte, und so sagte sie zu ihrem sichtbar bösen Gegenüber: „Ich bin keine gewöhnliche Hure, ich suche mir aus, mit wem ich Spaß habe und was ich dafür haben will, aber anscheinend hast du an mir kein Interesse!" Mit diesen Worten wollte sie zurück in das Bad, um sich wieder anzuziehen und ihr Glück vielleicht bei jemand anderem an diesem Abend zu versuchen.

Reginald ging ihr nach, packte sie hart an ihrem linken Arm, zerrte sie zu sich und drehte sie um, dann schob er sie gegen die Wand, drückte ihr grob einen Kuss auf die Lippen, und während er sich an seiner Hose zu schaffen machte, knetete er Monica mit einer Hand brutal die Brust, was sie schmerzhaft aufschreien ließ.

Sie wollte noch etwas zu ihm sagen und ihn dabei auf Abstand bringen, aber ihr Wehren und der schmerzhafte Schrei hatten etwas in Reginald zum Klingen gebracht, dem er sich nicht mehr entziehen konnte.

Monica begann sich panikhaft zu winden, aber das schien den Kerl nur noch mehr aufzureizen, und als sie ihm versuchte in den Schritt zu rammen und er ihr Bein dabei zu fasssen bekam, schlug er sie mit dem Handrücken und seinem Siegelring ins Gesicht.

Monica fiel der Länge nach hin und kam mit blutender Wange vor Reginald zum Liegen. Das Negligé war mittlerweile komplett zerrissen und hing nur noch in Fetzen von ihrem schönen Körper, und so versuchte sie trotz ihrer Nacktheit auf allen Vieren zur Tür zu kommen.

Reginald, der wie durch einen inneren Drang gesteuert schien, schnappte sich wieder ihr Bein und zerrte sie zurück zum Bett.

Monica hatte gegen seine Kräfte keinerlei Chance. Sie versuchte ihm klarzumachen, dass sie ja wüsste, was er wolle, und sie es ihm dieses Mal auch kostenlos geben würde, vorausgesetzt, er wolle sich wie ein Gentleman benehmen.

Aber das schien nicht mehr zu ihm durchzudringen.

Als er sie dann nach einigem Gezerre auf dem Bett und sein steifes Glied aus der Hose befreit hatte, begann er sie zu schlagen und versuchte, ihre Beine zu spreizen, um in sie eindringen zu können.

Monica, die vor Panik nicht mehr wusste, was sie machen sollte, begann unkontrolliert um sich zu treten und zu schlagen, soweit ihr dies möglich war. Zu schreien hatte sie auch begonnen, was aber wenig Nutzen hatte, denn diese Zimmer hatten extra dicke Wände, denn keiner der illustren Gäste wollte mitbekommen, was gegenüber vor sich ging.

Das Schreien steigerte Reginalds Gier ins schier Unermessliche, er befand sich in einem Nebel der Lust, und als sie nicht aufhörte zu schreien, legte er seine Hand um ihre Kehle und begann ihr die Luft abzudrücken.

Als sie sich nur noch schwach wehrte, kam er zwischen ihre Beine und drang brutal in sie ein.

Während er wie gestört zustieß, immer und immer wieder in einem Stakkato, der ihn zum Orgasmus trieb, stützte er sich mit seinem ganzen Gewicht auf seine Hände. Diese würgten jedoch noch immer Monica.

Als er sich mit lautem Stöhnen in sie ergoss, ließ er von ihr ab und wälzte sich mit den Worten von ihr runter: „Na, du Schlampe, so hats dir bestimmt noch keiner besorgt!"

Reginald, dem der Puls noch bis in die Ohren schlug, merkte erst gar nicht, dass er keine Antwort bekam, und als er sich zu Monica drehte und ihn blicklose Augen anstarrten, kam er abrupt in die Wirklichkeit zurück. Er starrte auf die blau verfärbten Lippen des schönen Mädchens, und ihm dämmerte, was er angerichtet hatte.

Reginald schlug die Hände vor sein Gesicht und sagte zu sich: „Scheiße … Regie, was hast du diesmal für ne Scheiße gebaut!?", und zwei Tränen liefen ihm die Wange hinab. Diese vergoss er jedoch lediglich aus Angst um sich und seine Zukunft.

Dann schaute er noch einmal zu der Leiche der jungen Frau und es begann in seinem Kopf zu arbeiten. Er wusste, dass er so schnell wie möglich das Hotel verlassen musste. Während er sich anzog, überlegte er fieberhaft, was er als nächstes unternehmen sollte.

Als er aus dem Bad kam, sah er wieder vorzeigbar aus, und er wusste auch schon, wie er unerkannt aus dem Zimmer verschwinden konnte.

Sie waren im Erdgeschoss und eine Terrassentür führte hinter das Hotel in einen kleinen Garten, von dem aus man auch vor das Hotel gelangen konnte.

Also löschte Reginald jedes Licht im Zimmer und schob die Vorhänge nur ein Stückchen zur Seite, um an die Terrassentür zu kommen. Als er sie geöffnet und sich vergewissert hatte, dass keiner außer ihm im Garten stand, schaute er noch einmal auf das Bett im Zimmer, auf dem sich die Silhouette von Monicas Körper, der schon auszukühlen begann, abzeichnete.

Leicht geduckt ging Reginald an der Hauswand entlang und schaute sich nicht mehr um, so sah er nicht, dass eine schwarz gekleidete Frau mit rotem Haar das Zimmer durch die angelehnte Terrassentür betrat.

Um nicht doch noch gesehen zu werden, beeilte er sich vom Ort seines Missgeschicks zu verschwinden, und als er zur Hotelvorderseite kam, schaute er erst nur mal kurz um die Ecke und sah, dass der Parkboy anscheinend auf seinem Stuhl eingenickt war.

So rief sich Reginald noch einmal zur Ordnung und ging dann ganz normalen Schrittes auf den Mann zu.

Als er vor ihm stand, schnippte er ihm seine Nummernmarke auf die

Brust, was den Parkboy aufwachen ließ. Dieser entschuldigte sich vielmals und holte Reginalds Sportwagen. Reginald gab ihm ein gutes Trinkgeld und stieg ein.

Als Reginald den Parkplatz verlassen hatte, grübelte er schon über ein passendes Alibi nach, denn das, was heute Abend vorgefallen war, hatte sehr wahrscheinlich ernsthafte Konsequenzen für ihn, falls er sich nichts einfallen ließ.

Trotz seiner Gewissensbisse, die ihn plagten, fühlte er sich doch auch um einiges gelöster, was seine Sexualität betraf, und er musste an das herrliche Gefühl von absoluter Macht und Ekstase zurückdenken, was er bei dem einseitigen Liebesakt empfunden hatte.

## Verblichen

Detroit, 04. Juni 1950, Tatort Stundenhotel

Hackman und Sosinsky waren unterwegs zu einem Stundenhotel, das in
oberen Kreisen 'Moulin Rouge' genannt wurde, weil sich hier inoffiziell
die Oberen der Gesellschaft mit ihren Freundinnen und Huren ver-
gnügten.
Angeblich hatte die Putzfrau die Leiche einer jungen Frau vorgefunden.

Als sie ankamen, war bereits alles abgesperrt, und so konnten sie sich am
Tatort in aller Ruhe umsehen, ohne von lästigen Reportern gestört zu
werden, die sich im Laufe des Morgens einfinden würden.
Sie betraten das Hotel und kamen in einen kleinen Saal, von dem aus
mehrere Korridore sowie ein Treppenaufgang für den zweiten Stock
abgingen. Die Putzfrau saß auf einen der rot gepolsterten Stühle, die an
einer Sitzgruppe mit einem runden Mahagonitisch in einer Ecke standen.
Sie sah immer noch vollkommen aufgelöst aus. Mit ihren roten Augen und
dem Taschentuch, was ein fürsorglicher Beamter ihr gegeben hatte, und
daß sie zwischen ihren Händen zu einem Knäuel zusammengekrumpelt
hatte, saß sie wie ein Häufchen Elend da.
Der Concierge stand ein Stückchen entfernt und zog hektisch an einer
Zigarette, seine Hände zitterten und sein Gesicht war weiß wie die Wand.
„Nun, was haben wir hier?", fragte Hackmann einen der Beamten, die in
der Lobby standen.
„Eine junge Frau, die von der hier anwesenden Putzfrau tot auf dem Bett
vorgefunden worden ist!", sagte dieser knapp.
„Ok ... dann führen Sie uns mal zum Tatort und sorgen Sie dafür, dass die
zwei ordentlich verhört werden. Ich will schon mal ne grobe Richtung
haben, bevor wir selber noch einmal mit den beiden reden!", sagte So-
sinsky.
Auf dem Weg zum Zimmer kam ihnen Dorsen, Olsens Assistent, mit
einer Fotokamera entgegen, gefolgt von Conner, dem Leiter des Forensik-
Teams.
„Mann, sind denn alle schneller als wir? Conner, waren Sie nicht heute
Morgen in Ihrem Labor?", wollte Hackman wissen.
„Nein, das war gestern, wo Sie mich gesehen haben, zu diesem Tatort
wurde ich heute Morgen vom Revier gerufen und bin direkt von zu Hause
aus hierhergekommen. Habe schon die gesamten Fotos durchgezogen,

aber ich komme noch mal mit, wenn Sie wollen!", sagte Conner.

„Nein, nein, nicht nötig, wir wissen ja, dass Sie der Gründlichste von uns allen sind, also vertrauen wir Ihrem Urteil, was das Fotografieren und das Sichern von Beweismaterial betrifft!", sagte Sosinsky, der sich in Conners Nähe nicht wohlfühlte, was wohl damit zusammenhing, dass der Forensiker so einen gebildeten Eindruck hinterließ und er selber nicht viel auf dieser Ebene vorzuweisen hatte.

„Gut, dann verabschiede ich mich vom Tatort und begebe mich mit den gesammelten Fundstücken und Daten in mein Labor. Falls doch noch was sein sollte, lasse ich Ihnen einer meiner Leute da!", sagte Conner und ließ die beiden Ermittler stehen. Dann verließ er das Hotel.

„Der ist mir irgendwie unheimlich ... mit seiner komischen Art!", sagte Sosinsky zu seinem Partner, der nur lächelte und den Kopf schüttelte, während er das Zimmer, in dem das Verbrechen geschehen war, betrat.

Vor sich sahen sie ein gemütlich eingerichtetes Hotelzimmer, dessen Mobiliar aus dunklem teurem Teakholz gearbeitet war. Die Bezüge sowie die Vorhänge waren in warmen Bordeaux- und Brauntönen gehalten. Eine gelblich marmoriert verglaste Deckenlampe erhellte den Raum in ein warmes Licht.

Auf dem ausladenden, zerwühlten Bett lag eine junge Frau, die man zu Lebzeiten eher in einem Pinup-Katalog zu sehen bekommen hätte, denn ihre Schönheit, die jetzt zu verblassen begann, war außergewöhnlich.

Sie war beinahe komplett nackt, nur ein paar Fetzen eines durchscheinenden Negligés waren noch zu sehen. Der rot geschminkte Mund war verschmiert und stand leicht offen, so als wolle er noch einmal geküsst werden.

Am Hals konnte man deutlich die bläulichen Abdrücke von Händen erkennen, aber ansonsten schien die Frau unverletzt, sah man einmal von den leichten Abschürfungen an den Knien ab.

„Verdammt noch mal, was für eine Verschwendung", sagte Hackmann.

„Wer tut einer zauberhaften Frau wie dieser so etwas an!"

„Ein verdammtes Schwein würde ich sagen, die Kleine ist vielleicht nicht mal volljährig, was meinst du?", fragte Sosinsky seinen Partner.

„He, Thomsen, haben wir denn eine Ahnung, um wen es sich hier handelt?", fragte Hackmann Conners Assistenten, der sich jetzt ebenfalls im Raum befand.

„Ja, wir haben eine Clutch gefunden, nach dem Ausweis zu urteilen, handelt es sich hierbei um eine gewisse Monica Bird ... neunzehn Jahre alt!", sagte Thomson mit Bittermiene und gab Hackmann den Ausweis.

„Verdammte Schweinerei ... aber was hat so ein junges Ding hier verloren ... ja Jake, bevor du was sagst, ich weiß, was sie hier sehr wahrscheinlich gemacht hat, aber gehört normalerweise so ein junges Ding denn nicht nach Hause zu ihren Eltern, und wer verdammt nochmal lässt sich auf so ein junges Mädchen ein, das gibt doch nur Ärger!", sagte Sosinsky.

Als sie sich noch einmal genau im Zimmer umgeschaut und auch den Garten begutachtet hatten, gaben sie den Tatort frei, und die Leiche der Frau wurde in einem Leichensack abtransportiert.

Als Hackman und Sosinsky aus dem Hotel in die Morgensonne traten, kam gerade ein junger Mann auf einem Fahrrad angefahren.

„He ... Freundchen, existiert denn für dich die Absperrung nicht!?", wollte Hackman von dem Mann wissen.

„Doch Sir ... Tschuldigung, aber ich arbeite hier, parke die Autos der Kunden!", sagte der Junge verlegen.

„Das is ja interessant ... Randolf!", sagte Hackman und rief einen Beamten zu sich, der im Hof stand.

„Ja, Sir!"

„Aussage aufnehmen und zwar vom Abend bis zur gesamten Nacht verstanden?"

„Ja, Sir!", sagte Randolf, zückte einen Bleistift und zog einen Block aus der Brusttasche seiner Uniform.

Nachdem das erledigt war, fuhren die zwei Ermittler auf das Revier, um alle gesammelten Daten zu sichten.


Es war schon gegen Nachmittag, als sie zu Olsen in die Pathologie kamen. Der hatte nicht viel zu tun gehabt, und so konnte er sich die Leiche der jungen Frau schon genau ansehen.

„Guten Tag, Olsen, na, was können Sie uns über die Kleine erzählen?", fragte Hackman und schüttelte Olsen die Hand.

„Tja, meine Herren, da man genau sieht, woran sie gestorben ist, soll sie erst einmal nicht obduziert werden!", sagte Olsen, und man konnte aus seinem Tonfall und der sauren Miene erkennen, dass ihm das nicht passte, denn er war von Natur aus ein sorgfältiger Mann und der Meinung, jede Leiche in einem Mordfall gehöre auseinandergenommen, um alle Eventualitäten auszuschließen.

„Todesursache ... Ersticken durch Erwürgen ... könnte eine Tat aus

Leidenschaft gewesen sein, und der würgende Part hatte es einfach übertrieben und dann kalte Füße bekommen, als er sah, was er angerichtet hatte. Andererseits haben wie hier an den Knien und auch an den Handinnenflächen leichte Abschürfungen, was die Schlussfolgerung zulässt, dass sie sich doch gewehrt haben könnte, worauf auch der geschwollene Kratzer auf der rechten Wange hindeuten könnte!", sagte Olsen und zeigte den beiden Ermittlern welche Verletzungen er meinte.

„Ok ... wurde sie ... Sie wissen schon ... vergewaltigt?", wollte Sosinsky wissen.

Olsen, dehnte mit einem großen Spreizer die Beine auseinander, um sich die Schamgegend des Opfers anzusehen, da die Leichenstarre noch nicht sehr ausgeprägt war.

Sosinsky sah ein wenig angewidert zu, fragte Olsen dann aber: „Sagen Sie, wie verhält sich das denn nun eigentlich mit der Totenstarre, ich meine wie genau?"

Hackman verzog nur missmutig das Gesicht, wusste er doch im Gegensatz zu seinem neuen Partner, was es bedeutete, wenn Olsen anfing zu schwadronieren.

„Ah, ein wissbegieriger Mensch ... na, dem kann abgeholfen werden, also passen Sie auf, ich erkläre es Ihnen!", sagte Olsen, den es erfreute mit seinem Wissen glänzen zu können.

„Also, als Totenstarre, medizinisch-lateinisch rigor mortis 'Leichenstarre' genannt, wird die nach dem Tod, also post mortem eintretende Erstarrung der Muskulatur bezeichnet. Sie ist eines der sichersten Todeszeichen überhaupt. Verursacht wird die Starre durch die Bindung von Myosin an den Aktinfasern. Nach dem Einsetzen des Todes wird ATP aus ADP nicht mehr regeneriert. Ionenpumpen stellen daher ihre Tätigkeit ein. Innerhalb der Muskelzellen halten die Ionenpumpen die Calciumkonzentration im Cytoplasma gering. Nach dem Tod diffundieren Calciumionen aus dem Sarkoplasmatischen Retikulum in das Cytoplasma, was schließlich zur Bindung des Myosins an die Aktinfilamente führt, da die Calciumionen die isolierende Wirkung des Troponins aufheben. Die Bindung wird wegen der Abwesenheit von ATP nicht mehr aufgehoben, der Muskel erstarrt.

Beim Menschen beginnt die Totenstarre bei Zimmertemperatur nach etwa ein bis zwei Stunden an den Augenlidern, Kaumuskeln (zwei bis vier Stunden) und kleinen Gelenken, danach setzt sie ein an Hals, Nacken und weiter körperabwärts und ist nach sechs bis zwölf Stunden voll ausgeprägt, bei Hitze schneller, bei Kälte langsamer. Diese Reihenfolge, beschrieben durch die Nysten-Regel, findet sich jedoch nur in etwa 50 Prozent der Fälle.

Aber entscheidender ist, dass die einzelnen Fasern eines Muskels erst nach und nach erstarren. Wird die Starre eines Muskels durch Fremdbewegungen gebrochen, bevor sie vollständig ausgebildet ist, also innerhalb der ersten 14 bis 18 Stunden, setzt nach einiger Zeit an diesem Muskel eine neue Starre ein, bedingt durch die Fasern, die zuvor nicht erstarrt waren. Wärme und höhere Belastung der Muskeln kurz vor Eintreten des Todes beschleunigen das Einsetzen der Totenstarre. Durch Zersetzungsvorgänge beginnt sich die Starre 24 bis spätestens 48 Stunden nach dem Tod, bei Beginn der Autolyse, wieder zu lösen und setzt danach nicht wieder ein.

Durch diese Möglichkeit der zeitlichen Zuordnung ist die Totenstarre in der Rechtsmedizin für eine erste Eingrenzung des Todeszeitpunkts von Bedeutung. Hierbei macht man sich u.a. den oben beschriebenen Sachverhalt zunutze, dass es nur innerhalb einer bestimmten Zeitspanne nach dem Tod möglich ist, nach dem künstlichen Brechen der Starre deren Wiedereinsetzen festzustellen.

Da es im Zimmer recht warm war, können wir bei der jungen Frau von einer Todeszeit so um 1.00 bis 2.00 Uhr nachts ausgehen.

Aber unter dem 'Brechen' der Totenstarre versteht man entgegen weit verbreiteten Gerüchten nicht das Brechen von Knochen, sondern vielmehr werden dabei vom Bestatter die Gelenke gedehnt und gebeugt, um den Verstorbenen ankleiden zu können. Insbesondere werden dabei die Armgelenke weichgemacht. Die Fingergelenke werden auf einfache Weise zur Faust geballt und geradegebogen, meist danach auch gefaltet und ineinander verschränkt.

Die nach Eintritt des Todes oft einsetzende allgemeine Erschlaffung führt in vielen Fällen dazu, dass sich der Kiefer weit öffnet. Um diesen ungewollten Anblick zu vermeiden, wird von Ärzten oder dem Pflegepersonal vorbeugend eine Mullbinde unter dem Kinn hindurch um den Kopf geschlungen, nach einsetzender Starre wird diese dann wieder entfernt.

Ist Ihnen mit dieser einfachen Erklärung geholfen, Mr. Sosinsky!", fragte Olsen mit einem Lächeln, da er genau wusste, dass er sein Gegenüber mit seinem Wissen vollkommen überfordert hatte ... und genau das machte ihn so glücklich.

Als er fertig erklärt hatte, widmete er sich wieder der ersten Frage von

Sosinsky, der immer noch verdattert dreinblickte aufgrund der ganzen Informationen.

„So ... hmm ... ja ... hier haben wir eindeutig Spermaspuren, die Vulva sieht ein bisschen mitgenommen aus, das kann aber auch bei einem liebevollen, schwungvollen Koitus passieren." Und zur Unterstreichung seiner Erklärung schwang er die Hüfte, wobei Hackman und Sosinsky regelrecht übel wurde, im Zusammenhang mit der vor ihnen liegenden Leiche.

Aber Olsen ließ sich nicht irritieren und nahm zwei Spatel und schob damit die Scharmlippen auseinander und sagte, nachdem er die Untersuchungsleuchte in Position gebracht hatte und nun alles besser zu sehen war: „Nein, keine Einrisse oder Hämatome ... sehen Sie!" Damit wollte er Hackman und Sosinsky alles genau zeigen, was die aber gar nicht genau sehen wollten.

Deshalb sagte Hackmann schnell: „Also keine Vergewaltigung ... sonst noch etwas?"

„Das habe ich nicht gesagt, es kann durchaus sein, dass sie vergewaltigt worden ist oder zumindest nicht ganz freiwillig gemacht hat, was ihr Liebhaber wollte, denn lassen wir nicht außer Acht, dass sie Reizwäsche getragen hatte!", sagte Olsen und wies auf einen Beutel mit Kleidungsstücken, die aus dem Zimmer stammten, samt einem schwarzen Kleid, was auch sehr aufreizend geschnitten war.


„Ok ... gut, noch etwas, womit wir vielleicht weiterkommen!?", wollte Sosinsky wissen.

Olsen überlegte eine Weile, aber dann schien ihm was eingefallen zu sein, denn er deutete den beiden an, auf den Hals des Opfers zu achten.

Dort waren zwei Einstiche zu sehen, die ca. vier Zentimeter auseinander lagen.

„Was diese Einstiche zu bedeuten haben, ist mir allerdings ein Rätsel, denn die Einstiche wurden der Frau erst nach dem Tod zugefügt, da kein Blut mehr geflossen ist. Das wäre nicht weiter ungewöhnlich ... ich meine nicht die Einstiche, sondern dass die Wunde nicht geblutet hat, weil sie ja erst nach Beendigung des Blutflusses zugefügt wurden. Was allerdings eigenartig ist, sind die rötlich und leicht bläulichen Verfärbungen am Wundrand, die auf eine fortgeschrittene Entzündung hinweisen. Sehr komisch, aber jetzt ohne Belang, da besagte Frau ja tot ist, aber warum und für was die Einstiche sein sollten ... keine Ahnung!"

Da es sonst weiter keine Erkenntnisse mehr zu geben schien, deckte Olsen den Leichnam wieder ab, um ihn anschließend in ein Kühlfach zu schieben.

Was Olsen allerdings nicht aufgefallen war, als er das Leichentuch über die Frau zog, war, dass sich die Entzündung an den Einstichen auszubreiten begann.

Hackman und Sosinsky bedankten sich indes für die detaillierten Ausführungen und verließen die Leichenhalle.

# Neuigkeiten

Detroit, 06. Juni 1950, gegen 20.00 Uhr, in Woodmans Bar & Grill

An diesem Abend saßen nicht nur Richard, Tom und Mike an dem runden Stammtisch, sondern auch Hackman und Sosinsky hatten sich dazu gesetzt.

Nachdem sie jeder ein Glas Whiskey vor sich hatten und eine Zigarre im Mund, die Anderson ihnen spendiert hatte, kamen sie ins Reden.

Hackman nahm einen kräftigen Zug von seiner Zigarre und blies einen Rauchkringel in die Luft, bevor er sagte: „Danke, Anderson, für die hervorragende Zigarre, übrigens ... sind Sie bei Ihren Ermittlungen denn schon weitergekommen, was das Friedhofsmassaker betrifft?"

Richard konnte nur mit dem Kopf schütteln und er erzählte, was sich der Detroit Boulevard schon wieder rausgenommen hatte.

„Und Sie sagen, dass vom Staatsanwalt kein Haftbefehl ausgestellt wurde ... reichlich komisch oder?", meinte Sosinsky zu dem, was Anderson berichtet hatte.

„Sie sagen es, Sosinsky, aber anscheinend gibt es seit Neuestem jemand ganz oben, der eine Hand über so manche Personen zu halten scheint!", sagte McKey und nahm einen Schluck Whiskey.

„Und Sie ... was gibt es bei Ihnen Neues, konnten Sie das Schwein, das für den Tod der Kleinen verantwortlich ist, dingfest machen?", fragte Richard in Richtung Hackman. Doch der schüttelte nur ebenso bedauernd den Kopf. „Nach allen Indizien, die wir sammeln konnten, war es wieder dieser widerliche Schnösel Reginald Jonson, dieser gelackte Arsch hat mir doch beim Verhör ins Gesicht gelacht, und als wir alleine waren, hat er praktisch zugegeben, dass er es war. Hatte aber ja keine Zeugen mehr im Raum!", sagte Hackman wütend.

Conner, der auch nicht ganz auf dem Laufenden gewesen war, fragte: „Ich denke, er wurde einwandfrei identifiziert, was ist da schiefgelaufen!?"

„Dieser Hurensohn hat doch tatsächlich fünf Personen gefunden, die für ihn aussagten, dass er zu besagter Zeit im Elternhaus war ... natürlich handelt es sich bei den Leuten um Angestellte des Richters ... aber was soll man bei so viel Kalkül eines hochrangigen Richters schon machen? Eine Krähe hackt der anderen bekanntlich kein Auge aus, und der Richter hat noch Großes vor ..., bewirbt sich doch gerade um das Amt des Gouverneurs, da kann er sich keinen Skandal seines Sprösslings erlauben!", sagte Hackman bitter.

„Jonson kam natürlich mit dem berühmten Rechtsverdreher der Familie zum Verhör, und so spazierte dieses Schwein nach kurzer Zeit in U-Haft einfach wieder aus dem Revier. Was soll man dazu sagen oder besser machen? Manchmal wünschte ich, ich wäre kein Bulle geworden, sondern Gangster, dann gäbe es den Kerl schon gar nicht mehr!", sagte Sosinsky, der auch eine Tochter im selben Alter hatte.

Alle schwiegen, aber nickten nur zustimmend, bis Conner sagte: „Männer, lasst uns anstoßen!"

„Auf was denn, wenn ich bitten darf, sollen wir in Anbetracht dieser Situation anstoßen!?", meinte Tom deprimiert.

„Auf den Kerl, der das Mistschwein irgendwann vielleicht erledigt!", erwiderte Mike und grinste.

Alle sahen ihn verdutzt an, mussten dann aber lachen und so stießen sie auf den Mann oder die Frau an, die das bewerkstelligen würde.

Als sich der Abend dem Ende näherte, und alle schon im Begriff waren zu gehen, ging auf einmal eine Frau an ihnen vorbei, die anscheinend die ganze Zeit im hintersten Teil des Lokals gesessen haben musste, denn keiner hatte sie beim Reinkommen gesehen.

Bevor sie die Bar verließ, drehte sie sich noch einmal zu den Männern um, sah dabei Richard genau in die Augen und hauchte ihm mit ihren roten Lippen eine Kusshand zu.

Anderson war im ersten Moment total perplex, erst als Tom ihn fragte, ob das denn nicht die Kleine vom letzten Mal war, als sie hier zusammengesessen hatten, setzte sich Richard in Bewegung, um ihr nach draußen zu folgen.

Als er vor die Tür trat, war jedoch niemand mehr zu sehen. Verwundert und ein bisschen böse auf sich selbst, dass er so spät reagiert hatte, ging er zurück in die Bar, wo die anderen noch warteten.

Woodman, der Besitzer, war zu seinen Kollegen getreten und unterhielt sich mit ihnen. Dann kam Richard wieder rein und alle sahen ihn an.

„Verdammt ... ihr habt sie doch auch gesehen ... oder!?", wollte er von ihnen wissen.

Alle nickten, bis auf Woodman, der fragend von einem zum anderen schaute und schließlich fragte: „Um was gehts denn Jungs, ... vielleicht kann ich euch helfen!"

„Die Frau, die eben hinten aus dem Lokal gekommen ist, und sich draußen anscheinend in Luft aufgelöst hat, weißt du, wer sie ist oder wie sie heißt?", fragte Richard seinen Freund aus Kriegstagen.

„Ihr meint eben grade ... das kann nicht sein, es waren keine Gäste mehr im hinteren Bereich, ich habe eben die letzten Gläser abgeräumt, und da war keiner mehr, ihr seid übrigens die letzten, die noch hier sind!", sagte Woodman.

„Aber wir haben sie doch alle gesehen ... oder!?", fragte Richard noch einmal verständnislos.

„Anderson, jetzt reg dich wieder ab, klar haben wir sie gesehen ... sie hat eine Kusshand in unsere Richtung gemacht und ist dann nach draußen, was ist daran so komisch? Woodman, du hast sie bestimmt übersehen!", sagte Hackman abwinkend.

Alle, außer Richard und Woodman, der immer noch steif behauptete, dass die Frau nicht da war, als er abräumte, lachten über die Sache und klopften Anderson mitfühlend auf die Schulter. Tom sagte noch aufmunternd zu seinem Freund: „Rich, du wirst sie schon wiedersehen!"

Tom wusste bis dato noch nicht, wie Recht er behalten sollte.

## Verkehrte Welt

Detroit, 06. Juni 1950, zur gleichen Zeit, im Keller des Reviers

Wirre Träume hatten sie geplagt, ihr ganzes Leben war an ihr vorbeigezogen. Sie durchlebte noch einmal die komplette Vergewaltigung, dann war da nur noch Schwärze gewesen, bis sich nach einiger Zeit noch andere Empfindungen und Erinnerungen in ihr regten ... alte Erinnerungen ... Erinnerungen aus mehreren Jahrhunderten, eine Flut, die sie nicht bewältigen konnte, zumindest jetzt noch nicht.
Dann öffnete sie die Augen.
Dunkelheit umschloss sie, ihre Finger begannen sich langsam über die glatte, metallische Fläche zu bewegen, auf der sie anscheinend lag.
Die Fläche fühlte sich kühl an, ihr hingegen war es nicht kalt, ganz im Gegenteil, sie fühlte sich, als läge sie auf einer Sommerwiese und ließe sich von der Sonne verwöhnen.
Sie tastete sich weiter vor und kam recht bald an ebenfalls metallische Wände, nun wurde sie stutzig, hielt kurz inne und versuchte dann aufzustehen. Es endete darin, dass sie sich mit Schwung den Kopf stieß, aber der sonst bei solchen Missgeschicken übliche Schmerz, blieb aus.
Jetzt begriff Monica, dass sie irgendwo drinnen gefangen gehalten wurde, und Panik stieg in ihr auf, hatte dieser Reginald sie bewusstlos geschlagen und eingesperrt?
Sie begann an den vermeintlichen Deckel zu hämmern, vielleicht konnte sie ja jemand hören. Als dies nicht zu klappen schien, begann sie mit ihren Füßen nach einem Widerstand zu suchen.
Da war er ... der Widerstand, ebenfalls aus Metall. Monica begann das Ausmaß ihrer Situation zu begreifen, und ein unbändiger Zorn wuchs in ihrer Brust, mit all ihrer Verzweiflung und dem Zorn auf ihr vertracktes Leben trat sie mit einem Fuß gegen diesen Widerstand.
Mit einem lauten Knall flog die Seite weg, der sie einen Tritt gegeben hatte, und dämmriges Licht erfüllte ihr Gefängnis, aber es reichte Monica, um alles genau zu erkennen.
Sie fasste über ihren Kopf und wollte sich langsam nach vorne schieben, dem diffusen Licht entgegen, aber kaum hatte sie ein wenig Druck auf ihre Hände gegeben, da schnellte der Boden, auf dem sie lag, nach vorne.
Als sie anhielt, bemerkte sie mit Schrecken, dass sie nackt war. Sie richtete sich auf, sodass sie sitzen konnte, überrascht schaute sie auf ihren rechten Zeh, an dem ein Schild hing.

Sie neigte sich nach vorne, nahm es ab und las leise, was darauf in einer schwungvollen Handschrift geschrieben stand: „Bird, Monica, verstorben am 04. Juni 1950, Todesursache - Erwürgt!"

Erst jetzt bemerkte sie, wo sie sich befand und stieß einen erschrockenen Schrei aus, besann sich aber sogleich wieder, da sie ja nicht tot war, aber anscheinend dafür gehalten wurde. Da kam ihr die Erinnerung an die Nacht, in der sie vergewaltigt worden war und daran, dass dieser Reginald sie wie ein Besessener gewürgt hatte.

Sie war davon wohl so ohnmächtig geworden, dass man sie für tot gehalten hatte, denn sie saß hier offensichtlich auf einer Kühlbahre eines Bestattungsunternehmens.

Monica atmete noch einmal tief durch und war froh, relativ glimpflich davongekommen zu sein, und so schwang sie ihre Beine über den Rand der Rollbahre.

Als sie sich hinstellte, wurde ihr erst einmal etwas schwindelig, aber das verging augenblicklich. Noch ein bisschen überfordert von der Situation ging sie auf einen Spiegel mit Waschbecken zu, um zu sehen, ob der Schlag, den sie von ihrem Peiniger erhalten hatte, sehr schlimm war, oder ob sie Glück gehabt und er sie nur gestreift hatte.

Am Spiegel angekommen drückte sie erst einmal auf den Lichtschalter, der neben dem Waschbecken angebracht war. Als das Licht anging, und sie sich genau sehen konnte, traute sie ihren Augen kaum.

Anscheinend hatte man sie gewaschen, denn ihr Gesicht war sauber, keine Spur von Blut oder gar einem Kratzer. Ihr Gesicht sah aus wie immer ... nein ... besser, sie ging näher an den Spiegel, um sich ihr Gesicht genauer anzuschauen und bemerkte, dass die kleinen Pickelchen, die sie gehabt hatte und immer überschminkte, nicht mehr da waren.

Ihr Teint war makellos, nur ein bisschen blasser, als sie ihn in Erinnerung hatte. Auch am Hals hatte sie keine Verletzungen davongetragen, worüber sie sehr erstaunt war.

„Mensch, Monica, da hast du ja mal ziemlichen Dussel gehabt", sagte sie zu sich, und als ihre Stimme in dem Saal hallte, wurde ihr wieder bewusst, wo sie war.

Sie begann sich umzusehen, und dabei fiel ihr, ihr Kleid auf, das an einem Spind hing, der wiederum in einer Ecke stand.

Sie ging langsam darauf zu, wobei ihre Füße ungewöhnlich laut auf den Fliesen aufzuklatschen schienen. Überhaupt kam ihr alles sehr unwirklich vor, denn der Wasserhahn am Waschbecken tropfte und sie hatte das empfinden, als würden kleine Eisenkugeln ins Becken einschlagen.

Als sie vor ihrem Kleid stand, bemerkte sie noch einen Kleiderbeutel, der dahinterlag. Neugierig schaute sie hinein und war angenehm überrascht, dass sie ihre restlichen Kleider gefunden hatte.

Flugs zog sie ihren Slip an, um sich nicht mehr ganz so nackt zu fühlen, dann sortierte sie erst einmal den Rest, sodass sie sehen konnte, dass alles da war. Allerdings fehlten ihre Handtasche und ihr Ausweis.

Als sie alle Kleidungsstücke vor sich liegen hatte, kleidete sie sich komplett an. Sie streifte noch ihre Heels über und ging auf die Tür zu, die mit ein wenig Glück in die Freiheit führte.

Sie ging durch die Tür und kam in ein Treppenhaus. Es führte nur eine Treppe nach oben, also machte sie sich daran, diese hochzugehen. Sie verspürte einen leichten Durst, der aber gleich wieder verschwand.

‚Muss bei Gelegenheit mal was trinken, ich habe das Gefühl, ich könnte nen Teich austrinken', dachte Monica bei sich und erreichte das Ende der Treppe.

Durch den Glasausschnitt der Tür konnte sie einen Gang erkennen, der schwach beleuchtet war. Nachdem Sie durch die Tür getreten war, ging sie diesen entlang,

Monica atmete tief ein und bemerkte am Geruch, dass Sie sich in einem Bürogebäude befinden musste, denn sie konnte deutlich die Papierstapel riechen, sowie den Geruch von Kaffee, der bereits kalt geworden war und nicht mehr schmecken würde.

Sie kam an einer weiteren teilverglasten Tür vorbei und blieb einen Moment stehen, um in das Zimmer zu schauen und erkannte zwei Mikroskope, die an der gegenüberliegenden Wand standen, daneben eine ganze Menge Glasflaschen und noch eine Menge Regale, die bis obenhin vollgestopft schienen.

Nun war Monica wirklich neugierig und schaute sich das Schild, das neben der Tür angebracht war, genauer an. Da stand 'Forensisches Labor, Mike Conner'.

Forensisches Labor? War sie etwa bei der Detroiter Polizei gelandet, aus deren Leichenhalle sie gerade gekommen war?

Jetzt wurde Ihr einiges klar, und sie hoffte, dass sie diesen Reginald in das Gefängnis gesteckt hatten, für das was er ihr und vielleicht auch anderen Mädchen vor ihr angetan hatte.

Nun fiel alle restliche Angst, die sie noch gehabt hatte, von ihr ab, und sie ging auf die hell erleuchtete Tür am anderen Ende des Flures zu.

Als sie hindurchtreten wollte, klemmte diese und Monica zog ein wenig fester. Mit einem beiläufigen Knirschen öffnete sie sich nach innen.

Nach kurzem Weg passierte sie eine weitere Tür, sah an einer Wand einen Wasserspender, zu dem sie hinlief, denn ihr Durst wurde immer schlimmer. Erst jetzt bemerkte sie, dass sie in der Lobby stand.

Was sie nicht bemerkte, dass die Tür, die ihrer Meinung nach geklemmt hatte, verschlossen gewesen war und sie beim Öffnen der Tür den kompletten Schließzylinder herausgebrochen hatte.

Am Wasserspender angelangt, nahm sie einen Becher aus dem Stapel, der darauf stand, und füllte ihn randvoll, dann stürzte sie den Inhalt regelrecht hinunter, was aber ihren Durst nicht stillte, und so wiederholte sie es noch ein paar Mal, aber ohne wirkliche Linderung zu erfahren.

Als sie merkte, dass der Durst nicht besser wurde, versuchte sie diesen zu ignorieren und ging auf den Ausgang zu. Plötzlich wurde sie von hinten angesprochen: „Miss ... Miss ...!", sagte eine freundliche Stimme. „Kann ich Ihnen helfen?"

Als Monica sich herumdrehte, sah sie einen schneidigen Officer, der wohl Nachtschicht hatte, auf sie zukommen.

„Sie sehen aber verloren aus, Miss, wenn ich das so sagen darf, brauchen Sie Hilfe, habe Sie gar nicht reinkommen sehen!", sagte er freundlich.

Monica gefiel er ziemlich gut, er sah richtig lecker aus, dachte sie bei sich und musste bei dem ungewöhnlichen Gedanken lächeln.

'Lecker' ... wie kam sie denn auf so etwas und sogleich besann sie sich und gab dem netten Polizisten eine Antwort. „Nein, ich brauche keine Hilfe, was ich nur fragen wollte ... ist dieser Reginald Jonson eigentlich verhaftet worden?"

Der Officer, dem wie jedem im Revier der Fall bestens bekannt war, sagte mit entschuldigender Miene: „Leider nicht, dieser Mistkerl ... oh, entschuldigen Sie meine Manieren, also dieser Kerl hat offensichtlich ein Mädchen umgebracht, das nicht viel jünger gewesen war als Sie, und trotzdem konnten sie ihm das Verbrechen nicht richtig beweisen!"

„Oh, das ist mehr als ärgerlich!", sagte Monica und schaute dem jungen Mann in seine haselnussbraunen Augen und dachte sich erneut, wie lecker der Junge doch aussah, und außerdem roch er auch noch appetitlich. Dem jungen Officer war es jedoch schon fast peinlich von so einer hübschen Frau so genau betrachtet zu werden, deshalb fragte er sie: „Miss, darf ich für Sie vielleicht ein Taxi rufen?"

Monica, die ganz vertieft in seinen Geruch gewesen war, kam bei der Frage wieder zu sich. „Ja, vielen Dank, das wäre nett von Ihnen!"

Darauf ging der Polizist zurück an den Empfang und rief ihr per Telefon ein Taxi.

Monica und der galante Officer unterhielten sich noch eine ganze Weile bis das Taxi kam und ihr fiel es offensichtlich schwer, sich von ihm zu trennen. Er war ja so süß und zum Dank gab sie ihm einen Kuss auf die Lippen, was den jungen Mann komplett überraschte. Er fasste sich nur ungläubig an den Mund, als sie in das Taxi stieg und ihm noch einmal zuwinkte.

# Vater

Monica hatte dem Taxifahrer die Adresse ihres leiblichen Vaters gegeben. Warum sie nicht zu Sandy und ihren Eltern wollte, wusste sie nicht, eine innere Stimme schien es ihr zu sagen.

Während sie fuhren, kam es Monica so vor, als wenn es nicht ganz so dunkel war wie sonst, auch die Laternen waren ihrer Meinung nach viel heller als normalerweise.

Hatte die Stadt sonst auch so gestunken oder bildete sie sich das nur ein? Als sie an einem Straßencafé vorbeifuhren, mussten sie an einer Ampel anhalten. Die Gäste saßen schon unter freiem Himmel, da es eine laue Nacht war. Aber das Komische an den vielen Leuten war, dass Monica das Gefühl hatte, jeden einzelnen Herzschlag fühlen zu können.

Da war zum Beispiel ein Pärchen, das sich auf dem Tisch die Hände hielt, ihre Herzen schlugen schneller als bei den anderen, sie schienen mächtig verliebt zu sein. Dann waren da zwei ältere Herren, die Schach spielten, ihr Puls war ruhig und gleichmäßig.

Als sie wieder anfuhren, bemerkten sie noch eine Mutter mit einem Baby, dessen Herz zu rasen schien ... dann waren sie außer Reichweite und den einzigen Herzschlag, den sie wahrnahm, war der des Fahrers.

Plötzlich stellte sich bei ihr wieder dieser unmenschliche Durst ein, der sie schier wahnsinnig zu machen schien, und gleichzeitig sah es so aus, als ob die Halsschlagader des Fahrers viel deutlicher zu sehen sei.

Nun knurrte ihr auch noch der Magen und zwar so laut, dass der Fahrer einen flapsigen Spruch losließ: „Da bekommt man ja Angst, Sie sollten beizeiten was essen, Miss!"

Das war Monica ziemlich peinlich und sie sah verschämt auf ihre Hände. Der Fahrer lachte nur und meinte: „Miss, dafür müssen Sie sich doch nicht schämen!"

Jetzt war der Durst schlagartig weg, aber das Schamgefühl war noch größer, und sie starrte weiter auf ihre Hände, dabei wurde sie stutzig.

Waren ihre Fingernägel immer schon so lang und spitz wie Vogelkrallen oder bildete sie sich das nur ein, denn sie schienen in diesem Moment wieder ganz normal auszusehen, so als würden sie kürzer und sie könne buchstäblich dabei zusehen.

Sie schloss kurz die Augen und schüttelte den Kopf, das konnte doch nicht sein. Das war bestimmt durch ihre todesähnliche Ohnmacht passiert, dass sie sich so komische Sachen einbildete, denn als sie erneut auf ihre Finger schaute, sahen sie wieder ganz normal aus.

Da sie noch eine Weile unterwegs sein würden, beschloss sie, aus dem Fenster zu schauen, um nicht an ihre Finger erinnert zu werden.

Dem Fahrer schien sie anscheinend zu ruhig zu sein, und so versuchte er, sie in ein Gespräch zu verwickeln, und er lachte am meisten über seine eigenen Witze.

Monica dachte nur, dass er eindeutig zu viel Knoblauch gegessen hatte, denn der Gestank war widerwärtig.

Sie kurbelte das Fenster ein wenig herunter, um frische Luft zu bekommen, doch dann setzte der Durst wieder ein, zusammen mit einem mächtigen Hunger.

Sie versuchte das Gefühl wieder zu unterdrücken und schaute dabei angespannt aus dem Fenster, in dem sich leicht ihr Gesicht spiegelte. Dieses Mal erschrak sie mehr als bei ihren Fingern, denn in dem schwachen Bild, das sich in der Scheibe spiegelte, schienen ihre Eckzähne aus dem Mund zu wachsen.

Panikhaft wollte sie mit ihren Fingern nachfühlen, ob es eine Einbildung war oder nicht, und als sie die Hände hob, sahen ihre Finger eher aus wie Stichwaffen, anstatt wie zierliche Frauenhände.

Monica schloss wieder die Augen und sagte sich, dass das doch nicht wahr sein könne, als dann das Taxi anhielt und der Fahrer ihr sagte, dass sie am Ziel seien.

Sie hatte immer noch die Augen geschlossen und dachte nur ‚Was ist nur mit mir los‘, als der Fahrer sie noch einmal ansprach, dieses Mal ein bisschen lauter, denn er dachte, dass sie eingeschlafen war.

Als sie daraufhin die Augen öffnete, waren ihre Halluzinationen anscheinend wieder verflogen, denn ihre Zähne sowie ihre Hände waren wieder normal, und so stieg sie aus und gab dem Fahrer was er verlangte.

Nun als das Taxi weg war, stand sie erst einmal nur da und schaute sich ihr Elternhaus an, in dem sie schon eine Ewigkeit nicht mehr gewesen war.

Ihr Vater war irgendwann im Suff ihr gegenüber brutal geworden, und da das nicht das einzige Mal war, zog sie zu Sandy, nachdem deren Eltern sie freundlich dazu ermuntert hatten.

Ihr Vater war dann noch einmal betrunken zu den Mc Alisters gekommen, um sie wieder nach Hause zu holen.

Dick, Sandys Vater, hatte die Polizei gerufen, die dann ihren Vater mitgenommen hatten. Danach hatte er sich nicht mehr blicken lassen.

Nun stand sie also vor dem Haus ihres Vaters, starrte es an. Es war schon ziemlich heruntergekommen, denn seit dem Tod ihrer Mutter hatte niemand mehr etwas daran gemacht, selbst der Rasen wucherte schon seit

Jahren wild, genau wie die Büsche und Obstbäume, die dringend mal geschnitten werden mussten.

Plötzlich ging die Haustüre auf und ihr Vater stand darin, er sah verwahrlost aus, hatte eine Bierflasche in der Hand und starrte sie erst nur an. Dann kam er zwei Stufen die Treppe runter und sagte dann mit leicht lallender Stimme: „Monica ... bist du das oder hab ich Halluzinationen!"

„Ja, ich bin das ... kann ich reinkommen, dass wir mal reden können?", fragte sie vorsichtig.

Ihr Vater drehte sich um und deutete ihr an, reinzukommen.

Sie folgte ihm mit einigem Abstand, und als sie das Haus betrat, kamen alte Kindheitserinnerungen in ihr hoch, erst nur gute von der Zeit als ihre Mutter noch lebte.

Aber als sie in die Küche kam und das Chaos sah, was dort herrschte, kamen die negativen Erinnerungen ebenfalls wieder zurück.

Ihr Vater war an den Kühlschrank getreten, um sich das nächste Bier zu nehmen, viel mehr als Alkohol konnte sie darin nicht erkennen. Die leere Flasche warf er in die Spüle zu den anderen, worauf sie klirrend zersprang. Als er sich die Flasche an der Arbeitsplatte aufgemacht hatte, wobei von dieser wieder ein Stückchen abbrach, und einen tiefen Zug genommen hatte, drehte er sich um und sah seine Tochter mit Blut unterlaufenen Augen an. „Wie siehst du denn aus ... hab ich dich so erzogen ... siehst eher aus wie ne Bordsteinschwalbe als wie ein anständiges Mädchen ... biste vielleicht schon längst ne Nutte und lässt dich vom alten McAlister nageln, damit er dich durchfüttert!", lallte er und trank die Flasche in einem Zug aus, die er dann ebenfalls zu den anderen in die Spüle warf.

Monica, die sich nach den schrecklichen Erlebnissen der letzten Stunden nichts als ein bisschen Zuspruch ihres Vaters erhofft hatte, begann immer zorniger zu werden.

Auf ihren Vater, der nicht stark genug war, um dem Alkohol zu entsagen, ihre Mutter, weil sie sich mit ihrer Krankheit aus ihrem Leben gestohlen hatte, und ihr Unvermögen, ihren Vater stolz zu machen.

Und als der dann den Kühlschrank erneut öffnete, um sich die nächste Flasche Bier an den Hals zu hängen, quoll ihr der Zorn schier aus allen Poren und ihr Durst wurde unerträglich.

Ihre Eckzähne begannen langsam nadelspitz aus ihrem Mund zu wachsen, und ihre Hände glichen nach kurzer Zeit grotesken Waffen aus dem Mittelalter. Als ihr Vater sich dann umdrehte und sie mit seinen geschwollenen und tranigen Augen anstarrte, nicht begreifend, was er da sah, übernahmen bei Monica der Durst und ihr neu erwachter Instinkt, und sie überwand die drei Meter Distanz mit einem Sprung und biss ihrem Vater in die Kehle. Dann riss Sie ihm mit einem reißenden, gurgelnden Laut den Kehlkopf heraus.

Blut strömte aus der Wunde und Monica spuckte den Kehlkopf, den sie noch zwischen den nadelspitzen Zähnen hatte, aus und begann gierig das warme sprudelnde Nass zu trinken.

Ihr Vater schmeckte grässlich, aber das war dem Durst egal, und so trank sie ihren Vater bis auf den letzten Tropfen leer, bis der Körper des Mannes unter ihr aufhörte zu zucken.

Blut besudelt saß sie auf dem verblichenen Vater und war dank des Elixiers des Lebens endlich ohne Durst, auch ein wohliges Sättigungsgefühl stellte sich ein, wenn auch ein bitterer Nachgeschmack blieb, wegen des alkoholgetränkten Blutes.

Es verging einige Zeit und das zähflüssig werdende Blut ihres Vaters tropfte Monica aus den, vor ihrem Gesicht, hängenden Haarsträhnen.

Langsam begann sie aus ihrem Dämmerzustand zu erwachen.

Monica blickte verständnislos auf ihre Hände, die wieder normal aussahen, aber voll geronnenem Blutes waren.

Dann schaute sie sich in der Küche um, und ihr dämmerte, wo sie war.

Jetzt registrierte sie, dass sie auf etwas Weichem und noch ein klein wenig Warmem saß und schaute nach unten, direkt in die toten Augen ihres Vaters.

Entsetzt entwich ein schriller Schrei ihrer Kehle, und mit einem Satz sprang sie auf den Kühlschrank, von wo ihr die grausame Wahrheit voll bewusst wurde ...

Sie hatte ihren Vater getötet.


Sie wollte gerade durchdrehen, als sie auf den zerrissenen Hals blickte. Plötzlich stand eine Frau in der Küchentür.

Sie hatte burgunderrotes, lockiges Haar und war figurbetont, aber nicht aufdringlich schwarz bekleidet.

Sofort begann bei Monica wieder der Instinkt die Führung zu übernehmen, und sie mutierte zur tötungsbereiten Bestie und sprang die Frau an, um mit solcher Wucht von der Faust der Frau getroffen zu werden, dass sie zurück in die Küche an einen Hängeschrank flog, der davon in mehrere Stücke zerbrach.

Sie fiel nach vorne auf ihren Vater und man konnte ein Stück des Holzrahmens, aus dem der Hängeschrank gebaut worden war, aus ihrem Rücken ragen sehen. Ächzend kam sie wieder auf die Beine und starrte die Frau durch ihre blutgetränkten Haarsträhnen, die ihr ins Gesicht hingen, an, tastete dabei mit einer Hand nach ihrem Rücken und bekam dabei das Holzstück zu fassen, welches sie mit einem schmatzenden Geräusch herauszog.

Sofort begann sich die Wunde zu schließen und Monica begann knurrend und mit gesenktem Haupt langsam und lauernd auf die Frau zuzugehen, die aber davon anscheinend völlig unbeeindruckt schien.

Monica legte den Kopf leicht schräg und betrachtete die Frau mit neuem Interesse, als sie plötzlich in ihrem Kopf eine Stimme wahrzunehmen begann. ‚Monica ... Monica ... Monica, ich bin Laura, die Schöpferin deines neuen Seins. Tot warst du, und zu neuem, kraftvollerem Leben bist du zurückgekehrt. Nun musst du mir vertrauen und mit mir kommen, um zu verstehen, was mit dir geschehen ist ... Monica ... Moni...'

Als sei sie wie aus einem tiefen Schlaf erwachte, begann Monica langsam wieder zu sich zu kommen und starrte die Frau an, die direkt vor ihr stand und sie anlächelte.

„Wer sind Sie, ... ja ich weiß aus irgendeinem Grund, dass Sie Laura heißen, aber wer sind Sie und wie konnten Sie mich hier finden?"

„Das, liebe Monica, erzähle ich dir in einer ruhigeren Minute, denn du hast ab jetzt alle Zeit der Welt!", sagte Laura und hielt Monica die Hand hin, die diese nahm und sie ins Wohnzimmer führte, wo der Bademantel ihres Vaters über dem Lieblingssessel ihrer Mutter hing. Laura hüllte damit ihren neuen Schützling ein und beide verließen Monicas Elternhaus und stiegen in einen Wagen, der mit laufendem Motor auf sie gewartet hatte.

Als sie außer Sichtweite des Hauses waren, begann dieses in Flammen aufzugehen und alle Erinnerungen ihrer Kindheit gingen samt der Leiche ihres Vaters in Feuer und Rauch auf.

# Randaliert

Detroit, 7. Juli 1950, gegen 7.00 Uhr,
auf dem Polizeirevier in der Pathologie

Olsen kam aufgebracht in Andersons und McKeys Büro gepoltert und schrie schon fast: „Die Kleine ist weg und das Abteil verwüstet!" Dabei lief er im Büro auf und ab, sodass es Richard regelrecht schwindelig wurde, als er ihm mit den Augen folgte, denn das Wichtigste hatte er an diesem Morgen noch nicht erledigt und zwar … einen Zigarillo rauchen und Kaffee trinken. Beides war ihm gestern Abend ausgegangen, und seine Laune dementsprechend schlecht.
„Verdammt, Olsen … welche Kleine … und hör auf, wie ein Gestörter durchs Büro zu tigern!", raunte Richard ihm gereizt zu. Tom musste bei dem dummen Gesicht, das Olsen daraufhin zog, schmunzeln.
„Ach so … ja … also … äh … meine … natürlich die Leiche von Monica Bird, weg … einfach verschwunden … wie ein Furz im Wind … weg … einfach so und die Kühlzellentür ist rausgerissen worden!", ereiferte sich Olsen aufgebracht.
Nun waren Richard und Tom von ihren Stühlen gesprungen, und bevor Olsen noch was sagen konnte, waren sie auf dem Weg in die Pathologie, Olsen befand sich dicht hinter ihnen.

Als sie an die erste Zwischentür kamen, blieb Anderson wie angenagelt stehen, nahm das Türblatt in die Hand, schaute sich das rausgebrochene Schloss an und sagte dann zu dem ebenfalls stehengebliebenen Pathologen: „Dass die Tür aufgebrochen worden ist, ist dir wohl heute Morgen in deinem Tran nicht aufgefallen, Matt?", fragte Richard Olsen.
Olsen schaute verdattert auf die zerstörte Tür. „War wohl noch nicht richtig wach, hatte mich geärgert, weil es Dorsen anscheinend nicht für nötig gefunden hatte, gestern Abend abzuschließen, wollte ihn nachher dafür zur Rede stellen … hat sich wohl erledigt!", sagte er entschuldigend.
Tom besah sich das Schloss auch noch einmal und meinte nachdenklich: „Es wurde von innen nach außen aufgebrochen, seht ihr, wie es verbogen ist, da muss einer verdammt viel Kraft aufgewendet haben!"
„Gut, das sollte sich nachher einmal Mike anschauen, wenn er wieder im Haus ist, er musste heute Morgen, als ich kam, zu einem niedergebrannten Haus fahren … wie er sagte … mit mindestens einer Leiche!"
Dann machte er sich erneut auf den Weg zu Olsens Arbeitsplatz.

Als sie zur Tür kamen, die zur Pathologie führte, sagte Richard: „Matt, hast du irgendetwas verändert, bevor du zu uns gekommen bist, und wenn was, ich werde als erster den Saal betreten, um mir ein Bild zu machen. Tom, bevor du nachkommst, hol doch bitte Thomsen ... falls er schon da ist ... er soll Fotos machen!"

„Ist gut!", sagte McKey und machte sich auf den Weg.

Olsen deutete an, dass er nichts verändert hatte, und so öffnete Richard die Tür, betätigte den Lichtschalter neben dem Türrahmen und schaute sich genau um, bevor er die Pathologie betrat.

Was ihm sofort ins Auge stach, war die verbogene Edelstahltür des Leichenkühlfachs, die ungefähr sieben Meter von ihrem Ursprungsort lag. Man konnte sehen, dass dort, wo sie auf die Wand aufgeschlagen war, Kacheln abgeplatzt waren. Auf die Tür ging Richard als erstes zu, weil ihm eine Vertiefung ungefähr in der Mitte der Tür auffiel.

Als er davorstand, konnte er nur staunen, denn was er sah, war ein menschlicher Fußabdruck und zwar von einem nackten Fuß, da man teilweise die Zehen erkennen konnte. Wer konnte so etwas bewerkstelligen? Ein junges Mädchen wohl kaum?

„Ihr könnt jetzt reinkommen, aber bitte nichts anfassen, da die Spurensicherung ja noch nicht hier war!", sagte er, ging in die Knie und betrachtete den Abdruck aus der Nähe.

Olsen kam zögerlich herein, und dann kam Tom mit Conners Assistenten im Schlepptau hinterher. Der hatte schon die Fotokamera bereit und fing sofort an, die Sachen zu fotografieren, die Richard ihm zeigte.

Dann standen sie alle vor der Kühlzelle, aus der das Tablett, auf dem die Leichen hin- und hergeschoben wurden, herausragte.

Tom bückte sich ein wenig, um in das Fach sehen zu können, denn es war etwas niedriger, ungefähr auf Hüfthöhe und sagte zu Olsen, sodass sich seine Stimme im Kühlfach dumpf anhörte: „Könnte es sein, dass die Kleine gar nicht tot war, aufgewacht ist und dann in Panik die Tür rausgetreten hat ... ich selber und Rich ... du doch auch, wir haben im Krieg so manchen Mann gesehen, der im Angesicht des Todes zu Höchstleistungen fähig war!"

Olsen antwortete ihm mit Brustton der Überzeugung: „Sie war auf jeden Fall tot, die Leichenstarre war ja noch vollkommen und ich hatte Schwierigkeiten einen Abstrich zu machen um festzustellen, ob sie Verkehr gehabt hatte oder nicht!"

„Also spätestens da wäre ich aufgewacht!", sagte Thomsen, der aufgehört hatte zu fotografieren.

Alle sahen ihn ernst an und das ließ ihm die Schamesröte ins Gesicht schießen.

Richard schaute in die kleine Runde. „Hat jemand etwas Produktives zu der Sache zu sagen?"

Da anscheinend niemand etwas zu sagen hatte, meldete Olsen sich noch einmal zu Wort: „Wüsste ich nicht, dass sie wirklich tot war oder ist und wirklich versucht haben sollte die Tür aufzutreten, sodass man den Fuß samt Zehen darin abgedrückt sieht, so will ich darauf hinweisen, dass die Scharniere in dem Rahmen vernietet und die abgebrochenen Bolzen fast zwei Zentimeter dick sind. Außerdem ist der Schnappverschluss der Tür, der ebenfalls ziemlich massiv ist, komplett verbogen!"

„Stimmt!", meldete sich plötzlich eine Stimme, und sie drehten sich überrascht um. Mike stand hinter ihnen und schaute sich die Tür an. Sie hatten vor lauter Diskutiererei gar nicht bemerkt, dass er den Saal betreten hatte.

„Matt hat recht, Leute … das muss mit einem einzigen Ruck passiert sein. Ansonsten wären die Bolzen nicht abgeschert, sondern verbogen. Genau dasselbe trifft auch auf den Verschluss zu!", sagte er noch und kam zu ihnen.

„Wenn ihr mich fragt", sagte Tom und schaute sich dabei im Saal um. „Hier passieren mir im Moment ein bisschen zu viele komische Sachen, hier ist doch was mehr als faul!"

Anderson musste ihm Recht geben und die anderen konnten auch nur nicken.

Da fiel Tom noch etwas ein, was vielleicht ein wenig Licht in die Sache bringen konnte. „Muss die Nachtschicht nicht eintragen, wer die Nacht ins Revier kommt oder wer es wieder verlässt?", fragte er und Richard gab ihm Recht, also machten sie sich auf den Weg zum Empfangsbereich.

Dort ließen sie sich das so genannte Gästebuch geben, und tatsächlich da stand es … Junge Frau in einem schwarzen Kleid, hat sich nach dem Fall Jonson & Bird erkundigt und war dann mit einem Taxi abgefahren.

„Unfassbar anscheinend wirklich die Kleine, denn hier steht nichts von Ankunft, nur wann sie gegangen war!", sagte Olsen fassungslos.

„Sagtet ihr gerade, die junge Frau hieße Bird, das abgebrannte Haus, wo ich vorhin war, gehörte einem gewissen Bird, war aber leider bis zur Unkenntlichkeit verbrannt, war nur noch ein Stück unförmige Kohle!", sagte Conner.

„Ok … dann lass das bitte Hackmann und Sosinsky wissen, die haben den Fall … Tom und ich können uns nicht auch noch darum kümmern, wir haben sowieso schon genug mit unserem Fall zu tun!", sagte Richard und verabschiedete sich, um wieder ins Büro zu gehen.

## Versprochenes wird eingelöst

Jon wäre noch gerne mit seinem Vater auf Jagd gegangen, sah aber ein, dass dies im Moment einfach nicht richtig wäre.
Seine Mutter hatte fast einen Herzinfarkt bekommen, als sie erfuhr, was am Berg geschehen war und ihrem Mann das Versprechen abgenommen, die nächsten Tage abzufahren, sobald das FBI keine Fragen mehr an ihn hatte. Dies war heute Mittag der Fall gewesen, und so sollte es morgen früh nach Hause gehen.

Um 7.00 Uhr abends wurde zusammen zu Abend gegessen, und dann gingen alle früh zu Bett, denn am nächsten Morgen sollte es relativ früh losgehen.
Jon war eigentlich noch gar nicht müde, verabschiedete sich jedoch früh von seinen Eltern und ging zeitig ins Bett. Er war dann recht bald eingeschlafen, denn als er wieder wach wurde, war es bereits dunkel.
Er hatte das komische Gefühl, als sei er nicht alleine im Zimmer, denn es roch nach einem ihm fremden Menschen und nach Wald ... und noch etwas, was er nicht richtig zuordnen konnte ... Kräuter vielleicht.
Nun begann er sich im Zimmer umzuschauen, was ihm komischerweise trotz der Dunkelheit keinerlei Probleme bereitete.
Als er nach rechts in die Ecke schaute, zuckte er zusammen, denn dort stand ein Mann, besser gesagt ... ein Indianer.
Kaum hatte Jon ihn gesehen und gefragt, was er in seinem Zimmer wolle, antwortete dieser: „Hallo Jon ... ich bin gekommen, um das Versprechen einzulösen, das Vater Wolf dir gegeben hat, komm bitte mit mir!"
Jon wusste nicht warum, aber er vertraute dem Indianer, und als er ihn näher ansah, wusste er, welchen Indianer er vor sich hatte ... nämlich ... den Medizinmann von der Lichtung.
Sie stiegen also durch das Fenster, wie es Jon schon einmal getan hatte und gingen schnurgerade auf den Waldrand zu. Nach vielleicht einer Viertelstunde kamen sie auf eine Lichtung, auf der ein Lagerfeuer brannte, zwei Decken, die mit aufwändigen Mustern und Zeichen versehen waren, lagen ausgebreitet einander gegenüber.
Auf diese wies der Medizinmann nun, und sie setzten sich darauf, so dass sie Auge in Auge dasaßen.
Der Schamane nahm ein ledernes Säckchen in die Hand, das neben ihm gelegen hatte, schnürte es auf und entnahm ihm ein gräuliches Pulver, das nach Kräutern roch und streute es ins Feuer.

Nun wurde Jon angewiesen den Rauch zu inhalieren, was er auch nach einem kurzen Zögern tat.

Als er den Rauch einatmete, musste er erst einmal husten, und ihm wurde es ein wenig schwindelig. Dann schien sich alles in weite Ferne zu begeben, und der Wächter der Geisterwelt, wie der Schamane genannt wurde, fing an, in einen monotonen Singsang zu verfallen, wobei er eine Wassertrommel schlug, und Jon schloss die Augen und ließ sich von den uralten Worten davontragen.

Er hatte das Gefühl, als höre er außer der Trommel noch Flötentöne und ein dunkles Raunen im Hintergrund, was ihn noch tiefer in seinen Geist versinken ließ.

Leise begann Jon, eine Stimme in seinem Kopf zu hören.

‚Ich werde mit dir nun eine kleine Reise unternehmen, eine gedankliche Reise. Eine Reise aus dem Hier und Jetzt, an einen Ort, an dem du ganz du selbst sein kannst … dich erholen … und an dem du neue Energien tanken kannst. Ein Ort, an dem du Erkenntnisse erlangen wirst. Versuche dir eine Lichtung vorzustellen, es ist dir überlassen wie sie aussieht.‘

Jon stellte sich eine Lichtung vor, durch die ein Bach floss, die Bäume, die um sie herumstanden, waren uralte Sequoia, die fast hundert Meter in den Himmel ragten. Trotz ihrer Höhe schien eine warme Sonne und erwärmte diesen Platz.

Jetzt war die Stimme wieder zu hören, die sagte, dass er mit seinen nackten Füßen in den Bach gehen solle, um das kristallklare Wasser zu spüren und sich zu erfrischen.

‚Alles ist friedlich‘, sagte die Stimme weiter, ‚und es gibt für dich keinerlei Gefahr auf dieser Lichtung.‘

Nach einer Zeit, er war wieder aus dem Bach ins weiche Gras gestiegen, bemerkte er, dass er nicht alleine auf der Lichtung war, da war noch eine andere Präsenz. Ein Wesen und eine Präsenz, die ihm vertraut vorkam. Jon merkte, dass er sich zu dem Wesen hingezogen fühlte.

Plötzlich vernahm er eine andere sonore, geisterhafte Stimme, die zu ihm sprach: ‚Jon … Jon, was du spürst, ist dein Krafttier, es wäre auch nicht ungewöhnlich, wenn es mehrere davon auf deiner Lichtung gäbe‘, sagte die Stimme, und augenblicklich vernahm er am nahen Waldrand ein Rascheln, und dann bemerkte er einen Wolfswelpen, der auf ihn zuzutapsen schien.

Jon blieb ganz ruhig stehen, um ihn nicht zu verschrecken, aber der Welpe schien vor ihm keinerlei Angst zu haben. Er kam geradewegs auf ihn zu und schnüffelte an seinem Hosenbein, als wieder diese sonore Stimme erklang: ‚Ihr könnt miteinander tollen und tun, was immer ihr wollt, denn dies ist dein Krafttier, es wird an diesem, deinem Ort immer auf dich warten und dir Ruhe und Frieden bringen, oder dir die Kraft geben, die du brauchst, um dein Wesen zu beherrschen, denn dies musst du, sonst wirst du eine Geißel der Schöpfung!'

Nun wendete sich der kleine Wolf von ihm ab und ging ungefähr sechs Meter weit weg und begann um ihn herumzulaufen.

Jon versuchte, ihn im Auge zu behalten, was nicht einfach war, denn der Kleine schien mit jeder Umrundung, die er abgeschlossen hatte, zu wachsen und mit seinen Läufen größere Schritte zu machen.

Schließlich war er zu einem stattlichen Wolfsrüden herangewachsen, doch immer noch umrundete er Jon, als er sich wieder einer Verwandlung zu unterziehen schien.

Seine Läufe wurden vorne langsam zu armgleichen Gebilden, und hinten schien das Gleiche zu passieren, nur dass die hinteren Läufe zu beingleichen Extremitäten wurden. Auch der Rücken begann sich zu strecken und wurde immer breiter, bis sich schiere Muskelberge zu bewegen schienen.

Nun war der Gang schon eher ein Hopsen, so als könne er sich nicht entscheiden, wie er laufen sollte mit den veränderten Körperteilen. Noch eine Runde später begann das Wesen, denn ein Wolf war es nicht mehr, leicht vorgebeugt, aber aufrecht zu gehen.

Es wuchs dabei immer noch, auch die Fellfarbe änderte sich von dunkelbraun zu einem undefinierbaren Rotton.

Das Wolfsgesicht war verschwunden, und an dessen Stelle war ein Antlitz des Grauens getreten, was vor langen Zähnen nur zu starren schien und nur noch fern an einen Wolf erinnerte. Vielmehr begannen sich menschliche Züge mit dem eines Wolfes zu vermischen.

Dann wurde es langsamer, und als es zum Stehen gekommen war, schaute es zu ihm herüber, und Jon sah in seine rot glühenden Augen.

Die Bestie, die noch immer zu ihm schaute und noch größer geworden war, sodass sie Jon um einiges überragte, begann sich vollends aufzurichten und auf ihn zuzugehen.

War es die ganze Zeit Faszination, die Jon erfasst hatte, als er die Verwandlung beobachtete, begann ihn jetzt Angst und Panik zu erfüllen.

Mit jedem Schritt, mit dem das Fleisch gewordene Grauen auf ihn zukam, ging Jon einen Schritt zurück

Als er den Bach im Rückwärtsgang durchquerte, wäre er beinahe gestürzt, und so ging es immerzu auf den Waldrand zu, bis es nicht mehr weiterging, da er gegen eine der mächtigen Sequoias prallte und nicht mehr weiterkam. Mit aufgerissenen Augen sah er dem fremdartigen Wesen entgegen, und als es vor ihm stand, überragte es ihn fast um das Doppelte.

Jon war starr vor Angst und traute sich kaum noch zu atmen, als das Wesen ihm seine rechte Klaue auf die linke Schulter legte und dabei zu ihm herunterschaute, als sei er ein interessantes Insekt, so kam es Jon vor.

Dann fing es an, zu ihm zu sprechen und zwar in dem sonoren Ton wie die Geisterstimme: „Jon", schien es zu knurren, „Jon … ich bin du und du bist ich, wir sind eine Einheit auf ewig, denn ewig währt unser Leben!"

Mit diesen Worten schien das Wesen wieder kleiner zu werden, und langsam verschwanden die wölfischen Züge und wurden immer menschlicher. Auch das Fell verschwand und glatte Haut kam zum Vorschein, und nach einiger Zeit waren Arme wieder Arme und Beine ganz normale Beine, nur das Gesicht veränderte sich noch, und für Jon begann es irgendwie vertraute Züge anzunehmen.

Als die Verwandlung zu Ende war, stand ein perfektes Spiegelbild seiner Selbst vor ihm und hatte immer noch die Hand auf seiner Schulter, und als Jon aus dem Staunen nicht mehr herauskam, sagte sein ihm gegenüber stehendes Ich: „Jon, ich bin du und du bist ich!"

Dann lächelte sein Gegenüber und begann durchsichtig zu werden, so lange, bis er verschwunden war, und hätte Jon nicht noch das Gefühl der Hand auf seiner Schulter gespürt, er wäre sich nicht sicher gewesen, ob dies alles eben tatsächlich geschehen war.

Nun begann er, mit dem Rücken am Stamm der Sequoia hinabzurutschen, um sich auf den sonnenwarmen Boden zu setzen. Als er saß, tappste das Wolfsjunge wie zuvor auf ihn zu und rollte sich in seinem Schoß zusammen und begann zu jaulen und hörte erst wieder auf, als Jon begann, ihn zu graulen.

Als er aufschaute, sah er den alten Schamanen über die Lichtung auf sich zukommen, neben ihm ging ein ungewöhnlich großer Wolf, der ihm ebenfalls bekannt vorkam.

Während sie näherkamen, bemerkte Jon, dass sich bei jedem Schritt des Wolfes dünne Nebelfäden aus dessen Körper zu lösen schienen.

Jetzt erinnerte er sich an die Nacht im Jagdlager, und ihm wurde langsam bewusst, was das Monster versucht hatte, ihm gerade verständlich zu machen. Dies war Vater Wolf und er … er soll dieses … oder besser gesagt, er war dieses zähne- und klauenstarrende, zottelige Monster, aber warum und was wollte der Vater aller Wölfe nun von ihm?

Nun standen sie fast vor ihm und der Wolf sagte telepathisch zu Jon: ,Wie ich sehe, hat Erkenntnis dich durchflutet, kleiner Wolfssohn, und du bist jetzt soweit, mein Versprechen zu empfangen!'

Jon hatte sich nach einem kurzen Moment wieder voll unter Kontrolle und fragte: ,Es ist noch alles neu und manches noch unklar, aber was ist es, was du mir versprochen hast?'

,Schon seit Jahrtausenden wurde es so zwischen mir und den meinen gehalten, dass, wenn außergewöhnliche Gefahren dem Volk der Naturverbundenen drohte, ihr nennt sie 'Indianer', ihnen die Essenz des Wolfsgeistes für eine kurze Zeit geschenkt wurde. Außergewöhnliche Kraft und Widerstandsfähigkeit, gepaart mit einer Unverwundbarkeit zeichneten die Auserwählten aus. Sie wurden zu dem, was du eben in dem Wandlungslauf gesehen hast. Bevor allerdings die Essenz vergeben wurde, waren mehrere Vorbereitungen nötig, sowie einige Kräuter, die eingenommen werden mussten, damit sich zu gegebener Zeit die Essenz wieder aus dem Wirtskörper lösen konnte. Dies alles hast du nicht durchlaufen!', sagte der Wolf in Jons Kopf und schaute ihm dabei direkt in die Augen.

Jon fragte, was das zu bedeuten hatte.

Nun sagte der alte Indianer, der sich im Schneidersitz vor ihm niedergelassen hatte, zum ersten Mal, seit er die Lichtung ersonnen hatte, etwas zu ihm: „Da du unvorbereitet mit der Essenz in Berührung gekommen bist, hat sie sich nicht wie erwünscht in deinem Körper als Gast verhalten, sondern ist mit deinem Körper verschmolzen, sodass sie nicht wieder in den Geistbereich gelangen kann!", sagte er bedauernd.

„Gut, das habe ich jetzt verstanden, ich bin also jetzt ein stückweit wolfsähnlich ... wollt ihr mir das damit sagen?", fragte Jon.

„Eher wohnen seit der Verschmelzung zwei Wesen in dir, die du noch nicht zu kontrollieren vermagst und somit eine Gefahr für alle Geschöpfe darstellst, ob Feind, ob Freund oder gar deine Familie!", sagt der Schamane traurig.

Nun wurde es Jon schlecht, als ihm klar wurde, was in den letzten Tagen hätte mit seinen Eltern passieren können, und auch der Stall mit dem zerfetzten Pferd kam ihm wieder überdeutlich zu Bewusstsein, denn das war er dann ja wohl auch gewesen.

„War ich das mit dem Holzfällerlager etwa auch?", fragte er und war dabei aschfahl geworden, da ihm die Bilder wieder vor Augen standen, von abgetrennten Gliedmaßen und herausgerissenen Därmen ... wie viele hatte er zu Witwen und Waisen gemacht ... ihm begann bei diesen Überlegungen zu schaudern.

Der Schamane nickte traurig, aber bestätigte seine Befürchtungen und erklärte ihm, dass er zwei Verwandlungsphasen durchlaufen hatte, die unter 'normalen' Umständen durch eine spirituelle Führung begleitet worden wären.

Einmal die Traumverwandlung, das hieß meistens, dass der Auserwählte nicht viel davon mitbekam, weder Schmerzen noch das andere 'Ich'.

Dann gab es noch die zweite Verwandlungsphase, in der die Essenz versuchte Besitz von dem Körper zu nehmen, was mit Gebeten und den richtigen Kräutern verhindert wurde, und sich so die Essenz nur als Gast im Körper aufhielt und dann wieder zu seinem Ursprungsort zurückkehrte.

Aber all das traf nicht auf Jon zu.

‚Eigentlich solltest du nur die Maschinen zerstören und den Männern von Mr. Norris einen gehörigen Schrecken einjagen. Aber da du nie ein Ritual zur Beherrschung deines neuen Geistes durchlaufen hattest, warst du völlig außer Kontrolle, und zu diesem Zeitpunkt konnte weder ich noch irgendein Schamane dir helfen. Der Einzige, der den Tod wirklich verdient hatte, war Norris selbst, der über viele Jahre hinweg direkt und indirekt an mehreren Morden dem alten Volk und anderen Menschen gegenüber schuldig wurde. Alles aus Habgier, dieser Mann besitzt keinerlei Gewissen und Ehre, deshalb ist er heute Nacht deine Aufgabe, bevor du wieder in die große Stadt fährst‘, sagte Vater Wolf in Jons Kopf.

„Ich soll also noch einen Menschen töten … das kann ich nicht!“, sagte Jon aufgebracht.

‚Doch, das wirst du als letzte Handlung für das Alte Volk tun, und dann aktiviert sich die Essenz der Beherrschung in deinem Körper, die ich dir zuteilwerden lasse, und du kannst in Zukunft entscheiden, wer du sein willst … Lykaner oder Mensch …, aber wisse, die Essenz des Wolfes ist gierig, wenn sie entfesselt ist‘, sagte der Wolf mahnend zu ihm.

„Was heißt das … gierig?“, wollte Jon wissen, fassungslos nicht einmal bei der ganzen Sache nach seiner Meinung gefragt worden zu sein.

Dieses Mal antwortete ihm der Indianer wieder: „Das heißt, du könntest die Essenz weitergeben. Denn, wenn du jemanden nur verletzt und nicht vollständig tötest, so würdest du zu einer Seuche werden, die für Dutzende, wenn nicht gar Hunderte von Toten verantwortlich wäre.

Eines solltest du aber noch wissen, bevor du jetzt gehst, nichts kann dich töten außer einer Enthauptung und auch nur dann, wenn sie vollständig ist und der Kopf entwendet wird. Über deine Lebensdauer kann nur spekuliert werden, aber es spricht nichts dagegen, dass du je überhaupt sterben wirst, solange die Verschmelzung anhält. Nur deine Nachkommen, falls es welche geben sollte, und solche, denen du die Essenz weitergibst, werden gegen Silber nicht viel entgegenzusetzen haben. Auch wird sich die Verwandlung am Vollmond am leichtesten vollziehen und an Neumond am schwierigsten, aber auch dies kannst du mit viel Willensstärke beeinflussen. Was die Verwandlung am Tag betrifft, habe ich keine Erfahrung was dich betrifft, da du einzigartig bist!"

Als der Indianer ausgeredet hatte, trat Vater Wolf näher an den noch immer verstört wirkenden Jon und öffnete sein Maul, aus dem sich Nebelfäden auf ihn zubewegten, in Nase, Mund und Ohren eindrangen, sodass ihm somit die versprochene Gabe der Essenzbeherrschung zuteilwurde.

Als dies geschehen war, wurde es ihm schwindelig, und dann nickte Jon ein. Die Lichtung sowie sein Krafttier, wie auch der große Wolf und der Schamane verschwanden aus seinem Geist.

Leere schien ihn auszufüllen, bis zu dem Zeitpunkt, da sein Herz kräftiger anfing zu schlagen, und mit jedem Schlag schien es größer und leistungsstärker zu werden.

# Norris

Norris hatte endlich erreicht, dass die Holzfällarbeiten weitergehen konnten, zwar nicht mehr im Schutzgebiet, aber immerhin würde er bald wieder Geld scheffeln können.

Dieses Mal musste er nicht einmal jemanden beseitigen lassen, es hatte auch eine simple Bestechung genügt, und er konnte seine Maschinen und Geräte aus den vom FBI gesperrten Bereichen holen und an einen anderen Ort bringen, an dem ihm keiner dieser verrückten Indianer auf den Geist ging, dachte er.

Das Grundstück für die Errichtung seines Anwesens war in den Berg gesprengt worden, und gleichzeitig wurde die Leiche desjenigen, der sich nicht bestechen ließ und dies vereiteln wollte, in Stücke gerissen und das Ganze als Unfall deklariert.

Dass ihm dabei keiner auf die Schliche gekommen war, versüßte Norris jedes Mal, wenn er die Aussicht genoss, diese noch zusätzlich.

Auch dieser Grund und Boden hatte ursprünglich ein Heiligtum der Indianer beherbergt, aber wiederum durch Bestechung war es ihm damals möglich gewesen, eine Genehmigung zu erhalten, genau wie er es eigentlich vor ein paar Tagen wieder versucht hatte. Nur, dass dieses Mal alles schiefgegangen war.

Ebenso ärgerte er sich immer noch über seinen Schwager, diesen gewissensgeplagten Trottel, der, obwohl er ihm nachgefahren und zur Rede gestellt hatte, so tat, als wäre Norris nichts und nur ein Übel, was er mit der Heirat seiner Schwester ertragen musste.

Würde ihn seine Schwester nicht so gut kennen, was seinen Charakter und seine Art Geschäfte zu erledigen betraf, er hätte seinen Trottel von Schwager sehr wahrscheinlich schon durch einen Unfall beseitigen lassen. Nur auf eines konnte er sich verlassen, und das waren seine vier Kameraden aus der Jugendzeit, mit denen er schon so manchen Spaß gehabt hatte.

Da war zum Beispiel Ella Thomson gewesen, die sie abgefüllt hatten, als sie alle um die sechzehn Jahre alt gewesen waren, und als sie nicht mehr wusste, was oben und unten war, hatten sie ihren Spaß mit ihr gehabt. Dass diese damals noch Jungfrau war, hatte sie nicht gestört, und als sie dann schwanger geworden war, wusste sie nicht einmal wie und von wem genau das Balg war, das sie ein knappes Jahr danach geworfen hatte, dachte er mit einem süffisanten Grinsen.

Seitdem wollte kein Mann mehr etwas Ernstes mit ihr anfangen, und so wurde sie irgendwann einfach das 'Flittchen der Stadt', da keiner ihr wegen ihres Rufes eine Anstellung geben wollte.

Die Jahre danach wurde es mit den fünf Freunden nicht besser, und da sich keiner imstande fühlte sie zu stoppen, hatten irgendwann sogar die Hüter von Gesetz und Ordnung Angst vor ihnen. Das änderte sich erst wieder, als Hektor McDuck zum neuen Sheriff der Stadt gewählt wurde und ihm seitdem bei jeder Gelegenheit die Tour zu vermasseln versuchte, auch er ließ sich nicht bestechen. Ein Grund mehr, dass sich die Jungs mal mit ihm beschäftigten.

Eben diese Jungs waren jetzt auch im Haus und bildeten seit geraumer Zeit seine Leibwache, auf die er sich absolut verlassen konnte, und die außer einer langjährigen Freundschaft auch noch fürstlich von ihm bezahlt, regelmäßig mit Frauen und erlesenem Alkohol sowie edlen Tabakwaren und ab und zu auch mal ein bisschen Gras versorgt wurden.

Die Grillen zirpten und Norris hatte die Beine hochgelegt und zündete sich eine Havanna an. ‚Konnte das Leben nicht wundervoll sein?‘, dachte er bei sich und blies einen Rauchkringel vor sich in die Luft.


Jon wachte auf, der Schamane war nicht mehr da, und in der Feuerstelle glommen nur noch ein paar Holzkohlestückchen. Auch die Decken, auf denen sie gesessen hatten, waren verschwunden.

Sein Blick richtete sich auf einen zusammengelegten Stapel Wäsche.

‚Das ist doch meine Wäsche‘, dachte er bei sich, und erst jetzt registrierte er, dass er nackt war. Gefroren hatte er nicht, aber jetzt bemerkte er, dass es schon empfindlich frisch geworden war.

Es musste nach seiner Schätzung so ungefähr 10.00 Uhr nachts sein, und er fragte sich, ob das alles nicht nur ein Traum gewesen war, als er plötzlich Schmerzen im Ober- und Unterkiefer verspürte.

Dieses Gefühl war ihm nur zu deutlich in Erinnerung geblieben, und mit einem Mal wusste er, dass seine Verwandlung kurz bevorstand.

Auch die Knochen taten ihm an den ungewöhnlichsten Stellen weh, aber Jon war fest entschlossen gegen das, was mit ihm passieren wollte, zu kämpfen und nicht zuzulassen, dass er weitere Menschen auf dem Gewissen hätte.

Einige Zeit schien das auch zu funktionieren, wenn auch unter großen Schmerzen. Aber irgendwann brach sich die Essenz ihren Weg durch seinen Körper, die Kiefer begannen sich zu verformen, die Zähne auszufallen und die Reißzähne zu wachsen. Dieses Mal schien alles gleichzeitig zu wachsen, nicht wie das letzte Mal, als es in regelrechten Schüben kam. Jon versuchte trotz immer heftig werdender Schmerzen gegen das Unvermeidliche anzukämpfen. Er kroch über die Erde und versuchte sich mit seinen Händen, die zu Klauen wurden, in der Erde festzukrallen, aber nichts konnte die Bestie aufhalten, sich ihren Weg zu bahnen.

Als seine Mittelfußknochen wuchsen und sich die klauenartigen Fußnägel in die Erde bohrten, war es mit seinem Widerstand zu Ende, und er konnte sich nicht mehr wehren.

Sobald das Fell gewachsen war und er komplett verwandelt, schwer atmend auf dem massiven Rücken lag, schaltete sich sein Verstand ab, und die Bestie übernahm die Führung über die überlegene Kraft und den unbändigen Zorn, den er aufgrund der Freveltaten gegenüber dem alten Volk empfand.

Nun richtete er sich zu seiner vollen Größe auf, hob den Kopf und witterte in die Nachtluft, um zu erfahren, was um ihn herum geschah.

Als er nichts Bedrohliches wahrgenommen hatte, begann er loszulaufen und wurde immer schneller, sodass selbst ein Geländewagen in voller Fahrt ihn nicht mehr hätte einholen können.

Immer schneller und schneller wurde er, bis er nur noch als dahingleitender Schatten wahrgenommen werden konnte, geradewegs auf sein Ziel ausgerichtet.

'Norris'.


Grey und Paul, zwei von Norris Kumpanen, schoben locker Wache, jeder von ihnen ging um das Haus und zwar parallel zum anderen.

Als Grey gerade seine Runde beenden wollte, hörte er ein leises Knacken, das aber nicht so leise war, dass er es als Waschbär oder etwas Kleineres abtun konnte.

Norris, sein Freund und Arbeitgeber, hatte seit dem Massaker in den Bergen und seinem Verhalten darauf, vermehrt Drohbriefe bekommen, deshalb waren sie vorsichtiger als sonst.

Gegen den Mond, der gerade am aufgehen war, zeichneten sich Büsche und Bäume ab, die sich zu bewegen schienen. Grey war so angespannt, dass er vergaß seinem Wachkollegen Bescheid zu geben. Seine Pump-Gun durchladend ging er auf eine Lücke zu, die zwischen zwei Büschen einen schmalen Durchlass bildete.

Die Äste, die auf Augenhöhe das Durchkommen hätten behindern können, schob er mit dem Flintenlauf zur Seite.

Da ... da war es wieder, dieses fast schon unterdrückte Knacken von dürren Ästen, die hier und da auf dem Gartenboden lagen. Da ... noch einmal ... zusammen mit einem von einem vor Erschöpfung schnaufenden Dauerläufer zu stammenden Laut, nur ein Vielfaches tiefer.

Grey beugte sich leicht nach vorne, um besser hin hören zu können, die Waffe halb im Anschlag.

Versuchte da jemand ihn zu umgehen ... er war stehen geblieben, um den Eindringling nach dessen Geräuschkulisse auszumachen.

Wieder ein Knacken, diesmal direkt vor ihm und wieder dieses leise, tiefe Schnaufen.

Er versuchte sich ein wenig kleiner zu machen, um nicht im Gegenlicht des Mondes sichtbar zu werden, da sah er Atemwolken aus dem Gebüsch neben ihm kommen, zusammen mit einem Geruch nach einem Hund, der zu lange in einem Zwinger gehalten wurde.

Hatte der Angreifer zu alledem noch einen scharfen Hund mit dabei, das würde die Sache für ihn verkomplizieren. Nun ärgerte er sich, Paul nicht Bescheid gegeben zu haben. Denn jetzt konnte er ihn nicht mehr kontaktieren, ohne seine Stellung zu verraten.

Nun hörte er auch ganz deutlich das schnüffelnde Wittern eines Hundes.

Grey, dem nichts anderes übrig zu bleiben schien, richtete sich wieder halb auf, nahm die Waffe voll in den Anschlag und zielte auf die Vegetation vor sich und rief die vermeintliche Person an: „Hände hoch und rauskommen, Freundchen, aber ein bisschen flott!" Dies sagte er in einem scharfen Tonfall eines Mannes, der seine Waffe auch bereit war abzufeuern und dies in Vergangenheit auch getan hatte.

Auf diese Anweisung hin teilte sich das Geäst vor ihm und eine riesenhafte Silhouette, die mit einem tiefen Knurren begleitet schien, wurde sichtbar und rotglühende Augen starrten ihn aus dem übergroßen schwarzen Schatten entgegen.

„Verdammt ... wer bist du?", wollte Grey wissen, als dessen Waffe einen Schlag abbekam, den er nicht hatte kommen sehen, und der Flinte den Lauf verbog, sodass diese ihm dabei aus der Hand gerissen wurde.

Nun bekam er Panik und wollte nach Verstärkung schreien, da wurde ihm mit dem nächsten Hieb das halbe Gesicht mit samt dem Kehlkopf herausgerissen, worauf er sich nach dem Hals fassend, gurgelnd in die Knie ging, und nach kurzem, immer kleiner werdendem Blutschwall zur Seite fiel und verschied.

Der Schatten hatte sich schon wieder zurückgezogen, als dieser einen anderen Mann leise rufen hörte: „Hey, Grey, hast du das eben auch gehört ... Grey, wo bist du ... wenn das ein Scherz sein soll, finde ich das gar nicht lustig, Mann ... Grey!"

Paul, der keine Antwort bekommen hatte, war nicht so nachlässig wie sein vermisster Kumpel und rief zum Haus rüber, in dessen Küche Dick, ein weiterer Freund, sich gerade ein Sandwich machte.

Halb den Blick auf das Gebüsch vor sich gerichtet und halb in die Richtung des Hauses rief er erneut: „He ... Dick komm raus und nimm deine Waffe mit, hier stimmt was nicht, Grey is verschwunden!"

„Mach nicht so einen Zauber, Paul!", sagte der Gerufene, aber als er seinen Freund mit schussbereiter Waffe sah, überlegte er sich seine Reaktion noch einmal und antwortete: „Komme raus ... warte kurz!"

Als Dick zu Paul getreten war, sagte dieser zu ihm: „Riechst du das, Dick? An was erinnert dieser Geruch mich, ich komme einfach nicht drauf?"

Nun sog auch Dick die Nachtluft in seine Nase ein, die vom Gebüsch zu ihnen hergeweht wurde. „Scheiße ... du hast Recht ... das ist Blut, so metallisch, dass man es fast schmecken kann, das muss aber ne Menge Blut sein, um so stark zu riechen!", meinte Dick und brachte bei diesen Worten ebenfalls seine Waffe, einen Repetierer, Richtung Gebüsch in den Anschlag und ging langsam darauf zu, seinen Kumpel mit einem Wink bedeutend, ihm zu folgen.

So gingen sie beide leicht geduckt und sich gegenseitig deckend auf das Buschwerk zu.

Kurz bevor Dick durch die Lücke in den Büschen gehen wollte, trat er mit einem quatschenden Geräusch in etwas Nasses, bückte sich ein wenig und fasste an seinen leicht dazu angehobenen Fuß. Aber bevor er es an den Fingern hatte, wusste er schon wo er reingetreten war ... Blut ... so viel Blut, das es ihnen aus dem Gebüsch entgegengeflossen war und jetzt dort langsam zu versickern begann.

„Scheiße!", war das Einzige, was sie sich fast gleichzeitig flüsternd zuraunten und sich dabei forschend umsahen.

Nun waren sie endgültig davon überzeugt, dass Grey etwas zugestoßen sein müsste.

Dick, der vorangegangen war, rief leise nach dem verschollenen Freund: „Grey ... G r e e e y ... verdammt, wo bist du?!"

Da vernahm er rechts von sich einen leisen Fluch, der von Paul kam, dieser schien über etwas gestolpert zu sein.

Nun nahm Dick die Taschenlampe aus seiner Hosentasche, die er aus dem Haus mit nach draußen genommen hatte, und schaltete sie an.

Was er sah, als er in Richtung seines Freundes leuchtete, war der verstümmelte Leichnam ihres Freundes, in dessen Lebenssaft Grey kniete
und sich mit den Händen im Blutschlamm abgefangen hatte, um nicht
vollends hinzufallen. Dabei war ihm die Waffe entglitten, und als er sah,
wo hinein er sich abgestützt hatte, stand er wie unter Zeitlupe und Schock
auf, sah mit auseinandergehaltenen Händen und Panik in den Augen zu
Dick, der nicht minder geschockt war, von dem, was er da sah.

Noch immer blickten sich die beiden schockiert an, als Paul einen heftigen
Schlag in den Rücken bekam, alles unterhalb seines Brustkorbs schien taub
zu werden. Er schaute an sich herunter, sah, dass er gar nicht mehr auf
der Erde stand, und dass aus seinem Brustkorb ein Stück seiner Wirbelsäule ragte. Ungläubig starrte er zu Dick herüber, nicht glaubend was er
da sah, da er unter Schock stand und noch keine Schmerzen hatte.
Dick, der wie erstarrt war von der Szene, die sich gerade vor ihm abspielte,
denn gerade eben war sein Freund noch aufgestanden, und plötzlich hatte
er ein dumpfes Geräusch vernommen, als diesen seine eigene Wirbelsäule
zu durchbohren schien. Dann wurde er in die Höhe gerissen, und mit
einem abgrundtiefen Grollen war etwas hinter Paul aus dem Gebüsch
getreten, das ihn vor sich herzutragen schien.
Dick, der sich vor Entsetzen kaum bewegen konnte, hob mechanisch die
Hand mit der Taschenlampe und beleuchtete eine scheußliche wolfs-
ähnliche Fratze, dessen rote Augen sich mit dem Lampenlicht zu Schlitzen
zusammenzogen.
Nun löste sich seine Starre und Dick begann zu schreien und zu feuern.
Ein Schuss traf seinen Freund, der ihm anscheinend endgültig den Rest
gab. Denn dessen Kopf sank auf seine Brust. Die nächste Kugel war
besser platziert und traf den Mensch und Wolfsgleichendem Monster in
die rechte Schulter, was diese nur kurz zucken ließ. Das schien das Monster
aber so zu verärgern, dass es Paul mit einem tiefdröhnenden Aufknurren
von sich schleuderte, als wöge der nichts, sodass er fünf Meter weiter auf
Augenhöhe in einer Baumgruppe hängenblieb.
Jetzt konnte Dick das ganze Ausmaß seines Dilemmas, in dem er steckte,
erkennen, begann zu repetieren und schoss erneut, immer und immer
wieder, was kleine Blutfontänen hervorbrachte, die aus dem Körper des
Monsters zusammen mit Haut und Fleischfetzen spritzten. Bei jedem
Aufschlagen der Kugeln wiederholte sich die Zerstörungskraft der Projek-
tile.
Aber all das beeinträchtigte die Kreatur nicht sonderlich, denn sie kam

trotz ständig einschlagender Geschosse langsam und grollend, aber unentwegt auf ihn zu, und als sie fast bei ihm war, ging die Munition zur Neige, sowie das Leben, das Dick mit einem letzten panischen Aufschrei aus der Brust gerissen wurde.


Norris, der zu der lautstarken Rock-&-Roll-Musik, die im Wohnzimmer nach draußen schallte, mit den Füßen im Takt wippte, die er auf das Verandageländer hochgelegt hatte, bekam von alldem, was hinter seinem Haus geschah, nichts mit.

Harry, einer seiner Freunde, der sich im Wohnzimmer gerade das Trommelfell massieren ließ und dazu einen Joint rauchte, bekam ebenfalls so gut wie nichts mehr mit, das Mädchen, das er vorhin noch gehabt hatte, war schon vor geraumer Zeit gegangen.

Norris zog wieder an seiner Havanna und wollte einen Schluck von seinem Scotch nehmen, da sah er jedoch, dass das Glas bereits leer war.

„Harry ... Harry ... bring mir die Flasche Scotch und die Eiswürfel, die auf dem Wohnzimmertisch stehen ... Harry, hast du mich verstanden?", erhob Norris seine Stimme, um gegen den Lärm der Musik anzukommen. Als er keine Antwort bekam, rief Norris lauter: „Harry ... du bekiffter Schwachkopf, beweg deinen lahmen Arsch und bring mir einen Drink ... Harry!"

Da er wieder keine Antwort erhielt, stand er mit einem Aufseufzen der Frustration wegen der Faulheit seines Kumpels, den er ja für so etwas bezahlte, auf, und machte sich selbst auf den Weg, Richtung Terrassentür. Er musste dafür die ganze Veranda entlang, um zur Tür zu gelangen. Auf dem Weg dorthin verstummte plötzlich die Musik und kurz darauf hörte er einen dumpfen Schlag und ein erstickendes Ächzen.

Norris war stehen geblieben und horchte genau hin, als es sich so anhörte, als schütte jemand einen Eimer voller Putzwasser in die Hecke.

Jetzt war es wieder leise und Norris überlegte noch, was das zu bedeuten hatte, als er an die Hausecke kam. Aus einem flauen Bauchgefühl heraus wusste er, dass er in Schwierigkeiten war.

Er fasste an seine linke Seite, an der seine Pistole in einem Holster steckte und zog sie heraus, zog den Ladeschlitten zurück und entsicherte sie. Dann schaute er um die Ecke, um sicherzugehen, dass er niemandem unvorbereitet in die Hände lief.

Verdammt, wo waren Grey, Dick und Paul? Waren sie vielleicht schon auf dem Weg zu ihm, um die Situation unter Kontrolle zu bekommen?

Immer beschissener wurde sein Gefühl und er schlich geduckt um die

Ecke, um zur Tür zu kommen, als plötzlich wieder lautstark die Musik anfing zu spielen.

Als er die Tür erreichte, schaute er reichlich verwirrt, aber schnell hindurch, um sich ein Bild vom Wohnzimmer zu machen, aber was er da zu sehen bekam, wollte nicht so ganz in seinen Verstand vordringen.

Das Wohnzimmer war mit Deckenbalken durchzogen, die nach oben hin viel Luft ließen, bevor das Dach begann.

Eben an einem solchen Balken hing Harry.

Norris konnte ihn von hier aus nur von hinten sehen, er hing leicht schräg, und sein Kopf war in den Nacken gesunken, sodass er Norris mit seinen toten Augen anstarrte. Seine Arme waren leicht abgewinkelt und sahen so aus, als wollte er sie zu Flügeln ausbreiten, dabei zuckte sein Körper noch leicht, und Blut tropfte ihm von den Schuhen und bildete unter ihm auf dem teuren Perserteppich einen See.

Norris, der immer noch nicht glauben konnte, was ihm hier gezeigt wurde, ging mit erhobener Waffe in das Zimmer, sich immer wieder nach allen Seiten absichernd.

Als er zu seinem aufgehängten Freund kam, sah er was diesen in Höhe des Balkens hielt, es waren seine eigenen Gedärme, die aus ihm heraushingen und sich um den Balken gewickelt hatten.

Norris übergab sich in das Blut seines Kumpels, und dann wurde Norris von einer tiefen Panik ergriffen, als er registrierte, dass dies alles echt war, was er sah. Er versuchte sich klar zu werden, was hier vor sich ging, als er hinter sich ein leises Knurren hörte, das ihm das Blut in den Adern gefrieren ließ.

Langsam drehte er sich um, doch da war nichts.

Wurde er jetzt schon verrückt vor Angst?

Er hörte ein Poltern in der Küche und ging mit erhobener Waffe langsam in diese Richtung, hockte sich neben die Küchentür und nahm die Waffe, richtete sie in die Türöffnung und drückte mehrfach ab. Dass er dabei einen seiner eigenen Leute hätte treffen können, war ihm egal.

Als sich in der Küche nichts mehr zu rühren schien, schaute er hinein, und außer zertrümmertem Geschirr und einem zerstörten Hängeschrank war nichts zu sehen.

Dann hörte er hinter sich ein schleifendes Geräusch, und als er sich umschaute, war nichts da, wirklich gar nichts, sein Freund, der am Balken gehängt hatte, war verschwunden. Nur noch ein paar Gewebereste, zähe Flüssigkeit, die von den Balken tropfte und der Blutsee, in die sie aufklatschten, zeugten davon, dass er eben noch dort gehangen hatte.

Norris wurde schier wahnsinnig. Wo um Himmels Willen war Harry hin verschwunden, er konnte sich doch nicht in Luft aufgelöst haben.

Er ging zurück ins Wohnzimmer und von da zur Terrassentür, um zu seinem Sitzplatz zu kommen, neben den er den Autoschlüssel für seinen Truck hingelegt hatte. Ihn hielten hier keine zehn Pferde mehr, sollten die anderen doch sehen, wie sie zurechtkamen, er jedenfalls würde sich verpissen.

Als er sich wieder an die Hausecke auf der Veranda geschlichen hatte, bemerkte er dünne Blutfäden auf den Holzdielen unter sich, die um die Ecke zu gehen schienen.

Norris, dem das Herz bis zum Hals schlug, richtete sich an der Ecke voll auf, nahm die Pistole vor sein Gesicht und atmete tief durch, sprang dann mit einem Satz um die Ecke und richtete die Waffe in Richtung des Platzes, an dem er eben noch gesessen hatte.

Doch es saß jemand anderes darauf und schaute ihn mit glasigen Augen an, es war Harry dessen Gedärme vor ihm auf der Veranda lagen.

Wie zum Teufel war er vom Wohnzimmer hierhergekommen, fragte sich Norris mit entsetzter Verblüffung.

Da knurrte es wieder in seinem Rücken, nur diesmal hörte es sich viel näher an, sehr viel näher als zuvor.

Norris hatten sich die Haare zu Berge gestellt und kalter Schweiß war ihm ausgebrochen, schwer atmend drehte er sich um, schoss im selben Moment und traf die ihm gegenüberstehende Höllengestalt in die Brust, was diese nur noch schauderhafter knurren ließ.

Er wich zurück und schoss und schoss und schoss immer und immer wieder wie in Trance, bis der Ladeschlitten nach hinten einrastete, was ihm zeigte, dass das Magazin leer war. Die übergroße Mischung zwischen Wolf, Bär und Mensch … so kam es Norris vor, war stehengeblieben und hatte sich unter dem Beschuss nur ein paar Mal geschüttelt, als die Projektile ihm tiefe Wunden schlugen, worauf schon lilafarbenes Blut verspritzt wurde.

Nun, da es still geworden war, denn nicht einmal mehr eine Grille war zu hören, starrte das Monster ihn mit seinen rot glühenden Augen an und bewegte sich langsam und geschmeidig in seiner Bewegung, auf ihn zu. Die Wunden, die es hatte, begannen sich vor Norris Augen zu schließen, und bevor sie wieder verheilt waren fielen die Geschosssplitter aus ihren immer kleiner werdenden Wundrändern. Norris wich weiter zurück und wäre beinahe auf den Därmen seines Freundes ausgerutscht. Er machte einen größeren Schritt rückwärts, um darüber zu steigen, behielt aber die

Bestie immer im Auge.

Als das Vieh nur noch zwei Meter von ihm entfernt war, stieß Norris mit dem Rücken an die verbretterte Hauswand, was ihm keinen Ausweg mehr ließ, denn die Seite, die zum Garten führte, war mit einer Rankhilfe für den dort wachsenden Rosenstock versperrt, der gerade so wunderschön blühte und den Abend mit seinem betörenden Duft zu versüßen versuchte, doch vergebens.

Das albtraumhafte Wesen kam noch ein Stückchen näher, und jetzt roch Norris das Raubtier. Bevor es sich jedoch zu Norris herunterbeugte und das geifernde Maul direkt vor sein Gesicht hielt, sodass er den nach fauligem Blut riechenden Atem ins Gesicht bekam, öffnete sich der Kiefer und ein Grollen entstieg ihm, mit dem es sagte: „Frevler!"

Anschließend verspürte Norris einen reißend, hässlichen Schmerz in seiner Brust, mit dem ihm das Herz herausgerissen wurde.

Kurz darauf bekam er das noch schlagende Organ, welches das Monster in seinen Klauen zerquetschte, als wäre es ein Stück weiche Butter, in den letzten Sekunden seines Lebens vor die Augen gehalten, bevor er zusammensackte und auf die rechte Seite fiel, wo er mit dem Gesicht in der Rankhilfe hängend und sich rote Blütenblätter lösend auf seinem erstaunt blickenden Gesicht liegen blieben.

Als Norris seinen letzten Atemzug ausgehaucht hatte, begann die Essenz in Jons Körper die Oberhand zu verlieren, und er bekam wie versprochen die Kontrolle zurück. Was er jedoch sah, wollte ihn am liebsten aufschreien lassen, und so hörte man meilenweit ein herzzerreißendes Heulen.

Jon neigte seinen massiven Kopf herunter und betrachtete, was er angerichtet hatte. ‚Das also war Norris‘, dachte er und schaute weiter auf den blutbesudelten Brustkorb mit dem klaffenden Loch darin und auf das Herz, das aufgehört hatte zu schlagen als er es zerquetscht hatte und das jetzt auf Norris Schoß lag, dessen Augen wie vor Erstaunen immer noch offenstanden.

Jon drehte sich angewidert über sich selber weg von dem entstellten Leichnam und ging von der Veranda auf den kurzgehaltenen Rasen und überlegte, was er jetzt am besten tun sollte, denn er war ja im Grunde genommen noch ein Junge von dreizehn Jahren … nein halt vierzehn, denn heute hatte er Geburtstag.

Bei dem Gedanken wurde sein Geist vollends wach … er hatte Geburtstag und war meilenweit von zu Hause entfernt. Was würde wohl geschehen, wenn seine Eltern heute Morgen in sein Zimmer kamen, mit einem Geburtstagskuchen und Kerzen, anfingen 'Happy Birthday' zu singen, das Licht anmachten, und er wäre nicht da ... nicht auszudenken!

Also beschloss er kurzerhand loszulaufen und erst mal nicht mehr über Norris nachzudenken, um sich nicht in unnötige Schwierigkeiten zu bringen.

Es dämmerte bereits als er schwer atmend den kleinen Bach, der hinter dem Haus herlief, erreichte. Er kniete sich nieder um zu trinken, und als er sich Wasser zum Mund führen wollte, sah er auf klauenbewehrte Hände, und erst jetzt wurde ihm bewusst, dass er sich immer noch nicht zurückverwandelt hatte.

Sein zotteliges Fell war zu allem Übel auch noch mit den Körpersäften seiner Opfer besudelt, und er stank wie ein Schlachthaus mit nassem Hund vermischt ... widerlich.

‚Wie bekomme ich es bloß hin, mich wieder in Jon, den braven Sohn der Familie Clark, zurückzuverwandeln‘, dachte Jon voller Panik und begann kühles Wasser über sich zu schaufeln, um wenigstens den Dreck und das Blut loszuwerden, das sich langsam aus seinem Fell zu lösen begann und in dünnen wolkenartigen Schleiern vom kühlen Wasser vorgetragen wurde.

Als er immer hektischer werden wollte, klopfte etwas in seinem Geist an, und er hörte auf mit dem Waschen und horchte erstaunt in sich hinein.

Da war etwas ... ein leichtes Gurgeln eines Baches, nicht der vor ihm ... nein, ganz tief in ihm drin, und Jon schloss seine rötlich glimmenden Augen, um sich besser konzentrieren zu können.

Plötzlich befand er sich wieder auf der Lichtung, die er zusammen mit dem Schamanen erschaffen hatte, und auch der Wolfswelpe war dort und freute sich Jon zu sehen. Jon ging in die Hocke und sein Krafttier kam schwanzwedelnd auf ihn zu und leckte ihm über die Klauenhand.

Als er von dem kleinen Wolf berührt wurde, breitete sich eine innere Ruhe in ihm aus, und er begann sich zu entspannen. Ab diesem Moment schien es ganz einfach ... er fing an sich zurückzuverwandeln.

Als dies zur Gänze geschehen war, kam er wie von selbst in die Wirklichkeit zurück.

Nun stand er nackt im Bach, und nach kurzer Zeit fing er an, sich den restlichen Dreck abzuwaschen. Dann ging er, schon fast wie von selbst, zurück zu dem Ort, wo seine Kleidung auf ihn wartete, zog sich an, kämmte sich mit den Fingern grob durch die Haare und machte sich dann auf den Weg zu seinem Zimmer.

Die Vögel zwitscherten schon, als er endlich das Haus erreichte.

Noch war alles ruhig, und er kam ungesehen zu seinem Zimmer. Dort angelangt, stieg er durch das offenstehende Fenster und ging zum Waschtisch hinüber, wo ein Handtuch hing, womit er sich abtrocknete und über die Haare rubbelte bis diese ebenfalls fast trocken waren.

‚Zum Glück habe ich kurze Haare‘, dachte Jon dabei und musste zum ersten Mal wieder erleichtert grinsen, da er es wirklich geschafft hatte, rechtzeitig wieder da zu sein.

Es vergingen vielleicht noch zwei Stunden, Jons Haare waren gerade vollends trocken geworden, da öffnete sich leise die Tür seines Zimmers und Kerzenschein begann den Raum zu erhellen.

Jon hatte sich zugedeckt und so getan, als würde er schlafen, was er nicht mehr konnte, auch wenn er es versucht hatte, denn aus irgendeinem Grund fühlte er sich top fit und ausgeruht, als hätte er zwei Tage lang geschlafen.

Nun traten seine Eltern vollends in sein Zimmer und Jon hörte seine Mutter liebevoll flüstern: „Schau Greg, ist das nicht ein friedliches Bild, wie unser hübscher Sohn so schlafend daliegt?"

„Ja, Schatz, den haben wir gut hinbekommen!", sagte sein Vater und Stolz schwang in seinen Worten mit. Dann begannen sie für ihren Sohn das Geburtstagslied zu singen.


Norris Ausbleiben im Holzfällercamp fiel erst nach Tagen auf, denn er war nie nach festen Zeiten erschienen, um nach dem Rechten zu sehen. So hatte ihn auch keiner vermisst. Denn eines war sicher, umso weniger er kam, umso besser war es für die Arbeiter, da er für ungerechte Behandlung den Arbeitern gegenüber berüchtigt war.

Erst als die Lohntüten nicht rechtzeitig ausgegeben worden waren, hatte sich ein Vorarbeiter das Herz genommen und war zu Norris Anwesen gefahren. Das stank mittlerweile schon am Eingangstor nach Verwesung, denn es waren die letzten heißen Tage des Jahres gewesen. Rabenvögel waren währenddessen in Scharen von ihrem gedeckten Tischen aufgeflogen und schimpfend in den nahen Wald verschwunden, um bald wiederzukommen sobald der Störenfried wieder gefahren war.

Keinem war es nahegegangen, als bekannt wurde, was mit ihm geschehen war. Nicht einmal Norris Schwester war traurig, denn sie wusste, was für ein mieser Mensch ihr Bruder gewesen war.

Dieser Fall ging als 'Norris Massaker' in die Annalen des Countys ein.

Obwohl der Sheriff und das FBI alles in Bewegung setzten, um die Bestie zu kriegen, vergingen jedoch Tage und Monate, ohne dass sie mit irgendetwas Erfolg gehabt hätten.

Norris Schwester Alin und ihr Mann Sam Harper waren nach dem Gesetz die einzigen Erben des Norris Vermögens, und so ließen sie das Anwesen, auf dem der Bruder und Schwager der Harpers verstorben war, abreißen und gaben den Grund und Boden den Indianern zurück.

Als dies geschehen war, klopfte es eines Morgens an ihrer Tür und ein alter Indianer stand davor. Alin beschlich ein komisches Gefühl und ihre Nackenhaare stellten sich auf, als sie dem Schamanen gegenüberstand. Sie rief ihren Mann, der bis da noch am Frühstückstisch gesessen hatte, an die Haustüre.

Sam war erstaunt, wen er da sah, denn es war der Schamane, der seinen Schwager gewarnt hatte. Sam hatte dem Indianer beigestanden, weil Norris drauf und dran gewesen war, den Indianer zu verprügeln.

Nun fragte er den Indianer freundlich: „Was können wir für Sie tun?!"

„Das habt ihr bereits mit der Rückgabe der heiligen Städte getan, das Alte Volk bedankt sich dafür bei euch und schickt seinen Segen, denn der Fluch, der auf Mr. Norris gelastet hat, ist nun gesühnt worden!", sagte der Indianer, überreichte mit seiner faltigen Hand Alin einen kleinen geschnitzten Wolf, an dem wie ein Halsband ein Lederriemen gebunden, und an dem Leder wiederum eine Adlerfeder befestigt, war.

Als Alin und Sam sich die schöne Schnitzerei ansahen, mussten sie beide aus unerklärlichem Grund lächeln, denn ein innerer Frieden hatte sich in ihnen ausgebreitet, den sie so vorher nicht gekannt hatten. Als sie sich bedanken wollten, war der Schamane bereits verschwunden als wäre er gar nicht dagewesen.

Die letzten Todesfälle wurden der 'Bestie von Wulfgreg' zugesprochen, (nach dem Flüsschen benannt, das durch diese Gegend floss).

Seither gab es nie wieder solche oder ähnliche Fälle in dieser Gegend …
bis heute.

# Beobachtet

Detroit, 10. Juni 1950, gegen 19.00 Uhr

In San Francisco eröffnete der Vater der Jeans 1850 sein erstes Beklei-
dungsgeschäft. 1853 wurde dann die legendäre erste 'Levis' hergestellt. Es
war ein Deutscher aus Bayern, namens Levi Strauss, der 1847 nach
Amerika auswanderte und dort seinen Erfolg suchte. Die Marke 'Levis' ist
seitdem ununterbrochen marktführend.
In den ersten Jahren nutzten Farmer und die US Army die Jeans als
Arbeitsbekleidung, bevor sie jetzt in den 50er Jahren von den so genannten
Halbstarken in den USA zum rebellischen Ausdruck genutzt wurde. Junge
Filmstars wie James Dean oder Marlon Brando zeigten sich in ihren
Filmen gerne mit der neuen rebellischen Mode und verkörperten damit
ein neues Lebensgefühl der Jugend, welches bis nach Deutschland
schwappte. Die Jahre davor hatte der 2. Weltkrieg tiefe Spuren der Ent-
behrung bei den älteren Generationen hinterlassen. Die Kinder standen
unter strenger Autorität ihrer Eltern und mussten brav, konservativ,
arbeitsam und sparsam sein. Dieser Druck führte zum Schrei nach Freiheit, und eine Rebellion der Jugend war abzusehen.
Musiker wie Bill Haley erkannten die Sehnsüchte der jungen Generation,
schrieben Songs für sie und beeinflusste damit die Jugend wie kein anderer. Ihre Eltern verabscheuten die Musik, da die Jugend damit ihren Weg
gefunden hatte, sich mit Mode und Musik von ihrem Elternhaus zu lösen.
Die Einflüsse der Jugend prägten auch die Herrenmode dieser Jahre. Das
Outfit eines jungen Mannes bestand aus engen und zu kurzen Röhrenjeans
mit Ringelsocken, und die Schuhe liefen vorne modisch spitz zu. Die
Haare wurden mit viel Pomade zu einer 'Tolle' frisiert. Angesagt war
damals wie heute eine schwarze Lederjacke, Jeansjacken bildeten dazu eine
Alternative. Darunter trug man ein weißes T-Shirt oder einfarbige Hem-
den mit schmalen Krawatten. Auch damals wurde schon auf das richtige
Accessoire geachtet, Sonnenbrillen waren bis dahin nur zum Sonnen-
schutz gedacht, dann wurden sie gerne genommen, um dem Stil mehr
Ausdruck zu verleihen. Das erste Modell, welches aus Plastik hergestellt
wurde und zum meistverkauftem Modell wurde, war die Wayfarer von
Bausch & Lomb, heute Ray Ban. Das 'Must Have' für sie war eine Sonnenbrille im Cateye-Look.
Die Mädels trugen weit schwingende Tellerröcke mit Punktmuster (Pol-
kadots), Petticoats und auch enge Caprihosen mit breiten Gürteln, dazu

Stöckelschuhe mit Pfennigabsätzen. Dazu trugen sie lackierte Fingernägel mit knalligen, roten Lippen.

Die Herrenmode verdrängte endlich die spießigen Anzüge, die aus alten Armeeuniformen hergestellt wurden. Die Bekleidung wurde zum Ausdruck eines neuen Lebensgefühls. Nach den heftigen und grauen Jahren wurde es in der Modewelt alles ein wenig bunter und man konnte sich wieder ein wenig mehr Luxus leisten. Alles wurde wieder fröhlicher, was sich in der gesamten 50er Jahre Mode widerspiegelte.

Reginald, der sich so sicher fühlte wie schon lange nicht mehr, da selbst der Mord an dem jungen Mädchen, den er begangen hatte, ihm nicht nachgewiesen werden konnte. Jetzt war auch noch die Leiche dieser kleinen Hure verschwunden und somit jegliche Anklagegrundlage vom Tisch. Es war einfach herrlich!

Reginald hatte von einer Party gehört, wo hauptsächlich Jungvolk zu erwarten war, deshalb zog er sich ausnahmsweise nicht seinen teuren, handgeschneiderten Anzug an, sondern eine dieser angesagten Levis Jeans, darauf ein weißes Shirt und natürlich eine schwarze Lederjacke mit Nieten, auch durfte die Kette nicht fehlen, die den Geldbeutel mit der Hose verband. Die spitz zulaufenden schwarzen Lederschuhe hatte er bereits vorher schon. Eine Sonnenbrille vollendete den Look.

Nun musste er nur noch seine Haare mit einer modischen Tolle versehen, dazu hatte er schon jede Menge Pomade darin verteilt. Immer wieder wollten die Haare nicht halten und so hatte der große Standspiegel schon den einen oder anderen Tritt geerntet.

Endlich nach noch ein wenig mehr Pomade war er zufrieden mit dem Ergebnis und dachte bei sich: ‚Hoffentlich lohnt sich der Aufwand, und ich schleppe eine der jungen Dinger ab.' Dann steckte er noch die Sonnenbrille an den Ausschnitt des Shirts und fertig war der rebellische Look. Nun musste er aufpassen, dass sein Vater ihn so nicht sah, denn er war auch dank seines Amtes mehr als konservativ.

Reginald wollte mit seiner dreijährigen Harley-Davidson 'Knucklehead' vorfahren, die jetzt schon Kultstatus genoss.

Als er das Motorrad gekauft hatte, waren seine Eltern nicht gerade begeistert gewesen, da sein Vater meinte, dass diese Art der Fortbewegung nichts für einen Gentleman sei. Aber wieder konnte sich Reginald, dank der Zusprache seiner Mutter, durchsetzen. Aber es war eine Sache, das Motorrad mit Anzug und gesittet zu fahren oder mit Lederjacke, also im Rebellenlook, und damit angeberisch zu rasen.

Zu seinem Glück wurde sein Vater gerade von seinem Chauffeur zu einer dieser wichtigen, politischen Versammlungen der Republikaner abgeholt. In der letzten Zeit ging er immer häufiger dorthin. Er hatte große Pläne und wollte Gouverneur von Michigan werden und somit den Traum seines eigenen Vaters leben, der dies zu Lebzeiten nicht geschafft hatte. Aber schon in den Jugendjahren hatte sein Vater dafür gesorgt, dass er es einst schaffen konnte und somit der Familie zu großem Ruhm und Ehre verhelfen würde.

Von all der Politikbesessenheit hielt Reginald nichts, denn dafür hätte er in der Öffentlichkeit stehen müssen, und das stand im Widerspruch zu seinem Lebenswandel.

Er öffnete die Tür, die den Eingang zu seinem Wohnbereich bildete und wollte klammheimlich zur Hintertür und somit zur Garage gelangen, in der seine Knucklehead mit einem Leinentuch abgedeckt stand.

Da wurde er von hinten angesprochen: „Reginald Schätzchen? Wie siehst du denn aus!", wollte seine Mutter irritiert wissen.

Reginald drehte sich zu seiner Mutter um und setzte dabei sein charmantestes Lächeln auf, wozu er imstande war: „Mutter ... schön dich zu sehen und wie immer so geschmackvoll gekleidet!", sagte er mit gespielt bewundernd hochgezogenen Augenbrauen.

Seine Mutter vollführte eine Drehung, damit ihre Kleidung noch besser zur Geltung kam und antwortete ihm: „Ein Geschenk deines Vaters ... ist das Kleid nicht allerliebst!"

„Sehr elegant, Mam!", sagte er, dachte aber: „Spießiger geht es kaum noch, mausgrauer Stoff und dazu diese niedrigen Schuhe, fürchterlich."

Sie strahlte bei seinen Worten, denn ihr Sohn war ihr Ein und Alles. Aber trotzdem bemängelte sie sein äußeres Auftreten. „Aber Reginald ... Schatz, was ist das für ein Aufzug, in dem du das Haus verlassen willst ... wie einer dieser halbstarken Rocker, die man jetzt überall sieht."

„Ma, ich bin doch zu einer Party eingeladen auf der das gewagte Motto lautet ... ‚verrückt anziehen wie Normalos' ... und da wollte ich nicht hintenanstehen!", log er.

„Na wenns wirklich nur wegen dem Abendmotto ist, will ich es verstehen, aber komm nicht wieder zu spät nach Hause, dein Vater ist eh schon nicht gut auf dich zu sprechen, reize ihn bitte nicht noch!", bat sie ihn und kam auf ihn zu, um ihn auf die Stirn zu küssen.

„Ok, Mum!", erwiderte Reginald leise, wobei er die mütterliche Zuwendung über sich ergehen ließ.

Endlich in der Garage angelangt, zog er die Abdeckung von seiner Harley, sie war schwarz lackiert und das Emblem sowie jedes Stahlteil war glänzend verchromt und vom Personal auf Hochglanz gebracht worden. Reginald setzte sich auf die Maschine, drehte den Schlüssel um, betätigte mit dem Fuß den Kickstart und sie sprang sofort an.

Mit einem zufriedenen Grinsen setzte er sich die Sonnenbrille auf, zog sich schwarze Lederhandschuhe an und ließ dann das Motorrad die kurze Auffahrt bis zur Straße rollen, bevor er einen Gang einlegte und laut knatternd das Grundstück in Richtung Party verließ.

Auf der Fahrt kam ihm noch einmal das komische Gefühl in den Sinn, das er gehabt hatte, als er die Auffahrt heruntergerollt war.

Irgendwie hatte er sich beobachtet gefühlt und daraufhin umgesehen, aber niemanden entdeckt.

Wurde er jetzt schon wunderlich, er musste sich doch keine Sorgen mehr machen, alle Beweise waren weg und das Verfahren, das gegen ihn angestrebt worden war, wurde eingestellt, dank dem cleveren Familienanwalt.

Die Gedanken aus seinem Geist verscheuchend, gab er noch mehr Gas, sodass er das tiefe Vibrieren des Motors noch mehr spürte.


Es war fast acht Uhr abends, als er das Grundstück gefunden hatte, auf dem die Party stattfand.

Viele junge Leute standen vor dem Haus und unterhielten sich. Als Reginald vorfuhr, bekam er anerkennende Blicke von den Männern und interessierte Blicke von den Frauen zugeworfen, als er mit seiner schicken Maschine und dem Rebellenoutfit auf dem Bürgersteig parkte.

Dieses Mal hatte er John nicht mitgenommen, um sich freier bewegen zu können und sich nicht dauernd darum sorgen zu müssen, ob sein 'Freund' auch ein Mädchen für den Abend finden würde.

Er zog die Handschuhe aus und legte sie auf den Lenker, dann stieg er ab zog seine Lederjacke noch einmal zurecht, nahm seinen Kamm aus der Brusttasche und kämmte sich noch einmal die Tolle in Form, was bei den Mädchen ein leises Kichern und hier und da ein 'oh' entlockte.

Genau diese Reaktionen hatte Reginald beabsichtigt, also nahm er die Sonnenbrille ab und nickte den jungen Männern ernst zu und den Frauen schenkte er sein hinreißendstes Lächeln, was die Damenwelt die Köpfe zusammenstecken ließ, um zu tuscheln.

Die Rock & Roll Musik war bis auf die Straße zu hören und löste bei einem vorbeilaufenden, älteren Ehepaar nur Kopfschütteln aus, was zur allgemeinen Heiterkeit noch beitrug.

Die Eltern des jungen Mannes, auf dessen Grundstück die Fete stieg, waren zu einer Beerdigung von einem Kriegskameraden seines Vaters in eine andere Stadt gefahren und mindestens zwei bis drei Tage weg. Reginald musste grinsen, als er das erfuhr, da dem Treiben außer vielleicht der Polizei niemand Einhalt gebieten würde.

Er ging durch das offenstehende Gartentor und bekam von einem jungen Pärchen einen Hut hingehalten, in dem schon einige Dollarnoten lagen. Reginald lächelte sie an und zog seinen Geldbeutel hervor, öffnete ihn und nahm eine hundert Dollarnote heraus und legte sie mit einem Augenzwinkern in Richtung der jungen Frau in den Hut.

Als die Zwei registriert hatten wie unerhört viel er für die Unkosten beigetragen hatte, denn ein normaler Arbeiter verdiente im Jahr durchschnittlich nur etwas über 3000 $, was einem Monatsverdienst von ca. 250 $ entsprach, waren sie zuerst so erstaunt, da sie kein Wort herausbekamen. Doch dann fing sich die junge Frau. „Wir sind gerettet, dank dieses coolen Mannes sind ab jetzt alle Unkosten gedeckt!", rief das Mädchen erfreut, worauf ein lauter Jubel unter den Feiernden ausbrach und sie Reginald zuprosteten, was dieser grinsend mit der Flasche Bier erwiderte, die er gereicht bekommen hatte.

Als er dann in Richtung Getränkeausgabe ging, hängte sich plötzlich eine hübsche, junge Frau bei ihm ein und sah Reginald keck von unten an. „Mein Name ist Peggy ... aber du Süßer darfst mich Peg nennen!", meinte sie bezaubernd lächelnd.

‚Jetzt kann der Abend beginnen', dachte Reginald und stellte sich ebenfalls vor, nur dieses Mal hatte er dazugelernt und gab ihr einen falschen Namen. Er hatte wirklich Spaß an diesem Abend, denn die Kleine, die sich ihn geangelt hatte, war beim Tanzen genau so gut wie er, wenn nicht noch besser, und sie war ein sexy Biest.

Bei ihr musste Reginald sehr wahrscheinlich nicht viel tun um sie ins Bett zu bekommen, dies fand er ein bisschen schade, aber es musste ja nicht immer das Optimum sein.

Den ganzen Abend durch hatte er allerdings immer wieder mal das Gefühl als werde er beobachtet, aber er konnte keinen in der feiernden Menge ausmachen, der dieses Gefühl auslösen könnte.

Je später der Abend wurde, umso anhänglicher wurde Peggy und als sie noch eine weitere Stunde getrunken und getanzt hatten, führte er sie ein Stück weit in den Garten, wo kaum noch das Licht der Party hinschien. Er begann sie zu küssen und zu begrapschen. Sie war alles andere als abweisend ihm gegenüber. Als er ihr dann mit seiner Hand das Kleid hochschob, in den Schlüpfer griff und über ihre Scham rieb, drückte sie sich ihm stöhnend entgegen.

Nun fummelte auch sie an Reginald herum, fand aber durch ihre Trunkenheit nicht so recht den Weg in seine Hose.

Als es ihm zu lange dauerte und seine Geilheit immer mehr zunahm, öffnete er selber seine Hose, zerrte Peggy hinter sich her in die nahen Büsche, wies sie an, sich vorne überzubeugen und sich an einen dünnen Baumstamm festzuhalten. Dann ließ er seine Hose runterrutschen und entblößte sein steifes Glied, schob ihr das Kleid hoch, riss ihr den Schlüpfer runter, was ihr ein vergnügtes Aufstöhnen entlockte und ihn noch heißer machte. Er konnte sich nicht mehr zurückhalten und stieß von hinten kräftig in sie hinein, was sie wiederum aufstöhnen ließ. Nun gab er richtig Gas und im Rock-&-Roll-Takt, der im Hintergrund hämmerte, stieß er sie in den Orgasmushimmel.

Aber nicht genug, denn Reginald war so in Rage gekommen, dass er immer heftiger in sie hineinstieß und sie regelrecht durchgeschüttelt wurde, bis sie zwischen dem Stöhnen versuchte, Reginald etwas zu sagen, „Schätzchen .... Schätzchen ... mir ... Schätzchen, mir wird schlecht!" Mit diesen Worten übergab sie sich vorne, während Reginald sie hinten durchnudelte. Der Geruch nach Erbrochenem waberte zu Reginald hoch und das ließ ihn ganz schnell wieder zu sich kommen.

„Ej, Peggy, was soll das denn!", sagte er ziemlich sauer.

Sie drehte ihren Kopf zu ihm herum, wobei noch Erbrochenes an ihren Mundwinkeln haftete und jammerte: „Tschuligung ... Schätzchen ... du ... bist der beste ... Stecher, den ich je hatte, aber mir is ... so schl...!"

Das war das Letzte, was sie sagte, bevor sie sich erneut den Alkohol des Abends durch den Kopf gehen ließ.

Das war endgültig zu viel für Reginald und so ließ er seine Eroberung des Abends vollgekotzt, durchgenommen, vornübergebeugt und mit heruntergezogenem Schlüpfer stehen und packte sein bestes Stück wieder in die Hose und verließ angesäuert die Party, für ihn war der Abend gelaufen. Hinter sich hörte er noch Peggy mit trunkener, trauriger Stimme seinen falschen Namen rufen, bevor er endgültig außer Hörweite war.

Als er sich auf das Motorrad setzte und sich die Handschuhe anzog, hatte er schon wieder das komische Gefühl beobachtet zu werden, aber als er sich umschauen wollte, erschien Peggy am Gartentor und schien nach ihm zu suchen. Deshalb sah er zu, die Maschine anzuwerfen und fuhr mit Vollgas davon.

Nach einiger Zeit, ihm wehte der kühle Abendwind um die Nase, musste er dann doch ein wenig lachen. Denn er stellte sich gerade vor, es könnte jemand der Partygäste zugesehen haben, als er diese Peggy durchgerammelt hatte, während diese sich vollkotzte.

Reginald beschloss, dass es im Ganzen doch ein sehr kurzweiliger Abend gewesen war und gab noch einmal richtig Gas, um schneller nach Hause zu kommen.

Es war mittlerweile nach ein Uhr nachts als er, diesmal gesittet, die Auffahrt hinauffuhr und seine Knucklehead abstellte, das Tuch darüber zog und sich zum Hintereingang begab.

Aber als er ihn öffnen wollte, fand er ihn verschlossen, und so musste er den Vordereingang nehmen und das Hausmädchen wecken. Das passte ihm gar nicht, denn das würde bestimmt seinen Vater wecken und das war wirklich das Letzte was er wollte, eine Standpauke seines spießigen Vaters. Er ging also wieder zurück in die Garage und hatte auf dem Weg dorthin wieder das Gefühl, als werde er beobachtet.

Also ging er durch die Garage und drückte sich an dem 49er Lincoln Mercury seines Vaters vorbei, der neben seinem 40er Mercury Roadster Cabrio stand, um zur Nebentür der Garage zu gelangen und somit auf einen kleinen Weg, der zum Eingang führte.

Und wieder beschlich ihn das Gefühl, dass ihm jemand auf Schritt und Tritt folgte, und je näher er der Haustüre kam, umso stärker wurde dieses.

„Guten Abend, Sohn", sagte eine strenge, tiefe Stimme, die direkt von den neben der Tür stehenden Sesseln zu kommen schien.

Reginald schaute sich irritiert um, dann sah er, wie das Ende einer Zigarre aufzuglimmen begann, und wusste jetzt war es so weit … sein Vater hatte auf ihn gewartet.

Dieser stand schwerfällig auf und kam auf ihn zu.

Jonson Senior war ein beleibter Mann, Anfang der fünfzig und etwas kleiner als sein Sohn, was seiner Autorität jedoch keinerlei Abbruch tat. Er stellte sich seinem Sohn genau gegenüber und musterte ihn abschätzig im Schein der Eingangsbeleuchtung von oben bis unten

„Wo hast du dich schon wieder rumgetrieben … und dieser skandalöse Aufzug … bist du jetzt unter diese asozialen Rocker gegangen, ich dachte wir hätten dir die beste Erziehung zuteilwerden lassen, die es für Geld gibt. Aber das hat anscheinend nicht ausgereicht, immer wieder musst du für Schlagzeilen sorgen!", sagte er herablassend. „An mich und meine Karriere hast du dabei offensichtlich nicht gedacht, sonst würdest du dich ein bisschen bedeckter halten. In deinem Alter habe ich mir auch die Hörner abgestoßen, aber was du veranstaltest, spottet jeder Beschreibung. Solltest du nicht in Kürze dein Jurastudium fortsetzen, so wie wir es besprochen haben, sehe ich mich außerstande deine Lebensweise weiter zu dulden!", sagte er noch unfreundlicher, wenn das überhaupt noch möglich war.

„Wie *du* entschieden hast!", rutschte es Reginald heraus. Diese Worte bereute er sofort, denn er bekam daraufhin eine schallende Ohrfeige.

„Wie war das Bürschchen?", wollte sein Vater mit zusammengekniffenen Augen wissen, wobei er immer noch seine Hand erhoben hielt.

Reginald starrte auf den Boden, seine Wange brannte wie Feuer, aber er unterließ es, sie mit seiner Hand zu berühren und sagte nur mit zusammengebissenen Zähnen: „Nichts Sir!", wobei in ihm ein abgrundtiefer Hass auf seinen Vater entstand, der ihm schier die Luft nahm, aber er sagte sonst nichts mehr.

„Dann ist ja gut!", sagte sein Vater überlegen, mit sich zufrieden und setzte noch verbal nach. „Solltest du dich in naher Zukunft nicht mehr an unser Gespräch erinnern, drehe ich dir den Geldhahn zu, haben wir uns verstanden?"

Reginald nickte nur, sah aber seinen Vater immer noch nicht an.

Der interpretierte dies als Schwäche, aber hätte sein Sohn ihm in die Augen gesehen, wäre er erschrocken gewesen, wie der Hass aus ihnen sprühte.

Der Richter setzte sich in einen der Sessel zurück und zündete die ausgegangene Zigarre wieder an. Seinen Sohn beachtete er nicht mehr.

Der ging durch die angelehnte Haustür und wurde von seiner Mutter empfangen, die im Nachtkleid bereits auf ihn wartete.

„Mein armes Lämmchen ...!", setzte sie an, doch ihr Sohn ging einfach an ihr vorbei in seinen Wohnbereich.

Als er vor seinem Bett stand, sagte er leise und mit zusammengebissenen Zähnen: „Das zahle ich dir irgendwann heim, du fetter Sack!".

Dann zog er sich das Revoluzzer-Outfit aus und warf es neben den großen Standspiegel, wobei dieser fast umgekippt wäre.

## Italienische Willkür

Detroit, 17. Juni 1950, gegen 19.00 Uhr, italienisches Hauptquartier

Viti hatte sich über Unterlagen gebeugt und blätterte sie durch, Antonio saß neben ihm und schaute die drei Männer an, die vor dem Schreibtisch standen und auf einen Auftrag warteten.
Antonio war nach seiner Flucht aus dem Krankenhaus in einem sicheren Haus abgetaucht und hatte Viti wissen lassen, wo er war. Daraufhin hatte dieser ihn drei Tage später aufgesucht, und Antonio hatte versucht ihn ins Bild zu setzen.
Dies war gar nicht so einfach, denn mehr als Unglauben war ihm entgegengebracht worden, gar ein wenig mitleidig war er betrachtet worden. Aber als er die Iren erwähnt hatte, und erfuhr, dass auch sie durch das unbekannte Monster Verluste erlitten hatten, wurde er hellhörig.
„Was auch immer da passiert ist, bleibt unter uns. Offiziell waren es die Iren, wenn dich jemand fragt!", beschloss er, und Antonio hatte sich daran gehalten. Nur wichtige Aufträge hatte er seitdem nicht mehr übertragen bekommen, was ihn ärgerte.

Der Consigniere war fertig mit seinen Unterlagen, schrieb etwas auf einen Zettel und gab diesen Gabriele Palumbo, dem Verantwortlichen des Auftrages.
„Und Palumbo ... Rossie hat schon seit drei Monaten nichts mehr abgedrückt, also tu, was du für nötig hältst, damit er endlich kapiert, dass wir kein Sozialamt sind!", sagte Viti und wedelte mit der Hand, um den Dreien anzudeuten, dass sie entlassen waren.
Als sie wieder alleine waren, sagte Viti zu ihm: „Antonio ... ich habe mich ein bisschen bei den Leuten in der Nachbarschaft, wo unsere Männer angegriffen wurden, umgehört und habe hier und da ähnliche Geschichten gehört, wie du sie mir zu erklären versucht hast. Es hört sich trotzdem immer noch sehr unglaubwürdig an, aber falls du Recht hast, und davon bist du anscheinend überzeugt, haben wir ein mächtiges Problem. Also gehst du morgen früh mit einem weißen Tuch am Revers deines Anzugs zur schwarzen Harfe und versuchst mit McMurdock ein Treffen zu arrangieren!"
Antonio fühlte sich im ersten Moment etwas überfahren, gab dann aber zur Antwort: „Wie du willst, Consigniere!", stand auf, zog seinen Anzug zurecht, nickte Viti zu, der das Nicken erwiderte, und verließ den Raum,

um sich auf das Treffen mit dem Waffenmeister vorbereiten zu lassen.

Palumbo und seine zwei Männer, die ihm weisungsgebunden und keine Kinder von Traurigkeit waren, stiegen in einen Wagen, um zu Rossi, dem Gemischtwarenhändler zu fahren.
Sie waren bester Laune, da der Consigniere ihnen freie Hand gegeben hatte, sodass sie sich einiges rausnehmen konnten, ohne Ärger zu bekommen.
Angeblich hatte der Händler finanzielle Schwierigkeiten, aber das sagten sie alle, um nicht ihren Schutzgeldbeitrag zahlen zu müssen. Also würden sie an Rossie und seiner Familie ein Exempel statuieren, sodass es seine Nachbarschaft gar nicht erst versuchte, sie zu belügen.
Um zu dem Viertel zu kommen, mussten sie sich über eine Stunde durch den Verkehr wühlen, und das war nicht gerade zuträglich, was ihre Laune betraf. Als sie ihrem Ziel näherkamen, sah man schon, dass es den Leuten hier nicht gerade gut ging, denn die Häuser sahen teilweise schon ziemlich heruntergekommen aus.
Am Ziel dann angekommen, wollten sie direkt vor dem Laden parken, aber eine Baustelle versperrte ihnen den Weg, und so mussten sie ihren Wagen ein gutes Stück weiter in einer Seitengasse abstellen und zu Fuß zurück zum Laden laufen.

Es war mittlerweile schon fast halb acht Uhr abends und der Laden eigentlich schon geschlossen, aber wie jeder, der auf jede Einnahme angewiesen war, würde Rossie auch nach Geschäftsschluss noch einmal öffnen, wenn man nur laut genug anklopfte, und das tat Palumbo gerade ausgiebig. Nach einiger Zeit hörten sie jemanden kommen. „Ja ... ja ...is ja gut, Signor, bin ja gleich da, nur einen Moment noch, ich muss mir nur rasch etwas überwerfen!", hörte man eine Männerstimme aus dem Inneren des Ladens, und kurz drauf wurde die Ladentür aufgeschlossen.
Sofort drängten die drei Gangster sich in den Laden und hätten Rossie dabei fast umgeworfen. „Schönen guten Abend, Rossie, hier kommt der Schutz, den du nicht bezahlt hast!", sagte einer der Männer und versetzte dem Ladenbesitzer den ersten Hieb mit seiner geballten Faust in die Magengegend, was diesen keuchend und würgend zusammenbrechen ließ.
„Na na, Frederico, nicht gleich so hässlich", sagte Palumbo zu seinem Mann, der ihn nur angrinste und noch einmal nachlegte, was Rossie qualvoll aufstöhnen ließ.

„Hast du uns denn gar nichts zu sagen, wir haben dich auf der Abrechnung vermisst und sind jetzt gekommen, um persönlich mit dir abzurechnen!", meinte Gabriele mit einem liebenswürdigen Tonfall, währenddessen seine Leute den keuchenden Rossie auf die Beine zogen und ihn vor Palumbo stellten.

Palumbo beugte sich ein klein wenig nach vorne, um dem immer noch gekrümmt dastehenden Händler in die Augen zu sehen und fragte freundlich: „Hast du vielleicht etwas, das du vergessen hast uns zu geben, oder müssen wir deine Schulden in Naturalien eintreiben!"

„Hab leider ... selbst ... nichts ... sind schlechte Zeiten ... für meine Familie!", keuchte der Gepeinigte, was ihm den nächsten Schlag einbrachte.

Mit einem Mal war es hell in den Räumlichkeiten, denn Ms. Rossie war in den Laden gekommen, um nachzusehen warum es so laut war, und da stand sie nun, im Nachthemd, die Hände vor den Mund geschlagen, als sie sah, wer ihren Mann in der Mangel hatte.

Aber die Starre hielt nicht lange an, denn Ms. Rossie war von Natur aus eine resolute Frau, wenn auch nicht die intelligenteste, denn sie nahm den neben ihr stehenden Besen und ging auf die Männer los, die ihren Mann festhielten. „Ihr Strauchdiebe, elendes Pack, wollt uns den Rest, den wir noch haben, auch noch nehmen!", schrie sie und ging mit dem Besen auf die Eindringlinge los.

Sie kam allerdings nicht weit, denn der nächststehende Gangster hielt den Besen einfach fest und schlug sie mit dem Handrücken nieder, sodass sie gegen ein Regal krachte und ihr eine Flasche auf den Kopf fiel. Dadurch wurde sie ohnmächtig und sackte zur Seite weg.

Als Rossie sah, was seiner Frau widerfahren war, mobilisierte er seine Kräfte und riss sich los, um zu ihr zu kommen. „Bettina ... um Gottes willen!", schluchzte er und kniete sich zu seiner ohnmächtigen Frau, der ein dünnes Blutrinnsal über das Gesicht lief.

Dies jedoch hatte für Rossie zur Folge, dass er einen gezielten Tritt in die Leber bekam, was ihn stöhnend aufschreien ließ.

Durch den Lärm geweckt, kam auch noch Rossies vierzehnjährige Tochter im Nachthemd in den Laden gelaufen, um nach dem Rechten zu sehen, was sich für sie als verhängnisvoller Fehler erwies.

„Na, was haben wir denn da?!", fragte Palumbo und hatte plötzlich ein scheußlich lüsternes Grinsen auf dem grobschlächtigen Gesicht.

„Nein, bitte nicht!", flehte der Vater, was ihm wieder einen Tritt einbrachte, dieses Mal jedoch in sein Gesicht, was ihn kurzfristig ausknockte.

Er fiel auf die Seite, genau neben seine schwer atmende, blutende Frau. Palumbo wies seine Männer an: „Haltet sie fest ... erst bin ich dran und dann könnt ihr sie haben!", sagte er und fummelte dabei seine Hose auf und holte sein pralles Glied heraus. Dann ging er auf das Mädchen mit den schönen, weitaufgerissenen haselnussbraunen Augen zu.

Als er vor ihr stand, streichelte er ihr die Wange, während er sich mit der anderen sein Glied rieb, dann nahm er eine Hand des Mädchens und berührte es damit.

Das Mädchen zuckte voller Ekel mit ihrer Hand zurück, was ihr ebenfalls eine Ohrfeige einbrachte. Die Männer lachten derb und als das arme Ding anfing zu heulen, johlten sie auf und ihr Boos sagte: „Dreht sie um und haltet sie richtig fest, damit ich ihr mein Bestes geben kann!"

Nun fingerte er seinem Opfer zwischen den Beinen rum und merkte, dass sie komplett trocken war, also spuckte er auf sein Glied und drang brutal in sie ein.

Er nahm keine Kenntnis von dem Flehen, das von dem Mädchen kam, und erst als er sich in sie ergoss, hörte er auf sie zu rammeln, zog sein blutverschmiertes Gemächt aus ihr heraus, wischte es an ihrem Nachthemd ab und fing an zu laut zu lachen. „Der hab ichs aber gezeigt, was Männer!", sagte er gut gelaunt.

Seine Männer lachten mit und einer von ihnen hatte ebenfalls schon seinen Unterleib entblößt, um das fortzusetzen, was sein Vorgesetzter angefangen hatte.

Erst als jeder der Männer über die Jungfrau drüber gerutscht war, ließen sie ab von ihr, und das apathische, geschändete Mädchen glitt mit ausdruckstoten Augen die blutverschmierte Theke herunter, auf der sie entehrt worden war.

Genau zu diesem Zeitpunkt kam ihr Vater wieder zu sich. „Was habt ihr Schweine meiner Tochter angetan!", sagte er fassungslos gequält und kroch weinend auf seine Tochter zu, die ihn gar nicht wahrzunehmen schien.

„Halt bloß dein Maul, Rossie, in einer Woche sind wir wieder da und dann wollen wir keine Ausrede mehr hören, ist das klar?!", sagte Palumbo und rückte nochmal seine Hose zurecht.

Beim Rausgehen ließ noch einer der Männer eine Flasche Schnaps mit den Worten mitgehen: „Zur Feier der Entjungferung deiner Tochter!"

Er hatte versucht an ihnen dranzubleiben, es war aber noch nicht richtig dunkel und er musste noch besser aufpassen, nicht gesehen zu werden. So war er so schnell wie möglich über die Dächer gesprungen, musste aber häufig in Deckung gehen und warten, bis niemand mehr ihn sehen würde. Deshalb kam er erst dann in die Nähe des Gemischtwarenladens, als schon alles vorbei war.

Als die Tür aufging, schlenderten drei gutgelaunte Arschlöcher aus dem Laden, denn er wusste, durch sein empfindliches Gehör und seinen ebenso sensiblen Geruchssinn, was vorgefallen war. Er hörte Weinen und Wimmern, konnte einen unsteten und apathischen Herzschlag ausmachen, dazu wehte ihm noch der Blutgeruch, gemischt mit dem Geruch nach Genitalien, entgegen, der ihm alles verriet. Er zog vor Zorn seine Lefzen hoch, was seine Reißzähne noch länger erscheinen ließ.

Zornig auf sich, da er nicht rechtzeitig hier sein konnte, spannte er seinen muskulösen Körper an und sprang im Schutz des immer dunkler werdenden Himmels auf das Dach des Ladens.

Durch den weiten Sprung kam er ziemlich hart auf, was einen Ziegel löste, sodass dieser nach unten auf die Straße fiel. Genau hinter die Gangster, die sich erschrocken umdrehten ... und als sie sahen, was sie erschreckt hatte, sagte einer der Männer lachend, worauf die anderen derb mitlachten: „Haben den Ziegel eben wohl losgerammelt, Rossie sollte mal lieber nen Dachdecker kommen lassen!"

Diese Niederträchtigkeit ließ Grimm in seiner Nase aufsteigen und sein Blickfeld wurde rötlich vor Zorn, er schwor sich, dass diese Verbrecher besonders leiden müssten, bevor sie sterben durften.

Die drei waren bereits an der Häuserblockecke angelangt und bogen gerade in die schmälere Gasse ab, in der sie den Wagen geparkt hatten.

Die Gasse wurde anscheinend halb als Abstellplatz genutzt, denn außer den Mülltonnen, die dort standen, stapelten sich Holzkisten und Säcke mit Kohle, die noch in den Kellerschacht gefüllt werden mussten.

Als sie schon fast beim Wagen waren, beschlich Palumbo ein ungutes Gefühl, was ihn zu seiner Sig P210 Pistole greifen ließ. Sie hatte das Kaliber 9 mm, wurde von Sig im zweiten Weltkrieg entwickelt und dann auch bei der Schweizer Armee eingesetzt. Wegen ihrer Zuverlässigkeit wurde sie weltweit verkauft und ist sicherlich eine der besten Pistolen der Welt.

Auf diese Pistole war Palumbo besonders stolz, denn diese hatte er von seinen Kumpels zur Aufnahme in die 'Familie' geschenkt bekommen.

Nun zog er genau diese Waffe zum Erstaunen seiner Begleiter und drehte sich um. Da er als Erster gegangen war, zuckten seine Untergebenen zusammen, als sie das sahen.

„Was is denn los Gabriele!", wollte Alfredo wissen, der genau hinter ihm lief und jetzt der Waffe ansichtig geworden war.

„Hier stimmt was nicht ... hab so ein komisches Gefühl in der Magengegend, sollten sehen, dass wir hier rauskommen!", sagte er, während er seinen Blick auf den Dachrinnenbereich der angrenzenden Gebäude gerichtet hatte.

‚So ... abhauen wollt ihr, daraus wird nichts mehr in diesem Leben', dachte die lauernde Kreatur, die sich zu einem Sprung in die Gasse bereitgemacht hatte.

Palumbo hatte sich wieder umgedreht und ging weiter auf das Auto zu. Dies ließ die anderen aufatmen, denn sie konnten seinem Gefühl nicht ganz folgen, und Alfredo tippte sich mit dem Zeigefinger an die Stirn, als sein Vorgesetzter es nicht mehr sehen konnte, und das ließ den anderen grinsen.

Kurz darauf hörte Palumbo ein Geräusch, was sich anhörte, als zerbräche man dürre Zweige.

Der Anblick war ungeheuerlich. Als sie sich umdrehten, sahen sie ihren Kumpanen, den es in der Mitte geknickt hatte und zwar so, dass jetzt sein Rücken auf seinen Beinen lag. Schreien konnte er nicht mehr, denn die Ausgeburt der Hölle, die auf ihm kauerte, riss ihm gerade mit ruckenden Bewegungen seiner mächtigen Kiefer den Kopf ab. Im selben Moment schleuderte es ihn in Richtung Alfredo, der den Kopf seines Freundes aus Reflex fing. Dann begann dieser, das Haupt in seinen Händen anstarrend, zu schreien.

Mit vor Unglauben geweiteten Augen eröffnete Palumbo das Feuer mit seiner P 210 auf das Ungeheuer. Dieses schien diesen nicht im Geringsten zu stören, obwohl sein lila Blut nur so spritzte. Es hatte immer noch nicht von dem Leichnam abgelassen und begonnen, ihn in Fetzen zu reißen, sodass Knochen und Fleischteile zusammen mit jeder Menge Blut verteilt wurden.

Alfredo hatte voller Panik versucht, ebenfalls seine Waffe zu ziehen, die ihm dabei jedoch runtergefallen war. Nun bückte er sich mit zitternden Knien danach, während Palumbo nachlud, auch er hatte beim Schießen angefangen zu schreien und bewegte sich dabei rückwärts auf das Auto zu.

Seinem Untergebenen war es indes gelungen seine Waffe aufzuheben, er fummelte an der Sicherung herum, die sich wohl durch den Aufprall verbogen hatte.

Als er endlich schussbereit war und die Waffe hob, stand die Bestie bereits genau vor ihm und blickte mit rotglühenden Augen auf ihn herab, sodass er nach oben schaute, und dabei topfte ihm der heiße Geifer seines Todesengels ins Gesicht.

Abwesend und starr vor Angst wischte er sich über das Gesicht, um wieder etwas sehen zu können, als ihn plötzlich ein reißender Schmerz durchzuckte. Als er nach unten sah, wusste er woher der Schmerz kam.

Die Klaue des fleischgewordenen Dämons hatte angefangen, ihn vom Genitalbereich an aufwärts mit einer scharfen Klaue aufzuschlitzen, sodass ihm seine Gedärme platschend auf die guten italienischen Schuhe fielen.

Als sein Peiniger von ihm gelassen hatte und der Schock aufhörte seine Schmerzen zu dämpfen, ging Alfredo schreiend auf die Knie und versuchte fahrig seine Innereien wieder in die Bauchhöhle zu stopfen.

Palumbo, der bereits sein zweites Magazin auf die Bestie abgefeuert hatte, ohne dass es wirklich Wirkung zeigte, hatte den Wagen erreicht und stieg ein, um sich aus dem Staub zu machen.

Gerade bekam er den Motor gestartet, als etwas Schweres auf dem Autodach landete und es unter seinem Gewicht ein Stück eindrückte. Palumbo ließ das leere Magazin aus seiner Pistole fallen und lud nach ... sein letztes Magazin ... und fing an, durch das Wagendach zu schießen.

Während er noch schoss, drangen Klauen durch das Blech des Daches, und dann wurde es weggerissen, als wäre das dicke Blech des Wagens aus Papier.

Nun konnte nicht nur er das ganze Ausmaß des Schlamassels, in dem er saß, erkennen, denn der einem bösen Geist gleichende Angreifer packte in diesem Moment mit seiner Klaue nach ihm.

Palumbo, der immer noch schreiend feuerte, traf die Kreatur in das linke Auge und ließ es zerplatzen, was diese schauerlich aufheulen ließ. Es schüttelte den Kopf, wobei das zerschossene Auge in glibbrigen Fäden in der Gegend verteilt wurde.

Dies wollte Gabriele ausnutzen, um aus dem Auto zu kommen. Es funktionierte aber nicht, da sich durch das eingedrückte Dach der Rahmen verzogen hatte und somit die Türen verklemmt waren.

Er brauchte sich indes nicht mehr darum zu kümmern aus dem Wagen zu kommen, denn das erledigte das grausame Wesen für ihn.

Es packte Palumbo mit seiner klauenbewehrten Pranke um den Hals und hob ihn spielend leicht aus dem Auto und mit dem Gesicht genau vor seines.

Nun sah Palumbo genau, was die Kugel mit dem Auge angerichtet hatte, was ihn trotz seiner aussichtslosen Situation böse grinsen ließ. Aber das Grinsen blieb ihm im Hals stecken, denn irgendetwas begann mit dem zerplatzten Auge zu geschehen.

Mit einem Mal fiel das zerstörerische Projektil, das leicht verformt schien, aus der Augenhöhle, und das Auge begann, sich zu regenerieren.

Nun hingegen schien die Bestie bösartig zu grinsen.

Dann sprang sie Gabriele immer noch vor sich haltend zu Alfredo zurück, der immer noch heulend und fieberhaft versuchte, sein Gekröse unter Kontrolle zu bekommen.

Bei ihm angelangt, sah die Kreatur zu ihm herunter, beugte sich leicht vor und rammte seine andere Pranke in den offenen Bauchraum des Italieners und hob ihn dabei hoch, sodass die Gedärme, die sich Alfredo schon wieder zurückgestopft hatte, wieder mit einem schmatzenden Laut auf das Pflaster fielen. Mit einem kurzen Ruck, der dem Aufgeschlitzten noch einmal einen eigenartig gurgelnden Laut entlockte, bevor er starb, bekam er das Herz herausgerissen.

Jetzt ließ es die Leiche fallen, wobei es Gabrieles Herz immer noch festhielt. Dann öffnete das Monstrum seinen Kiefer und verschlang das Herz seines Opfers, wobei blutiger Geifer aus seinem Maul tropfte.

Als er sich die Lefzen leckend auf die Hauswand zuging, Palumbo immer noch festhaltend, begann er auf das Dach zu klettern, wobei er seine Klauen in das Mauerwerk trieb.

Oben angekommen, der Mitgeschleppte zappelte immer noch keuchend im eisernen Griff seiner Rechten, sah er, dass trotz der bereits fortgeschrittenen Uhrzeit Schaulustige zusammenzulaufen schienen.

Wenn er unentdeckt bleiben wollte, musste er sich nun beeilen, denn die ersten Leute steuerten auf die Gasse zu, angelockt von den Schüssen und dem Geschrei.

Also machte er es kurz, obwohl er sich gerade für den Anführer dieser Schweine die meiste Zeit nehmen wollte, und riss ihm kurzerhand das Herz aus dem Leib und verschlang auch dieses. Danach ließ er Palumbo einfach fallen.

Dieser fiel geradewegs vor die Füße der Schaulustigen.
Alle sahen erst auf den zerschmetterten Körper des Mannes vor ihnen auf dem Pflaster und dann nach oben, konnten aber niemanden sehen.

# Tatort Gemischtwarenhändler

Detroit, noch in derselben Nacht

Richard, den es langsam ankotzte, dass er schon wieder um seinen Schlaf betrogen wurde, steckte sich erst einmal einen Zigarillo an, nahm einen tiefen Zug, und erst dann fuhr er los.

Er musste noch Tom abholen und Conner, der nicht per Telefon zu erreichen gewesen war, bekam er von der Zentrale auch noch auf die Liste abzuholender Personen gesetzt, manchmal kam er sich vor, wie ein Taxiunternehmer.

‚Wahrscheinlich hatte Mike, dieser Fuchs, das Telefon einfach rausgezogen, das sollte ich am besten auch machen‘, schoss es ihm durch den Kopf.

Nach kurzer Wegstrecke bog er in die Straße, in der Tom wohnte, ein, und dieser stand zu Richards Verwunderung schon an der Straße und wartete auf ihn.

Als er die Beifahrertür aufmachte, sagte Anderson gleich zu ihm: „McKey, du kannst dich gleich nach hinten begeben, müssen Mike auch noch abholen, hoffe, dass er noch nicht schläft."

Während Tom nach hinten kletterte, fragte er: „Wissen wir denn schon, was wir zu erwarten haben?"

„Nur so viel … dass jemand vom Dach gefallen ist und dann noch ein paar Fleischhaufen …wie die letzte Zeit eben üblich!", antwortete Richard frustriert. Es kamen immer mehr Leichen zu diesem Fall hinzu, aber keinerlei Aufklärung war abzusehen, was ihn ständig bei seinem Chef vorständig werden ließ, und das hasste er mehr als alles andere.

Jetzt bogen sie bei Conner in die Straße ein, und Richard hielt vor dem Haus, stieg aus und ging zur Tür, um regelrecht darauf einzuschlagen.

„Conner, kannst aufhören an dir rumzuspielen, wir müssen zu einem ganz interessanten Tatort!", sagte er ironisch und hämmerte wieder wie wild auf die Tür ein, sodass in der Nachbarschaft die Hunde anfingen zu bellen. Hier und da gingen vereinzelt die Lichter an.

Einer der Nachbarn nahm sich ein Herz und rief zu dem hämmernden Mann: „Ist jetzt bald mal Ruhe, Sie Verrückter!", woraufhin er die Dienstmarke der Detroiter Polizei zu sehen bekam.

Nun stutzte dieser kurz, sagte dann aber: „Wollen sie zu Mike … der ist um diese Zeit meistens Joggen, nimmt normal immer meinen Hund Jack aus dem Zwinger mit. Er ist übrigens der Einzige außer mir, der sich zu

dem Vieh rein traut, nur heute hatte er anscheinend keine Lust dazu ...
übrigens, da kommt er!"
Als sich Anderson rumdrehte, sah er wirklich Conner um die Ecke joggen.
Er hatte einen grauen Laufanzug an und ein Handtuch um den Hals gelegt,
mit dem er sich den Schweiß wegwischte.
Als er ausgepumpt vor Richard zum Stehen kam und seinen Oberkörper
vorbeugte, um sich auf seine Oberschenkel abzustützen, fragte er ziemlich
außer Puste: „Gibt es einen neuen Fall, oder weshalb habe ich die Ehre
eures Besuches?"
„Quatsch nicht rum, du Irrer ... um die Zeit Sport, bist anscheinend noch
nicht genug ausgelastet. Aber das dürften wir gleich behoben haben.
Dusch dich erst mal, stinkst wie ne Meute nasser Hunde!", sagte Anderson
und rümpfte die Nase.
Tom, der ebenfalls ausgestiegen war, als er sah, dass es noch einen
Augenblick brauchte bis sie fahren konnten, sagte flachsend: „Kein
Wunder, dass du keine Frau hast ... Rich stell dir vor, er würde beim Sex
anfangen zu schwitzen ...!"
Er konnte nicht richtig ausreden, da hatte er das schweißnasse Handtuch
im grinsenden Gesicht.
„Pfui Teufel ... Conner, geh mal zum Arzt, das ist ja nicht auszuhalten!",
sagte Tom und warf das Handtuch mit spitzen Fingern zurück zu seinem
Besitzer, der es grinsend auffing und sich auf den Weg machte, um zu
duschen.
Jetzt mussten alle drei lachen, sogar der Nachbar schmunzelte und ging
dann murmelnd zurück in seine Wohnung. „Wie die kleinen Kinder!",
sagte er, wobei er den Kopf schüttelte.
Bevor Mike jedoch in der Wohnung verschwand, fragte er: „Wollt ihr Jungs
vielleicht nen frisch aufgebrühten Kaffee?"
Dazu sagten sie nicht nein.
Nachdem er ihnen einen Kaffee vorgesetzt hatte, machte er noch schnell
den Gasherd an und sagte dann lächelnd zu Tom: „Als alter Ehekrüppel
kannst du doch bestimmt ein paar Eier in die Pfanne hauen, im Kühl-
schrank findest du alles!"
„Pah!", war alles, was Tom dazu zu sagen hatte.
„Könnt euch auch welche mitmachen, ich bin ja nicht so!", erwiderte
Conner, worauf McKeys Gesicht aufleuchtete und er meinte: „Das ist
natürlich ein Angebot, das ich nicht ablehnen kann ... Rich du auch?!"
Und schon stand die Pfanne auf dem Herd.
„Tomy und die Fresserei ..., ja mach halt und du Conner, sieh zu, dass du

fertig wirst, bevor das hier zum Picknick ausartet."
Tom grinste nur und fing an, die Eier aufzuschlagen, und Conner ging endlich duschen.
Als er wiederkam, war er fertig angezogen und hatte auch seinen Koffer mit den wichtigsten Arbeitsutensilien geholt, den er jetzt neben seinen Sessel stellte. Tom hatte bereits jedem einen Teller voll Rühreier auf den Wohnzimmertisch gestellt und alle begannen zu essen.

Endlich konnten sie fahren, Anderson war schon ganz bescheidener Laune, weil diese ganze Esserei für ihn einfach zu lange gedauert hatte. Ganz im Gegensatz zu McKey, der richtig satt und zufrieden aussah.
Sie mussten fast an das andere Ende der Stadt fahren, aber um diese Uhrzeit war kaum jemand unterwegs und so kamen sie gut voran.
Schon von weitem konnten sie, trotz der Uhrzeit, eine beträchtliche Ansammlung von Schaulustigen sehen, die vor dem bereits abgesperrten Tatort standen. Komischerweise war auch der angrenzende Laden, über dem stand 'Rossies Gemischtwahrenhandel' abgesperrt und dessen Inneres war hell erleuchtet. Auch stand zu ihrer Überraschung ein Krankenwagen neben der davor befindlichen Baustelle …
‚Sollten wir vielleicht das Glück haben und einen Überlebenden befragen können?', dachte Anderson, als sie ein Stück weit hinter dem Krankenwagen parkten und ausstiegen.
Als Erstes gingen Anderson und McKey in den Laden, um nachzusehen, was sich dort zugetragen hatte, während Conner sich die abgesperrte Gasse ansehen wollte. Nahe des Eingangs kniete der Arzt neben einer vielleicht vierzigjährigen Frau, die am Kopf geblutet haben musste, denn ihr ganzes Gesicht war mit getrockneten Blutrinnsalen bedeckt. Sie wirkte auf Richard noch ziemlich benommen, neben ihr lag eine zerbrochene Flasche, dessen Inhalt die Kleider der Frau fast vollständig aufgesaugt hatte und sie leicht fruchtig süßlich nach Alkohol riechen ließen.
Der ganze Laden war mehr oder weniger in Unordnung gebracht worden, überall lagen irgendwelche Artikel verstreut.
Ein Stückchen weiter saß ein Mann, der ein vielleicht dreizehnjähriges Mädchen fest umarmt hielt, das ein blutverschmiertes Nachthemd trug, und dessen Blick irgendwo in die Ferne gerichtet schien.
Richard kannte solche Blicke von anderen Fällen und aus dem Krieg, wo Vergewaltigung leider nichts Seltenes gewesen war. Er ging auf den Mann zu, der ihr Vater zu sein schien, hockte sich vor die beiden und fragte vorsichtig und recht leise: „Sir, mein Name ist Inspektor Anderson, und

das ist mein Kollege, McKey, was genau hat sich hier denn abgespielt?" Der Mann, der sicherlich der Besitzer des Ladens war, sah ihn erst einmal nur an, anscheinend überlegte er was er sagen wollte … oder sollte.

Er schien sich für die Wahrheit entschieden zu haben, denn er sagte: „Das waren Cabones Männer, wollten Schutzgeld haben … konnte schon seit Monaten nicht mehr zahlen, sonst hätten wir selbst nichts mehr zu essen gehabt. Und dann sind sie sehr lange nach Ladenschluss hier aufgetaucht und haben erst mich zusammengeschlagen und, als meine Frau mir helfen wollte, sie auch. Bettina war daraufhin gegen das Regal gefallen, in dem die Fruchtschnäpse gestanden haben, und eine der Flaschen ist ihr auf den Kopf gefallen. Als dann meine kleine Lorrieta wegen dem Lärm nach dem Rechten schauen wollte, wurden sie ihr gegenüber zudringlich. Ich versuchte ihr zur Hilfe zu kommen, bekam aber noch am Boden kniend einen Tritt an die Schläfe und wurde ohnmächtig. Zu mir kam ich erst, als diese Schweine mit ihr fertig waren … und schauen Sie doch, was sie meinem Engel angetan haben!", sagte Rossie mit vor Kummer zittriger Stimme, wobei ihm Tränen der Verzweiflung über die Wangen liefen.

Richard stand auf und sah mit versteinerter Miene zu seinem Freund, der hatte selbst eine Mördermiene aufgesetzt und sagte, bevor Richard es tun konnte: „Ich schwöre dir, mit oder ohne deine Hilfe … wenn ich eines dieser Schweine erwische, erleben sie den nächsten Tag nicht mehr!"

Richard konnte nur nicken, denn als er antworten konnte, war Mike zu ihnen getreten und sagte in leisem Tonfall zu den beiden, sodass die eh schon gebeutelten Rossies nichts mitbekamen: „Das ehrt euch, und ich wäre sofort mit von der Partie, … aber ich glaube, das ist uns schon abgenommen worden, vorausgesetzt, dass Rossie die Leichen in der Gasse als seine Peiniger identifizieren kann!"

Also gingen sie zusammen in die Seitengasse, wo bereits Scheinwerfer aufgebaut wurden. An der Hausecke zur Gasse lag die erste Leiche, die aber schon mit einem Leichentuch abgedeckt war.

Richard wies einen Beamten an, das Tuch zurückzuschlagen, da die Schaulustigen bereits weiträumig entfernt worden waren.

Darunter wurde eine Leiche sichtbar, die offensichtlich den direkten Weg vom Dach genommen zu haben schien, da bereits das Gesicht viel flacher wirkte, als wenn jemand normal gestürzt wäre, abgesehen von dem Blut, das sternförmig um den Körper verteilt war.

Als Conners Assistent Thomsen zu ihnen trat, sagte Anderson zu ihm: „Ich glaube, unser Freund hier war schon tot, als er unten ankam, können Sie ihn fotografieren und dann umdrehen?"

Es wurden Fotos von allen Seiten gemacht, und dann wurde die Leiche herumgedreht, dabei gab es ein knirschend schmatzendes Geräusch, als sich das Fleisch zusammen mit zerbrochenen Knochen von den Pflastersteinen löste. Als sie auf dem Rücken lag, wurde Andersons Verdacht bestätigt.

„Wusst ichs doch, und wenn Olsen hier wäre, dann würde er uns auch bestätigen, dass ihm sein Herz fehlt, betrachtet man mal dieses große Loch, unterhalb des Brustkorbs, von wo sich der Täter Zugriff verschafft hat!", sagte Richard recht zufrieden, denn eines war wohl sicher, dies war wieder der gleiche Täter wie bei den ganzen anderen Opfern.

Nachdem noch ein paar Fotos gemacht worden waren, wurde die Leiche wieder abgedeckt. Danach gingen sie weiter in die Gasse zum nächsten abgedeckten Toten, um den herum jede Menge Patronenhülsen lagen sowie eine leergeschossene Pistole.

Die Leiche sah aus, als hätte man sie in der Mitte gebrochen, außerdem fehlte ihr der Kopf, der ein paar Meter weiter lag und zwar genau neben dem nächsten Opfer, was ebenfalls für sie wieder aufgedeckt worden war. Diesem wurde offensichtlich der Unterleib aufgerissen und zwar vom Schritt bis zum Brustkorb, und als sich Tom, der leicht blass um die Nase war, runterbeugte und mit seiner Taschenlampe an dem Haufen Gedärme vorbei in den Brustkorb leuchtete, konnte auch er bestätigen, dass das Herz zusammen mit der Lunge herausgerissen worden war.

„Ist Ihnen das hier schon aufgefallen, Inspektor?", wollte Conners Assistent von Richard wissen. Er zeigte ihm einige kleinere Blutpfützen, die eine eigenartige Farbe hatten. Statt dem fast schwarzen Rot des schon beinahe geronnenen Blutes der Opfer, wies dieses eine helllila Farbe auf und zog sich irgendwie wie Kaugummi.

„Eintüten ... und das werde ich persönlich untersuchen und bitte nicht mit etwas anderem vermischen!", sagte sein Chef zu ihm, worauf er den Beweis in ein Glasröhrchen schmierte.

„Gut Richard, wenn du mich nicht mehr brauchst, dann würde ich jetzt gerne mit Thomsen zusammen die restlichen Beweise sichern!", sagte Mike und hatte schon seine Lieblingskamera zur Hand genommen.

„Macht nur, wir gehen noch mal zu Rossie, vielleicht sieht er sich ja in der Lage, wenigstens eine Leiche zu identifizieren!", hoffte Anderson und winkte gleichzeitig einen Beamten zu sich und sagte zu ihm, während Conner anfing mit seinem Mitarbeiter Beweise zu sichern: „Polancy ... richtig?", worauf der Polizist bestätigend nickte. „Bitte decken Sie die Leiche mit den außenliegenden Gedärmen bis auf das Gesicht ab, und

falls es noch geht, schließen sie ihm bitte die Augen, damit unser Laden-besitzer nicht noch einen Schock erleiden muss!"
„Ist gut Sir!", sagte dieser und ging in Richtung der besagten Leiche.

McKey war währenddessen in den Laden gegangen und versuchte den Ladenbesitzer dazu zu bewegen, die Leiche zu identifizieren. Kurz darauf kam er mit Rossie zurück, an dem sich immer noch seine Tochter fest-klammerte.
„Tom, was soll denn das?", wollte Richard ärgerlich wissen.
„Wollte seine Tochter nicht im Laden lassen, da sie noch immer nicht richtig bei sich war, ließ sich auch nicht überreden!", sagte Tom mit einem Schulterzucken.
„Gut … Sir, dann kommen Sie bitte mit!", sagte Anderson und ging voran zur Leiche.
Als Rossie den Toten sah, war sein Gesichtsausdruck erst emotionslos, aber dann breitete sich ein Lächeln darauf aus und er sagte: „Ja … ja, das ist einer dieser Mistkerle … sieh nur mein Engel", sagte er zu seiner Tochter und drehte ihr Gesicht mit seiner Hand in Richtung Leiche. „Sieh nur hin, hab keine Angst … sie kommen nicht wieder … sie sind tot … alle tot und können uns nichts mehr tun, der Herr hat sie für uns gestraft." Dabei machte er das Kreuzzeichen vor seiner Brust.
Erst schienen die Worte bei seiner Tochter nicht angekommen zu sein, aber dann lief ihr eine Träne über die geschwollene Wange und sie fragte: „Papa … ist das wirklich wahr?"
„Ja, mein Schatz, das ist wahr!", sagte Rossie, und nun schien sie vollends wieder klar zu sein, denn sie fing an zu weinen und murmelte immer wieder vor sich hin: „Sie kommen nicht wieder … sie kommen wirklich nicht wieder!"

Richard, Tom und Mike hatten sich ein Stück weit zurückgezogen und unterhielten sich, denn mittlerweile war auch die Mutter, die einen Ver-band um den Kopf trug, zu ihrer Familie getreten, und alle umarmten sich weinend.
Anderson steckte sich erst einmal eine Zigarillo an und gab dann noch ein paar Befehle, nachdem Conner gesagt hatte, dass alle Beweise, was die Leichen betraf, gesichert waren, und ließ die Toten in Zinkwannen verfrachten, damit sie zu Olsen in die Pathologie gebracht werden konn-ten.
Als Richard und Tom den Tatort verlassen wollten, sahen sie sich einer

Wand aus Reportern gegenüber, das Blitzlichtgewitter begann schon bevor diese die ersten Fragen gestellt hatten.

Wie immer gab Anderson keinerlei Kommentare zum Fall, und auch die Absperrung hatte er besser mit Beamten besetzen lassen, sodass nicht noch einmal so etwas wie bei dem Tatort am Judenfriedhof oder bei den Lwowiecs passierte.

Sie waren schon fast bei ihrem Wagen, die Reporter wurden von den Beamten zurückgedrängt, da kam ihnen ein unsympathisch bekanntes Gesicht entgegen, was Richards Laune noch weiter in den Keller sacken ließ.

Doch da war wieder Ted Ferguson mit seiner neugierigen Fretchenfresse und kam mit einem Notizblock winkend auf sie zugelaufen. „Inspektor … Inspektor Anderson … bitte nur einen Moment, bitte … ich muss Ihnen etwas sagen … bitte nicht einsteigen … bitte …!"

Also stieg Richard wieder aus dem Auto, obwohl es ihm widerstrebte, diesem Arsch zu willen zu sein, aber irgendetwas in dessen Stimme hatte ihn bewegt, ihn doch anzuhören.

„Ferguson … machen Sie es kurz!", sagte er mit drohendem Unterton.

„Ist gut … also ähm … erst einmal wusste ich nicht, dass Sie mit meinem Chef eine Vereinbarung hatten, und zweitens hatte er den Druck des Artikels, der übrigens nicht von mir verfasst worden war, nicht stoppen lassen, … ich sage Ihnen … irgendwas stimmt mit Thick nicht … aber fragen Sie mich bitte nicht … was, normal hält er sich an Absprachen mit der Polizei, was so manchen Reporter schon die letzten Nerven gekostet hat …!", meinte Ferguson vielsagend, bevor er von Anderson unterbrochen wurde.

„Kommen Sie auf den Punkt, Mann … oder Sie sehen von mir nur noch eine Staubwolke!", sagte Richard und wurde immer gereizter.

„Einfach gesagt, ich will mit Ihnen zusammenarbeiten und Ihnen helfen, den Fall oder besser gesagt die Fälle aufzuklären … was halten Sie davon?", fragte er mit einem Lächeln, was Tom schlecht werden ließ.

Richard konnte nicht glauben, was er da gehört hatte. Ferguson, der immer bemüht war, ihnen das Leben zur Hölle zu machen, wollte ihnen nun helfen … das hörte sich für ihn nach einer Verarsche an.

Er war immer noch sprachlos, als Tom sagte: „Sie sollten sich jetzt lieber verpissen Mann … vereiern können wir uns selber … Rich, lass uns fahren und den Spinner vergessen, sonst vergesse ich mich noch!"

Richard nickte nur und stieg ein.

Doch Ferguson ließ sich nicht so einfach abschrecken und klopfte an die

Fahrertür, bis Richard sie entnervt wieder einen Spalt weit öffnete.

„Lassen Sie mich beweisen, dass ich es ernst meine, ich lebe schließlich auch in dieser Stadt, und was hier in der letzten Zeit passiert, ist doch nicht normal ... also was sagen Sie?", sagte der Reporter mit bittender Stimme. Richard hatte die Hände auf dem Lenkrad liegen und schaute geradeaus, bevor er sagte: „Also gut ..., die drei Schweine, die es heute Nacht zerlegt hat, gehören zu Cabones Männern, ... das haben sie nicht von mir ... machen Sie was draus!" Mit diesen Worten schlug er die Fahrertüre wieder zu und fuhr in Richtung Revier.

Sie passierten gerade die letzte Absperrung, da sah Richard die Frau, die er schon die ganze Zeit versuchte wiederzufinden, sie stand in der Menge, und als er sie sah, drehte sie sich zu ihm um, sah ihm direkt in die Augen und lächelte ihn schelmisch an.
Anderson trat so hart auf die Bremse, dass McKey fast mit dem Kopf auf das Armaturenbrett aufschlug. Dieser fluchte und wollte fragen, ob die Bremsaktion denn nötig gewesen war, denn er könne keinen Grund erkennen, so fest zu bremsen.
Richard war schon ausgestiegen, ohne die Handbremse angezogen zu haben, das erledigte Tom auch noch schnell, bevor das Auto in die Passanten rollen konnte.
Richard war direkt auf die Frau zugelaufen, hatte sie nicht aus den Augen gelassen, was sie zu amüsieren schien, denn sie lachte nun, warf ihm einen Handkuss zu, und als Richard fast über einen Passanten gestolpert wäre, der sich gerade den Schuh zuband, und er wieder aufschaute, war sie schon wieder weg.
Er konnte es einfach nicht glauben, eben war sie noch da, und im nächsten Augenblick war sie weg, verschwunden einfach so. Er konnte sich das langsam nicht mehr erklären und fing schon an, an seinem Verstand zu zweifeln, als Tom ihn von hinten ansprach, was Richard zu ihm rumfahren ließ: „Rich, du bringst uns wegen dieser Frau nochmal um ... hast du wenigstens ihre Adresse ... oder hat sie dich wieder einfach stehen gelassen?" Tom war etwas außer Atem, weil er seinem Freund so schnell hinterhergelaufen war. Aber als er diese mysteriöse Frau sah, auf die sein Partner so stand, hatte er langsam gemacht. Erst als Richard beinahe gestürzt wäre, hatte er sich wieder beeilt, zu ihm zu kommen.
Die Schaulustigen sahen sie nur befremdlich an, als sich Richard langsam zu drehen begann, um sich umzuschauen. „Tom, du hast sie also auch gesehen ... aber wo ist sie hin?", fragte er seinen Freund.

„Die wird wahrscheinlich schon Angst bekommen, wenn sie dich nur sieht ... rennst wie ein Gestörter auf sie zu, da würde ich mich auch verdünnisieren!", sagte McKey ärgerlich, weil sein Freund sich komplett irrational verhielt, was diese Frau betraf.

Richard, der das anscheinend gar nicht gehört hatte, sagte: „Diese Frau macht mich noch wahnsinnig, Tom!"

Als er nach mehrfachem Schauen nichts mehr von seiner Traumfrau sah, setzte er sich wieder ins Auto und die beiden fuhren ab.

Was sie nicht sahen, war die Frauengestalt, die auf dem Dach des nahen Gebäudes stand und ihnen nachsah und sich dachte: ‚Wir sehen uns bald wieder, Süßer, das verspreche ich dir.'

## Das Treffen

Detroit, 18. Juni 1950, gegen 7 Uhr morgens,
schwarze Harfe Iren-Hauptquartier

Antonio war es ziemlich mulmig zumute, als er aus dem Wagen gestiegen und sich das weiße Tuch an das Revers steckte, als Zeichen, dass er nichts gegen die Iren im Schilde führte.

Er hatte sich vom sogenannten Waffenmeister ein paar schwer zu findende Waffen geben lassen, einen kleinen Zweischüsser trug er in der Unterhose direkt an seinen Genitalien und ein Messer war im Stiefelabsatz versteckt.

Trotzdem war dies nur für den allergrößten Notfall gedacht, denn er wollte eine Einigung zu einem Gespräch erreichen und keinen Krieg anfangen.

Also breitete er seine Arme aus, um zu zeigen, dass er unbewaffnet war und ging auf den Eingang zu, der mit vier Männern schwer bewacht war. Unter den Mänteln der Iren konnte er Langwaffen erahnen, und er hatte von der Seite gesehen, dass im Vordach des Eingangs zwei Maschinenpistolen deponiert waren.

Ihm lief eine Schweißperle unter dem Hut direkt in sein linkes Auge, was ihn blinzeln ließ, als er von den Wachen bemerkt wurde.

Einer nahm sofort seine Flinte in den Anschlag, bevor Antonio überhaupt etwas sagen konnte.

„Bleib verdammt noch mal stehen, du verdammter Spagettifresser, sonst können sie dich zusammenkehren!", schrie ihn ein bulliger Kerl mit Schiebermütze an und veranlasste auch die anderen, nach ihren Waffen zu greifen. Einer nahm sogar eine der Maschinenpistolen aus ihrem Versteck und maß das Umfeld um Antonio ab, ob sie nicht doch in einen Hinterhalt gelockt werden sollten.

Antonio wusste, wenn er jetzt eine falsche Bewegung machte, konnte man ihn wörtlich genommen von der Straße abkratzen, denn außer ihm flatterten auch den Iren die Nerven, und es brauchte garantiert nicht viel, und sie würden ausrasten.

„Ich komme in Frieden ... und muss mit eurem Boss reden!", sagte er, wobei ihm der Schweiß nur so das Gesicht herunterlief.

„Du hältst jetzt besser dein Maul Itaker ... leg dich auf den Bürgersteig und strecke Arme und Beine von dir und bleib ruhig liegen, wenn du weiteratmen willst."

Also legte sich Antonio mit seinem neuen maßgeschneiderten Seidenanzug in den Dreck und wartete was geschehen würde. Sie kamen zu ihm über die Straße gelaufen, sich nach allen Seiten absichernd, und als Antonio die Stiefel von einem zu Gesicht bekam, wurde es auch schon dunkel, denn er hatte mit einem Totschläger einen Schlag auf den Hinterkopf erhalten.

Als er sich nicht mehr rührte, durchsuchten sie ihn, fanden aber keine Waffen, also nahm jeweils ein Mann ihn unter die Axel und schleiften ihn mit hängendem Kopf über die Straße, wobei seine handgearbeiteten, italienischen Schuhe über den Asphalt schleiften, was diese unwiderruflich ruinierte.

Zu sich kam Antonio, begleitet von unsäglichen Kopfschmerzen, erst wieder, als er gefesselt auf einem Stuhl saß und einen Eimer Putzwasser übergeschüttet bekommen hatte, das nach der kompletten Küche roch, in der man wohl auch einiges altes Fett aufgewischt hatte, welches seinem teuren Seidenanzug eindeutig den Rest gab.

Er prustete und spuckte das ekelhafte Wasser aus, was auch in seinen halb geöffneten Mund geschüttet worden war, und er kam sich vor, als hätte er ein Déjà-vu saß er doch schon wieder gefesselt in einem schlecht beleuchteten Keller und eine Lampe blendete ihn, sodass er sein Gegenüber nicht richtig erkennen konnte.

„Was zur Hölle soll das … ich bin in Frieden und mit einem weißen Tuch am Revers zu euch gekommen!", sagte Antonio ernst, was ihm eine Kopfnuss einbrachte und ein mehrstimmiges Lachen.

„Deshalb lebst du überhaupt noch, Freundchen!", sagte eine trügerisch freundliche Stimme.

„Also, was hast du zu sagen?", wollte die Stimme von ihm wissen.

„Das soll ich ausschließlich mit McMurdock persönlich besprechen!", sagte Antonio trotzig.

„Sitzt vor dir Junge … also, was hast du mir zu sagen, und ich lasse mich nicht so verarschen wie die Jungs an der Tür, denn ich habe deine zwei Waffen gefunden, dachtest, du wärest schlau … was sollte das werden … ein Attentat auf mich oder was hattest du damit vor?!", sagte McMurdock in scharfem Tonfall.

„Viti lässt dich fragen, ob du dich mit ihm zusammensetzen würdest … an einem Ort deiner Wahl … und die Waffen hatte ich für mich zum Schutz eingesteckt, man kann ja nie wissen … oder!", sagte Antonio schief grinsend.

Dies imponierte McMurdock, und wäre er kein Itaker, er hätte den Jungen

mögen können, deshalb sagte er: „Gut Junge ... ich lasse dir ein Telefon bringen, dann kannst du Viti anrufen ... kann zwei Männer mit jeweils einer Pistole mitbringen ... und zwar in einer Stunde genau hier!"
„Jetzt sofort?", wollte Antonio wissen, und McMurdock grinste eigenartig gutmütig, was Antonio einen eisigen Schauder über den Rücken jagte. „Ja, jetzt sofort, sonst wird nichts draus ... schneidet ihn los und gebt ihm seine Waffen zurück!", befahl McMurdock, und als er das gesagt hatte, bekam Antonio einen Telefonapparat auf den Tisch gestellt, sodass er nur noch wählen brauchte.

Viti schien gar nicht überrascht zu sein und sagte sofort zu. Er kam alleine in die schwarze Harfe und hatte seine Männer draußen stehen lassen, denn er wollte keinerlei Konfrontation riskieren.
Antonio war vom Keller in McMurdocks Büro geführt worden, sein Anzug sowie das Haar sahen verdreckt aus und seine Schuhe waren ruiniert, sein Hut lag wohl immer noch auf der Straße oder war geklaut worden, jedenfalls hatte er ihn nicht wiederbekommen. Auch hatte man ihm nicht die Möglichkeit gegeben, sich wenigstens einigermaßen präsentabel herzurichten, auch hatte er keinen Stuhl angeboten bekommen, von einem Schluck Wasser gar nicht zu reden, und so stand er mit mörderischen Kopfschmerzen da und wartete auf seinen Consigniere.
Als der dann endlich kam, konnte sich Antonio vor lauter Kopfschmerzen kaum noch geradehalten, da der Knüppel ihn genau an der Stelle erwischt hatte, wegen der er schon mal im Krankenhaus gewesen war.
Viti schien das zu bemerken, wusste er doch von Antonio, warum er festgenommen worden war, und dann in das Krankenhaus gebracht wurde, deshalb sagte er mit einem Lächeln: „Mr. McMurdock, mein Mann müsste sich am besten dort drüben auf den Dreisitzer legen, da er durch einen harten Schlag vor ein paar Tagen den Schädel angebrochen bekam und eigentlich im Krankenhaus liegen müsste. Jetzt scheint er erneut genau da getroffen worden zu sein, also wenn es Ihnen nichts ausmacht ... außerdem brauchen wir ihn im Laufe unseres Gesprächs noch!"
McMurdock nickte nur und Antonio legte sich auf das Sofa, den Kopf vorsichtig auf die gepolsterte Lehne und schloss die Augen. Die Kopfschmerzen machten ihn schier irre.
„Also, was kann ich für Sie tun, Viti!", fragte das Oberhaupt der Iren in einem sarkastischen Tonfall.
„Für mich? Gar nichts, da es unser aller Interesse dienen wird und es uns beide betrifft, was ich zu sagen habe!" sagte Viti mit gleichbleibendem

Lächeln auf dem Gesicht.

„Und das wäre!", fragte sein Gegenüber.

„Reden wir nicht um den heißen Brei herum ... Fakt ist, dass es damit angefangen hat, das Andrea Callussi ohne ausdrücklichen Befehl der Familie ihren Neffen exekutiert hat, worauf ihr einen Vergeltungsschlag ausgeführt habt!", sagte der Consigniere, worauf die Laune des Iren Bosses gen Nullpunkt fiel und man seine Wangenmuskulatur deutlich zu Tage treten sah.

„Jetzt sollten Sie gut aufpassen, was Sie sagen!" Er sah Viti mit zusammengekniffenen Augen an.

„Alles, was ich damit sagen wollte, ist, dass die Aktion völlig verständlich war ... aber sie konnte Ihrerseits nicht beendet werden und Ihre sowie meine Männer wurden Opfer eines viel mächtigeren Feindes als wir es uns vorstellen können!", sagte er ruhig zu McMurdock.

Nun sah Viti, dass er offensichtlich voll ins Schwarze getroffen hatte, denn das Gesicht seines Gegenübers hatte einen nachdenklichen Ausdruck angenommen.

„Nehmen wir mal an, dass es stimmt was Sie da sagen ... Ihr verzichtet also auf Revanche. Ist es etwa wegen dieser Geschichte, die mir einer meiner Männer erzählte, der die ganze Sache überlebt hat und immer noch nicht richtig wach wird, da seine Verletzungen fast tödlich waren. Denn immer, wenn er dann doch zu sich kommt, faselt er von Neuem etwas von einem riesigen Wolfsmenschen, ... ist es das, was auch Sie mir sagen wollen?", fragte McMurdock Viti ungläubig.

Viti sah ihm einen Moment in die Augen und rief nach Antonio, der sich vom Sofa quälte, mit langsamen Schritten auf sie zuging und sich auf einen ihm angebotenen Stuhl setzte.

„Nun Antonio, berichte doch bitte genau, das, was du mir gesagt hast", sagte Viti und erteilte Antonio damit das Wort.

Und Antonio berichtete: „Wir wurden von zwei Männern mit Maschinenpistolen angegriffen. Als ich aus dem Keller kam, um zu pinkeln, waren sie sehr wahrscheinlich schon drinnen gewesen und kamen gerade aus der Nebentüre, als ich zurückwollte. Einer der beiden hatte anscheinend eine Ladehemmung, denn nur einer begann mich zu beschießen, und währenddessen kam er immer weiter auf mich zu, wie durch ein Wunder hatte er mich verfehlt. Als er nachgeladen hatte, gab er nur noch einzelne Schüsse auf mich ab, bis etwas von oben auf ihn drauf sprang ... So etwas habe ich noch nie gesehen, eine Art riesiger Wolf mit Armen und Beinen, die einem Menschen ähnlich waren ... Während er Ihren Mann zerfleischt hat, sodass regelrecht die Fetzen flogen, habe ich das Feuer mit meiner neun Millimeter auf das Vieh eröffnet, aber das hat es überhaupt nicht gestört. Dann als es fertig war und nicht mehr viel übrig von dem Menschen war, mit dem er sich beschäftigt hatte, kam es langsam zähnefletschend auf mich zu. Ich bin dann wohl gestolpert, als ich immer noch schießend rückwärts ging, denn ich bin erst wieder im Krankenhaus zu mir gekommen. Sie fragen jetzt vielleicht, warum ich noch lebe ... ich weiß es nicht, Sir, das können Sie mir glauben!

Als Antonio geendet hatte, sah ihn McMurdock an, aber schien dabei wo ganz anders zu sein, als er sagte: „Genau wie mein Mann es im Delirium gesagt hat ... also ist wirklich was dran an der Sache!" Was er da zu hören bekam, machte ihn fassungslos.

In dem Moment kam einer von Vitis Leibwächtern, die vor der schwarzen Harfe gewartet hatte, mit zwei schwer bewaffneten Begleitern der Iren in den Raum.

„Entschuldigung Mr. Viti, aber ich habe soeben von einem Boten Bescheid bekommen, dass Palumbo und seine zwei Männer letzte Nacht neben dem Laden von Rossie umgebracht wurden und zwar ziemlich schräg!", sagte der Leibwächter vorsichtig.

„Entschuldigen Sie bitte, Mr. McMurdock!" ... und zu seinem Mann gewandt fragte Viti ziemlich gereizt: „Was meinst du mit ‚schräg' ... drück dich gefälligst verständlich aus!"

Der Angesprochene schaute von seinem Consigniere zu McMurdock und wieder zurück, sodass Viti sich genötigt sah zu sagen: „Ist schon gut, raus mit der Sprache!"

„Sie wurden angeblich zerrissen!", sagte er tonlos.

Jetzt starrten den Boten drei Mann an, und als Viti seinen Leibwächter und Antonio weggeschickt hatte, sagte er zu McMurdock: „Das waren verdammt harte Männer ... die nicht zimperlich oder nachsichtig bei ihren Aufträgen waren, verstehen Sie jetzt, dass wir zusammenarbeiten müssen um zu überleben ... wenn es nämlich so weitergeht, haben wir bald keine Männer mehr, mit denen wir uns schützen können!"

„Also gut, versuchen wir es ... wir stellen Gruppen von je vier Mann auf, zwei von Ihnen und zwei von mir!", sagte McMurdock und reichte Viti über den Schreibtisch die Hand, die dieser ergriff und so wurde ein Plan geschmiedet, um dem Schrecken ein Ende zu machen.

# Ausbildung

Detroit, 22. Juni 1950, East Side, in einem alten Lagerhaus

Das Lagerhaus stand abgelegen am äußersten Ende der East Side von Detroit.
Sie befanden sich in den Kellergewölben des Hauses, in dem man völlig ungestört war, denn durch die dicken Kellermauern drang kein Geräusch nach außen.
„So und jetzt pass auf ... konzentriere dich auf deinen Körper ... versuche die summende Energie in deinem Kopf zu isolieren, um sie dann schnell freizulassen!", sagte die Mentorin zu ihrer Schülerin.
Sie versuchte es wirklich, aber mit ihrer Konzentration haperte es noch, da waren Wassertropfen, die die ganze Zeit leise platschende Geräusche machten, und irgendwo im Nachbarraum musste eine Ratte sein, denn sie nahm ihren Herzschlag wahr ... und dann diese ganzen Insekten.
Zu allem Überdruss hatte ihre Lehrmeisterin auch noch einen Plattenspieler aufgestellt, der irgendetwas von so einem komischen Menschen, namens Bach, abspielte, nicht gerade ihre Musikrichtung. Noch einmal versuchte sie sich auf das leise Summen zu konzentrieren, aber mehr als ein Flimmern ihrer selbst bekam sie noch nicht zustande. Ihre Lehrerin ließ sie jedoch immer und immer wieder üben, was sie nach einiger Zeit sehr hungrig werden ließ.
Und genau dann wurde sie von ihr in einen dunklen, abschließbaren Raum gebracht, in dem ein Stuhl stand. Dort war sie nach den Übungen dieses Tages auch wieder. Nach kurzer Zeit ging die Tür noch einmal auf, und es wurde eine Gestalt hineingestoßen, die sich lautstark beschwerte:
„Verdammt noch mal, ich dachte, wir hatten eine Vereinbarung, Sie sagten, Sie haben die registrierten Waffen hier, und jetzt sperren Sie mich hier ein, was soll denn der Scheiß ... und weswegen haben Sie mir in die Hand geschnitten ... hallo!", schrie der Mann angepisst und hämmerte mit beiden Fäusten gegen die Stahltür, sodass mehrere blutige Abdrücke an der Tür zurückblieben, aber niemand antwortete ihm.
Sie versuchte sich zu beherrschen, aber der Durst wurde immer schlimmer, und nachdem der Mann mit seiner blutigen Hand ein paar Mal im Kreis um sie herumgelaufen war, schien für sie die Luft schon fast bluttränkt zu sein.
„Scheiße ... so eine verdammte Scheiße!", fluchte der Mann und ließ sich an der Tür herunterrutschen, bis er auf dem kalten Boden saß.

‚Konzentrier dich … denk nicht an den Durst … verdräng den Geruch nach dem Saft des Lebens', sagte sie sich einem Mantra gleich und biss ihre Zähne zusammen, die langsam zu wachsen begannen, auch ihre Hände kribbelten, und auch dieses Gefühl, wenn sie sich in regelrechte Waffen verwandelten, kannte sie mittlerweile nur zu gut.

Das Warten darauf, dass ihre Meisterin die Prüfung wieder beenden würde, ging ungefähr drei Stunden so, mittlerweile hatte sie das Gefühl, einen heißen Stein im Magen zu haben, aber sie fühlte sich auch gut, denn so lange hatte sie noch nie ausgehalten, und das Blut war auch schon ziemlich abgetrocknet und somit nicht mehr so verlockend.

Aber dennoch hatte sie nicht mit der Ungeduld ihres Mittinsassen gerechnet, der war nach kurzer Zeit wieder aufgestanden und war, wie ein Tiger im Käfig, zornig murmelnd auf- und abgegangen, und einmal war er ganz nah an ihrem Stuhl vorbeigekommen, sie hatte seinen Geruch sehr intensiv wahrnehmen können … seinen Ärger … seine Angst … seinen beschleunigten Herzschlag … all das vermischt mit antrocknendem Blut … schon fast einer Droge gleich.

Sie sagte sich immer wieder, dass sie keinen Durst verspürte, aber als der Mann erneut anfing gegen die Tür zu hämmern und damit den Schnitt erneut aufzureißen begann … entwich ihr ein kurzer, leidvoller Seufzer.

Der Gefangene blieb abrupt stehen, denn er war schon wieder im Begriff gewesen auf und ab zu gehen, doch jetzt fragte er vorsichtig in die Dunkelheit hinein: „Hallo … hallo … ist hier drin noch jemand mit mir eingesperrt?"

Sie wollte nicht antworten, da sie sich selber versuchte zurückzuhalten, aber als er erneut fragte und dieses Mal ängstlicher, sagte sie fast wie von selbst mit einem Seufzer: „Ja, Schätzchen, ich bin auch noch da!"

Dieses Mal schien seine Stimme erleichtert, wenn auch nicht weniger besorgt: „Hat man Sie auch hier eingesperrt, Miss?"

„Jaaahhh!", kam es seufzend.

„Warten Sie, ich habe noch ein paar Streichhölzer!"

Nun hörte man den Mann in seinen Taschen nach den Streichhölzern suchen, und sie konnte seine Aufregung riechen … so schön aufgeregt … das Blut würde bald voll sein mit Adrenalin … köstlich … und wieder entfuhr ihr ein Seufzer, der sich schon fast lustvoll anhörte … „ahhhhh".

„Warten Sie, Miss, ich habs gleich!", sagte der Mann und man konnte hören, wie er das Zündholz über den Zündstreifen zog.

Ffffft … und schon wurde der Raum in einem schummrigen Licht erhellt, und er konnte eine Frau in einem weißen Leinenkleid erkennen, die mit ihrem Rücken zu ihm auf einem Stuhl saß und sich nicht zu rühren schien. Ihm stellten sich die Nackenhaare auf, als er das sah, und konnte sich nicht erklären warum, denn die arme Frau schien wohl schon länger hier eingesperrt zu sein.

„Miss … Miss …, mein Name ist Frank … geht es Ihnen gut?", fragte er besorgt und kam langsam auf sie zu, doch dann schrie er plötzlich auf und das Licht erlosch.

„Sorry, Miss, hab mir die Finger verbrannt … gleich wird es wieder hell!", sagte er entschuldigend, aber sie hörte gar nicht zu, denn das Verbrennen der Finger hatte seinen Herzschlag erneut beschleunigt und noch mehr Adrenalin freigesetzt, was ihren Verstand noch mehr benebelte, als es eh schon der Fall war.

Fffffft … es wurde wieder hell … und vor ihm stand die Frau mit gesenktem Haupt und zwar genau vor ihm, er zuckte vor Schreck zusammen: „Haha, Sie haben mich aber erschreckt, Miss!", sagte er erschrocken, und nun konnte auch er sie riechen, sie roch nach Weihrauch und Bergamotte. ,Ein eigenartiger Geruch', dachte er noch als sie ihren Kopf hob und er das Angesicht seines Todes sah, das ihn mit blutunterlaufenen Augen und langen Reißzähnen liebevoll anblickte.

„Misssss …", war das Letzte was in dem Raum von dem Mann zu hören war, dann war die Flamme erloschen.


Laura stand vor der verschlossenen Tür und konnte den leichten Blutgeruch wahrnehmen, der unter dem Türspalt hindurch waberte.

Sie hatte eine Stoppuhr in der Hand, die mancher Coach für sein Sportteam gerne verwenden würde.

Nach einer längeren Wartezeit, sie begann schon erstaunt und anerkennend zu nicken, erklang ein herzzerreißender Schreckensschrei, gefolgt von einem raubtiergleichen, fauchenden Geräusch und dann kam intensiver Blutgeruch unter der Tür hervorgekrochen.

Sie wartete noch einen kurzen Moment und öffnete dann die Tür. Vor ihr saß Monica, über und über besudelt mit frischem Blut, auf dem noch zuckenden Leichnam des Mannes.

Monica sah wie eine Katze fauchend zu ihr auf und bleckte ihre Reißzähne, leckte sich genüsslich über ihre blutigen Lippen, und als ihr Rausch nachließ, legte sie ihren Kopf in den Nacken und begann zu lachen und konnte gar nicht mehr aufhören.

„Da war eindeutig zu viel Adrenalin im Blut!", sagte Laura zu Monica, ging auf sie zu und gab ihr eine Ohrfeige, sodass ihr Kopf rumruckte.

Monica schüttelte sich kurz, wobei sich überall Blutsfäden verteilten, und dann schaute sie immer noch leicht irre lächelnd zu ihrer Meisterin auf.

„Monica ... Monica, du hättest es dieses Mal fast geschafft, aber du hast Fortschritte gemacht, zieh dich bitte an und dann gehen wir shoppen!", sagte ihre Meisterin mit einem flüchtigen Lächeln auf den Lippen.

Monica ging immer noch selig grinsend an ihr vorbei, wobei wieder Blut von ihrem Kinn tropfte.

‚Dieses Kind', dachte Laura und schüttelte lächelnd den Kopf, denn sie hatte ihren Schützling, der am Anfang nicht gerade pflegeleicht war, regelrecht ins Herz geschlossen.

Nach all den Jahrhunderten endlich wieder jemand, aus dem man etwas auf Dauer machen konnte, und was am erstaunlichsten war, sie hatte das gleiche Talent wie sie. Nur musste sie noch mehr an ihrer Beherrschung arbeiten, dann konnte sie sich genau wie sie, eine Zeit lang in einer anderen Phase bewegen, um somit für Normalsterbliche fast völlig unsichtbar zu sein.

Bei diesem Gedanken musste sie an den schneidigen, gut riechenden und schmeckenden Inspektor denken ... Richard ... hieß er und er wurde offensichtlich schier wahnsinnig bei dem Katz- und Mausspiel, was sie mit ihm trieb.

Jemanden wie ihn hatte sie schon seit über zweihundert Jahren nicht mehr getroffen. Als sie ihn das letzte Mal gekostet hatte, löste das ein warmes Gefühl in ihr aus, was nichts mit dem Durst zu tun hat, mit dem ihre Rasse schon immer zu kämpfen hatte.

Der Wunsch, mit ihm Sex haben zu wollen, war in dem Restaurant so stark gewesen, dass es für sie beide besser gewesen war, dass sie ging, denn sonst hätte Laura für nichts garantieren können.

Sie hing immer noch ihren erotischen Gedanken nach, als Monica mit frischen Kleidern von der Seite an sie herantrat und unschuldig lächelnd sagte: „Pfui ... Meisterin ... ich könnte ja glatt rot werden."

„Du sollst dich aus meinen Gedanken raushalten, habe ich dir gesagt!", fauchte Laura ihre Auszubildende an, wobei ihre beeindruckenden Reißzähne zutage traten, worauf Monica ein Stückchen zurückwich und mit gesenktem Kopf sagte sie etwas beschämt: „Entschuldigung Meisterin, war keine Absicht ... das kommt einfach so ... höre das, als wenn ihr es zu mir gesprochen hättet!"

„Schon gut!", sagte Laura und lächelte ihren Schützling an. Auch dieses Talent glich ihrem, aber auch das musste sie unter Kontrolle bekommen, wollte sie in der Welt da draußen bestehen, ohne groß aufzufallen.

Im Hintergrund trugen derweilen Schiavos die Leiche des blutleeren Opfers, das sie in einen Zinksarg gelegt hatten, aus dem Raum und schoben diesen in einen Leichenwagen, der an der Lagerhalle geparkt hatte und fuhren gemächlich von dem Lagerhausgrundstück.

'Schiavo' ist italienisch und bedeutet 'Sklave', so wurden Menschen genannt, die sich einem der Vampirhäuser verpflichtet hatten und hofften, eines Tages ebenfalls verwandelt zu werden.

Das Bestattungsunternehmen, das die Leiche gerade entsorgte, gehörte auch dazu.

Beide, Meisterin und Schülerin waren elegant gekleidet für die nächste Prüfung ... Beherrschung so wie Gefühlsregungen unter Kontrolle behalten in der Öffentlichkeit. Schon aus dem Grund, dass es Monicas erster Auftritt in der Öffentlichkeit war, seit sie sie zu sich genommen hatte, war es vonnöten gewesen, sie zu füttern bevor sie gingen. Denn so war von dieser Seite wenigstens keine Überraschung zu erwarten, und es hatte nur einem weiteren Gangster das Leben gekostet, welches also nicht wirklich einen Verlust für die Gesellschaft darstellte.

Laura hatte einen erst kürzlich eröffneten Club für sie ausgewählt, der sich 'Cliff Pearl' nannte, und von dem sie wusste, dass dort Monica mit ihrem späteren Mörder zusammengetroffen war. Dies sollte den ersten Teil der Prüfung darstellen, um zu sehen, ob sie sich trotz ihrer Erlebnisse einem entspannten Abend hingeben konnte.

Dass Monica dort erkannt wurde, war mehr als unwahrscheinlich, denn durch die Verwandlung hatte sie ihre mädchenhaften Züge verloren und war reifer und schöner als je zuvor. Zudem sollte sie eine modische Sonnenbrille tragen, die nur leicht getönt war, sodass sie diese nicht notgedrungen ausziehen musste, um nicht aufzufallen. Auch wenn sie keine Probleme gehabt hätte, durch eine vollgetönte Brille etwas zu sehen, denn als Vampir konnte sie selbst in stockfinsterer Nacht sehen.

An diesem Abend spielte Fats Domino auf und Monica sollte sich einen jungen Mann suchen, mit dem sie Spaß haben konnte ... denn sie war ja für die nächste Zeit satt ... hoffentlich.

Anderson und McKey hatten gerade von einem Informanten erfahren, dass sich der Italiener aus dem Krankenhaus in einem Club befinden soll, der sich 'Cliff Pearl' nannte.

Also hatten sie ihren Feierabend mal wieder aufgeschoben, um die Sache zu überprüfen.

Als Laura und Monica am Club ankamen und eintreten wollten, stellten sich ihnen zwei grobschlächtige Männer in Seidenanzügen in den Weg. Nachdem einer der beiden ihre Namen erfragt hatte und diese mit seiner Liste verglichen hatte, schaute er wieder zu den Frauen.

„Ladys, tut uns leid, aber Ihre Namen stehen nicht auf der Liste ... heute Abend haben wir hier eine geschlossene Gesellschaft!", sagte er freundlich, aber bestimmt, sodass jeder merkte, dass Diskussionen nicht ratsam waren. Der Türsteher hatte noch nicht ganz ausgesprochen, da kam ein gutaussehender, junger Mann auf sie zu.

Antonio hatte sich wieder einigermaßen erholt, am liebsten hätte er sich aber immer noch gerne früh zu Bett begeben, aber Don Luigi Cabone war erfolgreich von seiner Reise zurückgekommen, das musste innerhalb der Familie gefeiert werden, und da sollte keiner fehlen, der in Zukunft noch etwas erreichen wollte.

Er dachte nur an die ganzen Männer, die sich bestimmt wieder den ganzen Abend gegenseitig beweihräuchern würden, was sie nicht für tolle Typen wären, und dazu hatte Antonio einfach keinerlei Lust, da er nicht so war und lieber durch Leistung auffiel.

Er lehnte gerade an der Bar, da kam Viti, der zwei Gläser mit Whiskey in den Händen hatte, auf ihn zu, gab ihm eines und sagte zu ihm: „Dank dir und meiner Wenigkeit ist Don Luigi äußerst zufrieden, also lass es dir heute Abend gut gehen!" Er stieß mit ihm an, ging dann aber wieder, um sich zu seinem Don zu gesellen, der eine dicke Zigarre rauchte, eine dralle Blondine im Arm hielt, die ihn fast um einen Kopf überragte und bester Laune war.

Es waren eine ganze Menge schöner Mädchen anwesend, aber Antonio hatte immer noch daran zu knabbern, dass seine Rosita mit ihm Schluss gemacht hatte.

Warum das so war, entzog sich seinem Verständnis, aber wenn er wetten sollte, dann war der wahre Grund ihr Vater, der sie, nachdem sie ihm den Laufpass gegeben hatte, aus der Stadt geschickt hatte.

Er stellte seinen Drink an der Bar ab und machte sich auf den Weg zur Toilette. Als er wiederkam, bekam er gerade mit, wie die Jungs an der Tür zwei Damen abwiesen, was sein Interesse weckte, und er sah nach, wer denn nicht reindurfte.

Als er Monica erblickte und in ihre Augen sah, war Rosita aus seinem Gedächtnis gelöscht.

Monica war schon ziemlich enttäuscht als sie nicht hineindurften, der Club war zwar nicht immer eine gute Erinnerung, aber es hatte sich für sie ja alles grundlegend geändert.

Bevor sie oder ihre Meisterin etwas erwidern konnten, traf sie einem Hammerschlag gleich ein männlich herber Geruch, welcher sie schwindelig werden ließ.

Der Geruch kam ihnen in Form des gut aussehenden Mannes entgegen, der sagte, als er bei den Türstehern angelangt war: „Franky ... was gibt es denn?" Er zwinkerte Monica dabei lächelnd zu.

„Mr. Catalano, diese Damen stehen nicht auf der Liste!"

„Ist schon gut ... die Ladys gehören zu mir!", sagte er, ging auf Monica zu, hielt ihr seinen Arm einladend hin, und nachdem sie zu Laura gesehen hatte und diese nickte, hakte sie sich bei dem Mann unter und ging gemeinsam mit ihm in den Club.

Nach ein paar Metern hielt der junge Mann an, blickte dann zu Monica und Laura. „Ich hoffe, Sie verzeihen mir meine Kühnheit, aber sonst hätten Sie nicht die Möglichkeit, heute den Club zu besuchen!"

Laura war näher zu ihm getreten und sagte: „Wir freuen uns über Ihre Kühnheit und bedanken uns bei Ihnen ... die junge Frau an Ihrem Arm ist Monica, meine Nichte, und ich bin Laura Belucci!"

„Oh, Italienerinnen ... ich bin Antonio Catalano, und wenn Sie nichts dagegen haben, würde ich Ihnen gerne einen Drink zur Begrüßung bringen!", sagte Antonio.

„Ja gerne!", sagten beide Frauen fast gleichzeitig, worauf Antonio lächeln musste, was Monica innerlich dahinschmelzen ließ, dazu kam noch dieser betäubende Geruch, den dieser Mann ausströmte.

„Was darf ich also den Damen bringen?", fragte Antonio, bevor er für die Damen zur Bar ging.

„Einen Manhattan, bitte ... und du Schätzchen ...?", fragte Laura und beäugte die besondere Chemie, die hier offensichtlich herrschte, mit kritischem Blick.

Als Monica merkte, dass Antonio sie immer noch fragend ansah, sagte sie: „Oh ... ja ... einen Cosmopolitan, bitte!"

Antonio nickte lächelnd in Monicas Richtung, dann machte er sich auf den Weg zur Bar, um die Bestellung der Frauen aufzugeben.

Als er wartete, sah er immer wieder über seine Schulter in Monicas Richtung, bis Laura ermahnend zu ihrem Schützling bemerkte: „Da hat es aber jemanden böse erwischt, … ich lasse ihn dir … was du mit ihm machst, ist deine Sache … aber solltest du dich nicht beherrschen und ihn versuchen zu beißen, um dich zu sättigen, dann muss ich den Abend schlagartig beenden!"

„Keine Sorge, ich bin bis unter die Hutschnur gesättigt!", sagte Monica zu ihrer Meisterin abwesend und hielt mühelos Augenkontakt mit Antonio.

Als dieser mit ihren Drinks zurückkam und sie ihnen gab, fragte er Laura: „Miss Laura, würden Sie erlauben, die Einwilligung ihrer Nichte vorausgesetzt, dass ich Miss Monica den heutigen Abend nicht von der Seite weiche?"

„Sie dürfen … Tante er darf doch, oder?", fragte Monica mit einem aufreizenden Wimpernschlag in Richtung ihrer Meisterin.

„Ich wünsche euch Kindern einen schönen Abend!" Laura drehte sich um und ging auf Viti zu, der sie bereits entdeckt hatte.

Der musikalische Abend war schon leicht fortgeschritten, als Richard, der die letzten Tage nicht viel Schlaf bekommen hatte und somit eine Laune zum Steinerweichen hatte, mit Tom vor das 'Cliff Pearl' fuhr. Der Parkboy öffnete die Tür ihres Wagens, nahm den Autoschlüssel von Anderson entgegen, der im Gegenzug eine Nummernkarte erhielt.

Sie gingen die kurze Treppe zum Club hoch, nur um von den beiden Türstehern um ihre Namen gebeten zu werden.

Lachen und beschwingende Tanzmusik drang zu ihnen heraus, was Tom im Takt mit dem Fuß wippen ließ. Man sagte auch ihnen, dass sie nicht eingeladen seien und somit auch nicht in das Cliff Pearl dürften.

Anderson grinste bei den Worten der Türsteher nur böse und hielt ihnen dann seine Dienstmarke direkt vor die Nase, dann ging er einfach an dem Mann vorbei. Dem Türsteher schien der Ausweis nicht im Geringsten zu imponieren und er fasste Richard an dessen Schulter, um ihn aufzuhalten.

Richard, der im Nahkampf mehr als geschult war und im Krieg zusammen mit Tom in einer Spezialeinheit gedient hatte, packte die Hand mit seiner, verdrehte sie so, dass es knackte, und der Mann, der ihn angefasst hatte, ging stöhnend in die Knie und hielt sich sein gebrochenes Handgelenk.

Tom stieg über den verletzten Mann und zeigte ihm grinsend auch seinen Dienstausweis und folgte Richard in den Club.

Monica tanzte jetzt schon den ganzen Abend mit Antonio und nun, als ein langsames Lied für einen Tanz gespielt wurde, wobei man seinen Partner fest in den Arm nehmen konnte, war sie in einem Rausch aus Endorphinen und anderen Pheromonen, die Antonio an seiner Halsgrube ausströmte. Sie war so glücklich wie nie, und dabei hatte sie mit so etwas nie mehr gerechnet, schon gar nicht als die Killerin, die in ihr steckte und jeder Zeit ausbrechen konnte.

Auch Antonio konnte es nicht fassen, war er doch heute Mittag noch total niedergeschlagen und der Meinung gewesen, er würde sich nie mehr verlieben können und jetzt das. Er schwor sich, wenn es an ihm läge, würde er dieses Mädchen nicht einfach so wieder aufgeben.

Laura tanzte auch schon das dritte Mal mit Viti, was dessen Begleiterin eine Flunsch ziehen ließ, da ihre Begleitung anscheinend das Interesse an ihr verloren hatte. Laura drehte sich gerade langsam zu Fats Dominos Schmuselied aus seinem Album 'The Fat Man', als ihr ebenfalls ein Geruch nach purer Sinnlichkeit vom Eingang her entgegenschlug, sie schien mit einem Mal wie von Kopf bis Fuß elektrisiert.

Richard ging ein Stückchen weiter in den Club und musterte die Anwesenden. Als er seinen Blick über die Tanzfläche gleiten ließ, traf ihn fast der Schlag, als sich ihre Blicke trafen. Wie ferngesteuert ging er über die Tanzfläche auf Laura zu, schubste den verblüfften Viti einfach zur Seite, zog die Frau seiner Träume an sich und reagierte nicht mal mehr auf Tom, der versuchte mit ihm in Blickkontakt zu treten, da sich hier anscheinend etwas zusammenbraute, was nicht gesund für sie sein würde, als er Vitis Gesicht sah.

Doch da trat der verletzte Türsteher zu seinem Consigniere und sagte etwas in dessen Ohr, worauf der sich ein bisschen mehr unter Kontrolle zu haben schien, als gerade eben noch. Auch Don Cabone wurde ins Bild gesetzt und die beiden Männer begannen sich ernst zu unterhalten, während Richard und Laura anscheinend ihre Umgebung vergessen hatten.

Sie sahen sich eine Zeit lang nur tief in die Augen, dann, als hätte jemand ein Zeichen gegeben, kamen sich ihre Lippen immer näher, bis sie in einem leidenschaftlichen Kuss vereint wurden.

Als sie sich voneinander lösten, war Laura außer Atem und konnte im ersten Moment nichts sagen, dies nutzte Richard aus. „Miss Italia, Sie spielen mit mir … ich lasse Sie nicht mehr los, bis Sie mir Ihren Namen sagen!"

„Laura!", hauchte sie ihm in sein Ohr, was ihm einen wohligen Schauer über den Rücken jagte.

Er wollte gerade noch etwas sagen, als Donewan, sein Chef, neben ihm stand. „Anderson ... was soll denn das? Die Party von Mr. Cabone zu stören!"

Bevor der verblüffte Richard etwas dazu sagen konnte, trat noch der ehrenwerte Richter und Anwärter auf den Gouverneursposten Jonson neben sie und gab auch noch seinen arroganten Kommentar ab: „Sie sind also der Störenfried, der meinen Sohn ungerechtfertigterweise der unmöglichsten Sachen beschuldigt und sie dann nicht einmal beweisen kann ... Nigel, ich würde es sehr begrüßen, wenn dieser Herr uns jetzt verlassen würde!" Donewans Gesicht war mittlerweile vor Zorn rot angelaufen.

Viti war ebenfalls zu ihnen getreten und hatte Laura zu sich gezogen, was augenblicklich einen Ausdruck nach purer Mordlust auf Richards Gesicht zauberte, sodass sogar Donewan verunsichert einen Schritt zurücktrat, bevor er seinen Rücken durchdrückte und mit geschwollener Brust wieder an Anderson heranantrat. „Richard, wir sehen uns dann morgen früh in meinem Büro, und jetzt verlassen Sie diese Veranstaltung auf der Stelle ... haben Sie mich verstanden?"

Richard registrierte seinen Chef erst gar nicht, da er wie gebannt zu Laura schaute, die von einem böse grinsenden Viti am Arm festgehalten wurde. Dann riss er sich jedoch von ihrem Anblick los, drehte sich um und winkte seinem Partner zu, ihm zu folgen, und so verließen sie den Club, wobei sich Andersons Laune nicht gerade verbesserte.

Laura, die noch immer den innigen Kuss spürte, den ihr Richard gegeben hatte, hätte am liebsten und mit Leichtigkeit den gesamten Raum in Schutt und Asche legen können, und keiner wäre lebendig aus dem Club gekommen. Doch dies konnte sie leider nicht riskieren, da zu viel Prominenz zugegen war.

Also sagte sie zu Viti, der sie immer noch wie ein Schraubstock festhielt: „Verzeihen Sie ..., aber ich würde mich jetzt gerne frisch machen!"

„Aber du kommst gleich wieder, Schätzchen!", sagte Viti drohend, anscheinend dachte er, dass auch sie zu den gebuchten Nutten gehörte, die hier für Kurzweil zu sorgen hatten.

„Natürlich!", sagte sie beherrscht und zuckersüß, worauf er sie losließ.

Laura hätte Viti am liebsten den Arm abgerissen, aber als sie auf Monica zuging, ermahnte sie sich zur Ruhe und dachte lieber an ihren Verehrer, dessen Lippen sie immer noch spürte: ‚Richard, Schätzchen, für diese Erniedrigung werde ich dich schon bald entschädigen.'

Als Laura dann bei den frisch Verliebten angekommen war, die offensichtlich ihre Umgebung vergessen hatten, nahm sie Monicas Hand von Antonios Schulter: „Entschuldigen Sie bitte Sir, aber ich muss meine Nichte kurz entführen!", sagte sie freundlicher als ihr zumute war und zog diese hinter sich her in Richtung Damentoilette.

Monica hatte nur einen kurzen Augenblick Zeit, da sie mit ihren neuen Sinnen begriff, dass der Abend für sie und Antonio gelaufen war, da Laura schon telepathisch mit ihr kommuniziert hatte.

Also gab sie ihrer frischen Liebe einen Kuss auf dessen verwundertes Gesicht, ritzte ihn leicht an der Halsbeuge und führte einen kleinen Tropfen seines Lebenssaftes an ihren Mund ... da wusste sie endgültig, dass ihre beiden Existenzen unzertrennlich miteinander verwoben waren. Antonio fasste sich nur abwesend an den Kratzer und sah den beiden Frauen wie betäubt hinterher.

Laura hatte nicht im geringsten Lust noch einmal zu dem schmierigen Viti zurückzukehren, und so riss sie die Tür zur Toilette auf und sagte in einem gefährlichen Tonfall zu den vor dem Spiegel stehenden Frauen, die sich nachschminkten: „Ihr Nutten, macht, dass ihr hier rauskommt, sonst vergesse ich mich!"

Kaum hatten die leichten Mädchen ihre Worte vernommen und ihr Gesicht gesehen, beeilten sie sich, den Raum zu verlassen ... selbst die, die sich noch auf ihrem Hintern befanden, kamen zu einem schnellen Ende und verließen die Räumlichkeiten, ohne sich die Hände zu waschen.

„Kann ich etwas für dich tun, Meisterin!", sagte Monica zu Laura, als sie alleine waren.

„Nein, kannst du nicht, Schätzchen ... du kannst dir nicht vorstellen wie sauer ich gerade bin ... nimm dir jetzt bloß kein Beispiel an mir!", sagte sie und trat mit ihrem rechten Fuß gegen die Außenwand, sodass ein ca. vier Quadratmeter großes Stück der Wand herausbrach und auf einem davor geparkten Auto landete.

Dann nahm sie ihren Schützling am Arm, ließ Energie durch sie beide fließen, wobei sich ihrer beider Phasen verschoben und sie somit unsichtbar für ihre Umgebung wurden. Dann gingen sie durch das Loch zu dem auf sie wartendem Wagen und ließen sich nach Hause fahren.

Am nächsten Tag war Monica wieder im Keller des Lagerhauses, um zu üben und ihre Fähigkeiten zu verbessern. Sie hatte einige Zeit auf ihre Meisterin gewartet, diese hatte sich einige Zeit gelassen. Aber dann war das vertraute Gefühl in ihr aufgestiegen und sie wusste, dass ihre Meisterin das Gebäude betreten hatte.

Auch bemerkte sie eine weitere Person, die wohl geknebelt worden war und einen Sack über dem Kopf hatte, da ihre Atemgeräusche, durch das Gewebe, was sie umgab, ihren Klang veränderte.

‚Ah, das Subjekt ist wahrscheinlich wieder für meine Beherrschung gedacht‘, dachte sie sich und musste bei dem Gedanken an das letzte Mal schmunzeln.

Dieses Mal merkte Monica jedoch gleich, dass heute mit ihrer Meisterin nicht gut Kirschenessen war. Und so war es dann auch, Monica musste sich noch mehr anstrengen, aber egal, was sie machte, sie konnte es ihrer Mentorin einfach nicht recht machen. Als sie ihre Phase immer noch nicht richtig verschieben konnte bis auf das schon bekannte Flackern ihrer selbst, flippte Laura aufgrund ihrer Unaufmerksamkeit förmlich aus.

Nachdem sich Monica wie noch nie verausgabte, wurde sie recht grob in den ihr bekannten Raum mit dem Stuhl geschubst und dann ging die Tür hinter ihr zu.

So resigniert hatte sie sich noch nie gefühlt, konnte sie ihrer Meisterin doch keine wirklichen Fortschritte mehr präsentieren. Alles hatte sie mit Bravur gemeistert, nur das 'Phase verschieben' konnte sie irgendwie nicht auf die Reihe bringen.

Nun saß sie auf ihrem Stuhl und hatte das Gefühl, als wäre die Wüste Sahara in ihrem Inneren, so schlimm war der Durst.

Dieses Mal, das wusste sie, konnte sie sich nicht so lange beherrschen, und somit würde sie wieder ihre Meisterin enttäuschen.

Sie musste aber noch eine Ewigkeit warten bis sich die Türe ein weiteres Mal öffnete und die Gestalt von vorhin hineingestoßen wurde, dieses Mal aber ohne Sack über dem Kopf und den Knebel entfernt. Auch war ihr diesmal in beide Hände geschnitten worden.

Bevor auch nur ein Laut von dieser Person geäußert wurde, wusste Monica, dass etwas nicht stimmte, denn ihr kam der Geruch so bekannt vor.

‚Nein, Antonio war es nicht‘, nahm sie erleichtert wahr, ‚aber wer war es?‘ Riechen tat die Person lecker … sogar überaus lecker, aber dieser Geruch fühlte sich falsch an für sie, so etwas hatte sie vorher bei keinem ihrer

Opfer gefühlt.

Doch als die ersten Worte aus dem Mund der gefangenen Person an ihr Ohr drangen, erschrak sie bis ins Knochenmark, denn jetzt wusste sie, wer zu ihr zum Sterben geschickt worden war.

„Warum tun Sie mir das an, ich bin ein guter Mensch, warum haben Sie mich entführt, was wollen Sie denn von mir!", schrie die junge Frau voller Furcht, und Monica konnte in der Dunkelheit ihre Freundin Sandy erkennen. Sandy, die immer für sie da war, egal wie schlecht es ihr ging.

Monica spürte Verzweiflung in sich aufkeimen, genauso schlimm wie der Durst, der sich mit aller Macht zurückmeldete und Sandy sehr appetitlich wirken ließ.

‚Nein … das darf nicht sein', dachte sie … nicht Sandy, nicht ihre beste Freundin.

Auch Sandy schlug voller Verzweiflung mit ihren flachen Händen an die Stahltür, wobei feine Blutströpfchen sich bei jedem Schlag in der Raumluft verteilten. Auch raste Sandys Herz voller Angst und pumpte eine Menge Adrenalin durch ihren Körper.

Monica krampfte sich der Magen zusammen und sie verspürte das mittlerweile vertraute Kribbeln, bevor sich ihr Körper auf die nächste Mahlzeit vorbereitete.

Nein … nein … nein, das will ich nicht', dachte sie und kämpfte dagegen an und erlitt dadurch noch mehr Schmerzen, als sie eh schon verspürte.

Ihre Freundin war mittlerweile weinend an einer Wand zusammengesunken und rieb sich fahrig über die Schnitte in ihrer Hand, wobei sie den geringen Blutfluss nur von neuem anregte, ohne dass sie wusste, was sie damit bei Monica anrichtete.

Diese hatte sich ebenfalls in einer Ecke gesetzt und klammerte sich mit ihren Armen an den Knien fest, um sich daran zu hindern, zu der Quelle dieses nektargleichen Duftes zu gelangen.

Eines wusste sie … lange würde sie sich nicht mehr beherrschen können, und so versuchte sie telepathischen Kontakt mit ihrer Meisterin aufzunehmen. Aber sie erhielt keine Antwort.

Der Drang zu trinken wurde so schlimm, dass sie sich in ihrem eigenen Bein verbiss, um ihre Freundin nicht zu morden.

Und als langsam der Trieb in ihr die Oberhand zu gewinnen schien, und sie schon halb auf dem Weg zu Sandy war, da flackerten die Neonröhren, die an der Decke hingen. Es konnte nur noch einen Augenblick dauern, da würde auch Sandy sehen, was aus ihrer Freundin geworden war.

Monica nahm all ihre Beherrschung zusammen, um ihr Äußeres unter

Kontrolle zu bekommen, und als sie es gerade geschafft hatte, ging das Licht vollständig an.

Sandy musste blinzeln, als sie von dem grellen Licht überrascht wurde, hatte sie doch ihre Augen zu gehabt, und jetzt sah sie im ersten Moment alles nur verschwommen.

Doch als sie wieder richtig sehen konnte, nahm sie eine weitere Person wahr, die ebenfalls in einer der Raumecken saß. Sandy nahm sich zusammen, musste sich aber erst räuspern, bevor sie einen vernünftigen Ton herausbekam.

„Hallo, ich bin Sandy ... haben sie dich auch gekidnappt?"

Monica, die ihr Gesicht noch immer in ihren Knien vergrub, schüttelte nur den Kopf.

„Was haben die sonst mit dir gemacht?", wollte Sandy mitfühlend wissen.

„Sie haben mich gerettet!", sagte Monica und schaute zu ihrer Freundin auf. Diese stieß einen Spitzenschrei aus und wurde aschfahl. „Das kann nicht sein ... du bist tot, ich musste dich identifizieren ... wer bist du?"

Als sie nicht gleich auf diese Frage reagierte, nahm Sandy ihren Mut zusammen und wollte zu ihr rüberkommen. Doch da bekam sie ihre Antwort. „Ich bin ein Geist!", sagte Monica mit einer unterdrückt gierigen Stimme, die Sandy die Nackenhaare zu Berge stehen ließen, und mit einem Mal verschwand Monica vor den Augen ihrer Freundin.

Nun hatte sie es also geschafft unsichtbar zu werden, aber diese letzte Energie, die sie dabei verbraucht hatte, ließ den Durst zur Hölle werden. Aber noch beherrschte sie sich, auch wenn sie das Gefühl hatte, als breche sie auseinander, und sendete in letzter Hoffnung auf Erlösung ihre Gedanken zu ihrer Lehrerin: ‚Meisterin, ich habe es geschafft ... bitte ... ich kann mich kaum noch beherrschen ... bitttttteeeeee.'

Kaum war die telepathische Verbindung wieder abgebrochen, da wurde die Tür geöffnet und Monica stürmte unsichtbar, wie sie gerade war, aus dem Raum und stieß dabei ihre Freundin um, die angefangen hatte hysterisch zu schreien.

Hinter Monica fiel die Tür wieder in ihr Schloss, und Sandy war vor ihr sicher, aber das hatte nichts an Monicas Zustand des Hungers geändert. Ganz im Gegenteil, sie wollte am liebsten die menschlichen Gehilfen anfallen ... aber sie waren nicht da ... niemand war mehr im Keller, an den sie hätte rankommen können ... doch ... doch ... da war etwas.

Sie nahm Witterung auf wie ein Hund, und da wusste sie, welche Lebewesen noch im Keller waren ... Ratten.

349

Sie war soweit, keinerlei Unterschied zu machen, und so fiel sie ausgehungert über die Ratten her und quetschte ihren Lebenssaft aus, als wären sie Zitronen, die man für Limonade auspresste.

Nach einiger Zeit, Monica hatte noch einen halbzerkauten Rattenkadaver zwischen ihren Reißzähnen, kam ihre Meisterin zu ihr.
„Hast du deine Lektion gelernt?", wollte diese von ihr wissen.
Ihre Schülerin sah sie nur eindringlich und voller Zorn an, spuckte den Rest Ratte aus, stand auf und ging ohne ein Wort an Laura vorbei.
Diese Erniedrigung würde sie ihrer Meisterin so schnell nicht vergessen.

Sandy wurde, genauso, wie sie gekidnappt worden war, auch wieder ausgesetzt, nur dass sie sich fragte, ob sie das alles nur geträumt hatte oder ob sie anfing verrückt zu werden. Im Ganzen war sie nur ein paar Stunden weggewesen, und daher hatte sie auch niemand wirklich vermisst, außer den Cheerleadern, mit denen sie eigentlich zusammen üben wollte. Aber denen konnte sie ja morgen sagen, dass sie krank sei und deshalb nicht gekommen war, aber eines war sie sich sicher, sie würde von dem, was sie erlebt hatte, niemandem etwas erzählen, sonst würde sie wahrscheinlich in eine Irrenanstalt eingewiesen.

## Verbündet

Detroit, Dienstag 29. Juli 1950, gegen 20.00 Uhr,
irgendwo im Hafenviertel an einem abgelegenen Kai

Obwohl es noch nicht dunkel war, konnte man den Vollmond schon sehen, und dank des wolkenlosen Himmels versprach es eine helle und laue Nacht zu werden.

Schon mehrere Wochen war es her, dass die Iren und Italiener Frieden geschlossen hatten, um sich gemeinsam gegen das unbekannte Grauen zur Wehr zu setzen.

Aber bisher war nichts mehr geschehen. Um das Bündnis noch besser funktionieren zu lassen, hatten die Oberhäupter der Italiener und der Iren beschlossen, einige Geschäfte gemeinsam zu tätigen.

Und zur Bewachung eines solchen Geschäftes hatte sich eine Gruppe bewaffneter Gangster beider Parteien in einem stillgelegten Teil des Hafenbereiches getroffen. Hier standen verlassene Werfthallen, wozu auch ein Trockendock gehörte, in dem bereits wieder Gras und niedriges Buschwerk wuchsen. Die laue Luft war erfüllt von dem Zirpen hunderter Heuschrecken.

Zwei Lieferwagen standen ebenfalls da, um die Fracht entgegenzunehmen.

„Ryan ... weißt du, was wir heute bewachen sollen ... ne Ladung edlen Schnaps oder Zigarretten ... nu sach schon, weißt doch sonst immer alles!", sagte einer der zur Wache eingeteilten.

Der Angesprochene grinste nur und antwortete ihm: „Mädchen, mein Junge ... neue Edelschlampen für die gehobene Gesellschaft ... sollen sogar ein paar Jungfrauen darunter sein!"

„Du verscheißerst mich ... oder ... dann gönnen wir uns also heute noch ne flotte Nummer oder was!", sagte ein anderer, der das Gespräch mitbekommen hatte.

Nun trat einer der Italiener auf die Iren zu. „Daraus wird leider nichts Jungs, die sollen unbenutzt in den Handel gehen, habt ihr mich verstanden?", entgegnete der Mann nachdrücklich.

„Scheiße ... schon klar, unbenutzt!", meinte Luke, ein Ire, dem die Fleischeslust schon in seinem grobschlächtigen Gesicht stand.

„Was ihr mit eurem Teil der Schlampen anfangt, ist mir reichlich egal, aber bevor wir nicht aufgeteilt haben, wird keines der Mädchen angefasst!", sagte der Italiener.

Also warteten sie bis das Boot mit der Ware, dass schon einige Verspätung hatte, endlich Signal gab.

Es wurde langsam dunkel, er hatte durch seine weitreichenden Kontakte und Spitzel, die er beschäftigte, herausgefunden, dass ein berüchtigter Menschenhändler heute Nacht eine Ladung gekidnappter Mädchen anbringen würde, die zur Prostitution gezwungen werden sollten.
Vorsorglich hatte er sich bereits seiner Kleider entledigt und sie ordentlich zusammengelegt, auch war eine große Wanne mit Wasser gefüllt, in der er sich waschen konnte, falls es nötig sein sollte. Das Wasser dazu kam aus einem ein Kubikmeter fassenden Behälter, der ebenfalls in dem kleinen Lastwagen hinter der Wanne eingebaut war, in dem er sich befand. Bedächtig, seinen Gedanken nachhängend, rührte er eine milde Seifenlauge an, um auch gröbstem Schmutz zuverlässig zu Leibe rücken zu können.
Wie viele Einsätze dieser Art er schon durchgezogen hatte, konnte er schon nicht mal mehr an zwei Händen abzählen.
Gewissenbisse hatte er schon lange nicht mehr, denn er verrichtete eine Arbeit, die außer ihm keiner machen konnte.
Und bis jetzt hatte es immer nur solche getroffen, die es auch verdient hatten, er seufzte … war er doch durch das, was er tat, zur Einsamkeit verdammt, denn er konnte niemanden mit seinem Geheimnis belasten oder auch nur annehmen, dass jemand so etwas für sich behalten würde. Ganz zu schweigen von dem seelischen Schaden, den die Person erleiden würde, wenn sie davon wüsste.
Deshalb hatte er sich auch so gewundert, als er das jüdische Mädchen gerettet hatte, denn sie hatte zwar höllische Angst gehabt, aber als sich ihre Blicke getroffen hatten, war da etwas in Milli Lwowiecs Blick gewesen, was er nicht so recht hatte deuten können … Neugierde vielleicht … er wusste es nicht. Aber seit dem Tag bekam er das Mädchen nicht mehr aus seinem Kopf.
Nun, als das Wasser mit Seife gesättigt war, legte er noch eine große langstielige Bürste bereit, sodass er auch seinen Rücken ordentlich sauber bekommen konnte.
Er hatte den Kleinlaster in einem Unterstand eines leerstehenden Hafengebäudes abgestellt, sodass es nicht auffiel, wenn er ihn verlassen würde.
Die Uhr zeigte bereits fast 23.00 Uhr, und es war so gut wie dunkel, außer man beachtete den Vollmond, der heute Nacht so schön leuchtete.
Das war der Moment auf den er gewartet hatte, und so begab er sich auf

die Knie und stützte sich mit den Armen auf dem Boden der Ladefläche ab. Diese, sowie die blechernen Seiten des Laderaumes, wiesen erhebliche Dellen und Kratzspuren auf, als hätte man hier drinnen ein wütendes Tier transportiert. Als er seinen Blick darüber schweifen ließ, musste er unweigerlich böse grinsen, denn er wusste wie jede einzelne dieser Schadstellen entstanden war.

Langsam fing sein Puls an zu rasen und ihm begann die gesamte Haut zu jucken. Dieses Jucken war das Einzige, an das er sich nie gewöhnen würde, denn es schien ihn schier wahnsinnig zu machen, was sich dann nachteilig auf seine Laune auswirkte und ihn ziemlich unausstehlich machte.

Er hatte schon einige Tage zuvor jede Menge Milchprodukte gegessen, sodass der Kalziumspiegel, den sein Blut aufwies, für einen normalen Menschen nicht mehr gesund wäre. Auch Fleisch und Eier hatte er kiloweise gegessen, um einiges an Reserven zu schaffen, denn sonst konnte er sich während er seiner Pflicht nachging, nicht so ganz beherrschen. Immer dann, wenn ihn der Hunger zu sehr trieb, konnte er für nichts garantieren. Nun taten ihm auch seine Zähne weh, ein sicheres Zeichen, dass alles so laufen würde, wie er es geplant hatte.

Am Anfang seines neuen Seins hatte er immer ewig gebraucht bis er sich vollständig verwandelt hatte, und auch sein Geisteszustand ließ anfangs in dieser Phase zu wünschen übrig. Mittlerweile aber hatte er alles, bis auf vielleicht mal den Hunger, voll unter Kontrolle.

Seine Transformation in den Körper des Lykaners war nur noch eine Sache von wenigen Minuten, und so begannen die Veränderungen an ihm am ganzen Körper gleichzeitig. Bis auf die Eckzähne, die wuchsen immer als erstes und ließen den restlichen noch immer zu kleinen Kiefer nahezu platzen, was die Laune wiederum eine Stufe tiefer sinken ließ.

Im Ganzen konnte man sagen, wenn die Verwandlung durch war, hatte man es mit einem unheimlich mies gelaunten Geschöpf der Dunkelheit zu tun, dem besser niemand freiwillig begegnen sollte.

Die gesamte Verwandlung sah aus, als würde sie in Zeitraffer ablaufen. Klauen bildeten sich an Händen und Füßen, Gliedmaßen streckten sich und Muskeln schwollen regelrecht an.

Und wirklich nur ein paar Minuten später richtete sich ein Monstrum im Laderaum auf, das größer war als der Aufbau selbst und so verließ es schlecht gelaunt und bösartig knurrend die Ladefläche, wobei der kleine Laster ächzte und heftig schaukelte, als es von der Ladefläche sprang.

Sie waren eindeutig zu früh da gewesen, denn mittlerweile waren fast drei Stunden vergangen und nichts war passiert, sechs schwer bewaffnete Gangster warteten und das nicht gerade gerne, denn es wurde langweilig, hier untätig herumzuhängen.

Doch da sahen sie endlich die Lichtsignale vom Wasser aus, auf die sie gewartet hatten, und einer der Iren antwortete mit einer Taschenlampe.

Dann dauerte es nicht mehr lange und ein kleines Fischerboot nahm hörbar mit erhöhter Motorleistung Kurs auf den Kai, an dem die zwei Lieferwagen standen.

‚Hier also soll die menschliche Fracht abgesetzt werden', dachte er sich und grub seine Klauen in die Balken eines Vordaches, von dem aus er die bewaffneten Männer gut sehen konnte.

Er reckte seine Schnauze in den Wind und witterte schnüffelnd … nein keinerlei Aufregung seitens der Männer zu riechen. Sie rechneten also nicht mit Schwierigkeiten, gut … dann war wieder mal das Über-raschungsmoment auf seiner Seite.

Das würde aber ein ziemlich schmerzhafter Einsatz werden, hatten sie doch mindestens vier Maschinenpistolen und mehrere Flinten, aber außer den Schmerzen, die er haben würde, wenn ihn die Projektile trafen, musste er sich keine Gedanken machen, und da er gut gegessen hatte, würde die Wundheilung praktisch sofort einsetzen und ihn somit nicht wirklich behindern.

Da er sein lykanisches Wesen nur noch zu solchen Gelegenheiten aus sich herausließ, war ihm die längere Wartezeit wie eine Ewigkeit erschienen, und gerade jetzt hatte er besonders viel Kraft und wenig Beherrschung, denn es war Vollmond.

Das Fischerboot machte gerade fest, als auch schon die ersten geknebelten und an den Händen gefesselten Mädchen an Bord erschienen.

Sie hatten ängstlich aufgerissene Augen und manche heulten, wogegen andere einen stumpfen Gesichtsausdruck hatten, auf Grund ihrer miss-lichen Lage, aus der sie sehr wahrscheinlich nicht mehr lebend heraus-kamen.

Plötzlich war weiter entfernt ein Platschen zu hören, was alle Gangster, ob auf dem Boot oder am Kai, zusammenzucken ließ und einige nahmen ihre Waffen in die Richtung des Geräusches in den Anschlag.

„Was war das?", wollte einer wissen.

Da der Bootsmotor nicht gerade leise war, und somit auch das platschende Geräusch gedämpft hatte, sagte einer der Bootsbesatzung, während er eines der Mädchen einen Stoß gab, damit sie vorwärts ging: „War bestimmt nur ein großer Fisch, der nach einem Insekt gesprungen ist!", meinte er abwinkend.

Darum entspannten sie sich ein wenig und nahmen auch ihre Waffen wieder herunter.

„Ihr Jungs seid ganz schön nervös, würde ich mal sagen!", meinte ein Mann, dem man ansah, dass er das Sagen auf dem Boot hatte.

„Ich bin Bruce Hatzon, wer von euch hat das Geld für mich?", fragte er, während er mit einem breiten Grinsen, gefolgt von zwei Männern mit Maschinenpistolen, auf den Kai sprang und fragend in die Rund schaute.

Jetzt traten jeweils ein Ire und ein Italiener vor, die jeder eine Liste mit der Bestellung in der einen Hand hielten und einen Koffer mit Bargeld in der anderen Hand.

„Würden Sie uns bitte in die kleine Baracke folgen, Ihre Jungs können Sie hierlassen oder mitnehmen, das ist uns egal, aber wir sollten die Ware so schnell als möglich von hier wegbringen!", sagte der Italiener, der andere nickte nur.

„Erst das Geld und dann die Ware!", sagte Hatzon, „Billy und Bob, ihr bleibt bei unserer Ware, solange ich mir das Bare ansehe!", sagte er noch und folgte den beiden Geschäftspartnern in die Baracke.

Kaum waren sie darin verschwunden, da hörten sie vom Heck des Fischerbootes ein knirschendes Geräusch und kurze Zeit später wurde der Motor abgewürgt.

„Verdammt ... es muss sich irgendetwas um die Schraube gewickelt haben ... die Welle ist blockiert!", rief ein Mann aus der Führerkabine des Bootes.

„Ich schau mal nach!", sagte Bob zu ihm, gab Billy seine Maschinenpistole, ging auf das Heck zu und leuchtete mit einer Taschenlampe in Richtung Ruder, unter dem die Schraube saß.

Ungläubig was er da sah, ging er noch weiter nach unten, bis er auf dem Bauch lag und ins Wasser fassen konnte. Dann schaute er immer noch ungläubig drein, kniete sich wieder hin und sagte zu dem Mann, der an der Kabinentür stand, ungläubig: „Das ... das Ruder ist weg ... und ... die Welle verbogen!"

„Was redest du da für einen Schwachsinn?", antwortete dieser und ging selbst zum Heck, um nachzusehen was wirklich los war.

Als er nachsah, konnte auch er es nicht glauben ... aber das Ruder war wirklich von irgendetwas abgerissen worden, nur noch die Rudergestänge und verbogenen Scharniere waren davon übriggeblieben.

Auch die Antriebswelle wies einen ziemlichen Knick auf, aber wie das passieren konnte, wusste er auch nicht. Was er aber wusste, war, dass sie so bald nicht mit dem Boot wegkamen, von dem Donnerwetter ihres Bosses gar nicht zu reden.

„Wir müssen uns das unter Wasser ansehen, ich hole die Taucherausrüstung von unten, und du siehst zu, dass die Schlampen von Bord kommen … am besten sperren wir sie erst einmal in einen der Lieferwagen!", schlug der Mann vor, der das Boot steuerte.

Gesagt getan, die Bewachergruppe aus Iren und Italienern nahm die Mädchen in Empfang und schloss sie erst einmal gemeinsam in einen der Wagen, damit sie nicht für jedermann zu sehen waren, falls irgendjemand unerwartet um die Ecke kam.

Bob hatte bereits die Taucherbrille samt Schnorchel aufgesetzt und zog sich gerade die Flossen an, da öffnete sich die Barackentür und die drei Männer kamen gut gelaunt heraus … das Geschäfte hatte anscheinend zu aller Zufriedenheit stattgefunden.

Aber als Hatzon sah, dass seine Männer nicht auf Posten waren, wurde er unsicher, zog seine Pistole und hielt sie dem Italiener an die Schläfe. „Was verdammt noch mal geht hier vor, wo sind meine Männer?", fragte er gereizt.

„Boss, reg dich ab, wir sind hier auf dem Boot … das Ruder ist hin, und die Welle hat auch was abbekommen", sagte Billy, der den anderen beiden die Taschenlampe hielt, während Bob dabei war, ins Wasser zu gleiten.

Nun nahm der Menschenhändler seine Pistole wieder runter, was den Mann, an dessen Schläfe sie gerade noch gehalten wurde, erleichtert aufatmen ließ.

Die Heuschrecken, die man die ganze Zeit aus den nahegelegenen Wiesenstreifen gehört hatte, waren plötzlich still.

„Hier stimmt doch was nicht!", sagte einer der Iren und schon hatten wieder alle ihre Waffen im Anschlag und sicherten die Umgebung, als wieder ein lautes Platschen zu hören war. Da, wo eben Bob getaucht war, brodelte das Wasser und verfärbte sich dunkelrot. Hätte es nicht so stark nach Blut gerochen, und hätte Billy nicht mit der Taschenlampe geleuchtet, wäre ihnen in der Dunkelheit wohl kaum der Unterschied zwischen Wasser und Blut aufgefallen.

Malcom, der das Boot gesteuert hatte, und Billy, der immer noch die Lampe hielt, versuchten vergebens ihrem Kumpel zu helfen. Aber er war einfach nach unten gezogen worden. Als sie ihn dann wieder an die Oberfläche kommen sahen, packten sie zu. Aber es war nur noch die obere Hälfte, die sie zu fassen bekamen, und das merkten sie erst, als sie Bob auf die Planken zogen, denn da, wo normalerweise die Hüfte sein sollte, ragte nur noch die Wirbelsäule heraus und Reste der Innereien hingen aus dem Torso.

„Verdammte Scheiße ... verdammte Scheiße ... was geht denn hier ab!", schrie Malcom, während er nach hinten stolperte und auf seinem Hintern landete, wogegen Billy wie erstarrt dastand, immer noch auf die Reste von Bob leuchtend.

„Was ist los, Mal?", wollte Hatzon wissen, der wegen der Seitenaufbauten nicht gesehen hatte, was geschehen war.

„Bob ist tot, irgendetwas hat ihn in zwei Teile gerissen!", schrie er hysterisch.

Nun wussten alle anderen, außer den Menschenhändlern, was es geschlagen hatte, denn auf solch eine Situation hatten sie gewartet.

Es war anscheinend so weit, und alle waren bis aufs Zerreißen angespannt.


Auch Laura hatte über ihre Verbindungen Wind von dem Geschäft der seit kurzem verbündeten Mafiahäuser bekommen und hatte sich zusammen mit Monica an dieser Stelle eingefunden.

Sie beobachtete den Lykaner, wegen dem sie heute hierhergekommen war, schon eine geraume Zeit.

Dessen Existenz war selbst für sie, die schon etliche hundert Jahre alt war, etwas Besonderes, nur einmal war sie solch einem Wesen begegnet und das war schon Generationen her. Der Rest waren aufgeschriebene Legenden in der Bibliothek des Vampierfürstentums Venedig. Diese wurden meist als eine kurze Begegnung vor mehreren Jahrhunderten beschrieben.

Damals wie heute wusste man nicht, woher diese Kreaturen kamen oder wohin sie nach einiger Zeit wieder gingen, vorausgesetzt sie wurden nicht getötet, was noch viel seltener geschehen sein soll.

Wer es in seiner menschlichen Form war, wusste sie noch nicht, denn sie konnte sein Wesen erst wahrnehmen, wenn es die Verwandlung durchlaufen hatte. Das, was sie bisher herausfand, stellte alles in den Schatten, was sie zuvor gelesen hatte.

Sie war extra aus Venedig angereist, um dieses Phänomen zu studieren und ihrem Fürsten davon Bericht zu erstatten, vielleicht konnte man daraus Nutzen ziehen.

Dieser Lykaner war viel größer als in den Beschreibungen in der Biblio-thek und das, was sie gesehen hatte und so schnell, dass er mit ihr leicht mithalten konnte … trotz seiner Körpermaße.

Auch das Verhalten war anders als beschrieben. Galten sie in vergangenen Tagen als unberechenbare, alles mordende Bestien, schien dieser mit System Verbrecher zu jagen.

Sie hatte Monica mitgenommen, weil sie ihr ein wenig Abwechslung bieten wollte, und weil sie immer noch nicht richtig satt war, denn seit der Prü-fung und den Ratten hatte sich außer dem gelegentlichen Anzapfen der Schiavos nichts ergeben.

Sie hatte mit ihrer Schülerin das Trockendockdach als Aussichtspunkt ausgewählt, vorher hatten sie ihre Phasen verschoben und waren daher für ihre Umgebung unsichtbar.

Seit Monica auch dieses Talent auf drastische Weise gemeistert hatte, ging es auch mit dem Phase verschieben immer besser. Nur ein wenig zurück-haltender war sie seitdem ihrer Meisterin gegenüber geworden, und es bereitete ihr immer noch einen großen Durst, da sie noch nicht ganz gelernt hatte, mit ihrer Energie haushalten.

Nun sah sie, wie außerhalb der Sichtweite der bewaffneten Männer, der Lykaner aus dem Wasser stieg, sich kurz schüttelte, sodass das Wasser nur so durch die Gegend flog, dann witternd den massiven Kopf mit den spitzen Ohren hob, um sich in Richtung der Männer anzupirschen.

Als sie ihn von hier oben recht gut sehen konnten, war er hingegen für die Männer noch nicht zu sehen. Doch plötzlich hörten sie hinter sich jemanden das Dach besteigen. Als sie sich in aller Ruhe umdrehten, denn sie waren ja nicht zu sehen, sahen sie einen Mann mit einer Bazooka auf ihre Sitzposition zuschleichen.

‚So ist das also, das soll eine Falle für dich werden‘, dachte Laura aner-kennend.

Sie hatte eigentlich die Anweisung, nicht in das Wirken des Lykaners einzugreifen, aber als sie sah, dass der Bazookaträger ihren Lykaner ins Fadenkreuz nahm, beschloss sie doch einzugreifen, denn dafür waren diese Lykantropen viel zu selten und interessant. Vielleicht konnte er auch einen Beschuss einer Granate überstehen, aber sie wollte es nicht darauf ankommen lassen.

Und so trat sie mit Monica in telepathischen Kontakt und gab ihr den Bazookaschützen als Wiedergutmachung. Allerdings sollte sie keinerlei Lärm entstehen lassen, deshalb begleitete sie ihren Schützling auch zu ihrem Abendessen.

Monica machte es fast perfekt, schlich sich so gut wie lautlos an und als der Mann sich verwundert umsah, weil er zu den gehörten leisen Schritten niemanden sehen konnte, hielt sie ihm mit einer Hand den Mund zu, biss ihm gleichzeitig in die Kehle und ließ keinen Blutstropfen danebengehen, sondern trank ihn konzentriert und mit sichtbarer Wonne leer. Nur die Bazooka wäre heruntergefallen, hätte Laura diese nicht abgefangen. Den Leichnam würden sie nachher mitnehmen um ihre eigenen Spuren zu verwischen.

Der Lykaner hatte sie anscheinend bemerkt, trotz ihrer Bemühungen leise zu sein, denn er war in seinen Bewegungen verharrt und schaute hinauf zum Dach, auf dem die Vampire standen.

Er hatte über sich ein leises Geräusch gehört und schaute nun nach oben. Kein Herzschlag, der einen Menschen ausmachen würde, war wahrzunehmen. Eine andere Präsenz jedoch, die er auch schon bei einigen anderen Einsätzen bemerkt hatte, und die er nicht einordnen konnte, da er sie nicht sehen konnte, war auf dem Dach, dessen Weihrauchgeruch, auch wenn er schwach war, er wahrnehmen konnte.

Aber da dies in der Vergangenheit nichts Negatives für ihn bedeutet hatte, beschloss er, es zu ignorieren und konzentrierte sich wieder auf die Verbrecher.

Laura hielt immer noch die Bazooka in den Händen, während Monica mit dem vor Entsetzen starrenden und nur noch zuckenden Opfer fast fertig war. Da kam ihr ein ungewöhnlicher Gedanke. ‚Was würde der Lykaner wohl von etwas Hilfe halten, ob er sie annehmen wird oder sich davonmacht … probieren wir es doch mal aus.‘ Sie schulterte die Bazooka, entsicherte den Abzug und nahm das Fischerboot, auf dem immer noch zwei Männer standen in das Fadenkreuz und drückte mit einem fiesen Grinsen ab.

Immer noch in Deckung versuchte er den besten Moment abzupassen, indem er sich auf die schwerbewaffneten Männer stürzen würde, ohne unnötig viele Treffer einstecken zu müssen. Angst vor den Schmerzen hatte er nicht, jedoch könnte durch zu viele Treffer vielleicht einigen die Flucht glücken und das wollte er nicht.

Er spannte gerade jeden seiner Muskeln und Sehnen an, um mit einem gewaltigen Sprung mitten unter den Männern zu landen und mit den ersten Hieben so viele als möglich unschädlich machen, bevor er sich um den Rest kümmern könnte.

Aber bevor er dazu kam, hörte er ein „Tsch uuhh" von dem Dach, unter dem er sich befand, und dann schlug eine Panzerabwehrrakete einen Feuerschweif hinter sich herziehend in das Boot ein und zerriss einen der dort noch stehenden Männer in tausend Stücke, während der andere brennend auf dem zerstörten Boot umherlief. Er überlegte nur kurz und da es diese Präsenz auf dem Dach anscheinend auch auf diese Verbrecher abgesehen hatte, nutzte er die Verwirrung, die entstanden war und schlug zu.

Monica hatte erstaunt zu ihrer Meisterin hinaufgeblickt, als diese die Bazooka abschoss und verfolgte dann den Flug der Rakete mit Faszination. Der Einschlag war gewaltig und ließ einen der Männer regelrecht zerplatzen, wobei dessen Kopf mit dem erstaunten Gesichtsausdruck senkrecht in die Höhe geschleudert wurde und dann ins Wasser plumpste, sodass sich Monica die Hand vor den blutverschmierten Mund halten musste, um nicht laut loszulachen, was ihr einen distinguierten Blick ihrer Meisterin einbrachte, die aber selber mit einem Grinsen kämpfte und interessiert nach unten auf die in Panik geratenen Männer schaute, die aussahen, als wäre man mit dem Fuß in einen Ameisenhaufen getreten.

Hatzon war wie vom Donner gerührt und hatte mit ansehen müssen wie sein Boot und seine Männer in Schutt und Asche gelegt wurden.
Doch was er jetzt auf sich und die anderen mit großen Sätzen zuspringen sah, konnte nicht echt sein.

Außer ihm schien es keiner mitzubekommen, und so konnte er nur schreiend durch das Getöse des brennenden Bootes, versuchen, die Männer zu warnen.
Er musste mitansehen, wie die Bestie, die direkt aus der Hölle gekommen zu sein schien, einem der Männer mit einem Hieb seiner klauenbewehrten Pranke den Kopf abriss. Bevor der Gangster überhaupt begriff, wie ihm geschah, flog sein Kopf einen Bogen beschreibend und Blut versprühend durch die Luft. Nun hatte Hatzon seine Pistole auf das Monster gerichtet und fing an zu feuern. Auch der Rest der Männer hatte spätestens, als ihr Kollege den Kopf verlor, begriffen, woher der Angriff kam und fingen ebenfalls an, aus allen Rohren zu feuern.

Er hatte die Verwirrung, die die Explosionen hervorrief, genutzt und war losgestürmt. Mit vier großen Sätzen hatte er den ersten Mann erreicht und ihn einen Kopf kürzer gemacht. Der Körper des Mannes war noch im Begriff zu fallen, und sein Kopf flog immer noch durch die explosionserhitzte Luft, da hatte er sich schon dem nächsten zugewandt und sich in die rechte Schulter samt feuernder Maschinenpistole verbissen. Er war gerade dabei, ihn wie ein Terrier, der seine Beute schüttelt, zu behandeln, sodass dem Mann sämtliche Knochen und sein Genick brachen. Doch während dies geschah, wurde ein weiterer Mann, der neben dem Opfer gestanden hatte, von dessen abgeschossenen Projektilen getroffen und sank angeschossen zu Boden.

Noch während er sein Opfer wie eine Spielzeugpuppe durch die Luft warf, trafen ihn mehrere Geschosse gleichzeitig und ließen Blut und Fellfetzen durch die Luft fliegen.

Der Feuerhagel war so massiv, dass er in seiner Aktion kurzfristig und schmerzhaft gestoppt wurde, und so zog er sich wiederum mit gewaltigen Sätzen aus der Gefahrenzone zurück, um heilen zu können.

Zurück blieben fünf Männer mit Waffen, deren Läufe rauchten. Der brennende Mann hatte es nicht mehr ins Wasser geschafft und lag rauchend und zur Unkenntlichkeit verbrannt an Deck. Die Luft war erfüllt von dem Geruch nach gebratenem Fleisch und brennendem Treibstoff, eine Mischung, die einige der Überlebenden würgen ließ.

„Verdammt noch mal, warum hat Pedro das gemacht ... sollte doch das Vieh erledigen!", sagte einer der Italiener weinerlich und Tränen flossen dem erwachsenen und eigentlich abgebrühten Mann über die Blut bespritzte Wange.

„Sagt bloß, ihr wusstet, dass das Monster kommen würde!", empörte sich Hatzon fassungslos und musste sich übergeben.

Ein anderer, dieses Mal einer der noch lebenden Iren antwortete ihm unter starkem Husten: „Genau wussten wir es nicht ... aber wir waren vorbereitet ... dachten wir ... zumindest!" Schon wieder musste er wegen des Qualmes husten.

Fassungslos sah Hatzon von einem zum anderen. „Und wo kam bitteschön diese verdammte Rakete her?", wollte er zornesrot und schreiend wissen.

„Das war natürlich anders geplant ... Pedro sollte mit der Bazooka unser Ass im Ärmel sein aber da ist wohl was schief gelaufen ... das Biest hatte anscheinend Hilfe!"

Hatzon, dem schon wieder die Halsschlagader anschwoll und der einen der Männer am Kragen gepackt hatte, um ihn zu schütteln und zu fragen, ob er sie nicht alle hätte, ihn in so eine Scheiße reinzuziehen, vernahm ein grollendes Knurren aus dem Schatten der Werfthallen.

„Verdammt", sagte der am Kragen gepackte Mann, „das Vieh lebt ja immer noch!"

Röchelnd, da ihm die Lunge zerschossen war, hielt er sich schwer atmend an einer Stahlstrebe fest, Blut schäumte ihm bei jedem schmerzhaften Atemzug aus dem Maul und lief ihm vermischt mit heißem Geifer aus der ebenfalls zerschossenen Schnauze. Aus über zwanzig Einschusslöchern tropfte der dunkellila Lebenssaft auf den Hallenboden, wo er kleine Pfützen bildete.

Aber schon setzte die Heilung ein, und es fielen bereits die ersten Geschosssplitter auf den Boden, die es aus den Wundkanälen gedrückt hatte. Grimmig sah er zu, wie eine halb abgeschossene Klaue wieder anwuchs und sich gebrochene Knochen und Sehnen an Ort und Stelle zurückbewegten, wo sie hingehörten.

Nun richtete er sich zu seiner vollen Größe auf, streckte sich, sodass einige Wirbel vernehmlich knackten, und als das letzte Projektil seinen Körper verlassen hatte, begann er schlecht gelaunt zu knurren ... wirklich schlecht gelaunt.

Was jetzt auf sie zukam, damit hatten sie auch nicht, nachdem, was sie eben erlebt hatten, gerechnet. Denn das, was da aus dem Schatten des Lichtes der diffusen Straßenlaterne trat, war fast gut drei Meter groß und fixierte sie aus rot glimmenden, blutgierigen Augen.

Im ersten Moment vergaßen die Gangster vor lauter Grauen, auf das Geschöpf der Hölle zu schießen, so tief saß die Angst vor dem, was sie erwartete. Noch immer tropfte Blut das Fell hinunter, aber Wunden gab es nicht mehr.

Jedoch unterlagen die Männer einer bitteren Täuschung, als sie das viele Blut sahen und dachten, dass sie es so schwer verwundet hätten, dass es nur noch eine Frage der Zeit sein könnte, bevor es vollends zusammenbrach.

Einer der Iren hob seine Waffe und sagte bevor er feuerte: „Das kenn ich ... das Vieh ist so gut wie Geschichte ... alles nur Schock und Adrenalin ... kommt lasst es uns erledigen!" Dann schoss er, sodass der Lykaner in die rechte Brust getroffen wurde und sich wieder in den Schatten

362

zurückzog. Es war ein herzzerreißendes Geheul zu hören, was den Schützen böse grinsen ließ. Er bedeutete seinen Mitstreitern, ihm mit erhobenen Waffen zu folgen, um dem Gegner den Rest zu geben. Alle verbliebenen Männer außer Hatzon, der gerade seine Waffe neu lud, folgten ihm mit angeschlagenen Waffen in den Schatten der Halle.

Darauf hatte das Wesen nur gewartet, und der selbsternannte Anführer bekam als erster zu spüren, zu was ein Lykantrop fähig ist, indem er ihm beide klauenbewehrten Pranken in seinen Brustkorb grub und ihn, während er mit schmerzverzerrtem Gesicht und mit unmenschlichen Lauten vor seinen Kameraden mit einem satten, knirschenden und schmatzenden Geräusch auseinanderriss. Hierbei verteilten sich seine dampfenden Innereien gleichmäßig über die nachfolgenden Schützen.
Wieder bekam er einen Hagel Blei verabreicht, doch dieses Mal bekamen sie deswegen keinen Aufschub für ihr Leben.
Das Monstrum schnappte sich eine der auf ihn feuernde Waffen aus des Schützens Hand und rammte sie seinem Begleiter in die Seite, sodass der qualmende Lauf auf der anderen Seite wieder austrat. Schreiend kippte dieser um und verschied elendig langsam, immer noch nach seinem Bauch tastend, an inneren Blutungen.
Aber die Hand des Schützen hatte immer noch die Waffe gehalten, und so steckte sie jetzt samt Waffe in dem gerade versterbenden Italiener und verhinderte, dass er schnell davonkam.
Da wurde er auch schon am Hals gepackt und bekam das Genick gebrochen, wobei seine Hand sich nur noch mehr um die Waffe krampfte, die zusammen mit dieser in dem anderen Körper steckte. Zusammen mit ihm und dem Italiener, der noch an ihm dranhing, trat die Bestie erneut aus dem Schatten. Mit hochgezogenen Lefzen präsentierte sie dem vor Schrecken erstarrtem Hatzon, was es mit den Möchtegerns gemacht hatte und schleuderte die aneinanderhängenden Leichen mit einem Knurren in seine Richtung, wo diese klatschend aufschlugen.
Hatzon war jedoch nicht untätig gewesen als die anderen dem Monster nachgelaufen waren, um es zu erledigen … die sich dadurch jedoch selber erledigt hatten. Stattdessen hatte er zwei Tomy Guns zusammengesucht, die er jetzt beide gleichzeitig aufnahm, sie sich zwischen Hüfte und Ellenbogen klemmte, um sie abzufeuern.

Das gefiel ihm … jemand, auch wenn es ein elender Gangster war, der alles gab, um mit allem, was ihm zur Verfügung stand, auf ihn schreiend zu feuern ... diesen Mut bewunderte er.

Aber trotz der Schmerzen, die er empfand, als die zahllosen Projektile seinen Körper trafen, ließ er sich Zeit damit, auf den letzten Schützen zu zugehen, und er fixierte ihn die ganze Zeit mit seinen rot glühenden Augen. Bei ihm angekommen rammte er auch diesem, dieses Mal aber nur eine Pranke, in den Brustkorb, hob ihn auf Augenhöhe an und riss ihm das noch schlagende Herz heraus und verschlang es vor dessen noch flackernden Augen.

Mittlerweile war trotz des abgelegenen Standorts des Geschehens die Küstenwache auf die Explosion aufmerksam geworden und näherte sich dem Kai mit heulenden Sirenen. Monica und Laura wurden davon einen Augenblick abgelenkt, und so sahen sie nicht wie der Lykaner bereits verschwunden war.

Also gingen sie ebenfalls, den Bazookaschützen geschultert.

## Tatort Trockendocks

Detroit, 30. Juli 1950, gegen 5.00 Uhr, an den Trockendocks

Das alte Armeefeuerzeug wollte nicht richtig funktionieren. Richard hatte vergessen Benzin nachzufüllen, und der Zigarillo war auch irgendwie schon feucht von dem, was sich gerade Wetter schimpfte. ‚Sonntagmorgens und nicht ausschlafen, sondern an einem neblig, kühlen Trockendock stehen, kein weiches Frühstücksei mit Buttertoast … nein … Leichenteile begutachten … und diese Plärre, die der Kiosk mutigerweise als Kaffee verkauft … lecker‘, dachte Richard, als er Tom genüsslich ein Stück von einem Donut abbeißen sah.

Die Küstenwache hatte die Nacht im Revier angerufen, und die hatten versucht, Richard noch in der selbigen zu erreichen. Dieses Mal hatte er jedoch den Stecker des Telefons gezogen, und so konnte er wenigstens ein bisschen länger schlafen, bis Tomy Sturm geläutet und ihn verschlafen hierher geschleift hatte.

Unrasiert, ohne anständigen Kaffee, der ihn hätte anschieben sollen, konnte er es kaum ertragen schon wieder einen Tatort mit bekanntem Muster vorzufinden, bevor auch nur einer der vorhergehenden Fälle geklärt war.

Resigniert rieb er sich die Schläfen und ging zu McKey, der gerade mit jemandem von der Küstenwache redete.

„… wurde uns eine Explosion gemeldet, sind dann recht zügig ausgerückt und haben dann diese Sauerei vorgefunden!“, sagte der Beamte gerade zu Tom, als Richard dazukam und um Feuer bat, das ihm der Kollege von der Küstenwache gab.

Anderson zog am feuchten Zigarillo und sah sich genau um. „Sagen Sie mal, haben Sie sich die Lieferwagen denn schon mal genauer angesehen, haben ja teilweise einiges abbekommen!“

„Nein, noch nicht, Sir … wollte auf die Spurensicherung warten!“, sagte der Beamte, mit dem sich Tom unterhalten hatte.

„Wenn man vom Teufel spricht …!“, meinte Tom grinsend und zeigte Richtung Lieferwagen, hinter dem gerade Conner zu sehen war, der mit seinem Assistenten den Tatort betrat.

Anderson ging ihm entgegen. „Morgen, Mike, wollten uns gerade die Lieferwagen anschauen … würdest du zuerst an den Griffen der Heckklappen die Spuren sichern, ich hab so ein komisches Gefühl, dass wir uns den Inhalt ansehen sollten!“

Conner begrüßte sie ebenfalls, nickte, öffnete seinen Koffer und entnahm ihm einen Tiegel mit speziellem Puder und einem Pinsel, der Richards Rasierpinsel ähnelte, nur dass er nicht aus Dachshaar bestand, sondern aus ganz feinen Federn, die von weitem fast aussahen, als wenn es Zuckerwatte wäre. Der Griff des Pinsels war ein Fläschchen, in das er nun von dem Tiegel etwas schwarzen Puder einfüllte und dann wieder verschraubte. Nun drückte er auf das flexible Fläschchen, sodass die Federn ganz fein mit dem Puder bedeckt wurden.

Vorsichtig bestäubte er den metallischen Griff und die Stellen der Klappe, wo man normalerweise hinfasste, um sie zu öffnen. Einige Fingerabdrücke konnte man gut erkennen, und diese wurden mit einem dafür vorgesehenen transparenten Klebestreifen überklebt und dann abgezogen, um wiederum auf ein weißes Blatt geklebt zu werden.

Als das geschehen war, gab Mike den Lieferwagen zum Öffnen frei. Ein Beamter stellte sich mit schussbereiter Waffe vor das Heck des Wagens, und ein anderer öffnete die Klappe … er versuchte es zumindest, denn sie schien abgeschlossen zu sein.

„Hat irgendjemand einen Schlüssel gesehen, vielleicht im Zündschloss?", wollte Anderson wissen und sofort kam Leben in die umstehenden Beamten, die nach dem Schlüssel suchten. Aber niemand fand ihn, auch nicht bei den danebenliegenden Leichen.

„Also … besorgt mir eine Brechstange!", sagte Tom in die Runde, worauf ihm ein Polizist der Küstenwache eine von ihrem Boot holte und sie Tom gab.

Dieser nahm diese und verkeilte sie zwischen Schloss und Türfalz und versuchte die Klappe aufzuhebeln, alleine schaffte er es aber nicht, und so kamen ihm noch zwei Beamte zur Hilfe.

Es knirschte laut, als sich die Klappe verbog und das Schloss mit einem Mal nachgab.

Nun stellte der bewaffnete Beamte sich wieder so hin, dass er den Innenraum absichern konnte, wenn sein Kollege die Klappe öffnete.

Aber als sie hineinschauen konnten, waren sie erstaunt was sie vorfanden. Acht junge Frauen waren geknebelt und gefesselt, lagen mit angstgeweiteten Augen in dem Lieferwagen.

Eine hatte eine blutende Schusswunde am Bein, die eine andere Frau versuchte mit ihrem Knie abzudrücken. Noch ein Mädchen, nicht älter als zwölf, hatte einen Streifschuss am linken Arm, alle anderen hatten sehr viel Glück gehabt, da einige Einschusslöcher im Blech zu sehen waren.

„Schnell einen Sanitäter", rief Richard und war auch schon zu den verängstigten Frauen in den Lieferwagen gestiegen. Er hatte seinen Gürtel ausgezogen und band das verwundete Bein der Frau ab, sodass die Blutung endlich gestoppt wurde.

Während er das tat, nahmen die anderen Beamten den Frauen die Knebel aus dem Mund und durschnitten ihnen die Fesseln.

Als alle Frauen befreit waren und der Sanitäter die zwei Verletzten ins Krankenhaus gefahren hatte, setzte sich Tom auf einen gusseisernen Anlegerpoller und sagte, während er einen Zigarillo von Richard annahm: „Menschenhandel ... noch mieser geht es ja kaum. Dieses Mal muss ich dem Kerl Recht geben, hätte ich seine Möglichkeiten, ich hätte es nicht anders gemacht!", sagte er und nickte in Richtung der Leichen.

„Ja, da muss ich dir Recht geben, Tomy, das eine Mädchen war ja noch ein Kind ... diese verdammten Schweine!", sagte Anderson und schaute zu den Frauen rüber, die mit heißem Tee und Decken versorgt wurden. Die Leichen und Leichenteile wurden extra für sie abgedeckt, denn sie hatten schon mehr als genug mitgemacht und sollten nicht noch zerfetzte Menschen zu Gesicht bekommen.

Olsen und sein pathologisches Team waren ebenfalls eingetroffen, und er kam direkt auf sie zu. „Guten Morgen, Gentlemen, wieder unser Mann ... mmh?", meinte er und schaute sie fragend an.

„Denken schon!", antwortete Richard „Matt, entschuldige mich bitte einen Augenblick ... Tom, zeig ihm doch bitte schon einmal, wo alle Teile rumliegen!" Dann ging er noch einmal zu den befreiten Frauen hin, bei denen Krankenschwestern nach dem Rechten schauten.

„Entschuldigen Sie, meine Damen, dürfte ich noch einmal kurz um ihre Aufmerksamkeit bitten!", fragte Richard mit seinem gewinnendsten Lächeln, zu dem er ohne Kaffee imstande war.

Fast alle Frauen schauten ihn jetzt fragend an. „Kann sich jemand an irgendetwas Ungewöhnliches erinnern, gehört zu haben ... und damit meine ich nicht die Schießerei oder die Explosion, sondern irgendwas, das vielleicht für all das verantwortlich ist?", und damit wies er auf den kompletten Tatort.

Alle Frauen sahen abweisend auf den Boden, bis auf eine vielleicht fünfundzwanzigjährige Frau, die leicht böse grinste und die in ferner Verwandtschaft bestimmt einen oder mehrere indianische Vorfahren gehabt haben musste.

Als Richard diese Reaktion bemerkte, kniete er sich vor sie hin, nahm ihre beiden Hände in seine und schaute ihr genau in die Augen.

„Sie scheinen etwas zu wissen … können Sie mir vielleicht mehr zu all dem hier sagen?", wollte er von ihr wissen.

Die Frau schien mit ihrem Blick in die Ferne zu schauen, als sie mit leiser Stimme antwortete: „Als ich noch klein war, waren wir in den Ferien öfter bei meiner Großmutter mütterlicherseits im Indianerreservat nahe der Rocky Mountains … ich kann mich nicht mehr an vieles erinnern, aber an eine Sache ganz genau … sie hat uns von einem Schutzgott erzählt, der in Zeiten großer Not für sein Volk von der Geisterwelt in unsere übertreten würde, um die des alten Volkes zu beschützen, die es brauchten … HOHNIHOHKAIYOHOS – QALETAQA – AKECHETA – TOHOPKA …", sagte sie ehrfürchtig, bedeutungsvoll und war dann still.

„Was bedeutet das?", wollte Richard wissen und drückte dabei leicht ihre Hände, sodass sie ihn wieder ansah und erklärte: „HOHNIHOHKAI-YOHOS bedeutet hoch verteidigter Wolf … AKECHETA weist auf einen Kämpfer für Gerechtigkeit hin … QALETAQA einen Beschützer des Volkes und TOHOPKA wildes Biest!"

„Ok, das verstehe ich jetzt … aber was hat das hiermit zu tun?", wollte er wissen und deutete auf die abgedeckten Leichen, auf dessen weißen Tüchern sich das Blut durchzudrücken begann.

Dieses Mal schaute die Halbblutfrau Richard in die Augen, wobei es ihm die Nackenhaare zu Berge stehen ließ und sagte ehrfürchtig: „Er war hier … hat mich befreit, ich konnte ihn durch einen der Einschusslöcher kurz sehen, als die Panik ausbrach und er einem diesem Schwein mit einem Schlag den Kopf abriss"

„Wie sah er aus?", wollte Richard, der es noch gar nicht glauben konnte, dass er endlich jemanden gefunden hatte, der ihm die Wahrheit erzählen wollte, wissen. Den Italiener im Krankenhaus zählte er nicht dazu, der wollte ihn ja so wieso nur verarschen, dachte er sich, und wartete gespannt auf ihre Beschreibung.

„Er war groß … mindestens noch eine halbe Mannslänge größer als der, dem er den Kopf genommen hatte … rotglühende Augen … und ein rötliches Fell, sein Gesicht konnte ich nicht sehen, aber seine Ohren waren sehr spitz, wie bei einem kupierten Dobermann nur größer und …!"

Richard hatte genug gehört, denn das konnte wohl kaum stimmen, die Arme musste immer noch an einem Schock leiden. Als er sich erhob um wieder zu Tom und Olsen zu gehen, hielt ihn die Frau noch einmal fest und sagte in eigenartigem Tonfall: „Ich weiß, Sie glauben mir nicht … aber ich habe zu ihm gebetet, so wie meine Großmutter es uns überliefert hatte … mehr kann ich nicht sagen, nur dass ich und die anderen Frauen jetzt frei sind und unsere Peiniger tot!"

Dann ließ sie Richard los.

Das konnte unmöglich stimmen, sagte er sich, als er Conner auf dem Schiffswrack stehen sah, das immer noch schwamm, und ihm zuwinkte, zu ihm auf das Boot zu kommen.

Als er dann auf dem verbrannten Deck neben Mike stand, zeigte der ihm, warum er herüberkommen sollte. „Fällt dir etwas an dem Bereich hier auf?", wollte Conner von ihm wissen.

„Mmh … sieht fast wie ein Einschlag einer Panzergranate aus … meinst du das?", erwiderte Richard und steckte sich einen Zigarillo in den Mund und bat Mike um Feuer.

„Ja, genau das dachte ich auch … wenn man den Einschlagspunkt beachtet, müsste sie ungefähr von der Halle oder dem Dach des Trockendocks abgeschossen worden sein!", sagte Conner und zeigte auf das Gebäude.

‚Schießt unser Täter neuerdings mit kriegstauglichen Waffen um sich oder hatte er diesmal Hilfe … oder gab es wieder einmal Streit zwischen Italienern und Iren?', überlegte Mike halblaut vor sich hin.

„Oder, oder, oder … wenn du mehr rausgefunden hast als nur noch mehr Fragen, dann gib mir bitt Bescheid … und Mike hatte die Gewebeprobe etwas ergeben?"

„Nein, leider nicht", meinte Conner abwesend, sich immer noch auf dem Kahn umsehend.

„Ok … gut, dann gehe ich mal zurück zu den anderen!", mit diesen Worten sprang er auf den Kai und ging zu Olsen, denn ihm war noch etwas eingefallen, was er diesen fragen wollte.

„Du Matt … hattest du nicht eine Haarprobe von einer der letzten Leichen abgelesen, die zu keinem Menschen zu gehören schien, hast du schon ein Ergebnis?", fragte Richard den Pathologen.

„Ja, war das letzte Wochenende bei einem alten Freund im Zoo, er ist Professor der 'scientia animalis', also der Tierwissenschaften im Ruhestand und arbeitet ehrenamtlich im Zoo, um Tiere genauer nach ihren Arten bestimmen zu können!"

„Und was hat er zu der Probe gesagt?", wollte Richard wissen.

„Wolfsartig … aber von keinem, der ihm bekannt ist … sagt, die Struktur der Haare wäre ungewöhnlich stark … sieht ihm eher nach einer prähistorischen Wolfsart aus … aber, als er neugierig wurde, habe ich gesagt, dass es Geheimsache sei und nicht für die Öffentlichkeit bestimmt … sagte noch, dass falls es mehr dazu gäbe, er uns gerne helfen würde!", berichtete Olsen und zuckte mit den Schultern, um zu zeigen, dass das wohl nicht stimmen konnte und widmete sich dann zusammen mit Dorsen den Leichenteilen.

Jetzt stellten sich Richard die Nackenhaare, konnte an der Sache am Ende doch etwas Wahres dran sein … aber bevor es keine stichhaltigeren Beweise gab, musste er seine Erkenntnisse für sich behalten, wollte er nicht als Irrer abgestempelt werden.

# Der Unfall

29. Februar 1936, gegen 16.00 Uhr, Rocky Mountains

1936 … bis jetzt schon ein Jahr, in dem es gerade in Europa zu Turbulenzen gekommen war.

Adolf Hitler ließ die Wehrmacht in das entmilitarisierte Rheinland einmarschieren und keiner leistete ihm Widerstand.

Die Reputationsmaßnahmen wurden ebenfalls gestoppt, was bedeutete, dass Deutschland keine Rohstoffe mehr an die Siegermächte des 1. Weltkrieges abgab, was vom Volk gefeiert wurde. Das nationalsozialistische Raubtier schien in Deutschland immer mehr an Boden zu gewinnen.

Jons Vater und dessen Großvater hatten sich von dem Trubel der Verwandtschaft ein Stückchen abgesetzt und sich in das Kaminzimmer des Jagdhauses zurückgezogen, wo ein lebhaftes Feuer brannte, und philosophierten gerade darüber, ob uns bald ein neuer Krieg auf dem europäischen Festland bevorstünde.

Jon war sechzehn Jahre alt und würde in diesem November siebzehn, die Geschehnisse in den Rocky Mountains waren bereits drei Jahre her und es war wieder Ruhe in dem kleinen Städtchen eingekehrt. Ein Jahr hatten sie mit der Jagd ausgesetzt, wegen Ma, sie wollte ganz sicher sein, dass es mit dem Sterben am Berg vorbei war. Die darauffolgende Saison wurde wieder ein schönes Ereignis, aber keiner ging alleine auf die Jagd und so hatten er und sein Vater eine schöne Zeit miteinander, auch wenn Jons Mutter jedes Mal fast das Herz in die Hose rutschte, wenn ihre beiden Männer loszogen.

Seit seiner letzten Verwandlung hatte er sein Verlangen immer unterdrücken können, auch wenn es ihm teilweise sehr schwergefallen war. Ganz besonders in Vollmondnächten hatte sich das Bedürfnis der Essenz, sich in seinem Körper Platz zu verschaffen, mehr als bemerkbar gemacht. Und einmal hatte er sich schon zu verwandeln angefangen und es nur unterdrücken können, als er sich in Gedanken zu seinem Krafttier zurückgezogen hatte. Zum Glück war er zu der Zeit alleine in seinem Zimmer gewesen und hatte am nächsten Morgen fast vergessen die Zähne, die ihm schon aus dem Mund gefallen waren, zu beseitigen, bevor seine Mutter sie beim Aufräumen finden konnte.

In letzter Zeit war er oft auf der sonnenbeschienenen Lichtung mit dem gluckernden Bachlauf und dem mittlerweile halbwüchsigen Wolf, der sich mit seiner körperlichen Entwicklung an seine anzupassen schien.

Der Schamane oder der geisterhafte Wolf waren indes nicht wieder erschienen.

Seine Eltern machten sich langsam Sorgen um ihn, da er früher immer mit seinen Freunden unterwegs gewesen war und nur schwer im Haus gehalten werden konnte. Nach den Vorfällen in den Bergen hatte er sich immer mehr in sich zurückgezogen.

Stattdessen ging er in seiner Freizeit immer häufiger mit seinem Vater in die Firma und versuchte dort behilflich zu sein, was der Vater natürlich guthieß, sollte er doch irgendwann einmal alles übernehmen.

Die Angestellten lernten den ruhigen, bedachten Charakter des jungen Mannes zu schätzen. Aber trotz seiner ruhigen Art schien ihn eine ungewöhnliche Aura der Unnahbarkeit zu umgeben, die die Menschen meist auf Distanz hielt.

In der Schule wurden seine Leistungen bemerkenswert gut, auch die Fächer, in denen er vorher nur mäßig war, standen den sonst viel besseren Noten in nichts mehr nach.

Im Sportlichen musste er sich sogar zurückhalten, um nicht komplett aus dem Rahmen zu fallen, denn er hatte bald festgestellt, dass ihm der bis dahin Beste im Baseball, Georg Rotkins, der ihn sonst immer in den Staub getreten hatte, nichts mehr entgegenzusetzen hatte.

Somit hatte er sich einen Feind gemacht, der ihn, wann immer es ging, lächerlich machte.

Da auch sein Gehör außerordentlich gut funktionierte, hörte er nicht nur alles, was unterrichtet wurde, nein auch die Frotzeleien von Rotkins und seinen Anhängern, die er im Laufe der Jahre, in denen er Baseballchampion gewesen war, um sich versammelt hatte.

Und als Jon einen Homerun erzielte, was Rotkins Leistung weit in den Schatten stellte, hatte Rotkins den Eiseimer, der für die Getränke dastand, über ihm ausgeleert und ihn somit erneut zum Gespött gemacht.

Doch dieses eine Mal war Jon nicht ruhig geblieben, vielleicht hing es damit zusammen, dass eine Vollmondnacht bevorstand, oder er einfach die Schnauze voll hatte, auf jeden Fall ging er tropfnass, wie er war, auf den vor Schadenfreude lachenden Rotkins zu, schlug ihm, ohne Vorwarnung in den Magen, und als ob das noch nicht genug gewesen wäre, zog er ihn wieder auf die Beine, zog dessen Schlagarm von hinten über seine Schulter und brach ihm den Unterarm.

Dann ließ er den jammernden Rotkins liegen und zog sich um, um sich danach nach Hause zu begeben obwohl die Schule noch drei Stunden weiterging.

Danach wurden seine Eltern in die Schule zitiert, um den Vorfall zu besprechen. Der Lehrer, ein Polizist und der Coach saßen mit ihnen im Büro des Direktors, Jon musste draußen warten.

„Mr. Clark, uns allen ist bewusst, dass es nicht leicht sein muss für Jon, nach alldem, was er in den Bergen erlebt hat", meinte der Lehrer zu Jons Vater ernst. „Aber was er mit Georg Rotkins angestellt hat, können wir nicht gutheißen oder durchgehen lassen. Auch wenn wir von Augenzeugen erfahren haben, dass er ihren Sohn mehrmals schikaniert hatte, war seine Reaktion doch reichlich übertrieben. Der Junge war bereits in der engeren Auswahl für ein Baseballstipendium, was jetzt natürlich, wo er den komplizierten Bruch hat, in den Sternen steht. Nur weil Jon sonst immer vorbildlich war ... gerade in der letzten Zeit, sehen wir davon ab, ihn der Schule zu verweisen. Auflage dafür ist jedoch ein Jahr lang Sozialstunden im Veteranenkrankenhaus!"

Seine Eltern konnten nur niedergeschlagen nicken und versprachen, dass das nie wieder vorkommen würde. Außerdem übernahmen sie die Kosten für das Stipendium des verletzten Jungen.

Zu Hause stellten sie Jon dann zur Rede, wobei sein Vater mehr Verständnis für die Sache mit der Tracht Prügel hatte, die Jon dem Jungen angedeihen ließ, als seine Mutter. Denn er war der Meinung, dass nach Aussage seines Sohnes und der Augenzeugen, es Rotkins durchaus verdient hatte, eine Abreibung zu bekommen. Aber das Brechen von Knochen war eindeutig zu viel des Guten. Die Kosten für das Stipendium kümmerten seinen Vater nicht, denn die Clarks waren mehr als wohlhabend, und auch seinem Sohn hielt Clark Senior nie vor, dass er dafür hatte aufkommen müssen.

Während er seinen Sozialdienst ableistete, wurde er auch körperlich auf Leistungsfähigkeit untersucht, damit einzuschätzen war, zu welchen Tätigkeiten er im Bereich der Pflege der Verwundeten fähig sein würde. Dies brachte denn untersuchenden Arzt dazu, einen Ausbilder des Militärs zu benachrichtigen, da er eine solch Konstitution noch niemals gesehen hatte. Hätte seine Mutter es nicht vehement abgeblockt, so hätte er, nachdem man in den Tests seine außergewöhnliche Leistungsfähigkeit festgestellt hatte, ein Stipendium an einer Militäruniversität erhalten.

Einige Tage danach sagte seine Mutter, dass sie einen Termin mit ihm beim Zahnarzt vereinbart habe. Jon sagte ihr, dass er keine Beschwerden habe, aber seine Mutter ließ nicht mit sich reden, denn in der Vergangenheit war es durchaus nötig gewesen.

Als er dann auf dem Behandlungsstuhl saß, und der Zahnarzt die Zähne durchsah und der Zahnarzthelferin, die Jons Unterlagen vor sich liegen hatte, ansagte, welchen Zahn er gerade überprüfte, kam es bald zu Irritationen, denn der Arzt sagte bei einem Backenzahn, er sei ohne Befund, aber die Assistentin nannte im Gegenzug eine Amalgamfüllung.

„Gut", meinte der Atzt und schüttelte verwundert den Kopf. „Streichen Sie das ... also Zahn ohne Befund!"

Und so ging es weiter bis zur nächsten angeblichen Füllung, die aber nicht da war. Nun herrschte vollkommene Verwirrung und der Arzt nahm selber die Unterlagen zur Hand, überprüfte und verglich sie mit dem, was er sah. Zum Schluss warf er noch einen Blick auf den Namen, der auf den Unterlagen stand, aber er schien zu stimmen.

„Was ist das nur für eine Schlamperei!", raunte er seiner Assistentin zu, die nur mit den Schultern zucken konnte, da so etwas noch niemals vorgekommen war.

Der Arzt schnaufte nur konsterniert: „Neue Karteikarte anlegen ... und ich möchte so eine Sache nie mehr erleben ... ist das bei Ihnen angekommen?" Ihm war die Sache vor seinem Patienten mehr als peinlich.

Als diese genickt hatte, sagte er zu Jon: „Bemerkenswert gute Zähne hast du da, Jon, pflege sie auch weiter so, und du hast bis ins hohe Alter wenig Probleme ... sehen uns dann in einem Jahr zur Kontrolle wieder!" Er gab Jon die Hand und verließ dann den Behandlungsraum.

Als er seiner Mutter im Wartezimmer Bescheid gab, dass er fertig sei, fragte diese: „Na, was hat es gegeben, hat ja nicht lange gedauert?"

„Alles gut, hat der Doc gemeint ... soll in einem Jahr wieder zur Kontrolle kommen!"

Mutter war zufrieden.


Das nächste Mal, dass etwas merkwürdig erschien, war im Freibad, in das die Familie am Wochenende regelmäßig ging, sofern das Wetter mitspielte, und wo sein Vater und er sich immer im Bahnen schwimmen gemessen hatten.

Dieses Mal jedoch hatte sein Vater keine Chance, denn Jon vergaß sich ein Stück weit zurückzunehmen. Als er dann am Rand saß, seine Schwimmbrille auszog und neben sich legte, war sei Vater noch nicht einmal in der Mitte des Beckens angelangt. Zu Jons Glück war sein Vater so auf seinen Schwimmrythmus fixiert gewesen, sodass er nicht bemerkt hatte, wie sehr ihn sein Sohn abgezogen hatte.

Als er dann ebenfalls, jedoch schwer außer Puste am Rand ankam, fragte er: „Na Junge, wie lange wartest du schon auf deinen alten Herrn?"

„Eine Ewigkeit!", erwiderte dieser, worauf er einen Stoß von seinem Vater mit den Worten: „Ich geb dir gleich ... eine Ewigkeit!" erhielt und wieder im Wasser landete.

Prustend und lachend tauchte er wieder auf und zog sich erneut zu seinem Vater hoch, der dabei das Muskelspiel von Jons Schultern betrachtete. Als der wieder neben ihm saß, sagte Gregor zu Jon: „Muss mal mit deiner Mutter reden und fragen, mit was sie dich so füttert, wenn ich nicht zu Hause bin ... denn, wenn ich dich so ansehe, kann ich fast glauben, dass du eine Ewigkeit auf mich gewartet hast!" Dann schubste er ihn nochmal ins Wasser.

Nachdem sie sich lachend neben die sich sonnende Mutter gesetzt hatten, schaute diese nach oben und dabei direkt auf Jons rechten Unterarm.

Nun setzte sie sich erstaunt auf und bat ihn, ihr den Arm genau zu zeigen. Dann sah sie sich auch den anderen an und fragte verwundert: „Gregor ... sag ... hatte Jon nicht eine Narbe am rechte Unterarm ... von dem offenen Bruch, als er als kleiner Junge mit den Skiern gestürzt war?"

Jon sah auf seinen Arm und da war nichts mehr von einer Narbe zu sehen und sein Vater sagte nur lapidar, wie es so manchmal bei Vätern der Fall ist, wenn sie was nicht als wichtig empfinden: „Honey ... da war Jon noch ein kleiner Junge ... wird sich in all der Zeit verwachsen haben, mach dir doch wegen so etwas nicht den Kopf, Tiffany, solange er nicht wieder gebrochen ist, ist doch alles gut ... sei lieber darüber froh, was aus unserem Jungen geworden ist, hat kein Fett am Leib und sieht aus wie ein Kraftpaket. Eben ganz der Vater!" Dabei lachte er und knuffte seinen Sohn, worauf diese lachte. Nur Jons Mutter kam sich nicht ernstgenommen vor und sagte schnippisch: „Das war vielleicht mal, mein Lieber!", drehte sich auf den Bauch und schmollte den Rest des Tages mit ihrem Mann.

Dann war da noch die Sache im Zoo.

Es war ein wunderschöner Freitagmorgen. Jons ganze Klasse wartete auf den Bus, der sie zum Denver-Zoo fahren würde.

Als er dann kam und sie eingestiegen waren, saß Jon wie so viele Male alleine auf der Zweisitzer-Bank, bis Mandy, die schon eine ganze Zeit ein Auge auf den stillen, gutaussehenden Jon geworfen hatte, neben ihm stand und fragte: „Ist hier noch ein Platz frei?"

Jon, der nicht mit so etwas gerechnet hatte, sah verwundert zu ihr auf, nickte mit einem schüchternen Lächeln und nahm seine Tasche weg, die er neben sich gestellt hatte.

Auf der ganzen Fahrt versuchte sie, Jon in ein Gespräch zu verwickeln, der war zwar freundlich, aber auch ziemlich einsilbig in seinen Antworten. Doch das machte ihn nur interessanter für Mandy, und sie beschloss, ihm an diesem Tag nicht von der Seite zu weichen.

Also gingen sie gemeinsam durch den Zoo.

Mandy erzählte und erzählte, und Jon sah sie nur immer mal flüchtig an und musste lächeln, weil sie so viel Energie besaß und ihn daran teilhaben ließ, es war mal eine Abwechslung zu der ansonsten herrschenden Einsamkeit seines neuen Ichs.

Doch als sie zu dem Zebra-Gehege kamen und Mandy Jon mit an den Zaun zerrte, um eines der Tiere zu füttern, scheute dieses panikhaft vor ihnen.

Das passierte noch bei etlichen anderen Tieren, sogar die Streicheltiere, wie Schafe und Ziegen nahmen Reißaus, als Jon mit an die Zäune kam.

Mandy sah irgendwann fragend zu Jon und der sagte: „Tiere mögen mich anscheinend nicht … vielleicht hängt das damit zusammen, dass ich mit meinem Dad auf Jagd gehe!"

Sie schien die Erklärung sinnig zu finden, und ab da blieb Jon einfach zurück, wenn sie ein Tier streicheln wollte.

Bis zu dem Zeitpunkt, als sie zum Wolfsgehege kamen, war alles noch ziemlich normal.

Diese wurden gerade gefüttert und deswegen waren jede Menge interessierte Besucher anwesend.

Jon fand die Wölfe interessant und schien sie irgendwie anders wahrzunehmen, spürte, dass sie hinter Gittern litten und den Wald vermissten, von dem ihre Vorfahren erzählt hatten, denn selbst hatten sie ihn noch nie gesehen oder gerochen.

Der Wärter war gerade dabei, ein saftiges Stück Fleisch aus der Futterbox zu nehmen, um es zwischen die Wölfe zu werfen, da wurden sie sichtlich aufgeregter als sie eh schon waren, und nach und nach begannen sie sich umzudrehen, als hätten sie das Fleisch vergessen, um zu den Zuschauern zu blicken.

Dies schien vielen nicht zu gefallen, denn es stand etwas Unheimliches, Erkennendes in den Augen der Wölfe, und sie begannen auf den Zaun zuzulaufen und starrten zu Jon.

Der hatte plötzlich das Gefühl als stehe er mitten unter ihnen, und dann begriff er, dass er mit ihnen auf der Lichtung seiner Gedanken stand und sie ihn ansprachen. Der Dunkelste der Wölfe war ihr Leittier und dieser trat nun vor. „Wir, die Geknechteten grüßen dich Wolfsbruder …"

Zu mehr kamen sie nicht, denn Mandy rüttelte an Jons Arm und erst jetzt verstand er, dass sie ihn ängstlich ansprach. „Jon, was ist mit dir, du siehst unheimlich aus, wenn du so starrst … die Wölfe machen mir auch Angst … komm lass uns gehen!"

Jon, der wie aus einem Traum gerissen dastand, sah sie nur verklärt an, dann grinste er seltsam und legte seinen Kopf in den Nacken und stimmte ein durch und durch gehendes Wolfsgeheul an, was Mandy erschrocken zurückweichen ließ.

Die Antwort kam prompt, denn die Wölfe erwiderten alle sein Geheul, und dann schien der ganze Zoo in Aufruhr zu sein, überall schrien auf einmal Tiere, und den Löwen am anderen Ende des Zoos konnte man bis hierher hören.

Der Pfleger versuchte die Aufmerksamkeit wieder auf das Futter zu lenken, indem er einem der Tiere ein Stück Fleisch auf den Kopf warf, aber als dieser sich schüttelte und sich knurrend umdrehte, worauf es ihm seine Artgenossen gleichtaten, sah er zu, dass er den Käfig verließ.

Mandy war von alldem mehr als erschrocken und hatte sich alleine auf den Weg zum Ausgang gemacht, da es schon Zeit wurde, zum Bus zu gehen.

Auf der Heimfahrt saß Jon wieder alleine und Mandy starrte ihn von den hinteren Sitzen nur ängstlich an, auch dies spürte Jon, und ihn überkam ein wehmütiges Gefühl der Einsamkeit.

Als er dann abends in seinem Bett lag, gingen ihm die Wölfe nicht aus dem Sinn und nach einiger Zeit wusste er, was er tun musste.

Zwei Tage später, es war Sonntagmorgen, da saßen die Clarks am Frühstückstisch und Jons Vater las die Denver Post, als er fassungslos den Kopf schüttelte, bis seine Frau ihn fragte, was ihn denn so aufregte.

„Honey, das kannst du dir nicht vorstellen … da sind doch so ein paar Rowdys in den Zoo eingebrochen … haben irgendwie das Wolfsgehege regelrecht zerstört und dann haben sie noch ein Zebra getötet und es ziemlich böse zugerichtet. Die Wärter haben vermutet, dass das wohl die Wölfe gewesen sein mussten, aber einer musste ja auch dieses Gehege erst geöffnet haben … unfassbar!" Er faltete dann die Zeitung zusammen und nahm einen Schluck Kaffee.

Jon wusste genau, wie das alles vor sich gegangen war, denn er konnte seine Brüder nicht im Stich lassen.

Also hatte er sich bis auf seine Unterhose ausgezogen und war nach Mitternacht in den Garten geschlichen und da hatte er eine schmerzhafte Verwandlung durchgemacht, die längst überfällig zu sein schien, denn er fühlte sich danach wie neu geboren. Doch dieses Mal war es anders, denn, als er komplett verwandelt war, hatte er immer noch die gleichen Gedanken wie vorher, nur dass er den Drang zur Jagd verspürte und einen dauerhaft anhaltenden Zorn darauf hatte, dass es seinen Brüdern nicht gut erging.

Und so war er zum Zoo gesprintet, hatte im Schatten einer Hemlocktanne, die am Zoogelände stand, die daumendicken Gitterstäbe auseinander gebogen und war zum Wolfsgehege vorgedrungen, wo die Insassen schon schwanzwedelnd auf ihn gewartet zu haben schienen.

Auch hier fegte er die Gitter mit einem Schlag seiner Pranke zur Seite und ließ die Wölfe frei, diese umrundeten ihn und winselten erfreut.

Als er ihnen im Geiste erklärt hatte, dass sie frei seien, hatten diese ihm verständlich gemacht, dass sie noch nie gejagt hätten, und so waren sie gemeinsam ein Zebra jagen gegangen … ‚Mmh, hat das gut geschmeckt‘, dachte Jon gerade und musste grinsen.

„Mein Junge, was gibt es denn da zu grinsen … findest du das vielleicht auch noch lustig, dass unser Gemeinwohl durch solche Vandalen gefährdet wird, denn die Wölfe sind auch vom Zoogelände verschwunden, und ich glaube nicht, dass ich dir erklären muss, was das bedeutet!", sagte Vater gereizt.

„Nein, Pa, natürlich nicht … entschuldige … ich war in Gedanken bei was ganz anderem … was meintest du, was im Zoo passiert ist!", antwortete Jon mit perfekter Unschuldsmiene.

Und sein Vater berichtete ihm noch einmal, was vorgefallen war, und dieses Mal schüttelte Jon nur ablehnend den Kopf über diese Vandalen, und sein Vater schien zufrieden.

Nach diesem Vorfall beschloss er so wenig wie möglich mit anderen Menschen Freundschaften zu schließen, da es, wenn er zum Beispiel eine Freundin hätte und er sich mal nicht beherrschen könnte …

Darüber wollte er besser nicht nachdenken, und so wurde er noch verschlossener und einsamer.

Das Geschäft seines Vaters lief so gut wie nie und das Jahr 1936 versprach noch besser zu werden.

Schon vor einiger Zeit hatte Jons Vater einen fähigen Betriebsleiter eingestellt. Dadurch konnte er mehr freie Zeit mit seiner Familie verbringen und so hatten sie die ganze Verwandtschaft eingeladen um sich zur Jagd zu treffen.

Jetzt also waren sie wieder zum Jagen in die Berge gekommen.

Das Jagdhaus war voll, alle Betten, die es gab, waren belegt. Und am Abend, bevor es losging, mussten Jon und sein Vater immer und immer wieder die Geschichte von den tragischen Ereignissen erzählen.

Da sich Jon voll bewusst war, wer in Wahrheit für die Massaker verantwortlich war, versuchte er, sich im Hintergrund zu halten, und ließ hauptsächlich seinen Vater erzählen. Nur, wenn er direkt nach seiner Meinung zum Hergang einer Sache gefragt wurde, gab er eine kurze Erklärung ab.

Dann sprach sein Onkel ihn an. „Jon, hast du Lust, morgen früh mit mir rauszugehen, wir waren ewig nicht mehr zusammen auf Jagd!" Dabei legte er seine Hand freundschaftlich auf Jons Schulter.

„Ja gut ... machen wir!", sagte dieser lächelnd.

Und so wurde der Abend nicht ganz so lange, denn morgen sollte es um drei Uhr losgehen.

Am Morgen teilten sie sich in drei Jagdgruppen auf, und Jon und sein Onkel gingen die Nordflanke an, an dem vor ein paar Tagen ein Rudel Weißwedelhirsche gesehen worden war.

Sie waren schon den ganzen Morgen unterwegs, da trafen sie auf das besagte Rudel, und nach kurzem Anpirschen konnte Jons Onkel einen jungen Spießer erlegen.

Die Freude war groß und man hatte zusammen begonnen das Stück aufzubrechen, als ein schlecht gelauntes Brummen an ihr Ohr drang, was sie zusammenzucken ließ, denn jeder wusste was dies bedeutete.

Ungefähr zehn Meter von ihnen entfernt brach ein Grizzlybär aus dem Dickicht, es war ein großes, altes Männchen, das mindestens 2,50 m lang war und ca. 1,50 m Schulterhöhe hatte.

Jon und sein Onkel standen noch immer gebeugt über ihrer Beute und jetzt wie versteinert da, das Blut des Hirsches tropfte ihnen noch von den Händen.

Der Bär schien das Blut gewittert zu haben und kam langsam schnüffelnd auf sie zu.

Die Gewehre hatten sie an einen Baum gelehnt, an dem der Bär nun vorbeiging, alles was sie hatten, waren ihre zehn Zentimeter langen Messer, mit denen sie sehr wahrscheinlich nicht einmal durch das dichte Fell des Bären gekommen wären.

Der Bär witterte erneut in ihre Richtung und richtete sich dabei auf, nun war er seine gut 2,80 m groß und eine wirklich erschreckende Erscheinung. Wegrennen wäre in dieser Situation nicht ratsam gewesen, denn Grizzlybären konnten echt schnell werden, angeblich über 50 km/h erreichen.

Für Jon stellte Meister Petz keine Gefahr dar, aber bei seinem Onkel sah das ein wenig anders aus.

Was also sollte er tun, um ihn aus dieser misslichen Lage zu befreien?

Der Wind hatte sich mittlerweile in Richtung des Bären gedreht und Jon hoffte, dass sein Geruch ausreichen würde, um den Bären zu vertreiben. Einmal war es ja schon so gewesen, aber dieses alte Männchen schien sich eher herausgefordert zu fühlen. Denn, als er Jon witterte, fing er an zu knurren und schleuderte ihm mit seiner Tatze Dreck und Steine entgegen.

Sein Onkel war starr vor Angst, etwas Verkehrtes zu tun, und somit ihr vermeintliches Urteil zu besiegeln.

So standen sie also da, bis Jon vor seinen Onkel getreten war, was dieser zu vermeiden suchte, und raunte: „Junge, was machst du da, bist du wahnsinnig?"

Doch Jon ignorierte ihn einfach, denn irgendetwas versuchte in seinen Geist Einlass zu bekommen.

Erst sträubte er sich dagegen, aber dann ließ er es zu und war erstaunt, was er zu hören bekam: „Bruder des Wolfes, du kommst ohne Respekt in mein Revier ... bringst diesen verfluchten Menschen mit und gibst mir nicht einmal was von der Beute ab, woran ich erkennen könnte, dass du mich doch respektierst!", vernahm er den Bären in seinem Geist.

Unter den erstaunten Augen seines Onkels nahm Jon sein Messer schnitt eine Keule des Hirsches, den sie erlegt hatten, ab und ging damit auf den Bären zu. Hätte sein Onkel zu dem Zeitpunkt Jons Augen gesehen, er hätte es nicht geglaubt, denn sie schimmerten in einem matten Rotton, als wenn ein schwaches Licht darin leuchten würde.

Nun stand er fast genau vor dem Bären und hielt ihm das blutige Fleisch hin. Der Bär musterte Jons Onkel noch einmal kurz über dessen Schulter, dann ließ er sich wieder langsam auf alle Viere fallen, kam das letzte Stück auf Jon zu, schnüffelte kurz an dem Fleisch und nahm die Keule mit seinem Maul und einem befriedigten Brummen aus Jons Händen. Dann sah er ihn noch einmal an und trottete dann mit seinem Teil der Beute davon.

Jon stand immer noch mit dem Rücken zu seinem Onkel, der sich jetzt langsam aus seiner Starre zu lösen begann. „Das glaubt uns doch kein Schwein ... wie hast du das gemacht, Junge?", wollte er fassungslos wissen. „Weiß auch nicht, dachte ... vielleicht würde er sich mit einem Stück Fleisch zufriedengeben ... was ja auch zu stimmen schien!", sagte Jon achselzuckend.

„Ja, das habe ich gesehen, aber jetzt lass uns schnell den Rest versorgen und zum Jeep bringen, bevor er es sich noch einmal anders überlegt und den Rest auch noch will!"

So beeilten sie sich, wobei sie dieses Mal ihre Gewehre auf den Rücken geschnallt hatten. Sein Onkel schaute immer wieder auf das Gebüsch, in dem der Bär verschwunden war. Hätte er Jon gefragt, hätte der ihm sagen können, dass der Bär nicht wirklich weg war, sondern sich in seiner Hörweite niedergelassen hatte und mit Genuss an der Keule nagte.

Sie nahmen nur die besten Stücke mit, den Rest ließen sie dem Bären da und machten sich dann auf dem Weg zum Sammelplatz, an dem schon einige der anderen Jagdgruppen warteten.

Es waren seine beiden Cousins Alexander und Michael, die breit grinsend hinter drei Truthähnen saßen und ein Sandwich aßen.

Kurze Zeit später kamen sein Vater und Großvater den Berg herabgestiegen, auch sie hatten einen Truthahn über der Schulter und winkten schon aus der Ferne zu ihnen herüber.

Jon hatte sie schon wahrgenommen, da waren sie noch außer Rufweite gewesen, denn der Wind stand so, dass er sie gut riechen konnte, auch wusste er, dass sie mindestens einen Truthahn geschossen hatten.

Jon und sein Onkel Logan, der der Vater von Alexander und Michael war, hatten beschlossen, bis nach dem Essen nichts von dem Vorfall zu erzählen.

Als sie alle beieinanderstanden, gratulierte man den Schützen mit einem Waidmannsheil zu den erlegten Tieren, und dann verstaute man die Beute in dem Anhänger des Jeeps. Jons Vater bemerkte, dass sie den Hirsch nicht im Ganzen mitgenommen hatten und dass eine Keule fehlte. „Na, haben wir vorbeigeschossen und die Keule getroffen?", frotzelte er.

„Dazu gibt es einiges zu sagen ... mehr dazu, wenn wir zu Hause sind!", meinte Logan zu seinem Schwager.

Den Weg zurück fuhr Jon den Jeep, begleitet von gutmütigen kleinen Frotzeleien, wenn er sich einmal verschaltet hatte.

Als es dann am Abend Essen gab und alle beisammensaßen, erzählte Onkel Logan, warum sie nur eine Hirschkeule mitgebracht hatten.

Tiffany Clark wurde immer blasser im Gesicht als die Sprache auf den Bären kam und sah entsetzt erst zu ihrem Sohn und dann zu ihrem Mann. Jons Onkel übertrieb nicht, sagte aber, dass sie sehr wahrscheinlich nur durch das bedächtige Handeln seines Neffen mit heiler Haut davongekommen waren.

Alle hoben anerkennend die Gläser und prosteten ihm zu, nur seine Mutter war aufgestanden und hatte das Esszimmer verlassen, kurz darauf hörte man in der Küche Geschirr klappern, als wollte jemand die Küche ausbauen.

Die Tage blieben schön, nur an zwei Abenden regnete es kurz, aber am nächsten Morgen schien schon wieder die Sonne.

Dies würde für ein paar Monate der letzte Jagdtag sein, denn im März bekamen die meisten Tiere ihre Jungen und somit verstand es sich von selbst, dass sie absolute Ruhe brauchten.

Auch an diesem Morgen brachen sie früh auf, um wirklich jedes Licht zu nutzen. Zwar war Jons Mutter immer noch sauer, dass schon wieder so etwas Grässliches vorgefallen war, aber ihr Mann hatte sie wohl soweit beruhigt, dass sie ihren Sohn nicht bekniete doch lieber bei ihr in der Hütte zu bleiben.

Alles ging gut an diesem Tag, nur hatte niemand Glück und so kamen sie gesund, aber ohne Beute, zum Jagdhaus zurück, sehr zur Erleichterung von Jons Mutter.

Die meisten blieben noch eine weitere Woche, so hatte die Familie eine schöne Zeit miteinander.

Doch wie es halt so ist, gehen auch die schönsten Tage zu Ende und so verabschiedeten sich alle und fuhren nach Hause.

Zu Hause angekommen, luden sie das Gepäck aus, um anschließend noch in einem Steakhaus essen zu gehen.

Es schmeckte allen vorzüglich und man hatte die Jagdtage noch einmal Revue passieren lassen. Gut gelaunt stiegen sie wieder in das Auto, und Jon war froh, dass er hinten alleine sitzen konnte, denn seine Eltern waren verliebt wie an ihrem ersten Tag, und das fand Jon dann doch peinlich.

Sie befanden sich auf dem Rückweg zu ihrer Wohnung, da das Restaurant ein Stückchen außerhalb gelegen war. Deshalb fuhren sie eine geraume Zeit auf einer Landstraße.

Gerade wollte Jon etwas zu den elterlichen Anwandlungen von Verliebtsein sagen, als sie eine Gruppe Motorradfahrer überholte.

Kaum war die Motorradgang an ihnen vorbei, begannen sie einen Wagen, der vor den Clarks fuhr, zu bedrängen.

Jons Vater regte sich so darüber auf, dass er näher an sie ranfuhr und hupte. Das gefiel denen aber gar nicht, denn sie waren gerade dabei gewesen, den Wagen vor ihnen anzuhalten, als sie durch das Hupen abgelenkt wurden.

Dies nutzte der Fahrer des bedrängten Wagens, die Scheibe runterzukurbeln und mit einer Flinte auf einen der Motorradfahrer zu schießen.

Den riss es regelrecht von seiner Maschine und er überschlug sich auf der Straße. Da begannen auch die anderen in voller Fahrt das Feuer zu erwidern.

Da Jons Vater so dicht aufgefahren war und noch nicht wirklich Abstand gewinnen konnte, als die Schießerei losging, dachten wohl einige der Motorradgang, dass auch die Clarks zu dem vor ihnen fahrenden Wagen gehörten, und einer nahm einen Revolver, drehte sich während der Fahrt um und schoss auf Jons Vater.

Die Kugel durchschlug die Windschutzscheibe, drang Jons Vater genau in das linke Auge ein und verteilte Gregor Clarks Gehirn über seinen Sohn, der genau hinter ihm saß.

Er war sofort tot und kippte zur Seite auf seine Frau zu, die nur mit schreckensweiten Augen auf ihren geliebten Mann starrte und hysterisch zu schreien anfing.

Alles war so schnell gegangen, dass Jon das Ganze noch nicht fassen konnte, und da kam der Wagen, der sich immer noch in voller Fahrt befand, von der Straße ab, überschlug sich zweimal und prallte dann gegen einen Baum, wodurch Jon durch die Heckscheibe katapultiert wurde.

Er musste durch den Aufschlag kurz weggetreten sein, denn als er wieder zu sich kam, standen zwei der Motoradfahrer am Rand der Straße und schauten zu ihm runter. „Billy ... ich glaube nicht, dass sie dazugehört haben!", sagte der eine, ein Mann mit rötlichen Haaren.

„Egal ... sie sind Zeugen!", erwiderte der andere. Dieser hatte dunkles Haar und eine Narbe quer über dem Gesicht.

„Brauchst dir keine Mühe mehr zu geben, die zwei im Auto sind auf jeden Fall hin, und der macht es auch nicht mehr lang!", sagte der Rothaarige.

Der mit der Narbe nickte nur, sah Jon noch einmal mit einem bösen Grinsen in die Augen, schulterte die Flinte, die er in der rechten Hand gehalten hatte, drehte sich um und ging zusammen mit seinem Begleiter weg. Kurz darauf hörte Jon die Motorräder peppern und dann, wie sie wegfuhren.

Er versuchte aufzustehen, konnte aber nicht, und so sah er an sich runter, und jetzt wusste er, warum sich die zwei Verbrecher sicher waren, dass er nicht mehr lange machen würde.

Aus seiner Collegejacke ragten zwei fahle Rippen und Blut quoll mit jedem schmerzhaften Atemzug hervor, sein linkes Bein stand auf Höhe des Knies im rechten Winkel ab, auch schienen seine Hüfte und mehrere Wirbel gebrochen zu sein. Sein rechter Arm war auch mindestens an zwei Stellen gebrochen. Noch schien er unter Schock zu stehen, denn er verspürte noch keine Schmerzen, sein Körper schien nur leicht zu kribbeln.

Jon versuchte die ganze Sache für sich zu begreifen, da fiel ihm eine Bewegung im Autowrack seiner Eltern auf. Es war seine Mutter, die sich da bewegte, sie versuchte sich aus dem Auto zu ziehen, was aber nicht ging, da sie mit ihren Beinen eingeklemmt war.

„Ma ... Ma ... gehts dir gut?", wollte Jon wissen.

„Jon ... Jon ... mein Junge, wo bist du ... kannst du mir helfen, ich bin eingeklemmt!", rief die Mutter hustend.

„Tut mir leid Ma ... im ... Moment ... kann ich nicht ... aber was ist mit Pa passiert?"

Schweigen und dann war das Weinen seiner Mutter zu hören.

„Ma ... sag was ... Ma ... kannst du nicht doch frei kommen ... könnte Hilfe gebrauchen", jammerte Jon und begann Blut zu husten.

„Sie haben deinen Vater einfach erschossen!", sagte sie ausdruckslos, und man konnte hören, dass auch sie noch unter Schock stand.

‚Das kann nicht sein', dachte Jon, ‚wir waren doch eben grade alle noch so glücklich.'

Da wurde er von seiner Mutter aus den Gedanken gerissen. „Jon hier ... bei meinen Beinen fängt es an zu rauchen!", sagte sie und Panik erfasste ihre Stimme.

„Jon ... Jon ... der Wagen fängt an zu brennen ... Jon hilf mir bitte ... Jon ...!", rief seine Mutter und fing erneut an erstickend zu husten.

Nun bemerkte Jon, dass etwas mit ihm Verbindung aufnehmen wollte, und er begann in sich hineinzuhören. Da war sein Krafttier und forderte ihn auf, endlich zu handeln, und da fiel es Jon wie Schuppen von den Augen. Er musste sich verwandeln ... irgendwie, so könnte er sich heilen und seine Mutter aus dem Wrack bergen, bevor es zu spät war.

Die panischen Rufe seiner Mutter ignorierend versuchte er sich zu konzentrieren.

Erst geschah nichts, doch dann begannen seine Zähne herauszufallen, nur um von einem Raubtiergebiss ersetzt zu werden. Die Rippen, die aus dem Brustkorb ragten, schoben sich unter Knirschen zurück in den selbigen.

Sein Arm begann sich auch wieder zu richten. Da drangen erneut die Schreie seiner Mutter zu ihm und während sein Körper versuchte, die vielen Wunden zu reparieren, schlugen bereits die Flammen an den Beinen von Jons Mutter empor und es roch nach versengtem Nylon und geröstetem Fleisch.

Die Schreie seiner Mutter wurden ohrenbetäubend und Jon versuchte, sich, immer noch in Verwandlung begriffen, zu ihr hinzuschleppen.

Als er in die Nähe seiner Mutter kam, hatte diese aufgehört zu schreien, und der ganze Innenraum des Autos brannte lichterloh.

Was dann noch geschehen war, wusste Jon nicht mehr. Er kam erst wieder zu sich, als Feuerwehrmänner versuchten den verbrannten Leichnam seiner Mutter aus seinen Händen zu befreien.

Er lag ein paar Meter von dem noch immer qualmenden Autowrack entfernt, an dessen Fahrerseite sein zur Unkenntlichkeit verbrannter Vater saß.

Seine Mutter wurde gerade in einen Zinksarg gelegt, als Jon vollends zu sich kam und anfing, bitterlich zu weinen.

Einer der Feuerwehrmänner kniete sich neben ihn. „Waren das deine Eltern … Junge, das tut mir leid … der Doktor kommt gleich … war noch bei einem anderen Unfall, aber dir scheint es ja noch recht gut zu gehen, hast nicht mal nen Kratzer abbekommen, von den zerrissenen Klamotten mal abgesehen.

Der Feuerwehrmann hüllte ihn in eine warme Decke ein und als es anfing zu regnen, wurde er, da der Arzt noch auf sich warten ließ, von zwei Polizisten in ein nahegelegenes Krankenhaus gefahren, wo man ihn genauer untersuchte.

Und wirklich, er hatte keinen Kratzer mehr am Leib, dafür tiefe Furchen in seiner Seele. Die Essenz hatte ihren Dienst getan … nur gegen ein gebrochenes Herz konnte auch sie nichts ausrichten.

Nachdem die Polizei herausgefunden hatte, wer er war, wurden seine Großeltern informiert, die ihn dann abholten, selber bis ins Mark erschüttert über den Tod ihres Sohnes und der von ihnen geliebten Schwiegertochter.

# Ende und Anfang

Denver, 03. März 1936, 10.00 Uhr morgens am Denver Westendfriedhof

Es regnete in Strömen und es war kalt, nasskalt. Jon stand neben seinem weinenden Onkel Logan, der ihm den Arm um die Schultern gelegt hatte und starrte in die beiden gähnenden Löcher vor sich, in die gerade die Särge seiner Eltern hinabgelassen wurden. Er warf jeweils eine weiße Rose in das Grab seiner Eltern, dann ging er auf das Grab seines Vaters zu, weg von dem Regenschirm, den sein Onkel über sie gehalten hatte, und kniete sich in die nasse Erde, krallte seine Hände hinein und fing an zu weinen. Seine beiden Cousins traten neben ihn, jeder auf eine Seite, zogen ihn liebevoll wieder auf die Beine und halfen ihm, sich sauber zu machen.
Zu der Feierlichkeit zum Gedenken seiner Eltern saß er nur apathisch da und starrte vor sich hin.
Die gesamte Belegschaft der Firma seines Vaters war gekommen, viele Freunde und Geschäftspartner waren angereist, teils viele hunderte Kilometer, um den Clarks die letzte Ehre zu erweisen.
Man konnte fast meinen, ein großer Politiker würde beigesetzt, doch es war das Ehepaar Clark, das so viele Herzen bewegte. Im Leben waren sie aufrichtig, sozial engagiert und immer fair gewesen und so waren über dreihundert Trauergäste anwesend, die Belegschaft der Firma war da noch nicht mitgerechnet.

Jon schien das alles nicht zu berühren, er saß nur da und wirkte abwesend, denn er befand sich an dem einzigen Ort, an dem er ein wenig zur Ruhe kommen konnte. Er saß zusammen mit seinem Krafttier am Bach der Lichtung und kraulte den Wolf zwischen den Ohren, hatte seine Füße ins Wasser gehalten und sinnierte über den Sinn seines Lebens nach.

Jon zog bei seinen Großeltern ein, die am anderen Ende der Stadt ein schönes Häuschen hatten.
Die ersten zwei Wochen ging er nicht in die Schule, doch dann, nachdem sein Großvater mit ihm geredet hatte, nahm er den Unterricht wieder auf. Er zog sich jedoch noch weiter in sich zurück, sodass er jeden abschreckte, sich mit ihm abzugeben, und so blieb er in seinem selbst gewählten Exil alleine.

So vergingen die Jahre und mit seinem 21. Lebensjahr bekam er dann das volle Erbe zugewiesen. Jetzt war er ein reicher Mann, der alleine nach Abzug der Erbschaftssteuer über ein Barvermögen von über drei Millionen Dollar verfügte. Dazu kam noch die gut laufende Firma, die unter der Leitung des fähigen Firmenleiters, den sein Vater noch eingestellt hatte, bevor er erschossen wurde, immer noch wuchs.

Dies beließ er genauso, wie sein Vater es verfügt hatte, denn warum sollte er in eine gut laufende Firma eingreifen. Das Einzige was er tat, war, das, was sein Vater schon vor seinem Tod mit ihm besprochen hatte, er verdoppelte das Einkommen seines Firmenführers und hob auch die Gehälter der Angestellten um ein Drittel an, was diese zu einer der bestverdienendsten Angestellten des Bundesstaates machte. Somit hatte er gewährleistet, dass immer nur die Besten für ihn arbeiten würden, denn jeder gute Mann wollte nun für ihn arbeiten.

Der Eintritt der Vereinigten Staaten in den Zweiten Weltkrieg erfolgte am 8. Dezember 1941 mit der Kriegserklärung an Japan, nach dem Angriff auf Pearl Harbor am Tag zuvor. Wenige Tage später, am 11. Dezember, erfolgte die Kriegserklärung Deutschlands und Italiens an die USA, die am gleichen Tag beantwortet wurde. Trans of Montaigne, Jons Firma, war zu dieser Zeit ein Unternehmen, was in den ganzen USA vertreten war, und so bekam er mit Eintritt der Vereinigten Staaten in den zweiten Weltkrieg einen Vertrag mit dem Militär, was ihn nur noch reicher werden ließ, bis er nicht mehr wusste, wieviel Geld er eigentlich hatte.

Der Krieg währte für die Staaten schon ein Jahr, da war Jon am frühen Nachmittag von einer Betriebsfeierlichkeit auf dem Weg nach Hause, er lebte mittlerweile alleine, denn zuletzt war auch noch sein Großvater von ihm gegangen, was ihm erneut einen tiefen Schlag versetzt hatte. Sein Großvater war sein einziger Freund gewesen, den er noch hatte.

Er musste an einer roten Ampel anhalten, da kam eine Gruppe Motorradfahrer zu ihm an die Haltelinie. Jon traute seinen Augen nicht, wen er zu sehen bekam. Es war der schwarzhaarige Verbrecher, mit der Narbe im Gesicht, der seine Eltern auf dem Gewissen hatte.

Jon musste ziemlich zu ihm rübergestiert haben, denn der Typ trat mit seinem Stiefel an das Auto. „Ey Bübchen, glotz woanders hin, sonst bekommst du was aufs Maul!", sagte er, fuhr mit seiner Klicke los, obwohl es noch rot war und bog in einen Hinterhof ein, über dem 'Clubhaus des Devils' stand.

Jon sah nur noch einmal kurz zu dem Gebäude dahinter, wo die Motorräder gerade geparkt wurden und prägte sich die Umgebung ein ... denn heute Nacht würde er wiederkommen.

Jon hatte sich stundenlang Gedanken gemacht, wie er vorgehen wollte, denn er hatte nicht vor, dabei gesehen zu werden, geschweige denn erkannt zu werden.

Zu seinem Glück war es zwei Tage nach Neumond, also recht dunkel in der Nacht, abgesehen von vereinzelten Straßenlaternen.

Also beschloss er den kleinen Wohnwagen seiner Großeltern zu nehmen, der ja jetzt auch ihm gehörte. Er wollte ihn an sein Auto hängen, um sich mit dessen Hilfe so nah wie möglich an das Clubhaus heranzubegeben.

Als es richtig dunkel war, fuhr er los und parkte in einer Seitengasse, nicht weit weg von seinem Ziel.

Jon beschloss, sich erst dann zu verwandeln, wenn er sicher war, dass er die Richtigen vor sich hatte, und so zog er vorsichtig, um nicht unnötig viel Lärm zu machen, eine Feuerleiter herunter und schlich sich auf das Flachdach der Halle.

Der Club musste früher mal eine kleine Fabrik gewesen sein, denn die Oberlichter waren schmale Glasaufbauten, durch die man nach unten sehen konnte.

In dem vorderen Teil war eine Bar eingerichtet worden, wo über zwanzig Typen zusammen mit einigen Mädchen saßen und Bier tranken, es ging ziemlich ausgelassen zu.

Jon wartete auf ein Zeichen um zuzuschlagen, denn erkannt hatte er die beiden schon, die seine Eltern auf dem Gewissen hatten.

Es mussten fast drei Stunden vergangen sein, da sonderten sich die Zwei und noch vier andere von den Feiernden ab und betraten einen von der Halle abgemauerten Bereich, der anscheinend als Beratungszimmer diente, denn es standen außer einem Tisch mit eingeschnitzten Clubinitialen auch noch genauso viele Stühle wie Anwesende drum herum.

Bevor sie sich alle setzten, legte einer einen stählernen Riegel vor die Tür, damit sie ungestört sein konnten.

Jon sah darin genau seine Chance, denn außer dem Oberlicht, das mindestens vier Meter über dem Boden war, gab es keine Fenster.

Mittlerweile hatte auch in der Halle mit der Bar die Party richtig angefangen und ohrenbetäubend laut dröhnte Musik zu ihm herauf.

Jetzt zog sich Jon in aller Ruhe aus und betrachtete dabei die lachende

Runde der Verbrecher unter sich. Er legte seine Kleidung säuberlich zusammen, dann nahm er eine der Steinplatten, die auf einem der Schornsteine als Regenabdeckung dienten und warf sie in das größte Oberlicht. Dann sprang er, nur noch mit seinen Boxershorts bekleidet, hinterher.

Der Tisch brach unter dem Einschlag der Betonplatte zusammen, und Glassplitter regneten herab und verletzten einen der überraschten Männer. Jon kam nicht ganz so gut auf, wie er erhofft hatte, und brach sich den linken Fuß. Mit schmerzverzerrtem Gesicht richtete er sich jedoch wieder auf und stand an der verriegelten Tür.

Der Schwarzhaarige mit der Narbe erkannte ihn nach kurzem Überlegen. „Sieh an, das Arschloch von heute Nachmittag, halb nackt und mit gebrochenem Fuß … sag mal, was bist du eigentlich für ein blöder Penner … wirfst eine Steinplatte auf unseren Clubtisch, fällst blöderweise auch noch hinterher … ich kann dir nur eins sagen … jetzt hast du dich aber wirklich in die Scheiße geritten!", sagte dieser und ließ sein Butterflymesser aufklappen. Auch die anderen hatten sich wieder gesammelt, einige lachten über das, was ihr offensichtlicher Anführer gesagt hatte, und andere starrten Jon teils verständnislos, teils mit Mördermienen an.

„Erkennst du mich denn gar nicht!", fragte Jon mit verzerrtem Gesicht, denn das Bein fing schmerzhaft an zu pochen.

„Wer sollst du schon sein, außer tot, wenn wir mit dir fertig sind!", antwortete der Rothaarige.

„Fünf verdammte Jahre ist es jetzt her, als ihr meinen Vater am Lenkrad erschossen habt und meine Mutter lebendig verbrannt ist … nur ich habe überlebt!", sagte Jon bitter.

„Jetzt dämmerts mir, das Bürschchen mit den hochgeklappten Rippen … dass du das überlebt hast, alle Achtung, aber das ändern wir gleich, und zwar mache ich das dieses Mal selber!" Mit diesen Worten kam er langsam auf Jon zu, rammte ihm das Messer mit einem bösen Grinsen in den Bauch und drehte es um, dann zog er es wieder heraus, und Blut quoll aus der Wunde an Jons Bauch.

Jetzt sah Jon zu dem skrupellosen Messerstecher auf, rötliche Glut schien in seinen Augen zu glimmen und er lächelte ihn dankbar an.

„Danke, dass du das für mich getan hast, jetzt weiß ich wenigstens, dass du hundertprozentig der bist, den ich gesucht habe!", sagte Jon und fing an zu lachen, er konnte gar nicht mehr aufhören damit. Und als sich alle verunsichert ansahen, begann Jon sich zu verändern.

Als ihm die Zähne ausfielen, sich langsam der Kiefer zu verformen und die Reißzähne zu wachsen begannen, stierten ihn die Männer nur aus großen Augen an, nicht wirklich glaubend, was sie da sahen. Als sich dann auch noch der Rest von Jon verwandelte, brach Panik aus, und einer von ihnen versuchte an Jon, der mittlerweile fast keine Ähnlichkeit mehr mit einem Menschen hatte, vorbei zur Tür zu kommen. Aber die Bestie, zu der Jon gerade wurde, fasste den Riegel mit ihrer grotesken Klauenhand an und verbog ihn so, dass es keinem mehr gelingen würde, ihn von innen zu öffnen.

Dann fuhr er herum und befreite den Mann von seiner Seele. Ohne Kopf fiel dieser vornüber. Der Kopf rollte den anderen vor die Füße, was einige veranlasste zu versuchen, einen Schrank zu erklettern und von da aus vielleicht die Oberlichter zu erreichen.

Mit einem beachtlichen Sprung auf den Schrank vereitelte die Bestie das, und im nächsten Moment wurde dem nächsten mit einem Hieb die Lederkutte samt Bauch weggerissen.

Gedärm verteilte sich im Raum und traf etliche der schreienden Männer, und ein Gestank nach Blut und Fäkalien breitete sich im Raum aus.

Aber bevor der verstümmelte Körper auf den Boden fallen konnte, bekam der nächste schon den Kopf abgebissen, und eine Blutfontäne besudelte jeden, der neben ihm stand.

In Panik versuchte ein weiterer der Verbrecher zu der jetzt zugänglichen Tür zu kommen, rutschte dabei aber im Blut und Eingeweiden seines Kameraden aus und schlug der Länge nach hin.

Als er versuchte wieder aufzustehen, hatte Jon bereits seinen klauenbewehrten Fuß auf dessen Rücken gestellt, beugte sich mit dem Kopf nach unten, riss dem schreiend und zappelnden Opfer mit seinen Kiefern knirschend die Wirbelsäule heraus und schleuderte diese knurrend durch den Raum.

Nun waren nur noch der Rothaarige und sein Boss übrig, der immer noch das Messer in der Hand hielt, mit dem er Jon den Rest geben wollte.

Mit einem Tischbein bewaffnet versuchte der Rothaarige einen letzten verzweifelten Angriff, der durch einen beilaufigen Klauenhieb von oben nach unten beendet wurde und dem Angreifer den Brustkorb abriss, sodass man Herz und Lunge sehen konnte, bevor diese mit einem komischen Laut in sich zusammenfiel. Mit ungläubigem Gesichtsausdruck fiel auch dieser nach vorne um und landete in seinem eigenen abgerissenen Brustkorb und einem See aus But und Körpersäften.

Der Schwarzhaarige hatte mittlerweile sein Messer fallen lassen und bettelte um sein Leben, doch das Flehen erreichte Jon nicht, sah er in diesem Augenblick doch vor seinem geistigen Auge noch einmal seine Eltern sterben. Der Vater, dem das Gehirn herausgeschossen worden war, und die Mutter, die bei lebendigem Leib verbrennen musste, weil keiner ihr helfen konnte, nicht einmal ihr eigener Sohn.

Das Monstrum musste abwesend ausgesehen haben, denn der Gangster bückte sich schnell, hob sein Messer wieder auf und rammte es erneut, dieses Mal verzweifelt, in Jons bepelzten Unterleib.

Das holte diesen wieder zurück in die Realität und ließ ihn an sich herunterblicken, das Messer steckte ihm immer noch im Fleisch.

Daraufhin versuchte der Mann unter ihm wegzutauchen, doch Jon bekam ihn am Hals zu fassen und riss ihn vor sich in die Höhe, drückte ihn an die Wand und sah ihn mit rotglühenden Augen an. Das ließ den Mann seine Körperfunktionen vergessen und er pisste sich ein.

Dann erinnernd, wie sein Vater gestorben war, nahm er den klauenbewehrten Zeigefinger seiner linken Hand und drückte diesen langsam durch das linke Auge seines Opfers, bis in sein Gehirn. Erst als er aufgehört hatte zu zappeln und nur noch zuckte, riss Jon ihm mit einem Ruck den Kopf ab.

Nun trat er ein Stückchen in die Zimmermitte und schaute sich um. Was er sah, ließ ihn dieses Mal nicht erschrecken, noch rührte sich ein schlechtes Gewissen, denn diese Verbrecher hatten es mehr als verdient.

Mit einem großen Satz sprang er hinauf durch das Oberlicht und landete neben seinen Kleidern. Er hatte gar nicht gemerkt, dass das Messer immer noch in seinem Bauch steckte. Er zog es heraus und die Wunde schloss sich augenblicklich.

Während er sich nach seiner Zurückverwandlung, verschmutzt wie er war, anzog betrachtete er von oben sein Werk, konnte aber keinen Fehler seinerseits erkennen, denn sie hatten sich schon vor Jahren das Grab geschaufelt, in dem sie jetzt lagen.

Erst zwei Tage später wurden die Leichen entdeckt, denn anscheinend war es durchaus normal, dass sich die Männer für ein paar Stunden in dem Beratungszimmer einschlossen, und so waren alle anderen nach einer Weile gegangen. Mitbekommen hatten sie durch die laute Musik nichts, und erst, als es am zweiten Tag komisch zu riechen begann und sich nach vermehrtem Klopfen niemand gemeldet hatte, war jemand auf das Dach gestiegen und hatte die verstümmelten Leichen entdeckt.

Der Vorfall wurde schnell abgehandelt, denn es wurde angenommen, dass es sich um eine Mafiavergeltung handeln musste, hatte der Club doch schon öfters im Mittelpunkt von Ermittlungen gestanden.

Ab dem Tag wusste Jon, dass er Verbrecher zur Strecke bringen wollte, doch dazu musste er am besten in den Polizeidienst eintreten, um von den wirklich schlimmen Verbrechen zu erfahren. Doch mit seinem bekannten Namen ging das nicht, also machte er zuerst einen Termin mit seinem Anwalt, um das mit ihm zu besprechen.

Dieser Anwalt war schon ein guter Freund seines Vaters gewesen, und so hörte er sich an, was der Sohn seines verstorbenen Freundes auf dem Herzen hatte.

Als dieser ihm erklärte, dass er in den Polizeidienst eintreten wolle, versuchte der Anwalt ihn davon abzubringen, denn ein so vermögender Mann, wie Jon es war, brauchte sich doch nicht in unnötige Gefahr begeben.

Doch als der Anwalt merkte, dass er Jon nicht von seinem Vorhaben abbringen konnte, riet er ihm, seinen Namen amtlich nicht zu ändern. Er sollte sich falsche Papiere besorgen, denn reich genug, um sich auf dem Gebiet das Beste zu kaufen, war er allemal.

Und so wurde auf den Ausweispapieren aus dem Firmeninhaber und Multimillionär Jon Clark der Polizeirekrut Mike Conner.

## Begegnung der dritten Art

Detroit, 04. August 1950

Der Tag war heiß gewesen ... fast unerträglich. Richard und Tom gingen seit Tagen zusammen mit Mike Indizien nach, um endlich einmal Licht in diesen konfusen Fall zu bekommen.
Wieder war es so gewesen, dass alle ihre komplette Munition verschossen hatten und dennoch alle tot waren, das Einzige, was anders zu sein schien, war, dass Italiener und Iren nun gemeinsame Geschäfte zu machen schienen – aber auch gemeinsam starben.
Der Menschenhändler wiederum, den es am Kai erwischt hatte, war ein Mann, den sie schon seit Jahren versuchten, dingfest zu machen ... nun, das hatte sich auch erledigt.
Komischerweise waren zwei Koffer mit Bargeld gefunden worden, also schien sich der Vollstrecker, wie der Täter liebevoll von den Kollegen genannt wurde, nichts aus Geld zu machen.

Auch von Olsen war nichts Neues zu erfahren gewesen und so hatte Richard ausnahmsweise einmal pünktlich Feierabend.
Tom, Olsen, Mike und Sosinsky wollten noch in die Bar gehen und hatten ihn gefragt, ob er mitkomme, aber zu seinem eigenen Erstaunen hatte er abgelehnt und sich ohne Umwege nach Hause begeben.
Da war er nun, frisch geduscht, nur mit einer Boxershort bekleidet, stand am offenen Fenster und ließ sich bei einer guten Zigarre und einem Glas Whiskey die laue Luft um den feuchten Körper wehen.
Er beschloss, heute nicht so lange wach zu bleiben und lieber morgen früh in aller Ruhe frühstücken zu gehen, denn morgen war Samstag und er hatte voraussichtlich das ganze Wochenende frei.
Er hatte sich recht früh zur Ruhe begeben und war schnell eingeschlafen, da fing er auch schon an zu träumen. Wie so oft die letzten Nächte träumte er von Laura ... seiner Laura, er schien sie direkt zu riechen, ein Geruch nach Weihrauch, Zitrone und Bergamotte schien seine Nase zu umschmeicheln und als er in seinen Träumen nach ihr suchte, wurde er wach.
‚Schade, dass es nur ein Traum war‘, dachte er, aber der Geruch nach Lauras Parfüm schien immer noch in der Luft zu liegen.
Und da sah er sie, Sie stand vor dem Fenster und Mondlicht umspielte ihre Silhouette.
Richard hatte immer noch das Gefühl, er würde träumen. Deshalb

schüttelte er verwirrt den Kopf und stützte sich auf seine Ellenbogen, um besser sehen zu können.

Doch da stand Sie immer noch, und ein verführerisches Lächeln schien in ihren schwach beleuchteten Gesichtszügen zu spielen.

Richard richtete sich nun komplett auf und das weiße Satinlaken rutschte von seinem muskulösen Oberkörper. „Laura ... Laura, bist du das?", fragte er ins Halbdunkel.

„Bleibe ganz ruhig, mein Liebster, ich bin gleich bei dir!", hauchte sie, sodass er ihre Stimme gerade noch so verstand.

„Wie bist du hier reingekommen!", wollte Richard verblüfft wissen.

„Ist das von Belang!", fragte sie und ließ ihren Trenchcoat, den sie getragen hatte, von ihrem Körper gleiten.

Dann kam sie langsam wie eine Katze auf ihn zugeschlichen und was Richard zu sehen bekam, ließ ihm den Atem stocken.

Sie hatte ihr seidiges, leuchtend rotes Haar offen, und es fiel in sanften, weichen Wellen über die zarten Schultern, die wie Silber im Mondlicht schimmerten. Ihre schwarzen Augen schienen ihn regelrecht verschlingen zu wollen, dazu hatte sie ihre roten Lippen leicht geöffnet und spielte mit ihrer Zungenspitze an ihren Lippen.

Sie kam näher, Richard konnte ihren betäubenden Geruch noch stärker wahrnehmen, er sah, dass sie rote, hochhackige Schuhe trug, ihre langen Beine waren in schwarze Seidenstrümpfe gehüllt und wurden von ebenfalls schwarzen Strumpfhaltern gehalten.

Was ihn jedoch schlucken ließ, war der haarlose Venushügel, der bei jedem ihrer Schritte durch den Schlitz des schwarzen Seidenwickelkleides hervorblitzte ... sie hatte kein Höschen an.

Ihre harten Brustwarzen wurden durch die Büstenhebe betont, die ebenfalls bei jeder Bewegung ihres Körpers über das durchsichtig seidige Wickelkleid rieben.

Richard war wie hypnotisiert als sie an seinem Bett angelangte und auf allen Vieren langsam zu ihm kam, sodass ihm keinerlei Reize mehr verborgen blieben.

Sein Puls begann sich zu beschleunigen als sie mit ihrer kühlen und dennoch zarten Hand über seine Brustmuskeln strich, um sie dann in seinen Nacken zu legen und ihn zu sich hinzuziehen.

Sie küsste ihn leidenschaftlich und auch Richard erwiderte den Kuss mit all seiner aufgestauten Lust, fuhr ihr mit beiden Händen über ihre prallen Brüste und liebkoste mit den Fingern ihre harten Brustwarzen, sodass sie zu stöhnen begann.

Noch immer eine Hand an Richards Hals ließ Laura ihre andere auf Wanderschaft gehen, sie fuhr seidenweich seine Brust hinunter über die sich leicht abzeichnenden Bauchmuskeln hinab, zwischen seine Beine und umschloss sein pralles Glied mit ihrer Hand und begann es unendlich langsam zu reiben.

Jetzt war Richard nicht mehr zu halten, er fuhr ihr mit seinen Händen die weich bestrumpften Beine hinauf zu ihrem festen weiblichen Po, zog sie zu sich hoch und umschloss mit seinem Mund ihre festen Brustwarzen und begann fest daran zu saugen, sodass wohlige Schauer über ihren Körper jagten.

Dann nahm er eine Hand von ihrer sinnlichen Kehrseite und fuhr ihr damit sanft zwischen die leicht geöffneten Schenkel und ertastete ihr feuchtes, williges Fleisch und begann sie zu reiben, bis sie nasser und nasser wurde und anfing, laut zu stöhnen.

Als beide vor Leidenschaft schwer atmeten, zog Richard Laura auf seinen Schoß und drang mit seinem harten Glied geschmeidig langsam in sie ein. Nun begann sie sich stöhnend rhythmisch auf ihm zu bewegen und auch ihm entwichen Laute der Lust und steigerten dadurch nur ihre Ekstase, und so wurde sie in ihren Bewegungen immer fordernder und schneller.

Als es Richard nicht mehr aushalten konnte, ergoss er sich stöhnend in Lauras Schoß, und zur selben Zeit kam auch sie, nur war es bei ihr schon das dritte Mal, dass sie ein Schauer der Lust durchzuckte und sie verzückt aufschreien ließ.

Völlig außer Atem ließ sie sich auf seine Brust sinken und bettete ihren Kopf an seine Halsgrube. Sanft streichelte Richard sie über ihren Rücken, und es vergingen einige Momente, bevor er etwas sagte. „Ist das ein Traum … wache ich gleich auf und du bist gar nicht da?", hauchte er ihr in ein Ohr, was ihr erneut einen wohligen Schauer bescherte.

„Es ist kein Traum und ich gehe heute Nacht auch nicht so schnell wieder weg, das verspreche ich dir!", sagte sie und küsste seine Halsbeuge.

Sie lagen einfach nur da und streichelten sich gegenseitig, und als Laura sich anschickte, ihn wieder zu küssen, durchströmte ihn neue Energie und sein Glied war schon wieder bereit, Wonne zu bereiten.

Dieses Mal jedoch legte er seine Liebste auf den Rücken, spreizte ihre Beine und verschwand mit seinem Gesicht zwischen ihren Schenkeln.

Wieder durchzuckten sie die Orgasmen und sein männlich herber Körpergeruch tat sein Übriges und ließ sie Sinnesfreuden erleben wie schon seit Jahrhunderten nicht mehr.

Nach einer Weile, ihre Vagina zuckte nur noch orgastisch in kleinen Wellen, drang Richard erneut in sie ein. Laura umfasste seinen apfelrunden, strammen Po, hielt sich daran fest und wölbte sich ihm entgegen, um jeden Stoß mit Wonne zu empfangen. Dies beflügelte Richard zu Höchstleistungen, und so nahm er Laura so wie er vor ihr nie eine Frau genommen hatte, pflügte sie durch, als wäre es ihr letztes Mal.

Laura hielt sich an seinem muskulösen Rücken fest und krallte ihm ihre spitzen Fingernägel in die Haut und zog sie voller Ekstase über seinen Rücken, was ihn mit süßem Schmerz zum nächsten Orgasmus trieb.

Als sie den zweiten Akt ihrer Leidenschaft beendet hatten, lag Richard erschöpft auf dem Bauch, Laura kniete neben ihm und strich die blutigen Kratzspuren, die sie ihm in ihrer Leidenschaft zugeführt hatte, mit ihren Fingern nach.

Als er eingeschlafen war, fuhr sie mit der Zunge über die blutenden Striemen, was ihr den nächsten multiplen Orgasmus bescherte und die Wunden langsam verheilen ließen, bis nur noch feine, weiße Linien zu sehen waren, die mit der Zeit verblassen würden.

Es waren nur noch wenige Stunden bevor der Morgen graute, als Laura erneut begann ihn zu streicheln und seinen Duft zu inhalieren ... seine Körperwärme in sich aufzunehmen und ihm dabei über seinen Po zu streicheln, was ihm wohlige Laute entlockte und sie lächeln ließ.

Als er richtig wach wurde, begannen sie sich wieder leidenschaftlich zu küssen, und als Richard erneut dazu bereit war, liebten sie sich ganz langsam und gefühlvoll, als könnte einer den anderen zerbrechen. Danach war Richard komplett erledigt und schlief erneut ein, aber bevor er ins Land der Träume abdriftete, sagte er noch zu Laura: „Ich liebe dich, Miss Italia!" und schlief ein.

Sie blieb noch eine kurze Zeit wehmütig zu dem erwachenden Tag blickend liegen, da sie wusste, dass sie aufbrechen sollte, um rechtzeitig in ihrem Haus zu sein.

Richard lag halb zugedeckt auf dem Rücken und hatte die Arme über dem Kopf verschränkt. Für Laura sah der knallharte Inspektor und Kriegsheld verletzlicher aus denn je. Sie versprach sich selber, dass sie diese Liebe nicht opfern würde, egal was kommen wird, denn ihr Blut gehörte zusammen, und sie spürte jetzt schon das neue Leben in ihr keimen.

Als sie sich angezogen hatte, beugte sie sich zu ihm herab und gab ihm einen Kuss auf die Stirn, was ihn wahnsinnig süß lächeln ließ, dann war Laura verschwunden.

Am nächsten Morgen wachte Richard erst um elf Uhr mittags auf, sofort schaute er sich um, aber der Platz neben ihm war leer. Ihr Duft lag aber immer noch in der Luft und als er erneut neben sich sah, bemerkte er einen Zettel mit einem roten Lippenstiftabdruck darauf und den Worten: ‚Versuche nicht mich zu finden, ich finde dich‘, und darunter stand ‚in Liebe L.‘

Richard musste bei den Worten wehmütig grinsen. ‚Diese Frau bringt mich noch um den Verstand‘, dachte er, zog sich an und ging, ohne sich zu rasieren oder zu duschen, da er immer noch ihre Berührungen spürte, ein verspätetes Frühstück einnehmen.

So gut und vital wie an diesem Tag hatte er sich noch nie gefühlt. Außer einem leichten Jucken am Rücken, das aber bald verging, fühlte er sich prächtig. Alles erschien ihm heller und freundlicher, auch die Gerüche waren intensiver, einfach gesagt, er war bester Laune.

# Verpatzt

Detroit, 05. August 1950

Der Richter ließ seinem Sohn etliche Wochen keine Ruhe.
Eine Woche nachdem er ihn zusammengestaucht hatte, bekam Reginald eröffnet, dass er an der Uni angenommen sei, und sein erster Studiengang beginne am nächsten Tag.
„Mit einem Jurastudium kannst du Richter, Anwalt oder Notar werden. Hier findest du alle Möglichkeiten zur juristischen Ausbildung!", sagte sein Vater, und reichte ihm einen Flyer der Uni, die er für ihn ausgesucht hatte.
Wortlos nahm Reginald das Schriftstück entgegen und nickte nur mit zusammengebissenen Zähnen.
„Und dass du uns nicht wieder enttäuschst!", schob sein Vater noch nach und ließ ihn ohne weitere Worte stehen.
Hass stieg in diesem Moment wie Magma in ihm auf, aber gegen seinen übermächtigen Vater und dessen Arroganz seinem Sohn gegenüber, kam dieser einfach nicht an, zumal er auch über ein eigenes Einkommen verfügte.
Aber damit nicht genug, denn nicht einmal die Wochenenden konnte er machen was er wollte. Die Kampagne, die sein Vater gestartet hatte, um sich den Gouverneursposten zu sichern, vereinnahmte die ganze Familie, und Reginald wurde in der Öffentlichkeit als Mustersohn verkauft und durfte für die Fotografen lächeln.
Seine Mutter war so dumm und dachte, dass es ihrem Sohn genauso gut gefallen würde wie ihr, sie genoss die Öffentlichkeitsarbeit regelrecht.

Heute war der erste Tag seit langem, an dem er über seinen Abend selbst entscheiden konnte, und er nahm sich vor, endlich wieder ein Mädchen flachzulegen. Doch nirgends, wo er an diesem Abend hinkam, war ein Mädchen ohne Begleitung gewesen, und Reginald war dementsprechend schlecht gelaunt.
Als es dann auf Mitternacht zuging, saß er alleine auf einer Bank am Rand des Clark Park, als zwei junge Frauen lachend an ihm vorbeigingen.
Noch nichts Bestimmtes im Sinn und aus einer Laune heraus, beschloss er den Frauen in einigem Abstand zu folgen.
Er ging eine ganze Weile hinter ihnen her, konnte ihre schönen Beine mit den schwarzen Strumpfhosen betrachten und ihre Kurven schienen ihn immer mehr zu erregen, je länger er ihnen folgte.

Einige Zeit später trennten sich die beiden und die eine ging einen kurzen Weg entlang und dann in ein Haus, in dem einige Mietwohnungen waren. Die andere hatte wohl noch ein Stückchen weiter zu gehen. Plötzlich stieg in Reginald wieder diese Gier auf ein sich wehrendes Opfer, und er konnte sie schon regelrecht unter sich heulen und zappeln sehen.

Er beschleunigte seinen Schritt und schloss recht schnell zu der ahnungslosen Frau auf. Mittlerweile war sein Glied durch seine perversen Fantasien schon prall erregt. Brutal stieß er die Frau in eine neben dem Weg stehende Hecke, sprang auf ihren Rücken und drückte die erschrocken aufschreiende Frau mit dem Kopf in das herumliegende Laub und versuchte sie festzuhalten und ihr gleichzeitig den Rock hochzuschieben. Die Frau konnte sich gegen Reginalds Kräfte nicht genügend zur Wehr setzen, da sie recht zierlich war und durch das Laub auch immer weniger Luft bekam.

Als er endlich den Rock hochgeschoben hatte, zerriss er die Strumpfhose, zog ihr dann den Schlüpfer runter und versuchte sein Glied aus der Hose zu befreien, damit er sie vergewaltigen konnte.

Gerade wollte er sein Geschlechtsteil in die kaum noch zappelnde Frau rammen, da bekam er einen mächtigen Schlag in den Rücken, sodass ihm die Luft wegblieb, mehrere Rippen brachen und er wurde von seinem Opfer heruntergerissen.

Schwer atmend schlug er auf eine Rasenfläche auf, sein gepeinigtes Opfer begann sich gerade weinend aufzurappeln, und ohne sich richtig der zerrissenen Strumpfhose zu entledigen, rannte sie los und drehte sich nicht mehr um.

Reginald hatte trotz der gebrochenen Rippen Glück gehabt, denn keine war ihm in die Lunge gestoßen worden.

Immer noch verblüfft und mit runtergezogenen Hosen lag er mit schmerzverzerrtem Gesicht auf dem Rücken, als bei den Büschen, wo er gerade noch sein Opfer vergewaltigen wollte, ein rötlich glühendes Paar Augen erschien und ihn zu fixieren begann.

Diese Augen schienen immer größer zu werden, und dann schob sich die dazugehörige Gestalt knurrend auf allen Vieren auf ihn zukommen in das Mondlicht. Reginald, dem alle Haare zu Berge standen, starrte das Monstrum, das jetzt fast schon bei ihm war, mit schreckensgeweiteten Augen an.

Und bevor er zu schreien anfangen konnte, bekam er in die Kehle gebissen, aber nur so viel, dass er keinen lauten Ton mehr von sich geben konnte.

Nun war es anders herum, Reginald versuchte röchelnd und mit blutender, zerbissener Kehle von der Höllengestalt wegzukriechen, die aber ihre klauenbewehrte Pranke auf seinen Rücken gedrückt hatte, sodass er nur wie ein Käfer zappeln konnte, aber nicht wegkam.

Dann kam das Monster ganz nahe mit seinem riesigen Maul an Reginalds Ohr heran, wobei heißer Speichel über sein Gesicht tropfte. „Jetzt wirst du leiden!", grollte der Lykaner ihm ins Ohr und ließ gleichzeitig eine Klaue in seinen Rücken eindringen.

Reginald, der sich trotz der Schmerzen nicht rühren konnte, versuchte gurgelnd zu schreien, atmete dabei aber nur sein eigenes Blut ein und musste schmerzhaft husten. Aber damit nicht genug, jetzt biss ihm die Bestie in das linke Schulterblatt, schälte ihm mit seinen Reißzähnen das Fleisch und Stücke seines Anzugs von den Knochen und ließ es vor seinen weit aufgerissenen Augen fallen.

Doch als das Monster anfing, sich mit der Klaue in seinem Rücken zu bewegen, blieb ihm schier die Luft weg, und er hoffte nur, dass es nicht mehr so lange dauern würde, bevor das Vieh ihm den Rest gab.

Als plötzlich der Druck auf seinen Körper schlagartig nachließ, und kurze Zeit später vernahm er ein Auto, das anhielt und dann eine Stimme: „Hier ist Sergeant Fillips, brauchen einen Krankenwagen im Clark Park bei der Ecke, wo die Wohnanlagen sind, Mann schwer verletzt … macht schnell, jede Minute zä…!"

Das war das Letzte, was Reginald hörte, dann wurde er ohnmächtig.

# Komplikationen

Detroit, 06. August 1950, gegen Nachmittag,
im Henry Ford Hospital, 2799 West Grand Boulevard

Reginald war mit Blaulicht in das Krankenhaus eingeliefert worden, wo er fünf Stunden notoperiert wurde, und bar jeder Befürchtung der Ärzte, er könnte es nicht überleben, atmete er immer noch.
Das Mädchen, das von ihm brutal missbraucht worden war, flüchtete zu ihrer Freundin, um dort Schutz zu suchen. Gemeinsam hatten sie dann die Polizei alarmiert, die Leitstelle hatte eine Streife, die in der Nähe war, verständigt und die hatte Reginald gefunden.
Hackman und Sosinsky, die den Fall zugewiesen bekamen, hatten die verängstigte Frau zu Hause aufgesucht und ihr einige Fragen gestellt, aber sie konnte ihnen nicht viel zum Täter sagen, da er sie ja von hinten in das Gebüsch gestoßen und sich dann auf sie gesetzt haben musste, denn ihr war es nicht mehr möglich gewesen, sich zu bewegen.
Trotzdem hatte Hackman die Frau überreden können, sich den vermeintlichen Täter anzusehen, zwar war Mr. Jonson selbst übel verletzt worden, aber er hatte, was junge Frauen betraf, bei der Polizei schon für so manchen Trubel gesorgt, konnte seinen Kopf aber immer wieder aus der Schlinge ziehen. Großteils auch, weil sein Vater, Richter Jonson, sehr viel Einfluss besaß.
Als die Frau durch das Glas der Intensivstation schaute und Reginald dort liegen sah, konnte sie ihn nicht zuordnen, denn wie sie schon zu Protokoll gegeben hatte, war ihr das Gesicht ihres Peinigers nicht bekannt und auch nicht verständlich, warum er sie dann doch hatte laufen lassen.
Sosinsky, der die junge Frau ins Krankenhaus begleitet hatte, brachte sie jetzt, ohne dass es die Ermittlungen weitergebracht hätte, wieder nach Hause.
Kaum waren die beiden im Treppenhaus des Krankenhauses verschwunden, da trat Conner aus dem Schatten eines Kaffeeautomaten, sah sich um und als er sicher war, dass sich niemand bei Reginald Jonson befand, ging er zu ihm.
Einige Zeit stand er am Fußende des Krankenbettes und sah Reginald ins Gesicht.
Nach einer Weile begann dieser zu blinzeln, da er das Gefühl hatte, dass jemand im Raum sei, und da trafen sich auch schon ihre Blicke.
Reginald, der ja wegen seines verletzten Kehlkopfes nicht sprechen

konnte, sah Mike nur fragend an. Der kam langsam auf seine rechte Seite, beugte sich zu dem frisch operierten Mann herunter und sagte leise in sein Ohr: „Mr. Jonson, dass Sie noch auf dieser Welt verharren, kann ich wirklich nicht gut heißen ... sobald Sie hier rauskommen, beende ich das, was ich gestern nicht fertigbekommen habe!" Bei diesen Worten schaute er böse grinsend in Jonsons schreckensweit aufgerissene Augen.

„Was machen Sie hier, der Mann darf nicht aufgeregt oder gestört werden ... und überhaupt ... wer sind Sie?", fragte eine erzürnte Krankenschwester.

Conner drehte sich lächelt um, nahm seinen Dienstausweis aus dem Jackett und zeigte ihn der dienstbeflissenen Frau. „Polizei Mam ... wollte nur sichergehen, dass es Mr. Jonson gutgeht, wollte ihn nicht stören, und bin auch schon wieder weg!" Lächelnd tippte er sich an den Hut und verließ die Intensivstation.

Reginald konnte nicht glauben, was er da eben gehört hatte, überhaupt kam ihm das, was er erlebt hatte, wie ein böser Traum vor.

Die Schwester, die sah wie er sich aufregte, verständigte den behandelnden Arzt und der gab ihm eine Beruhigungsspritze, worauf er wieder einschlief. Kurze Zeit später trafen seine Eltern ein, die in einer anderen Stadt gewesen waren, um Stimmen zu sammeln.

Nun saß Reginalds Mutter an dessen Bett und streichelte ihrem Sohn mit verweintem Gesicht die Hand.

Auf der anderen Seite der Fensterscheibe unterhielt sich der Richter mit dem Chefarzt und wies dabei mit dem Daumen auf seinen schwer verletzten Sohn: „Doktor, was genau ist eigentlich mit meinem Sohn passiert, und wie lange muss er hier bleiben ... er hat schließlich mit dem Studium angefangen, sagen Sie mir lieber, ab wann er wieder zur Uni kann. Nicht, dass sich der Bengel wieder um seine Verantwortung drückt!"

„Mr. Jonson Sir ... es grenzt schon an ein Wunder, dass Ihr Sohn überhaupt noch lebt ... sein Kehlkopf ist zertrümmert und wir wissen noch nicht, da noch alles geschwollen ist, wie schlimm es wirklich um ihn steht. Der linke Lungenflügel ist perforiert und fast vollständig in sich zusammengefallen. Ob das je wieder wird, liegt in Gottes Hand, aber was noch schwerer wiegt, ist die Verletzung am linken Schulterblatt ... fast der gesamte Muskel, der darüberliegen sollte, wurde ihm weggerissen, so dass man den Knochen sehen kann. Wir müssen erst abwarten, bis er wieder stabiler ist, bevor wir ihn erneut operieren können und dann ...", weiter kam der Arzt nicht, denn der Richter klopfte ihm nur auf die Schulter und sagte: „Ich habe vollstes Vertrauen in Sie ... Sie machen das schon, wenns ihm besser geht, kontaktieren Sie bitte mein Büro!"

Mit diesen Worten steckte er dem verdatterten Arzt seine Visitenkarte in den Kittel und ging zu seiner Frau, die immer noch weinend am Bett ihres Sohnes saß!

„Auf, auf meine Beste, unser Sprössling ist hier in den besten Händen, und der Arzt hat gesagt, dass er jetzt immens viel Ruhe braucht, und das sollten wir berücksichtigen!" Er packte seine Frau am Arm, um sie vom Bett wegzuziehen.

„Nein, Schatz, ich kann Reginald jetzt nicht alleine lassen, sieh doch wie hilflos unser Lämmchen ist!", sagte sie weinerlich. Davon jedoch ließ ihr Mann sich nicht beeindrucken. „Papperlapapp, er ist hier gut aufgehoben, draußen sitzen zwei bewaffnete Polizisten und wir haben morgen früh den nächsten Termin ... haben sowieso schon zu viel Zeit vertrödelt!"

Energisch zog er Reginalds Mutter hinter sich her, raus aus dem Zimmer und dem Krankenhaus.

„Haben Sie so etwas Herzloses schon einmal gesehen?", wollte die hinzugetretene Krankenschwester von ihrem Chef wissen.

„Nein ... Schwester, aber das geht uns nichts an, wir können nur unser Bestes für den jungen Mann tun, der Rest geht uns nicht an!" Dann verließ er das Zimmer.

Reginald hatte all das mitbekommen, da die Spritze anscheinend nicht hoch genug dosiert gewesen war, und hatte seine Augen geschlossen gehalten, um nicht noch mit seinem Vater reden zu müssen ... reden konnte er ja gar nicht, aber auch die Vorwürfe seines Vaters wollte er sich ersparen. Die Herzlosigkeit seines Vaters ließ in ihm alle guten Gefühle, die er vielleicht noch für ihn gehabt haben sollte, erkalten, und einige Zeit später bekam er wieder Schmerzen und fiel dann am selben Abend in ein Koma.

Er war jetzt schon drei Tage im komatösen Zustand und immer noch nicht wieder aufgewacht, hatte aber angefangen zu träumen, denn er versuchte zu schreien oder war so unruhig, sodass sie ihn am Bett fixieren mussten, damit er sich nicht noch mehr verletzte.

Das Einzige, was die Ärzte erstaunte, war, dass er keinerlei Entzündungen bekommen hatte, selbst bei der großen Wunde am Rücken schienen die Wundränder abzuschwellen. Auch schien sich der linke Lungenflügel wieder zu erholen, denn dem Patienten fiel es offensichtlich leichter zu atmen. Selbst das Knistern, was man wegen der gebrochenen Rippen gehört hatte, wenn man ihn mit dem Stethoskop untersuchte, war auf wundersame Weise verschwunden.

Weitere drei Tage später konnten die verblüfften Ärzte sehen, dass sich neue Haut über den blanken Knochen zu schieben schien, und nach weiteren Tagen war schon ein Teil der Muskulatur nachgewachsen, was helle Aufregung bei dem Ärztekollegium auslöste.

Dann war Reginald aufgewacht und das Erste, was er fragte, war, ob er etwas zu essen bekommen könnte. ‚Am besten ein schönes, blutiges Steak'.

Als er aber erfuhr, dass er nur Schonkost bekommen würde, tobte er so sehr, dass sie ihn wieder in ein diesmal künstliches Koma versetzten.

Sie wollten verhindern, dass die gut verheilenden Wunden sich wieder öffneten.

In dieser Zeit waren die Träume noch schlimmer, voller Horrorszenen von verstümmelten Leichen, Blut und Innereien … irgendwann war sogar ein alter Indianer in seinen Träumen vorgekommen, aber bevor er weiterträumen konnte, wurde er aus dem Koma geweckt.

„Hallo Mr. Jonson … hallo …!", sagte der Arzt und tätschelte dem Patienten die Wange um ihm beim Aufwachen zu unterstützen.

Als er allerdings erneut Reginalds Wange bearbeiten wollte, packte der blitzschnell zu, um dies zu verhindern, und schlug die Augen auf.

„Mister Jonson … aah … Sie tun mir weh, bitte lassen Sie mich los!", keuchte der Arzt und rieb sich das Handgelenk. Nachdem Reginald ihn wieder losgelassen hatte, konnte man die kompletten Finger auf der Haut erkennen, so fest hatte er zugedrückt.

„Entschuldigen Sie, Doktor, aber ich hatte geträumt, mich würde jemand schlagen und da habe ich mich gewehrt … tut mir leid, dass ich Ihnen wehgetan habe!"

Erstaunt sah der Arzt den Patienten an, denn dessen Hals war immer noch dick verbunden. Eigentlich dürfte er bei dieser schweren Verletzung gar nicht reden können und schon gar nicht so deutlich.

„Ist schon gut, Ihnen scheint es ja erstaunlicherweise wieder recht gutzugehen, haben Sie denn noch besonders viele Schmerzen, wenn Sie sprechen oder atmen?", fragte der Arzt.

„Nein … keine Schmerzen … aber warum sollte ich beim Atmen Schmerzen haben?", wollte Reginald erstaunt wissen.

„Ihre Rippen auf einer Seite waren … oder besser gesagt, sind gebrochen und Ihnen fehlt der größte Teil der Muskulatur auf ihrem linken Schulterblatt!", klärte ihn der Arzt auf.

„Ich fühle mich aber top fit!", sagte Reginald mit einem Lächeln.

„Das ist ja schön für Sie, aber vor ein paar Tagen haben Sie noch um Ihr Leben gekämpft, das sollten Sie nicht vergessen, und jetzt ruhen Sie sich aus, morgen wechsle ich persönlich Ihre Verbände und dann reden wir weiter, Mr. Jonson!", meinte der Arzt, rieb sich noch einmal nachdenklich sein Handgelenk und verließ dann das Zimmer.

Die Krankenschwester kam noch einmal, nachdem der Arzt gegangen war, und wollte ihn zudecken. Aber Reginald saß bereits im Bett und wollte aufstehen. „Mr. Jonson, ich glaube nicht, dass Sie das tun sollten, oder soll ich noch mal nach dem Doktor schicken, damit er Sie ruhigstellt?", fragte sie in einem Ton, bei dem sich Reginald in die dritte Klasse zurückversetzt fühlte.

Er fügte sich, aber nur zum Schein, um die lästige Krankenschwester loszuwerden. Als sie dann gegangen war, geduldete er sich noch, bis die Nachtschicht ihren Dienst antrat, bei ihm Blutdruck gemessen und nach dem Rechten gesehen hatte.

Dann, als er sicher war, dass er einige Zeit alleine sein würde, stand er auf und ging mit dem Infusionsständer in einer Hand zu den Stellwänden in der Ecke des Zimmers, in der ein Waschbecken und ein Spiegel angebracht waren.

Sein Hals war bis zum Kinn dick verbunden und das Jod hatte man ihm bis ins Gesicht gepinselt, seine Haare standen ihm in alle Himmelsrichtungen ab. Als er versuchte mit dem linken Arm in sein Gesicht zu fassen, stellte er fest, dass er mit Links fast keine Kraft hatte.

Also stellte er den Infusionsständer ab und begann mit der rechten Hand den Halsverband zu lösen. Was er zu sehen bekam, erschreckte ihn. Alles war blau, gelb und grünlich verfärbt, auch zogen sich wulstige Narben über seinen Hals und besonders der Kehlkopf sah recht mitgenommen aus. Trotzdem ließ sich der Kehlkopf beim Schlucken ganz normal und ohne Schmerzen bewegen.

‚Hat mich dieses Biest ... oder sollte ich besser Mann sagen ... doch nicht so schwer verletzt wie ich gedacht habe‘, dachte Reginald und fuhr sich mit der rechten Hand über die Narben.

Nun zerrte er sich den OP-Kittel vom Leib und drehte sich um, weil er sich die Verletzung am Rücken ansehen wollte. Zuerst fiel ihm das linke Schulterblatt auf, das sich durch eine fast transparente Haut abzeichnete, neue Blutgefäße waren bläulich unter der Haut zu sehen, aber der Muskel fehlte zum großen Teil.

‚Alle Achtung, dass sie diese Wunde so gut wieder schließen konnten‘, dachte er, dann bemerkte er eine kreisrunde Narbe, die ungefähr einen

Durchmesser von fünf Zentimetern aufwies und aussah, wie eine verheilte, zu groß geratene Schusswunde.

Als er sich wieder umgedreht hatte, stützte er sich auf dem Waschbecken ab und ihm wurde schlagartig bewusst, dass er den makellosen Körper, auf den er immer besonders stolz gewesen war, nie mehr haben würde.

Er schaute weg von seinem unvollkommenen Spiegelbild und hatte Tränen in den Augen, als sein Blick auf eine Tasche fiel, die ihm eben noch nicht aufgefallen war.

Vorsichtig ging er in die Knie und fummelte die Tasche mit der rechten Hand auf, wobei er die linke nur als schwache Hilfe nehmen konnte.

Seine Mutter hatte ihm seinen guten Sportanzug mitgebracht, mit dem er immer morgens joggen ging. Unterwäsche, Zahnputzutensilien und ein paar Hausschuhe lagen in einer Ecke, dann seine Geldbörse, die er an dem besagten Abend seines Unglücks dabeigehabt hatte. Seinen Haustürschlüssel konnte er aber nicht finden, den hatten sehr wahrscheinlich seine Eltern mitgenommen.

Fünfzig Dollar waren in seiner Geldbörse, mehr als genug, um mit einem Taxi nach Hause zu kommen und vorher vielleicht noch ein Steak zu essen, denn er hatte einen Mordshunger.

Mit dem Blick auf das Geld fasste er den Entschluss, nicht länger hier im Krankenhaus zu bleiben und von den Bullen ausgequetscht zu werden, sondern sich zuhause zu erholen, wo er nicht jede Stunde gestört werden würde, um den Blutdruck gemessen bekommen. Außerdem hing ihm die Schonkost auch zum Halse heraus … er brauchte Fleisch.

Also zog er sich die Infusionsnadel mit einem Ruck heraus und drückte die Einstichstellen mit dem OP-Kittel ab und rieb mit dem Finger darüber, bis sie sich geschlossen hatte. Dann schälte er sich aus der Windel heraus, die er angezogen bekommen hatte, als er sich nicht bewegen konnte – ein Glück war sie frisch.

Er quälte sich in den Sportanzug und schlüpfte in die Hausschuhe, strich sich mit feuchten Fingern durch die Haare, um wenigstens einigermaßen auszusehen und schlug den Kragen der Sportjacke nach oben, sodass nicht jeder gleich das Jod auf seiner Haut sehen konnte.

Dann steckte er sich noch seine Börse ein und öffnete vorsichtig die Tür, nur um den einen der beiden Wachen zu sehen, der gerade in einer Zeitung las und seine Schrotflinte über die Beine gelegt hatte.

Vorsichtig schloss er die Tür wieder, lehnte sich kurz daran, um zu überlegen. Da fiel sein Blick auf den nächsten Raum, in den man durch eine große Glasscheibe, die sich in der Zwischenwand befand, sehen konnte. Dort lag ein anderer Patient, dem es offensichtlich nicht so gut ging wie ihm. Aber an einer der Wände gab es ein Fenster.

Reginald wusste, dass er nicht mehr viel Zeit hatte bis die nächste Kontrolle anstand, also ging er zur Verbindungstür und schlich durch das andere Zimmer bis zum Fenster. Er hatte Glück, denn genau dort ging die Feuerleiter entlang.

Mit einiger Mühe schob er das Fenster nach oben und kletterte umständlich hinaus, wobei er sich einige brennende Schürfwunden zuzog.

Dann ging es relativ leicht, bis auf die Tatsache, dass es ihm ab und zu schwindelig wurde, vor lauter Hunger. Unten angekommen, hatte er das nächste Problem, denn die untere Leiter war nach oben geklappt. Also schwang er sich unter Schmerzen in seiner linken Körperhälfte unter dem Geländer durch und umfasste eine Eisenstrebe, die vom Boden bis zum ersten Laufrost hinaufging.

Nach einiger Mühe hatte er sich so in Position gebracht, dass er sich daran hinunterrutschen lassen konnte, hatte aber seine Kraft falsch eingeschätzt und landete nicht gerade sanft auf seinem Rücken, was ihm im ersten Moment die Luft nahm, und er ein bestialisches Stechen im linken Schulterblatt verspürte.

Als er sich aufgerappelt hatte, klopfte er sich, so gut es ging, den Schmutz vom Sportanzug und ging langsam um das Gebäude herum.

Er hatte Glück und gleich mehrere Taxis standen davor.

Er ging zu dem am nächsten stehenden und stieg hinten ein. Der Fahrer erschrak ein wenig, da er eingeschlafen war, sammelte sich aber schnell und fragte seinen Fahrgast, wo er denn gerne hingebracht werden wolle.

„Wissen Sie wie man zum Restaurant Crom kommt?", fragte Reginald, und als der Fahrer nickte, fuhr er auch schon los.

Als sie am Crom ankamen, war es schon fast zwölf Uhr nachts und eigentlich war die Küche schon eine Stunde zu, doch er war ein guter und geachteter Kunde in diesem Haus, deshalb ging er trotzdem hinein.

Dem Taxifahrer hatte er die Fahrt bis dahin schon bezahlt und ihm einen Bonus versprochen, wenn er auf ihn warten würde.

Als Segch, der Concierge des Restaurants, ihn in diesem Aufzug sah, zog er nur erstaunt eine Augenbraue hoch, ließ sich aber ansonsten nichts anmerken.

„Guten Abend, Segch, entschuldigen Sie bitte meinen Aufzug … das ist eine längere Geschichte, aber ist es möglich noch ein 500-Gramm-Steak

zu bekommen und einen Platz, der vor neugierigen Blicken geschützt ist?",
fragte er und schob ihm fünf Dollar unter die Hand, die er auf seinem
Pult abgelegt hatte.

„Selbstverständlich, ich sage sofort in der Küche Bescheid … bitte folgen
Sie mir!"

Zu Reginalds Erstaunen schien es in dem Vorraum noch eine Tür zu
geben, die durch die Wandverkleidung nahezu unsichtbar war. Nachdem
er hinter dem Concierge eingetreten war, befand er sich in einem gemütlichen Zimmer ohne Fenster, aber durch gemütliche Beleuchtung fiel
das gar nicht auf. Eine kleine Bar war in einer Ecke eingerichtet und einige
Sessel luden nach einem guten Essen zur Zigarre und edlem Alkohol ein.
In der Mitte befand sich allerdings ein Tisch, wie sie im Restaurant auch
standen, hier mit vier Stühlen.

„Dieser Raum ist für Gäste, die überhaupt keine Störung haben wollen!",
sagte Segch und rückte einen der Stühle zurück, sodass Reginald sich
setzen konnte.

Als der Concierge gegangen war um das Steak in Auftrag zu geben, sah
sich Reginald genauer in dem Raum um, und jetzt erkannte er auch das in
einem Alkoven untergebrachte Doppelbett.

‚Ah … verstehe, für Gäste, die überhaupt nicht gestört werden wollen!',
sagte er leise zu sich und musste zum ersten Mal seit Tagen grinsen.

Als er fertig gegessen hatte und nach einer relativ kurzen Fahrt vor seinem
Elternhaus stand, war er erleichtert, dass er es schon bis hierhergeschafft
hatte. Da er nicht gleich alle wissen lassen wollte, dass er wieder da war,
ging er in den Zwischengang von Haus und Garage und holte den
Schlüssel vom Nebeneingang aus einer geheimen Nische und schloss die
Türe auf.

Doch bevor er hineinging, legte er den Schlüssel wieder zurück in sein
Versteck, das er angelegt hatte, nachdem sein Vater ihn an der Haustür
abgefangen hatte.

Da seine Eltern ja auf Wahlkampftour waren und deshalb nicht zu Hause,
schlich er sich durch das stille Haus, bis er seine Räumlichkeiten erreichte,
legte sich in sein Bett und schlief augenblicklich ein, wieder geplagt von
Albträumen.

Mike war noch einmal zurück ins Krankenhaus gegangen, um zu sehen,
ob es vielleicht eine Gelegenheit gäbe, dass sein anderes 'Ich' Jonsen in
dieser Nacht den Rest geben konnte, ohne viel Aufruhr zu verursachen.

Aber schon, als er das Stockwerk der Intensivstation betrat, herrschte dort helle Aufregung, denn der Patient schien sich in Luft aufgelöst zu haben. Mike ahnte, dass er nun ein ganz anderes Problem hatte, wenn er Jonsen nicht in den nächsten Tagen finden würde.

# Luzifers Sohn

Detroit, 07. August 1950

Die Polizei war in derselben Nacht noch bei den Jonsons vorbeigefahren, doch die Bediensteten hatten glaubhaft versichert, dass sie nur wussten, dass der junge Herr im Krankenhaus sei.

Reginald war schon vor dem Personal wieder wach geworden, hatte nicht lange überlegt und den Entschluss gefasst, die nächsten Tage lieber in einem Hotel zu verbringen, wo man ihn nicht kannte.

Als er aufgestanden war und sich auf den Rand des Betts gesetzt hatte, fiel ihm erst gar nicht auf, dass er sich die Jacke mit beiden Händen ausgezogen hatte. Erst als er vor dem Spiegel in seinem Bad gestanden hatte und sich mit der linken Hand die Zähne putzte, hatte er dabei einen leichten Stich im Schulterblatt verspürt, worauf ihm wieder einfiel, dass er ja gestern den Arm noch gar nicht richtig bewegen konnte. Nun drehte er sich verwundert um und besah sich seine Verletzung.

Wo gestern nur Haut und Knochen zu sehen gewesen waren, schien über Nacht neue Muskulatur gewachsen sein, zwar war diese noch nicht so voll wie am rechten Schulterblatt, aber mit dem, was da nachgewachsen war, konnte er sich ohne Schmerzen bewegen.

Spätestens jetzt wusste er, dass etwas nicht mit ihm stimmte. Zwar war das, was bei ihm geschah, durch aus positiv zu bewerten, aber normal war das nicht.

Während er sich so seine Gedanken machte, packte er Kleidung für mindestens vier Tage ein, wartete, bis das Hausmädchen in der Küche verschwunden war, nahm sich mehr als genug Geld mit, rief ein Taxi zu der Adresse ihrer Nachbarn und schlich sich wieder aus dem Haus.

Reginald hielt sich noch ein wenig im Schatten eines Busches auf, erst als er das Taxi anrollen sah, ging er vor das Haus und winkte dem Taxifahrer zu. Er ließ sich in ein Hotel fahren, wo es keinen kümmerte, wer er war oder wie lange er, weshalb auch immer, hier einzog.

Da er nicht per Fahndung von der Polizei gesucht wurde, beschloss er, falls es ihm bis dahin noch bessergehen sollte, bei Zeiten wieder auf Brautschau zu gehen.

Er hatte nämlich die beiden Polizisten reden hören, als der behandelnde Arzt zur Visite zu ihm kam, und die Tür halb offen gestanden hatte.

„Kommt der Kerl doch schon wieder davon, Rendolf hat mir bei der

Ablösung gesagt, dass dem sein Anwalt schon wieder alles gegen ihn Vor-
gebrachte entkräftet hat, und er, sobald es ihm bessergeht, einfach nach
Hause kann, ohne dass er sich noch einmal im Revier zu melden hätte!",
sagte der Polizist erbost, dann war die Tür von der Schwester geschlossen
worden.

Aber Reginald wollte kein Risiko eingehen, und deshalb war er jetzt hier
und räumte seine Kleider in den Schrank des Hotelzimmers.

Da er sich nach den Ereignissen der letzten Tage nicht schon wieder Ärger
einhandeln wollte, beschloss er, sich ein Mädchen für die Nacht zu kaufen,
auch wenn es ihm ein wenig gegen den Strich ging, denn dank seines
Aussehens hatte er es in der Vergangenheit nie nötig gehabt, Geld für Sex
auszugeben. Diesen Weg der Lustbefriedigung hatte jedoch den Vorteil,
dass keine Fragen gestellt würden.

Es war allerdings noch sehr früh, und so beschloss er in der Hotellounge
ein gutes Frühstück einzunehmen.

Als er seine erste Portion Eier mit Speck verdrückt hatte, schien er immer
noch Hunger zu haben, und so bestellte er noch einmal das Gleiche.

Danach verspürte er zwar keinen wirklichen Hunger mehr, aber ein
gesunder Appetit war immer noch geblieben, und so bestellte er zum
dritten Mal die Frühstückseier bei der vor Erstaunen den Kopf schüt-
telnden Bedienung.

Dann, als er die dritte Portion vertilgt hatte, überkam ihn eine angenehme
Sättigung, und es dauerte nicht lange, da fing es in Höhe des linken
Schulterblattes an zu kribbeln, und Reginald ahnte, was sich da tat.

Als nächstes ging er in ein Herrenmodengeschäft und kaufte einen
bequemen Anzug aus Leinen, in dem die Augusthitze besser zu ertragen
war. Dann ging er noch ein Paar passende Schuhe erwerben, und als er
alles hatte, was er brauchte, machte er sich zurück auf den Weg in sein
Hotel und legte sich noch einmal für ein paar Stunden aufs Ohr, denn ganz
so fit war er dann doch noch nicht.

Als er erwachte, fühlte er sich jedoch besser, und nach einem weiteren
Blick in den Spiegel stellte er befriedigt, aber auch erstaunt fest, dass der
obere linke Rückenbereich wieder ein bisschen an Muskulatur zugenom-
men hatte.

Nun zog er den neuen Leinenanzug und die dazu passenden Schuhe an,
kämmte sich noch einmal mit Pomade die Haare in Form und ging dann
Richtung des Steakhauses, das er vorhin gesehen hatte, als er sich den
Anzug kaufte.

Auch beim Mittagessen kannte sein Hunger auf Fleisch anscheinend keine

Grenzen, denn als er satt war, hatte er zum maßlosen Erstaunen, aber auch Freude des Besitzers eineinhalb Kilogramm bestes Rindfleisch verdrückt. Danach hatte er das Restaurant grinsend und mit den besten Wünschen des Besitzers verlassen.

Und wieder verspürte er diese tiefe Müdigkeit, so beschloss er abermals auf seinen Körper zu hören und sich zu einem Verdauungsschläfchen auf sein Hotelzimmer zurückzuziehen.

Danach war es wie nach dem Frühstück und dem Ruhen danach, nur das diesmal kein Unterschied am Rücken mehr zu erkennen war, und auch als Reginald den Arm in einer kreisenden Bewegung schwang, hatte er keinerlei Beeinträchtigung mehr. Doch nun wollte er es genau wissen und ließ sich aus dem Stand in eine Liegestützposition fallen. Eine Übung, die er zum Erstaunen vieler Clubmitglieder schon öfter vorgeführt hatte, und die viel Kraft benötigte.

Aber mit was für einer Leichtigkeit es ihm nun gelang, erstaunte Reginald dann doch, war er doch noch vor etlichen Stunden nicht in der Lage gewesen, sich richtig zu bewegen, und nun absolvierte er eine Liegestütze nach der anderen, ohne dass er schwer atmen musste.

Als er bei zweihundert angelangt war und immer noch nicht nennenswert aus der Puste war, hörte er auf und setzte sich erstaunt über die Leistung, zu der er seit neuestem imstande war, auf das Bett.

Nach einer Weile des Grübelns, was mit ihm vor sich ging, stand er auf und stellte sich vor den Spiegel. Was er da sah, ließ ihn erstaunt die Augenbrauen hochziehen.

Vor ihm stand ein anderer Reginald, war er schon immer recht durchtrainiert gewesen, schien er jetzt muskeltechnisch regelrecht aus dem Leim gegangen zu sein.

Seine Schultern waren rund und muskulös, die Brustmuskeln traten deutlich erkennbar unter dem Unterhemd hervor, auch seine Arme waren deutlich bepackter geworden. Als er sich dann auch noch seine Beine besah, wirkten die, als wäre er ein Spitzensprinter.

Alles betrachtet war er mehr als erfreut ... aber warum er so aussah, entzog sich seinem Wissen.

Da es nun schon später Nachmittag war, und er schon wieder Hunger verspürte, ging er in ein Café, das sich zwei Häuser neben dem Hotel befand.

Auch hier erntete er erstaunte Blicke, als er sich einen ganzen Erdbeerboden bringen ließ und dazu einen ganzen Becher Sahne. Richtig lustig fand Reginald das Gesicht der Bedienung als er sagte, er hätte gerne den

Erdbeerboden, der in der Kühlvitrine angeboten wurde, und sie ihm erst nur ein Stückchen brachte, worauf er ihr zu verstehen gab, dass er den ganzen Kuchen gemeint hatte.

Wieder begann sein Körper zu kribbeln, was er mittlerweile als angenehm empfand, denn die letzten Male waren danach nur positive Sachen geschehen. Er fühlte sich besser denn je, und jegliche Müdigkeit war von ihm abgefallen, was wohl auch an der Kanne Kaffee gelegen hatte. Aber das alleine war es nicht, denn ganz innen in ihm schien eine Energie zu entstehen, die er noch nicht so ganz fassen konnte.

Nach einem gemächlichen Spaziergang im schattigen Bereich der Einkaufshäuser, ließ er sich von einem Taxi zu einem bekannten Bordell fahren, wo man die Besucher schon beim Reinkommen wieder vergessen hatte, vorausgesetzt ... es wurde genügend gezahlt.

Die 'Villa Rosa' hatte zwei verschiedene Arten von Zimmern, einmal ganz normale Zimmer, auf die man sich mit einem oder mehreren Mädchen zurückziehen konnte, gezahlt wurde je nach erbrachter Leistung.

Bei der zweiten Kategorie waren die Zimmer ganz anders, man bezahlte einen ziemlich hohen Betrag, bevor man zur Tat schreiten wollte.

Danach war das Gesicht vergessen, man bekam lediglich ein Stoffbändchen um das Handgelenk gebunden, damit jeder Bedienstete oder jedes Mädchen Bescheid wusste, dass alles, was dieser Kunde wollte, ob kulinarischer Natur oder körperliche Annehmlichkeiten all inclusive waren.

Aber das Beste an diesen Zimmern war der separate Ausgang, den man nehmen konnte, wenn man wieder unerkannt gehen wollte, denn Diskretion war höchstes Gebot.

Reginald bezahlte den Höchstbetrag und sicherte sich so eines der besonderen Zimmer, ohne ein Zeitlimit zu haben. Als er den Salon betrat, war er einer der Ersten, und so hatte er noch die volle Auswahl, die von fett bis zu zart und zierlich reichte. Da gab es zwei schwarze Schönheiten, die Zwillinge waren, eine Asiatin, zwei Mädchen, die sehr wahrscheinlich aus dem Mexikanischen stammten und dann noch etliche andere Frauen, von 18 bis zirka 50 Jahre alt, für jeden Geschmack war etwas dabei.

Reginald setzte sich in einen bequemen Ledersessel und ließ einige der Mädchen vor sich ihre Reize präsentieren. Eine fiel in die engere Auswahl, sie war ein ganz zierliches Mädchen und wirkte schon fast schüchtern, was Reginald erregte.

Doch bevor die Kleine ihm richtig nahekommen konnte, drängte sich eine dralle Blondine vor sie und schob sie grob beiseite, kniete sich vor

Reginald. „Süßer, mit dem Klappergestell wirst du nicht so viel Spaß haben wie mit mir, ich erfülle dir jeden Wunsch … jeden von zart bis hart!", sagte sie mit einem süffisanten Lächeln und streichelte mit ihrer behandschuhten Rechten über seinen Schoß, sodass Reginalds Glied steif wurde.

Die Kleine war vergessen und Reginald nahm die Blondine bei der Hand, stand auf, zog sie zu sich hoch und verschwand mit ihr in besagtem Zimmer.

Jedes dieser Zimmer hatte ein separates, geräumiges Bad, in dem man auch so manche Spielart der Lust ausleben konnte. Das große Doppelbett befand sich genau in der Mitte des Raumes, so konnte man von allen Seiten aktiv werden. Das Bett, wie auch die übrige Einrichtung, waren sehr hochwertig und gemütlich. Wenn man sich vom Bett aus in dem Zimmer umsah, konnte man vieles erkennen, was zu Italien passte. Da waren zum Beispiel zwei Marmorbüsten, die irgendwelche Kaiser des alten Roms darstellten, in den Zimmerecken standen marmorne Ziersäulen, die einem den Eindruck vermittelten, dass die Decke von ihnen gehalten wurde. Alles war in Terrakotta oder in einem dunklen Rot gehalten und verstärkte den Effekt der Verruchtheit dieses Raumes.


Die Blondine begann, sich vor Reginald langsam zu entblättern, was diesen ebenfalls scharfmachte, und als sie nackt ihre Reize zur Schau stellte, trat Reginald an sie heran und erkundete sie mit seinen Händen und dem Mund. Nun begann sie ihn auszuziehen und als er nackt war, war sie erfreut, als sie sah, was für einen gutaussehenden Freier sie erwischt hatte und lachte ausgelassen, als sie seinen Körper erkundete. Zuerst gingen sie gemeinsam in die große Badewanne und hatten da schon mächtig Spaß miteinander. Kaum waren sie trocken, konnte Reginald schon wieder, was ihr nur recht zu sein schien. Danach bestellten sie Champagner und Trauben und ein paar Canapes mit Kaviar. Als auch dieser kulinarische Aspekt ausgereizt war, nahm Reginald die Blondine noch einmal, und dieses Mal versohlte er ihr dabei den Hintern, was ihr ausnehmend gut zu gefallen schien. Je grober er mit ihr umging, umso lauter stöhnte sie. Reginald nahm sie so hart wie er konnte und kam dann laut in ihr.

„Du bist … der potenteste … Mann, den ich je … hatte!", stöhnte sie und lag schwer atmend unter Reginald. Sie tranken noch etwas vom Champagner und aßen den Rest der Trauben, als Reginald schon wieder an der erschöpften Frau herumfummelte und diese erstaunt aufstöhnte. Auch dieses Mal war er relativ grob und schonte sie nicht im Geringsten, sie jedoch hatte einen Orgasmus nach dem anderen, was sie in ihrem

Gewerbe nicht gewöhnt war, da vieles für den Kunden nur vorgespielt wurde, nicht so bei diesem Freier, der sie in Ekstase versetzte. Als sie dann erschöpft voneinander ließen, schlief sie fast augenblicklich ein, und auch Reginald wurde ziemlich müde, er schlief ein, obwohl er schon wieder einen großen Hunger verspürte.

Als er wieder wach wurde, hatte er keinen Hunger mehr, aber er hatte einen eigenartigen Geschmack im Mund, es schmeckte irgendwie metallisch, so als ob er sich auf die Zunge gebissen hätte und es blutete.
Er versuchte die Augen zu öffnen, aber irgendetwas schien sie zu verkleben. Er versuchte sich aufzurichten, rutschte aber erst einmal mit seinen Händen auf irgendwas Feuchtem aus. Nun zwang er sich die Augen aufzumachen und rieb sich dabei mit den Fingern darüber, damit es besserging.
Das erste was er sah, waren seine roten Finger.
Perplex schaute er sie genauer an und roch dann daran, aber er schien auch vorher schon nur Blut zu riechen, denn als er seine Finger an die Nase hielt, blieb der Geruch gleich. Immer noch verschlafen richtete er sich auf, und etwas rutschte von ihm, als er an sich herunterschaute, weiteten sich seine Augen. In seinem Schoß lag der abgerissene Kopf der Blondine, die ihn immer noch entsetzt anzustarren schien.
Mit einem gedämpften Schrei fuhr er hoch und sprang aus dem Bett, was den Kopf durch das Zimmer kullern ließ. Nun sah er das ganze Ausmaß. Irgendetwas hatte die Blondine zerrissen, ihre Eingeweide im Zimmer verteilt und einige Stücke aus ihrem Fleisch gerissen, die nirgends rumzuliegen schienen.
Reginald musste sich übergeben, im Erbrochenen konnte er Fleischstücke ausmachen. Kopfschüttelnd rannte er ins Bad und versuchte sich die Hände zu waschen, hörte aber damit auf, als ihm ein schrecklicher Gedanke kam. Er sah hoch und erblickte sein blutverschmiertes Spiegelbild, dann trat er ein Stückchen weiter weg und sah, dass er am ganzen Körper aussah, als hätte er im Blut gebadet.
‚Hab ich das Mädchen etwa getötet und einen Teil von ihr gefressen?‘, dachte er und ihm kam wieder das Bild von der Bestie in den Sinn, die ihn fast getötet hatte.
Sich immer noch im Spiegel betrachtend, kam ihm eine Erkenntnis, die ihn böse grinsen ließ.
‚Geheilt, obwohl ich tot sein sollte, ich sehe besser aus denn je, mir geht

es prima, ich habe das Gefühl auch besser meine Umgebung wahrzunehmen, ich rieche die zerstückelte Leiche der Hure bis hierher … das
Vieh muss mich angesteckt haben oder so … und ich bin jetzt ebenfalls
so ein Monster, kann denn so etwas möglich sein? Ich glaube nicht, dass
das so geplant war', dachte Reginald. Er musste bei dem Anblick seines
blutverschmierten Gesichts wieder böse grinsen, als ihm bewusst wurde,
was seine Gedanken bedeuteten, dann brach er in ein hässliches Gelächter
aus.

Nach kurzer Zeit hatte er sich wieder gefangen und überlegte kurz. Er sah
seine Kleider, die er vorhin hinter der Badezimmertür abgelegt hatte, und
die somit nichts abbekommen hatten. Kurzentschlossen duschte er sich
noch einmal, zog sich an, ging ganz an den Rand des Zimmers, damit er
sich nicht blutig machte, zum Hinterausgang und verschwand unbemerkt
aus dem Bordell. Draußen war es dunkel, also ging er ein Stück die Straße
entlang, winkte sich dann ein Taxi und ließ sich ins Hotel fahren.

## Tatort Villa Rosa

Keiner hatte irgendetwas mitbekommen, da es an diesem Abend eine ausgelassene Party im Bordell gegeben hatte.
Spät in der Nacht hatte einer der Türsteher vorsichtig an der Zimmertüre angeklopft, um nachzufragen, ob noch alles ok sei. Als er nach wiederholtem Klopfen und Fragen keine Antwort erhielt, betrat er den Raum.

Als Mike an den Tatort kam, waren Richard und Tom schon da und begrüßten ihn mit Handschlag.
Alle beide sahen ziemlich fertig aus, hatte man sie doch schon wieder aus dem Schlaf gerissen und hierher beordert.
Die Villa Rosa war eines der besseren Bordelle, die die Italiener in der Stadt betrieben, und war dementsprechend nobel eingerichtet. Überall standen mit rotem Plüsch bezogene Sitzmöbel und Ottomanen, in der Mitte des Salons hing ein großer, kristallener Kronleuchter, und Palmen in den Ecken des großen Raumes vermittelten einem das Gefühl, irgendwo im Süden von Italien zu sein. Die kurzzeitige Stilllegung des Etablissements wegen des Mordes bescherte der italienischen Mafia Verluste und dem Haus ein schlechtes Image. Da auch alle Angestellten überprüft wurden, stand auch behördlichem Ärger nichts mehr im Wege, da ja garantiert nicht alles legal und über die Steuer ging.
Es waren schon von allen Personen die Personalien aufgenommen und die ersten Aussagen protokoliert worden. Um Ruhe am Tatort zu haben, wurden die Damen erst einmal nach Hause geschickt, sofern sie nicht psychologische Betreuung benötigten.
„Und was haben wir?", wollte Mike wissen.
„Wieder eine zerrissene Leiche, sind noch nicht richtig drinnen gewesen, hatten nur von der Tür aus einen Blick riskiert ... dein Assistent macht noch Bilder, bevor vielleicht noch was verändert wird!", sagte Tom und musste gähnen.
„Ja, und unser Freund scheint seine Strategie geändert zu haben, denn das da drinnen war garantiert kein Gangster!", meinte Richard zu Mike.
„Ein Trittbrettfahrer vielleicht?", warf Mike dazwischen.
„Noch einer, der so krasse Sachen machen kann, ohne dass wir genau wissen wie ... hört sich für mich nicht gut an!", meinte Richard.
„Meine Herren, Sie können jetzt rein!", sagte Thomsen, Conners Assistent.
Sie betraten das Zimmer und Mike wusste sofort, was hier geschehen war.

Er musste Jonson so schnell wie möglich dingfest machen, bevor es noch schlimmer wurde. Dies war offensichtlich die erste Verwandlung gewesen, also die Verwandlung, bei der man nichts mitbekam, außer man wacht natürlich direkt bei seinem Opfer auf.

Sollte er ihn nicht in den nächsten Stunden finden, würde er eine aktive Verwandlung durchlaufen und wenn er verstand was mit ihm passierte ... er wollte sich gar nicht ausmalen, was sie dann für ein Problem hatten ... einen Psychopaten als Werwolf ... nicht auszudenken.

„Verdammte Scheiße ... das arme Ding!", sagte Tom und starrte dabei auf den abgetrennten Kopf der Blondine, die immer noch einen erschrockenen Gesichtsausdruck trug.

Im ganzen Zimmer lagen Körperteile verteilt, das mit weißem Satin bezogene Bett war getränkt von Blut. Anderson fielen blutige Fußabdrücke auf, die vom Bett ins Bad führten, und er dachte, dass sie vielleicht Glück hatten und auf den Fliesen könnte ein Fußabdruck erhalten geblieben sein, aber die Abdrücke, die es gab, waren durch Wasserpfützen verwischt worden.

Als sie sich den Torso der Frau genauer ansahen, fiel Richard auf, dass das Herz noch an Ort und Stelle war. „Sieht fast so aus, als habe er wirklich seine Strategie geändert ... das Herz fehlt nämlich nicht!", meinte er.

Sie schauten sich noch eine ganze Weile am Tatort um, aber als sie nichts Auffälliges mehr finden konnten, was sie hätte sofort weiterbringen können, sagte Anderson frustriert: „Deine Baustelle Mike ... wenn du noch irgendetwas Neues herausfindest, sag Bescheid ... und wenn du durch bist, lass das arme Ding einpacken." Dabei rieb er sich über die müden Augen. So verließen Anderson und McKey den Tatort.

Ein Stück weiter entfernt stand Laura an einer Häuserecke, sie hatte ihre Phase verschoben, daher war sie für ihre Umgebung unsichtbar und so sah sie, wie Richard und sein Kollege Tom McKey in ein Auto einstiegen und wegfuhren ... sie vermisste Richard sehr, wäre am liebsten heute noch zu ihm gegangen. Doch Laura hatte noch einiges in Erfahrung zu bringen, weil sie das dumpfe Gefühl hatte, dass dieser Mord nur der Auftakt zu einer ganzen Reihe unschöner Ereignisse sein würde.

# Schicksal

Detroit, 09. August 1950, gegen 18.00 Uhr

Mike hatte Tag und Nacht versucht Reginald Jonson zu finden, er hatte ihn bis zu einem Hotelzimmer aufspüren können, dann seine Spur aber unter Hunderten von Menschen wieder verloren.
Conners wirkliches Problem war, dass er keinen um Hilfe bitten konnte, ohne dass es folgenschwer enden würde. Also versuchte er sein Bestes, observierte die Jonson Villa und nahm auch regelmäßig Witterung auf, ob sich Jonson vielleicht unbemerkt nach Hause geschlichen hatte.

Reginald indes hatte sofort sein altes Hotelzimmer verlassen und war in ein neues Hotel eingezogen, das ein ganzes Stück entfernt lag. Dieses war noch eine Stufe billiger als sein letztes und somit interessierte es niemanden, wer er war. Es wollte auch niemandem seine Personalien haben, denn das Geld für die Nacht musste jeden Tag aufs Neue im Voraus gezahlt werden.
An diesem späten Abend ging er, es war schon fast komplett dunkel, außer schnell etwas zu essen, nicht unter die Leute, sondern im Park spazieren, um sich noch einmal alles in Ruhe durch den Kopf gehen zu lassen.
Also … er wurde anscheinend von einer Legende angefallen, denn er hatte sich am Morgen in die Stadtbibliothek begeben und hatte Recherchen angestellt, um besser einschätzen zu können, was offensichtlich mit ihm geschah.
Doch was er gelesen hatte, war meist vage: Im alten Griechenland gab es die Sage von König Lykaon von Arkadien, der wegen Opferung seines Kindes von Zeus in einen Wolf verwandelt wurde.
Eine ähnliche Sage besagt, dass Lykaon und seine Söhne Zeus Menschenfleisch zum Essen geben wollten, aber Zeus dies merkte, und sie zur Strafe in Wölfe verwandelt hatte. Diese gingen dann zu den Druiden und baten sie um die Rückverwandlung in einen Menschen. Die Druiden verwandelten sie zwar in Menschen, aber sie mussten sich bei Vollmond in einen Wolf verwandeln und Menschen fressen.
In der frühen Neuzeit wurde innerhalb Europas oftmals Hexerei für die Lykanthropie verantwortlich gemacht.
Die Legende besagt, dass der Werwolf, wenn er als Mensch wandelte, seine Wolfshaut innen tragen konnte.

Im 15. und 16. Jahrhundert wurde die Lykanthropie monographisch bearbeitet. Sie wurden als Teufelsbesessenheit angesehen. Somit war der Werwolf nach dem 'Malleus maleficarum' kein echtes Tier und kein verwandelter Mensch, sondern ein durch den Teufel erschaffenes Trugbild. Thomas von Aquin sah in den Werwölfen dämonenerzeugte Scheinwesen, welche sich mit der Teufelsbesessenheit vereinbaren lassen. Eine tatsächliche Verwandlung hielt er für unvereinbar mit den göttlichen Naturgesetzen.

Noch eine interessante Notiz besagte, dass eine Kreatur, die zu einem erkrankten Lykanthropen wird, bis zum nächsten Vollmond keinerlei Symptome zeigt (und erhält auch keine der Anpassungen oder Fähigkeiten). Dann verwandelt sie sich unfreiwillig in ihre Tiergestalt und vergisst ihre eigene Identität. Der Charakter bleibt bis zum Morgengrauen in dieser Gestalt und weiß nichts darüber, was in der Nacht passiert ist (gilt auch für folgende Nächte, in welchen er sich verwandelt hat), wenn ihm nicht eine Willensentfaltung gelingt. Bei einer erfolgreichen Entfaltung wird er sich seines Zustands bewusst.

Das mit dem Bewusstsein schien zu stimmen, aber mit dem Vollmond anscheinend nicht. Vor allem die Bewustseinskontrolle fand Reginald überaus interessant. Es schien auch Versuche gegeben zu haben, diesen Zustand wieder loszuwerden, denn es hieß weiter: Die Zauber 'Krankheit kurieren' oder 'Heilung' können dieses Gebrechen heilen, wenn sie von einem Kleriker der 12. oder einer höheren Stufe gewirkt werden. Das gilt jedoch nur, wenn der Zauber innerhalb von drei Tagen gewirkt wird, nachdem der Charakter mit Lykanthropie infiziert wurde.

Alternativ dazu kann auch eine Dosis Wolfsbann eingenommen werden. Dies gewährt dem erkrankten Lykanthropen einen zusätzliche Zähigkeitsentfaltung, um sich zu heilen.

Eine weitere Reihe von teils vormittelalterlichen Erklärungen waren in einem alten Manuskript zu lesen: Das Motiv der Transformation von Menschen zu Tieren kann in den Vorstellungswelten aller menschlichen Ethnien gefunden werden. Lykanthropie ist der besondere Fall der Transformation eines Mannes in einen Wolf, das griechische Wort bedeutet Wolf-Mann, wie auch seine germanischen Wiederparts, 'werewolf' (Englisch, Deutsch), Dänisch ‚warulf‘, auch italienisch ‚lupo mannaro‘. Die Römer verwendeten ein besonders aufschlussreiches Wort für Werwolf, nämlich 'versipellis', was Hautwechsler bedeutet.

Es scheint mehrere mögliche Wurzeln dieser Vorstellung zu geben.

Erstens machen eine große Anzahl von Mythen, Volksfabeln und Rituale es wahrscheinlich, dass es eine Zeit gab, in welcher der Mensch keine klaren Grenzen zwischen sich selbst und der Tierwelt fühlte und eher eine gewisse Durchlässigkeit zwischen den Spezies annahm.

Der Werwolf-Glaube wäre ein Überbleibsel davon innerhalb einer Mentalität neueren Datums. Zweitens könnte es der Rest des Glaubens an ein tierförmiges, externes Seelendouble sein, der oft in altnordischen Quellen auftaucht, in anderen Teilen des Kontinents jedoch ebenfalls bekannt gewesen zu sein scheint. Drittens scheinen totemistische Strukturen in prähistorischen europäischen Gesellschaften existiert zu haben (vgl. die griechischen Hirpi Sorani, die, in Wolfshaut gekleidet, Apollo verehrten, ursprünglich ein Wolf-Gott). Davon hergeleitete geheime Gesellschaften, Wolfshaut als Tarnung benutzend, haben eventuell ebenfalls einige europäische Regionen heimgesucht, vergleichbar mit den kannibalistischen Geheimgesellschaften in Afrika, deren Mitglieder sich als Löwen oder Leoparden maskieren, um Menschen zu töten. Viertens ist Lykanthropie eine tatsächlich existierende Form der Geistesverwirrung, eine mit Schizophrenie verwandte psychische Krankheit, die Patienten zwingt, sich wie das Tier zu verhalten. Fünftens treten Tiertransmutationen in Träumen und drogeninduzierten Ekstasen auf.

Unter den Wikingern ist das Motiv der Transformation in einen Bären häufiger bezeugt als in einen Wolf, ihre formidabelsten Truppen, die Berserker, waren in Bärenhaut gekleidet und kämpften, in einen tranceähnlichen Zustand gefallen, wie dieses Tier.

Allerdings erwähnt die Haralds-kvæði (ca. 900 n. Chr.) ebenfalls 'Wolf-Kutte', wie Tiere heulende Kämpfer. Egils saga Skallagrímssonar (ca. 1230) berichtet von einem Berserker, namens Kveld-Úlfr, der während der Tageszeit als Mensch lebte, während er nachts zum Wolf wurde, wie sein Name nahelegt. Nach Olaus Magnus (1555) waren Werwölfe im Baltikum epidemisch, wo sie sich vorzugsweise während der Weihnachtszeit versammelten, um Raubzüge gegen die Förster zu unternehmen, dies waren wahrscheinlich Fälle von Verbrecherbanden mit folkloristischer Tarnung. Dann hatte er noch eine kurze, noch abstrusere Beschreibung aus dem Osten von Europa gefunden, die besagte: Der im 17. und frühen 18. Jahrhundert auftretende verjüngte Vampirismus wird oft als Fortsetzung der Lykanthropie angesehen. Die Verwandtschaft zwischen Werwolf und Vampir wird in der Bezeichnung 'wudodalak' in allen seinen Unterarten deutlich. Das in griechischen und slawischen Sprachen gleichermaßen für Werwolf und Vampir gebräuchliche Wort 'wurdalak' bedeutet wolfhaarig. In Serbien 'vukodlak', in Polen 'wilkolak', in Bulgarien und Slowenien 'vrkolak' und in Weißrussland heißt es 'wawkalak'. In Vampirsagen verwandelt sich der zum Werwolf mutierte Mensch nach seinem Tod in einen Vampir, eine umgehende Leiche.

Dies wiederum fand Reginald dann doch ein bisschen zu durchgeknallt, aber eines konnte er zumindest aus eigener Erfahrung sagen und zwar, dass der Werwolf offensichtlich der Wirklichkeit entsprang.

Aber was Reginald auffiel, war, dass es nie jemanden zu geben schien, der wirklich eine dieser Kreaturen gesehen hatte. Vielmehr war fast immer die Rede von Fabeln oder Mythen, die schlussendlich ja doch alles nur dem Aberglauben der verschiedenen Kulturen entsprachen.

Also kam er zu dem Schluss, dass er sich anscheinend erst am Anfang einer Vielzahl von möglichen Szenarien befand, die er noch durchleben musste oder konnte.

Doch die Sache mit der Kontrolle über solch eine mächtige Fähigkeit ließ ihn nicht mehr los, als er plötzlich einen komisch ziehenden Schmerz in seinem Ober- und Unterkiefer verspürte.

Nachdem ihm dann beim Verformen seiner Kiefer die Zähne ausfielen, konnte er sich vor lauter Schmerzen nicht mehr auf den Beinen halten, versuchte sich aber noch schwankend auf einen Baum- und Buschgruppe, die in einiger Entfernung stand, zuzubewegen, um nicht von vorbeigehenden Nachtschwärmern entdeckt zu werden. Als er in dem Bewuchs angekommen war, fiel er ächzend auf die sich ebenfalls schmerzhaft verformenden Knie.

Es war ihm, als platze er aus allen Nähten, der ganze Körper schien zerreißen zu wollen. Seine Arme und Beine begannen in die Länge zu wachsen und ließen die Kleidung an ihm wirken, als wären sie für ein Kind bestimmt gewesen und nicht für einen erwachsenen Mann. Dann bildeten sich monströse Muskelstränge an Armen und Beinen, welches die schon überdehnte Kleidung zum Zerreißen brachte, und die Knöpfe seines Hemdes flogen regelrecht davon, als sich auch sein Brustkorb unter bestialischen Schmerzen verformte. Sein Gesicht schien zerbrechen zu wollen, als es sich in die Länge schob, sodass die mächtigen Zähne Platz zum Wachsen hatten. Die teuren Krokodillederschuhe begannen ebenfalls aufzuplatzen, um den gewaltigen klauenbewehrten Füßen Platz zu machen. Als dann noch seine Ohren in die Länge wuchsen, begann ihm ein rabenschwarzes Fell zu wachsen, schwarz wie seine Seele, aus dem zwei senkrecht geschlitzte, grün leuchtende Augen hervorstachen. Die ganze Zeit war es, als hätte etwas seine Stimmbänder gelähmt, denn obwohl er höllische Schmerzen durchlitten hatte, war außer ein paar ächzenden Lauten nichts aus seinem Mund gekommen.

Jetzt schien sich das zu ändern, ein schmerzerfülltes Röcheln entglitt seinem Maul, heißer Geifer tropfte aus eben diesem.

Eines aber bemerkte er schnell, nämlich, dass er seinen Willen zu beherrschen schien. Er hatte zwar ein starkes Gefühl in sich, irgendetwas zu töten und einen unbändigen Hunger auf rohes Fleisch, aber er konnte sich bei all den neuen Eindrücken, die auf ihn einstürmten, an alles erinnern, was er in der Bibliothek gelesen hatte. Zumindest das mit der Fähigkeitenschablone schien einigermaßen der Wahrheit zu entsprechen. Denn dieser Conner, der ja laut seiner eigenen Aussage an seinem Krankenbett zugegeben hatte, der Werwolf gewesen zu sein, der ihn fast getötet hatte, schien sich ja auch an alles zu erinnern.

Als der Schmerz der Verwandlung abebbte, richtete er sich zu seiner vollen Größe von gut 2,05 m auf und versuchte sich in seinem neuen Körper zu bewegen, was sich eigenartig anfühlte, aber für Reginald keine große Schwierigkeit darstellte.

Er betrachtete gerade seine rechte klauenbewehrte Hand, da wehte ihm der Wind eine Witterung entgegen, die ihm das Wasser in seinem Maul zusammenfließen ließ.

Milli war selig, hatte sich der schüchterne Mordechei nach langem Zögern doch getraut, sie auszuführen. Ihrem Vater hatte sie gesagt, sie würde zu einer benachbarten Freundin gehen, denn der junge Mann entsprach nicht den Wünschen ihres Vaters, und er hätte nicht erlaubt, dass sie zusammen weggingen.

„Milli, schöne Blume des Sinai, darf ich dich nach Hause begleiten?", fragte Mordechei mit einem Komplement aus den alten Schriften.

Milli schüttelte nur traurig den Kopf und antwortete ihm: „Du weißt doch, dass mein Vater nicht einverstanden wäre mit unserer Verbindung, da ich doch im Herbst Aaron Goldenblatt, einen reichen Diamantenhändler aus New York, heiraten soll. Wie ich das mit uns bei meinem Vater durchsetzen soll, weiß ich heute auch nicht!", sagte sie betrübt.

Mordechei nahm sie bei beiden Händen und schaute ihr in die Augen. „Milli, lass mich mit deinem Vater reden … ich bin zwar kein Diamantenhändler, aber ein erfolgreicher Geschäftsmann bin ich allemal!", sagte er eindringlich und sah ihr dabei noch eindringlicher in ihre schönen Augen.

Nun lächelte sie. „Aber heute Abend nicht, Mordechei, ich muss meinem

Vater noch beibringen, warum ich erst so spät nach Hause komme!"
Sie löste ihre Hände aus den seinen und machte sich auf den Nachhause-
weg, der nur etwas mehr als hundert Meter betrug.
„Ich bringe dich lieber doch noch ein Stückchen, nicht dass dir noch mal
so etwas wie bei der Synagoge passiert!", meinte er bittend zu ihr, als
plötzlich etwas hinter ihnen im Gebüsch knackte.
„Was war das?", wollte Milli ängstlich wissen.

Mike war von einer schrecklichen Vorahnung ergriffen worden und hatte
seinen Posten bei Jonsons Haus aufgegeben. Eine innere Stimme schien
ihm zu sagen, er sollte sich schleunigst zum Stadtpark begeben, an dessen
Rand die wohlhabenden Bürger ihre Villen gebaut hatten. Mit Vollgas
hatte er den kleinen Lkw gewendet und war in Richtung Park gefahren.
Als er nun ankam und ausstieg, hielt er die Nase in den Wind, um
Witterung aufzunehmen. Was er dann wahrnahm, ließ ihn jeden Zweifel
vergessen, denn er konnte einen anderen Lykaner riechen, der sich gerade
in der Verwandlung befinden musste. Denn Mike konnte noch den
leichten Menschengeruch von Jonson ausmachen. Entschlossen sprang
Mike auf die Ladefläche und machte die Tür hinter sich zu, zog sich so
schnell wie möglich aus und noch während er sich seine Shorts noch
auszog, fing er an, sich zu verwandeln.

Milli erschrak im ersten Moment und die Angst fuhr ihr mit Macht in die
Knochen, auch Mordechei zuckte zusammen. Aber sie hatten noch nichts
zueinander gesagt, da sprang eine schwarze Katze, wie vom Teufel
geritten, aus dem Gebüsch und zwischen Millis Beinen durch, sodass sie
noch einmal erschrak, bevor sie erleichtert mit Mordechei in Gelächter
ausbrach.
„Nur eine Katze!", sagte sie dann erleichtert. „Morgen sehen wir uns in
der Synagoge … oder? Dann machte sie sich auf den nur noch kurzen
Weg nach Hause.
Milli schaute sich noch einmal um und winkte Mordechei zum Abschied,
danach ging sie in der Dunkelheit davon. Es standen nur vereinzelte
Straßenlaternen im Park und nicht jeder Winkel war ausgeleuchtet.
‚Ein Glück, verlaufen kann sie sich ja nicht mehr, so voll wie der Mond
heute Nacht scheint', dachte Mordechei, bevor er ein leises Knurren hörte,
welches ihm die Nackenhaare zu Berge stehen ließen. Dann bekam er
einen harten Schlag in den Rücken, der ihm den Atem nahm. Ein
stechender Schmerz durchflutete ihn und von seinem Rücken aus breitete

sich dieser bis in die letzte Faser seines Körpers aus.

Noch während er zu begreifen versuchte was ihm wiederfuhr, wurde er in die Höhe gerissen und dann zur Seite geworfen. Mordechei fiel hart auf eine Parkbank, wobei er sich noch ein paar Knochen brach. Aber das machte bei der Verletzung, die er am Rücken hatte, auch nichts mehr aus, denn Reginald hatte ihm ein Stück der Wirbelsäule herausgerissen. Er sah noch, wie Milli sich umdrehte, als sie die ungewöhnlichen Geräusche hörte, die das Herausreißen von Wirbeln hervorgerufen hatte. Er sah auch noch ihre Augen, die sie vor Panik aufriss … dann verstarb er mit Bedauern im Geiste, da er jetzt nicht mehr um die Hand seiner Milli anhalten konnte.

Kurze Zeit vorher.

Reginald war der Witterung nachgegangen und erspähte aus einem Busch heraus eine junge Frau und ihren Begleiter. Sie schien ihm seltsam vertraut, aber im ersten Moment konnte er ihr Gesicht nicht zuordnen. Erst als er sah, dass der Mann offensichtlich ein Jude war, denn er hatte die charakteristische Locke auf jeder Seite seines Gesichtes, da fiel es ihm wieder ein.

Es musste irgendwann im Mai gewesen sein, dass er den Artikel im Detroiter Boulevard gelesen hatte.

Sie war angeblich von mehreren Männern bedrängt worden, die ihr offensichtlich Gewalt antun wollten. Diese seien aber von irgendjemandem dabei getötet worden.

Sie hatte die ganze Sache mit nur ein paar Kratzern überstanden, und schon damals wäre Reginald am liebsten bei solch einer Vergewaltigung dabei gewesen. Der Artikel hatte ihn erregt, und als er das unschuldig wirkende Gesicht von Milli Lwowiec gesehen hatte, das man abdruckte, um die Dramatik des Artikels noch einmal zu steigern. Schon damals wollte er am liebsten zu ihr fahren und das beenden, was diese Versager verpatzt hatten, in dem sie sich hatten töten lassen.

Nun sah er seine Gelegenheit gekommen und sprang mit einem leisen Knurren aus seiner Deckung, genau hinter den jungen Juden, rammte ihm die Klauen seiner rechten Hand in den Rücken, umfasste mit einem ekelhaften Geräusch dessen Wirbelsäule und schleuderte ihn von sich weg, wobei er einige Wirbel in der Pranke behielt.

Der Jude fiel auf eine steinerne Parkbank und man hörte Knochen brechen, bevor dieser seinen letzten Atemzug aushauchte.

Nun war der Weg frei und er sah in die schreckensweiten Augen von Milli

Lwowiec. Mit vor Vorfreude aufgerissenem Kiefer überwand er die Distanz zu Milli in wenigen Momenten. In diesen stand sie schreckensgelähmt einfach nur da und blickte ihrem sicheren Tod ins Auge.

Sie hatte das Gefühl, als würde sie von einem gewaltigen Vorschlaghammer getroffen, als sie von Reginald erreicht wurde. Er begrub sie vollständig unter seiner Körpermasse und biss ihr mit sichtbarem Genuss in den Brustkorb, was einige Rippen brechen ließ, wobei sich Speichel in der Bisswunde verteilte.

Aber er konnte nicht richtig vollenden, was er gerade zu tun im Begriff war, schon traf ein Körper auf ihn, der größer war als der seinige, und Reginald wurden messerscharfe Zähne in die schwarz bepelzte Schulter geschlagen.

Bevor er reagieren konnte, wurde er von Milli heruntergerissen und durch die Luft geschleudert, kam unsanft zum Liegen, rappelte sich jedoch sogleich wieder auf.

Mike hatte noch nie in seinem Dasein als Werwolf solch eine schnelle Verwandlung durchlaufen als jetzt gerade, und als ihm immer noch sein Pelz wuchs, war er schon auf dem Weg, um Jonsen aufzuhalten.

Der hatte gerade einem jungen Mann die Wirbelsäule herausgerissen und ihn von sich weggeschleudert. Nun sah er, auf wen er es anscheinend wirklich abgesehen hatte, und ihm krampfte sich sein mächtiges Herz zusammen, was ihm noch mehr Geschwindigkeit verlieh.

Mike konnte nicht mehr verhindern, dass Milli unter Jonson zu Boden ging, aber er war schnell genug, sodass er sie nicht töten konnte. Mike verbiss sich in dessen Schulter und nutzte seinen Schwung aus, um Jonson von Milli herunterzureißen, sodass dessen massiver Körper im hohen Bogen durch die laue Nachtluft geschleudert wurde.

Schützend stand er über der schwerverletzten Milli und sah zu Jonson hinüber, der sich gerade wieder aufrappelte und ihn mit grün glühenden Augen hasserfüllt anstarrte, knurrend das Haupt erhob und ein markerschütterndes Heulen ertönen ließ, bevor er sich umdrehte und in der Dunkelheit verschwand.

Mike war hin- und hergerissen, was sollte er tun? Jonson hinterherlaufen und ihn stellen oder die schwerverletzte Milli retten, die ohne seine Hilfe noch in der nächsten Stunde sterben würde.

Als er noch überlegte, blickte Milli auf und schaute in seine rot glühenden Augen, streichelte ihm mit einer zittrigen Hand über den rötlichen Pelz eines seiner Arme, mit denen er sich abgestützt hatte, um Milli unter sich zu schützen und sagte mit schaumigem Blut auf den Lippen: „Mein Retter … nur dieses Mal … zu spät!"

Milli war ohnmächtig geworden, und jetzt wusste Mike, was er zu tun hatte. Er nahm sie vorsichtig auf und trug Milli so schnell es ging zu dem Lastwagen, in dem er Notfallmedikamente hatte, die auch von Spezialeinheiten des Militärs benutzt wurden, um schwerverletzte Soldaten zu stabilisieren, damit sie transportfähig waren.

So schnell er konnte, verwandelte er sich zurück, verarztete Milli so gut es ihm möglich war und fuhr dann aus dem Park, in Richtung seines Hauses, in dessen Keller er ihr weiterhelfen konnte, denn er war auf alles vorbereitet, um auch sich helfen zu können, falls er einmal zu schwer verletzt würde.

Laura hatte durch ihre Kontakte von den schweren Verletzungen des Reginald Jonson und dessen schnelle Heilung erfahren, und seitdem hatte sie ihn nicht mehr aus den Augen gelassen. Die blonde Hure ging schon einmal auf seine Kappe, aber warum ihr Lykaner Jonson nicht gleich getötet hatte, war ihr ein Rätsel gewesen, denn dieser Kerl war es garantiert nicht wert, am Leben zu bleiben.

Dadurch, dass dieser Psychopath jetzt als Lykanthrop sein Unwesen trieb, verkomplizierte es das, was sie für ihn geplant hatte. Monica hatte sie es indes noch nicht erzählt, denn diese wäre sofort losgerannt und hätte noch im Hotel versucht, dieses Schwein zu erledigen.

Laura wusste, sie hatte zu lange gewartet, denn Monica war schon seit einiger Zeit bereit gewesen, mit Jonson ihre Rechnung zu begleichen, ohne dass viel Aufhebens gemacht würde, was dessen Tod betreffe.

Nun jedoch sah die Sache ganz anders aus, denn Laura konnte noch nicht voll einschätzen, zu was Jonson oder der erste Lykaner fähig waren. Sie wollte Monica nicht wegen eines aussichtslosen Rachefeldzugs gefährden, dazu war diese ihr zu lieb geworden. Außerdem stellte sie mit all ihren Fähigkeiten eine zu wertvolle Ressource für die Vampirgemeinde dar.

Und genau deshalb hatte sie Reginald tagsüber beschatten lassen, und sobald es dunkel wurde, hatte sie die Observierung persönlich übernommen.

An diesem Abend war Laura ihm in verschobener Phase gefolgt und war ihrer ersten Verwandlung des Menschen zum Werwolf ansichtig geworden. Mit Faszination hatte sie alles beobachtet, und als Jonson dann dem Juden die Wirbelsäule herausgerissen hatte und ihn wie eine Stoffpuppe durch die Luft schleuderte, erkannte sie auch das Mädchen, auf das er dann losging.

Milli Lwowiec hieß sie und war Gegenstand eines Artikels des Detroiter Boulevard gewesen, wegen versuchter Vergewaltigung und das vorzeitige Ende ihrer Peiniger. Sie hatte das fette Schwein von Verlagschef diesen Artikel drucken lassen, um ein bisschen mehr Schwung in die Sache zu bringen. Dass sie ihn dabei einschüchtern durfte, war nur ein kleines bisschen Spaß zusätzlich gewesen.

Nun aber schien Millis Glückssträhne ein Ende gefunden zu haben, denn das konnte sie nicht überleben.

Aber in dem Moment als Jonson lossprang, bemerkte sie plötzlich eine ihr vertraute Präsenz, die sich rasend schnell näherte.

Jonson hatte die junge Frau gerade erreicht und sie in den Torso gebissen, da war ihr rotbrauner Lykaner schon an ihr vorbei und stürzte sich mit einem mächtigen Satz auf den schwarzen Gegenspieler und riss diesen von seinem Opfer herunter. Jonsen, der zwar ein Stückchen kleiner war als ihr Lykaner, aber immer noch ein stattliches Gewicht haben musste, wurde von dem rotbraunen Lykaner durch die Luft geschleudert, als wiege er nichts.

Am meisten erstaunte sie jedoch, dass ihr Lykaner das Mädchen zu beschützen schien und Jonson schon wieder davonkommen ließ. Als er das Mädchen auch noch sanft aufhob und es vorsichtig aber schnell zu einem kleinen Lkw mit einem Blechaufbau brachte, kam sie aus dem Staunen gar nicht mehr raus.

Vollkommen verdutzt war sie, als er sich vor ihr zurückverwandelte und sie Richards Kollegen Mike Conner erkannte, der Milli Lwowiec eine Infusion legte und sie dann in den Aufbau trug.

Conner hatte sich nur schnell eine Shorts angezogen und war dann ohne Umschweife davongefahren.

‚Das wird ja immer interessanter‘, dachte Laura und nahm die Verfolgung des Lkws auf, um zu sehen was als nächstes geschehen würde.

## Tatort Park

Detroit, die Nacht vom 09. auf den 10. August 1950, gegen 0.20 Uhr

Richard konnte es nicht fassen, er zog schlecht gelaunt an einem Zigarillo-Stummel und verbrannte sich dabei fast die Finger. Mit einem „verdammt" schnippte er diesen weg, wobei der Zigarillorest eine dünne Rauchfahne ziehend auf den Boden fiel.
Dass sie ihn schon wieder aus dem Bett geholt hatten, grenzte schon beinahe an Vorsatz, so kam es ihm jedenfalls vor, und auch Tom hatte diesmal protestiert. Jetzt schien diese Missgeburt von einem Mörder Überstunden zu schieben und sich dabei auch noch willkürlich Menschen für seine perversen Spielchen auszusuchen.
Heute Nacht war es also ein junger Geschäftsmann jüdischer Abstammung, der die Wirbelsäule herausgerissen bekommen, aber ansonsten kein Körperteil verloren hatte. Auch sein Herz war somit nicht entfernt worden, was Richard und Tom wieder vor ein neues Rätsel stellte.
Und zu allem Überdruss hatte sich Conner auch noch krankgemeldet, und so mussten sie mit seinem Assistenten Vorlieb nehmen. Der war gerade dabei, Gipsabdrücke von übergroßen Hundespuren zu machen, die diesmal reichlich vorhanden waren.
„Sir ... hier hinten haben wir noch eine Blutlache entdeckt, aber nirgends ist eine Leiche zu finden!", rief ein weiter entfernt stehender Beamter der Spurensicherung, der mit einer Taschenlampe die Umgebung abging.
Da Mike nicht da war, war dieser Beamte seinem Assistenten unterstellt, und der ging zu ihm und kniete sich neben die Blutlache. „Inspektor schauen Sie sich das mal an!", sagte Thomsen und winkte Anderson zu sich.
„Was gibts denn, Thomsen", wollte Tom wissen, der ebenfalls neugierig zu ihm lief und als erster ankam.
„Hier haben wir eine Blutlache ... und ... hier", dabei stand er auf und leuchtete mit seiner Taschenlampe in die Richtung, aus der Richard gerade zu ihnen getreten war. „Hier haben wir eine Blutspur, die in diese Richtung geht ... aber keine Fußabdrücke, sondern nur diese komischen Hundespuren!" Dann wies er auf die Blutspur und die großen Pfotenabdrücke, die sich genau in die gleiche Richtung zu bewegen schienen.
Als sie der Spur folgten, kamen sie zu einer weiteren, jedoch kleineren Blutlache, die bisher übersehen worden war.
„Sehen Sie, Inspektor ... hier wurde jemand abgelegt, man kann ganz

deutlich auf den Pflastersteinen den blutigen Abdruck von Textilien erkennen … und hier sind Reifenspuren … zwar nur noch ganz leicht zu sehen, aber deutlich vorhanden!", sagte er und schaute zu Richard hoch, worauf dieser anerkennend nickte.

„Gute Arbeit, Thomsen, werde Conner sagen wieviel Sie bereits draufhaben, wird ihn freuen!", sagte Anderson, steckte sich einen Zigarillo an und besah sich mit seiner eigenen Taschenlampe, was sie soeben gefunden hatten.

„Danke Sir … ich glaube auch, dass hier jemand weggeschafft wurde, der zwar schwer verletzt war, aber zumindest zu dem Zeitpunkt, als er oder sie abtransportiert wurden, noch gelebt hat. Ansonsten hätten wir diesen kontinuierlichen Blutfluss nicht, der die Spur hierher ermöglichte!", schloss Thomsen seine Vermutungen ab.

„Da bin ich genau Ihrer Meinung, mein Junge … Tom, bitte klemm dich hinter ein Funkgerät und lasse alle Krankenhäuser in der näheren Umgebung überprüfen, ob jemand heute Nacht stark blutend eingeliefert worden ist, und wenn ja … Personalien an unser Büro!", sagte Richard knapp und Tom machte sich auf den Weg zu einem Streifenwagen, um den Funkspruch abzugeben.

Richard nahm einen tiefen Zug, ließ dann den Zigarillo fallen und trat ihn aus, als er jemanden von der Absperrung seinen Namen rufen hörte.

„Inspektor Anderson … Sir, könnten Sie bitte mal zu mir kommen!"

Richard drehte sich um und erkannte den Reporter des Detroit Boulevard, Ted Ferguson, der ihm mit Winken andeutete, zu ihm zu kommen, als hätte er nicht laut genug durch die Nacht geschrien.

Richard ging gemessenen Schrittes zu Ferguson, um zu erfahren, warum er um diese Zeit hier aufkreuzte, da ja er selbst noch nicht lange hier war.

„Was gibts Ferguson … wie haben Sie schon wieder erfahren, dass hier was passiert ist … schlafen Sie denn nie?"

„Polizeifunk, gute Kontakte und viel Kaffee!", meinte dieser mit einem schelmischen Grinsen, das Richards Faust anzuziehen schien, wie ein Magnet einen Nagel.

„Also was …!", fragte Richard erneut mit erhobenen Augenbrauen.

„Habe mich ein bisschen umgehört, die Italiener und Iren haben sich zu einem zeitlich begrenzten Bündnis zusammengeschlossen, um ein externes Problem zu lösen, was ihrer beider Geschäfte zu schaden scheint. Um wen oder was es sich dabei handelt, ist noch nicht ganz klar … eines steht jedenfalls fest, und zwar, dass sie schon jede Menge Männer verloren haben. Dies werden wohl all die zerfetzten Leichen gewesen sein und auch

Ware muss verschwunden sein ... so sagt man zumindest!"

Tom war ebenfalls zu ihnen getreten und hörte gerade Richard antworten, dass auch sie schon von einem Waffenstillstand der beiden Mafiaorganisationen gehört hatten.

„Sonst konnte ich leider nichts in Erfahrung bringen ... haben Sie vielleicht etwas für mich?" fragte Ferguson vorsichtig.

„Was die Mafia betrifft und die Leichen, leider nicht ... aber was eine Story für Sie werden könnte, die auch in den gehobenen Gesellschaftskreisen einschlagen würde wie eine Bombe ... ist Reginald Jonson, der Sohn des Richters, der für das Amt des Gouverneurs kandidiert. Der hat so viel Dreck am Stecken, dass es regelrecht stinkt, aber wir haben nicht genug Beweise gegen ihn. Von Vergewaltigung bis Mord hat er schon alles durch. Aber richtige Beweise, sodass wir ihn einsperren könnten, haben wir nicht. Also, wenn Sie etwas herausfinden, was diesen Jonson betrifft, dann kommen Sie zu mir, und ich garantiere Ihnen, dass Sie die Exklusivstory bekommen, wenn er verknackt wird!", sagte Anderson und steckte sich erneut einen Zigarillo an.

„Und wo finde ich diesen Jonson, würde ihm gerne schon mal auf den Zahn fühlen!", fragte Ferguson.

„Ist nach den letzten Vorkommnissen, die ihn betrafen, abgetaucht ... also viel Spaß!", sagte McKey grimmig und folgte Richard, der sich bereits wieder auf dem Weg zum Wagen befand.

# Milli

Detroit, 10. August 1950, früher Mittag

Mike saß im Keller seines Hauses an der Seite von Milli Lwowiec, die bis jetzt noch nicht aufgewacht war, seitdem er sie vor Stunden vom Park hierhergeschafft hatte. Neben dem Bett stand ein Infusionsständer mit einem Beutel Kochsalzlösung und einer mit Glukoselösung, die dafür sorgten, dass Millis Kreislauf nicht versagte. Jonson hatte sie übel zugerichtet und sie hatte eine Menge Blut verloren.

Mike hatte die Blutung nach einiger Zeit stoppen können, aber der Volumenverlust hatte bereits ihr Herz stolpern lassen, was sich erst vor ungefähr einer Stunde wieder gegeben hatte.

Ihr Brustkorb begann sich bereits langsam zu regenerieren, was trotzdem sie von der Essenz bereits durchsetzt worden war, außergewöhnlich schnell ging.

Mike wusste, dass er sie eigentlich töten müsste, war sie jetzt ja ebenfalls mit seiner verfluchten Gabe geschlagen und würde sich sehr wahrscheinlich schon in der nächsten Nacht verwandeln, ohne dass sie es mitbekommen würde.

Aber zwischen Logik und seinem Herzen gab es einen gewaltigen Unterschied, denn sah er in das engelsgleiche Gesicht und wie verletzlich sie so dalag, versetzte es ihm jedes Mal einen Stich ins Herz, wenn er an die Logik dachte … und so verging eine Stunde nach der anderen.

Er dachte an den Moment im Park, als er Jonson von ihr herunterriss, und sie da vor ihm lag und traurig zu ihm hochsah …

Plötzlich war es ihm klar, dass er ihr nur aus einem einzigen Grund geholfen hatte … weil er sie liebte. Schon damals am Friedhof hatte er es gefühlt, aber es sich nicht eingestanden, weil es einfach nicht sein durfte.

Doch jetzt … ja, was war jetzt, fragte er sich und schaute wieder zu Milli, die in diesem Moment die Augen öffnete und ihn fragend ansah.

„Sie sind in Sicherheit, Miss Lwowiec!", sagte Mike mit ruhiger Stimme und nahm dabei ihre Hand in seine.

„Mordechei ist tot, oder?", fragte sie gefasst, aber ihre Augen wurden bereits feucht, bevor er nicken konnte und sie ihren Kopf wegdrehte, um ihn nicht ansehen zu müssen.

„Warum wurde er getötet … was haben wir getan … was habe ich getan, um so etwas gleich zweimal durchzumachen?", kam es bitter aus ihrem Mund und dabei flossen Milli Tränen über die Wangen und ließen sie noch verletzlicher aussehen, als es Mike eh schon vorkam.

Mike schaute sie die ganze Zeit nur mitfühlend an, dabei hielt er weiter ihre Hand, die sie bis jetzt noch nicht weggezogen hatte.

Nach einer Weile hörte sie auf zu weinen, drehte ihren Kopf wieder zu ihm und schaute mit ihren stechend blauen Augen fragend in seine rotbraunen.

„Ihr seid es … habe ich Recht?", sagte sie und drückte dabei seine Hand.

„Ich bin wer?", wollte Mike verdutzt wissen.

„Ihr seid der Engel, der mich schon am Friedhof beschützt hat … ich sehe es in deinen Augen, auch wenn ihnen gerade dieses Leuchten fehlt!", meinte sie entschlossen und Mike konnte irgendwie nicht anders, als wieder zu nicken.

„Wenn ihr also mein Beschützer seid, warum bin ich dann offensichtlich in einem Keller untergebracht und nicht in einem Krankenhaus und wer war dann diese schwarze Kreatur, die meinen Freund so nebenbei ermordet hat und versuchte, auch mich zu töten?", fragte sie und klang dabei immer noch erschöpft.

„Das ist eine lange Geschichte!", sagte Mike und wollte ihr einige Dinge erklären, aber sie war bereits wieder eingeschlafen.

Als sie das nächste Mal aufwachte, wirkte sie gefasster auf ihn, auch schien es ihr schon viel besser zu gehen, denn Mike bekam ein schüchternes Lächeln geschenkt.

„Wie geht es Ihnen, Miss Lwowiec?", wollte Mike wissen.

„Milli … bitte nennen Sie mich Milli!", bat sie Mike und lächelte ihn schon wieder so an, dass ihm die Knie schwach wurden.

„Also Milli, wie geht es Ihnen?", fragte Mike also noch mal und musste ebenfalls lächeln.

„Gut … mir geht es erstaunlicherweise gut, nachdem, was ich erlebt habe, dachte ich eigentlich, dass es mein Ende sein würde, aber anscheinend war ich doch nicht so schwer verletzt!", meinte sie.

„Doch Milli, das waren Sie … aber lassen Sie mich erst einmal erzählen wie das alles gekommen ist, dass sie in meinem Keller liegen und ich neben Ihnen sitze."

Mike erzählte ihr von dem Tag, als er zum ersten Mal alleine auf die Jagd ging, von dem Indianerritual, und wie er sich danach gefühlt hatte.

Als er in seiner Erzählung dann zu der Scheune kam, in der er die Nacht zuvor, ohne es zu wissen, ein Pferd zerrissen hatte, wurden Millis Augen immer größer, und obwohl ihr offensichtlich einige Fragen auf der Zunge lagen, ließ sie Mike erzählen.

Auch von dem Schamanen und seinem Krafttier erzählte er ihr, damit sie vollends wusste, woher die Essenz stammte, die ihn so veränderte.

Als er versuchte einige Sachen harmloser zu erzählen als sie damals waren, schien sie das zu merken und bat ihn, ihr alles zu erzählen, ohne sie schonen zu wollen.

Es dauerte eine ganze Weile, bis er zu dem schrecklichen Unfall kam, bei dem seine Eltern den Tod fanden, und ab da nahm Milli Mikes Hand in ihre und hielt sie fest, um ihm zu zeigen, dass sie mit ihm fühlte.

Von der Rockerbande, und wie er sie dafür zur Rechenschaft gezogen hatte, und dem Wunsch, der daraus erwachsen war, sich gegen das Verbrechen zu stellen und zwar mit allem, was ihm möglich war.

Als er dann zur letzten Nacht kam und warum dieser Jonsen jetzt ebenfalls so mächtig war, sah er ihr resigniert in ihre blauen Augen.

„Also, warst du die ganzen Jahre alleine, hattest nie ein Mädchen oder Freunde gehabt, denen du ein Stückchen deiner Last, die du die ganze Zeit mit dir herumträgst, hättest abgeben können?", fragte sie nun und Mike konnte wieder nur nicken und lächelte dabei traurig.

Sie sahen sich noch einige Zeit still in die Augen, bis Milli klar zu werden schien, warum sie hier war und nicht in einem Krankenhaus.

„Sag mir die Wahrheit, Mike … ist es so, dass durch diesen Jonsen, der mich so schwer verletzt hat, ich jetzt auch diese Essenz in mir trage und es mir nur deswegen schon wieder so gut geht, weil ich ebenfalls zu solch einer Kreatur werde?"

Mike drückte nur ihre Hand und konnte im ersten Moment nichts sagen, da er selber noch nicht wusste, wie es weitergehen sollte.

Doch Milli dachte schon weiter. „Meine Eltern … wissen sie denn schon, dass es mir relativ gut geht, oder sind sie mittlerweile schon krank vor Angst um mich?" Dabei richtete sie sich erschrocken in dem Bett auf, wobei ihr die aufgelegte blutdurchtränkte Kompresse vom Oberkörper fiel und dabei makellose weiße Brüste zum Vorschein kamen, ohne dass die geringsten Narben zu sehen waren.

„Milli!", sagte Mike beschwörend und wurde rot, als Milli ihm ihre Reize ungewollt präsentierte, ohne dass sie es merkte.

Als sie seine Blicke und die leichte Röte in seinem Gesicht sah, schaute sie an sich herunter, errötete ebenfalls, zog sich die Decke bis zum Kinn hoch und funkelte ihn an: „Ok, ich beruhige mich … außerdem habe ich einen mörderischen Hunger!"

Da sie Jüdin war, hatte er ihr Rindersteaks mitgebracht, das er ihr jetzt

434

briet, und nachdem sie über ein Kilo Fleisch gegessen hatte, schien sie gesättigt ... erst einmal. Außerdem hatte Mike Milli einen von seinen Pyjamas gegeben, und mit dem saß sie nun auf Mikes Lieblingssessel in seinem Wohnzimmer. Die Infusionen hatte er ihr abgenommen, da sie diese nicht mehr zu brauchen schien, und auch der Einstich der dicken Infusionsnadel war nicht mehr zu erkennen.

Er setzte sich ihr gegenüber, nahm ihre Hände erneut in seine und forderte sie auf, ihn anzusehen, was sie dann auch tat.

„Milli, wir haben ein Problem, ist dir das bewusst?", fragte er leise, worauf sie nickte und wieder nach unten schaute.

„Wirst du mich jetzt doch noch töten, damit ich nicht so werde wie du?", setzte sie traurig nach und schaute ihn dabei gefasst, aber mit tränenfeuchten Augen an.

„Eigentlich müsste ich es tun, Milli ... aber ich kann nicht, ich hätte es schon bei unserer ersten Begegnung nicht gekonnt, als du mir in die Augen gesehen hast!", antwortete er.

„Und was soll jetzt werden?"

„Das weiß ich auch noch nicht genau, aber ich kann dich schlecht wieder nach Hause lassen, bevor wir nicht wissen, wie du dich entwickeln wirst!"

„Gut, wie gehts jetzt weiter!", wollte sie wissen.

„In der nächsten oder übernächsten Nacht wirst du dich das erste Mal verwandeln, ohne dass du viel davon mitbekommen wirst ... also werde ich dich in meinem Keller in einem extra dafür gebauten Hundezwinger unterbringen!", sagte er mit einem bösen Grinsen, worauf sie ungläubig dreinschaute, dann aber nickte. „Na toll ... ich übernachte dann also mal in einem Hundezwinger!"

In dieser Nacht geschah nichts, doch als Milli wach wurde, hatte sie noch mehr Hunger und Mike musste noch einmal Einkaufen fahren und ließ sie in der Zeit im Zwinger, was ihm einen bitterbösen Blick einbrachte und ihn auflachen ließ, was wiederum Milli noch böser schauen ließ.

Als er dann wiederkam, wäre Milli fast geplatzt, so dringend musste sie auf Toilette. Kaum hatte er aufgeschlossen, stürmte sie an ihm vorbei und bedachte Mike nochmals mit einem bitterbösen Blick, worauf der wieder lachen musste.

Sie hatten jede Menge Zeit, um sich zu unterhalten, und Mike versuchte alle ihre Fragen zu beantworten. Ihre Wahrnehmung war sensibler geworden und auch die Augen brauchten keine Brille mehr, um scharf zu sehen. Auch versuchte er sie mit Meditation mit ihrem Krafttier vertraut zu machen, aber da er nicht genau wusste, wie der Schamane das bei ihm angestellt hatte, hatten sie nur mäßigen Erfolg.

Dann wurde es auch schon wieder dunkel und Mike brachte Milli erneut in den Keller. Als sie vor dem Zwinger mit den massiven Eisenstäben stand und Mike die Tür für sie öffnete, drehte sie sich noch einmal um, stellte sich auf ihre Zehenspitzen und gab ihm einen Kuss auf die Wange. Verdutzt fasste er sich mit der Hand an die Stelle, wo eben noch ihre Lippen zu spüren gewesen waren. Sie ging hinein und legte sich mit einem Lächeln auf die Pritsche.

Sie unterhielten sich noch eine ganze Weile, bis Milli einfach wegnickte und leise zu schnarchen begann, was Mike ein Schmunzeln abverlangte.

Bis halb eins in der Nacht tat sich nichts und Mike begann sich schon zu wundern, da durchlief Millis Körper ein leichtes Zucken und dann schien ihre Haut leicht zu schimmern.

Mike schaute fasziniert zu, als sich langsam das Gesicht verformte und sich dann die Zähne aus ihrem Kiefer zu lösen begannen, ohne dass sie aufwachte. Langsam, man konnte es schon fast gemächlich nennen, begannen ihre Gliedmaßen zu wachsen und es bildeten sich neue Muskelstränge und Klauen begannen aus Händen und Füßen zu wachsen. Milli hatte nur ein Pyjamaoberteil an und ihren Slip, beides begann nun von ihr abzufallen, nachdem es von ihrem Körper zerrissen worden war. Noch immer lag sie auf der Pritsche, die unter der Last zu ächzen begann. Als das Wachstum beendet schien, wuchs ihr ein silbriges Fell, was aussah, als sei es aus Seide. Wie ein Schlafwandler richtete sie sich auf, nachdem das Fell komplett gewachsen war und stellte sich hin. Sie war vielleicht etwas größer als zwei Meter und nicht ganz so muskulös wie Mike in seiner Werwolfs-Form, aber immer noch ein erschreckender Anblick. Milli, die immer noch die Augen geschlossen hatte, legte ihren mächtigen Kopf in den Nacken und stieß ein durchdringendes Heulen aus. Mike war fasziniert von ihrer schaurigen Schönheit und wäre er nicht schon haltlos in sie verliebt gewesen, dann wäre es spätestens jetzt der Fall.

Mike trat näher an den Zwinger heran. „Milli … Milli … kannst du mich hören?", fragte er leise, und ihre spitzen Ohren begannen zu zucken, und langsam begann sie die Augen zu öffnen, wobei sie ein kehliges Knurren hören ließ.

Mike starrten kristallklare, blaue Augen an, in deren Innerem es zu glühen schien. Milli begann knurrend zu wittern, und hätte Mike nicht noch ein ganzes Stück Abstand gehalten, hätte sie ihn ziemlich verletzen können, denn mit einem Mal sprang sie an die Zwingertür und biss hinein, sodass ihr ein Zahn abbrach, der jedoch sofort wieder nachwuchs. Außerdem hatte sie einen ihrer muskulösen Arme durch die Gitter gesteckt und versuchte Mike damit fuchtelnd und knurrend zu erreichen, wobei sich die Gitterstäbe zu verformen begannen. Kurz darauf zog sie sich ein Stückchen zurück in Richtung Wand und ließ dabei Mike nicht aus den Augen. Heißer Geifer tropfte ihr aus dem gierig aufgerissenen Maul, und ohne Vorwarnung sprang sie wieder an die Gitter, wobei der ganze Keller zu erzittern schien. Als sie damit nicht weiterkam, konzentrierte sich Milli auf die Tür, klammerte sich mit beiden Klauenhänden daran und begann an ihr zu rütteln, wobei sich Putzplatten von den Wänden lösten.

Mike erkannte, dass die Tür sehr wahrscheinlich nicht mehr lange halten würde und begann sich auszuziehen und selbst in die Verwandlungsphase einzutreten, damit er ihr etwas entgegensetzen konnte, wenn sie denn herauskäme. Er war gerade dabei, sein Fell zu bekommen, da flog die Stahlgittertür aus ihren Angeln und Milli stürzte sich heulend und zähnefletschend auf Mike, der sich gerade noch zur Seite werfen konnte und dabei einen Spint umriss, der an der Wand gestanden hatte, und ihn komplett verbog, sodass er nie wieder zu gebrauchen sein würde.

Sie hingegen, ihres Zieles beraubt, donnerte an die gegenüberliegende Wand, wo sich erneut Putz von der Kellerwand löste und auf ihr silbriges Fell fielen. Aber das machte ihr nichts aus, denn schon erhob sie sich wieder, schüttelte den Dreck ab und war einen Lidschlag später schon wieder auf Angriffskurs. Mike erwartete sie mit weit geöffneten Armen und einem dunklen Knurren, was sich in den Gitterstäben des Käfigs zu verfangen schien.

Als sie aufeinandertrafen, sah es so aus, als wenn sich zwei riesige Terrier ineinander verbeißen würden. Milli war zwar nicht ganz so groß wie Mike, ungefähr einen halben Meter kleiner, aber verdammt schnell und nicht minder brachial.

Nach einiger Zeit bekam Mike sie dann doch richtig zu fassen, saß dabei auf ihrem Bauch und hielt ihre Arme auseinander, doch immer noch versuchte sie knurrend nach ihm zu schnappen.

So verharrten sie dann mindesten zwei Stunden und irgendwann begann sich Milli wieder zurückzuverwandeln und Mike lockerte seinen Griff, um ihr nicht wehzutun, doch das war ein Fehler, den er gleich bereute, denn mit einer raschen Bewegung schnellte sie vor und verbiss sich in seinen Brustmuskel.

Also verstärkte er seinen Griff wieder und presste sie zurück auf den Kellerboden, von wo aus sie ihn belustigt anzustarren schien, denn in ihren

Augen spielte der Schalk.

Die Rückverwandlung ging langsam voran und als sich Mike, diesmal sicher war, dass sie wieder normal sein würde, verwandelte auch er sich zurück und zwar in einem Bruchteil der Zeit, die Milli gebraucht hatte.

So saß Mike immer noch auf Milli, als sie beide schon wieder menschliche Gestalt angenommen hatten, und Milli schaute auf die Wunde in seiner Brustmuskulatur, die sich gerade restlos geschlossen hatte. Sie sahen sich lange in die Augen und waren sich im ersten Moment gar nicht bewusst, dass sie beide nackt waren. Erst als Mike sich zu ihr herunterbeugte und ihr einen Kuss auf den Mund gab, wurde beiden bewusst, wie sie auf dem Kellerboden lagen.

„Oh … entschuldige!", sagte er zu ihr und stand hastig auf, drehte sich um und gab ihr sein T-Shirt, damit sie sich anziehen konnte.

„Hilfst du mir gar nicht auf?", fragte Milli verschmitzt, als sie sich das Shirt angezogen hatte.

Mike, der seine Boxershorts bereits angezogen hatte, drehte sich mit einem undefinierbaren Blick um, nickte, hielt ihr seine Hand hin und half ihr auf, während er sie nicht aus den Augen ließ. Auch sie betrachtete ihn seltsam, sagte dann aber, dass sie Hunger habe und ging federnd an ihm vorbei die Kellertreppe hinauf und in die Küche. Mike folgte ihr kopfschüttelnd, aber mit einem Grinsen im Gesicht.

Milli verdrückte noch mehr Fleisch als am Tag zuvor, auch aß sie einen ganzen Laib Brot, zusammen mit einem Pfund Butter, einem Glas Erdbeermarmelade und mehrere Bananen. Dazu trank sie mindestens fünf Liter Wasser und als wäre das nicht genug, auch noch den letzten Liter Milch, den Mike im Haus hatte.

Zum Abend hin saß sie wieder im Sessel und las in einem Buch, das Mike ihr gegeben hatte und das sich mit alten Indianermythen beschäftigte. Mike indessen war im Keller gewesen, hatte sich den Käfig angesehen und versucht, die Tür wieder einzuhängen, aber vergebens, denn sie war so verzogen, dass sie nur noch etwas für den Alteisenhändler war.

Als er dann nach oben kam, war sie total vertieft in ihre Lektüre, hatte ihn aber trotzdem mit ihren mittlerweile feinen Sinnen gehört, und als er in das Wohnzimmer kam, schaute sie auf und lächelte ihn an.

„Na, wie fühlst du dich?", fragte Mike.

„So gut wie noch nie, auch das Essen schmeckt viel besser, und sogar das Wasser hat einen eigenen Geschmack, ganz zu schweigen, wie gut der Kaffee heute Morgen war!", sagte sie fröhlich und beschwingt.

„Milli, bevor wir nachher wieder in den Keller gehen müssen, habe ich noch eine Frage an dich … ab wann konntest du dich wieder an etwas erinnern … ab wann wusstest du, was du tust?", fragte er und schaute ihr dabei genau in die Augen, damit ihm keine Regung verborgen blieb.

Milli bekam rote Wangen, was er unwiderstehlich an ihr fand … wie so ziemlich alles an ihr, und schaute auf den Boden.

Mike kniete sich vor sie, hob ihr Kinn mit einem Finger an und sie schaute ihn betreten an: „Tut dir der Biss noch weh, wenn ja dann tuts mir leid … war die Revanche für meine fast geplatzte Blase!", sagte sie leicht schmollend, was Mike laut auflachen ließ.

„Also, bist du nicht sauer auf mich?", wollte Milli wissen.

„Nein, bin ich nicht … hab mir so etwas aber schon gedacht, denn deine Augen haben so komisch aufgeblitzt, bevor du mich gebissen hast", sagte er grinsend. „Aber ab wann hattest du denn wieder die volle Kontrolle über dich?", setzte er nochmals voller Interesse nach.

„Ab da, wo du mich auf dem Fußboden festgehalten hast!", sagte sie und lächelte dabei zurück.

„Ok, Milli, das dazu … aber eines solltest du wissen. Heute Nacht wird es nicht so schön für dich werden, denn du wirst dich bei vollem Bewusstsein verwandeln und jede Faser deines Körpers fühlen!", sagte er und hielt dabei wieder Millis Hände. Sie streichelte mit ihren Daumen über seine und nickte tapfer. Dann … ganz überraschend für Mike … schlang sie die Arme um ihn, drückte ihr Gesicht in seine Halsbeuge und fing an zu weinen. Er streichelte ihr sanft den Rücken und wiegte sie in seinen Armen. Nach einiger Zeit beruhigte sie sich wieder.

„Du brauchst keine Angst zu haben, ich werde ab jetzt für dich sorgen, und wir werden jedes Problem zusammen lösen, das verspreche ich dir!", sagte er zärtlich.

Milli wischte sich mit seinem Hemd, das sie trug, die Tränen weg und nahm sein Gesicht in ihre schlanken Hände. „So lieb wie du war noch nie jemand zu mir!", sagte sie und gab ihm einen Kuss auf den Mund.

Es war wie eine Erlösung für Mike, dass sie anscheinend das Gleiche für ihn empfand, wie er für sie, und er erwiderte ihren Kuss.

Als sie sich dann schwer atmend voneinander lösten, sahen beide überglücklich aus, und nachdem sie noch einige Zeit geredet und gekuschelt hatten, schliefen sie liebevoll umschlungen auf der Couch ein.

„Mike … Mike … Mike … mir tut plötzlich alles weh!", sagte sie ächzend und kniete bereits vor der Couch auf dem Boden und sah ihn dabei ängstlich an.

Er war schlagartig hellwach und kniete sich vor sie. „Komm mein Schatz, wir gehen in den Keller hier …" Weiter kam er nicht, denn Milli begann bereits, sich zu verändern.

„Ich … kann nicht … es tut so weh … hilf mir …!", sagte sie noch flehend, bevor ihre Kiefer anfingen sich nach vorne zu schieben.

Mike hielt sie an den Armen fest und sie erwiderte seinen Griff mit ungeahnter Kraft, sodass er dachte, sie wolle ihm die Arme brechen.

Als ihr dann die Zähne ausfielen, damit das Raubtiergebiss Platz bekam, liefen ihr Tränen der Qualen vor lauter Pein über die sich verändernden Wangen.

Mike verwandelte sich ebenfalls, um ihr gegebenenfalls etwas entgegensetzen zu können, falls sie sich nicht kontrollieren konnte. Keiner von beiden hatte noch die Zeit gehabt, um sich auszuziehen, und so gingen wieder einige Kleider zum Teufel.

Er hatte sich beinahe zu spät verwandelt, denn gerade als seine Transformation beendet war, schoben sich bei ihren Händen die Klauen aus den Fingern und bohrten sich schmerzhaft in seine bepelzten Arme.

Man konnte Knochen aus ihren Gelenken springen hören, bevor sie wieder in den Gelenkpfannen einrasteten, und bei alledem hielt Mike Milli immer noch fest, auch wenn ihm bereits Blut die Arme heruntertropfte.

Sie versuchten sich dabei immer in die Augen zu schauen, auch wenn es Milli zeitweise nicht gelang, weil ihre Schmerzen einfach zu groß waren.

Als sich dann endlich nur noch das silbrige Fell seinen Weg bahnte, sackte sie in sich zusammen und Mike hörte sie schwer atmen.

Der Sessel, der Wohnzimmertisch sowie Teile der Couch waren zu Bruch gegangen, aber nun, als sie ruhiger zu atmen begann, forschte er mit seinen nach ihren Gedanken, und wenig später drang er zu ihr durch: ‚Milli … Milli kannst du mich verstehen', dachte er zu ihr.

‚Ja', antwortete sie ihm, ‚ein bisschen ungewohnt, aber ich verstehe dich in meinem Kopf', dachte sie und schaute zu ihm auf.

Er versank beinahe in ihren leuchtenden kristallblauen Augen und auch sie war ganz fasziniert von seinen rubinroten Augen, in denen es liebevoll glomm.

‚Und was machen wir jetzt … ich habe ziemlichen Hunger und Energie für zehn, und ein wenig Zorn verspüre ich auch … gut ein wenig ist untertrieben', dachte sie.

‚Gut, dann lass uns was essen gehen … ich kenne da außerhalb der Stadt eine Weide, auf der ich Rinder stehen habe', dachte er und sie schien ihn erstaunt anzustarren, folgte ihm aber aus der Hintertür und hielt sich an ihn, sodass sie ungesehen aus der Stadt kamen.

Es wurde ein wahres Gemetzel und sie sahen danach mehr aus, als hätten sie in Rinderinnereien gebadet und als sie sich satt gefressen hatten, liefen sie noch in den Wald, um Energie loszuwerden. Mike hatte seine wahre Freude daran, wie Milli sich austobte.
Als sie wieder zur Weide kamen, dämmerte bereits der Morgen und sie verwandelte sich mit Mikes Unterstützung zurück. Es war auch nicht mehr schwer gewesen zu ihrem Krafttier zu gelangen, denn sie waren ja schon im Geiste verbunden. Millis Krafttier war ein silbrigweißer Wolf, der sich mit seinem rötlich-grauen Wolf gut verstand, denn sie spielten auf einer Blumenwiese, die Milli ersonnen hatte, einträglich zusammen.
Da die Weide und der Stall darauf ihm gehörten, hatten sie die Möglichkeit sich zu waschen. Auch eine Auswahl an Kleidern lag hier bereit, und obwohl sie zu groß waren für Milli, sah sie darin total süß aus … fand Mike … und vor allem unschuldig, dachte er und musste grinsen.
„Warum grinst du so?", wollte Milli wissen und kam hinter der Stellwand hervor, hinter der sie sich angezogen hatte.
Er stand im Heu, hatte nur seine Shorts an, denn es war bereits ein warmer Morgen. Es hatte in der Nacht nicht merklich abgekühlt, und so konnte sie in der Morgendämmerung seinen muskulösen Körper sehen.
Sie kam auf ihn zu, stellte sich ganz nah an ihn und strich mit einer Hand über seine maskuline Brust, dass es ihn erschaudern ließ.
„Du bist so schön!", sagte sie, „nicht nur so, wie du jetzt vor mir stehst, sondern auch als Werwolf gefällst du mir sehr gut!" Sie schaute zu ihm hoch. Er nahm ihr Gesicht in seine Hände und küsste sie. „Du gefällst mir auch in beiden Formen sehr gut!", sagte er und nahm sie fest in seine Arme.

# Reginalds Wüten

Detroit, 16. August 1950, gegen 9.00 Uhr, im Polizeirevier von Detroit

„Verdammt … das ist jetzt schon die achte Leiche in gut zehn Tagen!",
sagte Richard zu Tom und raufte sich die Haare.
Vor ihm lagen Bilder, die meist junge Frauen zeigten, die allesamt übel
zugerichtet waren, und diesmal fehlten teilweise sogar ganze Körperteile.
Nur eines fehlte bei keinem der Opfer … das Herz.
Zu allem Überfluss wurde Conner erst morgen wieder aus dem Kran-
kenstand zurückerwartet, was Richard noch zusätzlich ärgerte, da ohne ihn
die forensische Abteilung nur die Hälfte wert war.
„Komm Rich, lass uns noch mal zu Matt in den Keller gehen. Dorsen war
vorhin am Kaffeeautomat und hat mir gesagt, dass schon wieder eine
Leiche einer jungen Frau gefunden wurde. Hackman und Sosinsky waren
an den Tatort gerufen worden, weil wir noch beschäftigt waren!", sagte
McKey und klopfte seinem Freund aufmunternd auf die Schulter.
Dieser war gerade dabei gewesen sich einen Zigarillo anzuzünden und
hätte sich beinahe verbrannt, als er so kameradschaftlich die Schulter
geklopft bekommen hatte.

Als sie den Obduktionssaal betraten, schienen sie regelrecht gegen eine
Wand zu laufen, so war die Luft von Verwesung gesättigt.
Tom hielt sich ein Stofftaschentuch vor Mund und Nase, Richard verzog
zwar das Gesicht, aber er kam wohl ohne Taschentuch aus.
„Hallo Matt, sag nicht, diese Leiche gehört auch zu unserem Fall … wir
haben wirklich schon mehr als genug, wir brauchen keine mehr!", sagte
Anderson halb ernst, aber es hörte sich schon fast verzweifelt an.
„Doch leider wurde auch diese junge Frau von dem gleichen Täter er-
mordet, zumindest wie sie zugerichtet wurde, passt zu den anderen
Fällen!", sagte Olsen schon fast entschuldigend.
McKey trat näher an die Frauenleiche heran. „Wann ist sie zu Tode
gekommen?", wollte er wissen und schaute zu Matt.
Der überlegte kurz. „So zwischen fünf und sieben Tage würde ich meinen,
aber da es zurzeit sehr warm ist, tendiere ich eher gegen fünf Tage … an
dieser Leiche kannst du es recht gut erkennen. Die äußerlich sichtbare
Verwesung setzt im unteren Bauchbereich ein. Wenn die Bakterien das
Hämoglobin im Blut zu zersetzen beginnen, was eine grünliche Färbung
der Haut nach sich zieht … Tom das kannst du ganz genau hier sehen!",

sagte Olsen und zog das Leichentuch komplett von der Bahre, sodass sich der Zersetzungsgeruch noch verschlimmerte, wenn das überhaupt noch möglich war.

„Durch die explosionsartige Vermehrung der Bakterien verfärben sich die äußerlich sichtbaren Verläufe der Venen und Adern ebenfalls grünlich, sodass der tote Körper nach etwa sieben Tagen marmoriert erscheint!", erklärte Matt weiter, während er auf eine leicht einsetzende Verfärbung hinwies, die tatsächlich marmorartig aussah.

„Gut, sie ist also schon eine Zeit lang tot, wissen wir denn, wie sie heißt, und was genau wurde ihr angetan?", wollte Anderson wissen.

Olsen hatte Toms Gesichtsfarbe richtig eingeschätzt und zog das Leichentuch wieder über die Überreste der Frau, bevor er ein Klemmbrett in die Hände nahm und in seinen Notizen blätterte.

„Ok ... Josy Wilkoks heißt die Gute, wurde ebenfalls im Stadtpark gefunden, Kopf halb vom Rumpf getrennt ... die Kehle wurde herausgerissen und nicht gefunden ... Herz vorhanden ... Leber zur Hälfte ... Rest der Organe großteils zerrissen ... Organe, die noch vorhanden waren, wiesen außer Quetschungen keine Besonderheiten auf und wogen den Grad der Verwesung beachtend, normal schwer ... rechter Arm und linkes Bein fehlen ab Schultergelenk und Hüftschale, ach ... und die rechte Brust fehlte auch!", sagte Olsen und nahm das Klemmbrett und legte es wieder an das Kopfende der Leiche.

„Haben wir dieses Mal wenigstens ein paar neue Erkenntnisse sammeln können?", fragte Richard hoffnungsvoll.

„In der Tat ... das hätte ich beinahe vergessen, es wurden bei den anfänglichen Tatorten wie Callussi, das Haus, das bei dem Gemischtwarenhändler, sowie die Sache mit dem Menschenhandel, die Leichen hauptsächlich zerrissen, wogegen die Frauenleichen größtenteils durch kräftige kieferverursachte Verstümmelungen aufweisen ... Rich, wenn du mich fragst, es könnte sich wirklich um zwei verschiedene Täter handeln!", sagte Olsen bedeutungsschwer.

„Ja, das könnte wirklich sein, denn anfangs waren es nur Kriminelle, die ja regelrecht hingerichtet wurden, und außer dem Herz fehlte so gut wie nichts ... wogegen die anderen Leichen halb aufgefressen aussehen!", bestätigte Tom, der die letzten Tage nochmals sämtliches Bildmaterial gesichtet und verglichen hatte.

„Haben wir denn wenigstens auf den Leichen irgendwelche Spuren vom Täter sicherstellen können, was ihn identifizieren könnte?", fragte Richard Olsen, doch der schüttelte nur bedauernd den Kopf.

Da auch die forensische Abteilung nichts vorzuweisen hatte, tappten sie weiterhin im Dunkeln.

‚Es wird Zeit, dass Mike wiederkommt', dachte sich Richard, denn so langsam fügten sich in seinem Kopf Beweise zusammen, von denen die anderen noch nichts wussten. Er hatte sie in einer gesonderten Mappe bei sich zu Hause zusammengetragen, damit sie niemandem seiner Kollegen versehentlich in die Hände fielen. Richard wollte und konnte sie einfach nicht wahrhaben, da diese Fakten viel zu unrealistisch schienen, um der Realität zu entsprechen. Aber wenn er wirklich richtig lag, hatten sie noch ein ganz anderes und viel größeres Problem, als alle dachten.

Nachdem es nichts mehr zu besprechen gab, verabschiedeten sie sich von Matt und kehrten zurück in ihr Büro, um noch einmal alle Beweise durchzugehen, nur um Kramer, dem Sekretär vom Chef, in die Arme zu laufen.

„Ah, gut, dass ich Sie treffe, wollte gerade zu Ihnen … der Chef will Sie sehen!", sagte Kramer in Richards Richtung und McKey wollte gerade erleichtert gehen, da grinste Kramer böse: „McKey, er will sie beide sehen und zwar gestern!" Dann drehte er sich grinsend um und ging ihnen voraus.


Donewan ließ sie natürlich wieder einmal eine geschlagene Stunde warten, damit ihnen ihre Bedeutungslosigkeit so richtig bewusst wurde.

Richard schaute, wie so oft, wenn er warten musste, an die Wand mit Nigel Donewans Auszeichnungen. Als er so mit seinen Augen darüber wegschweifte, fiel ihm ein neues Bild auf, das anscheinend in dem Club aufgenommen worden war, aus dem ihr Chef sie hinauskomplimentiert hatte. Da standen sie und grinsten in die Kamera, man sollte es nicht glauben, aber auf dem Foto standen Donewan, Richter Jonson und der Mafioso Viti einträchtig beieinander und strahlten um die Wette.

McKey hatte die ganze Zeit seine Ellenbogen auf die Knie abgestützt und vor sich hingestarrt. Als er von Richard leicht angerempelt wurde, schaute er fragend auf. Richard nickte nur in Richtung des Fotos und als Tom sah, was sein Freund meinte, verdüsterte sich sein Gesicht und man konnte daraus ablesen, was er von den abgebildeten Personen hielt.

Er wollte gerade etwas Passendes zu Richard sagen, da öffnete sich die Bürotür und Kramer winkte sie herein. „Der Chef hat jetzt Zeit für Sie." Er sagte es so, als hätten sie sich gerade erst hingesetzt und nicht schon eine gefühlte Ewigkeit gewartet.

„Setzen Herrschaften!", sagte ihr Chef, wobei er sie nicht einmal ansah und in irgendwelchen Akten blätterte.

Nach weiteren zehn Minuten tat er die Akten zur Seite, legte seine Ellenbogen auf den Schreibtisch und stützte sein Kinn in die Hände, vergrub sein Gesicht kurz darin und sah sie dann an.

„Am liebsten würde ich Ihnen den Fall wegnehmen, denn Ihre Inkompetenz schreit förmlich zum Himmel, aber leider habe ich außer Ihnen niemand, der nur annähernd in Frage käme … sonst wären sie ihn schon los … Seit Monaten werden immer wieder Menschen getötet und grässlich zerstückelt. Es fällt mir immer schwerer, das meiste aus den Medien fernzuhalten, sonst hätten wir in dieser Stadt schon einen randalierenden Selbstjustizmob, der alles noch schlimmer machen würde. Und seit ein paar Tagen stirbt fast jeden Tag eine junge Frau … der Bürgermeister macht mir die Hölle heiß, und ich sehe es einfach nicht ein, ständig für ihrer beider Unfähigkeit den Kopf hinzuhalten. Wenn sich nicht bald etwas ermittlungstechnisch tut, will der Bürgermeister das FBI einschalten … können Sie sich vorstellen, wie blöde ich dann aussehe … da brauchen Sie gar nicht so doof zu grinsen, McKey, das ist mein bitterer Ernst. Also machen Sie gefälligst Ihren Job, bevor es jemand anderes tut, und jetzt, meine Herren … auf Wiedersehen!", schrie Donewan, der sich in Rage geredet hatte.

Nachdem sie wieder in ihrem Büro waren, ließ sich Richard in seinen Bürostuhl fallen. „Donewan lässt uns nicht einmal Spielraum, um ihm die Situation zu erklären, geschweige denn, ein paar Fakten auf den Tisch zu packen. Ich habe das Gefühl, dass es ihm eigentlich auch völlig egal ist, wie der Fall gelöst wird, Hauptsache, er sieht dabei nicht blöd aus!", sagte Richard, wobei Tom sich das Grinsen nicht verkneifen konnte.

„Also sehen wir zu, dass wir noch einmal alle Beweise durchgehen. Am besten wird sein, wir räumen alles, was bisher an der Pinnwand hängt, ab und überdenken es noch einmal von vorne, vielleicht kommen wir so etwas weiter!", schlug Richard nachdenklich vor.

Tom nickte nur und fing an, die Pinnwand abzuräumen, während Richard den mittlerweile beachtlichen Aktenstapel neu durchzusortieren begann.

# Zurück

Detroit, 16. August 1950, in einer verlassenen Werftanlage.

Reginald war verzweifelt, so hatte er sich das nicht vorgestellt, denn seit seiner zweiten Verwandlung konnte er sich nicht wieder in einen Menschen zurückverwandeln.

Am Anfang seines neuen Seins hatte er wie in einem Rausch aus Blut und Angst der Opfer verbracht und fürchterlich gewütet. Die Leichen, die die Polizei fand, waren nur ein Bruchteil dessen, was er wirklich gemordet hatte.

Manche Nächte hatte er zwei oder drei Frauen getötet, Teile von ihnen sofort verschlungen und einige vergraben, wie ein Hund es mit seinen Knochen tat. Einmal hatte er auch ein Pärchen zerrissen, die sich hinter einem Busch liebten, hatte mit seiner rechten Klaue durch den Rücken des jungen Mannes gestoßen und so lange weiter gedrückt, bis er auch die Wirbelsäule der Frau packen konnte, um diese durch ihren schreienden Liebhaber zu reißen.

Der Tod dieses Pärchens hatte ihn am meisten erregt und ihn zeitweise vergessen lassen, in welch einer misslichen Lage er sich befand.

Reginald fand Zuflucht in einer alten Werftanlage, die sein Vater vor längerem gekauft hatte, Steuersparmodell hatte er es genannt und damit eigentlich auf einen Auftrag der Regierung gehofft, den er dann doch nicht erhalten hatte, da ein Kontrahent mehr Schmiergeld hatte springen lassen als der Richter. Daraufhin bekam sein Vater einen Wutanfall, unter dem nicht nur das Personal, sondern auch seine Frau und besonders sein Sohn zu leiden hatten.

Seitdem stand der komplette Gebäudekomplex leer, was Reginald relative Sicherheit bot, nicht entdeckt zu werden.

Zweimal hatten Obdachlose versucht, sich häuslich einzurichten, aber bevor die zwei Männer überhaupt begriffen, in was für eine gefährliche Lage sie sich brachten, als sie fremdes Eigentum betraten, hatte Reginald ihnen bereits ein blutiges Ende bereitet.

Zwar hatte er sich außer den Landstreichern auch einige Frauenleichen mit in seinen Unterschlupf gezerrt, doch auch diese verwesten bereits und schmeckten auch einem psychopatischen Lykaner nicht mehr.

Nun hockte er blutverschmiert und nach verwesendem Mensch stinkend in einer Ecke der Kellergewölbe. Der Fluss, der allmählich sein Nass durch die Steine des Fundaments drückte, ließ eine feuchtkalte Umgebung entstehen, die sein Fell nicht trocknen ließ.

Zu allem Überfluss hatte er seit einem Tag das Gefühl, als wären leise Stimmen in seinem Kopf, die zu diskutieren schienen, was ihn noch wahnsinniger werden ließ, als er es eh schon war.

Mittlerweile musste ihn die Polizei wieder suchen, aber nicht wegen seiner Opfer, denn diese konnten sie wohl kaum Reginald Jonson zuordnen.

Aber sein Vater, auch wenn er ein gefühlskalter Mistkerl war, hatte zu dieser Zeit bestimmt die Polizei eingeschaltet, schon aus dem Grund, dass man sein Verschwinden bestimmt für Wahlkampfpropaganda gebrauchen konnte.

Alleine seine Mutter stand seinetwegen bestimmt Höllenqualen aus, weil sie nicht wusste, wo ihr Engel war oder wie es ihm ging.

Verzweifelt über seine Situation begann er, seinen Wolfsschädel gegen die feuchte Wand zu schlagen, immer und immer wieder. Bis selbst die widerstandsfähige Haut unter dem Pelz aufplatzte und But in Rinnsalen die Wand hinablief, um sich in kleinen lila Pfützen zu sammeln.

Als das nicht den nötigen Effekt brachte, endlich einmal zur Ruhe zu kommen, sprang er auf und begann durch die Kellergewölbe zu randalieren.

Kleine Außenbordmotoren, die auf Ständern hingen und hier gelagert wurden, flogen durch die Luft und prallten verzogen auf den Kellerboden, wo sie scheppernd liegen blieben. Auch Schablonen, die für den Rumpfbau eines Bootes gebraucht wurden, gingen in einem Splitterregen zu Bruch. Verwesende Reste seiner Opfer fanden den Weg quer durch die feuchte Umgebung und schlugen schmatzend wieder zu Boden, wo sie einen ekelerregenden, feucht schmierigen Haufen bildeten.

Doch als sich Reginald mit aller Macht gegen ein Eisengestell warf, das mit starken Schrauben im Beton verankert war, stieß er an seine Grenzen. Sein linker Oberarmknochen sowie einige Rippen gaben unter der Belastung nach und brachen mit einem lauten Knacken, der Schmerz der darauf folgte, ließ ihn nicht gerade ruhiger werden. Als die Knochen begannen zusammenzuwachsen, hatte er es zumindest geschafft, einige Verstrebungen des Gestells zu verbiegen oder abzubrechen, was scharfe Kanten entstehen ließ.

Doch als er in seinem haltlosen Zorn einen der Ständer, die einen T-Träger hielten, wegriss, fiel dieser auf ihn herunter und rammte seinen Schädel auf eine jener scharfen Kanten, die er gerade selbst verschuldet hatte.

Stahl drang in seinen Schädel ein und ließ ihn sein Bewusstsein verlieren.

Zuerst hing er erschlafft auf dieser scharfen Stahlkante, von der er dann jedoch durch sein eigenes Gewicht mit einem schabenden Geräusch herunterrutschte und bewegungslos auf den kalt feuchten Boden fiel.

Schwärze hatte sich in seinem Geist ausgebreitet, die sich jedoch bald in eine Art dunkle Höhle verwandelte. Dunkelgrün glühende Augen schienen ihn aus matter Dunkelheit anzustarren. Bevor sich das Dunkel jedoch ein Stück zurückziehen konnte, trat ein dunkler Schatten hervor, den eine silbrige Aura umwaberte. Dieser schien sich immer mehr zu einer schwarzen hundeähnlichen Gestalt zu komprimieren. Obwohl die Umgebung immer noch sehr finster war, konnte man nun einen großen Wolf erkennen, der mit seinen stechend grünen Augen in Reginalds Seele sah.

,Sieh dich an ... wie erbärmlich du bist!', sagte eine unheimliche Stimme abfällig in seinem Kopf. ,Musstest dich erst fast umbringen, bevor du mich verstehst ... ich habe es dir doch wahrlich leicht gemacht ... wenn du schlafen wolltest, und sogar, wenn du wach warst, habe ich versucht mit dir zu sprechen, aber dein überzogenes Ego war einfach stärker als jeder Versuch dir zu helfen ... mir zu helfen!', sagte die Stimme in seinem Kopf ungehalten.

Reginald begann langsam wieder zu denken, und wie von selbst richtete er das Wort an die geisterhafte Stimme: ,Wer bist du, und was machst du in meinem Kopf?'', fragte er unwirsch.

,Oh ... noch immer arrogant wie ein Rabe, der noch nicht gemerkt hat, dass ein Jäger ihn schon lange im Visier hat!', hallte die unheimliche Stimme in seinem Geist nach.

,Was heißt das ... was soll das alles bedeuten, erkläre dich oder verschwinde aus meinem Kopf, ich habe schon genug Probleme, da brauche ich nicht noch eine Stimme in meinen Gedanken!', fuhr Reginald seinen tadelnden Gesprächspartner an.

,Du willst wissen, wer ich bin ... ich bin du und auch wieder nicht. Vor über tausend Jahren war ich einer von sieben heiligen Wolfsgeistern, die sich dem alten Volk verpflichtet fühlten, die ihr Indianer nennt. Und denen wir durch unsere Essenz Macht verliehen, wenn diese in Bedrängnis gerieten. Um unser Wohlwollen zu erhalten, brachten sie Opfer dar und beteten zu uns, dadurch wurden wir stärker und waren einst einige der mächtigsten Manitus in unseren Sphären. Immer einer in jedem Stamm wurde ausgewählt, um die Brücke zwischen den Welten zu bilden. Diese Schamanen wurden durch unsere Berührung sehr alt und konnten je nach Nähe zu uns mehrere hundert Jahre alt werden. Bemerkten sie jedoch das Nahen ihres Todes, so war es an ihnen, einen Nachfolger auszubilden, damit die Essenz nicht außer Kontrolle geraten konnte.

Doch eines Tages war ein kleiner Stamm bedroht und nahe der Auslöschung. Ihr Schamane wurde hinterrücks ermordet, bevor dieser einen Nachfolger ausbilden konnte. Da nun die geistige Führung fehlte, konnten sie auf dem üblichen Weg keinen von uns erreichen, um Hilfe zu erbitten. Dieser Stamm verehrte mich jedoch seit Jahrhunderten, und als ein verzweifelter Vater, dessen Kind in Feindeshand geriet, ein Blutopfer brachte, indem er sich den kleinen Finger abtrennte, um mir seine Ergebenheit zu beweisen, beschloss ich ihm zu helfen. Noch niemals zuvor hatte jemand der Sieben die Macht geopferten Menschenblutes erfahren, und ich war überwältigt von der Energie, die durch mich strömte. So gab ich dem Vater des verschleppten Kindes in dieser Nacht meine Essenz, ohne dass jener Mann die nötigen Rituale durchlaufen hatte, mit denen ich in der Lage gewesen wäre, die Essenz zurückzunehmen.

Doch es geschah mehr, als sich der Vater des Kindes in einen Menschenwolf verwandelte. Alle, die vor diesem die Essenz verliehen bekamen, hatten Macht über ihren Geist … bei ihm war es jedoch anders. Völlig dem Wahn verfallen, löschte er fast den gesamten Feindstamm aus, aber konnte sich danach nicht mehr zurückverwandeln.

Dies führte dazu, dass die anderen sechs auf ihn aufmerksam wurden und somit auch auf mich. Gemeinsam bekämpften sie den Mannwolf mit Hilfe anderer Klans, was wiederum einen hohen Blutzoll forderte.

Dann gelang es einem der Essenzträger der Sechs, dem Kontrolllosen den Kopf abzureißen, woraufhin meine Essenz zu mir zurückkehrte.

Nun sahen alle im Geisterreich, dass ich der Urheber der Katastrophe war und nicht nur meine Wolfsbrüder, sondern alle Manitus. Ob Bär, Luchs, Puma … einfach alle richteten ihren Zorn auf mich. Doch bevor ich eine Erklärung abgeben konnte, verbannten sie mich in den Tarterus. Einzig die gespeicherte Macht des einen Blutopfers ermöglichte mir eine Hintertür aufzuhalten, und dort wartete ich eine Ewigkeit auf meine Chance wieder zu Macht zu kommen … bis jetzt!'

Als der Geisterwolf zu Ende geredet hatte, hallte dessen Stimme eine Zeit lang in Reginalds Gedanken nach, bevor dieser antwortete. ,Und was erwartest du von mir und wie willst du mir helfen?', fragte Reginald immer noch leicht gereizt.

,Ich will mich an meinen selbstgerechten Brüdern rächen, aber dazu fehlt mir die nötige Kraft. Alle Energie, die mir geblieben war, habe ich gebraucht, um zu dir zu gelangen. Dein Geist ist ebenso voller Hass wie mein eigener, und du wirst noch viele töten … töte sie für mich und in meinem Namen, und ich werde dir helfen, dass du Kontrolle über die Essenz erlangst … schwöre es und es wird sein!', sagte die dunkle Stimme nun in Reginalds Kopf.

Reginald überlegte nicht lange und schwor dem schwarzen Manitu lapidar seine Gefolgschaft.

Kaum hatte er dies getan, erwachte er aus seiner Ohnmacht. Die Kopfwunde hatte sich geschlossen und er richtete sich auf, hielt sich dabei an den Resten des Eisengestells fest, das er verbogen hatte, und schüttelte seinen Kopf, um diese komischen Gedanken zu verscheuchen.

Doch kaum stand er da, verspürte er ein Brennen zwischen seiner Brustmuskulatur, das immer stärker wurde, bis es an dieser Stelle anfing zu qualmen und nach verbranntem Pelz zu riechen begann. Als es dann an besagter Stelle immer heißer wurde, heulte er vor Schmerzen auf.

‚Ich habe deinen Schwur akzeptiert … willst du dich in Zukunft verwandeln, komme an diesen Ort in deinem Geist zurück!', hallte es in Reginalds Geist, und augenblicklich ebbte der Schmerz ab. Alles, was zurückblieb, war der stechende Geruch nach verbranntem Fleisch und versengtem Fell, der ihm in der Nase hing.

Kurz darauf fing sein Körper an zu schrumpfen und sich zurückzubilden, bis Reginald schließlich in seiner menschlichen Form nackt und auf allen Vieren im stinkenden Dreck des Kellers kauerte. Als dieser sich gesammelt hatte, stand er ächzend auf und blickte an seinem verschmierten Körper hinab.

Was er sah, ließ ihn fluchen. „Verdammt, was ist denn das?", rief er erstaunt, als er eine handtellergroße Brandnarbe in Form einer Wolfspfote sah, die mitten auf seiner Brust leichtgeschwollen und gerötet zu sehen war.

‚Also war es doch kein Traum', dachte er und machte sich auf den Weg nach oben, raus aus der stinkenden Feuchtigkeit.

In der großen Halle angekommen, sah er sich erst einmal genauer um und ging dann zu einer Ecke, in der mehrere Regalabteilungen standen. Diese gingen fast bis unter die Decke und waren voller Kartons und Ersatzteile für den Bootsbau.

Reginald suchte irgendetwas, das er sich überziehen konnte, damit er sich nach draußen begeben konnte, ohne dass ihn die Polizei gleich als Sittenstrolch einsperrte. Zwar würde er wohl aussehen wie ein Landstreicher der übelsten Sorte, doch das war für Reginald das geringere Übel. Vielmehr hoffte er, dass seine Kleider samt Geldbeutel noch im Park lagen, in dem er sich verwandelt hatte. Mit dem Wetter hatte er Glück, denn seit der

Nacht seiner bewussten Verwandlung hatte es nicht mehr geregnet.
Nach einiger Zeit fand er Segeltuch und mehrere Rollen Tau in verschiedenen Stärken. Auch ein ziemlich abgewetztes Messer fand er bei den Seilen, und so schnitt er sich ein großes, rechteckiges Stück aus dem Tuch und machte in der Mitte einen Schlitz, durch den er seinen Kopf steckte. Dann noch zwei Öffnungen für die Arme, den Strick um die Taille, und fertig war die Notbekleidung.
Nun wartete er noch, bis es dunkel wurde, bevor er die Halle verließ und sich auf den Weg Richtung Park machte. Er versuchte, sich immer im Schatten zu halten, entweder von Bäumen und Büschen oder von Gebäuden. Nach mehreren Stunden hatte er dann den Park erreicht, ohne nennenswert aufgefallen zu sein.
Als er sich der Umgebung näherte, wo er seine zerrissenen Sachen zurückgelassen hatte, sah er, dass noch ein größerer Bereich abgesperrt war, und so schlüpfte er unter der Absperrung durch und steuerte die Buschgruppe mit dem einen Baum an, um erleichtert festzustellen, dass seine Kleidung wirklich noch da war. Sogar das Geld war noch vorhanden, und so nahm er die zerrissenen Kleider und seine Börse an sich, um so schnell wie möglich nach Hause zu kommen.
Um dummen Fragen aus dem Weg zu gehen, ging er nicht wieder zurück in das Hotel, sollten sie seine Sachen doch behalten!
Reginald roch wohl immer noch recht streng, denn, der Taxifahrer wollte ihn wegen seines Aufzuges zuerst gar nicht mitnehmen. Erst als er dem Fahrer das Dreifache im Voraus gezahlt hatte, ließ er ihn einsteigen. Der Fahrer rümpfte zwar die ganze Fahrt über die Nase, sagte aber nichts zu Reginald, nachdem er im Rückspiegel dessen beängstigende Augen gesehen hatte.


Am heimischen Grundstück angekommen, gab er dem Fahrer noch ein fürstliches Trinkgeld mit den Worten: „Sie haben mich in diesem Aufzug nicht gesehen", und nachdem dieser dann wieder abgefahren war, ging er zur Haustür und klingelte. Eigentlich wollte er wieder durch den Nebeneingang gehen, um unbemerkt in seine Räumlichkeiten zu gelangen. Er entschloss sich aber dagegen, da er nach der Geschichte, die er sich auf dem Weg hierher ausgedacht hatte, ja überfallen und entführt worden war. Von wem oder warum, das wusste er nicht, nur dass ihm die Flucht gelungen war, als sie ihn in einem Kofferraum in eine andere Unterkunft bringen wollten. So würde er es seinen Eltern sagen und jedem der es hören wollte.

Als ihm geöffnet wurde, stand seine Mutter vor ihm und machte große Augen als sie begriff, dass ihr Sohn vor der Tür stand.

Nachdem sie ihn stürmisch umarmt und dann wieder losgelassen hatte, bekam er gleich eine Äußerung über seinen Körpergeruch und das sonderbare Outfit, das er trug: „Puh ... du stinkst, als hätten sie dich mit einem toten Hund in einen Raum gesperrt ... geh erst mal duschen, mein Engel, und dann reden wir ... und was ist das für ein zeltartiges Kleidungsstück, das du da trägst ... und dieser Strick als Gürtel ... ich weiß nicht ... ach, dein Vater müsste die nächste Zeit auch wieder kommen ... wir haben dich ja so vermisst!" Sie wischte sich ein paar Tränen aus dem verheulten Gesicht. An ihren Kommentaren zu seiner provisorischen Kleidung konnte er die Einfältigkeit seiner Mutter zum ersten Mal so richtig, und für ihn erschreckend, erkennen.

‚Wie bin ich da nur rausgekommen', dachte Reginald resigniert und ging an ihr vorbei ins Haus.

Nachdem er seine Sachen im Bad ausgezogen hatte, steckte er sie sofort in den Mülleimer und stellte diesen vor die Tür, damit der Gestank nicht seine Räumlichkeiten verpestete.

Nun ging Reginald zurück ins Bad und stand nackt vor dem großen Spiegel. Er berührte die eingebrannte Pfote auf seiner Brust fasziniert.

‚Ich glaube, ich sollte morgen mal John aufsuchen', dachte er sich, grinste böse und ging unter die Dusche, um sich wieder wie ein Mensch zu fühlen.

# Millis Entscheidung

Detroit, 18. August 1950, 18.43 Uhr, bei Mike zu Hause

Milli war jetzt schon mehr als acht Tage als vermisst gemeldet, ihre Eltern hatten sehr wahrscheinlich kaum noch Hoffnung, ihre Tochter lebend wiederzusehen.

Sie und Mike hatten sich lange und oft unterhalten und waren sich nähergekommen. Für Milli war Mike ein Seelenverwandter, nicht nur, weil sie jetzt dasselbe Schicksal teilten. Schon damals auf dem Friedhof hatte es eine tiefere Verbindung zwischen ihnen gegeben, und ihr waren seine Augen seitdem nicht mehr aus dem Kopf gegangen.

Und jetzt war es so, als kenne sie ihn schon seit Jahren und nicht erst einige Tage.

Sie hatte sich seit ihrer zweiten Verwandlung nicht wieder verwandelt, was Mike mit einem Schmunzeln bedacht hatte, und er zu ihr sagte: „Milli, ich weiß, dass du Angst vor den Schmerzen hast, aber solltest du den Drang verspüren, dich zu verwandeln, so sag es mir, und wir können das zusammen durchstehen. Je öfter du es machst, umso weniger wirst du Schmerzen haben, das verspreche ich dir!" Dann nahm er sie in den Arm und drückte ihr einen Kuss auf die Stirn.

‚Wie gut er riecht', dachte sie und musste schmunzeln, da sie sich wie ein Backfisch verhielt.

Mike hatte ihr jede Menge Lesestoff gegeben, und sie hatte noch etliches zu lesen. Ihr gefielen mittelalterliche Bücher, in denen von Werwölfen die Rede war, die ohne Verstand gemordet hatten, besonders gut. Aber viel war es nicht, was auf ihre Art hinwies.

Mike hatte ihr ja erklärt, dass sie praktisch die Ersten ihrer Art waren, dass normal die Essenz wieder zurückgenommen wurde, wenn sie nicht mehr vonnöten war, und dass somit auch der Lykaner wieder verschwand. Doch in ihnen war die Essenz verankert und konnte nicht mehr aus ihren Körpern gelöst werden.

Das wäre bei ihnen beiden auch nicht weiter tragisch gewesen, hätte es mittlerweile nicht auch Reginald Jonson in sich verankert, denn er war alles andere als diskret, und vor allem mordete er jetzt schon seit Tagen eine Frau nach der anderen. Mike war jede Nacht unterwegs, hatte aber Jonson nicht stellen können, da dieser nicht nach einem Schema vorging, sondern in der ganzen Stadt unterwegs zu sein schien.

Heute war Mike wieder zur Arbeit gegangen und Milli wartete auf ihn.

Sie saß gerade auf dem Sofa und las ein Buch über Indianerriten, als er nach Hause kam.

„Hallo Milli, wie geht es dir heute Abend?", fragte er lächelnd.

„Gut … nein hervorragend, würde ich sagen, jetzt wo du wieder bei mir bist!" Sie schaute ihn verliebt an, was Mike unsicher zu machen schien, sodass er rote Wangen bekam und verlegen zur Seite schaute. Er hatte einfach zu lange ohne Partner gelebt.

Es war zwischen ihnen noch nicht mehr geschehen außer endlosen Küssen und sehr viel Zärtlichkeit, denn sie waren sich einig, es langsam angehen zu wollen.

Milli liebte gerade seine zurückhaltende Art, denn sie wusste, dass er ganz anders sein konnte. Wenn er in der Form des Lykaners die Welt da draußen betrat, schissen sich die härtesten Männer ein. Aber auch in seinem Beruf als forensischer Leiter der Mordkommission von Detroit war er mehr als zuverlässig und sehr genau. Dass er die ganze Zeit nach sich selber gefahndet hatte und manche Beweise unterschlagen musste, um nicht aufzufliegen, machte ihn nicht gerade glücklich, da er wusste wie Anderson und McKey sich fühlten, in diesem Fall nicht weiterzukommen. Aber genau hierbei konnte er ihnen leider nicht helfen.

Seit dieser Reginald vermehrt auffällig geworden war, hatte er die Mafia außen vorgelassen, um sich selbst um diesen Psychopathen zu kümmern. Was sich jedoch als schwieriger herausstellte als gedacht. Es war Jonson auch deswegen so schwer beizukommen, weil dessen Vater Bundesrichter und Kandidat für den Gouverneursposten war.

„Mike … ich muss mit dir reden!", begann Milli vorsichtig, als er sich umgezogen hatte und neben ihr Platz nahm.

„Was liegt dir auf dem Herzen, Miss Lwowiec?", sagte er neckend.

„Du weißt es doch oder … meine Eltern … ich muss zu ihnen, damit sie sehen, dass es mir gutgeht, und … ja, ich weiß, dass ich nicht bei ihnen bleiben kann … ich will und muss bei dir bleiben. Mike!" Nach diesen Worten gab sie ihm einen Kuss und schaute Mike dabei mit ihren großen hellblauen Augen hoffnungsvoll an.

„Und wie willst du ihnen das denn beibringen, denn … wie du mir gesagt hast, solltest du ja Aaron Goldenblatt, einen reichen Diamantenhändler aus New York, heiraten!", meinte er etwas verstimmt.

Milli musste schmunzeln. ‚So eifersüchtig ist er ja noch süßer als eh schon', dachte sie amüsiert, aber Milli wusste schon, was er meinte.

„Mike, ich bin vor ein paar Tagen 22 geworden und damit mehr als volljährig … auch wenn mein Vater einen Aufstand probt und mich vielleicht sogar aus der Familie verstößt, hat er doch im Endeffekt nichts in der Hand, um mich zu halten!", sagte Milli bestimmt.

„Ok ... dann zieh das neue Kleid an, welches ich dir vorgestern mitgebracht habe, und wir fahren zu deinen Eltern!", sagte Mike und ging zurück in das Schlafzimmer, um sich den Anzug wieder anzuziehen.

Milli war erstaunt, dass er ihre Bitte so schnell umsetzen wollte, da ihr auch recht gewesen wäre, noch ein oder zwei Tage zu warten.

„Jetzt sofort, bist du dir sicher?", fragte sie deshalb erstaunt.

„Warum aufschieben ... es muss erledigt werden, warum dann nicht sofort ... also komm!", sagte Mike auffordernd.

Milli brauchte ein bisschen länger als Mike, um sich fertigzumachen, aber dann saß sie neben Mike im Taxi, das er gerufen hatte. Der Fahrer wusste bereits, wohin es gehen sollte, und sobald sie die Tür zugemacht hatten, fuhr er los.

Als sie vor Millis Elternhaus ankamen, schlug ihr das Herz bis zum Hals. Sie hatten sich auf eine Geschichte geeinigt, in der Milli, aus was für Gründen auch immer, wieder auf freien Fuß gesetzt wurde, nachdem man sie entführt hatte. Wer die Täter waren, konnte Milli leider nicht sagen, nur dass sie maskiert waren ... so der Plan.

Mike wollte sie zur Tür begleiten, doch Milli wollte es alleine versuchen. Also blieb er am Taxi stehen und schaute zu, wie sie händeringend auf die Tür zuging. Kaum hatte sie angeklopft, da wurde auch schon die Haustür aufgemacht. Zuerst sah es so aus, als hätte Aron Lwowiec der Schlag getroffen. Er fasste sich an die Brust und schnappte wie ein Karpfen nach Luft.

„Hallo Abba, ich bin wieder da ... mir geht es gut ... Mr. Conner von der Detroiter Polizei hat mich gefahren!", sagte Milli und nahm die Hände ihres Vaters.

„Esther ... Esther ... unsere Tochter ist gesund zu uns zurückgekommen, Jahwe sei Dank!", rief Aron in das Haus, und dann umarmte er seine Tochter, wobei ihm Tränen der Erleichterung über die Wangen liefen.

Vom oberen Stockwerk vernahm man jetzt ein Poltern, welches von Millis Mutter hervorgerufen wurde, die die Treppe hinunterstürzte, um Milli und ihren Mann zu umarmen, ebenfalls in Tränen aufgelöst.

„Wir dachten, wir würden dich nie wiedersehen!", schniefte Esther Lwowiec und schnäuzte sich in ein Taschentuch, das sie aus ihrem Ärmel gezupft hatte.

„Alles gut, Mutter, mir ist nichts geschehen!", log sie und winkte Mike, er solle kommen.

Als Mike neben ihr stand und sich vorgestellt hatte, bat ihn Lwowiec ins Haus, um einen Kaffee zu trinken, und damit er Fragen beantworten konnte.

Millis Mutter drängte sie nach oben, um ihr etwas Keusches anzuziehen, da das Kleid, das sie trug, nicht über die Knie ging. Entschuldigend schaute Milli zu Mike und wurde die Treppe nach oben geschoben, wo sich ihr Zimmer befand.

Mike blieb bei ihrer ausgedachten Geschichte und sagte nur noch, dass er einen anonymen Anruf erhalten habe, wo er Milli abholen könne … und da wären sie jetzt.

Nach einiger Zeit kam Milli mit ihrer Mutter wieder in das Wohnzimmer, das Kleid, das sie nun trug, war mausgrau und fast bis unter das Kinn zugeknöpft. Milli sah darin mehr als bieder aus und selbst ihre Haare, ihre wunderschönen Haare waren schrecklich unter einem Haarnetz verstaut.

Ihr Vater sah sie und nickte seiner Frau anerkennend zu, die genauso zurechtgeschnitzt aussah. Mike musste eine Grimasse unterdrücken.

Nachdem sich Milli auf einen Sessel gegenüber den beiden Männern gesetzt und ihre Hände sittsam in den Schoß gelegt hatte, servierte ihre Mutter den Kaffee. Mit großen Augen sah Milli zu Mike und versuchte ihn mit einem Lächeln zu einem anderen Gesichtsausdruck zu bewegen. Aber das funktionierte nicht so richtig, und Mikes Gesicht sah eher gequält aus. Der Augenkontakt fiel auch ihrem Vater auf, und noch bevor Mike ausgetrunken hatte, wollte er den Polizisten loswerden, indem er versuchte, Mike zum Gehen zu bewegen. „So, jetzt wollen wir Mr. Conner nicht länger aufhalten, Sir … ich bedanke mich nochmals bei Ihnen dafür, dass Sie meine Tochter heil nach Hause gebracht haben, aber jetzt braucht sie ihre Ruhe!" Und schon war er aufgestanden und wollte Mike zur Tür schieben.

Mike schaute Milli noch einmal in die Augen und erhob sich dann. „Mr. Lwowiec, ich wünsche Ihnen noch einen schönen Tag!", meinte er mit versteinerter Miene.

Als er sich gerade auf dem Weg zur Tür befand, schrie Milli jedoch so, dass alle zusammenzuckten: „Halt!"

„Was meinst du mit … Halt?", fragte ihr Vater irritiert und schaute seine Tochter verständnislos an.

Milli straffte ihre Schultern und nahm allen Mut, den sie hatte, zusammen. „Abba, ich bleibe nicht hier!", sagte sie und Aron Lwowiec klappte der Mund auf.

„Kind, was redest du da … wo willst du denn schon wieder hin … bist doch gerade erst nach Hause gekommen!" auch ihre Mutter verstand die Welt nicht mehr.

„Ich habe mich verliebt!", sagte sie und reckte dabei ihr Kinn nach vorne, was einem Angriff auf ihren Vater gleichkam und dessen Reaktion folgte auf dem Fuß.

Mit zornigen Augen sah er seine Tochter an und in diesen war nichts mehr von der Freude des Wiedersehens vorhanden. „Falls du es noch nicht weißt, Mordechei, dieser Schmock, ist im Park tot aufgefunden worden, und du heiratest nächsten Monat Aaron Goldenblatt, ist das klar, junges Fräulein … und Sie, Mister, gehen jetzt besser!", sagte er kalt in Richtung Mike.

In Milli zerbrach bei seinen schrecklichen Worten etwas, und sie wurde zornig, was ihre Augen kristallblau aufglimmen ließen.

Mike wollte schon etwas sagen, doch Milli war schneller: „Ich weiß, was mit dem armen Mordechei passiert ist, ich war dabei, als er ermordet wurde … und … nein … ich werde diesen Schmock von einem Diamantenhändler nicht heiraten … ich heirate Mike!" Ihre Worte schmetterte sie ihren Eltern so zornig entgegen, dass ihre diese verdattert aus der Wäsche schauten. Solch einen Tonfall waren sie von ihrer Tochter nicht gewohnt.

Eigentlich wollte Milli es ihren Eltern schonender beibringen, aber jetzt hatte ihr Zorn dies erledigt.

Millis Vater sah aus wie eine Kreuzung aus Tomate, Maikäfer und Karpfen, denn er wurde feuerrot vor Zorn, öffnete mehrmals den Mund wie besagter Fisch auf dem Trockenen, um etwas zu sagen, und pumpte dabei wie ein Maikäfer. „Das, junge Dame, kannst du dir aus dem Kopf schlagen" brüllte er, „und wer ist Mike?"

„Ich bin Mike!", sagte Conner kleinlaut.

„Siiiiee?", zog Lwowiec Mikes Antwort in die Länge, „wie kommen Sie zu meiner Tochter … was sind Sie überhaupt … ein Christ oder noch Schlimmeres?", polterte er jetzt in Mikes Richtung.

„Das ist mir egal!", sagte Milli und nahm Mikes Hand.

Das war zu viel für ihren Vater. Er nahm seine Tochter an der Hand und zerrte sie grob von Mike weg.

„Du gehst jetzt in dein Zimmer", sagte ihr Vater mit bebender Stimme, „Esther, bring deine ungehorsame Tochter nach oben!", schrie er immer noch und wollte Milli zu seiner Frau zerren, die schon an der Treppe stand.

Milli, deren Zorn noch mehr angewachsen war, da ihr Vater sie behandelte wie ein unmündiges Kind, riss sich los und stieß dabei ihren Vater von sich, der daraufhin quer durch den Raum segelte und zu seinem Glück auf dem weichen Sofa landete, das zusammen mit diesem umfiel.

Entsetzt eilte Esther zu ihrem Mann, der verkehrt herum auf dem umgefallenen Sitzmöbel lag. „Oh mein Gott, ist dir was passiert?", wollte sie wissen.

Währenddessen schaute Milli erst auf ihre Hände und dann zu Mike. Sie war erschrocken darüber, wie stark sie jetzt plötzlich war, ohne dass sie sich verwandelt hatte. Mike erkannte Millis Hilflosigkeit und nahm sie in den Arm, wo sie anfing zu weinen. „Ist ja gut, alles wird wieder gut!", sagte er und streichelte ihr über das Haar, denn das Haarnetz hatte Milli sich schon vor Zorn vom Kopf gezogen.

Lwowiec rappelte sich mit Hilfe seiner Frau wieder auf und bedachte Milli und ihren Freund mit einem mörderischen Blick.

„Du hast deine Hand gegen deinen Vater erhoben ... das hat Konsequenzen für dich", sagte er schwer atmend. „Und jetzt geh auf dein Zimmer, und Sie ... Mike ... oder wie auch immer Sie auch heißen mögen, gehen mir aus den Augen und verlassen umgehend mein Haus!"

„Nein, Vater", widersprach Milli schniefend und sah aus Mikes Umarmung zu ihm. „Ich gehe jetzt mit ihm ... egal was du dazu sagst!"

„Dann geh, aber du bekommst deine Papiere nicht von mir, damit du diesen Christ heiraten kannst!", sagte er ätzend und mit vor Stolz und Abneigung erhobenen Hauptes.

„Die habe ich bereits vorhin aus meinem Zimmer mitgenommen!", entgegnete Milli trotzig.

„Dann geh ... ich verstoße dich als meine Tochter ... ab jetzt bist du tot für uns!"

Millis Mutter fiel vor ihm auf die Knie. „Aaron ... nein, das kannst du nicht machen!", schluchzte sie, aber ihr Mann schüttelte nur zornig seinen Kopf und drehte sich weg von seiner Tochter und stimmte ein Totenlied an.

Milli wollte noch einmal zu ihrer Mutter gehen, aber diese schüttelte nur bedauernd den Kopf und stimmte unter Tränen in das Lied ihres Mannes ein, um sich dann ebenfalls von ihrer Tochter abzuwenden.

Milli verließ schluchzend das Haus und wurde dabei von Mike gestützt, denn sie hatte soeben ihre Eltern verloren.

## Verrechnet

Detroit, 25. August 1950, kurz vor Feierabend

Seit mehreren Tagen hatte man keine weiteren Leichen mehr gefunden, und ein Aufatmen ging durch die Mordkommission.
Aber trotz ausgiebigen Ermittlungen hatten sie immer noch nichts in der Hand, um irgendjemanden zu belasten.
Mike hatte den ganzen Tag Beweismittel ausgewertet, und nur durch Zufall hatte er erfahren, dass Reginald Jonson wieder zu Hause war und mit seinem Vater dessen Wahlkampf betrieb.
Der Richter schlachtete dabei die angebliche Entführung seines Sohnes aus, um sich mehr Wählerstimmen zu sichern.
Wenigstens hatte Mike jetzt einen Anhaltspunkt, um Jonson habhaft zu werden, sollte dieser das nächste Mal das Haus verlassen.
Bevor er jedoch für heute Feierabend machte, ging er noch zu Anderson und McKey, um ihnen ein paar Ergebnisse seiner letzten Untersuchungen zukommenzulassen. Als er anklopfte, bekam er ein kurzes 'Herein'. Mike trat in das Büro und legte die Unterlagen vor den grübelnden Richard, der nur kurz aufschaute und sich bedankte. Tom stand an der Pinwand und heftete gerade ein Foto von Viti daran.
„Habt ihr noch irgendwelche Fragen, Jungs … wenn nicht, mach ich jetzt die Flatter!", sagte Mike und schaute zu Anderson, der nur den Kopf schüttelte und ihm einen schönen Feierabend wünschte. Auch Tom verabschiedete Mike kurz, nur um sich auch wieder einem Stapel Akten zuzuwenden.


Als Mike nach Hause kam, lief ihm das Wasser im Mund zusammen, denn Milli war eine begnadete Köchin, und schon im Hausflur konnte er den Rinderbraten riechen, den sie zubereitet hatte.
Er stellte seine Arbeitstasche auf die Kommode im Flur und ging in das Esszimmer, wo Sie gerade den Tisch deckte.
„Hallo Milli, das riecht vielleicht wieder … ist es denn schon fertig!", fragte er hoffnungsvoll.
Milli stellt nur schnell noch das Geschirr an seinen Platz und kam auf Mike zu, um ihm um den Hals zu fallen. „Ich habe dich vermisst, mein Schatz", sagte sie und gab ihm einen Kuss, dass ihm Hören und Sehen verging. Hätte er nicht solch einen Hunger gehabt, er hätte für nichts garantieren können.

Sanft befreite er sich mit einem Lächeln. „Ich glaube, wir sollten lieber essen, bevor du mich auffrisst!"

Es war jetzt sieben Tage her, dass sie bei Millis Eltern waren und Milli verstoßen worden war. An diesem Abend hatte sie nur geweint und Mike versuchte zu erklären, dass ihr Vater es durchaus ernst damit gemeint hatte, dass sie für ihn gestorben sei. Mike konnte es gar nicht richtig fassen und hätte Lwowiec am liebsten noch einmal alleine aufgesucht, um ihn mal kräftig durchzuschütteln.

Für ihre Situation war es bestimmt erst einmal besser, wenn niemand Milli zu sehr auf die Pelle rückte, doch als sie ihm erklärte, dass die Entscheidung ihres Vaters auch bedeutete, dass ihre Verwandtschaft sowie alle jüdischen Freunde genauso reagieren würden, wie ihre Eltern, tat sie ihm leid, denn er wusste aus eigener Erfahrung wie es war, keine Eltern mehr zu haben.

Der Braten duftete nicht nur gut, sondern schmeckte auch vorzüglich.

„Milli, du hast dich selber übertroffen, ich habe noch nie so gut gegessen … seit du für uns kochst, bin ich bestimmt ein paar Kilo schwerer geworden!", lobte er seine Freundin, was diese strahlen ließ.

Nachdem sie fertig gegessen hatten, räumte Milli den Tisch ab und setzte sich dann wieder zu Mike, der gerade noch einmal in die Tageszeitung schaute.

„Bist du heute Abend wieder unterwegs?", fragte sie, und Mike legte die Zeitung zur Seite.

„Ja, denn ich habe heute erfahren, dass Jonson wieder zu Hause ist … ich muss ihn einfach erwischen, bevor er noch mehr unschuldige Menschen tötet!", antwortete Mike entschuldigend, denn er wusste, dass sie traurig sein würde, wenn er heute noch wegging. Wenigstens einen Abend in der Woche wollte sie Mike für sich haben.

„Verstehe … aber bitte sei vorsichtig und komm in einem Stück wieder zu mir zurück!", sagte Milli besorgt.

„Wird schon schiefgehen!", witzelte er, was ihm einen bösen Blick einbrachte.

„Nein, wirklich Schatz, er hat keine Chance, ich bin ihm überlegen, das hatte er schon zu spüren bekommen … wärst du nicht gewesen, ich hätte ihn schon an diesem Abend erledigt!", sagte Mike beschwichtigend und zog Milli zu sich auf den Schoß, als diese in die Küche gehen wollte.

„Ich komme mit!", sagte Milli plötzlich und sah Mike dabei direkt in die

Augen.

Mike konnte die Herausforderung, die in ihren Worten mitschwang, förmlich fühlen.

„Das halte ich für keine gute Idee, du weißt noch nicht genau, was du kannst und das ist gefährlich!"

Der angeschlagene Schulmeisterton gefiel Milli gar nicht, weil es sie an ihren Vater erinnerte. „Wie soll ich denn rausfinden, was ich kann oder nicht kann, wenn ich nur im Keller rumhüpfen darf!", erwiderte sie mit scharfem Unterton.

„Das nächste Mal nehme ich dich mit und wenn es dich beruhigt, gebe ich dir per Funk den Ort durch, an dem ich Jonson stelle ... ist das okay für dich?", antwortete er begütigend.

„Gut, aber morgen komme ich mit, denn langsam bekomme ich einen Höhlenkoller!", theatralisch verdrehte sie die Augen, wirkte jedoch wieder versöhnt.

Als Mike dann das Haus verließ, machte Milli das Funkgerät an und stellte die vereinbarte Frequenz ein. Dann setzte sie sich mit einem Sessel davor, um nichts zu verpassen und fing an zu stricken.

Mike hatte sich mit dem Lkw so postiert, dass Jonson keinen Verdacht schöpfen konnte. Er hatte so eine Vorahnung, dass genau heute etwas passieren würde.

Er musste ungefähr drei Stunden warten, bis es richtig dunkel war. Plötzlich fuhr ein Taxi vor und kurz drauf kam Jonson aus der Tür und stieg hinten ein.

Mike ließ ihnen ein paar Autolängen Zeit und fuhr dann ebenfalls los.

Sie waren vielleicht eine Viertelstunde unterwegs, da hielt das Taxi an und Jonson stieg aus. Mike sah sich um und bemerkte, dass er höchstens zehn Minuten von zu Hause entfernt war. Wie er es Milli versprochen hatte, gab er seinen Standort durch und stieg dann aus.

Er hatte extra weite und elastische Sachen an, die er selbst genäht hatte, damit er sich nicht unbedingt schon im Lastwagen verwandeln musste. So konnte er Jonson in seiner menschlichen Form verfolgen, ohne besondere Aufmerksamkeit auf sich zu ziehen.

Reginald musste sich schon sehr oft verwandelt haben, denn trotzdem er noch menschlich war, konnte Mike den Lykaner in ihm wahrnehmen.

Nach kurzem Spaziergang setzte sich Jonson auf eine Bank und sah so aus, als betrachtete er nur den schönen Sommerhimmel in dieser sternenklaren Nacht.

Mike versteckte sich in einem Busch und achtete darauf, dass der Wind nicht von ihm zu Jonson wehte, sondern umgekehrt.

Als dann ein junges Pärchen an Jonson vorbeiging, weckte dies seine Aufmerksamkeit, und Mike konnte den Werwolf-Geruch deutlicher wahrnehmen. Jonson musste also kurz vor einer Verwandlung stehen. Und als hätte er mit seinen Gedanken einen Startschuss gegeben, stand Jonson auf und ging dem Paar ein Stückchen hinterher, um dann ebenfalls hinter eine Buschgruppe zu verschwinden, dort begann er sich langsam zu entkleiden.

Als Jonson die Brandnarbe an seiner Brust, die ihn an eine Wolfspfote erinnerte, berührte, schien diese schwach aufzuleuchten.

Dann fing dieser an, sich fließend zu verwandeln, ohne ein besonders lautes Geräusch zu machen.


‚Er hat mehr Kontrolle über sich, als ich vermutet habe', dachte Mike, als er sah, wie sorgsam Jonson seine Kleidung zusammenlegte.

Dies war merkwürdig, denn solch eine Beherrschung des Verwandlungsaktes brauchte entweder ein paar Jahre Zeit oder, was noch unwahrscheinlicher war, er hatte irgendwoher Hilfe.

Mike verwandelte sich nun auch, bei ihm ging es zwar viel schneller als bei Jonson, aber sie waren trotzdem fast gleichzeitig fertig.

Jonsons Fell war wirklich rabenschwarz und verschmolz förmlich mit seiner Umgebung. Witternd hob er seine Schnauze und stieß dann ein verhaltenes Heulen aus, welches das Pärchen erschrocken zusammenzucken ließ. Die beiden konnten das Heulen nicht richtig zuordnen, doch sie beeilten sich trotzdem schnell weiterzukommen.

Jonson schlich auf allen Vieren von einem Busch zum nächsten, doch ein rötlicher Lykaner folgte ihm und schloss immer mehr auf. Und als Reginald zum Sprung ansetzen wollte, war Mike mit einem gewaltigen Satz vor ihm gelandet und knurrte ihn mit vor Zorn zitternden Lefzen an.

Das Pärchen hatte nur diese unheimlichen Laute mitbekommen und, ohne sich umzudrehen, angefangen zu rennen, um aus dem Park hinauszukommen. Da Mike und Jonson sich immer noch im Schatten der Büsche befanden, als das Paar loslief, waren die Werwölfe praktisch unsichtbar.

Zähnefletschend umkreisten diese sich, beiden stand das Fell im Nacken, und mordgierige Blicke bohrten sich in die Augen des Gegners. Klauen gruben sich in das ausgedörrte Erdreich und ließen Erde und trockene Grasbüschel umherfliegen. Mike überragte Reginald um einiges und ließ erahnen, wie es ausgehen würde.

Als hätte jemand einen Knopf gedrückt, prallte pure Energie aufeinander, als sich beide Kreaturen gleichzeitig bekämpften. Jeder verbiss sich in den anderen, Blut und Fellfetzen flogen durch die Luft. Die Luft war regelrecht erfüllt von Lykanerblut und den Geräuschen eines erbitternden Kampfes. Doch es dauerte nicht lange und es zeigte sich die Überlegenheit von Mike, der Jonson ein großes Stück Fleisch aus der Rückenmuskulatur riss. Dieses schleuderte er wie nebensächlich zur Seite, um im nächsten Moment nachzusetzen.

Milli hielt beim Stricken inne, denn plötzlich hatte sie ein komisches Gefühl im Magen, währenddessen sie an Mike dachte. Irgendwie war es sonst anders, wenn er nach Jonson gesucht hatte. Milli konnte sich dem Gedanken nicht erwehren, dass etwas Schlimmes im Begriff war zu geschehen. Je mehr sie darüber nachdachte, desto nervöser wurde sie, und ihre Haut begann am ganzen Körper zu jucken und die Zähne taten ihr weh.

Mike hatte sich in Jonsons linkes Bein verbissen und schleuderte ihn gegen einen Baum, gegen den er mit einem knackenden Geräusch prallte. Trockene Äste und Laub rieselten herunter. Als Mike dann nachsetzen wollte, erhielt er einen mächtigen Schlag in die Seite und überschlug sich über seine rechte Körperhälfte. Aber er fing sich und landete trotzdem auf allen Vieren. Blut tropfte ihm aus der Seite, in die die Klauen des anderen Werwolfs ihm eine klaffende Wund gerissen hatten. Diese fing jedoch schon wieder an, sich zu schließen. Er stand einem fahl bepelzten Werwolf gegenüber, der ihn mit weiß glimmenden Augen angiftete und dabei ein tiefes Grollen vernehmen ließ. Die Augen sahen aus, als wären sie blind, nur dass sie es nicht waren.

Mike verschwendete keinen Gedanken daran, wo dieser Lykaner herge-kommen war, denn er wusste, dass auch dieser beseitigt werden musste. Jonson, der sich aufgerappelt hatte, wuchsen bereits wieder die Rippen, die der Aufprall gebrochen hatte, zusammen. Auch die herausgerissene Muskulatur war dabei, sich wieder zu regenerieren.

Noch blutete Jonson unkontrolliert, aber auch das ließ langsam nach, und Mike wusste, dass er jetzt Schluss mit ihm machen musste, damit dieser endgültig starb. Der andere Werwolf war noch ein kleines Stückchen kleiner als Jonson, aber breiter und muskulöser gebaut.

Mike beachtete den anderen Lykaner erst gar nicht richtig und stürmte auf Jonson zu. Dieser duckte sich jedoch weg, sodass der andere Werwolf ihm an die Kehle springen konnte. Mike reagierte zwar schnell, konnte aber nicht verhindern, dass der fahle Lykaner ihn in der Halsbeuge erwischte, um sich darin zu verbeißen. Nun fuhr auch Jonson aus seiner geduckten Haltung zu ihm herum und sprang ihn ebenfalls an. Reginald vergrub seine Zähne in Mikes Unterleib. Sie hingen an ihm wie Terrier an einem Wildschwein, und bevor er sich richtig wehren konnte, schlugen sie mit ihren Klauen tiefe Wunden in seinen Körper.

Gewebe und lila Blut spritzten in alle Richtungen und besudelten den Boden sowie Bäume und Büsche.

Mike bäumte sich mit all seiner Kraft auf, packte den Werwolf mit seiner Pranke im Nacken und riss diesen von sich ab. Dabei wurde ihm ein Stück Fell samt Nackenmuskulatur herausgerissen.

Gleichzeitig biss Jonson ihm ein Loch in den Bauch und beförderte eine Darmschlinge zutage.

Zuerst bemerkte Mike diese Verletzung nicht, da er voller Adrenalin war. Und so käpfte er einfach weiter und versetzte Jonson einen solch mächtigen Hieb, dass dieser krachend gegen einen Baum geschleudert wurde.

Jetzt richtete Mike sich zu seiner vollen Größe auf und stieß ein markerschütterndes Heulen aus, sodass die Luft zu vibrieren schien.

Nun bemerkte er die offene Wunde an seiner Körpermitte, woraufhin er sich mit einer nachlässigen Geste den Darm zurück in den aufgerissenen Bauch stopfte. Mike war noch damit beschäftigt, als sich beide Gegner gleichzeitig auf ihn stürzten. Dabei rissen sie ihn von den Beinen, wobei sie weitere Wunden in den Körper ihres Widersachers rissen.

Mike wehrte sich wie ein angeschossener Bär und brach mit roher Gewalt Knochen und verdrehte Wirbelsäulen, doch schien er langsamer zu werden, denn immer mehr war es sein Blut, das auf die trockene Erde tropfte und sie matschig machte. Auch seine Gegner hatten tiefe Wunden, aber bei Mike kam der Körper kaum noch nach mit dem Heilen und ihn beschlich das komische Gefühl, als hätte er sich dieses Mal überschätzt. Er hatte sich einfach nicht genug umgeschaut und Witterung aufgenommen, sonst wäre ihm sicherlich der andere Lykaner nicht entgangen.

Aus vielen Wunden blutend und schwer atmend stand er da, während ihm das Blut seiner Feinde aus dem Maul lief. Sich den Bauch haltend, stand er den beiden feindlichen Werwölfen gegenüber und versuchte sie, zu fixieren. Doch diese fingen an, ihn geduckt und knurrend zu umkreisen, sodass ihm dies nicht gelang.

Eine Glocke schlug gerade 11.00 Uhr, da stürzten sie sich gemeinsam auf Mike. Die Wunde am Bauch schloss sich gerade, als ihn dort erneut eine

Klaue traf und sie wieder aufriss. Dafür biss Mike die Klauenhand, die ihn verletzt hatte, ab und ließ sie in den blutigen Morast fallen, wo diese schmatzend aufschlug. Aber in der Zeit, als Mike Jonson die Hand abgetrennt hatte, sprang der andere auf seinen Rücken und vergrub seine zentimeterlangen Reißzähne in seinem Genick. Der Biss traf Mike ungünstig und lähmte ihm die rechte Seite. So konnte er den nächsten Angriff von Jonson nicht richtig abwehren.

Obwohl dieser derzeit nur noch eine Pranke besaß, die funktionierte, zerfetzte Jonson mit der verbleibenden noch genug von Mikes Körper, um diesen weiter schwer zu verletzen.

Auch der fahle Lykaner tat alles, um seinem Gegenüber das Leben zu nehmen. Gerade war er dabei, ihm die Armmuskulatur der gefühllosen Seite vom Knochen zu schälen, sodass Blut in einer Fontäne nach allen Seiten spritzte. Mike wehrte sich verbissen, doch merkte er, wie seine Todfeinde mehr und mehr die Oberhand gewannen.

Jonsons Kumpane wollte gerade nach Mikes Kehle schnappen, um diese herauszureißen, da überwältigte ihn ein Schatten, riss seinen linken Arm auf Schulterhöhe ab und schleuderte ihn dabei von Mike herunter. Der Schatten machte nicht lange Federlesens und griff so schnell wie ein Blitz Jonson an, welches diesen sichtlich aus dem Gleichgewicht brachte.

Als Jonson an sich heruntersah, bemerkte er, dass auch ihm ein beträchtlicher Teil Fleisch an der rechten Seite fehlte.

Den beiden Werwölfen stand jetzt ein silbrig bepelzter Lykaner gegenüber, der sich über Conner aufgebaut hatte, sie aus kristallblau glimmenden Augen anstarrte und ihnen zähnefletschend und kehliges Knurren klarmachte, dass hier Schluss war, wollten sie nicht noch mehr Körperteile verlieren.

Der fahle Werwolf hielt sich den Schulterstumpf und wich einen Schritt zurück, ohne Milli jedoch aus den Augen zu lassen, die nun Jonson mit ihren Blicken durchbohrte. Dieser schien Milli, die kleiner war als sie alle, zu unterschätzen und wollte sich an ihr vorbei auf Mike stürzen. Doch dies bereute er bald, denn, obwohl kleiner als die anderen, war sie ein Werwolf, der so schnell war, dass Reginald ihre Bewegungen fast nicht wahrnehmen konnte, und schon fehlte ihm das halbe Gesicht, welches den weißlich leuchtenden Schädel auf der linken Seite sichtbar machte und Auge und Zähne dieser Seite grotesk offenlegte.

Sie war schon wieder bei ihrem Partner, bevor Jonson seine Verletzung richtig begreifen konnte.

Selbst schwer angeschlagen zogen Jonson und sein Helfer sich schließlich zurück, und nach einiger Zeit waren sie nicht mehr zu wittern.

Milli beugte sich nun zu Mike herunter, um ihm aufzuhelfen, doch dieser war nicht ganz bei sich, auch hatte sich die tiefe Wunde am Bauch nicht wieder geschlossen. Als wäre das nicht schon schlimm genug gewesen, begann er sich zurückzuverwandeln, was seine Heilung nur noch schwieriger und langwieriger machen würde. Also nahm sie ihn vorsichtig mit ihren Pranken auf und trug Mike zu seinem Lastwagen. Kaum war sie mit ihm auf der Ladefläche verschwunden, fuhren Polizeiwagen mit Sirene und Blaulicht an ihnen vorbei und in Richtung Park.

Milli hatte Mike zu seiner Sicherheit auf einer Pritsche festgeschnallt, nachdem sie ihm mit einem Druckverband die Bauchwunde verbunden hatte.

Da Milli ihre Kleidung nicht mehr schnell genug ausziehen können, als sie sich vor dem Funkgerät angefangen hatte zu verwandeln, war sie jetzt nackt und musste Sachen von Mike anziehen, die viel zu groß für sie waren.

So zurechtgeschustert krabbelte sie von der Ladefläche, ging zum Führerhaus und setzte sich hinter das Lenkrad.

„Verflixt, wie geht das noch gleich?", sagte Milli leise zu sich und sah sich verunsichert an, welche Hebel und Knöpfe es denn so gab.

Bis jetzt saß sie nur ein einziges Mal am Steuer, und das war als kleines Mädchen, als sie zusammen mit ihrem Vater auf einem Feldweg fuhr.

Aber wäre das nicht schon schwierig genug gewesen, hatte sie nun einen Lkw vor sich, der nicht so einfach startete wie ein normales Auto. Außerdem bekam sie so langsam Panik, weil es um Mike nicht zum Besten stand und er unbedingt in den Keller musste, wo sie ihm besser helfen konnte.

Sie rief sich jedoch innerlich zur Ruhe und besah sich das Führerhaus noch einmal genauer. Links neben dem Lenkrad fand sie den Benzinhahn, der auf 'Off' stand, ihn drehte sie zuerst einmal auf 'On'. Dann drehte sie den Zündschlüssel, was zur Folge hatte, dass der Lkw einen ruckhaften Satz machte, da sie vergessen hatte, die Kupplung zu treten. Was das Geruckel für Mike bedeutete, wollte Milli sich lieber nicht vorstellen.

Doch dann bekam sie ihn doch an, legte einen Gang ein und gab Gas, sodass der Motor beinahe wieder abgesoffen wäre, denn sie hatte wohl den falschen Gang gewählt.

Langsam und immer wieder ruckelnd kam sie nach einiger Zeit dann doch zu Hause an. Als sie nach hinten ging, lief ihr Mikes Blut entgegen und sie musste aufpassen nicht auszurutschen, als sie versuchte, ihn von der

Pritsche zu bekommen.

Zum Glück schienen alle Nachbarn zu schlafen und so kamen sie, wenn auch mit Mühe, ungesehen in den Keller.

Am frühen Morgen rief sie dann im Revier an, um Mike für die nächsten Tage krank zu melden. Sie hatte angegeben, dass er auf dem Weg zur Arbeit angefahren worden sei und nicht richtig auftreten könne. Mit dem Wunsch der guten Besserung, versprach die Dame am Telefon die Krankmeldung weiterzugeben.

Nun saß Milli im Keller neben Mike, wie er vor nicht allzu langer Zeit neben ihr gesessen hatte, und machte sich mindestens genauso viele Sorgen wie er damals, wenn nicht mehr.

Mike hatte mit ihr die letzten Tage viel Zeit hier unten verbracht, um ihr alles Nötige zu zeigen und wichtige Dinge zu lehren, die für eine Erstversorgung am wichtigsten war. Für das Gelernte war sie ihm nun sehr dankbar, denn so wusste sie, wie man zum Beispiel Infusionen legt. Zwar hatte sie beim ersten Mal die Vene nicht richtig getroffen, sodass die Infusionsflüssigkeit in das umliegende Gewebe gelaufen war, was eine Beule zur Folge hatte.

Doch dann war es ihr geglückt, und nun wartete sie darauf, dass er wieder aufwachte.

In der Nacht schaute sie unter den Verband, der blutbefleckt auf seinem Bauch lag. Die ausgefranste Wunde hatte sich immer noch nicht vollständig geschlossen, sodass man noch immer seine Eingeweide sehen konnte. Sie desinfizierte noch einmal alles gründlich und legte ihm einen neuen Verband an. Einen gewöhnlichen Menschen hätte der Tod schon längst geholt, aber Mike kämpfte.

Gegen Morgen des nächsten Tages schlug Mike dann plötzlich die Augen auf und wollte aufstehen, ließ es aber lieber sein, da ihm ein stechender Schmerz quer durch den Körper zog. Daraufhin legte er sich stöhnend wieder auf die Pritsche. Dadurch wurde Milli wach, die auf einem Stuhl neben ihm eingeschlafen war.

Mit Tränen in den Augen ging sie neben Mike auf die Knie: „Wie geht es dir, Schatz, ich dachte schon, du würdest gar nicht mehr wach!", fragte sie besorgt und wischte sich mit einer Hand die Tränen ab.

Als Mike das tränennasse Gesicht sah, welches er so liebte, musste er lächeln.

„Mach dir keine Sorgen mehr … es geht schon viel besser!" Dabei musste er husten, was ihn immer noch zu schmerzen schien.

Trotzdem fasste Milli neuen Mut und schaute erneut unter den blut-durchtränkten Verband, der seinen Bauch bedeckte. Zu ihrer Freude und Erleichterung stellte sie fest, dass sich bereits eine neue, dünne Haut-schicht über das Loch in seinem Bauch spannte, unter der man sah, wie sich langsam neues Gewebe bildete.

Aufatmend schaute sie zu Mike und musste vor Erleichterung schon wieder weinen.

Mike nahm ihre Hand in seine und drückte sie tröstend. „Milli, Schatz, könntest du mir einen Gefallen tun?"

„Welchen?"

„Dreimal darfst du raten!", sagte er lächelnd, während ihm ziemlich laut der Magen kurrte.

Daraufhin musste Milli schallend lachen und stand auf. „Reichen drei Kilo Rinderbraten mit zwanzig Klößen und Rotkraut ... wenn nicht, muss ich erst einkaufen gehen."

„Das wird wohl fürs Erste reichen!", meinte er und musste ebenfalls lachen, auch wenn es ihn dabei immer noch ein wenig zwickte.

Zwei Stunden später saßen sie im Wohnzimmer auf der Couch, und Milli fütterte ihren Mike mit Braten, Knödeln, Sauce und Rotkraut.

Dabei trug Mike immer noch den Verband als Stütze, damit alles gut verheilen konnte. Je mehr Fleisch er aß, umso schneller schritt seine Genesung voran.

Als es am Abend an der Tür klopfte, stand Anderson davor. Er starrte Milli, die ihm geöffnet hatte, verblüfft an, da diese vor nicht allzu langer Zeit noch als vermisst gegolten hatte, und ihn jetzt mit einem Lächeln freundlich hereinbat.

Als Richard dann den verbundenen Freund auf dem Sofa sah, der sich gerade in einen Bademantel hüllte, fragte er besorgt: „Guten Abend, Mike, hat dich der Wagen doch übler erwischt als mir gesagt wurde?"

„Nur ein paar Abschürfungen und ein verknackster Knöchel, ich denke ich komme übermorgen wieder ins Revier!", antwortete Mike mit einem schiefen Grinsen.

„Gut ... wir brauchen jede Hilfe, aber nimm dir die Zeit, die du brauchst!", meinte Richard und beäugte dabei Milli, die ihn immer noch freundlich anlächelte.

„Tschuldigung ... ich bin ein Stoffel", ... das ist meine Freundin und Verlobte Milli Lwowiec ... Milli, das ist mein Freund und Kollege Richard

Anderson … aber ich glaube, ihr kennt euch schon!", sagte Mike schmunzelnd.

„Guten Abend, Ms. Lwowiec!", sagte Richard und stand auf, um Milli seine Hand zum Gruß hinzustrecken.

„Guten Abend, Mr. Anderson … bitte nennen Sie mich doch Milli!", sagte sie einnehmend lächelnd.

„Also Milli, dann sagen Sie doch bitte Richard zu mir, sonst fühle ich mich so alt", erwiderte er.

„Mike, nun erklär mir doch bitte mal, … habe ich irgendetwas verpasst … Miss Lwo… Tschuldigung … Milli, nur für mich, …es ist doch erst ein paar Tage her, dass Sie von der Fahndungsliste für vermisste Personen gestrichen wurden? Und nun seid ihr beide schon verlobt?" Dabei betrachtete Richard die beiden erstaunt und mit gänzlich neuem Interesse.

Mike blieb bei der Geschichte, die sie sich für genau diese Situationen ausgedacht hatten, und die so auch zu Protokoll gegeben worden war.

„Was soll ich sagen Rich … du kennst sehr wahrscheinlich den Bericht", sagte Mike und Richard nickte, „als ich Milli das erste Mal gesehen habe und sie immer noch ängstlich zu mir gelaufen kam, nachdem sie abgesetzt wurde, hat mich Amors Pfeil schier durchlöchert!"

Dabei nahm Mike grinsend Millis Hand und sie streichelte über seine. „Ja nicht nur ihn hatte es da erwischt, auch ich bin kalt erwischt worden und konnte gar nichts machen!", erwiderte Milli und schaute Mike dabei liebevoll an.

„Es war Liebe auf den ersten Blick!", sagten beide gleichzeitig, was ja im Grund auch stimmte, denn den ersten Blickkontakt, den sie auf dem Friedhof hatten, schuf bereits die erste untrennbare Verbindung zwischen ihnen beiden. Sie mussten erneut lachen und Milli gab Mike einen züchtigen Kuss auf die Stirn.

„Schön für euch beide!", meinte Richard, als er die Liebenden so sah. Gleichzeitig musste er an Laura denken und seine eigene Liebe zu ihr, für die sie beide noch nicht viel Zeit gefunden hatten.

„… aber, wenn ich schon mal da bin, im Park haben wir vorgestern Nacht jede Menge Blut … ähm … Mike, ich weiß nicht, ob das, was ich dir sagen möchte, für zarte Frauenohren das Richtige ist!", sagte Richard mit Blick auf Milli.

„Schlimmer als das, was ich auf dem Friedhof zu sehen bekommen habe, kann es ja wohl kaum sein!", entgegnete Milli trocken mit bitterem Tonfall.

„Ok … wie Sie, äh … du meinst … also, wir haben außer jeder Menge

469

Blut und Kampfspuren auch Körperteile gefunden, aber keine Leichen dazu!"

„Was für Körperteile denn?", wollte Mike interessiert wissen.

„Eine menschliche linke Hand und einen kompletten linken Arm sowie ein Stück von einem Gesicht, das Olsen versucht zu rekonstruieren. Also haben wir es mit mehreren Tätern zu tun. Außerdem hat das Ehepaar, das uns alarmiert hatte, erwähnt, lautes Knurren eines Hundes und ein schauriges Heulen, wie von einem Wolf, gehört zu haben."

„Hört sich ziemlich skurril an, meinst du nicht auch?", meinte Mike gespielt ungläubig.

„Weißt du Mike, ich weiß eigentlich nicht mehr so genau, was ich noch glauben soll. Aber ich will euch nicht länger stören und wünsche noch einen schönen Abend und dir gute Besserung!"

Milli brachte Richard noch zur Tür und bedankte sich nochmal für dessen Besuch.

Als sie wieder zu Mike ins Wohnzimmer kam, schaute der sie nur an und Milli musste lächeln.

„Was?", wollte Mike grinsend wissen, als er Millis Gesicht sah.

„Sind wir jetzt also wirklich verlobt und das sagst du nicht einfach nur so, weil ich das bei meinen Eltern gesagt habe?", fragte Milli schüchtern, kniete sich vor ihn hin und legte ihren Kopf in seinen Schoß.

Mike bedachte sie mit einem liebevollen Lächeln und streichelte ihr über den Kopf. „Nein, das habe ich nicht nur einfach so gesagt, schon damals in der Nacht als diese Schweine versucht haben, dir Gewalt anzutun, war es um mich geschehen … nur dachte ich damals nicht, dass es für mich so viel Glück geben würde!"

„Für mich habe ich auch nicht so viel Glück erahnt!", erwiderte sie und kuschelte ihren Kopf noch mehr in Mikes Bademantel.

So verbrachten sie einige Zeit schweigend und einfach die Gegenwart des anderen genießend. Dann begann Milli, Mike an den Beinen zu streicheln, welches ihm ein wohliges Seufzen entlockte. Immer höher fuhren ihre kühlen Hände, bis diese auf seinen Oberschenkeln lagen. Nun schaute Milli auf und direkt in seine liebevollen Augen. Geschmeidig wie eine Katze kletterte sie nun vorsichtig auf seinen Schoß und ließ seine Augen nicht aus ihrem Blick. Immer näher kamen sich Mikes und Millis Lippen, bis diese sich in einem innigen Kuss trafen, und Milli begann, ihm den Bademantel von den Schultern zu streifen. Der Kuss währte eine gefühlte Ewigkeit und hinterließ bei beiden einen ganzen Schwarm Schmetterlinge im Bauch. Kurz trafen sich ihre Blicke wieder, dann ließ Milli ihre Lippen über Mikes Hals nach unten gleiten, bis sie seine muskulöse Brust erreichte und diese mit ihren heißen Küssen bedeckte, sodass er aufzustöhnen begann und Milli wieder zu sich hochzog, um ihr einen weiteren Kuss zu rauben, der sie leise seufzen ließ. Vorsichtig ließ er seine Hände an ihren angewinkelten Beinen empor wandern, bis er zu ihrem Schlüpfer kam. Er schaute sie fragend an.

Sie erwiderte seinen Blick nur mit einem weiteren Kuss, der ihre Zunge unerhörte Dinge tun ließ, und weitere Fragen erübrigten sich. Langsam schob er seine Hände unter ihren Schlüpfer und umfasste ihren zarten, runden Apfelpo. Dies ließ Milli aufstöhnen und veranlasste sie, an seinem Hals weiterzumachen, was sie in seinem Mund begonnen hatte. Ihre Kehrseite sacht umfassend fanden seine Lippen ebenfalls ihre Halsbeuge, und er zog ihren erotisierenden Geruch in sich ein.

Ohne von Mike abzulassen, knöpfte sie sich ihre Bluse auf, um ihm mehr erogene Haut zugänglich zu machen. Als Mike den Weg zwischen ihre Brüste fand, bäumte sie sich auf und verschränkte dabei ihre Hände in seinem Nacken und warf den Kopf vor Ekstase zurück. Mike wiederum nahm den seidig weichen BH zwischen seine Zähne und zog ihn herunter, sodass ihre harten Brustwarzen aus ihrem Gefängnis befreit und von seinen Lippen umspielt wurden. Gleichzeitig fanden seine Finger über die Rundung ihres Pos, Millis heiße feucht Scham und drangen leicht in diese ein.

Rhythmisch und stöhnend begann sie sich auf seinem erigierten Glied zu bewegen, welches immer noch in seinen Boxershorts gefangen war. Als sie dies merkte, fasste sie mit einer Hand hincin und umfasste sein pralles Glied mit ihren zierlichen Händen. Daraufhin wuchs dieser nur noch mehr und wurde unter ihrer massierenden Hand noch härter, als er es eh schon war. Dies veranlasste Mike einen kehligen Laut der Lust auszustoßen, der auch sie aufstöhnen ließ.

Da ihr Schlüpfer aus Seide bestand, zerriss Mike ihn in seiner Ekstase einfach und warf ihn neben sich. Nun sahen sie sich tief in die Augen und Milli zeigte seinem prallen Glied, wo es hingehörte. Sanft ließ sie sich seufzend auf Mikes erigierte Lust gleiten. Nur kurz verspürte Mike einen leichten Widerstand und sie einen süßen Schmerz, der ihr die Jungfräulichkeit raubte.

Kurz verharrte Milli so und sie küssten sich erneut, dann, während sie sich tief in die Augen sahen, fing Milli wieder an, sich zu bewegen, und nun gab es kein Halten mehr, und sie versanken in ihrer Ekstase, liebten sich erst zärtlich, dann stürmisch. Außer Atem sanken sie schließlich nebeneinander auf die Polster, nur um einige Zeit später, als Mikes Kräfte zurückgekehrt waren, wieder übereinander herzufallen. Als sie dann eng umschlungen auf dem breiten Sofa lagen und Milli, Mike mit Freudentränen in den Augen über dessen Wange streichelte, war ihr gemeinsames Glück vollkommen.

## Indianer in der Stadt

Detroit, 28. August 1950, gegen 9.00 Uhr, morgens Polizeirevier

Nigel Donewan, der Chef der hiesigen Polizei, war gerade damit beschäftigt, die Liste der Einladungen für den Polizeiball zu kontrollieren, da klopfte es einmal kurz an der Tür.

Verärgert wegen der Störung, rief er ungehalten: „Herein, wenns denn sein muss!"

Vorsichtig öffnete sich die Tür einen Spalt breit und Kramer, sein Sekretär, steckte den Kopf in das Büro seines Chefs. „Sir, ich störe Sie nur ungern, aber ... ich ... äh, hier ist ...!"

„Ä ä ä ... Mensch Kramer, kommen Sie zum Punkt, was ist so dringend, dass Sie mich jetzt stören müssen?", fragte Donewan mit hochgezogenen Augenbrauen.

Als Antwort öffnete Kramer die Tür komplett, und der Polizeichef bekam einen Mann zu sehen, der aus einem Karl May Roman hätte entspringen können.

„Mani wastete yo. Glück auf deinem Weg, weißer Mann und Häuptling der Detroiter Polizei!", sagte der alte Indianer und trat ein.

Als Donewan die Worte des Indianers vernahm, stellten sich ihm unerklärlicherweise die Nackenhaare, und er vergaß für kurze Zeit seine permanent schlechte Laune und bot ihm den Platz vor seinem Schreibtisch an, nur um sich dann ebenfalls zu setzen.

„Kramer, was stehen Sie denn da wie ein Ölgötze ... schließen Sie die Tür, wir möchten nicht gestört werden!", dabei schaute er seinen Gast an, der bestätigend nickte.

Schleunigst schloss der Sekretär die Tür und postierte sich davor. Seine Miene sah so aus, als wäre er entschlossen, die Bürotür mit seinem Leben zu verteidigen.

Als die Tür geschlossen war, beugte sich der Polizeichef leicht nach vorne. „Was kann ich für Sie tun Häuptling?", fragte er immer noch erstaunt über den Grund, weswegen der Mann vor ihm saß.

„Ich bin kein Häuptling, sondern ein spiritueller Führer meines Volkes ... Ihr würdet mich einen Schamanen nennen, und ich bin Hüter des Wolfgeistes!", beantwortete er Donewans Frage mit tragender Stimme.

Donewan, der seine Fassung wiedererlangt hatte, sah nun den Indianer leicht spöttisch an. „So so ... Schamane und Hüter der Geister."

Der Schamane ließ sich jedoch von dessen abwertenden Tonfall nicht irritieren. „Genau so ist es, Führer der Polizei!", antwortete er auf Donewans spöttische Anrede.

„Und Sie wollen was von mir …?", fragte dieser nun leicht genervt.

„Ich … ich … von ihnen gar nichts, ich bin hier, weil Sie meiner Hilfe bedürfen, sonst werden Sie in den nächsten Zyklen des Mondes in Blut ertrinken!", sagte der Schamane mit unbewegter Miene.

„Ah ha … in Blut ertrinken … und warum sollte ich Ihnen glauben oder besser gesagt, warum überhaupt höre ich mir Ihren Schwachsinn überhaupt an?", sagte Donewan abfällig.

„Habt Ihr nicht jede Menge ungeklärter Mordfälle, von denen Ihr nicht im Geringsten eine Ahnung habt, wer oder was sie verübt hat, oder wieso?", fragte der Indianer emotionslos.

Nun lief Donewan vor unterdrücktem Zorn rot an. „Woher wissen Sie das … diese Informationen sind streng vertraulich und nicht für die Öffentlichkeit bestimmt und übrigens …"

Mike war den zweiten Tag wieder auf der Arbeit und sah gerade durch das Mikroskop auf ein Beweisstück, als ihn ein komisches Gefühl beschlich, das er soschon seit seiner frühen Jugend nicht mehr verspürt hatte.

Als werde er in seinem Geist gerufen, verließ er seine Abteilung und ließ sich einfach von seinem Gefühl führen. Fast schon in Trance ging er die Flure entlang und die Treppen nach oben, er wurde auch zweimal von Kollegen angesprochen, vertröstete diese aber mit einem abwesenden Lächeln und ging weiter.

Als seine Wahrnehmung schärfer wurde, stand er vor Kramer, der wiederum vor der Bürotür seines Chefs, stand.

„Was machen Sie hier!", wollte Kramer wissen und sah ihn dabei geringschätzig an, als wenn er der Chef und nicht nur dessen Sekretär.

„Ich muss da rein!", sagte Mike, schob den protestierenden Kramer einfach zur Seite, klopfte kurz an und trat dann ein.

„… und übrigens …", hörte er gerade seinen Chef sagen, als dieser kurz stutzte, zu ihm sah und noch röter wurde, als er eh schon war, „… Conner, was wollen Sie von mir … ich komme mir langsam vor wie auf nem Rummel … fehlt nur noch, dass ein Clown reinspaziert kommt … Winnetou ist ja schon da!", sagte er abfällig und deutete auf den Indianer, dieser zog nur eine Augenbraue hoch, während er so verächtlich behandelt wurde.

„Conner, wenn Sie schon da sind, können Sie sich Blasser Feder doch mal annehmen", sagte er lachend über seinen flachen Scherz. „Und Kramer, wir beide haben nachher noch Redebedarf … Conner, wenn ich Sie bitten

dürfte, den Spinner aus meinem Büro zu entfernen ... danke schön!",
sagte dieser, komplimentierte seinen Gast mit einem Handwedeln hinaus
und warf dann die Tür hörbar ins Schloss.

Der Schamane blieb noch kurz vor der Tür stehen, drehte sich jedoch
noch einmal um, so als wolle er wieder hineingehen, bewegte seine Hand
in einer rhythmischen Bewegung und murmelte etwas Unverständliches.

„Wenn Sie jetzt bitte gehen würden ...", sagte Kramer genervt zu dem
Indianer, als sie von der anderen Seite der Tür lautes Fluchen hörten.

„Verdammt verdammt ... Kraaaamer!"

Kramer sah zu, dass er zu seinem schlecht gelaunten Chef kam, und
Conner zeigte mit respektvoller Geste dem Schamanen den Weg in sein
Labor.

Als sie durch die Tür des Labors kamen, wies Mike dem Indianer seinen
gepolsterten Bürostuhl zu und setzte sich ihm gegenüber auf einen Holzstuhl.

Bevor der Schamane etwas sagen konnte, fragte Mike und konnte sich
dabei ein Grinsen nicht verkneifen: „Was führt dich, Hüter der Essenz
und Vertrauter von Vater Wolf, hierher, und warum hat Donewan eben so
geflucht?"

Der Schamane sah Mike in die Augen und tief in seine Seele, nur um nach
einiger Zeit erleichtert aufzuatmen. „Ich dachte schon, diese ganze Sache
wäre dir anzulasten, doch ich sehe nur deinen guten Geist und auch, dass
es nur eine gerechte Strafe war, die du verübt hast ... und was euren
unverschämten Häuptling betrifft, er hatte sich gerade eingebildet, dass
ihm auf der Toilette eine Schlange durch die Beine kriecht!"

Mike sah zum ersten Mal, seit er den alten Indianer kannte, eine Andeutung eines Lächelns in seinen Mundwinkeln.

„Aber jetzt zu dir, Jon Clark ... wieso wurde ich von Vater Wolf hier in
diese Götter verlassene Stadt geschickt?"

„Ich habe für diese Menschen einen anderen Namen angenommen. Ich
heiße für sie Mike Conner und arbeite in der forensischen Abteilung, um
möglichst nahe an die Verbrecher dieser Stadt heranzukommen, ohne dass
ich Aufmerksamkeit errege!", erklärte Mike dem Schamanen.

„Was ist also geschehen ... Vater Wolf hat eine Erschütterung der
geistigen Sphäre verspürt und den Ursprung hier vermutet", erwiderte der
Schamane und sah nachdenklich aus.

„Von dieser Erschütterung habe ich nichts mitbekommen", sagte Mike
nachdenklich. „Aber mir ist bei einer Strafexkursion ein grober Fehler

unterlaufen, und ich weiß bis jetzt nicht genau, wie ich ihn wieder aus-
bügeln soll!", gab Mike bedauernd zu.

Und so erzählte er von Reginald Jonson, dessen Vater und der Macht, die
er hatte, sowie von dem letzten Kampf und dem zweiten Werwolf, der fast
sein Schicksal hätte sein können, nur Milli verschwieg er erst einmal.

„Hmm … aktiv helfen darf ich euch nicht, aber ich sage dir jetzt, dass du
nicht alleine bestehen kannst, suche Verbündete, denen du vertrauen
kannst, bevor es zu spät ist, sonst sehe ich Dunkelheit über die Stadt
kommen!", orakelte der Schamane unheilvoll.

Mike nickte nur nachdenklich und sah dabei auf den Fußboden, als könne
er dort die Lösung finden. Als er wieder nach oben sah, war der Schamane
verschwunden, nur dessen Geruch nach Tabak und seiner Lederkleidung
hing noch in der Luft und bezeugte, dass er wirklich dagewesen war.

Mike schüttelte nur grinsend den Kopf, dabei dachte er, dass der alte
Indianer sich wohl nie änderte, egal wie alt er noch werden würde.

Aber auch nach mehrfachem Grübeln wusste er nicht, wie er mit Jonson
und dem Problem, das dieser darstellte, fertig werden könnte.

# Festivitäten

Detroit, 29. August 1950, gegen 19.00 Uhr, Villa von Richter Jonson

Die Villa von Richter Jonson war voll von gut betuchten Gästen, diese waren wegen ihrer Spendenfreudigkeit gern gesehen. Jene hofften ihrerseits auf Vergünstigungen seitens des Richters, falls dieser in seinem angestrebten Amt bestätigt würde.
Kurz gesagt, es war ein Pfuhl aus Habgier, Macht und Bestechung, der die Wirtschaft des Bundesstaates am Laufen hielt.
Reginald stand zusammen mit seinem Kumpel John in einer Ecke und beobachtete das Treiben.
Es hatte wieder Streit mit seinem Vater gegeben, weil drei Tage lang niemand wusste, wo er aufzufinden war, und der Richter seinen Sohn deshalb nicht als Entführungsopfer hatte präsentieren können.
Es hatte unzählige Kilogramm Fleisch und Knochen gebraucht, damit sich Reginald und John regenerieren konnten. Reginalds Gesichtshälfte war innerhalb der nächsten zwei Tage, nach dem Kampf im Park, nachgewachsen, nur die neue Haut hatte noch nicht die gleiche Bräune angenommen wie der Rest des Gesichtes. So hatte er sich das Schminktäschchen seiner Mutter ausgeliehen, um wenigstens einigermaßen akzeptabel auszusehen. Was allerdings seine Hand betraf, war diese erst halb so groß wie normal, und es sah aus, als hätte er sich eine Kinderhand angenäht. Aus diesem Grund trug er den Arm in einer Schlaufe und hatte ihn mit Verband umwickelt, dies wiederum entlockte seinem Vater ein verächtliches Schnaufen. Konnte er sich denn nicht einmal von Ärger fernhalten? Bei John war es 'das Gleiche in Grün', denn sein abgerissener Arm war ihm zwar nachgewachsen, aber erst so klein wie der Arm eines Grundschülers. Deshalb hatte er seine Jacke nur lose über die Schulter gelegt um so den Anblick
-zu kaschieren. Beiden juckten die nachwachsenden Extremitäten enorm, denn immer, wenn sie etwas aßen, das mit Fleisch zu tun hatte, wuchsen diese ein winziges Stückchen weiter.
Zwar wäre ihre Regeneration um etliches schneller vonstattengegangen, wenn sie die Gestalt des Lykaners angenommen hätten, doch ließen dies Reginalds Pflichten nicht zu. Er wollte John einfach nicht ohne Aufsicht lassen, wenn er in der schlecht gelaunten Gestalt eines Werwolfes in der Werfthalle auf ihn wartete. Außerdem hatte John Probleme damit, wann

er sich verwandelte. Zwar hatte Reginald es mit ihm immer wieder probiert, hatte ihm versucht zu erklären, wie er auf geistiger Ebene zur Ruhe kommen konnte. Aber was konnte man schon machen, wenn geistig nicht so viel lief.

Reginald musste innerlich schmunzeln, als er daran zurückdachte, wie er John am folgenden Tag nach seiner Rückverwandlung erst zum Frühstück eingeladen hatte und dann mit ihm zur aufgegebenen Werftanlage seines Vaters fuhr.

Bevor sie das Gebäude betreten hatten, fragte Reginald frei heraus, was er davon halten würde, fast unsterblich zu sein, oder dass ihm Wunden innerhalb kürzester Zeit verheilen würden. John hatte ihn verunsichert angeschaut und einen Scherz auf seine Kosten vermutet. Doch als Reginald ihm versichert hatte, dass er es völlig ernst meinte, fing John an zu überlegen, was einige Zeit dauerte, dann aber bejahte er, dass er gerne so wäre.

„Auch, wenn es erst einmal schmerzhaft sein würde?", hatte ihn Reginald gefragt und wieder hatte John genickt.

„Na, dann komm!", hatte Reginald zu ihm gesagt und war aus dem Auto gestiegen und zu der Werfthalle gegangen, an deren Tor ein dickes Vorhängeschloss hing, das er jetzt aufschloss.

Sie waren dann recht zügig in Richtung Keller gegangen. Umso tiefer sie kamen, desto mulmiger wurde es John, aber er wollte nichts sagen, da er Angst hatte, dann bei Reginald als Angsthase zu gelten.

Sie passierten eine weitere Tür und ihnen schlug ein faulig süßer Geruch entgegen. John bekam langsam eine Gänsehaut, und als Reginald hinter ihm die Tür abschloss, machte er große Augen, sagte aber immer noch nichts. Erst als Reginald anfing sich auszuziehen, bekam er Schweißausbrüche, denn er schätzte die ganze Sache falsch ein.

„Du Regi..., ich weiß, wir sind Freunde ... aber so nicht ... tut mir leid, aber ich will jetzt lieber wieder nach oben!", sagte er und rang sich dabei unsicher die Hände.

Erst jetzt dämmerte Reginald, wie das für seinen Kumpel aussehen musste, und er fing an schallend zu lachen. „Mensch John, ich stehe nicht auf Männer, aber was ich dir zeigen will, würde sonst meine neuen Kleider zerstören ... ach übrigens, wenn du deine Klamotten nachher noch sauber haben möchtest, dann würde ich sie auch ausziehen und sie dort drüben auf den alten Stuhl legen, damit sie trocken bleiben!", sagte er immer noch schmunzelnd.

John war trotz Reginalds Versicherung hetero zu sein, noch nicht ganz wohl bei der Sache, aber er fing jetzt auch an, sich auszuziehen, da Reginald in der Vergangenheit immer sein einziger Freund gewesen war, und er ihn nicht verärgern wollte. Falls irgendetwas nicht koscher laufen sollte, konnte er sich ja immer noch wehren, dachte er sich. Dann zog er auch seine Leinenhose aus, stand nur noch in seinen Shorts da und fror sichtlich.

Reginald stand splitternackt da, was ihm verschämte Blicke von John einbrachte.

„Was jetzt gleich geschieht, wird dich ziemlich schockieren, muss es aber nicht!", sagte Reginald mit einem schiefen Grinsen.

John sah ihn nur an. Als er jedoch die eingebrannte Wolfspfote auf Reginalds Brust sah, konnte er sich eine Frage nicht verkneifen, da sie ja schon öfter zusammen mit ein paar Mädels im Schwimmbad waren und so etwas wäre ihm aufgefallen. „Sag Regi, seit wann haste denn so was?" Dabei wies er verunsichert auf das Mal hin, das er nicht richtig einzuordnen wusste.

„Das, mein Freund, wirst du vielleicht auch bald haben, vorausgesetzt, es klappt, was ich für dich geplant habe ... und jetzt werde ich mich in einen Wolfsmenschen verwandeln, also habe keine Angst, ich werde dich so gut es geht schonen!", sagte Reginald und hatte wieder dieses unheimliche Grinsen auf den Lippen, welches John gar nicht gefiel.

Doch als er eröffnet bekam, dass sein Kumpel sich in einen, wie er sagte, Wolfsmenschen verwandeln würde, kam er sich doch ziemlich verarscht vor.

Doch anstatt John wegen seines dummen Gesichtsausdrucks auszulachen, schien sich Reginalds Gesicht zu bewegen, und unter einem schmerzhaften Stöhnen begannen diesem die Zähne auszufallen.

John schloss die Augen und schüttelte den Kopf, um diese Trugbilder loszuwerden, denn so etwas gab es einfach nicht. Doch, als er wieder die Augen öffnete, war sein Kumpel in die Knie gegangen und alles an ihm schien verzerrt auszusehen. Sein Gesicht sah aus, als wäre es in einen Schraubstock gespannt worden und in die Länge gequetscht. Doch das änderte sich, als auch das Jochbein breiter wurde. Nun sah es bald wirklich so aus, als wolle ein Wolfsgesicht daraus werden.

John war mittlerweile bis an die feuchtkalte Wand zurückgewichen und starrte auf seinen Freund, dem gerade ein messerscharfes Raubtiergebiss wuchs, das sich blutig seinen Weg durch den sich verändernden Kiefer suchte. Völlig starr vor Furcht bekam John kein Wort heraus. Doch als ihn zwei senkrecht geschlitzte, grün glimmende Augen hungrig anstarrten, entwich ihm ein gellender Schreckensschrei, den jedoch außer ihm und der Höllenkreatur, die immer noch zu wachsen schien, niemand hörte. Unmenschliche Muskelberge wuchsen auf den sich verändernden Gliedmaßen der Kreatur, die einmal sein Freund gewesen war.

John versuchte die Tür aufzumachen, aber die war ja abgeschlossen. Doch er begriff dies in seiner Panik nicht, denn, während John sich immer wieder panisch umschaute, rüttelte er an der Tür, als denke er, sie hätte sich nur verklemmt und würde bei entsprechender Behandlung schon aufgehen. Als alles nichts half, drehte er sich wieder um und presste sich an die Tür, nur um zu sehen, dass sich dieses Vieh gerade zur vollen Größe aufrichtete und ihn um mehrere Köpfe überragte, sodass es sich leicht ducken musste, um nicht mit dem haarlosen Schädel an die Decke zu stoßen. Während das Monster John nicht aus den Augen ließ, begann es sich einmal zu schütteln, als wäre ihm etwas lästig, und augenblicklich wuchs diesem ein rabenschwarzer Pelz.

Daraufhin waberte ein stechender Raubtiergeruch zu Jon herüber. Kurz verharrte die Höllengestalt so, nur um sich plötzlich mit einem abgrundtief bösen Knurren auf John zu stürzen.

Dieser bekam in die linke Schulter gebissen und wurde dabei wie eine Stoffpuppe hin und her geschüttelt. Dann wurde er heftig blutend durch den Raum geworfen, wo er dann mit dem Kopf von der gegenüberliegenden Wand abprallte und bewusstlos in seinem eigenen Blut liegen blieb.

Als John wieder zu sich kam, lag er auf einer Pritsche, die in der Werfthalle stand, und hatte einen stechenden Schmerz in der linken Schulter. Benommen schaute er diese an und sah, dass sie verbunden war. Auch war er wieder angezogen, zwar ein bisschen unordentlich, aber immerhin nicht mehr nackt.

„War das alles nur ein böser Traum?", wollte er von Reginald wissen, der neben ihm stand und ihn interessiert betrachtete.

„Nein, mein Freund, das war kein Traum, oder fühlt sich deine Schulter an wie ein Traum?", meinte Reginald lächelnd.

John verneinte mit einem skeptischen Blick auf seine lädierte Schulter, die angefangen hatte, schmerzhaft zu pochen und von der sich ein brennendes Jucken im ganzen Körper zu verteilen schien.

„Morgen um diese Zeit müssen wir wieder hier sein, dann wirst du alles Weitere erfahren!", meinte Reginald mit einem bösen Grinsen, das John eine Gänsehaut bescherte.

Und so wie bei Reginald gewesen war, verwandelte sich John zum ersten

Mal auch, ohne dass er es mitbekam. Reginald hatte für diesen Zweck schon einen Tag zuvor ein Schaf anliefern lassen, das bis dahin in der Halle angebunden war.

Als es dann Abend wurde, hatte Reginald ihn wieder in dem Raum eingeschlossen, in dem sie gestern schon gewesen waren.

Erst konnte John nicht schlafen, weil das Schaf ständig blökte, aber als Reginald von außen das Licht ausgemacht hatte, verstummte es.

Am nächsten Morgen blökte das Schaf nicht mehr, sondern war in blutigen Fetzen über den ganzen Raum verteilt. Als John seine Augen aufmachte, hing ihm noch ein Stück Schafsdarm um den Kopf, das er angeekelt von sich warf.

Reginald erklärte ihm, was in der Nacht vorgefallen war, und als John dann über eine kribbelnde, leichte geschwollene Stelle mitten auf seiner Brust fasste und nachsah, was sich so komisch anfühlte, fand er, wie bei seinem Freund, eine eingebrannte Wolfspfote, die noch frisch aussah.

Die zweite Verwandlung fand genau in der Nacht statt, in der Conner sie überrascht hatte. Eigentlich wollte Reginald das Pärchen in Johns Richtung treiben, wenn er das Martyrium seiner zweiten Verwandlung durchgestanden hatte. Dann sollte John sein erstes Opfer für den schwarzen Wolfsgeist schlachten. Doch dies wurde ja schlussendlich durch die zwei feindlichen Lykaner vereitelt.

Als sie dann schwer verletzt hier ankamen, saßen zu ihrem Glück in der Nähe der Halle gleich zwei Landstreicher auf einer verwitternden Bank. Diese dienten dann als Futter und Opfer zugleich, denn die beiden Werwölfe hatten großen Bedarf an Narung, um ihre Verletzungen zu regenerieren. Aus diesem Grund fraßen sie die beiden instinktiv fast vollkommen auf, auch die Knochen und ihr Mark wurden unter ihren Kiefern zermalmt, und schon am nächsten Morgen war eine feine Hautschicht über Reginalds zerfetztes Gesicht gewachsen. Der Armstumpf von John und auch Reginalds Handstumpf sahen aus, als wolle ein Blatt knospen.

In der darauffolgenden Nacht waren sie außerhalb unterwegs gewesen, hatten eine Kuh gerissen und wieder von allem etwas gefressen. Umso mehr sie in dieser Nacht in sich hineinstopften, umso schneller wuchsen die einzelnen Gliedmaßen nach.

Nun also standen sie hier auf dem festlichen Ball, der voller reicher Snobs war, und langweilten sich. Aber was beide noch mehr belastete, war der schiere Hunger nach Fleisch, da ihre Regeneration einfach noch mehr

Nährstoffe brauchte.

Sie ernteten schon ungläubige Blicke, als sie sich am Büfett bergeweise aufgeladen hatten, sodass fast die Teller übergelaufen wären. Irgendwann war sogar Reginalds Mutter an ihren Sohn herangetreten und hatte ihn um Mäßigung gebeten.

Wegen sich selbst machte Reginald sich weniger Gedanken, nur Johns Blicke machten ihm Sorgen, vor allem dann, wenn er so manchen Gast mit hungrigen Augen betrachtete, wobei diese immer mal leicht aufglommen.

Doch einen Lichtblick gab es an diesem Abend, und zwar die Edward Zwillinge, sie waren die Töchter von Admiral Edward und seiner Frau Susan, die ebenfalls heute Abend anwesend waren.

Nach außen hin waren die Zwillinge wohlerzogene Töchter, doch Reginald wusste es besser, hatte er doch letztes Jahr eine Menge Spaß mit ihnen gehabt und zwar mit beiden ... gleichzeitig. Als er und seine Eltern bei den Edwards über ein langes Wochenende eingeladen waren und sein Vater und der Admiral zur Jagd gingen, war Reginald mit den Damen zum Tennis verabredet gewesen. Was sich dann entwickelt hatte ... ließ Reginald süffisant grinsen.

Aber auch weniger interessante Personen waren notgedrungen eingeladen, damit auch die Öffentlichkeit mitbekam, wie gut die Kontakte des Richters waren. Denn gute Kontakte zur Wirtschaft oder dem Militär versprachen neue Arbeitsplätze und dies mehr Sicherheit des kleinen Mannes, der ja wählen musste.

An diesem Abend wurde die Presse von Ted Ferguson vertreten, einem Mann, dem man sein Talent zum Schnüffeln direkt ansah. Man war gut beraten, es sich mit ihm gut zu halten, denn er war die 'Stimme Detroits'.

Gerade schaute Reginald Ferguson hinterher, da schoben sich die Zwillinge in sein Blickfeld und winkten ihm unauffällig zu.

Wie nebensächlich schlenderten sie zu Reginald und John hinüber und begrüßten sich wie gute Bekannte, sodass niemand annahm, sie wären mehr als gute Freunde.

Sophie, eine der beiden, beugte sich leicht zu Reginald vor und sagte leise mit einem Unschuldsblick: „Na, Reginald, besitzt du noch deinen eigenen Wohnbereich?"

Reginald grinste süffisant. „Ja, hab ich, aber Susi ich ..."

Weiter kam er nicht, denn sie verzog schmollend die Lippen und sagte gespielt beleidigt: „Ich bin nicht Susi ... ich bin Sophie ... oder vielleicht doch nicht?" Dabei steckte sie sich aufreizend den Finger in den Mund und fuhr über ihre vollen Lippen.

Reginald wusste, dass die Zwillinge sich wirklich wie ein 'Ei dem anderen' glichen, bis auf den Leberfleck, den Susi unter der linken Brust hatte und den man jetzt natürlich nicht sah.

„Willst du nachsehen, wer wer ist?", fragte sie nun mit einem Wimpernschlag, von dem ihm die Hose eng wurde.

„Das geht leider nicht ... mein Bekannter John ist heute Abend mein Gast und außer mir kennt er hier niemanden!", erwiderte Reginald entschuldigend und verfluchte bereits sein Versäumnis, John nicht doch im Keller der Werfthalle mit einem weiteren Schaf, eingesperrt zu haben.

„Den kannst du mitbringen ... sieht zwar nicht so helle aus ... aber mein Zwilling steht auf leicht beschränkte Typen, sie sagt, die meisten hätten ordentlich was in der Hose!" Dabei schaute sie John auf die benannte Stelle.

„Werden euch eure Eltern nicht vermissen, wenn ihr einfach verschwindet?", fragte Reginald, um sie von ihrem Vorhaben abzulenken.

„Nein ... Vater hat sich bereits mit deinem und noch ein paar Gentlemen ins Zigarrenzimmer zurückgezogen und Mutter ist mit deiner und noch ein paar anderen dummen Puten am palavern ... und du weißt, außer Tratsch interessiert sie dann gar nichts mehr ... also, wir haben freie Bahn und ich schon lange keinen Spaß mehr gehabt!", sagte sie und ging ohne ein weiteres Wort durch eine nahe Tür, die zu seinem abgelegenen Wohnbereich führte.

Reginald überlegte nicht lange, zuckte mit den Schultern und folgte ihr, der andere Zwilling nahm den verdutzten John bei der Hand und ging ihnen nach.

# Die Villa des Richters

Detroit, 30. August 1950, gegen 5.00 Uhr morgens,
Villa von Richter Jonson

Und wieder hatten sie Richard um 4.00 Uhr morgens aus dem Bett ge-klingelt, um ihm mitzuteilen, dass ihr Massenmörder sehr wahrscheinlich schon wieder seiner Lieblingsbeschäftigung nachgegangen war.

Viel wollte die Dame am Telefon nicht dazu sagen, es seien zu viele pro-minente Leute darin verwickelt und es sollte, wenn möglich, noch nichts nach außen dringen.

Richard und Tom kamen gleichzeitig am Tatort an, und schon vor der Haustür der Villa lagen zwei abgedeckte Körper, um die sich eine Blut-lache auf den Fliesen gebildet hatte und nun langsam stockte.

„Morgen Tom … na, bist du auch so blöd gewesen und bist range-gangen?", fragte Anderson mit einem schiefen Grinsen und zündete sich einen Zigarillo an, dann bot er auch McKey einen an, der jedoch ablehnte. Richard ging unter der Absperrung durch und auf die ersten Leichen zu. Nachdem er ein-, zweimal an seiner Zigarillo gezogen hatte, steckte er ihn sich in den Mund und ging in die Hocke, um unter das erste Leichentuch zu schauen.

„Security!", stellte er fest und zog erneut an seinem Stummel.

„Ja Sir … der andere auch!", sagte ein kreideblasser Officer, „… war als erster am Tatort, weil Nachbarn sich beschwert hatten, dass die Feier-lichkeiten zu laut würden … aber da wir wussten, wer hier wohnt, habe ich mir Zeit gelassen herzukommen, denn so schlimm, wie mir gesagt wurde, konnte es ja wohl kaum sein. Der Richter genießt ja hohes Ansehen. Als ich dann ankam und die Auffahrt hochlief, hörte ich noch leise Tanzmusik spielen und sah mich in meiner Vermutung bestätigt, dass es wohl nur halb so schlimm war wie angegeben. Doch dann sah ich die beiden Männer der Security, die in ihrem eigenen Blut lagen. Einem war die Seite aufgerissen und dem anderen hier …", dabei zeigte er auf die Leiche, die neben der lag, die sich Richard gerade angesehen hatte, „… hing der Kopf nur noch an einem Hautlappen … und ich Idiot war auch noch drinnen, bevor ich nach Verstärkung gerufen habe", sagte er ent-schuldigend. „Das Erbrochene am Eingang ist meines … Entschuldi-gung!", berichtete der aufgelöste Beamte wie ein Wasserfall.

„Ist schon in Ordnung … nehmen Sie erst einmal ein bisschen Abstand und gehen Sie zu den Streifenwagen, um mal Luft zu holen!", sagte Tom.

Der Mann nickte nur dankbar und stolperte so hastig davon, als wäre jemand hinter ihm her.

Richard und Tom sahen sich nur vielsagend an und betraten dann vorsichtig das Innere der Villa.

Was sie vorfanden, glich einem modernen Kunstwerk aus Blut und Körperteilen. Überall waren Leichen und Leichenteile verteilt. Auf Schränken, unter dem großen Eichentisch in der Mitte … einfach überall. Dort auf einem Sessel saß eine Frau, der man das Entsetzen noch ins Gesicht geschrieben sah, die Kehle samt Kehlkopf fehlte bei ihr. Anderen waren die Bäuche aufgeschlitzt, sodass ihre Gedärme herausquollen, und bei einigen sah es so aus, als hätten sie versucht, diese wieder zurückzustopfen bevor sie elendig gestorben waren.

Anderson versuchte von einem sauberen Flecken zum nächsten zu laufen, gab es dann aber auf und ging einfach durch die Blutlachen, da bei so viel Blut und Leichen eh keine verwertbaren Spuren mehr zu finden wären. Kaum noch eine Stelle auf dem Boden war frei von Blut oder Körpersäften und es roch nach Angst, Blut, Urin, Kot und noch eine Nuance nach den teuren Parfüms der zerfleischten Gäste.

Als Tom ihm folgen wollte, drehte sich Richard zu ihm um. „Tom, bleib da vorne und schau nach, ob du bei den toten Securityleuten eine Liste mit den Gästen findest, damit wir mal einen groben Überblick bekommen, wer hier alles sein Ende gefunden hat."

Richard war gerade dabei, einen beleibten Mann von einer zierlichen Gestalt zu wälzen, als ihn jemand von hinten ansprach. „Guten Morgen, Rich, haben Sie dich auch aus dem Bett geworfen?"

Als Anderson sich umdrehte, sah er, dass ihn seine Ohren nicht getäuscht hatten. In einem weißen Ganzkörperanzug und Gummistiefeln stand Mike hinter ihm, der angefangen hatte, Fotos zu machen.

„Morgen!", sagte Richard.

„ … hier hat wohl einer seine schlechte Laune ausgelassen … und das an der Crème de la Crème vom ganzen County!", sagte Conner mit hochgezogenen Augenbrauen.

„Woher weißt du denn, wen es hier zerlegt hat?", wollte Anderson verblüfft wissen.

„Tom hat mir gerade die Gästeliste unter die Nase gehalten und da stehen Namen aus Wirtschaft, Militär und Politik, bei denen es mir ganz anders wird!", sagte Mike bedeutungsschwer.

„Tja … wenn du damit Recht hast, wird wohl Donewan das FBI nicht

485

mehr aus der Sache raushalten können!", meinte Richard seufzend.

Als sie sich noch einige Zeit umgesehen und keinen Überlebenden gefunden hatten, beschlossen sie erst einmal nach draußen zu gehen, um frische Luft zu schnappen.

Und als hätte Richard es gewusst, standen plötzlich wie Pilze aus dem Boden geschossen, zwei Bundesbeamte in schwarzen Anzügen vor ihnen und hielten Richard und Mike ihre Dienstausweise unter die Nase, auf denen dick und breit FBI stand.

„FBI!", sagte einer der beiden, als wäre damit alles gesagt, was es zu sagen gebe. Der Agent war ein Schrank von Mann, sein Kinn sah aus, als könne er damit Türen einschlagen, und sein Partner sah auch nicht besser aus, nur kleiner … aber genau so breit.

„Und das heißt jetzt was für uns … sind wir verhaftet?", fragte Tom, der wieder mal nicht die Klappe halten konnte.

Verblüfft sahen die beiden FBI-Agenten zu ihm. „Nein Sir … aber ab hier übernehmen wir … ab jetzt ist das hier gesperrtes Gebiet für euch und eure Truppe!", sagte der kleinere der beiden mit Blick auf Tom, der jetzt ansetzte, noch mehr dummes Zeug zum Besten zu geben. Doch dadurch würde er die Sache für sie nur noch schwieriger machen, als sie eh schon war. Denn würden die beiden auf stur stellen, hätten sie keinerlei Möglichkeiten mehr, an dem Fall mitzuarbeiten.

Doch anscheinend verstanden die FBI-Leute keinen Spaß oder Humor, was ihre nächsten Worte bestätigten.

„Für solch unterqualifizierte Beamte wie Sie es sind, hat dieser Fall jetzt ein Ende … haben Sie noch Fragen, dann wenden Sie sich bitte an das Hauptquartier, und jetzt entschuldigen Sie, unser Forensik-Team ist gerade eingetroffen!", sagte der größere der beiden und ging zu den in weiße Anzüge gehüllte Personen.

„Toll, Tom … hast du super hinbekommen, aber bevor du jetzt was sagen willst … lass es, denn hier ist doch was faul, oder könnt ihr mir sagen, wo die so schnell hergekommen sind … als hätten sie schon in den Startlöchern gestanden!", raunte Richard leise seinen Freunden zu und äugte skeptisch zu den Agenten, die jetzt in das Haus gingen.

„Donewan hatte doch neulich schon angedeutet, dass so etwas passieren würde, wenn wir in dem Fall die nächste Zeit nicht weiterkämen!", sagte McKey entschuldigend.

„Gut, dann packt zusammen, wir gehen zurück ins Revier, mal sehen was wir zu hören bekommen!", meinte Anderson und stapfte davon.

Mike blieb noch kurz stehen und sah sich noch einmal genau um, dann, als ihn niemand mehr beachtete, zog er noch einmal die Luft durch seine Nase, die vom Tatort zu ihm herüberwehte und nickte. Es waren genau die gleichen Gerüche wie bei dem Kampf im Park.

‚Jetzt Jonson bist du zu weit gegangen‘, dachte Mike und verließ ebenfalls den Tatort.

Laura war ebenfalls an diesem Tatort gewesen und hatte gesehen, was Jonson und dieser John angerichtet hatten. So langsam war durch diese beiden die versteckte Welt von Wesen, die anders waren als normale Menschen, bedroht und würde über kurz oder lang auffliegen, wenn nicht bald entsprechende Gegenmaßnahmen gestartet würden. Sie hatte schon versucht mit Venedig Verbindung aufzunehmen, doch bis jetzt wartete sie vergebens. Auch Monica wurde immer rebellischer, da sie zu Antonio wollte, in den sie verliebt war. Und zu allem kam noch, dass Lauras eigenes Blut nach Richard schrie, und jeder Tag, den sie ohne ihn verbringen musste, grenzte an Folter, denn auch sein ungeborenes Kind sehnte sich nach seiner Stimme. Dass sie ihn eben wiedergesehen hatte und nicht zu ihm konnte, hatte die Situation für sie nicht leichter gemacht.

# Ted Ferguson

Detroit, 29. August 1950, gegen 19.00 Uhr, Villa von Richter Jonson

Ferguson war schon Tage vorher gespannt auf diesen Abend.
Nur die Crème de la Crème des gesamten County war heute Abend hier anwesend und Ted wusste, dass es für ihn eine Ehre war, hiervon berichten zu dürfen. Er würde sich sehr viel Mühe geben, sodass die Macht und der Glamour, die die erlesenen Gäste ausströmten, in dem Artikel wiedergegeben würden, dieser war immerhin für die Titelseite vorgesehen.
Das einzige, was diesen Abend für ihn trübte, war der Sohn des Richters, den er die letzten Tage versucht hatte, dingfest zu machen. Am liebsten hätte er ihn bei einem seiner schrägen Sachen erwischt. Schon so oft war dieser Typ vorgeladen worden, und wurde dann wegen mangelnder Beweise wieder freigelassen.
Eigentlich mochte Ferguson Gauner, Betrüger und Erpresser, denn sie waren immer gut für eine Story. Aber was dieser Reginald mit den armen Frauen anstellte, da hörte selbst für Ted der Spaß auf. Deshalb hatte er sich ja auch mit Inspektor Anderson von der Mordkommission verbündet, damit sie gemeinsam einen Weg fanden, diesem Schwein das Handwerk zu legen.
Er hing gerade seinen Gedanken nach, als er von der Seite angesprochen wurde: „Mr. Forgison …", sagte der Richter freundlich zu ihm.
„Ferguson … ich heiße Ferguson, Sir!", berichtigte ihn Ted und hätte sich dafür am liebsten gleich geohrfeigt. ‚Wie kam er darauf, diesen Mann zu berichtigen', dachte er kurz danach und setzte schleunigst sein gewinnendstes Lächeln auf, zu dem er imstande war.
Der Richter schien jedoch bester Laune zu sein und ging einfach über Teds Kommentar hinweg, als hätte dieser gar nichts gesagt. „Also Mr. Ferguson, wie gefällt Ihnen mein kleiner Ball?", fragte er den Reporter und untertrieb damit maßlos. Denn es gab an diesem Abend nichts, was es nicht gab. Von Kaviar über Fasan, getrüffelte Rebhühner, Lachs und noch viele andere kulinarische Genüsse ließen Kennergaumen höherschlagen, und all dies stand vor ihm, sogar hartgekochte Straußeneier waren aufgesägt worden und kunstvoll mit Petersilie dekoriert worden.
„Ich will gar nicht wissen was Sie dieser Abend gekostet hat, jedenfalls werden Sie auf lange Sicht neue Maßstäbe setzen, was die Verköstigung zu solchen Anlässen betrifft!", lobte Ferguson das abendliche Arrangement.

Der Richter schaute sich bei seinen Worten nur stolz um und fing an zu nicken. „Ja ... ich glaube mein Freund, da dürften Sie Recht haben, aber über die Kosten wollen wir lieber nichts schreiben!", sagte der Richter grinsend, klopfte ihm leicht auf die Schulter und ließ ihn wieder alleine.

‚Puh ... gerade noch mal gut gegangen‘, dachte Ted sich, als wieder Jonson Junior in sein Blickfeld trat, der sich gerade mit zwei überaus hübschen Damen unterhielt, diese waren offensichtlich Zwillinge. Jetzt fiel ihm auch Jonsons Begleiter auf, der verhalten die Gäste musterte, als wolle er sie fressen. ‚Komischer Kauz‘, dachte Ferguson noch bei sich, als ihn der Richter erneut ansprach.

„Wir Männer wollten uns gerade in mein Zigarrenzimmer zurückziehen, um über Politik zu sprechen, kommen Sie doch mit, dann können Sie Ihren Lesern genau berichten was ich für sie tun werde, wenn ich erst gewählt bin!", sagte er und legte dabei seinen Arm um Ted und dirigierte ihn in besagtes Zimmer, wo schon einige Herren der High Society saßen, sich Zigarren anzündeten und ihn interessiert musterten. Kaum waren sie im Raum, wurde die zweiflüglige Tür hinter ihnen geschlossen, sodass man kaum noch etwas von den Feierlichkeiten mitbekam.

Inzwischen waren Reginald und John mit den beiden Zwillingen in Reginalds Refugium angekommen.

Reginald schloss hinter ihnen die Tür ab, um keine unliebsamen Überraschungen zu erleben, dann legte er eine Platte von Patti Page auf, die erst ganz neu auf dem Markt war, schnappte sich den Zwilling, der ihn angesprochen hatte und fing an mit ihr engumschlungen zu tanzen.

Die andere hatte sich auf Johns Schoß gesetzt und kringelte eine von dessen Locken um einen ihrer Finger. Der Blick, den John ihr zuwarf, irritierte sie leicht, aber machte sie auch irgendwie an, denn er sah zu ihr hin, als wolle er sie mit seinen Blicken verschlingen.

Reginald und John hatten schon des Öfteren gemeinsam ein oder zwei Mädchen gehabt, manchmal machte es Reginald richtig an, wenn ihm jemand dabei zusah. John schien das egal zu sein, Hauptsache er hatte auch was davon.

Doch heute sollte es nicht so laufen wie sonst, denn nach einiger Zeit wurde John so unruhig, dass sich Sophie beschwerte und von seinem Schoß sprang. Es musste Sophie sein, denn sein Mädchen hatte einen süßen Leberfleck unter ihrem wohlgeformten Busen.

‚Nein, bitte nicht‘, dachte Reginald bei sich, als er sah, wie sich Johns Gesicht anfing zu verändern.

„Mädels, kommt schnell zu mir!", sagte Reginald zu den Zwillingen, weil ihm, im Gegensatz zu anderen Menschen, etwas an ihnen lag. Sie waren in vielen ihrer Sehnsüchte Reginald sehr ähnlich, denn auch sie litten unter der Knute ihrer Eltern, vielleicht noch mehr als Reginald, da sie als Frauen weniger Freiräume in der Gesellschaft hatten, in der sie sich bewegten. Auch was ihre sexuellen Neigungen betraf, wüssten ihre Eltern davon, sie würden tot umfallen.

Doch jetzt war er in einem Dilemma gefangen, denn er konnte John nur im Zaum halten, wenn auch er sich verwandelte und zwar schneller als jener.

„Ihr müsst jetzt ganz genau zuhören, was ich euch sage ... hört ihr!", sagte er zu den beiden, die mit schreckensweiten Augen zusahen, was mit John geschah und ängstlich nickten.

„Wollt ihr unsterblich werden, frei von allen Zwängen und Fesseln der Gesellschaft ... wollt ihr das?", schrie Reginald sie jetzt an, damit sie ihn überhaupt noch mitbekamen, denn John sorgte gerade für eine Menge Gänsehaut, als ihm stöhnend die Zähne ausfielen und die Arme anfingen zu wachsen, wobei auch der kleinere Arm mitwuchs.

Als Reginald sie erneut anschrie, schauten sie ihn mit Panik in den Augen an, aber nickten. Susi sagte sogar mit fester Stimme: „Ja, das würden wir gerne!"

„Dann muss ich jetzt das Gleiche machen wie er, damit ich euch beschützen kann!", sagte Reginald und begann sich schon zu verwandeln, bevor die jungen Frauen verständnislos nicken konnten.

Sophie versuchte trotzdem voller Panik aus der Tür zu flüchten, sie kam nicht weit, sondern rannte nur gegen das abgeschlossene Türblatt. Dies erregte Johns Aufmerksamkeit. Obwohl er erst halb verwandelt war, schnappte er nach ihr und verletzte sie mit seinem noch nicht ganz fertig gewachsenen Raubtiergebiss.

Mit blutendem Arm schwankte Sophie zurück zu ihrer Schwester, die wie erstarrt auf Reginald starrte, dem gerade seine Kleider von seinem monströsen Körper platzten.

Schützend stellte Reginald sich vor seine Freundinnen und fixierte seinen Freund, der knurrend und geifernd versuchte einen Weg vorbei an ihm zu finden, um sich an den Zwillingen gütlich zu tun.

Obwohl Reginald ebenfalls verwandelt war und furchteinflößend wirken musste, hielten sich die Zwillinge angstvoll an seinem schwarzen Pelz fest und drückten sich dabei ganz nah an ihn, um nicht von John erreicht zu werden, der immer wieder versuchte, sie mit seinen Klauen zu erwischen, um sie zu sich hinzuziehen.

Reginald versuchte, in Johns Geist vorzudringen, aber im ersten Moment gab es für diesen nur zwei Themen: Hunger und Fressen.

Erst als er John einen gewaltigen Hieb versetzt hatte, der dieesn mit Wucht gegen die Wand schleuderte, fing John an, Reginald in seinem Kopf zu registrieren.

Nun machte Reginald ihm verständlich, dass die Mädchen nicht zum fressen da waren und er sich jemand anderen suchen sollte.

Kaum hatte er dies zu John gedacht, bereute er es auch schon. Denn dieser wandte sich von den Frauen ab und sprang durch das geschlossene Fenster und landete in einem Regen aus Glas und Holzsplittern vor dem Eingang, wo die Security ihren Dienst tat. Von dort unten drangen jetzt eindeutige Geräusche zu ihnen ins Zimmer, die sich nach splitternden Knochen und reißendem Fleisch anhörten.

Nun wusste Reginald schlagartig, was zu tun war. Er drehte sich zu den Zwillingen um, die ihn mit großen, aber interessierten Augen anstarrten. „Ihr bleibt, egal was passiert!", grollte Reginald in der dunklen Stimme des Lykaners, nahm die Hand von Susi, als wolle er ihr einen Handkuss geben, und biss sie leicht hinein, sodass nur ein klein wenig Blut floss,

Welches Reginald mit seiner großen, rauen Zunge wegleckte. Dabei kam es Susi vor, als würde er wölfisch grinsen. Dann nahm Reginald die Zimmertür, um die hintere Security auszuschalten, ohne sie jedoch vorher aufgeschlossen zu haben. Holzsplitter flogen durch die Luft und den Frauen um die Ohren, als Reginald mit einem tiefen Knurren durch die geschlossene Tür sprang.

Der erste Gast, der sich danach erkundigen wollte, was der Lärm an der Tür zu bedeuten hatte, bekam von John den Bauch aufgerissen. Der verstümmelte Mann stolperte rückwärts in die Schar der tanzenden Gäste und verteilte dabei sein sprühendes Blut über ein halbes Dutzend von ihnen, was hysterisches Geschrei auslöste.

Gleichzeitig hatte Reginald den Sicherheitsdienst an der Hinterseite erledigt und kam jetzt ebenfalls in den Saal, wo das Büfett aufgebaut war, und schickte den nächsten, dem er habhaft wurde, zum Teufel.

Genervt von dem gedämpften Lärm, der durch die Tür drang, trat der Richter an diese und öffnete sie, um zu erfahren, wer die Unverschämtheit besäße, solch einen Lärm zu machen.

Als er jedoch heraustreten wollte, stüpperte irgendetwas an der Tür. Daraufhin drückte er weiter, bis ein Arm in den Spalt zwischen Türblatt und Rahmen rutschte. Kaum lag dieser zuckende Arm dazwischen, breitete sich darum auch schon eine dunkelrote Lache Blut aus.

„Was zum …!", war das Einzige, was er herausbekam, bevor er samt Türblatt in den Raum zurückgeschleudert wurde und dieses dabei einem korpulenten Mann den Kopf zertrümmerte, sodass diesem laut knackend selbiger, wie eine reife Melone, aufplatzte. Der Richter segelte dabei unter den erschrockenen Aufrufen der anwesenden Männer durch das Zimmer, um nach kurzem Flug in der Mitte des Raums wie ein Meteorit auf dem Glastisch aufzuschlagen. Scharfkantige Splitter flogen dabei nach allen Seiten, und diese blieben nicht nur in den edlen Polstern der Sitzmöbel stecken.

Stöhnend wälzten sich der Richter und andere Verletzte auf dem Boden, während Reginald den Raum betrat. Dabei musste er sich halb bücken, um durch die zersplitterte Türöffnung zu passen. Langsam knurrend und zähnefletschend trat er auf seinen Vater zu und packte diesen mit seinen klauenbewehrten Pranken am Hals. Dabei hob er seinen Vater langsam hoch, welcher mit den Beinen strampelte und seinen Sohn mit hervorquellenden Augen anstarrte, wobei er kaum noch Luft bekam. Mit beiden Händen umklammerte der Richter die Klauenhand seines Sohnes, die ihn einen halben Meter über dem Fußboden hielt und versuchte, sich von dieser zu lösen … ohne Erfolg.

Mit hochgezogenen Lefzen kam die höllische Kreatur mit ihrer Schnauze dem Gesicht des Richters immer näher und starrte diesem dabei in die Augen, als suche es etwas Bestimmtes. In der Zwischenzeit versuchten diejenigen von den Verwundeten, die wenigstens noch kriechen konnten, an Reginald vorbei aus dem Zimmer zu kommen. Doch da wartete bereits eine weitere Bestie, die sofort anfing, jeden, der es schaffte, zu zerfleischen.

Die ganze Zeit über war das Haus von Schreien des Entsetzens, der Furcht und den unsäglichen Schmerzen erfüllt gewesen. Jetzt jedoch herrschte schon fast gespenstische Ruhe, nur hier und da war noch ein leises Stöhnen oder Wimmern zu hören.

Reginald hielt immer noch seinen Vater in die Höhe, dieser war mittlerweile blau angelaufen. Nach einem kurzen Moment schaute er diesen genau an, dann brach er ihm mit einer fast schon beiläufigen Bewegung seiner Pranke das Genick und warf den verhassten Vater verächtlich in den kalten Kamin, der diesen Raum im Winter immer so schön aufwärmte.

Nun drehte er sich um und sah John in der zersplitterten Tür stehen, dieser war bereits dabei, sich zurückzuverwandeln. Reginald schob ihn zur Seite und ging geduckt durch den Türrahmen, der nur noch halb in der Wand verankert war, und trat in das große Wohnzimmer. Dieses sah aus, als wäre man auf einem Schlachtfeld, in das immer wieder Artillerie eingeschlagen war, wobei es unzählige Körper zerrissesn hatte.

Er witterte und hörte genau, um sicherzugehen, dass sie außer den Zwillingen alles Lebende erwischt hatten. Hören konnte er nichts, auch der schon fast betäubende Geruch all dieser Körpersäfte, die im unteren Stockwerk verteilt waren, als hätte jemand eine Gießkanne dafür benutzt, überlagerte sich gegenseitig, und so konnte er trotz seines guten Geruchssinns niemanden der Toten mehr unterscheiden.

Dann bahnte Reginald sich seinen Weg durch umgestürzte Möbel, Blut und Leichen, denen er jedoch keinerlei Beachtung schenkte. Manchmal lief er sogar achtlos mit seinen klauenbewerten Füßen über diese hinweg, wobei noch so mancher Knochen knackte.

Nur einmal blieb er stehen, als er seine Mutter an dem Hirschgeweih hängen sah, für das sein Vater bis nach Europa gereist war. Ein mächtiger Schlag von John musste sie dorthin geschleudert haben. Eine Sprosse des Geweihs hatte sich durch ihren Hals gebohrt und wohl die Arterie getroffen, aber das Blut war nicht außen herabgelaufen, sondern hatte erst ihre Lungen gefüllt, bevor es aus ihrem Mund über das Kinn heruntergelaufen war und unter ihr eine Pfütze bildete. Ihr Gesichtsausdruck zeigte ein schon fast komisches Erstaunen, das darauf schließen ließ, dass sie nicht begriffen hatte, was mit ihr geschehen war.

Unter ihr lag die Frau des Admirals, die keinen rechten Arm mehr hatte. Ihr Mann hatte im Zigarrenzimmer einen Glassplitter in den Kopf bekommen und war auf der Stelle verstorben, noch ehe er auf dem Boden aufschlug.

Resigniert wendete sich Reginald von seiner Mutter ab, sie hätte er gerne verschont, denn sie hatte immer ein gutes Wort für ihn gehabt.

Als er sich nun auf der Treppe in Richtung seines Bereiches befand, begann auch er sich zurückzuverwandeln.

Nachdem er wieder menschliche Gestalt angenommen hatte, betrat er sein Schlafzimmer, in deren hinteren Ecke immer noch die Zwillinge leise weinend hockten und ihn angsterfüllt mit weit aufgerissenen Augen anstarrten. Sein Anblick musste wahrlich furchterregend sein, denn er war voller Blut und Dreck jeglicher Art.

Er ging an ihnen vorbei in sein Bad, dicht gefolgt von John, der nur mit einem schüchternen Lächeln in Richtung der Zwillinge die Schultern zuckte und die Tür hinter ihnen schloss.

So schnell sie konnten, duschten sie sich das Blut und die verspritzten Körpersäfte ihrer Opfer vom Körper. Dann, als Jon und Reginald sich neue Kleider angezogen hatten, ging Reginald ging zu den Frauen hin, kniete sich vor sie und erklärte ihnen, was er vor ein paar Tagen auch schon seinem Freund John erklärt hatte.

Die Augen der Zwillinge wurden noch größer, falls das überhaupt möglich war, als sie hörten, was sie jetzt waren. Den Tod ihrer Eltern schienen sie recht gefasst aufzunehmen.

Und als auch sie sich eilig das meiste Blut abgewaschen hatten und Reginald ihnen von seiner Mutter Kleider gegeben hatte, machten sie sich auf den Weg, das Haus zu verlassen, bevor die Polizei eintreffen würde.

Es herrschte absolute Stille, denn jene, die noch gelebt hatten, waren mittlerweile ihren Verletzungen erlegen.

Ted öffnete vorsichtig die Tür des großen Schreibtisches, der an der Wand des Zigarrenzimmers stand, und schaute ängstlich in das Zimmer, das einen Anblick des Grauens bot.

Er hätte es nicht geglaubt, hätte ihm jemand erzählt, dass es so etwas wie Werwölfe gäbe, doch er hatte durch das große Schlüsselloch der Schreibtischtür geschaut und gesehen, was dieses Vieh mit dem Richter gemacht hatte. Als hätte dieser nichts gewogen, wurde der von dem Werwolf in die Höhe gerissen und zappelte dort wie ein Fisch auf dem Trockenen.

Aber was ihn noch mehr geängstigt hatte und Ted einen weiteren eisigen Schauer über den Rücken bescherte, war die Tatsache, dass sich ein zweiter Werwolf gerade zurückverwandelte und zu diesem John wurde, Jonsons Freund.

Nachdem der Richter mit gebrochenem Genick aus seinem Blickfeld verschwunden war, hatte Ferguson sich kaum noch getraut Luft zu holen. Witternd hatte der Werwolf seine Schnauze in die Höhe gehoben, hatte ihn aber zum Glück nicht gehört oder gerochen, obwohl Ted in seinem eigenen Schweiß hockte und das Zittern seines Körpers kaum noch unter Kontrolle bekam.

Jetzt, als er sich sicher war, dass die Werwölfe weg waren, ließ er sich auf dem Schreibtisch fallen und streckte seine Beine aus, die sofort anfingen schmerzhaft zu kribbeln, da sie ihm dort drinnen fast abgestorben wären. Schwankend kam er langsam auf seine Knie und von da aus zog er sich am Schreibtisch hoch und lehnte sich daran, um erst einmal Luft zu holen. Er konnte immer noch nicht seinen Augen trauen, dennwo vorher ein rauschendes Fest stattgefunden hatte, breitete sich jetzt ein blutiges Schlachtfeld vor ihm aus.

‚Als hätte jemand eine Bombe gezündet', dachte er und stolperte aus dem einst gemütlichen Zigarrenzimmer, nur um sofort wieder in seinen Bewegungen innezuhalten, denn er hörte Stimmen. Jemand schien durch den hinteren Bereich des Hauses zu gehen.

Ted schluckte schwer und schloss seine Augen. ‚Bitte nicht hier durchgehen … bitte nicht', dachte er, wobei ihm die Knie schlotterten. Doch da hörte er schon im hinteren Bereich des Hauses eine Tür gehen, und als hätte er sich nicht gerade noch fast in die Hose geschissen, flammte seine Neugier auf, und er ging dorthin, wo er die Tür gehört hatte.

Als er an der hinteren Tür des Hauses stand, die wohl zu den Garagen führte, hatte er einen Weg des Grauens hinter sich, den er sein ganzes Leben nicht vergessen würde. Er hatte über zerschlagene, umgeworfene und durch Blut rutschige Möbel klettern müssen, wobei er fast ständig auch auf Körperteile oder verstümmelte Leichen stieß, an denen er versuchte vorbeizukommen. Manchmal blieb ihm aber nichts anderes übrig, als auch über Leichen oder verstreutes Gedärm zu laufen. Die Monster hatten offensichtlich keinerlei Unterschiede gemacht, denn ob alt oder jung, hübsch oder hässlich, jeder hier war tot … außer ihm. Als er am kalten Buffet vorbeigekommen war, hatte er eine Frauenhand mit rot lackierten Fingernägeln im Kartoffelsalat liegen sehen und hatte sich übergeben müssen. Bei allem aber berührte ihn das Schicksal der Hausherrin am meisten und würde Ted wohl ewig in Erinnerung bleiben. Vor allem, wie diese so an dem Hirschgeweih hing, ihre toten Augen immer noch aufgerissen, nicht begreifend, was mit ihr geschehen war.

Doch jetzt war seine berüchtigte Neugier geweckt und er schlich sich durch die angelehnte Hintertür. Beinahe wäre er gefallen, denn auch hier lagen Leichen, die wohl dem Sicherheitsdienst gehörten. Er hatte sich an einer Rankhilfe für Rosen festgehalten und nun steckten ihm mehrere Dornen in der Hand, die er mit verkniffenem Mund herauszog.

Kaum waren alle Dornen beseitigt, hörte er Autotüren schlagen, und kurz darauf wurde ein Motor gestartet. Als Ferguson die Tür zur Garage erreichte und sie einen Spalt weit öffnete, sah er Jonson Junior am Lenkrad, diesen John daneben und zwei Frauen, die aussahen wie das doppelte Lottchen auf den Rücksitzen.

Nachdem sie das Grundstück mit angemessener Geschwindigkeit verlassen hatten, lief jetzt auch Ted zu seinem Wagen, startete diesen und fuhr in einem weiten Abstand hinter Jonson her, um zu sehen, wohin er sich absetzen wollte.

Nach einiger Zeit kamen sie in den alten Hafenbereich und Jonson parkte vor einer verlassenen Werfthalle und stieg aus, um das massive Vorhängeschloss zu öffnen.

Ferguson wollte nicht auffallen, deshalb fuhr er eine Straße weiter, um dort zu parken. Nachdem er dann seinen Wagen abgestellt hatte, ging er noch an seinen Kofferraum und holte eine Taschenlampe heraus.

So ausgerüstet, schlich er zurück zu der Werfthalle, und stellte fest, dass Jonsons Wagen nicht mehr davorstand.

Trotzdem ging er jetzt langsam und vorsichtig näher an die Halle heran.

Er besah sich das große Vorhängeschloss, das ihn von seinen Informationen trennte, die sehr wahrscheinlich dort drinnen auf ihn warteten.

Aber er wäre ja nicht der berüchtigte Reporter von Detroit, wenn er sich nicht zu helfen wüsste.

Er schaltete seine Taschenlampe an und leuchtete damit auf den Boden, um sich nach einem passenden Stück Metall oder Draht umzuschauen. An solchen Orten, die verlassen waren, fanden sich fast immer solche Gegenstände. Auch hier hatte er nach wenigen Momenten Erfolg mit seiner Suche und hob ein dünnes Stück gekantetes Blech auf, das schon einen Knick an der einen Seite aufwies, sodass Ted nur noch ein bisschen nachbiegen musste, um einen primitiven Dietrich in den Händen zu halten, mit dem er sich jetzt am Schloss zu schaffen machte.

Zuerst schien es nicht so richtig zu funktionieren, denn das Metall schien sich eher zu verbiegen, als dass der Mechanismus nachgab. Aber als er es das dritte Mal versuchte, hörte er ein leises Klicken und der Verschlussbügel sprang aus seiner Verankerung.

Vorsichtig zog Ferguson das Schloss von der Kette und legte es zur Seite, damit es keine lauten Geräusche verursachte, dann nahm er die Kette genau so langsam und vorsichtig wie das Schloss aus den Ösen des Tores. Dann schob er das Tor einen Spalt weit auf, nur so weit, dass er sich geradeso durchquetschen konnte.

Drinnen angelangt, roch es muffiger als es für so eine große Halle normal gewesen wäre, irgendwie schon fast süßlich.

Ted schaute sich erst einmal oben um, fand aber nichts Interessantes, außer jeder Menge Bootszubehör und etlichen Regalen, bevor er dann die Treppe nahm, die in den Keller führte. Als er die erste Tür öffnete, schlug ihm bereits der Geruch entgegen, der offensichtlich für den leicht süß-lichen in der Halle verantwortlich war. Dadurch, dass es hier unten recht feucht und kühl war, konnte man den Geruch gerade so ertragen. Dann, als er weiterging, kam er in den nächsten Raum, und dort an der Wand lag wohl der Ursprung, eine halb aufgefressene junge Frau, die mit glasigen Augen zu ihm aufzuschauen schien.

Das was er gesehen hatte, war eindeutig genug für Ted, vor allem für einen Tag, und so verließ er zutiefst erschüttert das Gebäude auf dem gleichen Weg wie er hineingekommen war. Er passte auf, dass er zumindest optisch keine Spuren hinterließ und legte die Kette wieder genauso durch die Ösen, wie er es vorgefunden hatte. Dann noch das Schloss durch die Kettenglieder stecken und es einrasten lassen, fertig war er.

Als er dann wieder in seinem Wagen saß und die Taschenlampe neben sich gelegt hatte, musste er noch einmal schnell die Wagentür öffnen, denn ihm wurde schlagartig kotzübel und er erbrach sich heute zum zweiten Mal.

Auf er sich auf dem Weg zu seiner Wohnung befand, war er sich noch nicht sicher, was er mit seinen soeben erlangten Informationen anfangen sollte.

# Unverhofft kommt oft

Detroit, 30. August 1950, abends vor dem Haus von Mike und Milli

Laura hatte für sich einen Entschluss getroffen. Was in der vergangenen Nacht in der Villa von Richter Jonson geschehen war, musste unverzüglich Konsequenzen nach sich ziehen.

Nun stand sie also vor Mike Conners Haus und hatte bereits angeklopft. Sie wollte gerade wieder klopfen, da kam jemand. „Ja ja, schon gut ... bin ja schon da", hörte sie Conner rufen, und kurz darauf stand er vor ihr. Sofort als er sie sah, zog er scharf die Luft ein, ging in eine Abwehrhaltung, und sie konnte sehen, dass er sofort bereit war, sich zu verwandeln, um sie anzugreifen. Eine leichte Welle, wie eine optische Täuschung, ging über sein Gesicht und verhieß nichts Gutes.

„Bitte beruhigen Sie sich, Mr. Conner, mein Name ist Laura Caro, ich bin hier, um mich mit Ihnen und Ihrer Partnerin zu unterhalten. Aber bitte kann ich hereinkommen, denn das, was ich zu sagen habe, ist nicht für jedermanns Ohren gedacht!", sagte sie mit ruhiger Stimme und lächelte leicht.

„Schatz, was ist denn?", hörte sie nun auch Milli im Hintergrund fragen. Als sie neben Mike trat, passierte etwas Seltsames. Ihre Augen wechselten die Farbe von normal-blau auf kristall-blau und sie krallte sich dabei in Mikes Arm.

„Sie ist was anderes ... etwas Altes ... aus dem Bösen erwachsen!", sagte sie wie in Trance, wobei Mike sie erstaunt anstarrte. Dann blinzelte sie und sah wieder ganz normal aus.

„Das Kompliment kann ich nur zurückgeben", sagte Laura frostig. „Können wir jetzt reingehen und reden oder sollen wir das vor der kompletten Nachbarschaft klären?", fragte Laura nachdrücklich und wies auf ein paar Gesichter hin, die aus der Nachbarschaft auf sie gerichtet waren.

„Alles ok bei dir?", fragte Mike seine Verlobte.

„Alles ok, Schatz!", sagte sie mit einem komischen Blick auf Laura. „Lassen wir sie sagen, weshalb sie hergekommen ist!", meinte Milli und zeigte Laura den Weg ins Wohnzimmer.

Als sich alle gesetzt hatten, schauten sie sich erst einmal an, bevor Milli aufstand. „Ich mache uns einen Kaffee ... wollen Sie auch einen, Miss Laura?", fragte Milli zuckersüß.

„Ja gerne!", sagte diese und lächelte frostig.

„Sie sind die Frau, die Richard den Kopf verdreht hat!", stellte Mike fest, denn es war nicht als Frage formuliert.

„Gegenseitig … würde ich sagen … aber deswegen bin ich nicht hier. Mir geht es um Jonson Junior, ich war vor Ihnen noch am Tatort und was ich da sah, brauche ich Ihnen ja wohl kaum zu erläutern oder?", sagte sie mit hochgezogenen Augenbrauen.

Mike sagte erst einmal nichts, sondern betrachtete die Frau vor sich mit neuem Interesse.

Als Mike nicht sofort reagierte, legte sie nach. „Ich weiß, was Sie und jetzt auch Milli sind!", sagte sie und schaute ihn dabei seelenruhig in die Augen, so als hätte sie gerade gesagt, dass draußen die Sonne scheint.

Hatte Laura mit vielem gerechnet, aber nicht damit, dass Milli jetzt wieder den Raum betrat und zwar fast doppelt so groß wie vorher und um einiges furchterregender. Sie hatte sich offensichtlich in der Küche verwandelt, ohne dass Laura es mitbekommen hatte und starrte sie nun aus diesen kristall-blau glimmenden Augen an, die keine Gnade zu kennen schienen. Normalerweise konnte sie Mike in der Gestalt des Lykaners ohne Weiteres über weite Strecken fühlen, doch bei ihr schien dies nicht möglich zu sein. Laura blieb ganz ruhig sitzen, obwohl sie sehr wohl wusste, dass es jetzt an ihr lag, die Sache zu entschärfen.

„Sie müssen sich vor mir nicht verteidigen Miss Lwowiec … ich bin hierhergekommen, um sie als Verbündete zu gewinnen, und nicht, um Streit zu suchen!", sagte Laura beschwichtigend.

Mike sah sie dabei immer noch interessiert an. „Angst scheinen Sie ja nicht zu haben … also, wer sind Sie und was genau meinen Sie mit diesem Bündnis?", fragte er interessiert.

„Ihre Partnerin hatte vorhin durchaus Recht, als sie sagte, dass ich etwas Altes bin … ein paar hundert Jahre sind es mittlerweile wirklich schon!", sagte sie schmunzelnd als sie das erstaunte Gesicht von Conner sah, doch Milli war nicht ganz so erfreut und schien sich leicht veralbert vorzukommen, denn sie fing an zu knurren und zwar so, dass es in der Glasvitrine zu klirren begann.

„Nein, ich meine es ernst … ich bin im 17. Jahrhundert geboren worden und wurde hierhergeschickt, um Sie und Mike zu beobachten, denn das Oberhaupt meiner Familie ist ganz begeistert von der Werwolfsage!", sagte sie, ohne diesmal zu lächeln.

„Wie können wir Ihnen glauben, Laura, wir kennen Sie nicht, und Sie kommen einfach hierher und behaupten Sachen, die sich sehr unglaubwürdig anhören.

„So … unglaubwürdig … so wie Werwölfe zum Beispiel?", fragte sie nun amüsiert.

‚Punkt für sie', dachte Mike und musste widerwillig grinsen.

„Also beweisen Sie es und … wie auch immer Sie es machen, es sollte jetzt und hier sein, denn ohne solch einen Beweis werden Sie dieses Haus nicht ohne Weiteres verlassen können!", sagte er noch immer grinsend, wobei sich Milli neben Laura aufgebaut hatte, und sie jetzt den intensiven Raubtiergeruch wahrnahm, der so typisch für die Lykaner zu sein schien.

„Wie Sie wollen, aber ich bitte Sie, Milli, ein Stückchen von mir wegzugehen, und vor allem bitte ich sie, sich zu beherrschen, wenn ich Ihnen zeige, wer ich wirklich bin!", sagte Laura knapp.

Mike nickte, ließ aber Laura nicht aus den Augen, als er Milli bat, wieder zu ihm zu kommen.

Laura zeigte den beiden ihre schlanken Hände, die sich langsam in raubvogelartige Krallen verwandelten. Dann schien ihr Gesicht einen härteren Ausdruck anzunehmen und gleichzeitig schoben sich nadelspitze Zähne hervor. Was jedoch Milli aufknurren ließ, war die Tatsache, dass Laura vor ihren Augen zu verschwinden schien. Nur um dann wieder voll sichtbar zu werden. Und wie als hätte sich Laura nie verändert, sah sie wieder aus wie zuvor.

„Jetzt von meinen Worten überzeugt?", fragte Laura böse grinsend.

Mike und Milli nickten gleichzeitig, als hätten sie sich abgesprochen, und Mike schaute kurz zu Milli, die sich umdrehte und zurück in die Küche ging.

„Sehe ich das richtig, dass Sie ein Vampir sind und mich schon eine geraume Zeit verfolgen, denn gerade wurde mir mein komisches Gefühl von vorhin bewusst, als Sie vor der Tür standen. Genau diese Präsenz hatte ich schon mehrfach gespürt, als ich mich um so einiges kümmerte!", sagte er nun schmunzelnd.

„Ja, ich bin das, was man einen Vampir nennt … aber nicht jeder von uns ist gleich, so wie ich es ja jetzt auch bei den Werwölfen gesehen habe!", antwortete Laura und musste ebenfalls schmunzeln, als sie jetzt Milli in ihrer menschlichen Form hereinkommen sah und anfing ihnen Kaffee einzuschenken, als wäre nie etwas geschehen.

„Vielen Dank!", sagte sie zu Milli, nahm ihre Tasse und trank einen großen Schluck, der noch kochend heißen Flüssigkeit, ohne das Gesicht zu verziehen, und stellte die Tasse dann wieder auf den niedrigen Wohnzimmertisch.

„Und Mike, bevor sie fragen … ja, ich meine es ernst und nur gut mit

Richard ... wir lieben uns, auch deshalb bin ich zu euch gekommen. Mike, Sie müssen Richard einweihen, sonst läuft er Gefahr, die Sache mit Jonson vielleicht nicht zu überleben, denn dieser Reginald ist ein Psychopath und zu allem fähig. Das kann und werde ich nicht zulassen, dafür habe ich zu viele Jahrhunderte auf ihn gewartet!", sagte sie mit Nachdruck in der Stimme.

Milli, die verstand was Laura sagte, und warum sie es sagte, da auch sie sich ständig Sorgen um ihren Liebsten machte, und das nicht ohne Grund, fragte nun: „Und wie stellen Sie sich das vor ... Richard wird aus allen Wolken fallen ... vielleicht dreht er auch durch, das kann man nie wissen. Wir sind ja nicht gerade ein alltäglicher Anblick, wenn wir uns so verwandeln!", sagte sie, dieses Mal wirklich freundlich lächelnd.

„Das ist wohl wahr", sagte Laura. „Aber auch ich werde meine Identität preisgeben müssen, wenn er und ich eine Zukunft haben wollen!", sagte sie nun nachdenklich.

„Dann lasst es uns doch gemeinsam machen!", sagte nun Mike und schaute von Milli zu Laura, die jetzt anfing zustimmend zu nicken.

Es wurde noch ein interessanter Abend, bei dem vieles besprochen und Unklarheiten beseitigt wurden. Auch klärte Laura Mike auf, dass es seit der letzten Nacht jetzt wohl nicht nur zwei, sondern vier feindliche Lykaner seien, die in Zukunft ihr Unwesen unter der Führung von Jonson trieben. Dies ließ Mike kräftig fluchen, und er raufte sich die Haare dabei.

Als Laura dann tief in der Nacht wieder ging, waren sie bereits so etwas wie Freunde auf Probe geworden. Auch auf das Vorgehen bezüglich Richard waren sie zu einer Einigung gekommen. Laura würde ihn hierher begleiten und gemeinsam würden sie es schon schaffen, dass er bei all den Informationen nicht durchdrehte.

# Anvertraut

Detroit, 2. September 1950, gegen 20.00 Uhr abends

Richard war eben erst nach Hause gekommen. Gleich am Morgen hatten er und Tom wieder bei Donewan vorstellig werden müssen und sich wegen der Einmischung des FBI eine Litanei aus Selbstmitleid, Vorwürfen und Inkompetenz anhören müssen.
Was Richard jedoch so richtig ankotzte, war, dass er und Tom dem FBI zugeteilt wurden, und die behandelten sie als hätten sie sie nicht alle. Die Drecksarbeit durften sie erledigen, doch die Ermittlungen gingen sie nichts mehr an, und das bekamen sie jeden verdammten Tag gesagt.

Schlecht gelaunt und völlig fertig ließ Richard sich in seinen Lieblingssessel fallen und kramte seine Zigarillos aus der Westentasche, nahm einen in den Mund und zündete ihn an. Als er den zweiten, tiefen Zug nehmen wollte, klopfte es verhalten an seiner Tür.
Erst nach mehrmaligem Klopfen und einer Stimme, die ihm irgendwie bekannt vorkam und ihn aufforderte, zu öffnen, denn er wüsste genau, dass Richard da wäre, raffte er sich auf, schlurfte zur Tür und schaute durch den Spion ... zum ersten Mal in seinem Leben, wie er gerade feststellte.
Gequält stöhnte er auf, denn niemand anderes als Ted Ferguson, der nervige Reporter, stand vor seiner Tür und versuchte ebenfalls gerade durch den Spion zu sehen, was diesen in dem Moment durch die Linse wie einen Frosch aussehen ließ.
‚Bitte nicht auch noch den', dachte Richard, öffnete jedoch die Tür, um zu erfahren, mit was er die Ehre seines Besuches verdient hatte.
„Ferguson, das ist aber eine Überraschung, mit was habe ich Ihren Besuch verdient ... ah ... stimmt Mist ... ich habe heute noch keine gute Tat vollbracht!", sagte Richard bissig, was den Reporter blinzeln ließ.
„Tut mir leid, Inspektor, wenn ich Sie zu Hause aufsuche ... aber ich glaube, ich habe schon zu lange damit gewartet, denn ich weiß jetzt, wer die ganzen Morde begeht!", sagte er zerknirscht.
Kaum hatte Anderson die Worte vernommen, packte er Ferguson am Revers und zog ihn in seine Wohnung.
Zuerst war der Reporter zusammengezuckt, da er eher eine Schelle erwartet hatte, als dass er 'hineingebeten' wurde.
„Was wissen Sie ... Mann, reden Sie oder muss ich Ihnen alles aus der

Nase ziehen?", fatzte Richard den verdutzten Ted an, der immer noch total überrascht war, jetzt in der Wohnung zu stehen.

„Also … äh … es … waren Jonson und dieser John, der immer mit ihm rumhängt … aber das ist bei weitem noch nicht alles!", sagte Ted nun leicht stotternd.

„Das kann nicht sein … gut, das mit den Vergewaltigungen wissen wir, auch wenn wir es diesem Schwein nicht nachweisen konnten. Aber diese Zerstückelungsmorde, das ist dann doch eine Nummer zu groß für die beiden … meinen Sie nicht auch, oder haben Sie noch etwas dazu zu sagen?", fragte Richard zweifelnd an Fergusons Worten.

Ted nickte nur langsam. „Was ich Ihnen jetzt erzähle, werden Sie mir vielleicht nicht glauben wollen, aber es entspricht absolut der Wahrheit!", fuhr Ferguson vorsichtig fort und beobachtete wie Richard auf seine Worte reagierte.

„Nu … raus mit der Sprache, welche Beweise haben Sie … und bitte nicht so ausschweifend, sondern kommen Sie auf den Punkt!", sagte Richard nun gereizt, da ihm das alles zu lange dauerte.

„Das letzte Verbrechen, was diese beiden begangen haben, war die Tötung aller Gäste der Party des Richters, die das FBI ja gerade untersucht!"

„Ferguson, sagen Sie mal, haben Sie etwas geraucht … Jonson hat ein Alibi, er war mit diesem John bei Freunden, die ein ganzes Stück außerhalb wohnen und deren Eltern auch bei der Feier ums Leben gekommen waren. Geheult hat der beim FBI wie ein Schlosshund, sie mussten sogar einen Arzt kommen lassen, der ihm eine Beruhigungsspritze gab, damit er vor lauter Trauer nicht total zusammenbrach!", sagte Richard bestimmend.

„Das kann schon sein, dass er das so zu Protokoll gegeben hat, aber … wie soll ich es Ihnen sagen …?", druckste Ted herum, was Richard unwirsch werden ließ.

„Wie schon … einfach das Maul aufmachen und reden … ist das denn so schwer, sonst plappern Sie doch auch wie ein Wasserfall!", herrschte Richard den Reporter an.

„Ich war auch auf der Party!", sagte dieser knapp.

Jetzt war es an Richard, erstaunt aus der Wäsche zu schauen. „Sie waren da? Wie soll ich das verstehen? Sie standen doch gar nicht auf der Gästeliste!", sagte Richard nun doch ein bisschen verunsichert.

„Ich bin als Pressesprecher geladen gewesen und als ich nicht hineingelassen wurde, habe ich meine Einladung, die an die Zeitung gerichtet war, vorgezeigt, und der Sicherheitsdienst hat kurz Rücksprache mit

Richter Jonson gehalten, worauf dieser mich persönlich von der Tür abgeholt hatte!"

„So und was ist geschehen, dass ausgerechnet Sie das alles überlebt haben?", fragte Richard skeptisch.

„Wir ... das heißt, einige der mächtigsten Männer des County und ich, wurden eingeladen in das sogenannte Zigarrenzimmer zu kommen. Ich sollte Zeuge werden von den Gesprächen über die Zukunft des Landes und die Vorteile, die sich daraus ergeben würden, sollte Richter Jonson die Wahl gewinnen. Aber dazu kamen wir nicht mehr, denn plötzlich wurde es nebenan immer lauter, und als der Richter versuchte die Tür zu öffnen, um nachzusehen, wer es wagte so unverschämt laut zu sein, bekam er sie nicht auf. Erst nach festem Drücken gegen das Türblatt, ging sie einen Spalt auf, und Blut floss hindurch und ein Arm fiel auch durch den Spalt. Die ganze Zeit war eine undefinierbare Geräuschkulisse aus dem Saal zu hören und ich muss zugeben, dass ich nicht der Mutigste bin, was mir sehr wahrscheinlich den Hals gerettet hat. Denn, als ich das Blut sah, bekam ich eine ganz böse Vorahnung und versteckte mich in dem Unterschrank des großen Schreibtisches, der an der Wand stand. Zwar sahen mich einige befremdlich an, als ich die Schranktür hinter mir zuzog, aber ich bin schon immer gut mit meinem Bauchgefühl gefahren!", sagte Ferguson mit einem dünnen Lächeln.

„Und was ist dann geschehen?", fragte Richard nun, denn langsam begann er Ferguson zu glauben.

„Was ich Ihnen jetzt sage, hört sich sehr unglaubwürdig an, aber glauben Sie mir, es ist die bittere Wahrheit ... kaum hatte ich die Tür hinter mir geschlossen, da hörte ich ein lautes Bersten und dann wie Glas zerbrach, danach war das gedämpfte Stöhnen von mehreren Personen zu hören. Ich verhielt mich so still wie ich konnte, aber auch meine Neugierde war geweckt, da ich wissen wollte, was da vor sich ging. Also blickte ich durch das Schlüsselloch der Schreibtischtür, und was ich dort zu sehen bekam, ließ mir das Herz in die Hose rutschen ... denn in der rausgerissenen Tür stand ... stand ... da stand ein Werwolf, der über zwei Meter groß sein musste, denn er ging leicht geduckt durch die Tür, schnappte sich den Richter und hob ihn ohne Mühe mit einer Hand, oder, wie man das bei so einem Vieh nennt, hoch!" Die letzten Worte waren Ted so schnell aus dem Mund gesprudelt, als hätte er Angst, sie würden nicht herauskommen, wenn er normal geredet hätte.

Nun herrschte Stille im Raum.

Richard sah Ferguson nur sprachlos an. Sollte es wirklich wahr sein, dass sein Bauchgefühl die ganze Zeit Recht hatte, so ungeheuerlich sich das Ganze auch anhörte ... aber er glaubte Ferguson, was ihn schon fast erschreckte.

„Nehmen wir mal an, Sie sagen die Wahrheit und hatten nicht irgendeinen Drogentripp, wie zum Teufel kommen Sie darauf, dass diese Kreatur Reginald Jonson war?", wollte Richard von Ted wissen.

„Sie ... Sie glauben mir, Inspektor?", fragte der Reporter nun ebenfalls verdutzt, hatte er doch eher erwartet ausgelacht zu werden.

„Ich will es mal so sagen, ich hatte ebenfalls schon einen unglaublichen Verdacht, aber Ihr Bericht hatte mir noch gefehlt ... so, also warum denken Sie, dass es Jonson war, der seine Eltern und alle Gäste getötet hat?"

„Hat er nicht alleine, denn gesehen, dass er ein Werwolf ist, habe ich nicht, aber wie sein Freund sich zurückverwandelt hatte, das habe ich, und dass der andere Werwolf nur an diesem vorbeigegangen ist, als er wieder ein Mensch war, ohne ihm zu schaden!", sagte Ted überzeugend.

„Noch einen zweiten ... Scheiße, das ist übler als ich dachte ... einer hätte schon gelangt, aber zwei? Ok, Sie wollten mir sagen, warum Sie denken, dass der andere Jonson war, obwohl Sie nicht gesehen haben, wie er sich zurückverwandelte!"

„Ich blieb eine ganze Zeit in dem Unterschrank, auch wenn ich bereits meine Beine nicht mehr spürte. Erst als ich mir relativ sicher war, dass sie weg waren, ließ ich mich aus der Tür fallen und brauchte einige Zeit, bis ich wieder Blut in die Beine bekam. Doch kaum hatte ich das Zimmer verlassen, in dem ich mich versteckt hatte, hörte ich Stimmen. Zuerst bekam ich es wieder mit der Angst zu tun, da ich befürchtete, dass sie zurückkommen würden. Aber das taten sie nicht, denn ich hörte eine Tür gehen, und so schlich ich mich, so gut es wegen der vielen Leichen und umgestürzten Möbeln möglich war, in Richtung des Geräusches ... dachte, ich könnte vielleicht rausfinden, wer da gegangen war. Und das sah ich dann auch, denn Jonson Junior und sein Kumpane John sowie ein Zwillingspärchen fuhren gerade mit einem Auto weg und zwar nicht panikhaft, sondern ganz gemächlich!"

Richard sah nachdenklich zu Ted, der ebenfalls nicht sehr glücklich aussah, denn es schien ihm immer noch etwas auf dem Herzen zu liegen.

„Also?" fragte Richard, nun nicht mehr genervt: „Ted, ich seh doch, dass das nicht alles war, was also wissen Sie noch?"

„Flippen Sie aber bitte nicht aus, wenn ich Ihnen das jetzt sage, da ich nicht schon früher zu Ihnen gekommen bin!"

„Ok ... was ist es?", wollte Richard wissen und ihm schwante nichts Gutes.
„Also ... ich bin ihnen gefolgt bis zu einer alten Werftanlage ... da ich nicht auffallen wollte, parkte ich meinen Wagen eine Straße weiter und wartete dort eine kurze Zeit, da Jonson zuvor die schwere Kette erst vom Tor genommen hatte und ich ihm nicht in die Arme laufen wollte!"
„Sie sind ihm nachgefahren ... sind Sie vielleicht lebensmüde!", fragte Richard fassungslos.
„Nein, bin ich nicht, und zu meinem Ärger war er auch schon wieder weg. Als ich dann zu dem Nebengebäude kam und um die Ecke spähte, war der Wagen nirgends mehr zu sehen. Ich wartete wieder einige Zeit, aber es tat sich nichts mehr. Also bin ich zu dem Tor gegangen und habe mir Zutritt verschafft!", sagte er und wurde rot dabei.
Richard konnte es nicht fassen, was er da zu hören bekam. „Zutritt verschaff..., Sie wollen mir sagen, Sie haben das Schloss geknackt und haben nachgesehen, was für Jonson so wichtig war, dass er nach dieser Aktion in seinem Elternhaus hierherfuhr?", fragte er und schaute immer ungläubiger.
„Ja, ich weiß ... ich weiß ... das hätte ich nicht machen sollen, aber meine Neugierde war zu der Zeit einfach größer als meine Angst, und so bin ich reingegangen, habe mich erst in der Halle umgesehen, aber außer Boots-zubehör in einem ganzen Wald voller Hochregale fand ich nichts. Außer vielleicht noch diesen Schrank mit jeder Menge Kleidung, die so aussahen, als wären sie erst kürzlich dort eingelagert worden, denn man konnte noch das Waschmittel riechen!"
„Sonst haben Sie also nichts Verdächtiges gefunden ... schade!", meinte Richard etwas voreilig.
„Das habe ich nicht gesagt!", berichtigte Ted Richard. „Ich bin dann noch in den Keller, und was ich dort fand, war schrecklich genug für mich, denn dort lag die Leiche einer jungen Frau, die halb aufgefressen aussah und wohl schon einige Zeit dort lag. Da unten hat es vielleicht gestunken, das kann ich Ihnen sagen ... weiter bin ich dann nicht mehr gegangen ... denn das, was ich gesehen hatte, reichte mir völlig!" Mit diesen Worten beendete Ferguson seinen Bericht, und Richard schien ihn abwesend zu mustern.
„Was machen wir jetzt, Inspektor?", wollte Ted wissen, da nicht sofort eine Reaktion von Richard kam, denn dieser grübelte immer noch.
„Das weiß ich auch noch nicht so genau ... aber zum FBI brauchen wir damit gar nicht zu gehen, die lassen uns höchstens in eine Klapse ein-weisen, denn Jonson wird garantiert nicht zur Polizei gehen, sich ver-wandeln und „tata" rufen, damit sie ihn abknallen können", meinte er

sarkastisch. „Sie halten sich aber bitte weiterhin bedeckt, bis ich sie kontaktiere … absolutes Stillschweigen ist im Moment die beste Waffe, die wir haben, denn im Moment kann sich Jonson keine Fehler mehr erlauben, sonst fliegt er auf, und das ist wohl kaum in seinem Interesse. Zudem wird er nun zu einem der wohlhabendsten Männer des Landes. Wenn ich mich richtig an diesen Artikel im Forbes Magazine erinnere, ist nur ein gewisser Jon Clark noch reicher als die Familie Jonson hier im County!"

„Gut, ich sehe zu, dass ich ein paar Artikel schreibe, die nicht auf Jonson oder seine Aktionen eingehen … außerdem wird es ein neues Gerangel um den Gouverneursposten geben. Denn der Richter, der als sicherer Gewinner gehandelt wurde, ist ja nicht mehr verfügbar!", ergänzte nun Ferguson grinsend.

„Genauso machen Sie das … schön unauffällig agieren und wenn es soweit ist, schlagen wir gemeinsam zu, ich mit Waffengewalt und Sie mit Word und Text!", sagte Richard und musste dabei ebenfalls grinsen.

„Also dann, Inspektor …!", sagte Ferguson und hielt Richard die Hand hin.

Der schaute dem Reporter kurz, aber direkt, in die Augen, bevor er einschlug. „Nennen Sie mich Richard!"

# Lauras Überraschung

Detroit, 4. September 1950, gegen 21.00 Uhr abends

Wieder hatten Richard und Tom einen ernüchternden Arbeitstag hinter sich gebracht. Seit Ferguson bei ihm gewesen war, hatte er sich ständig Gedanken gemacht, wie er Jonson beikommen konnte, ohne die ganze Stadt rebellisch zu machen.
Aber bis jetzt hatte er noch keine Lösung parat.
Er war auch an diesem Abend spät nach Hause gekommen, da das FBI immer irgendwelche 'wichtigen' Sachen für ihn und Tom hatten, die angeblich keinen Aufschub duldeten.
„Diese Agenten scheinen anscheinend nie zu schlafen", sagte er halblaut vor sich hin, löste seine Uhr vom Handgelenk, legte sie neben seine Waffe auf die Kommode und flummte einen seiner Schuhe, die er gerade ausgezogen hatte, in Richtung Tür, als ihn plötzlich ein Duft umwehte, den er nur allzu gut kannte, und der von seinem Bett zu kommen schien.
„So zornig?", hörte er eine leise Stimme sagen, die ihm die Nackenhaare stehen ließ und nicht nur die.
„Laura?", war das Einzige, was er in dem Moment herausbekam, denn schon während er ihren Namen gesagt hatte, war sie an ihn herangetreten und umfasste Richard mit ihren Armen, die schon den Weg unter sein Hemd gefunden hatten.
„Du hast mich so lange warten lassen!", sagte Richard zu seiner linken Seite, wo Laura dabei war, ihn mit ihrer Zunge in den Wahnsinn zu treiben.
„Ich weiß!", flüsterte sie in sein Ohr, was ihm eine wohlige Gänsehaut bescherte, und umschlang lasziv seine Körpermitte mit einem ihrer seidenbestrumpften Beine.
Wie sie auch dieses Mal hier reingekommen war, ohne die Tür beschädigt zu haben, interessierte Richard im Moment nicht wirklich.
Vielmehr drehte er sich zu ihr um und sah ihre Silhouette im Gegenschein des Fensters, denn es war noch nicht wirklich dunkel.
Was er so sah, ließ ihn begehrlich aufseufzen, und er hob Laura auf und trug sie in seinen Armen zu seinem Bett.
Laura musste wegen seiner Zielstrebigkeit leise lachen, kuschelte sich jedoch auf dem Weg zum Bett mit ihrem Gesicht an Richards Hals und sog seinen männlich herben Geruch in sich ein. Am Bett angekommen, ließ Richard sie sanft auf das Laken sinken, und als er im Begriff war sich auszuziehen, entflammten überall im Zimmer verteilt Kerzen, so als gebe

es in seiner Wohnung einen Kerzenlichtschalter.

„Aber wie ...?", war das Einzige, was er herausbekam, denn er wäre beinahe umgefallen, als er versuchte, seine Hose, Strumpf und Schuh gleichzeitig loszuwerden.

„Überraschung!", bekam er mit einem Verschwörerlächeln zur Antwort, bevor er leidenschaftlich geküsst wurde, und spätestens jetzt war Richard die Sache mit den Kerzen völlig egal.

Sie hatten einiges nachzuholen und so liebten sie sich erst wild und dann sanft, und als sie in Löffelchenstellung dalagen, sagte Richard: „Das kannst du öfters machen!" und küsste sie erneut in ihrer Halsbeuge.

„Was meinst du genau?", wollte Laura lächelnd wissen.

„Mich so überraschen!", sagte er und sie konnte das Schmunzeln in seinen Worten hören.

„Apropos Überraschen ... ich bin nicht nur hier, um mit dir zu schlafen ... Schatz, verstehe mich nicht falsch, aber wir zwei haben heute Abend noch einen wichtigen Termin!", sagte sie vielsagend.

Nun stützte Richard sich auf seinen Ellenbogen, und sie drehte sich mit einem schuldbewussten Lächeln zu ihm um. „Nicht böse sein!", sagte sie mit drollig gespielter Reue, was ihn leise auflachen ließ, und er sie einfach küssen musste.

„Ok, Miss Italia, du meinst wirklich, wir haben *heute* Abend noch einen, wie du sagst ‚wichtigen Termin'? Jetzt hast du mich aber neugierig gemacht. Zwar bin ich nun wieder einigermaßen wach, aber dass ich vor Energie strotze, kann ich nicht gerade behaupten!", sagte er mit einem müden Lächeln und schaute sie verliebt an.

„Das sah aber eben gerade noch ganz anders aus, Mr. Anderson!", neckte sie ihn, wobei sie unter der Decke ihr Ziel fand, sodass Richard lachend zusammenzuckte, als er ihre kühle Hand spürte.

„Wenn du so weitermachst, kannst du das mit dem Termin vergessen!", sagte er und hatte sie schon zu sich herangezogen.

„Das dazu, dass du keine Energie mehr hast!", sagte sie stöhnend, da auch seine Hand ihr Ziel erreicht hatte.

Geraume Zeit später machte Laura ihn dann doch wach. Zwar sah er im Schlaf zum Anbeißen aus, doch sie hatten noch wichtige Sachen zu erledigen, denn Mike und Milli warteten bereits auf sie.

„Richard ... Richard ... Rich!", flüsterte Laura ihn sanft wach, sodass er verschlafen zu ihr aufsah, wobei Laura schmunzeln musste, da er aussah wie ein Lausbub, der sich verbotenerweise den Honigtopf stibitzt hatte.

„Wir müssen los …!", sagte sie mit Bedauern in der Stimme und zwickte ihn dabei neckisch in die Seite.

Als sie aus der Haustür traten und Laura um einen feuerroten Sportwagen herumging und einstieg, blieb Richard der Mund offenstehen, da er ein Sportwagen-Fan war. Auch wenn er sich selbst noch keinen geleistet hatte, weil er für ein eigenes Häuschen am Rande von Detroit sparte. Auch wenn ihm für seine Kiste ständig Spott entgegengebracht wurde, hielt er schweren Herzens daran fest … erst das Haus und dann der Sportwagen. Aber was ihn bei Lauras Auto so erstaunt hatte, war … „da… das ist doch eine Chevrolet Corvette Convertible Roadster exterior … die war auf der diesjährigen Automesse ausgestellt und erst für 1953 angekündigt, und es hieß, es gäbe nur den einen Prototyp!", sagte er komplett konfus über das, was er da sah.

Laura lächelte. „Ja, ich weiß!", war alles, was sie sagte, und sie wies mit ihrer Hand auf den Beifahrersitz.

„Bei aller Liebe!", sagte er nachdem er eingestiegen war, „aber jetzt bist du mir wirklich unheimlich!"

Sie sah ihn nur lächelnd an, sodass ein leicht verlängerter rechter Eckzahn zu sehen war, und fuhr los.

Richard hatte zwar ihr Lächeln gesehen, aber ihre leichte Andeutung, was sie war, hatte ihn offensichtlich nicht sonderlich beunruhigt, oder er verband es mit nichts Schlimmem, dachte Laura während sie fuhr.

„Wo geht es denn eigentlich um diese Uhrzeit noch hin, es muss doch jetzt schon ca. zwölf Uhr nachts sein, habe leider vergessen, meine Uhr wieder anzuziehen!"

„Halb eins, Schatz … aber lass dich überraschen!", sagte sie und fuhr bereits nach einiger Zeit in eine Straße, die Richard verdächtig bekannt vorkam.

„Hier wohnt doch Mike!", murmelte er vor sich hin, und in dem Moment hielten sie auch schon vor dessen Tür.

„Aber was …?", wollte Richard fragen, aber Laura legte ihm nur einen Finger auf die Lippen und gab ihm dann einen Kuss. „Nur nicht so neugierig!", sagte sie lachend und stieg aus.

Bevor Richard noch einmal nachfragen konnte, warum sie denn jetzt um diese Uhrzeit hier seien, klopfte sie schon an die Tür. Kaum stand er dann neben Laura, wurde auch schon geöffnet und ein lächelnder Mike stand an der Tür und bat sie herein. „Hallo Laura!", sagte Mike, worauf sie nur mit „Mike" antwortete und in die Wohnung ging, wo Milli bereits den

Tisch gedeckt hatte.

Erstaunt sah Richard von Laura zu Mike. „Ihr kennt euch … habe ich was verpasst?"

„Erst seit kurzem … aber komm doch erst mal rein, Milli hat uns einen saftigen Rinderbraten gemacht, den ich ungerne kalt werden lassen möchte", sagte Mike mit einem Lächeln auf den Lippen.

Also ging auch er in die Wohnung und setzte sich, nachdem er die Frau des Hauses begrüßt hatte, neben Laura, die ihn mit einem Lächeln bedachte, das Richard aus unerklärlichem Grund im ersten Moment unheimlich vorkam. Aber als er sich gesetzt hatte, war auch dieses komische Gefühl wieder weg, und Richard schimpfte sich innerlich einen Idioten.

Mike hatte nicht übertrieben, denn der Braten war wirklich vorzüglich. Richard langte kräftig zu, während Laura nur recht wenig aß, aber als er sah, was die zarte Milli und auch Mike verdrücken konnten, staunte er nicht schlecht. Hätte er so reingehauen, ihm wäre schon der Gürtel gerissen und der Knopf weggeflogen, dachte er bei sich und musste grinsen.

„Schatz … was erheitert dich so?", wollte Laura wissen. Jetzt schauten auch Milli und Mike ihn fragend an und er bekam schon wieder das Gefühl in einem Mauseloch verschwinden zu wollen.

Richard aß noch ein Stück Braten und sah dann erneut auf. „Also … das soll sich jetzt nicht blöd anhören … aber irgendetwas stimmt hier doch nicht!", sagte er und legte das Besteck zur Seite.

„Schmeckt dir der Braten nicht?", wollte Milli mit Unschuldsmiene wissen.

„Doch, der Braten schmeckt vorzüglich, die Knödel sowie die Soße wie auch das Rotkraut sind perfekt … aber ich habe den Krieg nicht nur aus Glück überlebt, sondern konnte mich immer auf meinen Instinkt verlassen … also könnt ihr mir bitte sagen warum ich mich fühle wie das einzige Schaf in einem Rudel Wölfe?"

Die drei musterten Richard interessiert und fingen fast gleichzeitig an laut loszulachen, sodass sich Richard reichlich bescheuert vorkam.

„Schatz, du bist wirklich köstlich, ich habe seit sehr langer Zeit schon nicht mehr so gelacht!", sagte Laura und lächelte immer noch.

Auch Mike und Milli wischten sich die Lachtränen vom Gesicht, und Mike hatte sich wohl bei seinen Worten verschluckt, denn er hörte gerade erst wieder auf zu husten.

„Nun … ihr scheint mich ja reichlich komisch zu finden, aber ich bleibe dabei, dass ihr mir etwas verschweigt!", sagte Richard stur, was Laura veranlasste, ihm einen schnellen Kuss auf die Wange zu geben, bevor Richard ausweichen konnte, denn er war wirklich sauer.

„Ok, Richard … beruhige dich wieder, ich erzähle dir jetzt eine Geschichte, die auch Milli noch nicht kennt … und Schatz, tut mir leid, dass du es erst jetzt erfährst, aber ich habe es einfach vergessen, doch sagen muss ich es dir sowieso vor unserer Hochzeit!", sagte Mike und sah erst Milli entschuldigend an, die aber nur neugierig nickte, und dann zu Richard, der mit verschränkten Armen dasaß und ihn mit seinen Augen durchbohrte.

Also fing Mike an von seinem ersten Solojagdgang zu erzählen und was ihm auf der Lichtung zugestoßen war. Und als er dann zu der Stelle kam, wo seine Eltern getötet wurden, hatte er Tränen in den Augen und Milli streichelte mitfühlend seinen Arm.

„Du willst mir also sagen, dass du ein Werwolf bist?", sagte Richard schon fast hysterisch und war von seinem Platz aufgesprungen. „Und natürlich Milli auch … und du Laura, bist dann wohl die Wolfskönigin oder besser … wenn die zwei Werwölfe sind, bist du der böse Vampir!" Er fing an schallend zu lachen und sich auf den Oberschenkel zu schlagen, so erheitert war er.

Doch als er in die Gesichter der Drei schaute und nur wortloses Nicken sah, verstummte sein Lachen, und er setzte sich wieder auf seinen Stuhl und sah Laura verständnislos an. Sie versuchte seine Hand zu nehmen, doch er zog sie von ihr weg.

„Wenn ihr das lustig findet, dann habt ihr euch geschnitten, mir reicht schon dieser Psychopath Reginald Jonson, da kommt ihr mir mit so einer Geschichte und du Mike bist dann also der reichste Mann im County … sehr interessant!", sagte er und schüttelte nur fassungslos den Kopf und stand auf, um zur Haustür zu gehen.

Aber als er dort ankam, stand bereits Laura vor ihm an der Tür gelehnt und lächelte ihn an, was er ja so an ihr liebt.

‚Verdammt, wie ist sie vor mir zur Tür gekommen', fragte sich Richard und zog eine Augenbraue nach oben, was Laura noch mehr lächeln ließ, „Richard … Schatz … würdest du uns bitte die Gelegenheit geben uns zu erklären!", sagte Laura nun beschwörend und nahm ihn bei den Händen.

„Ok", sagte Richard nur und bedachte sie mit einem harten Blick, der sie ihr Gesicht gequält verziehen ließ, denn so hatten sie es eigentlich nicht geplant, doch sie hatten Richard wohl völlig unterschätzt.

Also gingen sie wieder an den Tisch, wo Milli und Mike immer noch saßen und zerknirscht zu ihm aufsahen.

„Erst einmal … ja, ich bin Jon Clark, und ja, ich bin finanziell abgesichert … ok, mehr als nur abgesichert!", sagte Mike während er entschuldigend mit den Schultern zuckte. „Ich konnte wohl kaum mit meinem richtigen Namen zur Polizei gehen. Das wäre viel zu auffällig gewesen und hätte zu viel Aufmerksamkeit auf meine Person gezogen und genau das wollte ich verhindern, und bevor Laura zu uns gekommen war, hatte es ja auch funktioniert!", sagte Mike entschuldigend.

„OK … das verstehe ich ja, aber das mit den Werwölfen will und kann ich nicht glauben … wenn auch Ted Ferguson neulich bei mir war und berichtete, dass wohl Jonson und sein Busenfreund John angeblich Werwölfe seien und Jonson mit Hilfe seines Freundes die eigenen Eltern sowie den Rest der Gäste getötet haben sollen!", berichtete Richard zweifelnd, weil er sich dieses unglaubliche Szenario immer noch nicht in Gänze vorstellen konnte.

„Wer ist Ted Ferguson?", wollte Milli von Mike wissen.

„Ein Reporter des Detroiter Boulevard und eine echte Nervensäge!", beantwortete Laura, bevor Richard antworten konnte, die Frage.

„Das hat es aber milde ausgedrückt!", sagte nun auch Richard und musste wider Willen dabei grinsen.

„Gut … wie stark sind deine Nerven?", wollte Mike von Richard wissen.

„Wie Drahtseile!", war seine kurze Antwort.

„Dann begleite uns doch bitte in den Keller, damit wir dir etwas zeigen können, vielleicht verstehst du dann, was wir versuchen, dir beizubringen!", meinte Mike und hatte immer noch dieses komische Lächeln auf den Lippen, was Richard schon vorhin stutzig gemacht hatte.

Bevor er jedoch noch etwas sagen konnte, nahm ihn Laura bei der Hand, und sie folgten Mike und Milli in den Keller.

Dort angekommen weiteten sich Richards Augen, als er die Gefängniszelle sah, die man auch mit einem Löwenkäfig verwechseln könnte … wenn man das wollte.

Die Tür des Käfigs sah so aus, als wäre sie schon einmal verzogen gewesen und wieder gerichtet worden, denn ihr Schloss saß immer noch leicht schief in der Halterung und konnte gerade so noch abgeschlossen werden.

„Was soll das werden?", fragte Richard mit Blick auf die Zelle, deren Tür Mike gerade geöffnet hatte und einladend aufhielt.

„Zu deiner eigenen Sicherheit!", sagte nun Milli und schaute ihn aus veränderten Augen an, die Richard schlucken ließen.

„Keine Angst!", meinte Laura lachend. „Ich komme mit dir rein, damit du siehst, dass es nichts zu befürchten gibt!", saagte sie und zog Richard hinter sich her in den Käfig. Mike ließ die Tür ins Schloss fallen, was sich für Richard nicht gerade gut anfühlte, eher irgendwie ausgeliefert, und als Milli die Tür abschloss, wollte er protestieren. Aber er wurde davon abgelenkt, dass Mike sich begann auszuziehen.

„Und was bitteschön soll das jetzt werden … ganz so tolerant wie ich vielleicht scheine, bin ich gar nicht!", sagte Richard besorgt, als er sah, dass auch die Unterwäsche ihren Weg auf den Kleiderhaufen vor Mike gefunden hatte.

Nun mussten Laura und Mike wieder lachen, wogegen Milli sich versuchte zu beherrschen, da sie genau wusste, was gerade in Richard vorging.

„Sehr witzig, ich wol…!", versuchte Richard sich aus dieser peinlichen Lage zu befreien, doch Mike war wie von einem Krampf geschüttelt auf die Knie gesunken.

„Was ist mit ihm?", wollte Richard von Milli wissen, als auch diese sich anfing auszuziehen. Richard schaute aus Respekt weg, als auch sie ihre Unterwäsche fallen ließ.

Laura trat nun genau neben ihn und nahm wieder seine Hand. „Richard, was du jetzt gleich siehst, ist ein Privileg, denn sie geben sich in deine Hände und vertrauen auf deine Verschwiegenheit und Hilfe … verstehst du, was ich sage?", fragte sie Richard, der nur mit weit aufgerissenen Augen zusah, wie sich das Gesicht seines Freundes veränderte, und einzelne Zähne aus dessen Mund zu fallen begannen.

Auch Milli hatte bereits eine kniende Position eingenommen und auch sie hatte begonnen, sich im Gesicht zu verändern.

„Aufhören … ihr könnt aufhören … ich ha…!", sagte Richard voller Entsetzen, als ihm seine Worte im Hals stecken zu bleiben schienen, als er sah, wie sich beängstigende Reißzähen ihren Weg in Mikes Kiefer suchten.

„Verdammt!", war alles, was er noch herausbekam, als er fassungslos zusehen musste, wie sich die Körper von Mike und Milli zu verändern begannen.

Währenddessen waren unterdrückte Schmerzenslaute von Milli zu hören, wobei sich Richard fragte, wie sie es fertigbrachte, nicht laut zu schreien, denn gerade hatte er wohl ein Gelenk aus seiner Pfanne springen hören, und Sehnen wurden gedehnt, was Milli einen gequälten Ausdruck abverlangte, obwohl sie schon nicht mehr wie Milli aussah.

Nach und nach wuchsen Milli und Mike auf unglaubliche Maße an, und als sich ihre Ohren zu spitz zulaufenden Hörorganen verwandelten, begann auch schon ein dichtes Fell zu wachsen und zwar so schnell, dass Richard es kaum fassen konnte.

Als sich Milli und Mike jetzt zu ihm umdrehten und ihn mit ihren außergewöhnlichen Augen musterten, war Richard bis zur Rückwand des Käfigs getreten und sah sich zwei Kreaturen gegenüber, die nur aus einer Horrorgeschichte entsprungen sein konnten.

So viel geballte Kraft und Gewalt lag plötzlich in der Luft, dass Richard kaum atmen konnte. „Verdammt noch mal … verdammt … das kann doch nicht echt sein!", sagte er wie zu sich selber und fingerte mit einer leicht zitternden Hand einen Zigarillo aus seiner Jackettasche und versuchte ihn anzuzünden, was ihm jedoch nicht gelingen wollte, bis Laura ihm das Benzinfeuerzeug aus seinen zittrigen Fingern nahm und es für ihn tat.

Nach zwei tiefen Zügen sagte er mit zitternder Stimme: „Das muss ich erst einmal verkraften!"

Aber bevor er noch etwas sagen konnte, flog die Kellertür aus ihren Angeln, und mit ihr rollte Tom sich in den Raum und eröffnete, ohne ein Wort zu sagen, das Feuer auf Mike und Milli. Projektile schlugen ein, lila Blut spritzte und ein mehrstimmiges Grollen war aus der Ecke der Werwölfe zu hören.

Tom registrierte gar nicht, dass sie nicht angriffen, vielmehr ließ er gerade das leergeschossene Magazin aus seiner Beretta fallen, um es sofort durch ein volles zu ersetzen.

Zum erneuten Abgeben eines Schusses kam er dann nicht mehr, denn Laura war plötzlich neben ihm und berührte Tom an der Schläfe, was diesen auf der Stelle einschlafen ließ, und er wäre auf den Boden gefallen, hätte Laura ihn nicht aufgefangen.

Während sich unter den fassungslosen Blicken von Richard die Wunden der Werwölfe wieder schlossen und die Geschosse klimpernd auf den Boden fielen, bemerkte er erst jetzt, dass die Gittertür aus den Angeln gerissen worden war und wohl nicht wieder gerichtet werden konnte. Auch fiel ihm auf, dass Laura nicht mehr neben ihm stand, sondern neben Tom kniete und ihn kopfschüttelnd sanft an die Wand lehnte.

Doch dann war er sich der Tatsache bewusst, dass er die Werwölfe nicht mehr durch Gitter betrachtete, sondern ihnen ohne jeglichen Schutz ausgeliefert war. Jetzt erst zog auch Richard seine Waffe und richtete sie auf den silbrigfarbenen Werwolf, der ihm am nächsten stand und interessiert zu ihm schaute, wobei ihm Speichel aus dem Fang lief, und er dabei aussah, als würde er grinsen.

Doch bevor auch Richard anfangen konnte zu schießen, war Laura neben ihn getreten und drückte ihm den Arm mit der Waffe nach unten. „Richard … Rich, komm zu dir, Mike und Milli tun dir nichts!" Und tatsächlich … schon vor Lauras Worten fingen sie an, sich zurückzuverwandeln.

Jetzt musste sich Richard erst einmal setzen, und das tat er auch, denn neben ihm stand ein alter Holzstuhl, der bedenklich knarzte, als er sich auf ihn fallen ließ.

Seine Pistole, die auf seinen Knien lag, hatte er immer noch locker in seiner Hand.

„Geht es wieder?", wollte Laura liebevoll wissen, als sie seinen Blick sah, der auf seinen ältesten Freund gerichtet war. Dieser lehnte immer noch an der Wand und schien tief zu schlafen, da sich sein Brustkorb gleichmäßig hob und senkte.

Milli und Mike waren schon fast wieder komplett angezogen und sahen nun leicht beschämt lächelnd zu Richard.

Der zog immer noch ziemlich fest an seinem Zigarillo und bedachte sie mit einem nachdenklichen Gesichtsausdruck, bevor er sagte: „Mike, da hast du aber viel zu erklären, und was Tom betrifft, ihn hätten wir eh einweihen müssen, denn auch so ist die Sache schon vertrackt genug, und wir brauchen jeden Mann, dem wir vertrauen können. Außerdem ist Tom absolut vertrauenswürdig, denn ich habe bereits einige Jahre meines Lebens mit ihm Blut und Schweiß vergossen!", sagte er und hörte sich schon fast wieder an wie der pragmatisch denkende Inspektor der Mordkommission.

Als Tom wieder zu sich kam, schaute er verdutzt, denn mehrere Gesichter schauten interessiert auf ihn hinunter. „Was ist passiert … warum seid ihr in meiner Wohnung und wer hat euch aufgemacht? Mandy ist doch mit den Kindern für ein paar Tage zu ihren Eltern gefahren … und Rich, wer zum Teufel sind die zwei Frauen?", fragte McKey verständnislos und rieb sich mit schmerzverzerrtem Gesicht die Schläfen. „Und was für einen beschissenen Traum ich hatte … das willst du gar nicht wissen!", sagte er stöhnend.

„Du bist nicht zu Hause, alter Freund, sondern bei Mike, und so richtig geträumt hast du auch nicht!", sagte Richard und sah dabei zu Mike und Milli, die nur lächelnd nickten.

Nun war es an Tom die Augen aufzureißen. „Rich, du meinst, das war kein Traum … aber dann … wir …!", stotterte Tom und versuchte sich auf der Couch aufzurichten, was er sofort bereute und ihn mit einem Schwindel belohnte, der ihn stöhnend gegen die Lehne sinken ließ.

„Bevor wir dir sagen, was genau du zu sehen bekommen hast, sag … wie kamst du eigentlich auf die Idee, Mikes Tür einzutreten und in den Keller zu stürmen und wild um dich zu schießen?", fragte Richard ernst und sah dabei in die schmunzelnden Gesichter der anderen.

„Erst habe ich … ja …Tschuldigung Rich … vor ein paar Tagen einige Unterlagen gesucht und habe sie nicht gleich gefunden … in der Schublade von *deinem* Schreibtisch war eine Akte zu sehen, die du aus Versehen eingeklemmt hattest … dachte nicht nach und hab die Schublade aufgemacht und die Akte rausgenommen. Als ich sah, dass es nicht die gesuchte war, wollte ich sie auch gleich wieder reinlegen, doch da sind mir einige Blätter rausgerutscht … und als ich sie wieder einsortieren wollte, kam ich nicht umhin, einige Worte zu lesen, und was ich da las, fesselte mich die nächsten zwei Stunden!", sagte Tom reumütig.

„So …!", sagte Richard ernst. „Und warum bist du dann nicht zu mir gekommen, wir hätten doch über alles reden können … außerdem hätte ich die Akte auch zu Hause lassen können, so wie die ganze Zeit!"

„Ja … das denke ich jetzt auch … aber als ich von deinen Vermutungen gelesen habe, dachte ich erst, du würdest langsam durchdrehen. Aber die Beweise sind eigentlich schon fast selbsterklärend … wir wollten es einfach nicht sehen, weil es sich zu verrückt anhört. Ja, und dann habe ich vorhin noch einen Anruf bekommen, dass wieder eine halb gefressene Leiche gefunden wurde, und da sie dich nicht erreicht haben, baten sie mich wenigstens Mike zu Hause aufzusuchen, damit er mit mir zusammen den Tatort sichern und dokumentieren kann. Und als ich dann hier angeklopft hatte und niemand öffnete, wollte ich schon wieder gehen, aber als ich einen Lichtschimmer aus dem abgedeckten Kellerfenster sah, ging ich näher ran. Ich hörte gedämpfte Stimmen und war mir sicher, auch deine zu hören. Es war zwar nur ein kleiner Spalt, wodurch ich schauen konnte, aber als ich dich und diese Frau, von der ich dachte, du hättest sie dir nur eingebildet, hätte ich sie das erste Mal nicht auch in der Bar gesehen", dabei zeigte er mit dem Daumen über die Lehne zu Laura, „eingesperrt sah … also da bin ich meinem Instinkt gefolgt und habe die Tür eingetreten … aber auf das, was ich dort unten zu sehen bekam, war ich wirklich nicht vorbereitet … und du willst mir wirklich sagen … das war echt?", fragte Tom skeptisch und bekam im Nachhinein noch eine Gänsehaut, als er Richards Gesichtsausdruck sah.

Also erzählten sie ihm in groben Zügen, was sich in den letzten Stunden abgespielt hatte. Als er erfuhr, dass angeblich Jonson und sein Kumpel für all die Frauenmorde verantwortlich waren, stieg in ihm unbändiger Zorn auf, und er sagte seine uneingeschränkte Unterstützung zu.

„Und das ward eben wirklich ihr beide da unten?" Tom blickte noch immer leicht zweifelnd zu Mike und Milli.

„Ja so ist es … wäre das Verwandeln nicht immer so schmerzhaft, würde ich es dir ja gerne noch einmal zeigen, aber ich glaube, die nächste Zeit wirst du dazu noch genügend Möglichkeit erhalten!", sagte Mike mit einem bösen Lächeln, was Richard und Tom eine Gänsehaut bescherte, denn auch, wenn jetzt alle ganz normal aussahen, saß der Schock doch immer noch ziemlich tief.

Da Mike wusste, wie sehr Tom gutes Essen schätzte, machte Milli ihm auf den Schreck hin noch was von den Resten des Bratens warm.

Doch da Tom ja aus einem gewissen Grund zu Mike gekommen war, machten sich die Männer so bald wie möglich zusammen auf den Weg zum Tatort.

Als sie dort angekommen waren und sie die Leiche geborgen hatten, konnten sie auch schon, ohne Olsens Meinung gehört zu haben, schon sagen, dass die Frau wohl über eine Woche tot sein musste. Somit konnten sie nicht mehr viel sicherstellen, denn auf dem danebenliegenden Weg war immer einiges an Betrieb.

Nach kurzer Zeit wurde die Leiche abtransportiert und Mikes Assistent machte die letzten Fotos. Da es nichts mehr für sie zu tun gab, verabschiedeten sich wieder vom Tatort und fuhren zurück zu Mike, da sie wussten, dass es eh nicht lange dauern würde, bis das FBI aufkreuzte.

Es war mittlerweile 3.00 Uhr früh, als sie wieder am Tisch saßen und Kaffee und Kuchen aßen. Sie unterhielten sich ausgiebig über den Fall und natürlich über Mikes Geschichte.

Als dann das Gespräch zu den Gangstermorden führte und auch diese von Tom Jonson zugeordnet wurden, stellte Mike das dann doch zerknirscht richtig.

„Du willst mir also sagen, dass du die ganze Zeit gegen dich selbst ermittelt hast?", fragte nun Tom fassungslos.

Mike zuckte mit den Schultern und meinte sarkastisch zu McKey: „Tom … was sollte ich denn machen, sagen … hallo, neue Kollegen, ich bin nicht Mike Conner, sondern Jon Clark und gehe in meiner Freizeit auf Verbrecherjagd, übrigens … ein Werwolf bin ich auch!"

„Mmh … ja, da hast du wahrscheinlich Recht!", meinte Richard grinsend.

„Aber diese Typen so zuzurichten, war das denn wirklich nötig?", fragte er mit tadelndem Tonfall.

„Erst einmal waren es alles mindestens 'einmalige' Mörder, das habe ich aus unseren Unterlagen entnehmen können. Auch wenn wir es ihnen nicht ausreichend nachweisen konnten, dann habe ich noch einige eigene Recherchen angestellt und bin so sichergegangen, dass es keine Unschuldigen trifft ... und Rich, ja, es war nötig, diese Mistkerle auseinanderzunehmen ... sonst hätten wir jetzt vielleicht mehrere Jonsons rumlaufen, und der hat ja auch schon angefangen, sich seine eigene Fangemeinde zu züchten, wenn man Ferguson glauben kann!", beantwortete Mike Richards Frage.

„Also bist du bei ihm von einigen Kollegen gestört worden, als du dieses Schwein seiner gerechten Strafe zuführen wolltest, und dieser Mistkerl hat es überlebt und gleich angefangen eine Nutte ... Tschuldigung, meine Damen ... ein leichtes Mädchen zu killen", fragte Tom fassungslos.

„Und was machen wir jetzt!", wollte Tom wissen.

„Deshalb sind wir ja hier!", meinte Laura und zog alle Blicke auf sich. Bis jetzt hatte sie die ganze Zeit nichts zu dem Gespräch beigetragen, sondern nur zugehört.

„Wir sollten uns ernsthafte Gedanken machen, wie wir den Mistkerl aufhalten können, denn sonst haben wir bald in diesem Land einen Krieg, den kein normaler Mensch verstehen wird, aber dann ist es zu spät, meine Herren!", sagte Laura ziemlich eindringlich.

Alle nickten, mittlerweile war es schon 4.30 Uhr, es dämmerte bereits und die Müdigkeit war Richard und Tom anzusehen. Deshalb beschlossen sie, sich am nächsten Abend wieder zusammenzusetzen.

Auch drängte Laura mit einem vielversprechenden Lächeln Richard dazu, endlich nach Hause zu gehen.

Als sie dann in der Wohnung waren, zog Laura die Jalousien zu und trat wieder zu Richard, der sie mit einem Lächeln in den Arm nahm.

„So Laura!", sagte er langgezogen, „... und jetzt zu dir."

„Wie meinst du das?"

„Bei all der Aufregung vorhin ist keinem aufgefallen, wie selbstverständlich diese Sache mit den Werwölfen oder Jonson und seiner Fangemeinde für dich zu sein scheint, also Miss Italia, was ist dein Geheimnis?", fragte Richard und schaute ihr dabei tief in die Augen, um zu ergründen, was Laura auf seine Frage erwidern würde.

„Ich weiß nicht, ob du das wirklich willst ... ich habe Angst, du könntest mich dann abstoßend finden!", antwortete Laura ausweichend.

„Na, schlimmer als Mike und Milli kann es wohl kaum sein ... oder?", fragte er jetzt mit hochgezogenen Augenbrauen. „Fangen wir doch damit an, wie alt du bist, ich find es nur fair, denn du weißt ja auch mein Alter … auch wenn es euch Frauen nicht immer leicht fällt über so etwas zu reden, aber wir sind doch jetzt fest zusammen, oder etwa nicht?", fragte Richard mit einem Lächeln, aber der unsichere Gesichtsausdruck war dennoch nicht aus Lauras Gesicht gewichen.

„Ok … fangen wir also damit an!", sagte sie und stöhnte, als müsse sie eine Last bewegen.

„Also … wie alt bist du, Schatz?", fragte Richard noch einmal mit einem schälmischen Lächeln.

„Ich wurde am 16.02.25 geboren!", sagte sie vielsagend.

„Also runde 25 Jahre, was ist so schlimm an diesem Alter … älter wirst du noch von ganz alleine!", sagte Richard nun lachend und zog sie wieder an sich, um ihr einen Kuss in die Halsbeuge zu geben.

Als er anfing seine Zunge zu benutzen, hauchte sie ihm stöhnend in sein Ohr: „1625."

Langsam hörte er auf mit seiner Zunge an ihrem Hals zu spielen, und als ihre Worte vollkommen zu seinem Verstand durchgesickert waren, wich Richard von ihr zurück, als hätte er einen elektrischen Schlag bekommen. „Das ist jetzt nicht dein Ernst!", sagte er verunsichert. „Das … warte … das wären ja über 300 Jahre!", rechnete er fassungslos aus.

„Genau 325 Jahre, wenn du es genau wissen willst!", sagte sie nun und ließ ihre Schultern resigniert hängen. Dann setzte sie sich auf sein Bett, das noch immer von ihrem Liebesspiel zerwühlt war, und fuhr liebevoll über die Laken und vermied es, Richard in die Augen zu sehen.

Dieser hatte den ersten Schock verdaut, trat nun hinter sie, legte leicht seine Hände auf ihre Schultern und beugte sich zu ihr runter. „Ich liebe dich … und ab heute sollte mir nichts mehr unmöglich erscheinen, nicht wahr … also wie ist es möglich, dass du so süß aussiehst und nicht eine Falte hast, die mir sagen würde, dass ich eine Urururgroßmutter liebe!", sagte er mit unterdrückter Heiterkeit.

„Du glaubst mir?", fragte sie verblüfft und sah mit tränenfeuchten Augen zu ihm auf.

„Warum nicht … doch ich weiß immer noch nicht, wie das möglich ist, also was ist so Besonderes an dir, außer natürlich die Frau, in die ich mich unsterblich verliebt habe?", fragte er noch immer liebevoll lächelnd.

Sie stand auf, sodass seine Hände von ihren Schultern rutschten und ging zu der Kommode, auf die Richard seine Waffe, Dienstmarke und Geldbörse abgelegt hatte, dann ging sie leicht in die Knie und hob sie hoch, ohne nennenswert angestrengt auszusehen.

Während zwei Schubladen herausrutschten und polternd auf den Fuß-boden fielen, stand Richard nur mit vor Staunen geweiteten Augen da und konnte nicht fassen, was er gerade sah. Erst, als Laura die Kommode mit einem gedämpften Rums wieder absetzte, kam Bewegung in Richard. Der setzte sich nun auf sein Bett und starrte Laura an, die lächelnd zu ihm rübersah und anfing, zu flimmern, bis sie sich fast vollständig aufzulösen schien, um im nächsten Moment wieder voll sichtbar genau vor ihm zu stehen. Richard schreckte vor Überraschung zurück, stieß gegen Lauras Brust, als er nach hinten ausweichen wollte, denn dort kniete sie bereits und umfasste ihn von hinten. „Ist es genug oder willst du noch mehr sehen?", fragte sie hinter ihm.

So viel Festigkeit er seiner Stimme geben konnte, sagte er leise: „Ja, ich will alles wissen, und egal was es ist, ich werde es akzeptieren, denn ich liebe dich!"

„Wie du willst!", sagte sie und hielt von hinten ihre Hände vor Richards Gesicht.

Er machte große Augen, als sich lange Fingernägel, die zu einem Raub-vogel gehören könnten, aus ihren zarten Fingern schoben und sie so gar nicht mehr zart und zerbrechlich wirkten.

„Ok!", schluckte er, ... und was noch?", fragte er tapfer, während er immer noch auf die waffengleichen Finger seiner Freundin starrte.

Nun verschwanden ihre Hände vor seinem Gesicht und sie sprang über ihn und landete wie in Zeitlupe vor ihm auf dem Fußboden. Die Haltung, die sie angenommen hatte, glich der eines Sprinters, der nur auf den Startschuss wartete.

Ihre Augen leuchteten von innen heraus und ihr Gesicht schien sich ein wenig in die Länge zu ziehen. Allgemein hatten ihre Züge etwas bedroh-lich Hartes angenommen, sie waren nicht mehr im Geringsten mit dem schönen Gesicht zu vergleichen, in das sich Richard verliebt hatte. Und als er dachte, sie könne nicht mehr bedrohlicher wirken, schoben sich reiß-zahnartige Zähne aus ihren Mundwinkeln und sie fauchte ihn an wie ein schlecht gelaunter, hungriger Tiger.

„Uh hu hu ... Schätzchen ganz ruhig, ich bin es, dein Rich!", sagte er zu Laura und war deutlich blasser geworden.

„Ich weisssss!", waren die Worte, die er jetzt neben sich hörte. Er hatte nur einmal geblinzelt, so schien es ihm und schon saß Laura wieder neben ihm und legte verliebt ihren Kopf an seine Schulter.

Langsam drehte Richard seinen Kopf in ihre Richtung, aber alles, was er sah, war die Frau, in der er sich verliebt hatte. Langsam begann er ihren Rücken zu streicheln, was sie veranlasste liebevoll zu ihm hochzuschauen. „Sind jetzt alle deine Fragen beantwortet?", fragte sie scheinheilig und musterte ihn mit einem Lächeln, welches nicht frei von Sorge war.

„Fürs Erste weiß ich genug … bleibst du über Nacht?", fragte er dann vorsichtig.

„Du meinst wohl über Tag … draußen geht bereits die Sonne auf und da fühle ich mich nicht mehr ganz so wohl!", sagte sie nun und kuschelte sich an seinen Arm, Richard saß immer noch kerzengerade am Bettrand.

Irgendwann war er aufgestanden und in seine Toilette gegangen, um sich am Waschbecken kaltes Wasser ins Gesicht zu spritzen und dabei sah er in den leicht angelaufenen Spiegel. „Du hast dich also in eine Vampirin verliebt … tja … alter Junge, du hast dich noch nie mit einfachen Frauen abgegeben, nun beschwer dich nicht!", sagte er leise zu seinem Spiegelbild und musste grinsen.

Als er wieder vor seinem Bett stand, lag Laura vor ihm wie die fleischgewordene Sünde und lächelte verführerisch zu ihm hoch.

„Eines musst du mir allerdings versprechen, Schatz!", sagte er grinsend.

„Und was wäre das?", fragte sie erstaunt.

„Sei bitte niemals sauer auf mich!", sagte er trocken, worauf sie laut auflachte und ihn zu sich herunterzog.

## Ungewöhnliches Bündnis

Detroit, 11. September 1950, abends bei Mike und Milli

Eine weitere Woche war vergangen, seitdem Richard und Tom in eine neue Realität der Weltanschauung eingeführt worden waren. Wieder saßen sie zusammen und sprachen einem Lammbraten zu, den Milli gezaubert hatte. Auch Laura hatte Tom gegenüber noch angedeutet, was sie war, aber vermied ihr volles Potenzial preiszugeben, denn er hatte immer noch daran zu knabbern, was er bei Mike und Milli erlebt hatte.

Das ewig leidliche Thema, das einem regelrecht den Appetit verderben konnte, war Reginald Jonson, der bereits das Erbe seiner Eltern angetreten hatte und nun zu einem der reichsten Männer im County zählte.

Zwar waren sie jetzt zu fünft, aber sie kamen einfach nicht an Jonson oder seinen Kumpel John heran. Die Zwillinge hatten ebenfalls ihr Erbe angetreten und waren dann wie vom Erdboden verschluckt.

Jonson hatte so viel Security um sich geschart, dass selbst der Präsident neidisch werden konnte. Seit einer Woche war er nicht eine Minute alleine gewesen.

Auch John war ihm all die Zeit nicht von der Seite gewichen. Das Gelände, auf dem die stillgelegte Werfthalle stand, war seit neuestem bewacht und erst kürzlich mit einem stabilen Stacheldraht eingezäunt worden.

„Also, was wollen wir tun … habt ihr vielleicht noch eine Idee?", fragte Tom und schaute fragend in die Runde.

Laura sah Richard genau in die Augen, als sie auf Toms Frage antwortete.

„Eine Möglichkeit haben wir noch, aber ob ihr diese in Betracht ziehen wollt, ist eine andere Frage!", meinte sie und schaute dann in die Runde, wo sie alle interessiert ansahen.

„Lass hören, Schatz!", meinte Richard auffordernd.

„Ok … also, da wäre die Mafia … die irische und die italienische … beide haben sich bereits gegen dich verbündet!", sagte sie und schaute Mike an, der nachdenklich nickte.

„Ja schon, aber wir können ja wohl kaum zu ihnen gehen und sagen, dass Mike jetzt nicht mehr sie jagt, sondern andere seiner Art!", sagte Milli und sprach damit aus, was alle dachten.

„Dann schieben wir halt Jonson alles in die Schuhe!", sagte Tom und rieb sich die Hände, als wolle er sie von Schmutz befreien und sah dabei grinsend in die Runde.

„Also findet ihr meine Idee grundsätzlich nicht abwegig?", fragte Laura erstaunt darüber, dass ihr Vorschlag so schnell aufgegriffen wurde.

„Sie ist eigentlich eine unserer aussichtsreichsten Möglichkeiten, denn die Kollegen können wir wohl kaum bitten, gegen Werwölfe zu ziehen, dann könnten wir es auch gleich in die Zeitung schreiben lassen!", meinte Richard.

„Wenn dieses Bündnis wirklich zustande kommen sollte, können Milli und ich euch erst einmal nicht in verwandelter Form helfen, da sonst niemand mehr wüsste, auf wen er denn jetzt schießen sollte und auf wen nicht!", meinte Mike und schaute dabei zu Richard, der nachdenklich nickte.

„Ich kann euch auch erst helfen, falls ihr es mit der Hilfe unserer zukünftigen Verbündeten nicht schaffen solltet, denn ich habe nicht vor, mich denen zu offenbaren. Aber ich habe noch jemanden, der so ist wie ich, und der uns helfen würde, falls es nötig wird!", sagte Laura.

„Also nehmen wir Kontakt auf … wer macht das?", fragte Mike in die Runde.

„Am besten wir beide!", sagte Richard und wies auf sich und Tom. „Das fällt nach außen hin nicht so auf, wenn die Polizei, bei der die Mafia eine Razzia macht … auch werden sie keinen Verdacht schöpfen, was euch betrifft", sagte er mit Blick auf Milli und Mike.

„Ok, dann machen wir es so … wann wollt ihr den Kontakt herstellen?", fragte Laura.

„Am besten sofort … was meinst du, Tomy … kennt dein schlaues Buch die richtigen Telefonnummern?", fragte Richard grinsend, worauf Tom das Grinsen erwiderte und mit einem kleinen, schwarzen Notizbuch, das er aus seiner Jackettinnentasche gezogen hatte, herumwedelte.


Schon am nächsten Abend saß Tom im Restaurant Grom zusammen mit Luigi Cabone und Lorenzo Viti, dessen Consignieres. Auf der gegenüberliegenden Tischseite saßen Ian McMurdock und sein Schwager, Dogel McCormeg. Alle sahen sich skeptisch an, denn der Krieg zwischen Iren und Italienern war nicht vorbei, es herrschte lediglich Waffenruhe mit einem lockeren Bündnis, was die Beseitigung ihrer Probleme betraf, und das nur wegen eines gemeinsamen Interesses.

Sie hatten den separaten Raum gewählt, um vor neugierigen Blicken geschützt zu sein. Auch wenn sie jetzt alle hier saßen, war es doch nicht leicht gewesen, die zwei Parteien zusammen mit zwei Polizisten an einen Tisch zu bekommen.

McKey war nach dem Telefonat noch in der selben Nacht zu den Iren gegangen. Bevor er allerdings zu McMurdock vorgelassen wurde, hatte man ihn regelrecht auf Links gedreht, heißt, er musste sich einer gründlichen Leibesvisitation unterziehen. Es fehlte nur noch, dass sie ihm in jede Körperöffnung hätten sehen wollen. Nachdem er sich wieder die Kleidung zurechtgezogen hatte, bekam er eine schwarze Kapuze übergezogen und fand sich dann kurz darauf in McMurdocks Arbeitszimmer wieder.

Vor ihm saßen McMurdock und McCormeg, die ihn mit ausdrucksloser Miene anschauten, sodass einem flau im Magen werden konnte.

Während der Iren-Boss mit einem antiken Revolver rumhantierte und diese lud, fragte er Tom: „Mr. McKey, was verschafft mir die zweifelhafte Ehre Ihres Besuches … dringend haben Sie es ja schon gemacht … doch weshalb, das weiß ich noch nicht … ich hoffe nur, dass Sie einen guten Grund haben, mich zu belästigen. Einzig Ihre Abstammung hat Ihnen diesen Termin so kurzfristig ermöglicht, doch damit wars das dann auch!", sagte McMurdock kalt und versuchte dabei nicht den herablassenden Tonfall zu unterdrücken.

Doch Tom kannte seine Landsleute, stur waren sie, und ihre Ehre war ihnen viel wert, aber wenn es ums Geschäft ging, waren sie immer bereit es zu optimieren. Genau das hatte er am Telefon McMurdock ausrichten lassen, nämlich, dass er wüsste, wie er seine Geschäfte wieder sicherer machen könne.

„Also, wie kann ich meine Geschäfte, wie Sie sagen, sicherer machen?", fragte er nun Tom mit einer hochgezogenen Augenbraue.

„Wir haben das gleiche Problem, Mr. McMurdock!", sagte Tom und sah dem Iren genau in seine grünen Augen.

Der erwiderte den Blick. „Und zwar?"

„Seit einiger Zeit wissen wir, wer hinter den bestialischen Morden steckt, und wir wissen auch, dass es kein normaler Mensch ist, der sich an ihnen und den Italienern ausgelassen hat, und jetzt seit Neuestem auch angefangen hat Zivilisten zu schlachten!", sagte Tom ganz ruhig.

„Wer ist das Schwein … einer meiner Cousins ist ebenfalls durch ihn draufgegangen. Da Sie mir sagen, dass es kein normaler Mensch ist, kann ich davon ausgehen, dass mein Mann, der angibt, es schon gesehen zu haben, die Wahrheit sagt, und es sich um ein Monster, halb Mensch halb Wolf handelt?", fragte nun McCormeg, worauf McKey erst ein wenig erstaunt war, dass sie anscheinend schon eine gewisse Ahnung hatten.

„Ich dachte, Sie wüssten darüber schon mehr, da sie sich doch deswegen mit den Italienern zusammengetan haben!", erwiderte er, um McMurdock noch ein bisschen mehr auf den Zahn zu fühlen.

„Wir haben beide, das heißt wir und die Itaker, unglaubwürdige Zeugenaussagen, aber wirklich geglaubt habe ich es bis jetzt immer noch nicht und tue mich auch jetzt schwer, es einem Monster zuzuschreiben … die Toten auf beiden Seiten sprechen ja eine Sprache für sich, aber ein Werwolf … eher unwahrscheinlich … oder, das wollten Sie mir doch sagen?", fragte nun McMurdock und legte den Revolver so auf den Schreibtisch, dass der Lauf auf ihn zeigte, und Tom sah, dass er vollständig geladen war.

„Ja, ich wollte es erst ein wenig umschreiben, aber wenn Sie es schon sagen … ja, es ist ein Werwolf oder besser gesagt, mindestens zwei Werwölfe. Wir sind auch noch ein bisschen geschockt und es ist auch nicht offiziell … sonst haben wir in der Stadt bald Anarchie, und das ist weder in Ihrem noch in unserem Sinne!", ergänzte Tom.

„Und was sollen wir jetzt unternehmen … oder haben Sie schon einen Vorschlag, wie wir den oder die Biester ausschalten können?", fragte McCormeg ungeduldig.

„Aus dem Grund bitte ich Sie, schon am morgigen Abend in das Hotel Crom zu kommen, wir wollen Ihnen dann alles erläutern … wenn mein Kollege auch bei den Italienern auf ein offenes Ohr stößt, werden diese ebenfalls morgen anwesend sein!" meinte Tom und schaute den Mafiaboss abwartend an.

McMurdock schaute zu seinem Schwager, dann nickte er und sagte für den kommenden Abend zu. „Ok, wir sind um 19.00 Uhr da … aber zu dem eigentlichen Treffen dürfen nur zwei bewaffnete Leibwächter anwesend sein, das ist meine Bedingung!"

Tom nickte nur, erhob sich, bekam die Kapuze wieder übergezogen und fand sich kurz darauf auf der Straße wieder.


Richard hingegen war von den Italienern in das Calipso bestellt worden, wo er sich erst einmal mit Viti treffen sollte.

Als er in die Empfangshalle kam, warteten schon zwei finster aussehende Männer auf ihn. „Mr. Anderson?", fragte einer der beiden und als Richard nickte, wies der Italiener ihn an, ihm zu folgen. „Bitte begleiten Sie uns unauffällig!" Richard musste bei seinen Worten fast schmunzeln, da die zwei Finstermänner alleine schon durch ihr Auftreten genug Aufmerksamkeit erregten.

Nach kurzer Zeit kamen sie an eine Bürotür, an der Management stand. Der Italiener, der ihn angesprochen hatte, klopfte kurz an, und nachdem er ein knappes „Herein!" gehört hatte, bekam Richard von dem anderen Italiener die Tür aufgehalten.

Als er dann eintrat, saß Viti hinter seinem Schreibtisch. Neben ihm stand ein junger Mann, der Richard verdammt bekannt vorkam, und nach dem sie nach seinem Ausbruch aus dem Krankenhaus mehrere Tage gefahndet hatten, ohne auch nur einen Hinweis erhalten zu haben. Seine Begleiter waren ebenfalls eingetreten, postierten sich nun links und rechts der Tür und beobachteten jede Bewegung von Richard mit Argusaugen.

Viti ließ sich Zeit, schaute dann aber nach oben und bot Richard mit einem freundlichen Lächeln einen Platz vor sich an.

„Mr. Anderson, was kann ich für Sie tun?", fragte Viti, ein unverbindliches Lächeln auf den Lippen, das, wenn man genauer hinschaute, so gar nicht freundlich wirkte.

„Wie ich schon sagte, wir haben gemeinsame Interessen und sollten vielleicht, zu mindestens unter sechs Augen sprechen!", meinte Richard, mit Blick über seine Schultern in Richtung der beiden Aufpasser.

„So sollten wir das … und warum nicht unter vier Augen?", fragte Viti spöttisch.

„Weil Mr. Catalano hier sehr wahrscheinlich mehr über das Thema weiß als sonst jemand in diesem Raum und das, was ich Ihnen vorschlagen möchte, sollte vielleicht auch nicht unbedingt vor aller Welt ausposaunt werden!", erwiderte Richard ihm auf seine provokante Frage mit Eis in der Stimme.

Nun war es an Viti, erstaunt zu sein, denn er hatte diesen Inspektor Anderson wohl unterschätzt, dies würde ihm in Zukunft jedoch nicht mehr passieren.

„Also gut … ihr zwei könnt gehen … wartet draußen, bis ich euch wieder Bescheid gebe!", sagte Viti zu seinen Finstermännern, die nur nickten, den Raum verließen und die Tür hinter sich ins Schloss zogen.

„Also, was ist es genau, was Sie von uns wollen? Ihr Mann hat sich ja nicht sehr ausführlich am Telefon geäußert!", fragte Viti und steckte sich eine Zigarette an und reichte Richard das Zigarettenetui, der dankend annahm. Nachdem Catalano ihnen beiden Feuer gegeben hatte, lehnte Richard sich in seinem Stuhl zurück, nahm erst einmal zwei tiefe Züge und blies dann den Rauch aus seiner Nase, bevor er antwortete: „Wir haben mittlerweile ein ziemlich unschönes Problem am Hals, wenn ich das mal so salopp ausdrücken darf!", sagte Richard aufrichtig besorgt.

„Welches soll das sein?", fragte Viti, der sich in Richards Richtung vorgebeugt hatte und ihn mit seinen stechenden Augen zu durchbohren versuchte.

„Werwölfe … aber das wissen Sie ja schon seit einiger Zeit, oder?", antwortete Richard. Bei diesen Worten hätte es auch in dem Büro schneien können, so emotionslos kalt kamen seine Worte aus seinem Mund.

Kurzzeitig war dem Consigniere das Gesicht entgleist, aber er hatte sich schnell wieder unter Kontrolle. Auch Catalano war bei dem Wort Werwölfe regelrecht zusammengezuckt, und so war sich Richard sicher, nicht völlig von vorne anfangen zu müssen.

„Wer … was, was soll das sein … wir sind doch nicht in der Geisterbahn!", ereiferte sich Viti und sah Richard dabei mitleidig an. Dann lehnte auch er sich ebenfalls in seinen Sessel zurück, ließ aber Richard dabei nicht aus den Augen.

Nun beugte sich Catalano zu Viti heunter und sagte ihm etwas ins Ohr, worauf dieser nur leicht nickte, dann ging Antonio an Richard vorbei, und aus dem Büro.

„Wo ist Ihr Schoßhund denn jetzt hin … hat er Schiss bekommen, als ich den Werwolf erwähnt habe?", konnte sich Richard eine kleine Frotzelei nicht verkneifen, die Viti aber nur leicht böse grinsen ließ.

„Wir warten jetzt noch kurz auf jemand anderen, und dann können Sie loslegen mit Ihrer Geschichte, Mr. Anderson!", sagte nun Viti mit ausdrucksloser Miene und man konnte in seinem Gesicht nichts mehr von dem Erstaunen sehen, das zuvor kurz aufgeflackert war.

Sie rauchten einige Zeit schweigend, so lange, bis die Tür erneut geöffnet wurde und der Boss, Luigi Cabone, persönlich eintrat. Viti stand auf und Cabone setzte sich in den Sessel und musterte Richard aus seinen dunklen Augen.

„So, Sie sind also dieser nervige Inspektor Anderson, der all die Jahre keine Zuwendung von uns annehmen wollte, auch wenn Sie mit vollem Respekt angeboten wurde", stellte der Mafiaboss fest. „Und jetzt wollen Sie mit mir zusammenarbeiten … warum jetzt und wie kommen Sie auf die Idee, dass wir daran Interesse hätten!", sagte er abschätzig und schnitt sich eine Zigarre zurecht.

„Wichtig genug, um sich mit der Konkurrenz zusammenzutun, ist es anscheinend allemal, sonst würden die Iren wohl kaum mit Ihnen Frieden halten … außerdem wissen wir jetzt genau, wer dahintersteckt!", sagte Richard und wartete auf Cabones Reaktion.

Der schien völlig entspannt zu sein, ließ sich von Catalano Feuer geben, der wieder neben dem Sessel Aufstellung genommen hatte, und sah

Richard nur eindringlich an, während er genüsslich an seiner Havanna zog. Erst als er zwei Rauchkringel in Richards Richtung geblasen hatte, richtete er wieder das Wort an ihn. „So so ... Sie wissen also, wer hinter dem Ganzen Werwolfscheiß steckt, ja ... na, dann immer heraus mit der Sprache!", sagte er im scharfen Tonfall.

„Das können wir gerne besprechen ... morgen Abend, 19.00 Uhr, im Crom, Nebenzimmer ... zwei Leibwächter sind erlaubt!" Bevor Cabone noch etwas erwidern konnte, stand Richard auf und ging zur Tür, öffnete diese, wartete nicht, ob ihn einer der Finstermänner begleitete, und verließ das Casino.

So saßen sie da und warteten auf Richard, der noch nicht eingetrudelt war, was nicht gerade zur allgemeinen Erheiterung beitrug.

Als er dann endlich kam, sah man deutlich, dass ihn ein Regenschauer überrascht haben musste, denn seine Haare und seine Jacke tropften. Was auch ein paar Tropfen abbekommen hatte, war ein großer Briefumschlag, den er jetzt vielsagend auf den Tisch warf und dabei in die Runde sah. „Guten Abend, meine Herren ... wegen dieser Sachen", dabei zeigte er auf den Umschlag, „bin ich zu spät gekommen. Aber ich glaube, dass es sich für uns gelohnt hat, zu warten, ganz besonders für sie beide!", dabei zeigte er auf McMurdock und Cabone.

Fragende Blicke waren nun auf Anderson gerichtet und auch Tom sah ein bisschen verdutzt aus, hatte er doch keine Ahnung, was der Umschlag enthielt. Aber ganz Profi und jahrelange Zusammenarbeit mit seinem Freund hatten ihn gelehrt, bei völliger Ahnungslosigkeit absolute Professionalität an den Tag zu legen. „Hat es also doch noch geklappt, das hilft uns bestimmt ein gutes Stück weiter!", meinte er glaubhaft überzeugt, was Richard ein kleines Grinsen abverlangte.

Tom hatte den Umschlag zu sich gezogen und ihn geöffnet. Was er als Inhalt zu sehen bekam, ließ selbst ihn mit hochgezogenen Augenbrauen zu seinem Partner aufsehen. „Das ist ja noch besser, als ich gedacht habe!", sagte er nur anerkennend und reichte den Umschlag an Richard zurück.

Man konnte förmlich die Ungeduld greifen, die sich nun in dem kleinen Raum ausbreitete.

„Nun machen Sie es nicht so spannend, Bulle!", sagte McMurdock gereizt und wedelte mit seiner Hand, um Richard anzudeuten, dass er den Umschlag sehen wollte.

Kommentarlos warf Richard ihn zu dem Iren.

McMurdock fummelte nicht lange herum, sondern schüttete den Inhalt auf die Mitte des Tisches, an dem sie saßen. Als die Bilder herausrutschten, die in dem Umschlag waren, wurden die Augen der Anwesenden immer größer. Denn von einem Problem zu hören, war eine Sache, aber es schwarz auf weiß zu sehen, eine ganz andere.

Tom dachte sich nur, dass auch er Richard nachher fragen musste, wie er das hinbekommen hatte, ohne eine Panik unter der Zivilbevölkerung auszulösen.

Vor ihnen lagen Fotos, die einen Werwolf zeigten, der gerade irgendetwas zerlegte. Was genau das war, konnte man nicht richtig sehen, nur, dass es irgendwann wohl einmal lebendig gewesen war, denn es waren offensichtlich Fleischstücke, die da auf der Erde lagen.

„Dafür habe ich mein Leben riskiert!", sagte Richard mit glaubhaft bitterer Stimme, setzte sich ebenfalls an den Tisch und steckte sich einen neuen Zigarillo an, denn der, den er noch im Mundwinkel gehabt hatte, als er reinkam, war vom Regen nass geworden und hatte sich nicht wieder anzünden lassen.

Was er niemandem hier erzählen würde, außer Tom natürlich, war, dass er, nachdem Tom zu den Iren gefahren war, noch mit Mike gemeinsam in den Keller verschwunden war. Dort hatte sich Mike noch einmal vor aller Augen und Erstaunen in einen Lykaner verwandelt. Dann hatten sie noch Rindfleisch im Raum verteilt, das in einer Kühlzelle gehangen hatte. Als dann alles fertig und glaubhaft drapiert war, machte Richard ein paar wirklich beängstigende Fotos von Mike, und diese entwickelte der noch in derselben Nacht in seinem hauseigenen Fotolabor.

Alle starrten nur auf die Fotos, bis Viti fragte: „McMurdock ist es Ihnen recht, wenn ich einen unsrer Leute dazu hole, um uns zu bestätigen, ob die Fotos echt sind, denn er behauptet, das Monster schon gesehen zu haben!", fragte er den Irenboss.

Der Ire sah Viti nur kurz in die Augen und nickte, schaute dann aber wieder interessiert auf die Fotos, ohne dass man aus seinem Gesichtsausdruck erkennen konnte, was er dabei dachte.

Viti ging persönlich zur Tür und sagte etwas nach draußen, kurz darauf betrat Antonio Catalano den Raum.

„Antonio, bitte sieh dir doch mal diese Fotos an und sag uns, was du davon hältst!", meinte Viti und schob Antonio die Fotos zu. Der bekam bei dem Anblick der Fotos einen Schweißfilm auf die Stirn. „J... Ja, die sind echt, genauso sah das Vieh aus, das ich beschossen habe ... aber wie kommt man an solche Fotos und überlebt es auch noch?", fragte er ungläubig in die Runde.

„Also hältst du sie für echt?", fragte ihn Cabone noch mal, um sich wirklich sicherzugehen.

„Ja, mein Pat... Ja, Mr. Cabone, genau so ist er mir in Erinnerung geblieben!", bestätigte Antonio die Frage seines Bosses.

„Gut McMurdock, was halten Sie davon?", fragte Cabone den Iren, worauf jedoch dessen Schwager antwortete: „Ja, das deckt sich ebenfalls mit den Erfahrungen unserer Leute!"

Ein längeres nachdenkliches Schweigen beider Parteien veranlasste Richard wieder das Wort zu ergreifen. „Also ... da jetzt klar ist, dass wir es alle mit dem gleichen Übel zu tun haben, würde ich Ihnen jetzt noch gerne einige andere Fotos zeigen, damit Sie auch wissen, wer diese Monster in ihrer harmloseren Form sind!"

Diesmal fasste Tom in seine Jacke, was ihm einen warnenden Blick beider Parteien einbrachte, und zog, jetzt edoch langsamer und mit einem Grinsen im Gesicht, einen weiteren Umschlag hervor und schüttete dessen Inhalt neben die Bilder des Lykaners.

Zum Vorschein kamen ein gutaussehender, junger Mann und noch ein anderer junger Mann im gleichen Alter, der mit ihm befreundet zu sein schien. Auf dem Foto hatte der Gutaussehende seinen Arm um den anderen gelegt, und beide lachten herzhaft. Außer diesem Foto gab es noch einige andere mit Einzelaufnahmen der beiden Männer.

McMurdock nahm das Foto, worauf beide Männer zu sehen waren und schaute es sich genau an. „Dogel, sag mal, kommt dir dieser unscheinbare Junge genau so bekannt vor wie mir ... wo muss ich den hinstecken ... ich komm nicht drauf!", sagte er und kratzte sich nachdenklich am Kopf.

McCormeg nahm das Foto, das sein Schwager ihm hingehalten hatte, und studierte es genau. Nach kurzem Überlegen sagte er: „Jetzt weiß ich, wer das ist, er heißt John McKallen und hatte vor ungefähr zwei Jahren mächtig Ärger, weil er sich eine größere Summe Geld geliehen hatte und sie nicht zurückzahlen konnte. Aber bevor er wirklich Schwierigkeiten bekommen hatte, wurden seine Schulden von jemand Unbekanntem getilgt!"

Nun waren auch Cabone und Viti neugierig geworden und ließen sich das Foto von den Iren zeigen, doch ihnen kam im ersten Moment niemand der beiden bekannt vor. Auch Catalano schaute nun Viti über die Schulter, musterte das Foto und sagte dann etwas in dessen Ohr.

Worauf ein Erkennen über Vitis Gesicht huschte und er sich wiederum zu Cabone beugte und ihm etwas sagte.

„Meine Leute haben den anderen Mann erkannt, es handelt sich um den

Sohn von Richter Jonson ... der ja kürzlich verstorben ist, sein Name ist Reginald Jonson und seit langem ein gerngesehener Gast in unserem Casino!", sagte Cabone in die Runde.

„Also haben wir diese Schweine die ganze Zeit vor unserer Nase gehabt und wussten es nicht mal!", sagte McCormeg grimmig.

„Also, dann greifen wir uns diese beiden Strolche doch, solange sie noch in ihrer Menschform vor unserer Nase rumlaufen!", sagte nun Cabone aufgebracht.

„Und genau darin liegt das Problem!", sagte nun Richard, worauf die Diskussionen aufhörten, die untereinander begonnen hatten.

„Welches Problem?", wollten McMurdock und Cabone gleichzeitig wissen.

„Der Mann und sein Freund sind seit kurzem besser bewacht als der Präsident, dazu kommt noch, dass Jonson das Erbe seiner Familie angetreten hat und über eines der größten Vermögen des Landes verfügen kann ... aber zu unserem Glück haben wir herausgefunden, dass sich Jonson und sein Freund McKallen, immer wenn es dunkel wird, zu einer gewissen Werftanlage begeben. Diese ist ebenfalls bewacht, also meine Herren, was wir von Ihnen brauchen, ist Kapital, um Munition und Stichwaffen aus Silber herstellen zu können ... außerdem brauchen wir Männer, die nicht beim Anblick der Werwölfe gleich den Schwanz einziehen, sondern gezielt vorgehen können. Denn außer mir und McKey, meinem Partner, haben wir aus den Reihen der Polizei keine Unterstützung!", sagte Richard und schaute dabei ernst in die Runde.

Ohne lange Umschweife fragte McMurdock: „Wie viele Männer von jedem von uns werden Sie denn brauchen?"

„20 Mann von jedem von Ihnen wäre optimal!", sagte Richard, ohne mit der Wimper zu zucken.

„20 Mann also!", erwiderte McMurdock und schaute dabei zu McCormeg, der nur nickte und damit sein Einverständnis signalisierte.

„Also gut 20 Mann ... und 50.000 Dollar steuern wir dazu bei!", sagte McMurdock und lehnte sich in seinem Stuhl zurück und steckte sich eine Zigarre an.

Cabone fragte erst gar nicht seinen Consigniere um Rat, sondern sagte nur: „Von uns können Sie die gleiche Anzahl Männer haben, und wenn Ihnen die insgesamt 100.000 Dollar nicht reichen sollten, sagen Sie Mr. Viti einfach Bescheid, er wird auch in naher Zukunft Ihr Ansprechpartner sein!" Dann stand er auf, richtete seine Anzugsjacke, nickte in die Runde, 'Meine Herren! ' und verließ mit seinen Männern den Raum, um sich im

Lokal an seinen Stammplatz zu begeben.

Auch die Iren erhoben sich nun von ihren Stühlen und nickten Richard zu, bevor sie gingen.

Doch bevor McCormeg den Raum verließ, sagte er noch über seine Schulter in Toms Richtung: „Schön, dich die letzten Tage gleich mehrfach gesehen zu haben, Cousin, sag Mandy und den Kindern einen schönen Gruß von ihrem Onkel … und Tom, wenn ihr noch etwas braucht, du weißt ja, wo ich wohne!", sagte Dogel mit einem bösen Grinsen und verließ ebenfalls den Raum.

Richard schaute seinen Freund nur ungläubig an. „Tomy, ich glaube, wir sollten uns mal ein bisschen unterhalten", sagte er, und Tom machte dabei ein gequältes Gesicht, als wolle man ihm einen Zahn ziehen.

# Waffen

Die nächsten Tage verbrachten sie abends in Mikes Keller und schmolzen über einem Bunsenbrenner Silber, um daraus Projektile, Schrot und Klingen zu gießen. Mike hatte Strohmänner beauftragt, das Silber zu kaufen, die nicht fragten solange die Bezahlung stimmte.

Die Patronen wurden mit Nitrozellulosepulver als Treibladung befüllt, dies gewährleistete, dass die Projektile für Pistolenmunition, Gewehrmunition oder Schrot möglichst viel Energie freisetzten.

Sogar einige Granaten hatten die Iren beigesteuert. Bei diesen schraubte Mike gerade die Zünder raus, dann zog er zuerst vorsichtig die Treibladung heraus und ersetzte dann die Stahlkugeln durch 7mm Silberpostenschrot. Dann setzte er die Granaten wieder zusammen.

Auf eine Konstruktion hingegen war Tom besonders stolz. Denn nachdem er erfahren hatte, wie widerstandsfähig ein Werwolf war, hatte er sich besondere Gedanken gemacht. War er schon im Krieg Sprengstoffexperte gewesen, so setzte er jetzt sein umfangreiches Wissen ein und funktionierte einige Granaten um. Genau wie Mike schraubte er die Granaten auseinander, dann legte er sie in eine Gussform, die einer großen Lanzenspitze glich, und zwar so, dass der Splint, den man ziehen musste, um die Granate zu zünden, aus der linken Seite herausschaute, die genau dafür eine Aussparung hatte, damit der Zündmechanismus nachher wieder reibungslos eingesetzt werden konnte. Damit die Granate nicht mit ihrer Eisenhülle auf der Form auflag, verteilte Mike Silberschrot unter ihr. Dann goss er erst einen kleinen Tropfen des flüssigen Silbers so in die Form, dass sich die Granate nicht mehr bewegen konnte, nachdem es erkaltet war. Als das Silber dann fast ausgehärtet war, legte er die obere Hälfte der Gussform auf die Unterseite, spannte sie mit einer Schraubzwinge zusammen und goss den Rest des Silbers durch eine Öffnung in die Form. Als die Form dann soweit abgekühlt war, dass man sie anfassen konnte, wurde die Lanzenspitze noch poliert und rasiermesserscharf geschliffen, sodass sie ohne Weiteres in einen Werwolf eindringen konnte, ohne hängenzubleiben. Aber der Clou kam erst noch, denn nachdem Mike die Granate wieder gefüllt hatte, dieses Mal auch mit Silberschrot, sowie den Zünder eingeschraubt hatte, erklärte er mit einem bösen Grinsen Richard und Mike, was er da gebastelt hatte.

„Hier könnt ihr sehen, dass dort ein Schaft hineinpasst. Durch die Ösen, die ich am Holzschaft angebracht habe, läuft später ein dünnes Drahtseil, das an dem Splint befestigt wird … stößt man jetzt die silberne Lanzenspitze in den Körper eines Werwolfs und zieht an dem Drahtseil, passieren zwei Dinge, zum einen löst sich der Schaft aus der Lanzenspitze, und diese verbleibt im Körper. Zweitens wird dadurch der Splint von der Granate abgezogen, und genau jetzt sollte man den Holzschaft nehmen und sich schleunigst aus dem Staub machen!", erklärte Tom mit einem zufriedenen Grinsen, da er in den erstaunten Gesichtern seiner Freunde erkannte, dass sie genau wussten, was dann geschehen würde.

„Tomy, du bist ein Teufelskerl, das weißt du hoffentlich!", sagte Richard und musste lachen, auch Mike klopfte ihm anerkennend auf die Schulter, „du bist ein gefährlicher Mann, Tomy!"

Tom hatte vier solcher Lanzen gebaut.

Auch normale Lanzenspitzen, die jedoch eine schlankere Spitze hatten, wurden gegossen und scharf geschliffen.

Die Schrotflinten wurden ebenfalls modifiziert. Der Lauf wurde gekürzt, was den Streuradius des Schrotes erweiterte und alles in Fetzen reisen würde, was nur ein paar Meter entfernt war. Der Schaft wurde ebenfalls gekürzt, sodass man mit der Flinte auch auf engstem Raum agieren konnte, da man ja nicht wusste, wie die Räumlichkeiten unter der Werfthalle geschaffen waren.

Die Tomy Guns hatten eine verbesserte Mündungsbremse erhalten, sodass sie bei Dauerfeuer nicht zu sehr die Schussrichtung verzogen.

Am längsten brauchten sie jedoch für die Silbergeschosse, denn diese mussten absolut stimmen und vollkommen glatt sein, damit es in den Gewehrläufen nicht zu Schäden kam und damit zu schweren Unfällen.

Die Projektile für die Pistolenmunition wurden nach dem Einpressen in die Hülsen noch mit einer Kerbe versehen, sodass diese sich beim Auftreffen schnell verformten und aufpilzten, wobei sich Splitter im Ziel verteilen würden, was eine gute Mannstoppwirkung versprach.

Tom hatte noch eine Armyfunkausrüstung mit mehreren Handgeräten zu Hause gehabt, bei denen jetzt ein neuer Akku eingesetzt wurde, damit von dieser Seite keine Pannen zu erwarten waren.

Besonders viel Spaß hatte McKey auch bei der Herstellung von Überzugsklauen aus feinstem Silber gemacht, die er für Mike und Milli anpasste, was eine Verwandlung erforderte und immer noch für eine Menge Gänsehaut sorgte. Denn der Anblick gleich zweier solcher Mordmaschinen war nichts für schwache Nerven, und als sich Milli einen Scherz erlaubte und Tom, während er Mike die Klauen anpasste, von hinten über eines seiner Ohren leckte, hätte er sich beinahe mit der Blechschere geschnitten.

Es herrschte allgemeine Heiterkeit, auch Richard musste lachen, was ihm einen bitterbösen Blick seines Freundes einbrachte. Hatte man erst einmal Werwölfe lachen hören, wusste man was gruselig bedeutete, doch irgendwann konnte auch Tom nicht mehr und musste ebenfalls schallend lachen.

Laura hingegen, die die Munition mit Nitrozellulosepulver füllte, musste bei all der Albernheit der vier nur schmunzeln. Sie wusste, dass, was sie hier unterstützte, nicht unbedingt die Zustimmung ihres Meisters haben würde, außerdem war ihr dieses Grüppchen ans Herz gewachsen, was ihr viel bedeutete, da sie es normal vermied, Gefühle zu investieren.

Am 18. September war es dann endlich soweit, das letzte Projektil wurde in die Hülse gepresst. Die Granatlanzenspitzen wurden vorsichtig in einen wattierten Koffer gelegt. Über zweitausend Schuss hatten sie hergestellt.

Für die Security, die um die Werftanlage patrouillierten, hatte Mike einen Kontakt zum Militär spielen lassen und Betäubungsgewehre besorgt.

Das Betäubungsgewehr ist eine Erfindung von Colin Murdoch, weiterentwickelt von einem Team unter Leitung von Tony Pooley und Toni Harthoorn in Kenia. Es hat sich neben dem Blasrohr und der Armbrust zum Standard-Werkzeug für die Immobilisation von großen und mittelgroßen Tieren bewährt. Als Treibmittel dienen entweder $CO_2$ oder Explosivstoffe. Verschossen werden spezielle Betäubungspfeile, die in der Regel mit der sogenannten Hellabrunner Mischung gefüllt werden.

Die Hellabrunner Mischung ist eine Mischung flüssiger Medikamente zur Narkotisierung von Tieren. Sie wurde von Henning Wiesner, dem ehemaligen Direktor des Tierparks Hellabrunn, eigens für die Verwendung in zu verschießenden Injektionsspritzen entwickelt. Geschossen wird mit speziellen Druckluftwaffen oder einem Blasrohr, wobei letzteres wegen seiner Lautlosigkeit und der vergleichsweise geringen Verletzungsgefahr durch zu tiefes Eindringen der Spritze bevorzugt wird.

Auch Mike entschied sich auf Anraten von Laura, dass sie Blasrohre verwenden würden, denn sie hatte mit einem sonderbaren Lächeln angedeutet damit einige Erfahrung zu haben.

Ein ml Hellabrunner Mischung enthielt 125 mg Xylazin und 100 mg Ketamin.

Die Hellabrunner Mischung zeichnet sich durch höchste Wirksamkeit bei kleinstem Volumen aus, da bereits sehr geringe Dosierungen zu einer tiefen und schmerzfreien Narkose führen. Es sind pro 10 kg Körpermasse nur Mengen zwischen 0,2 und 0,6 ml erforderlich, abhängig von der Tierart. Für Menschen gab es bis jetzt nur eine Daumenregelung, da man die Gegner ja nicht auf die Waage stellen konnte. Die unter Umständen einige Stunden andauernde Wirkung ermöglicht ihnen auch eine größere Zeitspanne für ihre Operation, ohne Unschuldige töten zu müssen. Eine geringe Menge ist die Voraussetzung, um eine kleine Injektionsspritze mit Blasrohr, Luftgewehr oder Luftpistole verschießen zu können, daher war es für ihre Zwecke hervorragend geeignet, weil sie nicht befürchten mussten, dass die Wachmannschaft sobald wieder wach würde.

Die Wirksamkeit der Hellabrunner Mischung ist auch abhängig vom Erregungszustand des zu betäubenden Individuums. Bei ruhigen und entspannten Patienten wirkt sie effektiv, daher musste alles so unauffällig wie möglich ablaufen. Obwohl die Hellabrunner Mischung eine große therapeutische Bandbreite (Fehldosierungen sind innerhalb bestimmter Grenzen ungefährlich) aufweist, gehört sie nur in die Hände von absoluten Profis. Der Schuss sollte am günstigsten intramuskulär in den Oberschenkel erfolgen.

Die Spritze, die verschossen wird, ist als Pfeil gestaltet, hat einen unter Gasdruck stehenden Kolben und ein befiedertes Ende. Die Kanüle ist mit Wiederharken versehen und hat eine seitliche Austrittsöffnung, die mit einem kleinen Gummiring verschlossen ist. Dringt die Kanüle in den Körper ein, wird der Ring zurückgeschoben, und die Mischung wird in den Muskel gedrückt.

Nachdem dann auch die Hellabrunner Mischung in die Betäubungspfeile gefüllt war und in einem Spezialkoffer verstaut wurde, konnte alles in Mikes Lkw geladen werden.

# Kampf

Detroit, 19. September 1950, gegen 20.00 Uhr,
in der Nähe der stillgelegten Werftanlagen

Schon Tage zuvor hatten Laura und Monica ausgekundschaftet, wie sich der nächtliche Wachdienst strukturierte. Sie versuchten, jede Runde genau zu bestimmen, dies war jedoch nicht vollends möglich, da sich die Wachmänner an kein Schema hielten und so immer ein Stück weit unberechenbar blieben.

Laura hatte vorhin, kurz nach der Dämmerung, von Mike den Koffer mit den Blasrohren und Pfeilen bekommen, denn sie und Monica waren dafür zuständig, dass die Betäubung der Wachen lautlos erfolgte, sodass die anderen so spät wie möglich entdeckt würden.

Richard, Tom und die Männer von Cabone und McMurdock mussten bereits an dem vereinbarten Treffpunkt sein. Also machten sich Monica und Laura auf den Weg, jeder genügend Betäubungspfeile in einem Spezialgürtel, um eine Horde Büffel schlafen zu legen.

Bevor sie jedoch loslegen konnten, warteten sie erst, bis Reginald und John eingetroffen und schon einige Zeit im Gebäude waren, dann verschoben beide ihre Phase, wobei sie langsam zu verschwinden schienen, so als würde sich dichter Nebel langsam, aber stetig, auflösen, um dann geräuschlos zum Angriff überzugehen.

Den Zaun mit Stacheldraht überwanden sie, indem sie mit einem einzigen gewaltigen Sprung übersetzten, um dann lautlos auf der anderen Seite aufzukommen. Als sie sich noch einmal umgesehen hatten, teilten sie sich mit einem einvernehmlichen Nicken auf und gingen auf die Jagd.

Den ersten Wachmann erwischte Monica, als dieser sich an seiner Hose zu schaffen machte und sich hinter einem Kistenstapel erleichterte. Er konnte sich vor Schreck noch an seinen hinteren Oberschenkel fassen, bevor er die Augen verdrehte und kopfüber in seine eigene Pisse fiel, was Monica ein böses Lächeln abverlangte. Doch Monica hatte Glück, dass er nicht zur Seite gefallen war, denn da standen die Kisten. Wären diese umgefallen, hätten sie garantiert seine Kollegen auf den Plan gerufen. So aber war er lediglich in das hohe Gras gefallen, und man hatte außer einem leisen, dumpfen Aufschlag nichts gehört.

Den Nächsten sah Laura auf dem Dach patrouillieren, doch wenn sie ihn vom Boden aus beschießen sollte, würde er vermutlich auf das Hallendach fallen oder von der Dachkante. Auch das würde Lärm verursachen. Also kletterte sie, so lautlos wie möglich, das Fallrohr der Dachrinne nach oben, wobei dieses leise knarzte. Obwohl Laura kein Schwergewicht war, war das Rohr ja nicht zum Klettern gedacht.

Nachdem sie den Dachrand erreicht hatte, kauerte sie sich hin, um sicherzugehen, dass niemand das Knarzen mit ihrem Kommen verband. Doch dann bemerkte sie noch zwei Wachen, die an der anderen Seite ihren Dienst taten und musste ihre nächste Aktion neu überdenken.

Denn jetzt konnte sie so leise sein, wie sie wollte, sah einer der Wachleute wie jemand von ihnen einfach umfiel, würden sie Alarm geben.

Also sandte sie ihren Geist zu Monica aus, die sich gerade an einen weiteren Mann anschlich und in der Aktion verharrte, als sie bemerkte, dass ihre Meisterin nach ihr rief. Langsam, ohne Geräusche zu machen, trat sie den Rückzug an, um Laura auf das Dach zu folgen.

Kurze Zeit später kauerte sie neben ihrer Meisterin und sah sie fragend an.

‚Monica, wir müssen mindestens zwei Mann gleichzeitig ausschalten, du übernimmst den rechten, aber schieße nicht mit dem Blasrohr, sondern schleiche dich an ihn ran, gib ihm das Betäubungsmittel per Hand und lass ihn danach kontrolliert auf das Hallendach ab', vermittelte sie ihrer Schülerin per Gedanken, worauf diese verstehend nickte.

Also schlich sich Monica an den Mann heran, aber bevor sie ihm den Betäubungspfeil in den Oberschenkel applizieren konnte, drehte dieser sich um, und in diesem Moment fing ihre Phase an zu flackern. Jetzt blieb keine Zeit für Zurückhaltung, denn er wollte gerade rufen, da rammte Monica kurzerhand den Pfeil in seinen Hals und durchbohrte dabei seinen Kehlkopf, was einen komischen Klacklaut verursachte, bevor er mit schmerzverzerrtem Gesichtsausdruck zusammenbrach und von ihr aufgefangen wurde.

Zum Glück war diese halbgare Aktion von Monica Laura nicht verborgen geblieben. So konnte sie rechtzeitig reagieren, denn einem ihrer Ziele war das komische Verhalten seines Kameraden aufgefallen, und er hatte seine Flinte in den Anschlag genommen. Aber es war nur Zeit für einen Schuss, und so schoss sie diesem Mann in die Leistengegend, was zur Folge hatte, dass er verständnislos die Flinte sinken ließ, und erstaunt auf den Pfeil glotzte, bevor er erst in die Knie sank, dann nach vorne fiel und an der Dachkante verschwand.

Für den anderen Wachmann, der ungläubig gesehen hatte, was mit seinem Kumpel passierte, hatte Laura keine Zeit gehabt, um das Blasrohr ein zweites Mal zu laden. Deshalb hatte sie den nächsten Pfeil von ihrem

Gürtel gerissen und diesen samt Schutzkappe in seine Richtung geschleudert. Der Wurf hatte solche Wucht, dass die Schutzkappe beim Auftreffen zersplitterte und nicht nur die Kanüle, sondern der halbe Kolben des Betäubungspfeils in seinem Brustkorb verschwand. Daraufhin kippte er mit einem gurgelnden Geräusch nach vorne, denn anscheinend war ein Lungenflügel getroffen. Doch dieses Mal war Laura schnell genug bei ihm und fing ihn auf, bevor er aufs Dach aufschlagen konnte.

Monica hingegen hatte über die Dachkante geschaut, um zu sehen, wo der Mann, der vom Dach kippte, hingefallen war. Monica, die jetzt wieder sichtbar war, grinste ihre Meisterin nur an, denn der Mann war genau auf einen anderen Wachmann gefallen, der jetzt mit eigenartig verdrehtem Kopf und glasigen Augen in die Nacht starrte.

Dadurch hatten sie zwar mindestens einen Mann getötet, was nicht vorgesehen war, doch waren jetzt auch nur noch zwei Wachen auf der anderen Seite übrig.

Also ließen sie sich wieder an dem Fallrohr der Dachrinne herunterrutschen und teilten sich erneut auf, um die zwei letzten auszuschalten.

Dem einen, ein Berg von Mann, schoss Laura in die Vorderseite seines Beins und dachte schon, dass es das gewesen war, aber der Mann zog sich den Pfeil nur aus dem Bein, nahm sein Gewehr in den Anschlag und rief in die Dunkelheit: „Rauskommen oder ich eröffne das Feuer."

Dies rief den letzten verbleibenden Wachmann auf den Plan, der ebenfalls die Waffe in den Anschlag genommen hatte. Da sie jedoch niemanden sahen, worauf sie schießen konnten, nahmen sie die Waffen wieder ein Stückchen runter. Doch jetzt machte sich auch bei dem großen Kerl das Betäubungsserum bemerkbar, er verdrehte die Augen und kippte nach vorne, dabei versuchte sich der Mann noch an der Hallenwand festzuhalten, was ihm jedoch nicht gelang. Dies schien das Signal für Monica zu sein, denn jetzt steckte auch dem letzten ein Pfeil im Bein.

Es war jetzt richtig dunkel, Richard, Tom und die anderen Männer hatten sich hinter einem großen Container getroffen, der ein Stück abseitsstand. Die Italiener, als auch die Iren, waren aus ihren Wagen ausgestiegen und luden die modifizierten Waffen mit der Spezialmunition, die Tom eben aus Conners Lkw verteilt hatte.

Nachdem er sich einen Zigarillo angezündet hatte, wies Richard einige Männer in die Handhabung der Granatlanzen ein, da kam Ferguson zu ihnen getreten, der mit einem Fernglas bewaffnet auf das verabredete Zeichen gewartet hatte. „Inspektor ... eben habe ich per Lichtsignal Bescheid bekommen, dass die Luft jetzt rein ist!", sagte er zu Richard.

„Gut!", war alles, was er von Anderson zu hören bekam, der in Gedanken zu sein schien.

Mike und Milli waren ebenfalls schon einige Zeit in der Gegend, um das weitere Umfeld genau auszukundschaften, damit Laura und ihre Schülerin nicht überrascht wurden, auf alle Eventualitäten vorbereitet, die wohl oder übel in den nächsten Stunden auf sie zukommen würden.

Unerkannt von allen anderen hatten sich die beiden Vampire auf zwei benachbarte Hallendächer zurückgezogen, nachdem sie die betäubten Wachmänner gefesselt und geknebelt hatten, um alles besser überblicken zu können.

Monica, die zwar schon einiges an Beherrschung gelernt hatte, brannte regelrecht darauf, ihrem einstigen Peiniger gegenübertreten zu dürfen, um ihm ihr Leid zurückzuzahlen. Darunter fiel auch der Tod ihres Vaters. Ebenso schwer wog der Verlust ihrer besten Freundin, sowie deren Eltern, die sie wie ihre eigene Tochter behandelt hatten.

Aber in ihrer jetzigen Existenz wäre es einfach unverantwortlich gewesen, den Kontakt zu ihnen zu suchen, da Monica nicht vollends sicher sein konnte, ob die Mc Elesters nicht ihre nächste Mahlzeit werden würden. Bis das nicht komplett gewährleistet war, waren ihr diesbezüglich die Hände gebunden.

Nun standen alle Männer schwerbewaffnet um den Lkw herum, immer noch ihre frühere Feindschaft im Hinterkopf, beäugten sich Iren und Italiener misstrauisch. Zu oft hatten sich beide Seiten gegenseitig übervorteilt oder gar getötet.

Richard und Tom standen ein wenig abseits und hatten ebenfalls ihre Waffen mit Silbermunition geladen. McKey, der im Krieg für etliche erfolgreiche Sprengungen verantwortlich zu machen war, hatte einige der umgerüsteten Handgranaten an seinem Waffengurt befestigt, dazu hatte er noch C4 im Rucksack. Jetzt gab er auch Richard die gleiche Anzahl Granaten, die mit Silberschrapnellen geladen waren.

Beide hatten ihre alte Soldatenkluft angezogen, darunter auch den Stahlhelm, der schon einige Dellen und Kratzer aufwies, und von etlichen harten Militäreinsätzen Zeugnis ablegte, jede Delle sprach Bände.

Als sie auch ihre Spezialwesten mit den eingenähten Stahlplatten angezogen und sie mit den dafür vorgesehenen Gurten gesichert hatten, sahen sie sich an, und beide mussten grinsen. Denn ihre mit Tarnfarbe eingeschmierten Gesichter erinnerte sie an so manchen Spezialauftrag, den sie zusammen durchgezogen hatten.

„Na alter Freund, bereit, den Aasfressern eine Lektion zu erteilen?", fragte

Richard seinen Kampfgenossen aus vergangenen Tagen.

Tom grinste ihn an und antwortete: „Wie in alten Zeiten, was?"

„Ja, verdammt ... wie in alten Zeiten, dachte, wir hätten das alles hinter uns gelassen!", erwiderte Richard.

„Ja, das dachte ich auch, alter Freund ... Rich, eines wollte ich, bevor wir da reingehen, noch loswerden. Mandy und die Kinder ... kümmerst du dich bitte um sie ... halt ... bevor du was sagst, hör mir bitte zu!"

Richard, der im Begriff gewesen war seinem Freund zu sagen, dass schon alles gutgehen würde, deutete Tom an, weiterzureden.

„Also, die Lebensversicherung, die wir vor unserem ersten Kriegseinsatz abgeschlossen hatten, habe ich nie gekündigt. Vor ein paar Tagen habe ich sie sogar noch aufgestockt, sodass im Notfall für Mandy und die Kinder gesorgt ist. Was die Kinder betrifft, habe ich eine Ausbildungsversicherung abgeschlossen, die ihnen ermöglicht aufs College zu gehen, sodass mal was Besseres aus ihnen wird, als aus ihrem alten Herrn. Kümmre dich um sie, wenn sie einen väterlichen Rat benötigen, oder wenn sich ein junger Mann Belinda gegenüber nicht benehmen kann!", sagte Tom und sah Richard dabei direkt in die Augen.

Richard, der die ganze Zeit geschwiegen hatte, legte seine rechte Hand auf die Schulter seines ältesten Freundes und sagte nur: „Is gut Tomy ... und jetzt lass uns die Sache konzentriert angehen, so wie früher, und dann geht schon alles glatt ... wirst sehen!"

Tom nickte, und als er die Maschinenpistole samt Ersatzmagazin geschultert hatte, traten sie zu der 44 Mann starken Gruppe aus Italienern und Iren, denn zu den versprochenen je zwanzig Mann von den Iren und Italienern kamen noch vier Mann, die unbedingt dabei sein wollten.

Richard winkte sie alle zu sich, und nachdem sie in einem Halbkreis um ihn herumstanden, sagte er mit gedämpften Stimme: „Meine Herren, Sie sind mir und meinem Partner von Ihren Bossen als Profis zur Verfügung gestellt worden. Cabone sowie McMurdock haben mir versichert, dass Sie alle absolut zuverlässig seien!", sagte Richard und schaute ernst in die Runde.

Zustimmendes Gemurmel war zu hören.

„Ich weiß nicht, was Ihnen bezüglich unseres Gegners gesagt worden ist. Fakt ist, dass sie derartiges noch nie gesehen haben. Hat denn jemand eine vage Ahnung, was uns erwartet?", fragte Richard und schaute dabei wieder von einem Mann zum nächsten.

Antonio Catalano, der ebenfalls zu dem italienischen Kommando zählte, sagte: „Ich habe den Männern versucht zu erklären, was ich in jener Nacht

meiner Verhaftung gesehen habe … jedoch habe ich wenig Glauben entgegengebracht bekommen!", meinte dieser leicht genervt wegen der
Ignoranz seiner Landsleute.

„Was haben Sie denn zum Besten gegeben?", fragte Richard Catalano.

„Ich habe ihnen erst davon erzählt, als ich das Okay von Viti erhalten
hatte. Da selbst er immer noch nicht richtig glauben kann, was wir auf den
Fotos gesehen haben und was ich ihm nach meiner Flucht aus dem
Krankenhaus berichtet hatte. Erst als auch die Iren mit einer ähnlichen
Geschichte rausgerückt waren, fingen mein Boss und Viti an, der Sache
Gewicht zu geben!", sagte Antonio gelassen, obwohl man ihm seine An-
spannung ansehen konnte.

„O.k. … was haben Sie denn nun gesagt?", wollte Tom ungeduldig wissen.
Nun sah Catalano in die Runde und wiederholte noch einmal, was er schon
versucht hatte seinen Landsleuten zu vermitteln, worauf er in erster Linie
leichten Spott und Unglauben geerntet hatte.

Jetzt probierte er es erneut.

„Also, was ich gesehen habe, war eine Mischung aus Mann und Wolf,
dessen Kraft so groß war, dass das Vieh einen Mann vor meinen Augen
einfach in Stücke gerissen hat. Als das Wesen sich aufgerichtet hatte, war
es fast eine Mannslänge größer als ich!", sagte Catalano ernst.

„Kein Wunder, bist ja selber nur ein Knirps!", verhöhnte ihn einer der
Iren, der ein Berg von einem Mann war, was bei seinen Landsleuten zu
einem Ausbruch an Heiterkeit führte, der absolut unangebracht war.

Dies veranlasste die anderen Italiener ihre Waffen etwas genauer zu
betrachten, wobei ihre Gesichter einen finsteren Ausdruck annahmen.

„Schluss jetzt!", sagte Richard scharf. „Jetzt ist gleich jeder auf jeden
angewiesen, also ein wenig mehr Professionalität, wenn ich bitten darf!",
herrschte Richard die Spaßvögel an, die augenblicklich ihren Rand hielten.

Nun meldete sich auch einer der Iren zu Wort: „Mein Schwager hatte eine
ähnliche Geschichte auf Lager, als er aus dem Koma erwachte … ist
immer noch nicht richtig auf den Beinen … sonst wäre er heute hier, das
könnt ihr mir glauben. Denn der Mann, der laut Catalano zerrissen wurde,
war sein bester Freund gewesen, und da wir alle, Iren wie auch Italiener,
gute Männer verloren haben, bei dem Versuch dieses Vieh zu stellen,
sollten wir die ganze Sache ein wenig ernster nehmen und uns auf einen
harten Kampf einstellen!", sagte der Mann und sah dabei vor sich auf den
Boden.

Nun herrschte Stille, nur hier und da hörte man verhaltene, zustimmende
Worte.

Richard nutzte die Stille. „Die zwei Gentlemen haben leider Recht mit dem, was sie sagen, und zu meinem Bedauern muss ich sagen, dass wir es mit mindestens zwei von diesen Bestien zu tun haben werden. Wenn nicht, mit noch mehr!"

Nun war auch dem Letzten die Heiterkeit aus dem Gesicht verschwunden und grimmiger Entschlossenheit gewichen.

‚Gut so‘, dachte Richard bei sich. ‚Endlich scheinen sie die Sache ernst zu nehmen‘.

Jetzt legte Tom einen Grundriss des Gebäudes auf die Motorhaube eines der Autos, mit denen die verschiedenen Männer gekommen waren. Tom war schon im Krieg ein ausgezeichneter Stratege gewesen und was Richard an Führungsqualitäten besaß, das hatte McKey auf diesem Bereich vorzuweisen.

Tom schaute in die Runde, um sicher zu sein, die ungeteilte Aufmerksamkeit der Männer zu besitzen, bevor er den Plan erklärte. „Wie Sie anhand der Pläne erkennen können, ist das komplette Gebäude unterkellert. Wir haben ein großes Tor, was aber vor Kurzem an den Scharnieren verschweißt wurde, also können wir das für den Zugriff vergessen. Hier hinten hat das Gebäude Zugang zum Wasser, das von einem Trupp überwacht werden muss, damit uns auf dem Wasserweg niemand entwischen kann. Dann haben wir noch eine zweiflügelige Tür auf der Westseite, die wir leicht knacken können und einen Nebeneingang, der auf der Nordseite auf einen Parkplatz führt!", sagte er und zeigte mit seinem Finger auf die einzelnen Punkte, damit jeder verstand, was er meinte.

Tom schaute erneut auf, und als er sah, dass alle aufmerksam nickten, fuhr er fort: „Also, jeweils zwei Mann mit Schrotflinten und einer Tomy Gun an die Nordseite. An der zweiflügligen Tür will ich drei bis vier Mann haben, alle mit Flinten und Tomys ausgestattet, sodass, was die Feuerkraft betrifft, nichts schiefgehen sollte. Der Rest geht mit Anderson und mir, den Viechern die Hölle heißmachen!", sagte McKey und erntete beifällige Kommentare.

Per Losverfahren wurden die einzelnen Männer auf die Stationen verteilt, und so kam es, dass meist von beiden Parteien Männer zusammen kämpfen mussten, die es sonst garantiert nicht getan hätten.

So wies McKey der Nordseite zwei Mann zu, der Westseite vier Mann und dem Wasserzugang drei.

Den Rest von den 40 Mann teilte Anderson in vier Gruppen auf, wobei sie selbst, also Tom und Richard noch vier Mann begleiten sollten, aber da die vier zusätzlichen Männer noch keine Zugehörigkeit hatten, nahmen sie diese ebenfalls in ihren Trupp auf, womit sie auf acht Begleiter kamen. Die restlichen 27 Männer wurden in drei gleichgroße Trupps à neun Mann aufgeteilt.

Für Richard war vorgesehen, mit seinem Trupp und einem zweiten die Westseite zu übernehmen, wobei die zwei verbleibenden jeweils durch die Nordseite eindringen sollten.

Als alles soweit besprochen war, schärfte er den Männern noch einmal ein, sich nicht innerhalb der Gruppe zu trennen, da sie ansonsten zu leichte Ziele abgeben würden.

Ferguson, der sich die ganze Zeit zurückgehalten hatte, sagte jetzt: „Da ich schon einmal da drinnen war, kann ich Sie nur vorwarnen. Es wird zumindest eine verweste Leiche auf Sie warten, soweit diese nicht bereits beseitigt wurde. Und nach den Geräuschen zu urteilen, die ich dort unten vernommen habe, kann es durchaus sein, dass zusätzllich noch Menschen dort gefangengehalten werden ... ich wünsche Ihnen allen viel Glück!", sagte er mit belegter Stimme und trat wieder in den Hintergrund.

Nun sahen doch einige der Männer ein wenig verunsichert aus, doch dies ließ Anderson nicht lange zu und startete die Aktion.

Jeder der Trupps hatte ein Armeefunkgerät, um sich besser miteinander koordinieren zu können. Ebenso bekamen die einzelnen Trupps Farben zugewiesen, damit es im Funkverkehr zu keinen Verwechselungen kam. Richard und Toms Trupp hatte die Kennung Rot, die Gruppe, die mit ihnen durch den zweiflügligen Eingang ging, die Kennung Blau. Die zwei Teams, die durch die Nebentür gingen, die Kennung Gelb und Grün. Die Männer, die die möglichen Fluchten verhindern sollten, waren nach den Positionen benannt, also Trupp Nebeneingang, Trupp Zweiflügelige Tür und Team Wasser.

Alle Trupps waren nun auf dem Weg zu ihren Positionen.

Als dann alle ihre Plätze eingenommen hatten, bekam Tom, der das Funkgerät trug Meldung: „Trupp Wasser o.k. ... Trupp Nebeneingang o.k. ... Trupp 'zweiflügelige Tür' o.k. ... Trupp Gelb und Grün o.k.", zum Schluss meldeten sich Tom und der Begleittrupp mit ‚o.k.'

Dann nahm Richard das Mikrofon, ließ den Zigarillostummel, den er noch in der anderen Hand gehalten hatte, fallen und trat ihn aus, bevor er das Wort ergriff. „Männer viel Glück und Funkverkehr nur noch in Notfällen, ansonsten so wenig Aufmerksamkeit wie möglich erregen!", sagte er in knappem Befehlston.

Das Ende dieser Durchsage war das Zeichen für den Zugriff, und so wurden die Schlösser aufgehebelt oder mit einem Bolzenschneider durchtrennt.

Mike und Milli waren näher an die Werfthalle herangekommen, und auf dem Weg zum Gebäudedach, ohne dass die Wachteams aus Iren und Italienern sie bemerkten, um gegebenenfalls auf diesem Weg ungesehen in das Gebäude zu gelangen.

Nachdem das aufgetrennte Vorhängeschloss auf den Boden gefallen war, sahen sich Richard und Tom an, nickten und gingen hinein, um den Zugang zu sichern. Erst dann ließen sie den Rest des Teams folgen.

Es herrschte Zwielicht und man brauchte eine gewisse Zeit, damit sich die Augen daran gewöhnen konnten.

Tom, der eine Pump-Gun im Anschlag hatte, die mit 7 mm Silberpostenschrot geladen war, sicherte nach oben ab. Richard, nach vorne und der Rest des Trupps, nach links und rechts. So gingen sie den düsteren Gang entlang und je weiter sie in das Gebäude eindrangen, umso intensiver roch es nach Raubtier und Verwesung.

Nun trennte sich Trupp Blau von ihnen und ging den linken Gang entlang, damit von dort niemand in den Rücken von Trupp Rot fallen konnte.

Richard tippte sich an die Nase und Tom wusste, was er meinte und deutete dem Rest der Männer an, ihm zu folgen.

Als sie an eine Treppe kamen, die ihnen Ferguson beschrieben hatte, und sie im Begriff waren, sie hinunterzugehen, hörten sie aus dem rückwärtigen Gebäude einen gellenden Schrei und dann eine Maschinengewehrsalve.

Alle von Trupp Rot blieben wie angewurzelt stehen und sahen sich gegenseitig an, als das Funkgerät knackte und eine entsetzte Stimme zu hören war. „Verdammte Scheiße … das Vieh hat O'nally den Kopf abgerissen … haben es erwischt … Einschusslöcher rauchen, als hätte jemand das Fell angesengt … aber scheint tot zu sein … Trupp Gelb und Blau bleiben zusammen und stoßen weiter vor … over und out!" Darauf deutete Richard an, dass es weiterging.

Es war Antonio Catalano gewesen, der auch nach diesem Erlebnis hart blieb und die Männer weiterführte und sie an ihren Auftrag erinnerte.

Die Männer von Trupp Rot sahen sich auf Grund dessen, was sie gehört hatten, unsicher an, aber Tom ließ keine Zeit, dass sie ihren Gedanken nachhingen, sondern ging an Richard vorbei, der ihre Rückseite deckte.

Zur selben Zeit schlich Trupp Blau die Hochregalwände entlang, immer wieder einmal vernahmen sie ein röchelndes Atmen und manchmal hatten sie das Gefühl, als hörten sie hinter sich ein leises Knurren, aber immer, wenn sie mit den Taschenlampen in diese Richtungen leuchteten, war da nichts. Bei allen waren die Nerven bis zum Zerreißen angespannt, als plötzlich ein schwerer Karton von oben auf einen der Italiener fiel. Dabei wurde ihm die Schulter gebrochen, woraufhin ihm seine Waffe aus der Hand fiel. Als er stöhnend auf die Knie sank, sicherten seine Kampfgenossen nach allen Richtungen ab, konnten aber wieder nichts erkennen.

Der verletzte Italiener rappelte sich mit Hilfe einer der Männer ächzend auf und stand wackelig auf seinen Beinen, als auf Hüfthöhe ein weiterer Karton herausfiel. Nur dieses Mal kam er nicht mehr dazu auf seine Knie zu fallen, denn bepelzte Gliedmaßen, die mit Klauen besetzt waren, gruben sich durch seine Kleidung in die Rippen und zogen ihn durch das Regal.

Seine Kameraden eröffneten sofort das Feuer auf das Regal, wo ihr Mann gerade durchgezerrt worden war, aber außer einem markerschütternden Schrei, das Brechen von Knochen und den Geräuschen eines fressenden Raubtiers war nichts zu hören oder zu sehen.

Sie liefen zwar augenblicklich los, aber als sie dort ankamen, wo sie ihren Kameraden vermuteten, fanden sie nur noch einen zuckenden Finger, der in einer großen Lache Blut lag. Jede Menge des Lebenssaftes lief von den eingelagerten Kartons herunter und tropfte auf den Hallenboden, wo es sich mit der vorhandenen Pfütze verband. Nach allen Seiten war das Blut ihres Kameraden verspritzt worden, doch von diesem fehlte jede Spur. Bis auf ein Stück seiner Leber, das noch halb unter einem Regalboden lag war nichts mehr vorhanden.

Trupp Blau war damit um ein Mitglied ärmer und die Motivation im Keller. Sie rückten näher aneinander und besprachen sich. Nach kurzem Hin und Her kamen sie zu dem Konsens, dass sie das Gebäude auf dem schnellsten Weg verlassen wollten, als sie vor sich und hinter sich schabende Schritte hörten, die auf sie zukamen.

Dann war es auf einmal still, bis zu dem Zeitpunkt, als ihr halb aufge-fressener Kamerad in ihr Sichtfeld geworfen wurde. Der Schock saß tief, sah ihr ehemaliger Mitstreiter sie doch mit schmerzverzerrt aufgerissenen Augen an, denn es waren wirklich nur die Augen, da die untere Gesichtshälfte fehlte, sodass sie ihm direkt in den Hals sehen konnten, aus dem die jetzt überlang wirkende Zunge heraushing.

Als sie furchtsam den Rückzug antreten wollten, brach die Hölle los.

Von oben, wo sie vergessen hatten abzusichern, sprang sie ein dämonenhafter Feind an, der sofort anfing um sich zu schlagen. Mit seinen Klauen schlug er tiefe Wunden in einen der Iren, wobei von diesem Fleischfetzen durch die Luft flogen und auf seine Kameraden niedergingen, zusammen mit jeder Menge Blut.

Der Ire konnte jedoch noch seine Doppelflinte abfeuern, sodass der Werwolf den halben Kopf verlor und mit rauchendem Schädel und einem Winseln auf die Seite fiel. Der auf üble Weise zugerichtete Mann fiel danach wie ein gefällter Baum der Länge nach hin, worauf sich schnell eine große Blutlache bildete.

Seine Kameraden hatten jedoch auch nicht mehr Glück, denn auch sie wurden gleichzeitig angegriffen. Eine Zeit lang konnten sie sich noch behaupten und töteten noch zwei dieser Kreaturen, während sie verzweifelt schreiend um sich schossen. Aber dann wendete sich das Blatt zugunsten der Werwölfe, und sie wurden trotz Dauerfeuer einfach überrannt.

Dies besiegelte das Ende von Trupp Blau, bevor dieser überhaupt in der Lage gewesen war, Hilfe anzufordern.

Kurz darauf trafen Trupp Grün und Gelb am Ort des Geschehens ein, da sie in Richtung des Feuergefechts gelaufen waren, um ihren Leuten beizustehen. Aber alles, was sie vorfanden, als sie um die Hochregale kamen, waren zerschossene Monster, zwischen denen Leichen und Leichenteile lagen, und einen noch zuckenden Werwolf, dem eine Silberlanze im Unterleib steckte. Antonio ging mit zusammengebissenen Zähnen auf den Feind zu, zog seine Pistole und eliminierte die verwundete Kreatur mit einer silbernen Kugel in den Kopf.

Catalano, dem kaum eine Gefühlsregung anzusehen war, sagte daraufhin mit harter Stimme zu den ihm zugeteilten Männern: „Seht genau hin … dies passiert, wenn man die Nerven verliert. Wir versuchen jetzt zu Trupp Rot vorzustoßen, und dann werden wir den Viechern gemeinsam die Hölle heiß machen!" Trotz seiner jungen Jahre strömte Antonio eine Stärke und Autorität aus, die ihm so niemand zugetraut hätte. Die ihn begleitenden Männer, ob Italiener oder Iren, nickten nur ernst und folgten ihm geschlossen.

Zur selben Zeit hatten Richard und sein rotes Team die Kellertreppe genommen, um in das Gewölbe vorzudringen.

Dort war es deutlich feuchter als in der Halle und man bekam schon einen kleinen Vorgeschmack auf den Geruch von schon länger verwesendem

Fleisch, der beim Betreten der Halle bereits in der Luft gelegen hatte. Doch je weiter sie jetzt in die dunklen Kellergewölbe vordrangen, umso feuchter wurde es, bis es die ersten Pfützen auf dem schmierigen Boden gab.

Immer wieder sicherten sie nach allen Seiten ab, doch das half Dickerson, einem der Iren, auch nicht. Als sie die nächste Tür öffneten und ihnen eine Wand bestialischer Gerüche entgegenschlug, kam auch schon ein Schatten auf sie zu. Bevor der Ire seine Flinte herumreißen konnte, fiel diese schon samt Arm auf den versifften Boden, wo dieser zuckend liegen blieb. Der Mann versuchte noch schreiend mit seiner gesunden Hand den ausgefransten Schulterstumpf abzudrücken, aus dem das pulsierende Blut herausschoss, welches um ihn herum alles besudelte. Doch trotz seines panikhaften Versuches, die Blutung zu stoppen, quoll ihm dieses jedoch immer wieder zwischen seinen Fingern hindurch.

Richard und Tom hatten sofort das Feuer eröffnet, aber außer einem weitentfernten Grollen war nichts mehr im Schein ihrer Taschenlampen zu sehen.

„Verdammt, wo kam der denn her!", wollte einer der Italiener panisch wissen und schaute dabei den letzten Zuckungen des sterbenden Iren zu.

Tom und ein anderer Mann, der ebenfalls Kriegserfahrungen hatte, hatten versucht die Blutung zu stoppen, dies war wegen der ausgefransten Wundränder und dem ständigen Rumzappeln des Verstümmelten jedoch nicht gelungen. Richard nahm dem Toten stoisch Waffe und Munition ab und verteilte sie unter den Männern.

Jetzt, da sie einige Zeit in diesem Raum waren, leuchteten sie ihn komplett aus. Dabei fanden sie auch den Grund des beißenden Verwesungsgeruches, der einem schier die Luft abschnürte, denn in einer Ecke saß halbaufgerichtet eine zum großen Teil aufgefressene und aufgedunsene Frauenleiche, die mittlerweile graugrün und schmierig war, und mehrere Aaskäfer krochen beim Schein der Lampen in diverse Körperöffnungen zurück, um dem störenden Licht auszuweichen.

Bei diesem Anblick mussten die Männer schlucken und nicht nur einer übergab sich auf den besudelten Boden, worauf sie anfingen untereinander zu flüstern.

„Schluss jetzt, wir müssen konzentriert bleiben und so wenig Geräusche verursachen wie nur möglich, sonst werden wir ewig die sein, die nur auf Angriffe reagieren, anstatt selber anzugreifen!", sagte Richard mit unterdrückter Heftigkeit, die alle wieder zu mehr Konzentration verhalf.

Von dem Raum, in dem standen, gingen mehrere Türen ab, und Richard überlegte, ob sie sich aufteilen sollten, entschied sich aber dagegen. Kurz besprach man sich, dann nahmen sie die linke der drei Türen.

Noch einmal wollten sie sich nicht überraschen lassen, deswegen hatten jetzt alle ihre Lampen an und den Fokus auf 'weit' gestellt, um so weit wie möglich die Umgebung auszuleuchten.

Richard und Tom verständigten sich mit einem Blick, und McKey nahm eine Granate von seinem Gürtel, zog den Splint, ließ den Sicherungsbügel wegfliegen und warf sie durch einen schmalen Spalt der Tür, die Richard blitzartig geöffnet hatte. Kaum war die Handgranate in der Öffnung verschwunden, drückte er die Tür sofort wieder zu.

Kurz darauf gab es eine durch die Tür gedämpfte Explosion, und die Tür samt Rahmen erzitterte, wobei dieser sich durch die Druckwelle ein Stück in ihre Richtung verschob und Putz- und Rahmenteile wegflogen.

Anderson ließ seine Männer in dem staubig dunstigen Raum in einem Halbkreis Stellung aufnehmen, um möglichst viel Schussfeld abzudecken. Dann riss er die Tür auf, die dadurch vollends aus der Wand, samt ge-splittertem Rahmen, in den Raum fiel.

Der Raum stellte sich als eine größere Art eines Abstellraumes dar, auf dessen Boden eine zuckende Gestalt lag, die irgendwie zwischen den Verwandlungsstufen festzuhängen schien. Tom wies zwei der Männer an, ihm Feuerschutz zu geben und ging mit einer silbernen Lanze zu der verletzten Kreatur. Was er sah, wirkte grotesk, der ganze Körper sah unfertig aus und war kaum behaart. Das Gesicht sah schon ziemlich verschoben aus, so als hätte jemand versucht, es an der Nase in die Länge zu ziehen. Sein Gebiss wies Zähne eines Menschen und die eines Werwolfs auf. Auch die restlichen Gliedmaßen schienen nur zur Hälfte verwandelt zu sein. Die Unterarme waren viel länger als normal, und die Finger sahen irgendwie verdorrt aus, hatten aber lange Klauen ausgebildet. Der Brust-korb sah eckig aus und war von den Silberschrapnellen der Granate regelrecht durchlöchert worden, aus denen es leise zischte und Rauch-fäden aufzusteigen begannen.

Mit glühend grün flackernden Augen sah die Kreatur zu Richard auf, der neben Tom getreten war und versuchte trotz seiner Verletzungen ihn und Tom mit seinen Klauen zu verletzen. Diesem Versuch machte Tom jedoch ein jähes Ende, indem er sich von einem Italiener eine Lanze geben ließ und sie der Höllenbrut mit einem kräftigen Stoß ins Herz stieß, worauf das Wesen winselnd aufwimmerte, ein letztes Zucken ihn durchlief und er dann still dalag.

Richard legte seinem Freund, der seine Hände immer noch fest um den

Lanzenschaft geschlossen hatte, eine Hand auf die Schulter, worauf Tom wie aus einem Traum zu ihm schaute und blinzelte, als wäre er erst jetzt wieder aufgewacht. Richard löste ihm die Finger von der Lanze und zog sie aus der Leiche, wobei deren Blut auf dem Silber zischend zu verdampfen begann.

Nachdem dies erledigt war, gingen sie die nächste Tür an. Auch diese öffneten sie nur einen Spalt weit, um eine Granate hindurchzuwerfen. Kaum war die Gemeinheit aus Stahl, Silber und Sprengstoff durch die Öffnung, da griffen zwei Klauenhände das Türblatt, noch bevor die Granate explodieren konnte. Als sie dann detonierte, verletzte sie nicht nur den Werwolf, der sich auf die aus allen Rohren feuernden Männer warf, sondern auch einen der Italiener, der zwei Splitter in den Oberschenkel bekommen hatte. Unter einem Hagel aus silbernen und stählernen Geschossen brach der Werwolf kurz vor dem Schützen zusammen. Es war dennoch äußerst knapp gewesen, denn, als er zum Liegen kam, lag er einem der Iren direkt auf den Stiefeln, und zähflüssiger Speichel tropfte aus dem halb geöffneten Maul, das vor nadelspitzen Zähnen nur so starrte.

Hastig wich der Mann zurück, um Abstand zwischen sich und den Lykaner zu bekommen, der aus dutzenden Löchern blutete und qualmte. Alle atmeten erleichtert auf, da ging noch einmal ein Ruck durch den Werwolf, und mit einem tiefen Knurren sprang er noch einmal halb auf und riss einem der Männer mit seinen scharfen Klauen eine klaffende Wunde quer über den Bauch, bevor er wieder zu Boden fiel und unter erneuten Schüssen endlich starb. Paolo hieß der junge Mann, der immer noch unter Schock und mit schreckensweiten Augen dastand und versuchte, seine Darmschlingen wieder in den Bauch zu stopfen.

Als Tom zu ihm sprang, sackte der Mann gerade zusammen und fing an am ganzen Körper zu zucken, dann lag er still, und erst jetzt konnte man sehen, dass eine Schlagader in der Bauchhöhle verletzt sein musste, denn ein stetiger Blutfluss ergoss sich über die zerrissenen Wundränder auf den schmierigen Boden. Tom war es bewusst, dass der Mann verbluten würde, bevor man ihm irgendwie helfen konnte, doch trotzdem versuchte ein Landsmann ihm verzweifelt zu helfen, jedoch ohne Erfolg.

Antonio und sein Trupp waren zur gleichen Zeit auf dem Weg zur Kellertreppe, da bemerkte einer der Männer über ihnen im Lichtkegel seiner Taschenlampe eine Bewegung und sagte dies Catalano. Der ließ den Trupp anhalten und mit mehreren Lampen beleuchteten sie die Stelle, wo die Bewegung bemerkt worden war.

Jetzt sahen auch die anderen einen Mann auf der Galerie stehen, der zu ihnen heruntergrinste, sich umdrehte und anfing loszulaufen. Noch während er lief, begann er sich zu verwandeln, und als er die Zwischendecke mit ihren Regalen erreicht hatte, fielen die zerfetzten Kleidungsstücke von seinem monströsen Körper, und bevor er zwischen den Regalen verschwand, wuchs ihm noch ein helles Fell.

Keiner hatte auf den Mann geschossen, da alle viel zu überrascht von dessen Kaltblütigkeit waren, als er frech zu ihnen runtergegrinst hatte, ohne Anstalten zu machen, nicht gesehen zu werden.

„Das war John … John McKallen, er ist einer derjenigen, die wir auf jeden Fall zur Strecke bringen müssen!", sagte Antonio, der den Mann einwandfrei identifizierte, denn er hatte sich die Fotos, die sie von Anderson erhalten hatten, genauestens angesehen und er kannte jede Falte in Jonsons und McKallens Gesicht.

„Tonio … das ist eine Falle!", sagte einer seiner italienischen Kameraden besorgt zu ihm.

„Das weiß ich auch, Michael … aber trotzdem müssen wir ihn dort runterholen, wir müssen davon ausgehen, dass er da oben nicht alleine ist … Murtak gib mir die Granatenlanze und deine Flinte, dafür bekommst du die Tommy-Gun … ich gehe vor und ihr folgt mir mit kurzem Abstand und gebt Feuerschutz, wenn nötig, und vergesst nicht die Rückseite des Trupps abzusichern!", sagte Antonio in die Runde und alle nickten.

Als er die Lanze und Flinte erhalten hatte, ging er auf eine stählerne Wendeltreppe zu, die hinauf zur Galerie führte.

Stahl traf auf Stahl, als er mit seinen genagelten Stiefeln die Treppe hinaufging, und so waren sie nicht gerade leise bis sie oben ankamen.

Oben angekommen stand er auf einer Galerie, die breit genug war, dass man bequem aneinander vorbeigehen konnte. Diese bestand aus Gitterrosten, die den Blick nach unten ermöglichten. Durch diese sah Antonio jetzt einen Mann, der am Aufgang zur Treppe stand und sich aufmerksam umschaute, wobei er seine Tommy-Gun halb im Anschlag hielt, damit ihrem Trupp niemand in den Rücken fallen konnte.

Antonio kniete sich hin und nahm die Rolle Klebeband aus seiner Tasche, die er in einem der Hochregale gefunden und eingesteckt hatte. Nun befestigte er seine große Taschenlampe am vorderen Schaft der Lanze, um genau da Licht zu haben, wo er beabsichtigte, mit der Waffe zuzustoßen.

So ausgerüstet stand er wieder auf, gab ein Zeichen nach hinten, dass es weiterging und setzte seinen Weg fort, immer gefasst auf das Unerwartete, das sie jederzeit ereilen konnte.

Auch Richard, Tom und die anderen seines Teams waren weitergegangen. Sie hatten die Tür neben dem großen Abstellraum genommen und befanden sich nun in einer Art Korridor, von dem wieder zwei Türen abgingen. Die linke musste in einen Raum führen, der hinter dem Abstellraum lag, also wurde erst dieser Raum abgesichert, in dem sich jedoch nichts außer Ketten befanden, die von der Decke hingen. An deren Enden waren verschraubbare Schellen befestigt, die man eher in einem mittelalterlichen Verlies erwartet hätte, womit man damals die Gefangenen in Ketten legte.

Dies schien auch hier so gewesen zu sein, denn es hingen immer noch Hautfetzen an den scharfkantigen Schellen, und halb angetrocknetes Blut befand sich auch auf dem feuchten Boden.

„Hier hing bis vor kurzem noch jemand!", sagte Richard, kniete sich hin und fuhr mit seinem Zeigefinger durch die gelantineartige Blutlache, verrieb das Blut zwischen seinen Fingern und roch kurz daran. „Vielleicht ein paar Stunden … mehr nicht!", meinte er noch, bevor er wieder aufstand und aus dem Raum trat, um sich die andere Tür genau anzuschauen. Irgendetwas gefiel ihm an dieser Tür nicht, sie sah nicht anders aus als die, die sie schon passiert hatten, aber eine innere Stimme sagte ihm, dass ganz besondere Vorsicht angeraten war.

„Halt … keinen Schritt weiter!", sagte er leise und alle erstarrten da, wo sie gerade standen.

Richard ging wieder auf die Knie und tastete vor sich den krümeligen Boden ab, der anscheinend vor kurzem erst mit einem Hammer oder Ähnlichem zerschlagen worden war. „Tom … leuchte bitte mal hierhin … gut … siehst du, was ich sehe?"

„Ja, sieht aus, als hätte jemand erst vor kurzem etwas vergraben", sagte Tom leise, und man konnte seinem Gesicht entnehmen, dass er wusste, was Anderson meinte. „Steh langsam auf, Rich, und gib mir das schwarze Köfferchen aus meinem Rucksack!"

Nachdem Richard wieder stand, kniete sich jetzt Tom neben diesen, und sein Freund gab ihm das Köfferchen aus dem Rucksack. Vorsichtig stellte Tom es neben sich auf den Boden und öffnete den Verschluss. In dem Koffer waren kleine Zangen, Draht und Schraubenzieher zu erkennen, auch ein kleiner Spatel gehörte dazu. Diesen nahm McKey jetzt heraus und steckte ihn immer abwechselnd vor sich in den zertrümmerten Boden, bis er auf etwas Hartes stieß, das sich auch bei mehrfachem Versuch auch nicht wie ein Trümmerstückchen verschieben ließ. Vorsichtig begann er

die losen Betonstückchen wegzuschieben und gab den Blick auf eine Tret-
mine frei, die, wenn sie ausgelöst würde, wohl gut die Hälfte der Männer
töten konnte.

„Jetzt bitte alle ruhig bleiben", sagte Richard, „Tom hat eine Miene gefunden, die er entschärfen muss und dabei benötigt er absolute Ruhe!"
Alle hielten den Atem an, doch bevor er richtig zu Ende gesprochen hatte,
hörten sie in der Stille, die nun herrschte, ein leises metallisches Klicken,
welches Tom alarmiert herumfahren ließ. „Keiner bewegt sich … jemand
von euch ist auf eine weitere Mine getreten", sagte er zu den Männern und
beleuchtete den ganzen Boden hinter sich und bemerkte dadurch, dass
hier überall der Beton zertrümmert war.

Alle standen still wie Salzsäulen, als Tom begann auch den übrigen Boden
abzusparteln, wobei er genau neben Richards rechtem Fuß ebenfalls eine
Mine fand. Doch diese war es nicht, die ausgelöst hatte, denn Andersons
Fuß stand immerhin einen knappen Zentimeter neben der auslösenden
Druckplatte. Also suchte McKey weiter und kroch dabei zwischen den
Beinen der Männer hindurch, bis er das fand, wonach er gesucht hatte.

Einer der Italiener war beim Zurücktreten mit dem Absatz auf eine der
vergrabenen Minen getreten, und diese war nun scharf und durch das
Drauftreten bereits entsichert. Diese würde explodieren, sobald der Druck
des Schuhs nachlassen oder das Gewicht verlagert würde.

„O.k. mein Junge, jetzt hör mal genau zu … du darfst dich auf keinen Fall
bewegen, nicht einmal dein Gewicht auf das andere Bein darfst du
verlagern, sonst sind wir alle Hackfleisch … hast du das verstanden?",
fragte er den Mann, der mit Schweißperlen auf der Stirn nickte und hart
schluckte, aber stehenblieb.

„Gut … ich muss erst die anderen Minen entschärfen, damit wir wieder
normal laufen können!", sagte er nochmal in die Richtung des Unglücks-
raben, der verzweifelt dreinschaute und erneut schlucken musste.

Nachdem Tom erneut den kompletten Gang abgesucht hatte, entschärfte
er die zwei Minen, die noch nicht ausgelöst waren, indem er vorsichtig den
Zünder herausdrehte. Dann schickte er den Rest der Männer in den Raum
zurück, den sie eben noch durchsucht hatten.

Nun legte Tom seine Taschenlampe auf den Boden, damit der Bereich um
die Mine herum, auf der der schweißgebadete Kamerad immer noch
verharrte und darauf bedacht war, ja keine falsche Bewegung zu machen,
gut ausgeleuchtet wurde. Dann ging McKey langsam auf den mittlerweile
am ganzen Körper vor Panik zitternden Italiener zu. „Du musst dich

beruhigen Junge … sonst kann ich dir nicht helfen!", versuchte Tom den jungen Mann mit beschwörenden Worten zu beruhigen, dabei sah er dem Mann in seine hellbraunen Augen, die vor Tränen glänzten. „Ich … ich bin doch schon … so gut wie … tot!", jammerte dieser mit bitterer Stimme, und Tom sah die Resignation in den Augen des Mannes und erkannte, dass er schon mit seinem Leben abgeschlossen hatte. Als Tom dann noch hörte, wie dieser das Avemaria vor sich hin flüsterte, schaffte er es gerade noch so mit beherzten Sprüngen in den Raum zu gelangen, in dem sich auch die anderen in Sicherheit gebracht hatten. Kaum hatte Tom dies geschafft, gab es eine laute Detonation, und Blut und Körperteile flogen an der Türöffnung vorbei. Ein zerrissener Schuh mit einem halben Fuß darin blieb auf der Schwelle zum Raum liegen, augenblicklich bildete sich darum eine kleine Lache Blut.

Richard half seinem Freund auf die Beine und sah in sein versteinertes Gesicht. „Er hatte sich nicht helfen lassen … Rich … ich konnte nichts für ihn tun!", sagte Tom resigniert, während sich einer der Männer lautstark hinter ihm erbrach.

Richard ging zur Türöffnung und schaute sich um. Alles war in ein rötliches Licht getaucht, denn die Taschenlampe, die McKey auf den Boden gelegt hatte, brannte immer noch. Sie war voller Blut, das bereits auf dem warmen Glas zu dampfen begann. Der ganze Gang war mit Blut besudelt, das von der Decke tropfte und einen schmierigen Film auf dem zertrümmerten Boden bildete. Dem Italiener hatte es beide Beine abgerissen, wobei das Bein, das auf der Mine gestanden hatte, nicht mehr vorhanden zu sein schien, vielmehr lagen nur noch Brocken im Gang, die teilweise noch zuckten. Doch den augenblicklichen Tod hatte er durch einen Betonbrocken gefunden, der ihm den halben Kopf zertrümmert hatte, sodass ein Teil des Gehirns und ein am Sehnerv leicht zuckendes Auge aus der rechten Schädelseite hingen.

Richard schaute über die Schulter zurück in den Raum, wo ihn der Rest der Männer fragend anstarrte.

„Wir gehen weiter, jetzt gibt es kein Zurück mehr. Spätestens jetzt hat auch der Taubste mitbekommen, dass wir hier sind, also lasst uns das Schwein Jonson holen … mittlerweile sollte es uns egal sein, ob lebend oder tot!", sagte Richard in die Runde und erntete von jedem der Männer zustimmendes Nicken.

Antonio verharrte kurz in seiner Bewegung, denn er hatte das Gefühl, als hätte er gerade eine leichte Erschütterung gespürt. Als sich jedoch nichts weiter tat, setzte er seinen Weg fort, dicht hinter ihm die anderen Männer, die ihm mit schussbereiten Waffen folgten.

Sie erreichten die Regale, die auf dem Zwischenboden standen, ohne auf Widerstand gestoßen zu sein und gingen davor in Stellung. Da hörten sie von unten Schüsse und einen schmerzverzerrten Schrei. Catalano schaute nach unten, wo er seinen Mann sah, der gerade sein Maschinengewehr nachlud. Vor ihm lag eine dieser verdammten Kreaturen, die noch mit letzter Kraft eine Wunde in das Bein der Treppenwache gerissen hatte und nun still dalag wie ein Teppichvorleger, aus dem es an mehreren Stellen zu qualmen begannn. Antonio wollte schon umkehren, da nickte der Mann ihm nur zu und deutete ihm an, dass er alles unter Kontrolle hatte. Catalano sah noch wie er sich das Bein verband, bevor er wieder die Regale betrachtete, in dessen Gängen es nach 'Wolf' roch, als wäre hier ein ganzes Rudel zu Hause.

Was Antonio nicht wusste, war, dass er mit diesem Gedanken nicht weit von der Realität entfernt war, denn mehr als zehn Werwölfe waren auf dem Zwischenboden und lauerten auf Beute. Darunter befand sich auch John, der bereits einen der Männer im Visier hatte und sich gerade im Schatten eines der Regale anschlich. Der Mann, auf den er es abgesehen hatte, bewegte sich gerade in eine Richtung, wo er aus dem Sichtfeld von McKallen geriet. Doch das rettete den Mann nicht, denn ein anderer Werwolf übernahm es, den Iren aus dem Schatten anzuspringen, und bevor dieser auch nur ahnte, was gerade passierte, verbiss sich der Lykaner in dessen Schulter und zerrte ihn, samt seinen Waffen, über das Geländer, und beide verschwanden in der Dunkelheit. Kurz darauf hörten die anderen Männer einen dumpfen Aufschlag, und als sie nach unten leuchteten, sahen sie den zerschmetterten Körper ihres Kameraden, der immer noch ungläubig ins Nichts starrte, und um den sich eine Blutlache auszubreiten begann. Der Werwolf indes war neben ihm aufgekommen und versuchte gerade wieder aufzustehen. Sogleich begann sich das offensichtlich gebrochene Bein des Viehs wieder zu richten, doch zwei Silberkugeln in den Kopf erledigten ihn, und er fiel über die Leiche des Menschen, auf welcher er mit einem letzten Aufschnaufen liegen blieb.

Dies schien der Auftakt zu einem regelrechten Gemetzel zu sein, denn nun kamen die Werwölfe von allen Seiten auf den Kampftrupp zu, nur eines im Sinn … TÖTEN.

Laura und Monica beobachteten das Werftgebäude schon die ganze Zeit, doch jetzt wurde Monica unruhig, denn sie merkte, dass ihr Antonio in großer Gefahr schwebte. Laura sah nur zu ihr hinüber und zeigte ihr durch Kopfschütteln an, dass sie sich noch nicht einmischen sollte. Doch Monica trieb eine innere Stimme an zu handeln, und so verschob sie ihre Phase und sprintete los. Laura wollte sie noch aufhalten, aber Monica war zu schnell.

Das Einzige was die Wachmannschaft am Wassereingang mitbekam, war ein Wasserplatscher dreißig Meter vom Gebäude entfernt, dem sie jedoch nicht allzu große Bedeutung zumaßen.

Doch Monica schoss regelrecht unter Wasser an ihnen vorbei und aus dem Hallenbecken. Dieses befand sich genau unter der Zwischendecke. Unter dieser landete Monica jetzt triefendnass auf ihren Knien, nur um im nächsten Moment mit einem riesigen Satz an die Vorderkante der Decke zu springen. Dort hielt sie sich am Geländer fest, und mit dem Schwung, den sie noch von dem Sprung hatte, schwang sie sich auf die Plattform, wo sie inmitten von kämpfenden Menschen und Lykanern landete.

Dieses Mal ging Tom vor, ließ wieder eine Granate durch einen Spalt der nächsten blutbesudelten Tür kullern. Nach der Explosion trat er die Tür auf und zur Seite, doch als Richard ein Paar Schuss abgeben wollte, um keine böse Überraschung zu erleben, drückte Tom den Lauf seiner Flinte nach unten, denn was er in dem diffusen Licht vor sich zu sehen bekam, verschlug selbst ihm die Sprache.

Vor ihnen standen Käfige wie sie für den Transport von wilden Tieren benutzt wurden. Im ersten der Käfige zuckte noch ein Werwolf, den offensichtlich Splitter der Granate getroffen hatten. Die nächsten Käfige enthielten Männer und Frauen, die teils apathisch unverständliche Worte vor sich hinbrabelten und auf- und abwippten.

Einer der Männer wollte schon mit dem Kolben seines Gewehrs das Schloss eines der Käfige aufbrechen, in dem eine nackte, hübsche Frau gefangen war, als Richard deren bläulich glimmende Augen sah, mit dem sie ihren vermeintlichen Retter hungrig fixierte. „Halt, lass das besser sein!", sagte er zu dem Mann, der mitten in der Bewegung innehielt und Anderson mit einem fragenden Blick bedachte. Doch bevor Richard oder jemand aus dem Team noch etwas zu ihm sagen konnte, trat die Frau, nackt wie sie war, an die Gitterstäbe und schaute in die Augen des Mannes, der sie retten wollte, rammte ihm schon fast gemächlich ihre Hand durch die Gitterstäbe in den Brustkorb und riss ihm sein noch schlagendes Herz heraus. Dann begann sie daran zu nagen, bevor jemand etwas dagegen unternehmen konnte.

Der Herzlose stand noch einen kurzen Moment aufrecht da und schaute entsetzt auf sein schlagendes Herz in den Händen der blutverschmierten Schönheit. Als er dann zur Seite wegkippte, traten zwei Männer vor den Käfig, luden ihre Flinten durch, sahen sich an, nickten und ließen die Fetzen fliegen, bis man nicht mehr sagen konnte, wer da im Käfig gesessen hatte.

„Feuer einstellen … Feuer einstellen … Feuer einstellen!", schrie Richard, bevor sie aufhörten in den Käfig zu schießen und zu ihm sahen, wobei von ihren Gesichtern und Kleidern das Blut der Frau tropfte, die ihren Kumpel getötet hatte.

Sechs Käfige standen in diesem Raum und alle waren sie besetzt.

Doch sie durften kein weiteres Risiko eingehen, und so gingen sie von einem Käfig zum nächsten und richteten die Insassen ohne Rücksicht hin, denn so etwas wie eben durfte nicht mehr geschehen. Denn sie wurden beständig weniger, und wenn das nicht bald endete, würden sie die Kellergewölbe wohl nicht mehr lebend verlassen, dies war jetzt selbst dem Dümmsten klar.

Als sie den Raum von allem Lebenden gesäubert hatten, gingen sie wieder zurück durch den Korridor und an ihrem zerfetzten Kameraden vorbei. Nun hatten sie nur noch eine zweiflüglige Tür vor sich, und dort musste der Rest der Feinde zu finden sein, denn von den anderen Teams hatten sie nichts Negatives mehr gehört, also gingen Tom und Richard davon aus, dass sie hier auf den größten Widerstand gestoßen waren und noch stoßen würden.

Währenddessen sie noch im Sprung begriffen war, riss Monica einem der Männer eine silberne Lanze vom Rücken und rammte diese einem Werwolf in den Hals, als der gerade Antonio von hinten anfallen wollte, und trennte ihm mit einer ruckartigen Bewegung der rasiermesserscharfen Lanzenklinge den hässlichen Schädel vom Rumpf. Antonio hatte es gar nicht mitbekommen, denn er musste sich gleich zwei der wölfischen Feinde erwehren, die ihn versuchten auf beiden Seiten zu umgehen. Doch bevor dies einem der Bestien gelang, war Monica mit einer geschmeidigen Bewegung neben Antonio getreten, wobei sie im Vorbeigehen noch einen Lykaner schwer verwundet hatte, den jetzt einer der Italiener mit der Tommy-Gun beharkte. Daraufhin kippte der Werwolf sterbend über das Geländer und verschwand so aus ihrem Sichtfeld. Die Hälfte der Männer war bereits gefallen, und der Rest wehrte sich verbissen gegen die Übermacht, die aus der Hölle zu kommen schien.

Zuerst starrte Antonio Monica fassungslos an, doch er hatte nicht genug

Zeit, sich Gedanken zu machen, wo die Frau seiner Träume plötzlich herkam, denn sie wurden bereits wieder angegriffen. John war auf eines der Regale gesprungen, und dort kauerte er jetzt und beobachtete mit seinen fahl glimmenden Augen wie sich die Menschen verzweifelt wehrten. Aber wo diese Frau hergekommen war, die man mal sah und mal nicht, die dann plötzlich verschwand, nur um an einer völlig anderen Stelle wieder aufzutauchen, um wie eine Furie zu kämpfen, war ihm ein Rätsel. Durch sie sah es doch wirklich so aus, als könnten sie sich doch noch gegen die Meute behaupten.

Wenn er daran dachte, wieviel Mühe Reginald und er sich mit dieser gegeben hatte, stieg unbändiger Zorn in ihm auf.

Diese sollten ihre private Armee werden, sobald sie gelernt hatten sich zu beherrschen, um wieder menschliche Gestalt annehmen zu können, doch all ihre Geduld und Arbeit schienen jetzt hinfällig zu sein.

Sie hatten irgendwann mit einem solchen oder ähnlichen Angriff gerechnet, doch jetzt waren sie noch nicht annähernd so weit, wie sie geplant hatten.

Die ganze Stadt hatten sie nach Landstreichern durchsucht, und sie mit einem Mittagessen geködert, danach noch eine Flasche Schnaps ... und sie waren ihnen gefolgt wie Schafe dem Hirten. Selbst als sie sie in die Werfthalle gebracht hatten, angeblich für einen kleinen Aufräumjob den sie natürlich 'gegen Entlohnung' für sie erledigen sollten, hatte keiner Verdacht geschöpft. John hatte dafür zu sorgen, dass der Schnaps beim Aufräumen in der Halle nicht alle wurde, und als die Landstreicher schon völlig betrunken waren, sodass sie sich kaum mehr auf den Beinen halten konnten, brachten sie diese in den Keller. Reginald hatte sich alles genau durchdacht, Transportkäfige für wilde Tiere geordert und sie an die Werft liefern lassen. Die Käfige waren zerlegbar, um sie besser transportieren zu können. Dies kam ihnen zugute, denn so konnten sie diese ziemlich einfach dort in den Keller bringen, wo Reginald sie hinhaben wollte. Sie hatten sechs Käfige aufgebaut, und diese bestückten sie erst vollständig, bevor sie anfingen die völlig verängstigten Leute zu beißen. Immer nur einer von ihnen beiden, also entweder er oder Reginald verwandelte sich, und der andere erklärte den Gefangenen, was sie für eine Wahl hatten ... Futter oder jemand, der das Futter bekam. Ausschließlich jeder, der in den Käfigen saß, ob Mann oder Frau, entschieden sich für die zweite Option und gingen gleichzeitig den Schwur ein, jedes Opfer dem schwarzen Wolfsbruder zu widmen. So waren sie auch an Reginald gebunden, denn dieser hatte es so mit seinem Herrn besprochen, dass, wenn sie nicht loyal zu Reginald stehen würden, sie nie mehr menschliche Gestalt annehmen konnten. Nach ihrer Verwandlung kamen sie in den größten Kellerraum, in dem Reginald zu Anfang Zuflucht gesucht hatte, und ihnen wurden außer Fleisch oder Wasser sonst nichts gegeben. Reginals Meinung war, dass, wie auch in einem Wolfsrudel sich die Schwächeren den Stärkeren unterwerfen müssten. Sie waren darüber erstaunt, dass sich gerade zwei Frauen dem zusammengnewürfelten Rudel ganz oben behaupteten. Diese ganze Prozedur hatten sie bis jetzt einige Male durchgeführt.

Die letzte Fuhre erhielt in dem großen Raum gerade von Reginald persönlich den letzten Schliff, denn wie bei den anderen musste er sich als Leitwerwolf behaupten damit sie seinen Befehlen folgen würden, egal was er von ihnen verlangte. Die letzte Gruppe hatte es in sich und war mit Abstand die unberechenbarste und wildeste, denn diese bestand fast vollständig aus Frauen. Ein Zickenkrieg unter Werwölfinnen. Es hatte sogar fast eine Tote gegeben, denn eine Kandidatin wollte sich einfach nicht unterordnen. Doch Reginald hatte ein Machtwort gesprochen und die stärkere von den beiden zu den Zwillingen geschickt, die sich ebenfalls im Verborgenen hielten.

Wenn John auch nur an das flauschige Fell der Zwillingsbestien dachte, stellte sich ihm vor Verlangen das Nackenfell.

Doch er sollte sich jetzt wohl besser wieder auf diese menschlichen Kakerlaken konzentrieren, die dabei waren, sein Rudel aufzureiben. Die junge Frau schien ebenfalls übermenschliche Kräfte zu haben, denn sie war gerade von hinten auf Fred, seinen ersten Offizier, gesprungen, der einer der größten Lykaner war, den er in seiner Meute hatte. Dieser dürfte so knapp um die 2,70 m messen und hatte daher eine mörderische Reichweite mit seinen Klauen, mit denen er gerade einen der Feinde mit einem Hieb fast in der Mitte geteilt hatte. Blut, Gedärme und Körpersäfte flogen durch die Luft und machten den Boden schlüpfrig.

Doch all das schien diese recht zierlich wirkende Frau nicht zu interessieren, denn sie griff mit ihren Händen in das lange Rückenfell von Fred und zog sich hoch bis zu seinen breiten Schultern und rammte ihm ihren silbernen Speer durch den massiven Nacken, quer durch seinen Körper, wo er kurz unter den Rippen wieder austrat und stecken blieb. Daraufhin versetzte Fred der Frau einen mächtigen Schlag, sodass sie in ein Regal geschleudert wurde. Zwar dampfte die Wunde, die die Lanze gerissen hatte, doch da die silberne Lanzenspitze nicht mehr im Körper steckte, machte die Wunde dem Werwolf nicht viel aus, und er widmete sich dem nächsten Menschen, der schreiend zurückwich und mit zittrigen Händen versuchte, seine Pumpgun nachzuladen, wobei ihm die meisten Patronen aus der Hand fielen. Antonio war Monica zu Hilfe geeilt und konnte es nicht fassen, was er sah, denn die Eisenholme des Regals hatten sich teils um Monica gewickelt, und ein Einlegeboden hatte ihre linke Seite aufgerissen. Aber bevor er ihr helfen konnte, begann sie unter seinen ungläubigen Augen den Eisenholm von sich wegzubiegen, und auch die Seite begann sich schon wieder zu schließen.

Hinter ihm sprang jetzt John in das Geschehen und versetzte Antonio einen schon fast nachlässigen Schlag, um freie Bahn zu Monica zu haben, denn diese hatte sein Interesse geweckt. Catalano indes landete quer über Fred und hielt sich an dem Lanzenschaft fest, der immer noch aus dessen gewaltigem Körper ragte, um nicht unkontrolliert herunterzufallen. Da bemerkte er, dass es eine Granatlanze war, die Monica quer durch den Werwolf getrieben hatte. Also stemmte er sich mit aller Kraft, die er aufbringen konnte, gegen den tobenden Lykaner und riss die Lanze wieder ein gutes Stück zurück in dessen Körper, zog an dem Drahtseil und ließ sich gleichzeitig zu Boden fallen. Fred heulte zornig auf, als er erneut das Silber in seinem Körper spürte. Er wollte gerade einem von Antonios Männern den Rest geben, weil dieser versucht hatte, trotz seines auf-gerissenen Arms, seine Doppelflinte nachzuladen. Da gab es eine heftige Explosion und Freds Körpermitte riss es in Fetzen, sodass er in zwei Hälften brach und zuckend liegen blieb. Doch dies war nicht alles, was die Granate angerichtet hatte, auch der Mann mit der Armwunde wurde samt seiner Flinte in die Regale geschleudert, wo er bewusstlos liegen blieb.

John hatte es ebenfalls von den Klauen gerissen, doch nun setzte er zu einem Sprung an, der diese Frau in schwere Bedrängnis bringen sollte. Antonio schaute sich um und sah Monica mit zerrissenen Kleidern, aber ansonsten unverletzt, neben sich stehen.

Auch Monica, die von oben bis unten mit Blut bespritzt war, sah kurz zu Antonio und hatte ein böses Grinsen auf ihren süßen Lippen. Doch das verging, als sie John auf sich zuspringen sah. Monica gab Antonio einen Stoß, um ihn aus der Reichweite des Werwolfs zu bringen, der sie gerade anfallen wollte. Doch das reichte nicht ganz, denn Antonio bekam noch im Vorbeispringen von dem Lykaner einen gewaltigen Hieb, der ihm den Rücken bis auf die Knochen aufriss, sodass man die Wirbel weißlich aufleuchten sah.

Monica, die sich im Gegensatz zu Antonio unter dem Sprung weggeduckt hatte, stand jetzt mit glühenden Augen fauchend, mit entblößtem Raub-tiergebiss und ausgefahrenen Krallen über Catalano, um ihn, der trotz seiner schweren Verletzungen immer noch lebte, zu schützen.

Doch dies schien schon fast aussichtslos, denn jetzt sah sie, dass keiner der Menschen mehr lebte, die mit ihr gemeinsam gefochten hatten. Somit auch niemand, der an ihrer Seite hätte weiterkämpfen können. Auch die Wache, die den Treppenanfang bewachte, war zur Hilfe nach oben gekommen und unter zwei Werwölfen begraben worden, die ihn regelrecht zerfleischt hatten.

Trotzdem war es ihm noch gelungen, einen mit seinem Maschinengewehr unschädlich zu machen.

Nun stand Monica noch sechs Wehrwölfen gegenüber, die sie mit mordgierigen Augen anstarrten.

Noch bevor der Werwolf sie ansprang, hatte Monica einen Geistnotruf an ihre Meisterin geschickt, doch bis jetzt war diese noch nicht zu Hife gekommen.

Einer der Werwölfe, der sie belauerte, war auf das Regal hinter ihr gesprungen, um so hinter Monica zu gelangen. Doch plötzlich wurde das Blechdach über diesem weggerissen und ein riesiger, rotbrauner Werwolf mit Silberklauen riss ihn mit einem Hieb nach oben und aus Monicas Sichtfeld. Es waren nur lautes Knurren und brachiale Kampfgeräusche zu hören, dann tropfte durch die Dachöffnung jede Menge lilanes Blut auf Monicas Kopf und ihre linke Gesichtshälfte. Währenddessen behielt sie die anderen Werwölfe im Auge, die jetzt gemeinsam mit John, ihrem Leitwolf, geduckt und jederzeit zu einem Sprung bereit, auf sie zukamen.


Doch da landeten neben Monica, ihr zwei wohlbekannte Lykaner, nickten dieser zu und stürzten sich dann mit einem lauten Knurren und weit geöffneten Fängen auf die Feinde.

Noch bevor diese im Kampf zusammenstießen, kam Laura ebenfalls von unten in Monicas Blickfeld. Ihre Meisterin sprang einem Werwolf auf den Rücken. Dieser versuchte sie mit seinen Klauen zu erreichen, um die Vampirin abzuschütteln. Doch bevor es ihm gelang, riss Laura dessen Kopf ruckartig nach hinten und biss ihm die Kehle heraus, sodass das Blut der Bestie gurgelnd und dampfend über sie spritzte.

Indessen waren Mike und Milli mit den drei letzten Werwölfen in einen furchterregenden Kampf verwickelt, der Fellfetzen, Blut und Speichel fliegen ließ. Auch Laura hatte von ihrem überraschten Opfer gelassen, dem sie den Kopf komplett von seinen Schultern getrennt hatte, und warf sich jetzt ebenfalls ins Getümmel.

Doch bevor diese an einen Werwolf herankam, hatte Monicas Mentorin einen Hieb von der Seite erhalten, den sie nicht hatte kommen sehen. Dieser hatte Laura über das Geländer befördert. Doch diese kam wie eine Katze fauchend auf allen Vieren auf, sprang sofort wieder nach oben und verwickelte einen der beiden Werwölfe, die Mike stark bedrängten, in einen Kampf.

Als Erstes gelang es Mike, seinen Gegner erst einen Arm abzubeißen und ihm dann sein Herz herauszureißen. Er wollte schon zu Laura, um ihr zu helfen, aber auch dies war nicht mehr nötig, denn sie hing dem immer noch mit seinen gewaltigen Armen um sich schlagenden Lykaner im Nacken. Unter ihren scharfen Zähnen wurde der Nackenmuskel regelrecht zerfetzt, sodass etliche Blutgefäße durchtrennt wurden. Laura biss immer und immer wieder zu, sodass die Wunden des Werwolfs sich nicht wieder schließen konnten, wobei sein Blut in Fontänen durch die Luft sprühte, um dann dampfend niederzuregnen, bevor er wegen Blutverlust zusammenbrach und langsam starb.
Mike schaute sich besorgt um, denn von Milli und McKallen war nichts zu sehen, nur den erbitterten Kampf der beiden konnte man hören.
Dabei wurden Regale aus ihren stählernen Verankerungen gerissen, doch bei Milli und John waren keinerlei Anzeichen von Schwäche zu erkennen. Jeder hatte bereits Wunden davongetragen, die sich jedoch rasch wieder schlossen, sodass sie weiter voller Verachtung aufeinander eindroschen.
Mike und Laura wollten gerade eingreifen, doch Milli machte ihnen mit einem knurrenden Zähnefletschen in ihre Richtung klar, dass sie keinerlei Hilfe bedurfte.
Diese kurze Ablenkung nutzte der fahle Werwolf, um Millis silbernen Pelz am Rücken eine klaffende, blutsprühende Wunde zuzufügen, was McKallen ein triumphales Aufheulen entlockte. Doch lange währte seine Freude nicht, denn Milli fuhr so schnell zu ihm herum, sodass er nicht rechtzeitig reagieren konnte, und verbiss sich in dessen Kehle, die er durch das Heulen entblößt hatte. Dann riss sie ihm mit einem schrecklichen Knurren den Kehlkopf aus dem Hals, sodass sein Blut mit gurgelnden Geräuschen begleitet durch die Luft spritzte und Millis silbriges Fell tief lilarot besudelte. Während John röchelnd zu Boden ging, setzte Milli sofort nach und ließ ihm keine Zeit zur Regeneration und schlug ihm mit ihren klauenbewehrten Tatzen abwechselnd in seinen Brustkorb, ließ Rippen brechen, Muskeln und Fellfetzen durch die Luft fliegen, bis überall Johns Skelett freigelegt war. Kurz hielt sie inne, sah mit ihren kristallblau

leuchtenden Augen zu ihrem Mike, doch als dieser unmerklich nickte, ergriff sie das freigelegte, schlagende Herz von McKallen und riss es mit einem markerschütternden Aufheulen aus dem zuckenden Körper des Feindes.

Als dies geschehen war, schien Milli wieder zur Ruhe zu kommen, denn sie stieg von ihrem zuckenden Opfer, ging an den anderen vorbei und hob ein Fleischstück auf, das aussah, als wenn es einmal zum Brustkorb von McKallen gehört hätte. Dann drehte sie sich damit zu Mike und Laura um.

Diese sahen verständnislos auf das Stück befellten Fleisches, darauf war ein Tatzenabdruck sichtbar, der jetzt kurz weißlich aufglimmte.

Danach zerfiel die Haut, die das Zeichen getragen hatte, zu Staub.

Nun sahen alle erstaunt von dem Fetzen zu Milli und auch sie wusste nicht was sie davon halten sollte, also beschloss sie das Stück am Ende ihrer Mission zur Untersuchung mit nach Hause zu nehmen.

Jetzt fiel Laura auf, dass Monica nicht mehr bei ihnen war und befürchtete schon, dass sie sie im Kampf gefallen sei. Doch als sie zu der Stelle kam, wo ihre Schülerin schützend über Catalano gestanden hatte, waren da nur eine Blutlache zu sehen und sonst nichts, weder von Monica, noch von Antonio war irgendein Hinweis zu finden. Selbst als Laura ihren Geist nach Monicas schickte, erhielt sie keine Antwort.

Zur gleichen Zeit standen Richard, Tom und ihr Trupp vor der zweiflügligen Stahltür. Vier Männer hatten sie bereits verloren und so machten sich außer Richard und Tom noch fünf Männer gefechtsbereit, indem sie noch einmal ihre Waffen kontrollierten und Magazine neu beluden.

Dem Mann, den es durch die Mine zerfetzt hatte, war zu Anfang eine Granatlanze zugeteilt worden, die Richard jetzt an sich nahm.

Eingestaubt und blutverschmiert standen sie da und starrten mit grimmiger Entschlossenheit die Tür an, bevor Tom näher an diese herantrat und den Knauf drehte.

Doch nichts geschah, denn die Tür war abgeschlossen.

Richard war aufgefallen, dass auf der anderen Seite mindestens ein weiterer Gegner wartete, denn er hatte unter der Tür jemanden den Lichtschein verdecken sehen, bevor dieses wieder schwach und ungehindert über die Schwelle schien.

Er machte die anderen mit Handzeichen darauf aufmerksam. Und so waren sie nur noch aufmerksamer, wenn das überhaupt noch möglich war.

Tom hatte, währenddessen er seinen Rucksack, an dem auch das Funkgerät hing, vor sich abgestellt und holte das C4 heraus, das er für

Hindernisse dieser Art mitgenommen hatte.

Nachdem er die Zünder in den Sprengstoff gesteckt hatte, klemmte er diesen in die Ecken der Tür, band die Zündkabel zu einem Bündel zusammen und rollte dieses bis in den Raum, in dem sie vor der Mine Deckung gesucht hatten.

Richard trat nah zu ihm und sagte ihm ins Ohr: „Du Tom ... ich meine, ich habe von dem Zeug nicht viel Ahnung, aber ist das nicht ein bisschen viel, was du da an die Tür gepappt hast?"

Sein Freund sah zu ihm hoch, nachdem er die Kabel in die Zündmaschine eingeschraubt hatte und grinste böse: „Auf jeden Fall ist es nicht zu wenig ... wenn einer dieser Mistviecher durch die explodierende Tür draufgeht ... mir ist das nur Recht!" Dann wies er die anderen Männer an, wieder zurück in den Raum zu kommen.

Alle waren da und hielten sich nun die Ohren zu, wie Tom es ihnen gesagt hatte. Er selbst hatte sich gewachste Watte in die Ohren gestopft, die er ebenfalls aus seinem Rucksack geholt hatte.

Mit einem grimmigen Blick bediente er die Kurbel an der Zündmaschine, um den Zündstrom zu erzeugen, und drückte dann den roten Knopf.

Mike, Milli und Laura waren gerade dabei, nach unten in die Halle zu gehen, um nach Richard und seinem Team zu suchen. Da sahen sie, wie aus der Deckung der Hochregale drei weitere Lykaner mit großen, schnellen Sätzen zur Kellertreppe eilten und dort verschwanden, bevor eine heftige Detonation das gesamte Gebäude erschütterte. Teile der Dachfenster gingen zu Bruch und es regnete Glassplitter in die Halle.

Alle drei schauten sich nur kurz an und sprinteten dann zu der Kellertreppe, von der aus eine Staubwolke emporquoll und die Halle an dieser Stelle in staubige Dunkelheit hüllte.

Selbst Tom schaute leicht erschrocken aus dem total verstaubten Gesicht, sie alle hatte die Druckwelle noch in dem Raum von den Füßen gefegt. Teile der Decke waren auch heruntergekommen, aber niemand war ernstlich verletzt worden. Richard stand jetzt, nachdem er sich wieder aufgerappelt hatte, neben Tom und klopfte sich den Dreck ab. Er schaute nur kopfschüttelnd zu Tom hinunter, in dessen Gesicht die weißen Zähne aufblitzten, denn er konnte sich das Grinsen einfach nicht verkneifen.

Nachdem sie sich gegenseitig einigermaßen entstaubt hatten, kontrollierten sie immer wieder hustend ihr Equipment und die Waffen. Einer der Iren schüttelte Staub aus seiner Flinte, musste aber Toms Grinsen erwidern ... wie übrigens alle der Männer.

Als Richard um die Ecke spähte, sah er im Staubdunst, dass es nicht nur die Tür samt Rahmen rausgehauen hatte, sondern der gesamte Betonsturz fehlte, wodurch die Stahlarmierung nach allen Seiten wegstand.

Der Trupp machte sich bereit und Anderson gab das Kommando vorzustoßen. Sich nach allen Seiten absichernd, schlichen sie auf die Türöffnung zu, die Waffen entsichert im Anschlag, um jederzeit reagieren zu können. Tom trat zuerst in den Raum und auf einen abgerissenen Lykanerarm, worauf er nach rechts schaute und sah, dass ein Türblatt eine dieser Bestien, zu der offensichtlich der Arm gehörte, in der Mitte geteilt hatte. Auch Richard sah im Dunst eine Gestalt liegen, die gerade wieder versuchte, knurrend auf die Füße zu kommen, eine Maschinengewehrsalve beendete deren Bemühungen.

Doch das war es dann auch mit der Ruhe nach der Explosion, denn schon tauchte aus der staubverhangenen Luft die riesenhafte Gestalt eines Werwolfs auf, der einen der erschrockenen Männer entzweiriss, bevor dieser überhaupt reagieren konnte. Einige von ihnen feuerten blind in den Dunst, der sich langsam zu lichten begann, doch sie schienen nichts zu treffen.

Jetzt hingegen schienen sie einem ganzen Rudel gegenüberzustehen, denn sie hörten etliche Werwölfe aus verschiedenen Richtungen, die immer näherzukommen schienen, bis sich ihre Silhouetten aus dem Staub schälten.

Es waren fünf Lykaner, und einen erkannte Richard anhand von Mikes und Millis Beschreibung, denn er war pechschwarz und funkelte sie mit grün glimmenden Augen an. Dieser hielt sich jedoch im Hintergrund und bewegte sich dann hinter einen großen Gegenstand, der mit einer Plane abgedeckt war.

Als sie das Feuer eröffneten, sprangen die Werwölfe im Zickzack auf sie zu, sodass sie erst keine der Kreaturen erwischten, denn diese fanden immer wieder Schutz hinter Gegenständen.

Also gingen sie immer noch feuernd auf die Hindernisse zu, doch dies versprach wenigstens für zwei der Männer das Todesurteil zu bedeuten, denn gleich zwei Lykaner sprangen sie von der Seite an. Diese hatten in einer Nische zwischen zwei eingelagerten Bootsrümpfen gelauert und fielen jetzt wie eine Flutwelle über ihre Opfer. Doch die zwei Männer ergaben sich nicht in ihr Schicksal, sondern machten das Beste aus ihren Waffen. Der eine feuerte seine abgesägte Schrotflinte genau dann ab, als der Werwolf über ihm war und in sein Gesicht beißen wollte und schoss ihm aus nächster Entfernung den Schädel in tausend Stücke, sodass er auf dem Mann zum Liegen kam, der mit dem Kopf auf den Beton schlug und bewegungslos liegen blieb. Der zweite Mann hatte nicht so viel Glück, denn ihm wurden mit einem Hieb die Rippen seiner rechten Seite herausgerissen, sodass er aussah wie ein entgräteter Fisch. Daraufhin sackte er blutsprühend nach vorne auf seinen Peiniger zu und starb.

Jetzt hatte auch Tom das Feuer auf diesen Werwolf eröffnet, doch der duckte sich geschickt unter der Maschinengewehrsalve weg und sprang gleichzeitig einen weiteren Mann an, der unter dem Gewicht des Lykaners zusammenbrach, wobei er seine Waffe fallen ließ. Aber um der nächsten Salve zu entgehen, hatte der Werwolf nicht die Zeit, den gestürzten Mann weiter anzugehen und sprang in Deckung.

Auch alle anderen waren in Kampfhandlungen verstrickt, denn der Raum, der eher einem Saal glich, war größer, als sie gedacht hatten, und so zog sich das Schlachtfeld auseinander und bevor Richard merkte, dass das genau das war, was der Feind wollte, starb wieder ein Mann, dem ein schwer getroffener Werwolf trotz seiner vielen rauchenden Wunden noch den Kopf abriss, bevor er zusammenbrach.

Wenn Richard sich nicht verrechnet hatte, stand es jetzt vier zu zwei. Hörte sich das im ersten Moment noch recht gut an, so hatten sie doch schon wieder drei Mann verloren, ihnen standen mindestens noch zwei dieser Bestien gegenüber und ihnen ging so langsam die Munition aus.

Tom hatte dem gestürzten Mann aufgeholfen und war zusammen mit diesem zu Richard in Deckung gegangen. Auch der andere Mann war zu ihnen gehumpelt, denn ihn hatte es am Bein erwischt, das aber zum Glück nicht sehr stark blutete.

Als Richard um seine Deckung spähte, sah er, dass der Werwolf, den er am Anfang, als sie den Raum betraten, mit einer Maschinengewehrsalve bedacht hatte, wieder aufstand und die Kugeln qualmend aus den Einschusslöchern fielen, die sich dabei langsam wieder schlossen. Aber dies wollte Richard nicht zulassen und so ging er kurz aus der Deckung, um dem Lykaner doch noch den Rest zu geben. Aber, nachdem sich ein Schuss gelöst hatte, passierte nichts mehr und Anderson ließ sich wieder in Deckung fallen und riss das Magazine aus seiner Waffe … leer.

„Hat noch jemand Munition für die Tomy-Gun?", fragte er flüsternd, doch er bekam nur Kopfschütteln als Antwort. Also nahm er die Schrotflinte vom Rücken und öffnete den Verschluss, um zu sehen, wie viele Patronen die Pumpgun noch im Magazin hatte. Drei zählte er resigniert, und wühlte in seinen Taschen und fand noch einmal zwei, die er sofort in die Waffe lud. Von einem der Männer, die auch eine Flinte führten, bekam er noch eine, und so hatte er eine vollgeladene Flinte plus eins, was nicht gerade viel war, wenn man anstatt Enten Werwölfe jagte.

„Verdammt, wie sieht es bei euch mit Muni aus?", fragte Richard mit gedämpfter Stimme.

Tom, der ebenfalls eine Pumpgun hatte, zeigte ein volles Magazin plus zwei mit seiner Hand an, und der andere Mann, der ein M3 SMG führte, in dessen Magazin dreißig Schuss passten, hatte noch ein und ein halbes Magazin. Ansonsten hatten sie noch eine Granatlanze mit zwei Ersatzgranatspitzen und eine ohne Granatfunktion.

„Scheiße … das ist nicht viel … Tom, wie viele Granaten haben wir noch, ich habe noch eine?", fragte Richard seinen Freund.

„Ich auch … was machen wir jetzt, Rich?", fragte Tom resigniert zurück, denn er wusste, dass sie mit so wenig Schuss nicht mehr viel ausrichten konnten und die nächsten Angriffe sehr wahrscheinlich nicht überleben würden.

Doch sie kamen nicht dazu noch viel nachzudenken, denn da kamen noch drei weitere Werwölfe durch die zerstörte Türöffnung.

„Verdammte Scheiße … das hat uns gerade noch gefehlt!", sagte einer der Männer, der nach den knirschenden Geräuschen gesehen hatte, die die Lykaner verursachten, als sie über das Betongeröll stiegen, welches von der Explosion verteilt überall lag.

Jetzt schaute auch Tom nach und sackte dann regelrecht in sich zusammen, als er sich zurück in die Deckung begab. „Noch drei von diesen Scheißviechern!", schimpfte er, riss seine letzte Granate vom Gürtel, zog den Splint, klopfte sich mit der Granate kurz an den Helm und warf diese den Neuzugängen vor die Klauen, dicht gefolgt von einer zweiten, die Richard hinterhergeworfen hatte.

Doch bevor sie die detonierenden Granaten hörten, hatte sich der schwarze Werwolf hinter sie geschlichen und zerrte jetzt einen der beiden Italiener, die mit ihnen in Deckung gegangen waren an seinem Bein zu sich, vergrub seine zähnestarrende Fresse in dem Körper des um sich schlagenden Opfers und riss diesem die Eingeweide aus dem Körper, während der Mann gellend schreiend um sich trat und dann verstummte.

Jetzt gingen die Granaten hoch und töteten einen der drei Lykaner, die eben den Saal betreten hatten, indem ihm ein komplettes Bein weggerissen wurde und das Blut nur so umherspritzte. Ein zweiter bekam silbernen Schrapnell in den rechten Arm, doch schon im nächsten Moment fielen diese wieder qualmend aus den Einschlagstellen am Arm und dampfend auf den Boden.

Richard und Tom hatten versucht, den Italiener wieder von Jonson wegzuziehen, doch da fiel noch ein Werwolf über sie her, und Tom hatte nur noch die Granatlanze hochreißen können, die jetzt in der Bestie steckte, doch Tom glitt bei dieser Aktion der Lanzenschaft aus den Händen, und so konnte er nicht an dem Drahtseil ziehen, um die Granate zu zünden. Doch als die Kreatur getroffen ein Stück weit zurückwich, konnte Richard das Seil erreichen und den Splint abziehen.

Da sich der Lykaner direkt vor ihnen befand, konnten sie sich nur fallen lassen. Als die Lanzenspitze jetzt explodierte, riss es dem Vieh den linken Arm samt Schulter ab, wobei es Fell und Fleischbrocken über die Freunde regnete, aber aus irgendeinem Grund blutete diese riesige Wunde kaum. Als würde dies die Kreatur überhaupt nicht interessieren, was eben mit ihr geschehen war, griff sie jetzt den letzten Italiener an, der einem anderen Monster, das auf ihn zukam, das gesamte Magazin seiner M3 SMG entgegenjagte, ohne jedoch viel anzurichten, und so fiel auch er, als der einarmige Werwolf seine Kiefer in seinen Nacken schlug und ihm damit den Kopf halb abtrennte.

Richard und Tom hatten sich indes durch die Abgabe ihrer letzten Schüsse ein Stück weit zurückziehen können. Doch jetzt waren sie blank, und jeder hatte nur noch eine Lanze, wobei die Granatlanze, deren Schaft Richard noch bei ihrem Rückzug gegriffen hatte, erst wieder neu bestückt werden musste.

Als sie sich umsahen, bemerkten sie, dass sie in der Falle saßen, da sie sich mittlerweile in einer Ecke befanden, die keinen Schutz mehr bot.

‚Noch immer sind es vier Werwölfe, denen wir so gut wie nichts mehr entgegenzusetzen haben', dachte Richard und schaute zu seinem Freund, der jetzt mit verbissenem Gesicht eine neue Grantspitze auf den Schaft schob und ihn justierte, sodass sich die Holzstange wieder lösen würde, wenn der Splint gezogen wurde.

Jetzt hörten sie ein markerschütterndes Heulen, welches aggressiv beantwortet wurde.

Ungläubig, aber froh, sie zu sehen, bemerkten Tom und Richard wie in der aufgesprengten Tür erst ein rötlicher Werwolf erschien, der sich sofort auf den Feind stürzte und dann noch Milli mit ihrem silbrigen Pelz, die es ihm zähnefletschend gleichtat. Und dann war dann noch Laura, die in ihrer wunderschönen Schrecklichkeit einen der Lykaner frontal ansprang, um sich in ihm zu verbeißen.

Richard musste erleichtert auflachen und auch Tom grinste jetzt wie ein irres Honigkuchenpferd. Beide rappelten sich noch einmal auf, hatten ihre Lanzen fest gegriffen und stürzten sich ebenfalls schreiend ins Kampf-getümmel.

Später saßen sie verdreckt, aber am Leben, mit ihren Mitstreitern zu-sammen in der Halle. Milli und Mike hatten wieder menschliche Gestalt angenommen und sich angezogen, bevor die Iren oder Italiener sie in ihrer Wolfsform hätten sehen können. Auch Laura sah wieder so süß aus, wie Richard sie so liebte, und sie schmiegte sich an ihren Rich, als würde sie doch noch Angst haben, ihn zu verlieren.
Mit dem beherzten Eingreifen von Mike, Milli und Laura hatte der Feind nicht mehr viele Chancen gehabt, doch diese wehrten sich bis zum letzten Blutstropfen.
Aber was sie alle frustrierte, war, dass es Jonson irgendwie gelungen war, in dem Getümmel zu fliehen, zwar hatte Richard ihm noch seine Lanze entgegengeworfen, die ihn glatt durchschlagen hatte, und Richard war von dessen Tod überzeugt gewesen, doch musste er sie sich wohl doch wieder herausgezogen haben. Denn das Team, das den Wasserweg bewacht hatte, verlor an ihn noch einen Mann, der das Feuer eröffnet hatte, bevor er aus ihrem Blickfeld verschwand.
Und noch jemand hatte überlebt und war erst wieder zu sich gekommen, als die Schlacht geschlagen war, denn der Ire, der von dem Lykaner umgerannt wurde, war dadurch, dass er mit dem Kopf aufgeschlagen war, nur ohnmächtig geworden und saß jetzt mit hämmernden Kopfschmerzen auf der Erde und starrte ob des ganzen Grauens, das er miterlebt hatte, ausdruckslos vor sich hin.
Doch damit war es noch nicht getan, denn sie mussten die Leichen der Lykaner noch zusammensammeln, was noch ein paar Stunden brauchte.
35 Mann waren gefallen, dem standen weit mehr als 20 gefallene Lykaner gegenüber, was, wenn man es nach Produktivität im Kriegshandwerk betrachten würde, kein schlechter Schnitt war.
Doch das würde die Hinterbliebenen auch nicht trösten, auch nicht, wenn sie wüssten, für was ihre Ehemänner, Söhne oder Freunde gefallen waren.
Die immer noch betäubte Security wurde indes in der Fußgängerzone abgelegt, wo sie auch gefunden wurde, als die ersten Passanten kamen, und die Geschäfte öffneten.
Was den Werftkomplex betraf, so wurden in seinem Inneren unzählige von den Italienern und Iren gesponserte Benzinfässer deponiert, um die herum die Leichen der Werwölfe gelegt wurden.

Da der Komplex so abseits gelegen war, hatte niemand etwas von dem Kleinkrieg, der hier geherrscht hatte, mitbekommen, und als die Feuerwehr den Brand dann nach zwei Tagen unter Kontrolle bekam, war von den Leichen nur noch Asche übrig, da die enorme Hitze selbst die Knochen zu Staub verbrannt hatte.

Am nächsten Abend saßen Mike, Milli, Tom, Richard und Laura wieder zusammen, dieses Mal waren sie bei Richard eingeladen und zum ersten Mal sah der Kühlschrank von ihm mehr als Sandwiches.
Milli und Mike hatten eingekauft und zusammen gekocht, denn nachdem sie die vergangene Nacht überlebt hatten, wollten sie sich von Richards Kochkünsten nicht vergiften lassen.

Von Monica und Antonio fehlte bis jetzt jede Spur und auch Jonson schien nicht mehr in der Stadt zu sein … und dies war das nächste, um das sie sich kümmern mussten. Darin waren sie sich alle einig, als sie gemütlich zusammensaßen und das Erlebte miteinander teilten.

Doch um davon zu berichten, liebe Freunde, braucht es mehr als nur ein paar Zeilen.

# Autorenportrait

Foto: Uwe Friedrich

**Ulf Henderson**, geboren 1975 in Fulda Deutschland

Er ist seit über 20 Jahren glücklich verheiratet, hat zwei erwachsene Kinder und einen Hund.
Mit einer handwerklichen Ausbildung hat sein beruflicher Weg begonnen, um dann als Personaltrainer lange Jahre tätig zu sein.
Selbst ist er sehr sportlich, denn was er lehrt, lebt er auch.
Sein Hobby ist es, als passionierter Jäger dem Wald und den Tieren seinen Respekt entgegenzubringen.
Der Privatmensch Ulf Henderson ist ein vielseitig interessierter Geist, der kulturelle Veranstaltungen und gutes Essen sehr zu schätzen weiß.

Seine große Leidenschaft ist jedoch das Schreiben.
Mit dem vorliegenden Buch Vollmond/Lupus ist der Anfang einer Trilogie über Werwölfe und Vampire geboren worden, wie sie so noch nicht erzählt wurde.